Yun Lili
雲璃

Chapitre 1 : La livraison express de l'Oiseau d'Or

Yun Lili, une paysanne tout à fait ordinaire d'un village reculé, n'avait jamais imaginé de sa vie qu'un jour elle pourrait être mêlée au royaume élevé des immortels.

Ses préoccupations quotidiennes étaient simples : empêcher ses poules de geler en hiver, empêcher les canards d'entrer dans le potager, et parfois chasser l'oie de tante Zhang pour qu'elle ne harcèle pas les enfants du voisin.

Des sectes immortelles ? Destinées célestes ? Celles-ci appartenaient aux contes sauvages racontés par les conteurs à la maison de thé — jamais dans la vie d'une fille qui sentait perpétuellement légèrement la nourriture pour poules.

Pourtant, pendant trois nuits de suite, elle avait été tourmentée par le même rêve.

Une mer de feu déchaînait les cieux, des vagues de flammes qui semblaient brûler sa peau même dans le sommeil.

De cet enfer descendit un miroir de bronze, sa surface veinée de fissures d'or en fusion, s'écrasant comme lancé par une divinité furieuse.

Dans ses profondeurs fracturées fixait une paire d'yeux injectés de sang— angoissés, accusateurs, et si perçants que son cœur se serra comme s'il était serré dans un poing.

À chaque réveil, la sueur trempait ses cheveux et son col, son pouls battant encore comme si elle avait été poursuivie sur un champ de bataille.

Le rêve était trop vif pour être ignoré, ses détails gravés dans son esprit avec la clarté d'une mémoire vécue. Et ces yeux... Oh, ces yeux étaient le pire.

Ils éveillèrent une pointe de familiarité plus vive que le feu lui-même.

Elle était certaine de les avoir déjà vus, même intimement — mais peu importe comment elle fouillait dans ses souvenirs, elle ne pouvait pas dire quand, ni où.

Si l'on voulait retracer le début de l'absurde et durable engagement de Yun Lili avec la volaille, il fallait cependant remonter dix-huit ans en arrière, à une nuit frappée par le tonnerre qui changea tout.

Selon le vieil homme Yun, qu'elle appelait Grand-père Yun, il revenait d'une visite à domicile ce soir-là quand, sous le vieux sauterelle à la lisière du village, il tomba sur un nourrisson emmailloté qui hurlait vers le ciel.

Accroupi protecteur à côté de l'enfant, lançant un regard noir à la pluie comme si elle pouvait être réduite à la soumission, se trouvait un coq d'une présence véritablement majestueuse — si grand et large de poitrine qu'il semblait avoir survécu à dix vies de combats de coqs.

Ce n'est que plus tard qu'ils réalisèrent qu'il s'agissait du coq patriarche disparu de Tante Zhang, celui qu'elle pleurait comme veuve.

Le nourrisson ne portait aucun jeton, à part un minuscule mouchoir, brodé d'un seul caractère : Li, ils l'appelèrent donc Lili, et elle prit le nom de famille du vieil homme, Yun.

Grand-père Yun, homme compatissant, ramassa à la fois l'enfant et le coq et les ramena chez eux.

Dès ce jour-là, tout le village sut qu'il y avait quelque chose d'inhabituel chez la petite Lili. Poules, canards, oies — chaque créature emplumée dans un rayon d'un mile semblait la suivre partout où elle allait.

L'oie de Tante Zhang l'a même « aidée » à balayer la cour en serrant le balai dans son bec et en le traînant, klaxonnant furieusement comme pour réprimander la poussière pour son insolence.

Maintenant adulte, Lili portait avec elle un petit miroir en bronze, sa surface brumeuse et veinée avec une fissure au milieu.

Ils disaient aussi qu'elle avait été glissée dans son linge cette nuit orageuse. Elle le fixait souvent, se demandant à moitié s'il finirait par lui dire qui elle était vraiment.

Mais avant qu'elle ne devienne trop sentimentale, le vent au-dessus de sa tête changea soudainement.

« Gaaaaawk— ! »

Un oiseau massif tomba du ciel, ses plumes flamboyant d'or comme un soleil tout juste levé.

Sa queue projetait une lumière cramoisie comme des rubans d'aube, et dans un cri dramatique, elle laissa tomber quelque chose de brillant—clac !—directement sur la tête de Lili.

Elle chancela, clignant des yeux. Un carré de parchemin aux bords dorés rebondit sur son cuir chevelu.

En levant les yeux, elle vit la source : une ombre colossale tournoyant dans le ciel.

« Waouh. » Lili pencha la tête en arrière, la mâchoire grande ouverte d'admiration. « C'est un oiseau énorme — »

Et doré !

La magnifique créature descendit plus bas, flottant juste devant son nez. Ses yeux, écarlates et brillants comme des lanternes jumelles, la scrutaient de haut en bas, s'attardant bien trop longtemps à hauteur de poitrine.

Puis elle émit un roucoulement profond et grondant, et le ton—Lili jura—était étrangement excité.

« Une telle présence... Et tu vis comme un éleveur de poulets dans le monde des mortels ? » murmura-t-il, d'un ton franchement scandalisé.

Lili, se sentant extrêmement dévorée, serra instinctivement son col. « Hé ! C'est quoi ce regard ? Tu comptes m'agresser sexuellement, boule de plumes ? »

Cet oiseau... ne semblait pas particulièrement saine.

Et puis, à son horreur totale, le géant doré prit réellement la parole.

« Royaume mortel : aptitude immortelle détectée. »

« Génération du parchemin d'invitation... »

«... Erreur : alimentation en encre insuffisante. Veuillez patienter. »

Lili : « ...... »

Un instant plus tard, l'oiseau cracha un morceau de papier en feuille d'or froissé, qui atterrit en plein visage avec une *gifle humide*.

« Félicitations, jeune fille », déclara l'oiseau avec une solennité exagérée.

« Ta racine spirituelle brille. Veuillez vous familiariser avec la secte principale du Royaume des Immortels, la secte Lingxiao. »

« Ugh ! Sale ! » Lili poussa un cri aigu en retirant le papier d'aluminium collant de son nez. Sur ce texte, des personnages audacieux annonçaient :

Cher candidat,

Nos scanners divins ont détecté que tu possèdes la constitution rare des racines spirituelles ! Félicitations—vous êtes par la présente choisi comme un disciple potentiel chanceux de la prestigieuse secte Lingxiao !

Nous vous invitons chaleureusement à assister à notre Assemblée Gratuite de Test Spirituel des Racines. Un lot d'élixir de départ offert vous attend !

Note : Les cent premiers participants recevront également un portrait exclusif autographié d'un Seigneur Céleste !

En bas se trouvait un tampon rouge tordu : Secte Lingxiao – sur ordre du Maître de Secte Yun Wuntang (tampon appliqué par procuration).

P.S. Le Maître de Secte est actuellement en méditation à huis clos.

« Mais qu'est-ce que... ? Cette arnaque est ridiculement exagérée, » marmonna Lili en levant les yeux au ciel. Elle s'apprêtait à froisser le parchemin quand une ligne minuscule attira son regard dans un coin :

Avertissement : Si vous refusez cette invitation, votre village de Green Radish sera automatiquement abonné au « Potins Immortels Hebdomadaires » pendant cent ans. Pour vous désabonner, veuillez appeler le 8888-8888 (ligne directe gérée par le Palais du Dragon de la Mer de l'Est). Temps d'attente estimé actuel : 34 ans, 8 mois, 9 jours, 3 heures et un trimestre.

Les lèvres de Lili tressaillirent. « C'est... une sacrée menace. »

Avant qu'elle ne puisse finir sa pensée, la feuille d'or s'enflamma avec un coup sec *!*

La cendre tourbillonnait vers le haut, se réassemblant en un escalier doré éclatant qui s'élevait droit dans les nuages.

Sur la première marche, il y avait un petit panneau sympa : « Fais attention où tu marches. »

Sur le second : « Pas de crachat. »

«......»

Sans s'en rendre compte, Lili avait déjà posé un pied sur l'escalier. À sa grande surprise, il était solide sous son poids.

Une brume fraîche s'enroulait autour des marches, et à chaque montée arrivait une brise rafraîchissante qui caressait sa peau.

À ce moment-là, trois poules surgirent du jardin, leurs ailes battant comme si elles étaient folles, piaillant comme si le monde allait s'effondrer.

« Hein ? Pourquoi toutes mes poules courent-elles ici ? »

«Cot cot cot!»

«Cot cot cot!»

Lili soupira, se pencha et les prit tous dans ses bras. « Très bien, je t'emmène. S'ils nous affamènent là-haut dans **la secte Lingxiao**, au moins j'aurai des rations d'urgence. »

« Ne monte pas là-haut ! Descendez tout de suite— ! »

« Détends-toi, grand-père, je vais juste jeter un coup d'œil— »

« Je ne parlais pas de toi, je parlais de ces trois poulets ! Pose-les, j'ai encore besoin de leurs œufs ! »

« ... Grand-père, ce sont des *coqs.*«

«... Bah. Très bien, alors vas-y. Mais fais attention là-bas ! »

Réprimant un rire, Lili resserra son étreinte sur les poules qui se tortillaient et grimpa plus haut.

D'une certaine façon, ses pas semblaient plus assurés, son dos plus droit qu'avant.

Les trois coqs caquetaient solennellement et suivirent chacun de ses pas, comme s'ils avaient déjà répété cette ascension cent fois.

Le vent rugissait. Les nuages tourbillonnèrent et se brisèrent en lumière fragmentée.

Derrière eux, l'oiseau doré déploya grand ses ailes et murmura à voix basse : « Alors... peut-être le retour du Phénix... est vrai après tout. »

Au-dessus, l'escalier doré s'étendait vers les portes de la secte la plus importante du royaume immortel — la secte Lingxiao.

Et caché profondément dans les nuages, un vieux miroir de bronze flottait silencieusement, sa surface fracturée mais scintillante.

Dans ses profondeurs, elle reflétait la petite silhouette de Lili grimpant pas à pas vers le destin. Au-delà du miroir, une voix murmura, basse et frissonnante d'une émotion longtemps refoulée :

« Enfin... tu es venu. »

* * * * *

Le cœur partagé entre excitation et adieu à contrecœur, Lili posa le pied sur l'escalier radieux et commença à monter.

Au début, c'était une marche régulière. Mais à mesure qu'elle montait, les environs devenaient de plus en plus... bizarre.

À la 17e marche, une grue était voûtée, les yeux mi-clos dans une sieste, une longue jambe repliée en dessous. Suspendu de travers à son cou se trouvait un badge qui disait, en écriture officielle correcte : *Agent d'accueil*. L'oiseau ne fit aucun signe de tête à personne en particulier, somnolant si profondément que son bec claquait contre sa poitrine toutes les quelques respirations.

Sur la 24e marche, un vendeur en robe blanche passa à hauteur de taille comme s'il s'agissait d'un marché ordinaire et non d'une échelle aérienne. Il fit tournoyer un petit fanion et rugit dans la cadence chantante d'un vendeur ambulant aguerri : « Paratonnerres pour vos tribulations célestes ! Achète-en deux, en prends un gratuit ! Bonus de talismans de tonnerre à chaque achat—approchez, ne reculez pas ! »

Sur la 32e marche, un enfant immortel angélique s'accroupit près d'un panier en bambou rempli de petites bouteilles de porcelaine. Il agita avec tant d'enthousiasme que sa manche faillit voler. « Élixirs de beauté ! Garanti de te rendre plus charmante que la Déesse de la Lune — une dose et tu rayonneras ! »

Lili faillit rater un barreau. « Ce royaume immortel, » murmura-t-elle, « est étonnamment... terre-à-terre. »

L'oiseau doré — glissant paresseusement à côté d'une bannière d'escorte très suffisante — bâilla assez grand pour avaler un noyau de pêche. « L'approvisionnement en encens de la Cour céleste est en déclin. Le budget a été coupé. Tout le monde a pris un petit boulot pour garder les nuages à l'abri. »

«... Pardon ? » Le visage de Lili se remplit de points d'interrogation. Des petits boulots annexes. Au paradis. Très pratique. Alarmant de pratique.

Elle continua à grimper jusqu'à ce que ses jambes commencent à lui faire mal. Au bout d'une centaine de respirations, elle dut pincer les lèvres et marmonner pour elle-même que le ciel en faisait vraiment trop d'altitude aujourd'hui.

Puis, sans prévenir, l'escalier trembla.

Ce n'était pas le délicat tremblement d'un nuage bien élevé. Toute l'échelle dorée sursauta comme une grande bête sortant d'une sieste, et—sans même un avertissement poli—accéléra. Les marches sous elle se transformèrent en un toboggan brillant, la propulsant vers la voûte du ciel.

Elle eut juste le temps d'enrouler un bras autour du poulet qui s'était d'une manière ou d'une autre enfoncé dans l'écharpe à sa taille, et son cri surpris fut emporté par le vent.

Ses deux autres coqs battaient des ailes à ses talons, leurs ailes claquant comme des drapeaux dans un vent alors qu'ils montaient les marches en mouvement.

Le monde s'effondra sous ses pieds. La lumière passait en bandes ondulantes.

Elle plissa les yeux devant cette éclatante clarté, l'espace d'un instant, crut voir une silhouette se tourner dans le tonnerre et la flamme—quelqu'un qui se tenait parfaitement immobile dans la tempête, le regard fixé sur elle à travers couche après couche de lumière flamboyante.

Elle entendit presque une voix l'appeler depuis ce feu. Elle traversait les nuages douce comme une main, si douce qu'elle lui donnait la chair de poule. Elle aurait juré que son nom chevauchait ce souffle sonore.

Puis, bien loin devant et au-dessus, le toboggan s'aplatit, la déposant sur une immense plateforme de jade.

Un palais s'élevait au-dessus d'elle, magnifique, sévère, et si haut qu'il semblait s'étendre sans fin dans la banque de nuages. Les murs étaient lambrissés d'un mariage de blanc et d'or qui lui fit pleurer les yeux.

De l'autre côté du linteau, trois personnages flamboyaient d'une fierté sans dissimulation : la secte Lingxiao. Ils brillaient si intensément qu'elle dut cligner des yeux à travers ses cils.

Les portes elles-mêmes mesuraient plus de trois zhang de haut : des plaques de bronze superposées d'or battu, avec des anneaux de porte en forme de dragons jumeaux dressés vers le ciel, des perles coincées entre leurs crocs.

Ils semblaient à deux doigts de descendre et de s'éclipser pour une rapide chasse.

Lili inspira brusquement. « Waouh... Cette porte est au moins trois fois plus haute que notre sanctuaire du village. »

Ses trois oiseaux gonflés à la rondeur maximale, poitrine ouverte, becs poliment fermés.

Elle tapota leurs fesses rebondies un par un, murmurant sur scène : « Restez proches. Tout ici a l'air cher. Si tu casses quoi que ce soit, on ne pourra pas se permettre les excuses, encore moins la facture. »

Puis elle redressa ses petites épaules, serra ses poules plus fort dans ses bras et se dirigea vers la porte principale.

Contre l'immensité de cet édifice, son ombre était minuscule—mais son dos était droit, et elle avançait sans broncher.

Elle savait parfaitement qu'elle n'était là que pour un test de racines spirituelles.

Avec un peu de chance, elle serait renvoyée chez elle demain pour reprendre sa carrière honorable de disputes avec les oies.

Et pourtant — debout là — son cœur battait deux fois, fort comme un tambour dans une salle silencieuse. Elle avait l'impression, de façon déraisonnable, que franchir cette porte allait faire basculer sa vie sur une toute autre voie.

Tandis qu'elle fixait, un immortel à la barbe blanche somnolait droit à l'ombre de la porte, appuyé contre le mur avec une règle de jade suspendue à ses doigts relâchés.

Au bruit de pas approchant (et au murmure inimitable de griffes de poulet sur la pierre), il sursauta, chassa ses yeux de ses yeux et plissa les yeux vers elle.

« Un test de racine ? » demanda-t-il, la voix rauque de sommeil. Il fouilla dans sa manche et sortit toute une pile de papiers. « Remplis d'abord un formulaire. »

«… Un formulaire ? » répéta Lili, horrifiée. La bureaucratie — ici aussi ?

« Bien sûr », bâilla le vieux immortel. « L'entrée dans la secte Lingxiao nécessite une procédure appropriée. Les procédures sont les rails sur lesquels l'ordre céleste glisse. » Il baissa les yeux, remarquant alors son entourage. Son front tressaillit. « Et ceux-ci... des poules ? »

« Oh, mes rations », dit Lili, complètement sincère. Elle tapota encouragement le coq dans sa ceinture. « Première fois que j'entre dans une secte immortelle ; Je ne savais pas s'ils allaient me nourrir. Alors j'ai amené tout le poulailler. »

L'immortel : « ...... »

« Ils sont très bien élevés », poursuivit Lili, rayonnante de fierté. « Ils hochent la tête pour le bonjour. »

L'immortel leva les yeux vers les poutres, comme pour s'adresser à un dieu qui ne diffusait pas en direct en ce moment. Finalement, il se contenta de dire, avec la résignation patiente d'un homme qui avait vu des choses plus étranges cette semaine : « Fille, pose-les. Difficile d'écrire les bras pleins. »

« Oh. » Elle posa soigneusement le trio sur les dalles. Ils s'installèrent à ses chevilles comme un repose-pieds vivant et *cliquetèrent* deux fois en guise de salutation respectueuse.

Lili accepta le formulaire et parcourut la première question. Elle faillit cracher de rire sur le papier.

Comment avez-vous découvert cet événement de Test Spirituel des Racines ?

□ *publicité* Immortal Times

□ Partagé par des amis sur le fil Celestial Moments

□ Éveillé des souvenirs de vies antérieures après avoir été frappé par la foudre

□ Autres (veuillez préciser) : ___________

Elle lança un regard théâtral au ciel et marmonna : « Quelle absurdité... »

Un picot transperça sa tempe—tranchant comme un silex sur l'acier.

Pendant un souffle, une image traversa son esprit avec la clarté de la foudre : le tonnerre rugissant autour de ses oreilles, des plumes dorées noircissant sur les bords, une paire d'yeux rouges, rouges cherchant à travers un mur de flammes.

Agaçant. Ce serait encore les cauchemars, qui se fondent dans la lumière du jour.

Elle serra la mâchoire, barra les options listées et écrivit soigneusement dans le blanc : Chaleureusement invitée par un très grand oiseau doré.

Passons à la suivante. C'était pire.

Quel attribut élémentaire souhaitez-vous que votre racine spirituelle soit ? (Choix multiples autorisés.)

□ Feu — Avantage : les restes de la cantine peuvent être prêts à emporter

□ Eau — Avantage : accès gratuit à la salle de bains publics / sources chaudes

□ Bois — Avantage : permission de voler dans le verger de pêchers de Pántáo

□ Métal — Avantage : bonus de commission lorsqu'on aide le Dieu de la Richesse à compter de l'argent

□ Terre — Avantage : aucun pour l'instant ; Veuillez attendre les mises à jour

Lili lut la liste à voix haute, l'incrédulité montant comme des levures. « Des restes à emporter ? Eau de bain gratuite ? Même le Dieu de la Richesse dirige maintenant des programmes de fidélité ? »

Le vieil immortel toussa délicat dans son poing. « Juste un sondage de préférences. L'attribut réel est déterminé par un test. Choisis comme tu veux. »

« Oh, donc c'est un puits à souhaits », dit Lili en s'illuminant. « Dans ce cas—je ne serai pas timide. »

D'un coup de stylo, comme une commandante inspectant une carte, elle plaça des coches décisives à côté de chaque objet. « Nourriture, eau, pêches, fonds... et la Terre », ajouta-t-elle en hochant la tête. « Aucun avantage pour l'instant, mais nous ne devons pas la laisser tomber. »

Elle descendit la page.

As-tu déjà rêvé d'une vie antérieure ?

□ Rêvais que j'étais le vestige orphelin d'un clan céleste

□ Rêvais que j'aimais un Immortel Épée et que j'avais une mauvaise fin

□ rêvais que j'étais frappé par la foudre et réincarné en poulet

□ Rêvais que je remplissais des formulaires jusqu'à mon ascension

« ...... »

Lili fixa le papier jusqu'à ce que l'encre semble vaciller. Doucement, avec révérence, elle dit à l'air : « Cerveaux immortels... vraiment pas quelque chose que les mortels peuvent comprendre. »

Ses trois coqs acquiescèrent solennellement, comme en accord érudit.

Le vieil immortel fit semblant de ne rien voir de tout cela — fille, poulets, paperasse existentielle — et fit tournoyer sa règle de jade contre sa paume dans un rythme régulier *tok, tok,* tok...

Le rythme universel des bureaucrates partout.

Derrière eux, la porte poussa un léger soupir métallique, les dragons sur les anneaux projetant de longues ombres enroulées sur les pierres.

Haut au-dessus, les mots *de la Secte Lingxiao* continuaient de scintiller sans honte, comme s'ils n'avaient pas soumis un mortel à une enquête incluant « réincarné en poulet » comme option parfaitement ordinaire.

Lili trempa de nouveau son pinceau, les lèvres en coin malgré elle. Quoi que ce soit — arnaque, destinée, carnaval à coupures budgétaires dans les nuages — cela se produisait.

Et à en juger par le poids dans sa poitrine, par la façon dont le vent sur l'échelle sentait le tonnerre et le vieux bronze, par les yeux qu'elle croyait avoir vus dans le feu, cela durait depuis très longtemps.

Elle posa la pointe du pinceau sur le papier et continua d'écrire.

Chapitre 2 : La Plume de Phénix dans la Salle de Jade

Une véritable **farce** se déroulait dans une certaine salle florale du complexe de la secte Lingxiao.

« Cette seule frappe peut fendre le Tonnerre Céleste lui-même, tu en doutes vraiment ?! »

Une silhouette élancée, au visage remarquablement **efféminé** , vêtue de robes rouge profond brodées de motifs sombres subtils, se tenait un pied fermement planté sur une console en bois de santal violet.

La pointe acérée de leur épée azur pointait directement vers le plafond.

Un gobelet de vin avait été renversé ; Le nectar précieux coulait sur le tapis inestimable aux fils dorés, captant la lumière des perles nocturnes lumineuses et scintillant comme une mini-rivière argentée.

« Mon estimé Jeune Maître ! » La vieille nounou Li se serra désespérément la poitrine, sa voix tremblante comme la flamme d'une bougie qui s'éteint dans une tempête profonde. « Ce tapis est tissé dans le plus beau **brocart de Brume d'Or**... »

« Un maniement de l'épée magnifique ! » Un disciple de la secte immortelle opposée de l'autre côté de la pièce applaudit avec une admiration sincère, puis se figea brusquement lorsqu'une réalisation tardive le frappa. « Attends, tu viens de te présenter comme ça... ? »

Yun Zhou pencha la tête en arrière, vidant les restes du vin.

Sa pomme d'Adam oscillait fortement avec le mouvement de déglutition — un détail minuscule qui plongea tous les présents dans un silence palpable et gênant.

« Le fils aîné légitime du manoir Yun, et l'actuel favori pour succéder comme Maître de Secte de la Secte Lingxiao », elle — ou plutôt, lui — utilisa la pointe de son épée pour lever une jarre de vin de jade, avant de se verser une autre coupe débordante. « Y a-t-il une quelconque objection ? »

La salle devint instantanément assez silencieuse pour qu'on entende clairement le goutte-à-goutte de l'horloge dorée.

Trois jours plus tôt, cette personne, connue dans tout le Royaume Immortel sous le nom de « Mademoiselle Yun, l'Aînée des Filles », avait publiquement levé la contrainte autour de sa poitrine lors d'une grande cérémonie.

On disait que le Jeune Maître de la Grande Secte Primordiale, observant les rites, avait immédiatement écrasé le sceptre de jade dans sa main.

« Absurde ! » rugit une silhouette âgée, suivi du violent fracas de la porcelaine. « La Cérémonie d'Évaluation Spirituelle est là, et le Jeune Maître agit encore avec une telle dissipation morale, n'étant ni homme ni femme... »

« Quel genre de commentaire l'Ancien fait-il ? » Yun Zhou fronça les sourcils, ses sourcils **intrinsèquement virils** se froncèrent avec mécontentement.

« Que veux-tu dire par 'ni homme ni femme' ? Je ne fais que honorer un pari perdu, ce qui m'oblige à porter des vêtements féminins pendant cent jours. »

Il affichait une expression d'arrogance et de satisfaction de soi, adoptant l'allure d'un jeune maître qui tient ses promesses avant tout.

Les invités rassemblés : « ...... »

« Ne te laisse pas tromper par l'attitude frivole du jeune maître Yun ; il avait vaincu celui de la Tour de la Flèche de Jade en moins de trois cents coups à l'époque, celui qu'ils appelaient... comment s'appelait-il déjà ? » murmura doucement un Ancien, pour être réduit au silence par un coup de coude sec de son voisin.

« Rassurez-vous, Ancien », Yun Zhou exécuta un geste décontracté de son épée, le *qi qui en* résulta balayant une décennie de poussière des poutres. « Votre jeune maître ici est doté d'un talent anormal. Une simple évaluation spirituelle n'est guère un défi. »

Dans un coin calme, un miaulement soudain et doux retentit.

Une jeune fille en robe blanche s'appuyait contre un pilier, ses doigts taquinant joyeusement le chat esprit blanc comme neige blotti dans ses bras.

Sa présence était normalement si éthérée qu'elle ressemblait à une aquarelle, pourtant le ronronnement du chat était étonnamment fort.

« Yara y va aussi ? » Yun Zhou haussa un sourcil d'un air taquin. « N'as-tu pas affirmé que le monde de la cultivation était un désastre pollué, et que tu préférais simplement caresser ton chat à la maison ? »

Il tendit intentionnellement le bout du doigt vers le chat. La créature neigeuse se hérissa instantanément, son pelage se hérissa, et poussa un - Miaou aigu.

Il sauta sur l'épaule de Yun Yara, son dos cambré comme une corde d'arc tendue.

Yun Yara leva les yeux, ses yeux si frais qu'ils auraient pu calmer la chaleur estivale : « Le Maître de Secte a déclaré que si je refusais d'y assister, il couperait immédiatement mon approvisionnement en **Flocons de Poisson Fée haut** de gamme. »

Pour tout propriétaire de chat, c'est vraiment une menace d'une ampleur dévastatrice. Il faut noter que ces éclats sont exclusivement fournis par le Roi Dragon et ne peuvent être acquis nulle part ailleurs.

Alors que l'atmosphère atteignait un point délicat de tension subtile, une voix claire et tranchante perça l'air :

« Il semble que cet Immortel de l'Épée soit arrivé au moment des plus opportuns. »

Un homme en robe azur entra, s'avançant sous la lumière de la lune.

Sa démarche semblait lente mais trompeusement rapide, lui permettant de glisser silencieusement dans la salle comme un courant de vent pur.

L'épée longue à sa taille, toujours au fourreau, projetait une lueur glaçante sous les lampes.

Ses pas étaient si légers qu'ils semblaient effleurer la surface de l'eau ; Pas une seule feuille tombée au sol n'était dérangée.

D'un coup de manche, *Pah !*

Deux parchemins d'invitation rectangulaires s'enfoncèrent dans le sol aux pieds de Yun Zhou, frappant la pierre polie dans un *clang* retentissant qui fit immédiatement s'élever un petit nuage de fumée légère.

Quelqu'un dans la foule trembla de peur sincère, croyant que l'Immortel de l'Épée avait perdu son sang-froid.

Xie Wuchen se tenait les mains jointes dans le dos, le visage aussi calme que l'eau de source visible à travers le givre intense, le coin des lèvres légèrement relevé — un regard d'une intelligence aiguë, comme une lame qui dévoile son tranchant avant de quitter le fourreau.

Cette personne n'était autre que **Xie Wuchen**.

Il était célèbre sous le nom de « **Souverain Immortel de l'Épée qui tranche les dragons et punit les démons du Neuvième Ciel et brise les Rivières des Étoiles et les Dix Continents d'un seul coup interrogatif, imbattable en un demi-pas.** »

(Ouf. On a vraiment besoin d'un verre d'eau après avoir récité ce titre.)

On disait que ce titre avait été personnellement rédigé par lui sur la liste d'enregistrement de la Secte lors d'une forte ivresse, et qu'à son réveil le lendemain, il refusa catégoriquement de le modifier, invoquant la simple raison : « Où que j'aille, mon nom doit résonner. »

Il servait comme disciple principal du Pavillon de l'Épée de la secte Lingxiao et était largement reconnu dans les cercles immortels de l'Épée comme l'homme « dont les frappes d'épée sont si élégantes qu'elles produisent automatiquement un son *héroïque de* Swoosh ».

« Grand frère Xie, y a-t-il un problème ? » Yun Zhou utilisa son fourreau d'épée pour ouvrir un des parchemins, puis éclata soudain de rire. « Deux invitations ? »

Les lèvres de Xie Wuchen s'étirèrent en un doux sourire : « Ton estimé père m'a spécifiquement donné des instructions. Il craignait qu'un certain fils aîné, n'étant ni entièrement masculin ni féminin... Euh, pardonnez-moi, étant à la fois masculin et féminin, cela pourrait involontairement monopoliser le quota de sa sœur. Par conséquent, deux invitations ont été préparées par précaution. »

Avant que ses mots ne se soient complètement estompés, un fort *CLANG* retentit de l'autre côté des portes principales.

Tout le monde se tourna vers elle. Figée dans la cour, se tenait une jeune femme avec un panier de médicaments attaché dans le dos. Son pied était fermement planté sur un seuil sévèrement déformé en bois *doré de nanmu*. Elle regarda d'abord la salle dorée et magnifique, puis fixa enfin Yun Zhou.

« Hum... c'est-à-dire, » elle se gratta la tête, maladroitement, tirant une invitation dorée froissée de sa poitrine.

Heh heh, puis-je demander si cet établissement est la branche du Royaume des Mortels pour la secte Lingxiao ? Je suis arrivé pour m'inscrire. Le vieil homme à la barbe blanche conseilla aux candidats mortels de compléter d'abord leurs procédures à la Fenêtre Mortelle. »

Elle se tenait près de l'entrée, serrant son panier de médicaments, ressemblant exactement à une coursière de village perdu tentant de déposer une déclaration d'impôts.

En voyant cette entrée totalement étrange, la coupe de vin dans la main de Yun Zhou *tomba au sol* .

Personne ne remarqua que l'épée dans le fourreau de Yun Zhou émettait un faible cri de dragon clair. Le son n'était pas perçant mais ressemblait plutôt à un ancien chant de phénix voyageant à travers le Neuvième Ciel.

Simultanément, le miroir en bronze suspendu à la taille de Yun Lili vacilla d'un fil de lumière dorée, illuminant vaguement une petite marque rouge au centre de son front.

* * * * *

La salle scintillait de bijoux scintillants et **de perles lumineuses**. Au milieu du *qi céleste* tourbillonnant, le visage souriant de la jeune fille brillait d'une lumière déconcertante, presque aveuglante.

Elle se tenait raide près de l'embrasure de la porte, serrant son panier de médicaments. Une seule mèche de cheveux sur son front avait été soulevée par le vent.

Son expression était un mélange étrange d'attentes naïves et de pure folie. Ses yeux parcoururent les différentes personnes alignées dans la salle, s'arrêtant finalement sur l'endroit où la coupe de vin de Yun Zhou gisait en morceaux sur le sol.

« Je suis Yun Lili ! » Sa voix était claire et lumineuse, et elle ajouta, articulant chaque mot avec une clarté exagérée : « J'ai... Arrivé... pour **s'inscrire** ? »

Son ton était précisément celui d'un élève d'une petite ville qui s'était accidentellement trompé de lieu d'examen et essayait désespérément de confirmer l'adresse.

Les Immortels réunis venaient à peine de se remettre de la vue des traînées de boue accrochées à ses robes en tissu rugueux lorsqu'ils la virent sortir une enveloppe embossée d'or de sa sacoche — identique en forme aux prestigieuses invitations que Xie Wuchen venait de livrer, à l'exception des taches de graisse suspectes marquant ses coins.

Juste au moment où Yun Lili s'apprêtait à donner une explication maladroite, un fort *Cluck* retentit.

Trois énormes coqs magnifiquement décorés entraient audacieusement dans la salle florale. Le plus grand des trois sauta sur son épaule, picorant affectueusement un bout d'herbe coincé dans ses cheveux.

« Ce sont-ils... ce sont vraiment **des Animaux** de compagnie ? » demanda un cultivateur en robe blanche, la voix tremblante d'incrédulité.

« Ce sont mes **rations**, naturellement ! » Yun Lili arracha nonchalamment une poignée de plumes du coq, sans ralentir.

« J'ai entendu dire que les Sectes Immortelles mènent une vie plutôt abstinente et difficile, alors j'ai même préparé les baies de goji pour le ragoût. » En parlant, elle secoua sincèrement un petit paquet de tissu de sa manche, éparpillant quelques baies rouges séchées et ratatinées sur le sol poli.

« Pfft— »

Quelqu'un, quelque part, brisa d'abord le barrage de la retenue, et les expressions rigides des Immortels rassemblés s'effondrèrent instantanément. Même les plus anciens et **pédants** des anciens disciplinaires faillirent s'étouffer avec son thé.

Cette déclaration plongea la salle dans un nouveau silence gênant, immédiatement suivi d'une cacophonie de rires étouffés, de toux polis et de mains bouchées.

Même les Anciens notoirement sévères et sans humour ne pouvaient empêcher leurs lèvres de tressaillir de façon incontrôlable.

Yun Zhou, qui était plongé dans une discussion sur l'escrime et le vin avec un Cultivateur d'Épée Céleste, fut ramené au présent.

Il tourna vivement la tête vers elle, riant si fort qu'il faillit cracher du vin par le nez : « Quelle audace remarquable tu possèdes, Demoiselle. Tu es la première personne à proposer ouvertement la consommation immédiate de bouillon de poulet juste à l'entrée de mon manoir familial. »

Même la nounou responsable de la maison lui tourna le dos, les épaules tremblantes comme un automate défectueux, luttant clairement contre des blessures internes qui empêchaient de réprimer son rire.

Tout le monde était amusé, sauf Yun Yara, qui se tenait silencieusement au centre de la salle. Ses robes blanches étaient comme la neige, son expression froide comme le givre qui n'avait pas encore fondu dehors.

Elle lança un regard subtil à Yun Lili, le coin de ses lèvres se retroussant en un arc très léger et net.

Le regard de Yun Yara était glacialement clair, et sa voix basse, comme un vent glacial qui balaie la neige : « 'Es-tu peut-être venue dans le mauvais établissement ?' »

Sa voix n'était ni forte ni douce, mais parfaitement audible pour les disciples les plus proches d'elle.

L'atmosphère, qui était au bord de la gaieté, devint instantanément complexe et légèrement gênante.

Mais Yun Lili était totalement inconsciente de cette tension subtile. Elle resta accroupie, tentant de coraller les poules, marmonnant sans cesse : « Vous devez tous être très sages, d'accord ? Ce n'est pas notre hutte au toit de chaume au pied de la montagne ; Tout est doré et magnifique. Si tu marches accidentellement sur une tuile et la casses, je ne peux certainement pas me permettre les réparations... »

À peine les mots avaient-ils quitté sa bouche qu'un fil de lumière dorée, tel le soleil du matin perçant les nuages, descendit du ciel à l'extérieur de la salle.

L'air sur son chemin vibrait, et les pétales au sol voletaient doucement, comme si toute la création baissait la tête en signe de révérence.

Une musique céleste résonnait dans l'air élevé, résonnant comme des cloches et des carillons, comme un édit divin descendant sur les neuf continents, secouant la terre. « **Porte immortelle de la secte Lingxiao, Cérémonie d'évaluation spirituelle—Commence.**«

Alors que la lumière dorée tombait sur la salle, les Immortels rassemblés se levèrent à l'unisson.

Leurs sens spirituels se rassemblèrent automatiquement, et le qi primordial du ciel et de la terre convergea instantanément. Toute trace de rire disparut, remplacée par une profonde solennité.

Seule Yun Lili restait à contempler la lumière dorée, les yeux pétillants d'excitation. Elle murmura une seule phrase, émerveillée : « ... Waouh, ça brille vraiment, n'est-ce pas ? »

* * * * *

La Cérémonie d'Évaluation Spirituelle était, ostensiblement, plus simple qu'on ne l'aurait pu imaginer — elle nécessitait simplement que le sujet se tienne sur un miroir de bronze ancien, finement sculpté de runes et incrusté d'or et de jade précieux, et qu'il pose ses deux mains sur sa surface.

La couleur résultante de la lumière émise déterminait si une racine spirituelle existait, ou quel type spécifique de racine spirituelle possédait le sujet, selon la teinte.

Yun Lili se tenait là, regardant dans le miroir, son expression empreinte de profonde subtilité et d'inconfort.

Elle avait été distraite par l'observation que les sept pierres précieuses incrustées dans le cadre du miroir étaient clairement forcées dans une semblance grossière de la constellation de la Grande Ourse.

Leur **éclat** était inégal et fragmenté ; la sixième pierre, nettement plus petite que les autres, était clairement un morceau de verre improvisé, grossièrement raccommodé, et portait un flacon d'eau collant à cause de l'adhésif résidual.

Le cadre lui-même était entouré de bêtes divines dans une posture de mordillage, et les sept étoiles de jade auraient dû rayonner d'une gloire sans limites.

Pourtant, elles ne faisaient que vaciller de façon erratique, comme des lanternes bon marché devant un temple local, trahissant une gêne embarrassante, comme si quelqu'un avait oublié d'activer la formation elle-même.

« Ce miroir a l'air franchement étrange », marmonna Yun Lili, se frottant instinctivement les mains sur ses vêtements.

Un Immortel âgé, qui supervisait l'évaluation, remarqua son inaction prolongée. Il fronça les sourcils et l'encouragea avec impatience : « Fais vite. Ce vieux Immortel doit bientôt retourner à sa sieste. »

Yun Lili offrit un sourire légèrement gêné : « Mais mes mains... elles sont vraiment sales. »

« N'importe quoi. » Le vieux Immortel chassa son inquiétude d'un geste de la main. En un instant, ses robes rugueuses et tachées de boue furent remplacées par une tunique de soie blanche comme la lune.

Une profonde sensation de propreté l'enveloppa immédiatement.

« Waouh... »

« Dépêche-toi maintenant, mon service touche à sa fin. Plus de traînées », grogna l'Immortel, visiblement mécontent.

« Euh, bon alors. »

Après un dernier moment d'hésitation, Yun Lili posa ses deux mains sur la surface du miroir.

Au moment où ses paumes touchèrent, tout le panneau de bronze se mit à clignoter de façon désordonnée, passant de sept couleurs distinctes à un lampadaire cassé subissant une panne électrique catastrophique.

« C'est étrange », se gratta la tête le vieux Immortel, confus. « La dernière fois que cette anomalie précise s'est produite, c'était il y a cinq cents ans, lorsque nous évaluions la racine spirituelle du Troisième Prince Nezha. »

Alors que les Immortels rassemblés retenaient leur souffle collectif, le miroir émit un fort et retentissant *C-r-a-a-a-c !* et frissonna violemment, comme si quelqu'un à l'intérieur secouait furieusement une machine à loterie céleste.

La lumière à sept couleurs clignota de façon chaotique, jusqu'à ce qu'enfin, avec un fort « **POOF !** »

Un panache de fumée grise jaillit. Toute la surface du miroir en bronze s'assombrit, à l'exception de quelques petits mots vacillants qui vacillaient de façon erratique :

—Le modèle miroir est obsolète. Format utilisateur actuel non pris en charge. Pour les réparations, veuillez contacter : Seigneur Céleste Jì-Míng (寂明仙君).

Un dernier post-scriptum, plus petit, fut ajouté dans le coin :

—En cas de différend, veuillez vous présenter à la Cour Céleste. Les droits d'interprétation finale sont réservés au « Bureau de l'Appareil Céleste de Lingxiao » (Firmament Céleste). (Code miroir : Alpha-One).

— Ce miroir a servi plusieurs Maîtres Immortels ; cette version a été autorisée et scellée par l'actuel Vénérable de l'Épée, le Seigneur Céleste Jì Míng.

Yun Lili : « ...... »

Est-ce le Seigneur Céleste Jì Míng, ce 'Jì Míng Xiān Jūn'... Une sorte d'artisan divin ou de réparateur de miroirs ?

«… Quelqu'un ne devrait-il pas immédiatement prévenir le Seigneur Céleste Jì Míng ? »

Quelqu'un murmura la question, et les Officiels Célestes autour tombèrent instantanément dans un silence étouffant, comme si l'air lui-même s'était figé.

« Tu es fou ? Cet individu... pourquoi se soucierait-il d'une affaire aussi triviale ? »

« Mais il est le Maître reconnu du Miroir Céleste de cette génération, et le Chef de l'Épée Dao. Si cette anomalie dégénère de façon incontrôlable, il n'est sûrement lui que lui qui possède le pouvoir de la réprimer. »

« Croyez-vous vraiment qu'il condescendrait pour écouter l'appel ? Il est en cultivation à huis clos depuis trois ans sans prononcer un seul mot. Même le simple conseil du Vice-Envoyé Sang lui avait autrefois provoqué une telle fureur spirituelle que le Vice-Envoyé a craché du sang... oses-tu vraiment le déranger encore une fois ? »

À cette anecdote, les silhouettes autour affichèrent toutes une profonde sympathie, regardant Sang Li avec une pitié notable croissante.

Sang Li se tenait là, ses robes sombres fouettant dans le vent insensible. Il se frotta simplement l'arête du nez avec un air de résignation totalement vaincue.

Eh bien, qui est responsable ? Cet homme est le Vénérable de l'Épée, le roi vivant le plus insensible de l'Enfer dans tout le Ciel Azur et la Secte Lingxiao.

Chapitre 3 : La lumière cachée du miroir

Puisque « Ji Ming Seigneur Immortel » Yu Sord était le seul fournisseur d'entretien — non — la seule personne désignée, les immortels rassemblés n'avaient d'autre choix que de se tourner vers lui pour obtenir de l'aide.

Dans un grondement sourd, une formation lumineuse se manifesta au centre de la grande salle.

Dans sa lueur, un ancien miroir de bronze se matérialisa, sa surface ondulant comme de l'eau et scintillant d'une faible lumière aurorale. Le pouvoir spirituel monta, attirant des vents de toutes parts.

La silhouette arrivante portait des robes d'un noir et or profonds, se tenant droite et posée, les mains jointes dans le dos. Ses traits étaient élégamment sculptés, rayonnant d'une grâce immortelle.

Pourtant, une veine bleue pâle pulsait à son front — signe évident de quelqu'un qui venait d'être contraint de réparer trente miroirs mesureurs d'esprits sans répit avant d'être appelé à éteindre ce nouveau feu.

C'était Sang Li, vice-commandant de la division des forces de l'ordre de la secte Lingxiao.

Yun Lili fixa, les yeux écarquillés, devant le spectacle doré et éblouissant de son arrivée, complètement stupéfaite. « Waouh. »

La poule dans ses bras laissa échapper un doux « cluck », comme pour approuver.

Le son perça l'atmosphère tendue auparavant. L'homme en robe brodée noir et or jeta un coup d'œil sur le côté, son regard se posant sur Yun Lili.

Elle rayonnait d'une innocence radieuse, son visage incarnant la naïveté, tout en berçant un poulet dodu.

«…» Après un long silence, il parla enfin, d'un ton doux. « Cette jeune demoiselle, êtes-vous venue pour la mesure spirituelle ? »

« Oui ! » Yun Lili hocha vivement la tête, ajustant le poulet dans ses bras. « Je suis venu dès que j'ai reçu la convocation. Ce fut un si long voyage — mes pieds sont presque usés... mais je crois que j'ai peut-être cassé le miroir en le touchant ! »

Dès que les mots sortirent de sa bouche, de nombreux disciples en bas baissèrent la tête, les épaules tremblant subtilement alors qu'ils étouffaient un rire, leurs visages rougis.

La bouche de Yun Yara tressaillit, ses yeux roulant presque imperceptiblement.

À côté d'elle, Yun Zhou rit de bon cœur. « Comme c'est amusant. La mesure d'esprit d'aujourd'hui est presque une comédie, apportant une telle comédie... un caractère vibrant. »

« *Pas de problème. Une simple réparation suffira.* «

À peine les mots de Sang Li avaient-ils été échangés que son pied frappa le miroir.

Une soudaine et violente explosion de lumière multicolore éclata, tourbillonnant autour du cadre du miroir comme un arc-en-ciel frénétique avant de s'arrêter brusquement.

Un étrange silence enveloppait les environs. Puis, Sang Li déclara impassiblement : « *Réparé.* «

« … » Un silence collectif flottait dans l'air.

« Hein ? C'est déjà réglé ? » Yun Lili était stupéfaite.

L'immortel s'est-il contenté de le donner un coup de pied, et c'est tout ce qu'il fallait ?

Sang Li hocha légèrement la tête, la plus légère vague d'émotion traversant enfin ses traits. Il ouvrit la bouche pour parler, mais fut interrompu par une légère toux.

De la foule émergea un homme d'années moyennes en robe argentée, la posture droite et le comportement stable. Il s'inclina respectueusement avant de parler clairement :

« Vice-commandant Sang, votre estimée personne n'a pas à se préoccuper d'un procès aussi mineur. »

Il se tourna vers Yun Lili, d'un ton posé. « Cet humble est Jing Yu, intendant de la salle extérieure et officier céleste de septième rang de la secte Lingxiao. La mesure spirituelle aura lieu sous ma direction. »

Sang Li baissa les yeux, ne lui opposant aucune objection—un consentement tacite.

L'officielle Jing Yu fit un signe de tête vers Yun Lili et désigna un simple miroir en bronze. « Ce miroir s'appelle 'Reflet d'Esprit'. Il suffit de poser ta main dessus, et cela révélera si tu possèdes une racine spirituelle. »

« Vraiment ? C'est incroyable ? » Yun Lili ouvrit grand les yeux, se penchant avec une curiosité vive. « Mais j'ai les mains pleines avec ce poulet... je peux le poser ? »

«... Je vous en prie, » répondit Jing Yu, sa voix se brisant légèrement en montant de ton.

Une vague de rires étouffés parcourut la salle.

Posant enfin le poulet, Yun Lili s'approcha du miroir avec hésitation. Elle se frotta les mains mais tarda à les poser sur la surface.

« Jeune fille, avez-vous des inquiétudes ? »

« Euh... hehe, je suis un peu nerveux. Peut-être que quelqu'un d'autre devrait commencer ? » Yun Lili se gratta la tête, un peu gênée.

Sang Li inclina la tête. « Très bien. » Il regarda Yun Zhou et fit un geste courtois. « S'il te plaît. »

Lorsque Yun Zhou monta sur le quai, sa grande silhouette se tenait immobile, les robes bleu clair de sa tenue s'agitant comme si une brise surnaturelle avait été touchée avant même qu'il ne bouge.

Au moment où sa paume rencontra le miroir immortel, deux esprits du vent et du feu rugirent à l'unisson, et des phénomènes extraordinaires éclatèrent entre le ciel et la terre.

Un colossal pilier de flammes tourbillonnait comme un dragon, tandis que des vents féroces hurlaient comme un tigre. Une lumière cramoisie s'éleva vers le ciel, perçant la neuvième couche de nuages. Je

des grues immortelles et des oiseaux spirituels prirent un envol surpris ; Des milliers de bêtes spirituelles se prosternèrent. Même les bêtes de pierre gardiennes à la porte grinçaient des dents comme prêtes à s'incliner en signe de soumission.

Dans la salle, les officiels célestes pâlirent à l'unisson. Certains se levèrent, pour hésiter et se rasseoir ; d'autres murmuraient entre eux. L'un d'eux laissa même tomber son éventail spirituel au sol dans un fracas, totalement inconscient.

Le miroir immortel tremblait d'un bourdonnement assourdissant. Un script ancien de sceau s'est enflammé, révélant quatre caractères : **« Double Destinée Spirituelle. »**

Un souffle collectif balaya l'assemblée—

C'était le Double Destin Spirituel, invisible depuis un millénaire ! La légende voulait qu'un seul capable de s'opposer au Souverain Démon pouvait avoir un tel sort !

Les officiels célestes étaient visiblement émus. Un ancien murmura d'une voix rauque : « Si celui-ci ne tombe pas, un siège divin vous attend sûrement... mais s'il tombe, le malheur pourrait frapper le monde. »

Yun Zhou se contenta de retrousser légèrement les lèvres, une aura d'arrogance inégalée émanant de son front et de ses yeux.

En descendant, il appela sa jeune sœur légitime, Yun Yara : « Allez, n'ayez pas peur. Au pire, ce n'est qu'un éclair ! »

En passant devant Yun Lili en chemin, son regard tomba sur la poule dodue dans ses bras, et son sourcil se haussa légèrement. Yun Lili sourit, faisant un petit signe de la main au pied du poulet.

Il détourna cependant les yeux avec un regard à la fois amusé et méprisant, un léger *hmph s'*échappant de lui alors que sa manche voletait—distant et fier, comme il était arrivé.

Les phénomènes du test de Yun Zhou n'avaient pas encore complètement disparu, l'énergie spirituelle bouillonnant encore dans l'air. Alors que l'assemblée restait immergée dans l'admiration face au « Double Destin Spirituel », le vieux immortel qui somnolait plus tôt cria bruyamment,

« Deuxième jeune dame de la famille Yun, Yun Yara, avancez pour la mesure de l'esprit ! »

La foule se tut, leurs regards balayant à l'unisson la jeune femme vêtue de robes blanches comme la lune, ses traits porteurs d'une dignité pleine d'entrain. Elle tenait une épée dans ses bras, s'arrêta un instant en silence, puis s'avança comme on lui avait demandé.

« C'est la sœur de Yun Zhou, et elle est intelligente depuis l'enfance. Elle ne devrait pas être mauvaise, non ? »

« Peut-être un autre Esprit Dual ? La famille Yun pourrait produire des jumeaux prodiges ! »

Yun Yara lança un regard froid et furtif à Yun Zhou avant d'avancer. Lentement, elle posa sa main sur le miroir immortel.

Tout le monde retint son souffle. La surface du miroir vacilla d'abord d'une faible lumière, puis d'un éclair de feu, d'une lueur d'eau, d'un filet d'énergie boisée... tout s'entremêla de façon chaotique avant qu'un violent tremblement ne fasse trembler le miroir. Dans un dernier bourdonnement, son éclat s'éteignit brusquement.

—Pas de phénomènes, pas de résonance spirituelle.

Voyant cela, le vieil immortel devint soudain alerte, son expression changeant alors qu'il marmonnait avec appréhension : « Mixte... mélangé... pauvre racine spirituelle. »

Alors que ces mots tombaient, un tumulte éclata dans la salle.

« Quoi ?! »

« Comment est-ce possible ? Yun Zhou possède un destin de double esprit, mais elle a une faible base spirituelle ? »

« Le miroir immortel a-t-il mal fonctionné ? On devrait tester à nouveau ? »

« Comment une pauvre racine spirituelle pourrait-elle jamais entrer dans la secte Lingxiao ? »

Comment cela pourrait-il être... une mauvaise racine spirituelle ?

Ses doigts tremblaient légèrement. En retirant sa main, elle ne remarqua même pas que ses ongles s'enfonçaient profondément dans sa paume.

Elle entendait à peine le tumulte autour, son esprit bourdonnant comme si elle avait été frappée par un coup soudain.

—Depuis l'enfance, elle avait été exceptionnellement intelligente, le centre de l'attention de tous, le génie que son maître appelait « égal en célébrité à son frère aîné »... Comment pouvait-elle avoir une racine spirituelle médiocre ?!

À cet instant—elle refusait d'y croire !

Elle sentit tout son corps s'enflammer, non pas d'un feu spirituel, mais d'une honte écrasante et... ressentiment.

Pourtant, elle n'avait d'autre choix que de croire, car son parcours de cultivation avait en effet toujours été aidée de force — par des attributs « métalliques ».

Naturellement douée et brillante, elle traînait toujours un peu derrière son frère.

Ainsi, son père, le chef de secte, remplissait ses pochettes de stockage et son trésor privé de toutes sortes de trésors rares et de pilules spirituelles — tout ce qui pouvait stimuler sa cultivation.

Des voix réclamant un test réclamèrent une vague. À ce moment-là, quelqu'un parla froidement : « Si tu doutes de la précision du miroir, retester est vain. Mieux vaut que quelqu'un d'autre essaie ; Alors nous saurons la vérité. »

Sur ce, volontairement ou non, la foule poussa collectivement Yun Lili, qui se tenait sur le côté.

Elle se figea un instant, une lueur de panique traversant ses yeux, mais elle se ressaisit et fit un pas en avant, s'approchant du miroir immortel. Doucement, elle répondit : « À mon tour maintenant ? Oh... eh bien, je vais essayer. »

Yun Lili s'approcha hésitante du miroir, se frottant les mains, et se retourna même pour demander : « Alors... Un simple toucher suffit ? »

Jing Yu réprima à peine l'envie de se masser les tempes. Juste au moment où il allait parler, la voix de Sang Li, aussi légère que le vent à travers un bosquet de bambous, s'éleva de derrière :

« Ferme les yeux, concentre ton esprit, vide ton esprit des distractions. »

« Je vais essayer... mais mon poulet semble être coincé dans le cercle spirituel... »

«???»

Les immortels échangèrent des regards perplexes. Pendant un instant, l'atmosphère au sommet de la plateforme spirituelle se figea étrangement.

Yun Lili ramassa secrètement le poulet dans ses bras depuis le bord de la formation, marmonnant à voix basse : « Désolée pour ça, je ne le laisserai pas s'échapper la prochaine fois. »

Elle se tourna de nouveau vers l'immortel fonctionnaire et cligna des yeux. « Vraiment, il suffit de poser ma main dessus ? Pas besoin d'incantations ou quoi que ce soit ? J'ai appris la table de multiplication avant-hier— dois-je la réciter pour avoir du courage ? »

Une lueur d'amusement sembla traverser les yeux de Yun Zhou, mais elle disparut en un instant, son expression retrouvant son calme habituel.

Au moment où le bout du doigt de Yun Lili toucha légèrement la surface du miroir—

« ***BOOOOM —!!!*** «

L'énergie spirituelle du ciel et de la terre déferla comme un raz-de-marée.

Le miroir ancien trembla violemment alors qu'un pilier de lumière dorée s'élevait vers le ciel, accompagné de l'image fantôme d'une grue spirituelle déployant ses ailes dans un long cri résonnant.

Une musique céleste résonnait, comme si les cieux eux-mêmes chantaient !

« C'est... une Racine Spirituelle Céleste ?! »

« Et accompagné d'un phénomène de lignée ?! Comment est-ce possible ?! »

« Cette fille a l'air de ne même pas être entrée dans le Raffinage du Qi... comment a-t-elle pu...»

Les cultivateurs présents restèrent sans voix par le choc. Même l'Officiel habituellement imperturbable Jing Yu affichait un air de totale perplexité.

Yun Lili se tenait dans la colonne de lumière spirituelle tourbillonnante, serrant dans ses bras le **poulet encore caquetant et hérissé** , l'esprit complètement vide.

Les fonctionnaires immortels : « .... »

Sang Li, cependant, regardait calmement la lumière fantôme persistante dans le miroir. Baissant les yeux, il ne dit rien. D'un geste de son long doigt, le phénomène déchaîné s'évanouit comme une marée.

Sa voix, claire comme du jade tombant dans une mare tranquille, résonna autour : « Le phénomène de la Racine Spirituelle Céleste s'est manifesté. Cette fille peut monter directement dans la secte intérieure. »

—Jamais dans les millénaires d'histoire de la mesure des esprits à la secte Lingxiao n'avait été aussi... mouvementé!

* * * * *

La lumière s'estompait peu à peu, le phénomène se dissipa, et le miroir immortel resta silencieux en place comme si ce spectacle bouleversant n'avait jamais eu lieu.

Yun Lili resta hébétée, la paume toujours pressée contre la surface du miroir. Il lui fallut un long moment pour reprendre ses esprits avant de murmurer : « Mais on disait... il n'y avait rien de spécial là-dedans ? »

« *Cette jeune fille est vraiment spéciale.*» La voix de Jing Yu portait une gravité sans précédent, son regard portant une pointe d'une complexité indescriptible alors qu'il se posait sur elle.

Non loin de là, Yun Yara serra les dents fermement, ses doigts cachés dans ses manches serrés en poings blancs, ses ongles presque s'enfonçant dans ses paumes.

Elle était la fille légitime d'une secte immortelle, celle naturellement chargée de grandes attentes—alors pourquoi le miroir avait-il révélé une faible racine spirituelle chez elle, alors que cette jeune fille rutile... On a accordé un présage du cri du phénix ?

Sang Li resta silencieux comme toujours, mais une lueur de clarté glaciale traversa profondément ses yeux. Il semblait avoir compris quelque chose, mais choisit de ne pas le dire.

Avant que la foule ne puisse se remettre du choc, la surface du Miroir Réfléchissant le Ciel scintilla soudain d'un halo extrêmement faible et doux. Cette lumière, douce et délicate, perçait le ciel au-dessus de la plateforme spirituelle, peignant l'horizon de teintes crépusculaires.

« Ce n'est pas une lumière miroir ordinaire pour mesurer les esprits... » murmura un officiel immortel à voix basse, « Serait-ce... un écho résiduel du *Royaume du Reflet* des Esprits ? »

« Quoi ? » L'assemblée s'agita d'alarme.

« Impossible. Le Miroir de Reflet des Esprits est un ancien artefact divin, détruit depuis longtemps. Ce n'est qu'une réplique, comment pourrait-il... »

Une autre voix s'interrompit en plein milieu de sa phrase, car lui aussi la vit — la silhouette faible et indistincte d'une paire de plumes dorées flottant dans la lueur du crépuscule, tournoyant silencieusement autour des cieux les plus hauts.

C'était une aura ancienne et familière — l'aura de la lignée Phoenix.

Les officiels immortels se turent complètement. Pendant un instant, toute la grande salle se tut complètement, à l'exception de Yun Lili qui serrait son poulet en reculant prudemment et murmurait,

« Euh... peut-être devrais-je retourner attendre des nouvelles ? »

Le public : « ...... »

« Je ne voulais pas faire de mal... vraiment juste un peu... s'il te plaît, ne craque pas, je t'en supplie... » Elle caressa secrètement le coin du miroir de bronze comme pour encourager une poupée de porcelaine boudeuse.

Le poulet caqueta deux fois, apparemment en accord.

Sang Li retira le regard, son ton inchangé mais imprégné d'une autorité indiscutable :

« *Vous ne pouvez pas partir. Vous resterez dans la secte pour observation temporaire.* «

À cet instant, tout le monde comprit — cette mesure d'esprit chaotique et dispersant des poulets n'était pas qu'une farce. C'était le début d'un destin ordonné par le ciel.

Chapitre 4 : La Grue révèle la lignée

À cet instant même, dans la salle arrière de la secte Lingxiao, la fumée d'encens s'enroulait en spirales paresseuses.

Avant que les marques célestes ne choisissent de se manifester, le silence était assez étrange ; L'air ne contenait rien d'autre que le faible chant rythmique des écritures flottant des coussins de prière.

Tout à coup, un totem de grue s'élevant vers les cieux apparut sur le Miroir du Reflet des Esprits.

Une lumière dorée dévalait comme des rayons de soleil fendant nuages et brumes, illuminant toute la plateforme spirituelle d'une qualité onirique, presque hallucinatoire.

La vieille matriarche de la famille Yun était à l'origine assise en tailleur sur son coussin, les yeux légèrement fermés, une guirlande de perles de prière à la main, chantant *à voix* basse.

Pourtant, au moment précis où la marque céleste apparut brusquement, ses yeux s'ouvrirent brusquement.

Un choc physique parcourut tout son corps ; Les perles de prière dans sa main se brisèrent sous le choc, se dispersant sur le sol dans un bruit distinct.

Elle se leva en tremblant, s'appuyant lourdement sur sa canne à tête de dragon alors qu'elle titubait de quelques pas en avant.

Levant la main, la scène sur la plateforme spirituelle se reflétait dans le vide—le totem grue doré sur le Miroir Céleste scintillait de brillance, criant doucement comme possédé par son propre esprit conscient.

La Vieille Matriarche fixa son regard dessus un instant, ses yeux se remplissant instantanément d'une lourde couche de choc et d'hésitation.

« Ce schéma... c'est la marque de l'Ancêtre... »

Murmura-t-elle d'une voix basse, la voix presque tremblante : « Comment cela a-t-il pu apparaître sur elle ? Serait-ce que... que *c'est* elle... »

Avant qu'elle ne puisse finir sa phrase, plusieurs anciens arrivèrent précipitamment, embarrassés. Voyant que l'expression de la Vieille Matriarche était loin d'être ordinaire, ils demandèrent précipitamment : « Vieux Matriarche, cette marque... Quelle en est l'origine ? »

Le regard de la Vieux Matriarche resta fixé sur le Miroir Céleste, silencieux pendant un long moment. Ce ne fut que lorsqu'elle aperçut clairement la jeune fille debout devant le miroir sur le quai — traits délicats mais dotés d'une aura pleine d'énergie — qu'elle ouvrit lentement la bouche :

« Il y a un siècle, alors que l'Ancêtre Yun méditait en passant vers l'ascension au-delà du monde mortel, il dissimula le seul sceau de véritable héritage dans la moelle et le sang mêmes. Ce sceau... seule la ligne directe peut l'hériter ; Les branches collatérales n'ont aucune chance de l'obtenir. »

Elle s'arrêta, son regard devenant aussi tranchant qu'un couteau : « Cette jeune fille — comment s'appelle-t-elle ? »

Un petit assistant à côté répondit précipitamment : « En réponse à la Vieille Matriarche, elle s'appelle Yun Lili. Elle vient d'une branche secondaire d'une branche secondaire de la famille Yun. Elle vivait à l'origine dans un petit village, **village du Radis Vert** au pied des montagnes South Cloud. Son passé... n'est guère illustre. C'est simplement que... D'une manière ou d'une autre, elle a reçu une invitation en or à venir et à faire mesurer son esprit. »

En entendant cela, le regard de la Vieille Matriarche se figea comme un givre coagulé. Après une longue pause, elle énonça chaque mot : « Le Miroir du Reflet d'Esprit ne fait pas erre... Viens avec moi. »

D'un cri aigu et d'un mouvement de manches, la lumière et l'ombre jaillirent, et elle mena la foule d'anciens à se manifester directement au sommet de la plateforme spirituelle.

« La Vieille Matriarche apparaît en personne ! »

« Elle est vraiment venue pour une fille d'une branche secondaire ? »

Tout le lieu éclata en tumulte ; Les cultivateurs chuchotaient entre eux, l'atmosphère se tendant soudainement.

La vieille matriarche Yun se tenait devant le Miroir Céleste, regardant silencieusement Yun Lili un instant, avant d'annoncer soudain d'une voix claire et résonnante : « Messieurs, écoutez-moi, cette fille... est très probablement le véritable porteur de la lignée Yun, le descendant authentique de la lignée directe ! »

Alors que ces mots étaient prononcés, la foule dans la salle eut l'impression d'avoir été frappée par un éclair ; tous furent profondément ébranlés.

Le visage de Yun Yara perdit instantanément toute couleur, comme frappé par un coup violent. Son corps vacilla ; Elle avait du mal à garder l'équilibre.

Un léger tremblement parcourut son corps.

Le sang avait complètement quitté ses lèvres, mais elle força sa colonne vertébrale à rester droite. Cachés dans ses manches, ses doigts se crispèrent — si fort qu'ils s'enfonçaient dans sa propre paume, assez tranchants pour presque faire couler du sang.

Sous le regard de la foule, elle ne pouvait pas s'effondrer, ni oser ; Elle ne put que mordre fort sa lèvre inférieure, se forçant à rester calme.

Yun Zhou leva les yeux, stupéfait, les yeux pleins d'incrédulité : « Quoi ? Yun Lili... Est-ce ma vraie sœur ? Alors... alors qui est Yun Yara ? »

La Matriarche poussa un grognement froid, sa voix grave comme une grande cloche : « La véritable marque d'héritage d'il y a un siècle est enfin réapparue après dix-huit ans. Hélas, le jour où la fille directe Yun est née, cela a coïncidé avec un raid des restes du clan démoniaque de la Crête Ouest sur Yunzhou. Des balises de feu engloutissaient la moitié de la ville ; la secte Lingxiao était en proie au chaos intérieur, et la plateforme spirituelle tremblait. »

Sa voix baissa de quelques degrés alors qu'elle poursuivait lentement : « À ce moment-là, une servante de la cour principale s'enfuit pour sauver sa vie en serrant un nouveau-né dans ses bras. *En chemin*, elle est entrée en collision avec une famille de réfugiés mortels.

Dans le chaos, les deux nourrissons étaient tachés de fumée et de feu, leurs vêtements tachetés de sang, les rendant indiscernables... On raconte que la servante en a rapidement ramassé l'un d'eux et ramené l'enfant à la Secte. »

Elle fit une pause, les yeux brûlants comme des torches : « Pendant de nombreuses années, j'ai cru que ce n'était qu'une erreur commise dans le chaos. Pourtant, maintenant que le Miroir Céleste a révélé la vérité, non seulement en vérifiant la Marque de l'Esprit de l'Ombre du Phénix mais aussi la réapparition du sceau d'héritage de l'Ancêtre... Comment cela pourrait-il être une simple coïncidence ? »

Un silence mortel s'abattit sur la salle.

Son regard balaya les différents anciens, sa voix basse : « Peut-être... Le chaos de ces années n'était pas entièrement une catastrophe naturelle. Quelqu'un, utilisant le feu pour améliorer son propre plan, a secrètement échangé le Mandat du Ciel. »

« Quant à qui pourrait être cette personne— » Elle ne continua pas, se contentant de resserrer sa prise sur sa canne jusqu'à ce que le bois émette un léger grincement. Sa voix s'interrompit, son regard retombant sur Yun Lili, son ton doté d'une fermeté et d'une certitude sans précédent.

« Aujourd'hui, avec le Miroir de Reflet Spirituel comme témoin, le Sceau du Phénix est réapparu, et la lignée est hors de doute — la véritable lignée directe de la famille Yun est enfin revenue à son siège légitime. »

La foule se tut, sans voix. Ce n'est que sur le Miroir Céleste que l'ombre de grue dorée s'attarda, refusant de se disperser, tournoyant au-dessus de la tête de Yun Lili comme pour crier spirituellement.

Elle fixait la Vieille Matriarche d'un air vide, comme si un cauchemar scellé depuis dix-huit ans ouvrait les portes de sa mémoire ; Elle voulait dire quelque chose, mais elle ne pouvait pas prononcer une seule syllabe.

Pendant un temps, il semblait impossible de concilier cette prise de conscience bouleversante de son identité avec elle-même, ne ressentant qu'une voix profonde s'éveiller lentement en son âme :

« Cette femme héritera de l'orthodoxie Yun et succédera à la responsabilité du Mandat du Ciel. »

* * * * *

Les vagues émeraude du miroir d'eau coulaient à perpétuité, scintillant d'une faible luminescence alors qu'elles reflétaient la myriade d'anomalies se produisant devant la Plateforme de Mesure des Esprits—

La lumière spirituelle de Yun Zhou se précipita vers les cieux, un phénomène qui effraya les cieux. Yun Yara fut mesuré comme possédant une Cause Spirituelle Impure, provoquant un tumulte dans tout le lieu.

Yun Lili manifesta l'ombre d'une grue en pleurs, son appel clair perçant les nuages.

La Vieille Matriarche se releva, choquée, la main serrant sa canne tremblant légèrement, faisant vibrer toute la salle.

Devant le miroir d'eau, Xie Wuchen se tenait les bras croisés, un sourire de voyou aux coins de la bouche.

Il a fait un petit bruit d'appréciation et a déclaré : « Ce spectacle est un vrai spectacle. Ce drame des filles réelles et contrefaites renverse le récit plus radicalement que n'importe quel scénario de pièce. Si ce Seigneur Immortel n'avait pas vu cela de ses propres yeux, je croirais sincèrement qu'un arbitre du destin est devenu complètement fou. »

Le fourreau de Yu Sord vibra légèrement ; une aura glaciale d'épée força Xie Wuchen à reculer de trois pas.

Le miroir d'eau reflétait le subtil changement dans son regard—cette jeune fille debout devant le miroir céleste, l'air complètement perdue.

La robe en croissant de lune de la version standard du Royaume des Immortels faisait ressortir son petit visage, le rendant blanc mais teinté d'une teinte rosée.

Xie Wuchen tourna la tête vers l'homme à ses côtés, dont l'expression était aussi froide que le givre, et haussa un sourcil d'un ton taquin : « Cette future fiancée à toi... est passée de fille légitime du manoir Yun à possédante la Racine Spirituelle Impure du jour au lendemain. Tu es surpris ? N'est-ce pas surprenant ? »

Yu Sord retira le regard avec indifférence, sa voix résonnant comme de l'eau froide de source qui goutte sur la pierre : « Je te conseille de te taire. »

* * * * *

En fait, ce n'était pas la première fois qu'il posait les yeux sur elle.

Dans sa vie précédente, la manière dont elle mourut au milieu de la tribulation éclair resta gravée sur son cœur à ce jour.

Elle était hautaine, débordante de confiance, et n'avait jamais cultivé avec diligence appropriée. La tribulation éclair arriva soudainement.

À son arrivée, il ne vit qu'un éclair engloutir sa silhouette entière.

Elle tomba du firmament, même sa lumière spirituelle protectrice se brisant en étincelles ruisselantes.

Il était trop tard pour la sauver ; Il ne parvint qu'à protéger un brin de son âme résiduelle, la guidant dans le cycle de la réincarnation et la conduisant vers la renaissance.

Cette année-là, à la fin de l'automne, il se rendit dans la Crête Sud du royaume des mortels pour enquêter sur une perturbation dans une veine spirituelle.

Arrivé au ravin de l'Eau des Nuages, il aperçut une silhouette frêle et agile au loin, se faufilant à travers la forêt dans le col de la montagne. Bien que ses pas fussent rapides, elle titubait de gauche à droite.

Et maintenant, elle s'accroupit dans la boue, bondissant vers une herbe médicinale, lui souriant le visage couvert de boue, ressemblant à une petite bête sauvage venue du monde des mortels.

Elle s'accroupit au sol, regardant avec joie un brin d'herbe duveteux, marmonnant pour elle-même : « Tu ressembles terriblement aux oreilles de lapin d'à côté... Allez, allez, laissez Grande Sœur vous ramasser pour un guide médicinal. »

Sur ce, elle bondit dessus, produisant un bruit *sourd* alors que son pied glissait. Elle bascula complètement dans le fossé, sa posture étrange, quatre membres pointant vers le ciel, la tête couverte de feuilles mortes.

« Oh là là, oh là là... Y a-t-il quelqu'un ? Il semble que j'ai... je me suis écrasé le pied et je me suis fracturé un os... »

Son ton était offensé et totalement déconcerté.

Il s'approcha, regardant cette fille dont le visage était couvert de terre mais dont les yeux étaient d'un éclat saisissant. Il trouvait cela tout simplement absurde, mais ressentit une pointe de—chagrin.

Le moment n'était pas encore mûr ; il ne pouvait pas encore la ramener au Royaume des Immortels.

Elle pencha la tête en arrière pour le regarder, disant avec une expression hébétée et confuse : « Est-ce que... Es-tu immortel ? Tu es affreusement beau... »

Il resta silencieux un long moment avant de répondre, les coins de ses lèvres se relevant légèrement ; Sa beauté semblait prendre une pointe de chaleur humaine. « Ah bon ? »

Dans son regard baissé, il y avait une chaleur fugace.

Il refusait de l'admettre, mais quand elle avait bondi dans l'herbe et lui avait souri la tête pleine de boue, son cœur avait réellement bougé, perdu dans une transe un instant.

Ce sourire, et l'image de sa chute au milieu de la tribulation éclair, étaient comme des souvenirs de deux mondes différents, mais tous deux gravés dans sa moelle même.

* * * * *

Xie Wuchen applaudit dans ses mains, riant avec un abandon déchaîné. « D'accord. Ta réaction est vraiment un panneau publicitaire vivant pour le Chemin de la Cruauté ; Les cieux pourraient s'effondrer, et tu ne broncherais même pas. Une fée choyée par mille affections tombe de l'autel divin en un seul matin, et pourtant tu n'as pas la moindre tendresse pour le sexe féminin ? »

Yu Sord ne dit rien. Ses doigts tapotaient légèrement la balustrade de pierre, mais son regard restait fixé sans ébranler sur Yun Lili dans le miroir d'eau — paisible comme une montagne, la profondeur de ses yeux ondulant sans laisser de trace. Pourtant, au coin de ses lèvres, le fantôme d'un arc sembla filer.

Xie Wuchen, toujours aussi perçant que jamais, se pencha aussitôt d'un pas en avant. « Est-ce que je vois des choses ? Le Vénérable Épée de Jade, légendaire pour avoir tranché la galaxie avec sa lame, est en fait capable de sourire ? »

Il secoua la tête en soupirant, son visage incarnant le regret. « Maintenant, le cœur de la Fée Yun Yara sera vraiment brisé... »

Le front de Yu Sord se plissa légèrement, son ton portant un froid distinct. « Ferme-la. »

Xie Wuchen éclata de rire. Ses doigts n'avaient pas encore atteint l'épaule de Yu Sord lorsqu'il vit la silhouette de l'autre vaciller comme un fantôme dans le vent ; En un clin d'œil, il était déjà à un mètre de distance.

« Garde tes mains pour toi », dit froidement Yu Sord.

« Très bien, très bien, très bien. Je comprends, je comprends, » haussa les épaules Xie Wuchen. « Le Chemin de la Cruauté : bien cultivé, cultivé merveilleusement, cultivé jusqu'à une perfection absolue hurlante. »

« Dégage. »

* * * * *

Sur la plateforme spirituelle, le visage de Yun Yara était couleur parchemin.

Les trois mots « Impure Spirituale Root » frappèrent comme un coup de tonnerre, brisant son esprit et son âme.

Les bruits des discussions bourdonnaient dans ses oreilles comme une marée montante, chaque phrase un couteau, la détachant des nuages et la jetant dans la boue.

Jamais elle n'aurait imaginé qu'elle serait elle-même la contrefaçon.

Yun Zhou avança rapidement, la main à moitié tendue. « Yara, n'aie crainte, je... »

Yun Yara le fixa d'un air vide, mais ses pieds reculèrent instinctivement d'un pas. Cette seule marche semblait creuser un abîme de dix mille brasses de profondeur.

Elle leva les yeux vers la scène et en dessous, vers ces visages à la fois familiers et étranges.

Cœur, pitié, suspicion, dégoût... ils s'entrelacèrent en masques qui semblaient sculptés par un couteau. Ses lèvres bougèrent légèrement, mais elle ne put émettre un seul son ; elle sentait seulement que le monde entier l'étouffait.

En un clin d'œil, elle serra les dents et dégaina son épée. D'un éclair de silhouette, elle se leva sur la lame. La lumière de l'épée était comme du givre, effleurant les nuages eux-mêmes.

Avant que les halètements de la foule ne cessent, ils ne virent que ses robes flotter au vent, une ombre solitaire projetant violemment le firmament, son élan tel un arc-en-ciel, inaccessible à quiconque.

* * * * *

À cet instant, Yun Lili restait l'image même de la confusion, son esprit toujours bloqué dans un état vide de *Qui suis-je ? Où suis-je? Qu'est-ce qu'il vient de se passer?*

Sa bouche était légèrement entrouverte alors qu'elle regardait la silhouette s'éloigner de Yun Yara, s'envolant sur son épée avec tant d'élan—cheveux noirs d'encre flottant, robes blanches et manches larges flottant au vent.

Elle ne pouvait s'empêcher d'être remplie d'admiration. « Waouh... comme c'est charmant... »

Elle tourna la tête vers le disciple de la secte à ses côtés et murmura : « Si j'avais la Cause Spirituelle Impure, je voudrais aussi m'envoler avec une telle énergie ; l'aura était simplement portée au maximum... »

Le disciple de la secte voulut pleurer mais n'en avait pas les larmes. « Mademoiselle, vos priorités ne sont-elles pas un peu excentriques ? »

Qu'y avait-il de fier à propos de Impure Spiritual Root ? Cette anomalie de la grue volante et d'un flot de lumière dorée n'était-elle pas l'existence vraiment redoutable ?

Yun Lili, cependant, hocha la tête avec un visage sérieux, son ton trahissant une pointe de révérence. « Tu ne comprends pas. C'est une sorte de... esthétique tragique mais élégante. »

Le coin de la bouche du disciple de la secte tressaillit, son expression d'une complexité totale. « Mais... ne penses-tu pas que la Grue qui s'envole vers les cieux est un point plus digne d'étude ? »

Les yeux de Yun Lili s'illuminèrent, comme si elle avait automatiquement capté la réplique de l'autre, et elle se pencha soudain vers elle. « Dis-moi, cet angle de décollage tout à l'heure—c'était trois parties *de manipulation du qi*, deux parties de contrôle d'épée, plus une partie... explosion émotionnelle ? »

Le disciple de la secte : « ... Mademoiselle, pourriez-vous arrêter de faire des recherches aussi étranges ? »

Yun Lili pencha la tête, réfléchissant un instant, extrêmement sincère. « Je pensais simplement que, si un jour je dois subir un coup et m'envoler, je pourrais au moins avoir l'air un peu élégant... pour ne pas être humiliant. »

Le disciple de la secte : « ... Tu as gagné. »

Cette réflexion était tout simplement trop bizarre ; Il ne pouvait que blâmer son manque de sagesse pour ne pas pouvoir suivre.

À ce moment-là, une sœur martiale senior à proximité ne put s'empêcher d'intervenir. « Je pense que cette jeune femme soulève un point assez valable. Ce décollage à l'épée par Faerie Yun Yara... avait vraiment une qualité cinématographique. »

Les yeux de Yun Lili brillèrent immédiatement, comme si elle rencontrait une âme sœur. Avec excitation, elle attrapa la main de cette sœur aînée inconnue. « N'est-ce pas ? Droite? C'était tout simplement trop poignant d'une beauté ! »

Les yeux de la sœur aînée rougirent légèrement, marquant l'émotion. « En effet. Un peu brisé, un peu le cœur brisé... notre Yun Yara... »

« Wuu... »

Les disciples de la secte environnante se couvrirent le visage en s'effondrant. « Avec quel genre de personnes est-ce que je cultive l'immortalité... ? »

* * * * *

Dans les enceintes de la secte Lingxiao, l'atmosphère de la Grande Salle du sanctuaire ancestral de la famille Yun pesait, comme si un orage était sur le point de se déchaîner.

Les expressions de la foule rassemblée étaient loin d'être bienveillantes, une cacophonie de dissidence répandant l'air.

« Impure Racine Spirituelle ! Et pourtant, elle ose se présenter comme une fille légitime—c'est rien de moins qu'une tache sur la réputation centenaire de notre clan Yun ! » Un parent aîné au tempérament direct et fougueux frappa lourdement la table de sa main, le son explosant comme un coup de tonnerre.

« À mon avis, nous devrions immédiatement abolir ses arts immortels et l'expulser du manoir Yun, afin de redresser l'éthique familiale ! »

« Tout à fait. La honte de ce jour vient entièrement de son imposture ; si elle n'est pas traitée, sous quel visage la Secte Lingxiao continuera-t-elle de tenir dans le Royaume des Immortels ? » une autre voix acquiesça.

« Assez ! » Un ancien à la barbe blanche aboya soudain un ordre froid d'arrêter, les sourcils froncés en une moue. « Yun Yara est assidue dans sa cultivation depuis l'enfance.

Ses techniques sont sans défaut. Bien que son caractère soit fort, elle ne cache pas la moindre centime de malveillance. Les événements de ce jour n'étaient guère de son propre gré ; Comment pouvons-nous, sur la révélation unique de la vérité, nier sa valeur dans toute sa valeur ? »

« En effet. Bien que Yun Yara ne soit pas de sang, elle a néanmoins été élevée au sein de la Secte. Plus précisément, lors de la bataille à la Montagne des Bêtes Spirituelles l'an dernier, elle a utilisé son propre corps pour protéger les disciples, accomplissant un grand mérite. »

Un autre ancien de la faction modérée prit également la parole. « Concernant le chaos de la guerre durant ces années-là, qui peut garantir que ce n'était pas la machination du Destin lui-même ? La vraie faute ne lui revient pas. »

« Pourtant, elle n'est pas de la lignée Yun ; C'est un fait immuable ! » Le parent à l'avant refusa de céder. « Suggérez-vous qu'on autorise une femme de la Pure Racine Spirituelle à rester confortablement assise sur le haut siège de la fille légitime ? »

« Qui a dit qu'elle *voulait* s'asseoir là ? »

Une voix froide et claire retentit depuis un coin. C'était Yun Zhou, son expression solennelle. « Elle n'a jamais cherché à l'obtenir, pourtant vous semblez rivaliser avec un enthousiasme distinct. »

La foule resta momentanément mue, l'atmosphère sombrant soudainement dans un silence.

« Comme le Maître de la Secte Lingxiao demeure en isolement et n'est pas encore sorti, toutes les affaires ne seront délibérées qu'après la fin de sa retraite. »

À l'intérieur comme à l'extérieur de la secte Lingxiao, les vents se levèrent et les nuages se déplacèrent ; Une tempête avait déjà, discrètement, commencé à s'abattre.

Moony
小月

Chapitre 5 : Le spectateur dans l'ombre

Au-delà du seuil de la salle, les ombres des fleurs se balançaient doucement, agitées par une brise chuchotante.

Yun Lili était accroupie sous le mur chargé de fleurs de la secte Lingxiao, serrant un paquet chaud de pâtisseries croustillantes au beurre fraîchement volées dans les cuisines. Elle mâchouillait sans ciller la fissure étroite entre les volets, ses yeux brillant d'un bonheur prédateur comme un chat gardant un panier à poissons.

À ses côtés, sa nouvelle servante, Lunard, était allongée contre le rebord de la fenêtre, les yeux aussi ronds que des soucoupes. Murmura-t-elle entre ses dents, à peine capable de contenir son choc :

« Mademoiselle, regardez ! Ce vieux à la tête rougeâtre et à la barbe touffue a encore frappé la table ! *Aiya*, même la tasse de thé a volé ! »

Cette petite servante avait été poussée à Lili à peine une heure plus tôt par la matrone de maison, avec l'explication solennelle : *Une fille du clan Yun—nouvellement confirmée en plus—ne peut pas se passer d'un assistant personnel.*

Lili avait été ravie. Avant même que la phrase ne soit terminée, elle avait accepté la fille sur-le-champ.

« Chut, baisse le ton. » Lili fourra habilement un morceau de gâteau à l'osmanthus dans la bouche de la jeune fille sans détourner son regard de la fenêtre entrouverte. « Je les entends dire qu'ils ont l'intention d'expulser Sœur Yara du clan, et même d'abolir ses arts immortels... *Tsk tsk.* Cette intrigue est plus clichée qu'un livre d'histoires de coin de rue ! »

« N'est-ce pas juste... » Lunard marmonna autour du gâteau, ses mots étouffés et indistincts. « Je peux pratiquement deviner la trajectoire : d'abord la trahison familiale, puis l'arc de la vengeance, puis 'tu me tues, je te tue', et enfin tous les passages désordonnés et indescriptibles— »

« Pas de spoilers. » Lili secoua la tête, l'arrêtant d'un visage plein de solennité. « C'est la première fois que je vois un drame en prises de vues réelles sur un clan aristocratique de cultivateurs. Nous devons respecter l'intégrité artistique des interprètes. N'interrompons pas le flux ; après tout, ils agissent avec tant de dévouement. »

Les deux observaient avec une profonde concentration lorsqu'un rugissement furieux éclata soudain de l'intérieur :

« Qui se faufile dehors ? »

Lili se figea. En un instant, elle attrapa Lunard et s'enfuit, marmonnant frénétiquement en courant : « Cours ! Courir! Nous n'avons pas encore fini cette scène ! N'oubliez pas d'apporter des boissons et des rations sèches demain ; Nous reviendrons pour voir le prochain épisode ! »

Ils n'avaient fait que deux pas — n'avaient même pas réussi à escalader le mur — qu'une traînée de lumière d'épée traversa la cour comme un éclair. Immédiatement après, une silhouette en robes azur descendit, élégante et imposante, bloquant leur chemin.

Yun Zhou se tenait les bras croisés, les beaux sourcils levés, arborant une expression clairement lignée : *Je t'ai déjà vu à travers.*

Sa voix était froide. « Vous deux, vous vous faufilez dehors par la fenêtre—qu'est-ce que vous écoutiez ? »

Le cœur de Lili s'effondra de culpabilité. Elle afficha rapidement un sourire, agitant la main comme pour jouer à l'idiote. « Aiya, que veux-tu dire par me faufiler ?? N'étais-je pas simplement... ah... Inspecter les joints de clôture des fenêtres pour détecter des brèches ! Oui! L'entretien des biens de la Secte est le devoir fondamental de chaque disciple ! Chacun a une responsabilité ! »

Lunard : « ??? »

Les sourcils de Zhou se froncèrent encore plus, son ton se figea. « Tu es une fille du clan Yun. Pourquoi dois-tu te comporter sans la moindre trace de décorum ? Si ce n'était de la gravité des événements d'aujourd'hui, prendriez-vous cela pour une scène de théâtre ? »

Lili hocha la tête avec le plus grand sérieux. « Hein ? Maintenant que tu le dis, honnêtement, je pense que oui. Les rôles des personnages sont distincts, l'intrigue est ridicule, et les émotions sont projetées vers les cieux—si cela était joué dans une maison de thé mortelle, il serait joué devant une salle comble chaque soir. »

Zhou laissa échapper un rire incrédule, froid et sec. « Oh ? Alors pourquoi ne pas simplement installer un stand de brochettes d'aubépine à l'entrée, vendant des snacks tout en offrant des commentaires en direct ? »

Les yeux de Lili s'illuminèrent instantanément, comme si elle venait de découvrir le sens de la vie. Elle appuya immédiatement la motion : « C'est une idée splendide ! Je pourrais crier : « Arrivez, arrivez ! Un grand drame au manoir Yun aujourd'hui ! La fille Vraie contre la Fausse se bat pour le Destin Immortel ! Trois pièces de cuivre la brochette — si l'émission vous ennuie, c'est gratuit ! » Hahaha... »

Lunard avait l'air sur le point de mourir sur-le-champ. Elle tira sur la manche de Lili, les yeux débordant de désespoir. « Mademoiselle... avez-vous oublié que vous êtes aussi l'un des personnages principaux de cette pièce ? Dans le drame des Vraies et Fausses Filles — *tu* es la Vraie Fille !! »

« Oh. Droite. J'ai oublié. » Lili se gratta la tête.

L'œil de Zhou tressaillit violemment. Une veine pulsait visiblement sur son front alors qu'il inspirait profondément, serrant les dents en parlant : « Si tu prononces un mot de plus, je te pendrai au plus haut arbre de la Falaise du Carillon et te ferai chanter dans la tempête pendant toute une journée ! »

Lili se plia instantanément, imitant le mouvement de fermeture éclair des lèvres. Elle joignit les mains et s'inclina avec une obéissance exagérée.

« Très bien, très bien, jeune maître Yun, calme ton tempérament céleste. Nous retournerons immédiatement réfléchir à huis clos, méditer sincèrement, repenser nos vies, repenser nos racines spirituelles, re— Quoi qu'il en soit, je vais me taire. »

« Tais-toi. »

Zhou jeta ces mots par-dessus son épaule sans se retourner, se retournant pour partir, ses manches flottant au vent.

Lili fixa sa silhouette s'éloigner et murmura doucement : « Pourquoi cet homme est-il toujours si féroce... S'il n'était pas si beau gosse—avec ce petit menton pointu qui est en fait plutôt mignon—je ne m'embêterais pas à m'occuper de lui. »

Lunard hocha la tête en silence. « Oui, oui... le jeune maître se débrouille uniquement grâce à son apparence. »

Les deux échangèrent un regard de compréhension mutuelle — puis s'éclipsèrent vers leur prochain point de vue de commérages.

Pendant ce temps, le soi-disant « se débrouille-sur son apparence » Zhou s'arrêta en plein pas. Le bout de ses oreilles devint rouge. Il serra les dents, pensant sombrement :

Ce menton... En quoi est-il pointu ?

* * * * *

L'Abîme du Chaos — un nexus où les royaumes Immortels et Démoniaques convergent, une zone interdite à travers tous les plans depuis la nuit des temps.

Des brumes s'enroulaient en spirales sans fin ; Un vent lugubre grondait à travers la gorge.

Des pierres dentelées s'élevaient comme les os empilés de bêtes préhistoriques, tandis que le sol était jonché de lianes fanées et de squelettes blanchis.

L'air était lourd de l'odeur de la mort, si palpable qu'aucun oiseau ni bête n'osait avancer à demi-pas.

Depuis qu'elle avait fui sur son épée, l'esprit de Yun Yara dérivait dans une transe, son souffle en désordre.

Sa lampe de vol oscillait comme une lanterne portée par un ivrogne lors d'une nuit orageuse, s'inclinant et bâillant jusqu'à ce qu'elle s'aventure dans ce territoire interdit — un lieu dont même les Grands Seigneurs Immortels évitaient de prononcer le nom.

Elle atterrit dans une étendue désolée où *le qi* spirituel était si mince qu'il en restait inexistant, remplacé par un flot débridé d'aura démoniaque.

Le silence était absolu, pesant contre les tympans avec un poids palpitant. Elle n'avait pas encore réussi à calmer sa respiration lorsque le brouillard devant elle tourbillonna violemment—

Sussurer! Sussurer! Sussurer!

Plusieurs sons aigus et perçants déchirèrent l'air. Puis, une escouade de soldats démons jaillit de la brume sombre.

Vêtus d'une armure noire comme la nuit, leurs yeux brillant d'une lumière rouge sang, ils dégageaient une aura glaçante, ressemblant à des spectres vengeurs revenant des enfers.

Leurs longues hallebardes scintillaient de givre alors qu'ils aboiaient à l'unisson :

« Dites votre nom ! Tous ceux qui transgressent dans l'Abîme du Chaos seront tués sans pitié ! »

Le cœur de Yara fit un bond violent ; son souffle se bloqua dans sa gorge. Instinctivement, elle forma un sceau, tentant d'inventer une technique de défense. Pourtant, la lumière spirituelle au bout de ses doigts venait à peine de s'éteindre — éteinte comme une bougie dans un vent de tempête.

Elle se figea, fixant ses propres mains, incrédule.

Son énergie spirituelle... Avait-elle été sectionnée ?

Sa gorge était sèche, sa poitrine serrée. Une réalité qu'elle avait désespérément tenté d'éviter traversa les profondeurs de son esprit.

Pendant des années, elle avait cultivé, mais ses progrès avaient été douloureusement lents.

Ce n'était pas qu'elle possédait un talent inégalé ; elle s'était plutôt appuyée sur son statut de fille légitime du manoir Yun, soutenue par des montagnes d'élixirs et d'artefacts protecteurs pour à peine maintenir son équilibre au sein de la secte.

Maintenant que la vérité sur ses pauvres racines spirituelles avait été mise à nu, ses arts immortels l'avaient abandonnée, et ses artefacts étaient silencieux. elle n'était rien d'autre qu'une personne abandonnée par la Voie Immortel.

Elle mordit fort sa lèvre inférieure, la lumière dans ses yeux s'estompant.

Alors il semble... Je n'ai jamais été digne du titre d'Immortel ?

Les soldats démons avançaient pas à pas, leurs lames entourées de flammes démoniaques, leur présence rayonnant de malveillance.

Elle ne pouvait pas battre en retraite ; Il n'y avait pas de voie d'évasion. Elle ne put que serrer les dents et se préparer, prête à tomber en combattant dans une tentative désespérée de destruction mutuelle.

L'Abîme du Chaos était un lieu où dix mille magies échouaient ; *le qi immortel* était étouffé tandis que le qi démoniaque prospérait. Avec ses racines spirituelles déjà instables, elle n'avait pas le moindre avantage ici.

Elle balaya le regard, évaluant approximativement la situation tactique : elle était seule, tandis que les soldats démons étaient une douzaine environ. Ce serait une escarmouche brutale.

Elle fit un mouvement de main, paume vers le haut. Une traînée de lumière azur jaillit, et une épée longue apparut instantanément dans sa main.

D'un coup sec, les soldats démons brandirent leurs propres armes, divisant rapidement leur formation pour l'affronter.

Juste au moment où elle fermait les yeux, prête à risquer sa vie pour une dernière résolution brisée—

Une voix, froide comme les sources glacées des Neuf Enfers, retentit soudain dans la brume :

« Baissez vos armes. Elle est à moi de m'occuper. »

Au moment où la voix parla, le brouillard noir se contracta instantanément. Une silhouette grande et élancée sortit lentement de la vapeur. Sa cape de gaze noire brodée de sigils cramoisis se brisa violemment dans le vent yin ; Ses cheveux noirs d'encre tombaient jusqu'à sa taille, ses yeux étaient froids comme des étoiles, et son aura était sans limites.

L'énergie démoniaque jaillit comme une vague déferlante — c'était le Prince Démon, Mo Han.

À l'entente de sa voix, les soldats démons tombèrent à genoux à l'unisson, la tête baissée, n'osant pas respirer.

Un regard de peur et d'appréhension traversa le visage de Yun Yara ; Son regard se fixa sur cette silhouette. Un frisson inexplicable traversa son cœur. Elle força une façade de calme et demanda froidement :

« Hmph. Alors, c'est le prince Mo. Es-tu venu me voir me ridiculiser ? »

Les lèvres fines de Mo Han s'étirèrent en une légère courbe. Ses yeux exprimaient un mélange d'intérêt et de moquerie alors qu'il réduisait la distance pas à pas, son ton froid et mince :

* * * * *

« Une blague ? Avec ce que tu as maintenant... c'est en effet une vraie farce. »

Yara serra les dents, sa colère montant. « Si tu veux me tuer, frappe. À quoi bon cette mascarade ? »

Mo Han baissa les yeux pour la regarder, ses yeux sombres et abyssaux.

« Si j'avais vraiment eu l'intention de te tuer, tu crois que tu respirerais encore à cet instant ? » Son ton était léger, même indifférent, mais chaque mot pesait sur son cœur avec le poids de la pierre.

Son regard semblait balayer elle d'un air détaché, mais il avait l'impression de jeter un coup d'œil aux recoins les plus fragiles de son âme.

« Petite fée de la Pure Cause Spirituelle, ton audace est considérable. Penser que tu oserais même pénétrer dans l'Abîme du Chaos. »

Le visage de Yara se figea.

Racine spirituelle impure.

Donc, même le Royaume des Démons savait.

Dans ce cas... l'ensemble des Quatre Mers et des Huit Déserts, tout le Royaume Immortel de haut en bas, doit sûrement la voir comme la risée de la scène.

Un violent tremblement secoua son cœur ; Ses joues devinrent inexplicablement chaudes. Elle détourna rapidement le visage, serrant les dents pour prononcer deux mots : « Tais-toi ! »

Mo Han laissa échapper un petit rire. D'un geste désinvolte de la main, les soldats démons se dissousent dans la brume.

Il parla d'un ton détaché : « Si je n'étais pas intervenu ; tu serais déjà un mannequin d'entraînement au tir pour le Royaume des Démons. En outre... pour un futur allié, je ne suis jamais radin avec une main amiche. »

« Ally ? » Yara releva la tête, les sourcils froncés.

Mo Han ne répondit pas, seulement un sourire superficiel. C'était comme un filet de feu sous une lune froide d'hiver—terriblement malicieux, mais doté d'un certain magnétisme indicible.

Un fil d'inquiétude monta dans son cœur. Elle se força à maintenir un front froid. « Tu souhaites t'allier à moi ? As-tu l'intention d'exploiter mes griefs contre la secte Lingxiao, ou... tu supposes que je te supplierais ? »

« Non. » Mo Han s'arrêta, croisant son regard. Sa voix était basse mais cristalline dans sa clarté. « C'est que je souhaite t'offrir un chemin. »

« Un chemin ? » Yara ricana. « Le chemin de votre race démoniaque est pavé de sang et de feu, n'est-ce pas ? Je préférerais périr et voir mon Dao se dissiper plutôt que de m'apitoyer dans la boue avec toi. »

Mo Han la fixa un instant avant de se pencher soudainement plus près, sa voix baissant de quelques degrés. « Mais ce Royaume Immortel... pour quoi, exactement, aspires-tu encore ? »

Yara resta sans voix.

La voix de Mo Han était douce, comme un murmure dans le vent, mais semblable à un enchantement sombre : « Tout à l'heure, qui t'a forcé à abolir tes arts immortels ? Qui t'a chassé des portes de la secte, te jetant comme une chaussure usée ? Ce monde que tu te brises pour protéger... Mérite-t-il vraiment ta dévotion ? »

Sa gorge semblait obstruée par quelque chose ; Elle ne put prononcer un mot.

Le regard de Mo Han était brûlant. Il se pencha soudain, sa présence menaçante, son souffle frôlant presque son oreille. Sa voix était grave, portant une trace de tendresse terrifiante :

« Yara, tu sais au fond de toi : sans moi, si je n'étais pas apparue aujourd'hui... même tes os ne resteraient pas. »

Elle tourna brusquement la tête, le bout de son nez manquant de peu de heurter le sien. Le bout de ses oreilles devint rouge alors qu'elle feignait son sang-froid : « N-Ne t'approche pas autant... »

Mo Han rit doucement, son ton si bas qu'il en était presque taquin. « Tu me crains ? »

« Je voulais juste... n'aie aucune envie d'inhaler l'odeur de ton aura démoniaque écrasante ! » répliqua Yara avec colère, bien qu'elle se décalasse inconsciemment sur le côté.

Mo Han bloqua sa retraite d'un bras, la cage contre le mur de roche. Son ton était paresseux, presque indulgent :

« Où est le feu ? Je t'ai dit, je ne suis pas là pour te forcer. Je suis simplement... vous offrant un choix. »

Pendant qu'il parlait, ses doigts repoussèrent légèrement une mèche rebelle sur son front.

Le geste était étonnamment doux, totalement incongru avec son statut de Prince Démon, mais il fit inexplicablement rater son cœur un battement chaotique.

« Quand tu y as réfléchi clairement... J'attendrai que tu viennes me trouver toi-même. »

« Tu attendras en vain. » Yara détourna le visage. Sa voix était glaciale, mais elle ne pouvait cacher le tremblement à la fin de ses mots.

Le sourire de Mo Han s'élargit, ses yeux s'assombrissant. « Alors soyons... attends de voir. »

Avant même que sa voix ne s'éteigne, ses doigts tressaillirent dans une incantation subtile. Le corps de Yara devint soudainement mou, s'effondrant comme une marionnette aux fils coupés.

Mo Han était vif d'œil et de main ; Il la rattrapa d'un bras, l'empêchant de toucher le sol.

Il baissa les yeux vers son corps inconscient, blotti dans ses bras. Son expression était impénétrable, mais sa voix s'adoucit inconsciemment.

« Pourquoi être si obstiné ? Tu vois, comme ça tu es beaucoup plus sage. »

Il la souleva lentement, la berçant horizontalement dans ses bras. La brume tourbillonnait et des ombres démoniaques croisaient l'air alors que, pas à pas, il s'enfonçait plus profondément dans la vallée.

« N'ayez pas peur. Très bientôt... Vous comprendrez. Ce chemin est un chemin que je peux vous accorder. »

Chapitre 6 : Le Maître de la Secte de la Soupe Wonton

Les grandes cloches de la Salle Principale de la Secte Lingxiao retentissaient, leur profonde résonance secouant les cieux mêmes. Dix mille rayons de lumière rosée jaillirent du firmament, illuminant tout le palais dans un bain de gloire céleste.

À l'intérieur, mille immortels se tenaient en formation solennelle, retenant leur souffle, n'osant pas troubler ne serait-ce qu'un souffle d'air.

Au milieu de cette radiance, les grandes portes du palais s'ouvrirent lentement. Des profondeurs de la Salle des Cieux Hauts marchait une silhouette solitaire.

Il était vêtu de robes blanches comme neige, ses cheveux—blancs comme du givre volant—tombant jusqu'à sa taille. Son tempérament était transcendant, comme un immortel marchant sur les nuages. Son rythme n'était ni rapide ni lent, son expression indifférente, mais il portait avec lui une pression invisible et écrasante.

L'assemblée retint son souffle dans l'attente.

Et puis, de façon inattendue, le Maître de Secte de Lingxiao, Yun Wuntang, dont on disait qu'il était en isolement de vie ou de mort depuis un siècle — et que beaucoup soupçonnaient d'avoir médité depuis longtemps jusqu'à la pétrification — était vraiment revenu !

Alors que la foule se préparait à procéder à la Grande Prosternation, le Seigneur Immortel aux cheveux blancs balaya la salle du regard, s'arrêtant soudain à un endroit précis.

La foule suivit son regard, s'arrêtant sur une jeune femme aux traits clairs et charmants debout parmi les disciples extérieurs — Yun Lili.

Tout le monde s'attendait à ce qu'il prononce des paroles de profonde sagesse taoïste ou un décret lourd et solennel. Au lieu de cela, à l'instant d'après—

Il afficha soudain un sourire malicieux, totalement incongru avec son apparence élevée. Le coin de sa bouche se releva alors qu'il remarquait :

« Aiya, cette fille à moi est en fait plutôt jolie. Elle ressemble exactement à ce que j'étais quand j'étais petit... même si son sourire manque un peu de ce charme 'vide de tête'. »

«???»

Les immortels restèrent figés, échangeant des regards perplexes.

C'est... Maître de secte Yun Wuntang ?

Non... Soupe Yun Wonton ?

Lili, qui se tenait debout, la colonne vertébrale raide, se préparant nerveusement à s'incliner correctement aux côtés des autres disciples, eut l'impression d'avoir été frappée par la foudre.

Elle resta stupéfaite un instant, puis se plaqua soudain une main sur la bouche, un *pfft* étouffé s'échappant de ses lèvres.

« Won... Soupe Wonton... Hahahaha ! »

Le visage de Lunard devint vert de panique. Elle tira frénétiquement sur la manche de Lili. « Mademoiselle ! Arrête de rire ! C'est ton père ! Le Maître de Secte de Lingxiao ! »

Lili riait tellement qu'elle était pliée en deux, haletante.

« Non, non... Je ne me moque pas vraiment de lui, je ris de... en plus... Soupe... Non, attends, Tang ! Hahaha... désolé, désolé, je n'arrive pas à contrôler ! Je n'arrête pas d'imaginer cette casserole bouillonnante, saupoudrée d'oignons verts hachés... »

Les visages des disciples autour tressaillirent collectivement. Certains retenaient désespérément leur rire ; d'autres avalaient leurs éclats de rire si fort que leurs dents en faisaient mal. L'atmosphère dans le couloir se figea dans une gêne totale.

Le visage de Zhou, quant à lui, était devenu noir comme du fusain. Il fit un pas rapide en avant et—*bam !*—frappa Lili d'une paume sur le front, rugissant :

« Tu ne peux pas avoir un brin de décorum, espèce de misérable fille ? C'est ton père biologique ! Le Maître de Secte ! Le Seigneur du Haut Ciel ! »

Lili chancela sous le coup, se frottant le front et gémissant,

« Aïe ! Sois indulgent avec moi ! Ma tête va exploser... Je riais juste du nom ! Yun—Wun—Tang... Ça ne ressemble pas juste à... Wonton... »*Soupe?*

« Tousse, tousse, toux ! »

Lunard avait l'air prêt à enfoncer sa manche dans la bouche de Lili.

À ce moment-là, cependant, Yun Wuntang avait déjà descendu les marches. Loin d'être en colère, son expression était d'immense soulagement et de joie. Les mains jointes dans le dos, il rayonnait :

« Pas mal, pas mal. Un sens de l'humour aussi bas—définitivement ma fille. Ta mère se moquait aussi de mon nom à l'époque. Elle a dit que si on le dis vite, ça ressemble à une casserole qui déborde. C'est vraiment un héritage transmis dans la lignée ! »

Les Immortels : « ...... »

Ce Seigneur Immortel n'est-il vraiment pas un personnage comique sorti d'un scénario de coin de rue ?

Avant que la foule ne puisse reprendre ses idées, Yun Wuntang ajouta une autre remarque :

« Je le savais. Comment ai-je pu engendrer une fille aussi raide et sérieuse que Yun Yara ? Clairement, il y avait une erreur. Mais maintenant que tout s'explique—cette aura de folie ne peut être feinte. Elle est ma semence ! »

Lili rit jusqu'à en avoir presque des larmes.

« Papa, maintenant que tu le dis, j'ai vraiment envie d'un bol de soupe Wonton pour fêter ça... »

« Splendide ! Faites bouillir une marmite aux cuisines ! » Yun Wuntang éclata de rire. « Mais il faut ajouter des oignons verts hachés, sinon le goût n'est pas bon. »

« Et un trait d'huile de sésame, plus deux feuilles d'algues... »

« Fait. Descends plus tard et prépare un bol toi-même ; Je veux voir si tes compétences sont à la hauteur ! »

Tous deux, mot après mot, avaient réellement commencé à discuter de la recette des wontons devant toute l'assemblée.

La salle resta dans un silence mortel pendant trois secondes.

Puis, un rire étouffé ne put plus être contenu—*Pfft !*—et explosa.

Puis une deuxième, une troisième... jusqu'à ce que la scène s'effondre complètement.

Les anciens de la secte se tenaient le front, impuissants ; Les jeunes disciples regardaient les yeux vitreux, ayant l'impression d'être entrés sur le plateau d'une comédie.

Cette Grande Cérémonie de Reconnaissance, qui aurait dû être solennelle, rituelle et débordante d'une gravité immortelle, avait été forcée de se transformer en une farce burlesque par ce duo père-fille.

Dès ce jour, la secte Lingxiao fut couronnée d'une réputation retentissante :

—Depuis lors, le style artistique de la secte Lingxiao n'est pas resté sérieux plus de trois jours.

* * * * *

Le Royaume du Miroir d'Eau était un lieu de tranquillité isolée. Des ondulations de lumière scintillaient à la surface de la piscine, reflétant deux silhouettes en silhouette—l'une en mouvement, l'autre immobile—toutes deux dotées d'une aura de transcendance extraordinaire.

Ce qui se manifesta dans les profondeurs du miroir d'eau fut la cérémonie de reconnaissance totalement burlesque qui avait lieu dans la Grande Salle de la Secte Lingxiao.

Dans le reflet, Yun Lili souriait comme une fleur en pleine floraison, tandis que Yun Wuntang disait des absurdités solennelles avec un visage parfaitement impassible.

En contrebas, l'assemblée d'immortels rassemblée retenait son rire avec tant d'effort que leurs visages étaient devenus cramoisis et les veines de leur cou gonflées.

« Hahahaha... *tousse, tousse !*«

Xie Wuchen rit jusqu'à se balancer d'avant en arrière, perdant complètement son sang-froid. Son rire bruyant vibrait dans l'air, faisant trembler toute la surface du miroir d'eau de fines ondulations.

Il rit si fort que son estomac se noua, le forçant à s'affaisser sur la table de jade, incapable de redresser le dos, manquant de peu de saisir le parchemin sacré immortel devant lui pour l'utiliser comme mouchoir pour sa sueur.

À côté de lui, les sourcils de Yu Sord se froncèrent légèrement. Son visage conservait ce regard caractéristique du Chemin Sans Émotion — froid, sans joie et dépourvu de chagrin — pourtant son regard se posa sur Xie Wuchen comme s'il observait un parfait simplet. Son ton était léger, teinté de mépris :

« Wuchen, tu es vraiment... un spectacle à voir. Incroyable. »

Yu Sord jeta un regard impuissant à Xie Wuchen. Ce type possédait une apparence séduisante, distante et élégante, mais dès qu'il ouvrait la bouche, il se transformait instantanément en bavard incapable de s'arrêter de bavarder.

Xie Wuchen essuya les larmes de joie au coin de ses yeux tout en luttant pour réprimer son rire restant. « Haha... ce Yun Wuntang... Non, non, attends. Au moment où j'ai entendu ce nom, mon cerveau s'est instantanément rempli de l'image d'un « brûlant » ! 'Soupe Wonton' ! Par le ciel, je meurs soudainement de faim. »

Il s'animait davantage en parlant, ses yeux brillants de l'éclat d'un renard qui avait volé avec succès un bocal d'huile. « Dis-moi, honnêtement—le nom de ce Maître de Secte est tout simplement trop élégant. Si Yun Lili ne l'avait pas dit elle-même, mes pensées ne se seraient pas égarées dans cette direction, mais maintenant que j'y pense—ha, c'est tout simplement délicieux ! Parfumé et savoureux ! »

Yu Sord : « ...... »

Xie Wuchen était encore submergé de joie, incapable de s'arrêter. « Tu sais, j'ai pratiqué l'*inédia* — m'abstenir de grains terrestres — pendant tant d'années, mais cette fois, mon appétit s'est vraiment éveillé. Un de ces jours, il faudra vraiment que je descende dans le monde des mortels pour chercher cette légendaire soupe Wonton. Qui sait? Je pourrais accidentellement atteindre l'illumination et réaliser un 'Dao de Saveur' ! »

Yu Sord parla enfin, d'un ton mordant et glacial. « Tu descendrais dans le monde des mortels juste pour boire de la soupe ? »

« Cultiver le Dao ! » Xie Wuchen tapota sa poitrine avec une solennité juste, comme pour défendre une vérité sacrée. « Cultiver le cœur, cultiver la nature, cultiver l'appétit — ce n'est que lorsque ces trois sont unis que l'on peut devenir un véritable immortel. »

Yu Sord le regarda de côté et dit avec indifférence : « Si tu comptes sur *cette* méthode pour devenir immortel, je crains que le chemin vers lequel tu montes ne soit pas celui des Cieux Célestes, mais le 'Chemin de la Bête Gloutone'. »

Xie Wuchen éclata de rire, une lueur malicieuse dansant du coin de l'œil. « Eh bien, regarde-toi. Tu cultives le « Chemin de l'absence d'émotion », et pourtant après mille ans, tu ne portes toujours que ce visage gelé. Tu n'es pas fatigué ? »

Yu Sord resta silencieux, détournant le regard, manifestement sans intention de débattre davantage avec lui.

Xie Wuchen, cependant, s'était déjà plongé dans sa propre fantaisie culinaire, les yeux pétillants d'anticipation. « Soupe Wonton... une petite marmite fumante, le bouillon clair et riche, saupoudré d'oignons verts hachés et d'un trait d'huile de sésame, peut-être accompagné de quelques petits pains à la viande en forme de bête spirituelle—tsk, *c'est* la vraie saveur du Royaume Immortel ! »

Yu Sord prononça une menace basse, sa voix baissant d'une octave : « Dis encore un mot, et je te jetterai dans la Piscine de Feu Impériale et te ferai bouillir en soupe. »

« Hahaha ! Tu dis que *j'ai une imagination débordante, mais c'est toi qui peins des images aussi vives !* »

Au milieu de l'eau scintillante, l'un froid, l'autre chaud ; un bruyant, un calme. Le chemin vers l'immortalité était long et sans fin, mais avec un compagnon aussi bavard, ce n'était au moins pas solitaire.

* * * * *

Le soleil se couchait à l'ouest, projetant de longues ombres sur le terrain.

Yun Lili, serrant une énorme pile de « cadeaux de bienvenue » que tout le monde lui avait fourrés dans les bras quelques instants plus tôt, sourit jusqu'à ce que ses yeux se courbent en croissants de lune.

« Je suis riche, je suis riche ! » Elle fredonnait un petit air joyeux, ses pas légers et enjoués alors qu'elle traversait la cour.

En repensant à l'incident de la « soupe Wonton », elle ne put s'empêcher d'éclater de rire à nouveau.

Ces « trésors » étaient de toutes sortes — des sacs à main finement brodés, plusieurs rouleaux de soie fine, une boîte de poudre de perles réputée embellir la peau et restaurer la jeunesse, et même un sachet de fruits confités de Dieu sait qui.

En particulier les *perles d'esprit de Bouddha* que son père biologique lui avait données, qui étaient dites pour améliorer grandement la base de cultivation lorsqu'on les portait au poignet.

Bien qu'elle ne comprenne pas vraiment pourquoi tout le monde la traitait soudainement si bien — n'avaient-ils pas dit plus tôt qu'ils la méprisaient parce qu'elle était une fille de la campagne ? — Yun Lili avait toujours été une optimiste. Si c'était gratuit, pourquoi ne pas les prendre ? Refuser des cadeaux serait du gâchis !

Elle venait à peine d'ouvrir la porte en bois de son petit pavillon quand les trois poules élevées dans le jardin arrivèrent en courant, gloussant d'excitation — *caquetements, caquets, caquets* — en tournant autour d'elle.

« Aiya, pourquoi êtes-vous tous les trois si enthousiastes aujourd'hui ? » Lili sourit et s'accroupit, voulant caresser leurs petites têtes, mais soudain elle découvrit quelque chose d'étrange—

L'une des poules tenait quelque chose dans son bec. Elle était noire, sombre, et flottait doucement dans le vent.

« Hein ? Qu'est-ce que c'est ? » Curieuse, elle tendit la main et la saisit, la soulevant pour l'examiner de plus près—

... Une paire de culottes d'homme — des sous-vêtements, pour être précis. Ils étaient d'un noir profond et coupés avec une large largeur.

Lili : « ...... ? »

Elle cligna des yeux, incapable de croire ses propres yeux.

Elle secoua son slip ; Le tissu portait même une légère odeur fraîche de capsules de savon, comme s'il n'avait pas été lavé depuis longtemps.

« Qui a jeté son slip dans mon jardin ? » marmonna-t-elle, confuse. Alors qu'elle s'apprêtait à les jeter comme des déchets, elle sentit soudain un regard brûlant et intense brûler son dos.

Elle leva lentement les yeux—

Près du mur de la cour se tenait un homme de grande taille imposante. Son visage était sombre — alternant entre un rouge et une teinte noire — alors qu'il la fusillait du regard.

Il portait un équipement de combat noir d'encre, une épée acérée pendant à la taille, ses traits aussi beaux qu'un tableau. Sauf qu'à cet instant... Il fixait droit dans les yeux le slip dans sa main.

L'air se solidifia une seconde.

Deux secondes.

Trois secondes.

Puis—

« Petite dévergondée ! »

L'homme serra les dents, articulant chaque syllabe. Il se jeta en avant comme une flèche tirée d'un arc, attrapant le slip d'un coup sec de la main.

L'instant d'après, se déplaçant aussi vite qu'une épée quittant son fourreau, il se tenait juste devant elle. Il attrapa le slip si vite qu'elle ne vit même pas clairement le mouvement.

Lili : « ......??? »

Elle resta stupéfaite un instant, puis se hérissa comme un chat à qui on a piétiné la queue. « C'est qui une voyou ?! »

Elle était complètement déconcertée, réprimandée sans aucune raison.

« Ma poêle... Er... comment ont-ils pu se retrouver entre vos mains ? » L'homme avala le reste du mot « pantalon », son expression mêlant mortification et rage.

« Il semble que *ma* poule tenait *tes* sous-vêtements en courant dans *mon* jardin. Puisque ma poule appartient à mon jardin, comment se fait-il, dis-moi, que *ton* slip soit arrivé dans mon jardin pour *que mon* poulet puisse les attraper au départ ? »

Ses mots étaient comme un virelangue, s'enroulant jusqu'à presque se perdre elle-même.

Les oreilles de l'homme devinrent d'un rouge vif. Il rugit : « Tu es une jeune fille ! Comment peux-tu prendre sans problème les vêtements intimes d'un homme et... et le tenir pour le regarder ?! »

Lili rit de colère. « Ha ! Qui se soucie de regarder ton slip ? Ils n'ont ni style, ni motif, et ils ont été picorés de trous par les poules — je ne les prendrais pas même si tu me les offrais emballés dans de la soie ! »

L'homme : « Toi— ! »

Lili : « Quoi ?! »

L'homme : « Comment peux-tu être aussi insuffisant dans ton éducation ? »

Lili : « Mes poules sont très bien élevées. Ils ne se déchaînent jamais. Ils m'ont suivi tout le chemin du village des Nuages jusqu'ici, un voyage d'une demi-mois, sans jamais s'égarer. Pourquoi t'auraient-ils picoré les sous-vêtements dès notre arrivée ? Clairement, c'est ton slip qui est tombé dans mon jardin en premier ! »

L'homme : « ...... »

Les deux se fixèrent, les yeux rivés, aucun ne voulant céder un centimètre.

Finalement, l'homme prit une profonde inspiration, fourra le slip dans le revers de sa robe, puis se retourna pour partir avec un visage aussi froid que la glace.

Lili cria à son dos qui s'éloignait :

« Hé ! Surveille mieux ton slip ! Ne laissez pas le vent les emporter ici encore une fois ! »

* * * * *

Lunard entra légèrement dans le petit pavillon, tenant un plateau de thé avec soin maîtrisé. « Mademoiselle, le thé est servi. »

Lili écarta le rideau d'un coup, la faisant venir avec des sourcils dansants et un visage plein de commérages. « Lunard, Petite Lune ! Viens ici, vite ! Tu *ne devineras absolument jamais* ce qui vient de se passer ! »

Lunard cligna des yeux, sa curiosité aussitôt éveillée alors qu'elle se penchait plus près. « Qu'y a-t-il ? Que s'est-il passé ? »

Lili se caressa le front, l'air prise entre rires et larmes, son expression pleine d'absurdité totale. « Je ne sais pas quelle folie a pris mes poulets, mais à l'instant, ils ont en fait ramené une paire de... de grandes culottes d'homme ! »

Lunard se figea, le plateau de thé dans ses mains manquant de basculer sous le choc. « Hein ? Grand... Des sous-vêtements ? »

Lili hocha la tête furieusement comme un pilon frappant de l'ail, les yeux remplis du désespoir de l'accusé à tort. « Et puis, de nulle part, un homme s'est précipité, les a repris, et a eu l'audace de *m'*appeler une voyou ! »

« Q-Quoi ? Vraiment? Une telle chose est arrivée ? » Les yeux de Lunard s'écarquillèrent comme des soucoupes, sa voix montant d'une demi-octave d'incrédulité.

« J'ai trouvé ça complètement déroutant moi aussi ! » Lili écarta les mains dans un geste d'impuissance. « À part toi et moi, d'où un homme est-il sorti dans ce pavillon ? Les sous-vêtements pleuvent-ils simplement du ciel dans cette secte ? »

Lunard se gifla soudain le front, comme pour se rappeler quelque chose d'essentiel. « Ah ! Mademoiselle, vous ne le savez peut-être pas, mais cette personne... c'est probablement le général Xiao Yan ! »

« Xiao Yan ? » Lili fixa, le visage marqué par l'incrédulité. « Le Dieu de la Guerre du Royaume Immortel, *ce* Xiao Yan ? »

« Exactement ! » Lunard hocha la tête, baissant la voix à un murmure complice, comme si elle craignait que les murs aient des oreilles.

« C'est un ami proche du jeune maître Zhou. Il revient récemment d'un procès dangereux et séjourne quelques jours à la secte Lingxiao pour se rétablir. Le couloir latéral à proximité a été aménagé spécialement pour son séjour. »

Lili resta hébétée un long moment, assimilant cette information, avant de marmonner enfin, en transe, « Donc, tu veux dire... J'ai combattu le général Xiao Yan pour une paire de... Des sous-vêtements ? »

Lunard tremblait déjà de rire contenu, mais elle ne put s'empêcher d'ajouter un peu de sel à la plaie. « Et on nous appelait une voyoue... »

Le visage de Lili s'assombrit comme le fond d'un pot. Juste au moment où elle allait exploser, Lunard ajouta d'un air sérieux :

« Mademoiselle, vous devez vraiment faire attention. Le général Xiao est invincible au combat, et il est aussi beau que froid. D'innombrables jeunes filles immortelles ont fondu devant lui, leurs âmes bouleversées par le désir. »

Lili poussa un profond soupir, jetant un regard sans voix à sa servante. « Lunard, ton visage devient déjà rouge, et pourtant tu me fais la leçon... »

Lunard laissa échapper deux rires secs, tapotant doucement le dos de la main de Lili pour le réconforter. « Ce n'est vraiment pas moi... Je dis juste qu'un homme comme le général Xiao n'est pas quelqu'un que nous pouvons nous permettre de provoquer à la légère. »

Lili ne put s'empêcher de lever les yeux au ciel, totalement résignée.

Chapitre 7 : Sel et Larmes de la séparation

Secte Lingxiao – Salle de Délibération

Sur les marches de jade, enveloppées de brume immortelle, une silhouette vêtue de robes vert foncé aux manches amples faisait les cent pas , visiblement agitée.

L'atmosphère dans la salle était lourde ; Plusieurs anciens se tenaient debout, les yeux baissés et les sourcils soumis, n'osant pas respirer trop fort.

Le maître de secte Yun, habituellement posé, avait maintenant les sourcils froncés en un nœud serré.

 Sa pince à cheveux argentée était coincée de travers dans ses cheveux, et tout son visage semblait orné de quatre grands caractères : Je suis actuellement très agacé.

« Où est Yun Yara ? » Il frappa soudain la table de sa main et se leva. Sa voix n'était pas forte, mais elle tranchait comme une rafale soudaine de vent glacial, glaçant la colonne vertébrale. « Combien de jours cela fait-il ? Et tu ne trouves toujours personne ? »

L'Ancien A ragrippa son col, répondant avec une extrême prudence : « En réponse au Maître de Secte... depuis que la Fée Yun Yara a quitté le palais sur son épée le jour de l'épreuve spirituelle, il n'y a eu aucune nouvelle. Nous avons envoyé des disciples chercher dans les quatre directions, pourtant... nous n'avons rien trouvé... »

« Tu ne la trouves pas ? Et alors le Grand Tournoi de la Secte Immortelle ? » rugit le Maître de Secte Yun, claquant à nouveau la table. Les artefacts de jade répartis dans la salle vibraient d'un léger bourdonnement.

L'Ancien B lui rappela à voix basse : « Si nous manquons de Yun Yara, la puissance de combat de la secte Lingxiao diminuera de trente pour cent. Je crains qu'il soit difficile de conserver la première place... »

« Tu crois que je ne le sais pas ? » Le Maître de Secte Yun était tellement furieux que sa moustache tremblait alors qu'il levait les yeux au ciel.

Sur ce, il quitta la salle en trombe.

À peine avait-il franchi le seuil, son regard balaya le terrain et se posa sur une jolie silhouette en robe rose, accroupie dans le jardin de fleurs, taquinant une poule avec un sourire d'innocence totale et inoffensive.

Yun Lili !

Sa fille biologique, qu'il venait tout juste de reconnaître.

Les pas du Maître de Secte Yun s'arrêtèrent brusquement.

Un éclair d'inspiration frappa son esprit comme un éclair fendant le crâne, ouvrant ses origines de sagesse.

«... Ce n'est qu'un manque de personnel, n'est-ce pas ? Je l'ai ! »

Ses yeux s'illuminèrent. Il se tapa le front, agita une grande main et hurla d'une voix semblable à une grande cloche : « Yun ! Peu! Li ! »

Yun Lili sursauta violemment au bruit. La petite poule dans ses bras, tout aussi surprise, poussa un *cluck-cluck* et s'envola dans les airs.

« Papa ? » Elle se releva, vide ; l'ourlet de sa robe était encore taché de coupures d'herbe et de plumes de poulet. « Pourquoi cries-tu si fort ? »

Le maître de secte Yun s'avança rapidement, posant une main lourde sur son épaule. Son ton était posé et résolu : « Pour le Grand Tournoi de la Secte Immortelle, tu prendras la place de Yun Yara. »

«... Hein ? » Lili eut l'impression d'avoir été frappée par la foudre ; Ses cheveux se dressaient presque. « J-je ne sais rien ! Je ne sais que nourrir les poules, arracher les mauvaises herbes et ramasser les œufs d'esprit ! »

« Tu possèdes la Racine Spirituelle Céleste. Ta racine de sagesse n'est pas pauvre, et tu viens directement de la lignée Yun. Avec un entraînement approprié, tu suffiras certainement. » Le visage du Maître de Secte Yun était plein de certitude.

« Mais... »

« J'ai spécialement arrangé pour vous le maître le plus fort — Yu Sord du Pavillon de l'Épée. » Son ton portait une pointe de fierté, comme pour dire : *Regarde comme je suis capable d'organiser les choses.*

Les yeux de Lili s'illuminèrent. « Tu veux dire ce légendaire 'Seigneur Immortel Ji-Ming' — celui qui a compris le Dao à trois ans, a fondé ses fondations à cinq ans, et n'a même pas pu être frappé par la tribulation céleste ?! »

« Exactement. Le jour de ton épreuve d'esprit, il se tenait juste là. »

Elle essaya de se rappeler... Un visage, beau et impeccable, avec une aura qui transcendait la poussière mortelle, flottait dans son esprit. *Hmm... il était vraiment beau.*

« Lui... » Les coins de la bouche de Lili commencèrent à se redresser de manière traîtresse.

Voyant cela, le Maître de Secte Yun saisit l'occasion pour ajouter le coup final : « Il cultive actuellement en retrait au sommet du mont Alioth. Je viens d'envoyer un message divin pour demander son aide. »

« Et ensuite ? » Les yeux de Lili pétillaient. « Il a accepté ? »

« Je me suis incliné trois fois et je lui ai même offert une bouteille de Pilules d'Esprit de Neige raffinées par le Grand Seigneur Suprême Âgé lui-même. Il a dit... » Le Maître de Secte Yun baissa la voix, imitant ce ton froid, « —à peine enseignable. »

Lili rayonnait de joie. « Hehe... »

Le Maître de Secte Yun sourit et lui tapota l'épaule, son ton doux mais chargé d'une pression étouffante : « Le Grand Tournoi de la Secte Immortelle est dans trois jours. Rappelez-vous, ne faites pas perdre la face à notre secte Lingxiao. Sinon, tes petites poules... sera expulsé du registre des poulets... Oh, un lapsus. Je parlais du Registre des Immortels ! »

Lili : « ...... »

Trois jours ? Non, attends, a-t-elle bien entendu ?

De plus, penser que les trois poulets qu'elle avait amenés du royaume des mortels avaient vraiment—comme le dit le proverbe—monté au ciel avec elle.

Pourtant, avant qu'ils ne puissent profiter de leur statut céleste pendant deux jours, ils risquaient déjà d'être expulsés du poulet... Non, le Registre des Immortels !

Les feux d'artifice de joie qui venaient de s'allumer dans son cœur s'éteignirent instantanément. Lili agita frénétiquement les mains. « Non, non, papa, arrête de plaisanter ! Tu devrais te dépêcher de retrouver la Fée Yun Yara ! »

Elle voulait vivre pour élever des poulets et l'agriculture ! Pas être emmenée se battre pour sa vie !

Ce soi-disant Souverain de l'Épée... Peu importe à quel point il était beau, il ne valait pas la peine de perdre sa petite vie pour lui.

Le Maître de Secte Yun la fusilla du regard avec mépris : *Si je pouvais la trouver, aurais-je besoin de toi ?*

« L'affaire est réglée. » Sur ces mots, il pinça un sceau, et sa silhouette disparut brusquement de l'endroit.

« Papa ? Papa? Ne pars pas ! » Lili cria dans le vide, mais ne reçut en retour qu'une bourrasque de vent clair.

Était-ce vraiment son père biologique ?

Elle resta immobile, regardant vers le brumeux mont Alioth à l'horizon.

Le qi de l'épée au sommet était éthéré comme une peinture, et alors que le vent froid soufflait, on avait l'impression que le ciel et la terre avaient commencé un compte à rebours.

Compte à rebours d'entraînement infernal : trois jours.

Yun Lili s'accroupit par terre, se tenant la tête, son visage incarnant le désespoir.

Alors que Yun Lili était rongée par l'appréhension, se préparant à la tempête imminente, les jours s'écoulaient dans une tranquillité totalement intacte.

La surface de sa vie restait intacte.

Elle s'occupait de ses poules et cueillait des herbes selon sa routine habituelle, emportant parfois son petit panier pour errer distraitement dans les montagnes.

En vérité, son existence était devenue presque excessivement confortable.

Ce jour-là, elle et Lunard étaient dans le Jardin des Bêtes Spirituelles, chargées de collecter quelques œufs de bêtes spirituelles.

Une brise légère caressait la cime des arbres, faisant chuchoter les feuilles, et la lumière du soleil s'inclinait en rayons dorés.

Le jardin, envahi par des herbes spirituelles luxuriantes, dégageait un parfum léger et éthéré. Tout semblait étrangement, presque suspectement, silencieux.

« Comme c'est absolument étrange... »

Yun Lili s'accroupit près d'une touffe de mauvaises herbes, ses doigts caressant légèrement sa tempe, son expression légèrement suspicieuse. « N'a-t-on pas dit que le Seigneur Immortel Yu du Pavillon de l'Épée allait m'apprendre quelques sorts ? Pourquoi n'y a-t-il eu aucun mouvement ? A-t-il oublié ? »

Lunard marchait derrière elle en portant un petit panier en bambou, souriant avec une joie espiègle. « Mademoiselle, si vous voulez mon avis, peut-être que l'Immortel de l'Épée estime que l'enseignement ou non ne fait aucune différence. Peut-être pense-t-il que votre aptitude est si faible qu'il n'a tout simplement pas pris la peine de vous gérer. »

« Qu'est-ce que tu veux dire par là ? » Lili lui rendit aussitôt son regard, les yeux légèrement écarquillés, les joues gonflées d'indignation. « Insinuez-vous que je suis un peu idiot ? »

« Hehe, ce serviteur n'oserait pas. » Moony plaça habilement un œuf d'esprit poussiéreux, de la taille d'une paume, dans le panier, un sourire toujours aux traces. « C'est parce que Mademoiselle est d'un don unique — le genre de personne qui atteindra l'illumination et deviendra immortelle par elle-même, qu'elle soit instruite ou non. »

En entendant cela, Lili laissa enfin échapper un « Hmph » satisfait, les coins de sa bouche se relevant de manière traîtresse tandis que ses yeux se courbaient en croissants heureux. « Voilà qui me va mieux. »

Elle se pencha, écartant d'une main les hautes herbes à ses pieds. Soudain, une faible lueur traversa.

Enroulée dans le feuillage dense se trouvait une créature ronde et roulante en forme de boule. La chose était d'un violet brillant, ressemblant à un bouquet de raisins gigantesques. Sa surface de peau bouillonnait même d'un *bruit humide de plip-ploc*. En fait, c'était plutôt mignon.

« Hein ? Cette grappe de raisins... Il bouge vraiment. »

Son visage s'illumina d'intérêt. Elle se pencha plus près, tendant un doigt pour tapoter délicatement la masse avec une curiosité prudente.

Dès que son bout de doigt toucha la peau—

« GWA-WAH— ! »

La boule violette explosa brusquement, poussant un cri perçant qui déchira le paisible jardin. Des bulles jaillirent partout, éclaboussant de la mousse humide sur son visage.

« Aiya ! »

Lili fut si surprise qu'elle recula de trois pas, son pied glissant sur l'herbe, la faisant s'asseoir lourdement sur les fesses.

La forme de la boule violette gonfla instantanément. Bubbles gargouillait follement, et en quelques instants elle s'était étendue à une hauteur imposante de trois *zhang*.

Ses membres devinrent épais et robustes, ses yeux devinrent rouge sang, et son aura devint terrifiantement imposante.

« M-Lunard, pourquoi est-ce devenu si gros ! » balbutia Lili, les yeux écarquillés.

Lunard devint pâle de peur, reconnaissant instantanément la créature. « Mademoiselle ! C'est une Bête de Bulles de Troisième Rang ! Une fois surpris, il devient furieux. Les bulles sur tout son corps sont toxiques ; S'ils explosent sur toi, ils peuvent te défigurer le visage ! Nous devons fuir ! »

Alors que Lili tentait de se relever, un bruissement retentit de l'herbe à sa droite.

Une créature couverte de fourrure en sortit en un bond, en forme de petit mouton. Il sortit en vacillant, vacillant à gauche et à droite, avant d'ouvrir la bouche en un sourire pour révéler une gueule pleine de dents si noires qu'elles brillaient comme de l'obsidienne.

« Q-Qu'est-ce *que c'*est que ça maintenant ?! »

« Une bête aux dents noires ! » La voix de Lunard tremblait de terreur.

« Cette chose est spécialisée dans l'ensorcellement de l'âme avec des sons fantômes. Un rire peut inverser les cinq sens ; même un Patriarche de l'Âme Naissante ne peut pas y résister ! Mademoiselle, quoi que vous fassiez, ne l'écoutez pas rire ! »

Cependant, il était trop tard. Le rire étrange de la Bête à la Dent-Noire lui perçait les oreilles comme de fins fils de soie. Lili sentit ses tympans le démanger, sa vision s'assombrit, et sa tête commença à tourner de vertiges.

« Ahhh, je n'en peux plus... » Elle se prit la tête, tentant de fuir, mais son pied atterrit en plein sur un monticule de douceur. Elle baissa les yeux—

C'était une bête spirituelle ronde, douce et grise, recroquevillée endormie sur le sol comme un coussin charnu.

« Une bête roulante ! » Le visage de Lunard devint blanc comme un drap. « Mademoiselle, vous avez marché dessus !! Cette chose cherche vengeance dès qu'elle se réveille ! »

« Je ne veux pas savoir *comment* il cherche à se venger !! »

« RUGIR — ! »

Effectivement, la Bête Roulante ouvrit la bouche et rugit furieusement, le son secouant la canopée de la forêt. Un souffle d'air chaud faillit faire voler Lili.

Tout le Jardin des Bêtes Spirituelles sombra instantanément dans le chaos. Les quatre bêtes spirituelles semblaient devenir folles, se jetant sur elle à l'unisson.

La Bête de Bulles crachait des bulles toxiques ; la Bête à la Dent-Noire sourit et rit de façon maniaque ; la Bête Roulante bondit pour la percuter par la force brute.

Et ce n'était pas tout.

Une rafale de vent passa en douceur, et un petit oiseau couvert de plumes dorées descendit du ciel.

Son envergure ne dépassait pas la longueur d'un bras, mais elle atterrit avec une précision exquise directement sur la tête de Yun Lili et poussa un *gazouillis* triomphant.

« Qui ai-je offensé pour mériter ça !! »

Voyant les quatre bêtes se jeter sur son visage, Lili eut l'impression que le jour du jugement était arrivé. Elle se recroquevilla au sol, se tenant la tête, les larmes manquant de lui monter aux yeux.

À ce moment-là—

Pop—

Une lumière dorée jaillit de nulle part, à trois pouces au-dessus du sommet de sa tête.

Aussi brillante que le soleil brûlant, elle explosa instantanément, fendant un arc circulaire de radiance d'épée qui balaiait les quatre directions.

HUMMM— !

La Bête de Bulles fut projetée en arrière de plusieurs *zhang* par le qi de l'épée, faisant exploser une douzaine de bulles sur place ;

la Bête aux Dents Noires vit son rire s'interrompre brusquement alors qu'elle reculait, l'air déconcertée ;

la Bête Roulante se figea en plein air, les yeux vides, comme si elle avait oublié ce qu'elle faisait ;

l'oiseau jaune sur sa tête était si effrayé qu'il se retourna pour faire semblant d'être mort, ailes déployées, tombant sur les genoux de Lili.

Tout le Jardin des Bêtes Spirituelles tomba soudainement dans le silence.

Au loin, plusieurs disciples en patrouille observaient, bouche bée. Leurs paniers tombèrent au sol ; Ils avaient oublié comment parler.

« Qui... est-ce qu'elle est ? »

« Que tout à l'heure... était le Sceau de l'Épée du Seigneur Immortel Silentstar. »

« On dirait bien. Euh... mais pourquoi aurait-elle un Sceau d'Épée pour la protéger ? »

« Est-ce qu'elle vient de... appeler une Bête de Bulle de Troisième Rang une 'raisin' ? »

Lili s'effondra au sol, fixant le ciel au-dessus, le visage impassible.

« Je... Je voulais juste retourner nourrir les poules... qui veut se faire battre par des bêtes spirituelles ici... »

Lili resta assise par terre, le visage plein de choc et de doute existentiel.

Le petit oiseau jaune sortit la tête de ses genoux, tremblant : « *Piaille...*«

Lili était assise, hébétée au sol. La bête oiseau jaune était allongée sur le ventre sur ses genoux, encore tremblante, tandis que Moony serrait son panier, comme si la vie avait perdu tout sens.

Elle cligna des yeux, regardant devant elle les bêtes spirituelles qui avaient été agressives quelques instants plus tôt mais qui étaient maintenant aussi dociles que si elles avaient été frappées par la foudre, puis baissa les yeux vers ses propres manches et son ourlet, trempés de mousse.

Elle ne put s'empêcher de marmonner : « Qu'est-ce que c'est... Je ramassais juste des œufs, et j'ai failli perdre ma petite vie. »

« Mademoiselle, *woo*... On se dépêche de rentrer. »

À peine reprenait-elle son souffle qu'une voix familière dériva lentement d'en haut—stable comme du jade, portant ce ton constant de froid distant—

« Les racines spirituelles répondirent, protégeant automatiquement leur maître. Il semble... tu as effectivement un destin avec la Voie de l'Épée. »

« Hein ? »

Lili releva la tête, absente.

Elle vit Yu Sord debout au sommet d'un sommet rocheux lointain, des robes blanches plus blanches que la neige, les manches flottant au vent. Le vent se levait et des nuages naissaient autour de lui.

Le Jardin des Bêtes Spirituelles tomba dans un silence soudain et mortel ; Même le vent semblait craindre de bouger de façon imprudente.

La lumière du soleil était parfaite, des fils dorés tombant brin par fil sur ses robes blanches. Il se tenait les mains jointes dans le dos sous un arbre à esprits proche.

Il avait l'air de sortir tout droit d'un tableau — les sourcils beaux et clairs, le tempérament froid et épuré.

Ses longs cheveux étaient attachés par une couronne de jade, ses robes claqueant nettement sous la brise qui passait.

« Le Grand Tournoi de la Secte Immortelle commence dans trois jours. Rappelez-vous, ne faites pas perdre la face à notre secte Lingxiao. Sinon... je transformerai vos petites poules en un délicieux ragoût. »

Chapitre 8 : Le compte à rebours infernal de l'entraînement

C'*était* Yu Sord !

«... Maître ? »

Yun Lili se figea deux instants avant que la réalisation horrible de son propre désordre ne la frappe — ses jupes étaient froissées comme des légumes séchés, son visage éclaboussé par les résidus mousseux de la Bête de Bulles, et nichée dans ses bras se trouvait une bête oiseau jaune feignant la mort.

C'était fini. Son image... était complètement, totalement ruiné !

Elle posa une main au sol pour se redresser en panique, mais son pied atterrit de plein fouet sur la Bête Roulante, qui ne s'était pas encore complètement évanouie. Instantanément, son équilibre céda.

« Ahhh— ! »

Son centre de gravité changea ; alors elle allait s'écraser face contre terre, un souffle de qi d'épée la souleva doucement par la taille. À sa grande surprise, il faisait chaud. Elle se leva, se préparant hébétée, le cœur battant dans un rythme chaotique.

Yu Sord se tenait non loin de là, ses robes impeccables, ressemblant à une divinité marchant sur le vent, intacte de toute poussière mortelle.

«... Merci beaucoup, Maître. »

Elle parla d'une voix basse, n'osant pas lever la tête, sentant tout son visage brûler de chaleur.

Il se contenta de lui jeter un regard froid, son ton aussi calme que toujours :

« Si tu dois être aussi impulsif la prochaine fois, n'entre pas dans le Jardin des Bêtes Spirituelles. »

Lili hésita, puis marmonna une petite protestation mécontente : « Ce n'est pas que j'ai été impulsive ; c'est que ces bêtes spirituelles sont trop bizarres. »

« Ils ne supportent pas l'odeur du sang ; naturellement, ils se sont agités. » Il offrit cette explication avec une légèreté, comme s'il parlait de la météo.

Le cœur de Lili fit un petit bond. *Il était arrivé en avance ?*

Alors... Depuis combien de temps observait-il ?

« Ce coup de pied tout à l'heure... avait-il l'intention de me piétiner à mort ? » demanda-t-elle de nouveau.

Yu Sord baissa les yeux, son regard se posant sur l'ourlet boueux de sa jupe. Après un long moment, il parla :

« Oui. »

Un seul mot, concis et puissant.

Le ton resta léger, mais pour une raison quelconque, il lui glaça le sang.

Lili rapetissa le cou. Alors qu'elle s'apprêtait à lui remercier, elle l'entendit soudain dire :

« Tu fais trop de bruit. »

Elle se figea, le regardant les yeux écarquillés, figée dans le silence pendant trois longues secondes avant de tourner lentement la tête vers lui. « Je... Je suis... bruyant ? »

Il ne la regarda pas, mais se tourna légèrement dans le vent, coupant la ligne de vision entre eux.

Elle le regarda, confuse, mais réalisa soudain que son regard n'était pas posé sur son visage, mais plutôt sur la bête oiseau jaune recroquevillée en boule dans ses bras.

« Cette bête, » son ton n'était ni froid ni brûlant, « tu l'as ramassée ? »

« Il a volé ici tout seul ! » Lili se défendit. « Il m'a même piaillé sur la tête. C'était particulièrement mignon, alors je... »

« Gazouillis ? »

Il révéla enfin un léger sourire, imperceptible, qui fut rapidement réprimé.

Il leva une paume et effleura l'air ; une pression informe de sens divin appuyait doucement. La bête oiseau jaune frissonna instantanément, poussa un cri étrange—*Gueuu !*—bondit hors de l'étreinte de Lili, et s'enfuit sans laisser de trace dans un nuage de fumée.

Lili : « Ne lui fais pas peur ! »

Ce petit oiseau jaune était plutôt mignon ; elle avait l'intention de le garder comme animal de compagnie.

Yu Sord laissa échapper un rire glacial. « C'est bien qu'il connaisse sa place. »

Elle ne le vit pas, mais il vit d'un coup d'œil : cet esprit de pinson jaune était un *mâle*. Et il osait se blottir dans ses bras ?

murmura Lili, « Quel dommage. »

Le regard de Yu Sord tomba sur son visage déçu, son ton portant une note d'avertissement. « N'apporte rien à tes côtés simplement parce qu'il a un léger degré de beauté. »

Elle resta figée, incapable momentanément de discerner le sens des paroles du Seigneur Immortel.

Lili : « ...... »

Entendant son silence, Yu Sord sembla tousser légèrement, mais son ton resta calme : « Le Grand Tournoi de la Secte Immortelle est demain. »

Son cœur fit un bond. Elle ouvrit la bouche pour parler, mais l'entendit continuer : « Ne sois pas en retard. »

Sur ce, il se retourna et partit. Ses robes blanches bougeaient légèrement, comme une grue solitaire au milieu de la neige, silencieuses et sans trace.

« Ah, attends ! Attendre! Seigneur Immortel, tu ne m'as encore rien appris ! Je n'ai rien appris... »

N'était-ce pas équivalent à l'envoyer mourir en vain ?

* * * * *

Terrasse de Pengying

Nuages et brume s'enroulaient en épais rubans éthérés autour de la terrasse Pengying. L

es disciples des différentes sectes immortelles s'étaient rassemblés dans une véritable mer, car le premier tour du Grand Tournoi de la Secte Immortelle — l'Épreuve du Miroir Illusoire — était imminent.

Sur les trônes de nuages étaient assis les Maîtres de Secte et les Anciens de chaque faction, engagés dans des discussions animées.

En dessous d'eux, les disciples se frottaient les poings et s'essuyaient les paumes, impatients de tenter leur chance et de prouver leur valeur.

Pour faire simple, le Grand Tournoi de la Secte Immortelle était un grand concours qui avait lieu une fois par siècle, où chaque secte du Royaume Immortel envoyait ses disciples les plus remarquables pour s'affronter.

La secte qui revendiquerait la victoire serait couronnée la secte principale du Royaume des Immortels.

Les règles de cette compétition étaient simples, semblables à une chasse aux mortels. Les disciples de toutes les maisons participeraient ensemble à l'Épreuve du Miroir Illusoire. T uer des monstres et chasser des bêtes rapportait des points ; celui qui accumulait le score le plus élevé en sortait vainqueur.

Pourtant, à cet instant même, dans un coin isolé, loin de la ferveur.

Yun Lili était accroupie par terre, épluchant paresseusement des graines de melon avec un *craquement* rythmique et un craquement. À côté d'elle se trouvait un petit pot de vin de prune.

« Tant de disciples immortels... c'est encore plus animé qu'un marché mortel le jour du festival... »

Elle lança un grain dans sa bouche, mâchant lentement. « Je me demande si on peut simplement regarder le drame depuis la touche dans ce Procès du Miroir Illusoire ? Espérons qu'ils ne s'attendent pas vraiment à ce que je monte et que je participe à la mêlée. Pour ma part, je chéris ma petite vie. »

À peine sa voix s'était-elle éteinte qu'un doux son retentit au-dessus de sa tête, accompagné d'un souffle de brise rafraîchissante.

Yu Sord était descendu des cieux, apparemment sorti de nulle part. Ses bottes restaient intactes par la poussière mortelle, et ses manches amples étaient blanches comme la neige.

« Yun Lili. »

« Hein ? Ah ? »

Sa main tremblait de peur, éparpillant la poignée de graines de melon sur le sol.

Il leva la main et tapota légèrement le centre de son front. Une rune chaude et brillante de lumière s'enfonça instantanément dans sa peau, disparaissant comme une goutte de clair de lune se dissimulant entre ses sourcils.

En cette fraction de seconde, Yun Lili sembla entendre le roulement lointain du tonnerre venant des montagnes et le gargouillement des sources spirituelles.

Mais dans le battement de cœur suivant, il n'y eut rien. Elle ne ressentait qu'une légère chaleur dans son cœur, tandis qu'à l'inverse, son front était frais comme neige.

Yun Lili resta stupéfaite un instant, incapable de comprendre ce qui venait de se passer.

« Je... pourquoi mon front est-il froid ? Seigneur Immortel, toi... euh? Qu'est-ce que tu viens de faire ? »

Le ton de Yu Sord était faible, comme s'il parlait de la météo de demain. « La rune est lancée. Tu participeras à l'épreuve. »

«... Non, attends, tu dois être fou ! Je ne suis pas un cultivateur ! Bien que mes racines spirituelles soient... »

Avant qu'elle ne puisse finir sa phrase, Yu Sord leva doucement la paume.

Whap.

Le ciel et la terre tournaient violemment.

Avant même qu'elle ne puisse prononcer un seul juron, sa vision s'assombrit, et elle fut projetée droit dans le Miroir Illusoire par un seul coup décisif de paume.

Des rideaux cramoisis tombaient du haut plafond comme une brume couleur sang. Au milieu de la lumière vacillante des bougies, toute la salle apparaissait comme un lotus d'enfer en pleine floraison, magnifique mais menaçant.

Une brume glaciale flottait dans l'air, tandis que dans les coins ombragés, des motifs de bêtes dorées scintillaient d'une faible lumière prédatrice, comme si eux aussi espionnaient silencieusement les occupants.

Yun Yara, vêtue de robes taoïstes en cyan glacé, était assise avec fierté solitaire devant une table en bois de rose sculpté.

Son front et ses yeux étaient perçants comme des lames trempées dans la neige, froids au point de sembler dépourvus de toute chaleur humaine.

Elle balaya d'un seul coup d'œil la table remplie de soi-disant « délices » devant elle : Lingzhi de Sang mijoté au Tendon du Dragon, Black Ice Bass de la Piscine Froide des Neuf Néant, et de la viande spirituelle rôtie au cœur d'un Renard de Feu de Mille Ans.

La vapeur s'échappait des assiettes, mais à ses yeux, elle n'avait aucune trace de vitalité.

« L'hospitalité du Royaume des Démons, » ricana-t-elle froidement, « est apparemment aussi vulgaire. »

« Mo Han ! »

Elle jeta ses baguettes en jade. Les ustensiles à pointe argentée frappèrent la table en jade noir, émettant un bruit sec et net qui résonna dans la salle silencieuse.

Les portes du couloir s'ouvrirent brusquement au bruit, et une grande silhouette entra avec une grâce nonchalante.

Ses robes sombres étaient défaites et amples, sa démarche languissante. Mo Han possédait une silhouette élancée et aux longs membres, ses traits froids et beaux comme le tranchant d'une lame.

À sa clavicule, un sigil démoniaque rouge foncé s'enroulait vers le bas, semblant pulser d'une malveillance fluide. Il s'appuya contre l'encadrement de la porte, un sourire aux lèvres, son regard fixé sur elle comme celui d'un loup dans la nuit.

« Qu'est-ce que c'est ? Ce prince héritier a personnellement commandé ces plats pour vous, et pourtant l'aînée Mademoiselle Yun reste ingrate ? »

Yun Yara lui lança un regard lointain, ses yeux ne vacillant d'aucune trace d'émotion. « J'ai pratiqué l'*inédia* pendant de nombreuses années. »

« C'est ton affaire. »

Il leva la main et la fit légèrement de l'agiter ; Les flammes dans le hall s'éteignirent instantanément, et la température chuta de plusieurs degrés. « Mais puisque tu es venu dans le Royaume des Démons, tu dois naturellement respecter les règles de ma race. La courtoisie exige la réciprocité ; La nourriture ne doit pas être rejetée. »

« Quel rapport ont les règles de ta race démoniaque avec moi ? »

« Puisque tu es là, tu es un invité. » Il s'approcha, son ton paresseux mais porteur d'une pointe d'acier. « Si je ne vous amène pas à fond, je crains d'être moqué d'avoir perdu mon sens de la bienséance en tant que prince héritier. »

Le regard de Yun Yara était comme du givre. « Tu parles avec des mots mielleux, mais en vérité, c'est de l'emprisonnement. »

Les yeux de Mo Han s'assombrirent légèrement, mais son sourire devint encore plus languissant. « Emprisonnement ? Si je voulais vraiment te piéger, tu crois que tu serais encore assis ici à converser aussi confortablement ? »

Il jeta un regard en l'air vers la table de vaisselle, le coin de sa bouche se remontant pour révéler un charme de coquin. « Et être servi avec une telle table de vins raffinés et de délices ? »

Les lèvres de Yun Yara se retroussèrent légèrement, son ton glacé. « Personne ne t'a demandé de les préparer. »

Le regard de Mo Han s'arrêta, puis il rit doucement. Ses pas étaient comme le vent alors qu'il s'approchait d'elle, baissant la tête pour regarder ce visage aussi froid que la glace glaciaire.

« Pourquoi tant de précipitation ? Qu'y a-t-il de si bien à revenir dans les Sectes Immortelles ? Un troupeau d'hypocrites moralisateurs — peuvent-ils rivaliser avec la vitalité que j'ai ici ? »

« Insolent. » Yun Yara parla froidement. « Je suis un disciple de la secte Lingxiao, ennemi de votre race démoniaque. Pour votre conduite aujourd'hui, vous finirez par en payer le prix. »

« Hélas, » tendit-il, enroulant une mèche de cheveux près de son oreille autour de son jointure. Son sourire était aussi paresseux que de poser sa tête sur une brise de l'après-midi. « Je te traite avec gentillesse, pourtant chaque mot que tu prononces te transperce l'os. Ça glace vraiment le cœur. »

Yun Yara lui repoussa la main, se levant pour le fusiller du regard, sa voix comme le tranchant d'une épée. « Qu'est-ce que tu veux exactement ? Me garder en résidence surveillée ici... vous souhaitez simplement emprunter mon nom pour réprimer les Sectes Immortelles ? Mo Han, arrête de rêver ! »

Mo Han fit un demi-pas en arrière, haussant un sourcil vers elle. Son ton restait aussi espiègle et indifférent que toujours.

« Ne parle pas si durement, Aînée Mademoiselle Yun. C'est toi qui as pénétré les terres interdites de mon Royaume Démoniaque ; Tu es entré dans le filet toi-même. Qu'est-ce que ça a à voir avec moi ? De plus, je l'ai déjà dit — je ne te garde ici que pour coopérer. »

« Coopération ? » Le sourcil de Yun Yara tressaillit. Elle parla froidement, « Tu crois que je m'associerais à des cultivateurs démoniaques ? Pourquoi ne pas aller directement voir les Quatre Grandes Sectes Immortelles pour discuter de coopération ? »

« Les Quatre Grandes Sectes Immortelles ? » Mo Han arborait un sourire qui n'en était pas tout à fait un. « Ces vieux taoïstes dégueulasses ? S'ils te voyaient tomber entre mes mains, je crains qu'ils ne changent pas d'expression avant de t'abandonner complètement. »

L'expression de Yun Yara s'assombrit, des flammes de fureur bouillonnant dans ses yeux.

Mo Han, cependant, semblait habitué à sa réaction. Il se contenta de faire les cent pas tranquillement jusqu'au bord des marches de jade et s'assit, appuyant son menton dans sa main en la regardant.

« Cependant, une fois tout dit et fait... Votre urgence à revenir vient simplement du fait que vous souhaitez clarifier les affaires concernant cette fille du pays du royaume mortel, n'est-ce pas ? »

Le sourcil de Yun Yara tressaillit ; ses pupilles se contractèrent légèrement.

« Toi... l'avoir enquêtée ? »

« Heh. » Mo Han sembla voir clair dans ses pensées, riant doucement.

« Ce prince héritier a toujours apprécié un beau spectacle. Par exemple — une fausse héritière luttant pour s'accrocher à une noblesse qu' *elle croyait* la sienne ; et une véritable fille légitime, montant sans le savoir sur un trône qui ne lui a jamais appartenu. Ce drame n'est-il pas bien plus intrigant qu'un Grand Tournoi de la Secte Immortelle ? »

Krach!

Yun Yara brisa la coupe de jade à côté d'elle d'un coup de paume. Des éclats de porcelaine volaient dans l'air alors qu'elle le réprimanda froidement : « Arrête tes bavardages ! »

Mo Han serra les lèvres, se relevant lentement. Il s'approcha d'elle pas à pas, son aura oppressante et étouffante. « J'insiste pour parler. De quoi as-tu peur ? As-tu peur qu'une fois ton statut disparu, ton fiancé nominal — Yu Sord — change d'avis ? »

« Toi—raconte des bêtises ! » Elle serra les dents, sa voix aussi froide que la glace brisée.

Mo Han avait déjà fait un pas en avant, son doigt relevant son menton, ses yeux gardant ce sourire ambigu. « Ce fiancé... Extérieurement froid comme le givre, mais au fond de lui, il est l'homme le plus sentimental. Si Yun Lili est vraiment la fille biologique de la famille Yun, comment choisira-t-il ? Vous... n'as pas confiance en ton cœur, n'est-ce pas ? »

Yun Yara lui repoussa violemment la main, sa poitrine se soulevant de façon instable. Elle ne pouvait pas parler ; son visage était pâle, comme si elle avait été dépouillée de toute son armure.

« Ne dis pas de bêtises. Le Seigneur Immortel Yu est un parangon de noble vertu ; il n'a aucun lien avec moi. »

« Ah bon ? » Il haussa un sourcil.

Mo Han recula enfin, se tournant pour s'éloigner d'un pas décidé. Juste avant de sortir des portes du couloir, il parla sans se retourner :

« Demain, change le menu pour de la bouillie nature et des accompagnements. Ne laissez pas mon invité d'honneur avoir faim ; cela sonnerait terrible si la nouvelle se répandait que ce Prince héritier a méprisé un prodige de la Voie de l'Épée. »

D'un geste de la main, les portes du couloir se refermèrent silencieusement.

Seule Yun Yara restait debout dans la vaste salle, le bout des doigts tremblant. L'épée longue dans sa manche bourdonnait doucement, résonnant de la fureur qu'elle réprimait au fond de son cœur.

Son regard devint ferme.

Un jour, elle dégainerait son épée et abattrait ce prince démon rusé et frivole sous sa lame.

Chapitre 9 : L'Épée des Étoiles

Yun Lili était allongée sur le dos dans une tache de boue mouillée, comme un poisson salé venant de traverser une rupture.

« Je ne peux pas faire ça, je ne peux vraiment pas faire ça... »

Avant que les mots ne se terminent, un rugissement profond et bestial résonna au loin.

Elle releva la tête en tremblant — pour voir un démon tigre, deux zhang de haut, bondir dans les airs vers elle. Trois yeux rouges flamboyants, crocs brillants, son souffle sanglant frappa son visage.

« N-n-n'arrive pas ici ! »

Lili serra une petite pierre et se recroquevilla en tremblant.

L'ombre du démon assombrissait le ciel ; Il allait bondir—

Soudain, le sigil sur son front s'enflamma.

Une colonne de lumière blanche pure descendit d'en haut, frappant le démon tigre et le réduisant en cendres calcinées—disparues sans même laisser de résidus.

Lili fixait, stupéfaite, les oreilles pleines seulement de sa propre respiration rapide.

La forêt était sombre, un épais brouillard tourbillonnant.

Ensuite vint un singe démoniaque à trois yeux, rugissant en jaillissant des broussailles, crocs découverts, son cri secouant l'air.

Avant même qu'il ne réagisse, une fine ligne de sang apparut sur sa poitrine.

Un battement de cœur plus tard, il s'écrasa au sol, roulant immobile dans la fumée.

La brume flottait à travers le royaume de l'illusion ; Des vents froids sifflaient.

Dans l'obscurité de la forêt, des paires d'yeux de bête cramoisie scintillaient.

Lili marcha sur une vigne glissante et faillit tomber.

« Aaaaaah ! Quelque chose a bougé !

Il y a quelque chose qui bouge !! »

Elle hurla et s'accroupit, son épée serrée contre sa poitrine, tremblante de tout son corps.

« Suis-je entré dans le mauvais donjon ?

Pourquoi est-ce soudainement... toutes des bêtes démoniaques ?! »

Le miroir n'était-il pas censé être *faux* ?

Pourquoi tout ici était-il si *réel* ?

Un loup géant à la fourrure rouge flamboyante bondit hors de la brume, ses griffes brillant alors qu'il plongeait sur sa tête.

Lili ferma les yeux très fort, serrant sa tête contre elle, manquant de peu de laisser tomber son épée.

« Non !! Je ne suis pas venu ici pour me battre avec toi !! »

Dans l'instant d'après—

Un doux bourdonnement vibra.

La faible lumière dorée sur son front éclata comme la lueur du matin — douce mais sacrée — se répandant instantanément.

Le loup géant ne la toucha même pas.

Il hurla comme s'il brûlait, son corps se tordant alors que le feu doré le dévorait.

En un souffle, il se dissout en un nœud de fumée noire et disparut.

Les autres bêtes démoniaques de la forêt l'aperçurent.

Aucun n'osa s'approcher.

Un à un, ils gémirent et s'enfuirent dans la brume.

Lili entrouvrit prudemment un œil.

Voyant la clairière vide — pas d'ombres démoniaques — sa mâchoire tomba.

« Hein ? Ils... laissés seuls ? »

Se tenant la poitrine, encore secouée, elle murmura,

« Est-ce que mon aura était trop intimidante tout à l'heure et les a effrayés ?

... Pas question, j'étais sur le point de pleurer moi aussi ! »

Non loin de là, Yu Sord flottait silencieusement dans les airs.

Voyant la faible lueur vaciller sur son front, son regard s'assombrit légèrement, et un doux rire s'échappa de lui.

« C'est quoi cette chose ? Pourquoi est-ce si puissant ? »

Murmura-t-elle pour elle-même, se touchant même le front à l'essai.

« Waouh... ce truc est un peu fou ? »

* * * * *

Les disciples et anciens de chaque secte fixaient fixement le vaste classement suspendu du Miroir des Esprits.

Une jeune fille en robes simples venait tout juste d'entrer dans le royaume des miroirs—

Pourtant, en quelques souffles à peine, elle avait déjà tué trois bêtes démoniaques, brisé deux formations, et ses points s'envolaient, atteignant directement le top vingt.

« Qui est-ce ? Pourquoi n'y a-t-il aucune fluctuation spirituelle ? »

« Elle vient juste... il semblait crier 'ne viens pas ici' à la bête démoniaque, et elle a explosé ? »

« Pourrait-elle utiliser un artefact ancien ? Ou peut-être le disciple préféré secrètement élevé dans une secte ? »

« Mon Dieu, elle est dans le top quinze ! »

« Elle est vraiment poursuivie par les bêtes démoniaques ? Elle ne chasse même pas les monstres—elle continue de se cacher ? »

La foule éclata en spéculations bruyantes, les yeux rivés sur les mises à jour en temps réel du classement, les expressions figées par l'incrédulité.

« Top dix maintenant... »

« Qu'est-ce qu'elle vient de jeter—c'est... Une pierre ?

Tu peux marquer des points avec ça ?! »

Yu Sord se tenait sous le classement, les mains dans le dos, l'expression froide comme le froid.

Quelqu'un s'aventura prudemment,

« Sord immortel... cette jeune femme est... ? »

Son regard s'assombrit légèrement ; Son ton était d'une froide indifférence :

« Lili. »

Après une pause, il ajouta,

« La fille légitime du maître de secte de la secte Lingxiao. »

La réalisation s'éleva parmi les spectateurs.

Tout le monde se souvenait des récents tests de racines spirituelles :

la vraie fille revenant, la fausse fuyant la secte sur une épée.

« Alors... c'est ta fiancée nouvellement reconnue ? »

Yu Sord resta silencieux un long moment.

Ses yeux dérivèrent vers le miroir spirituel, tombant sur le petit visage à l'intérieur—effrayé, imprudent, et agaçant d'audace.

Quand il parla enfin, sa voix était froide et posée :

« Occupe-toi de tes affaires. »

Le questionneur sursauta, reculant aussitôt de trois pas.

——Il ne le niait pas ?

Alors ce n'est pas en gros l'admettre ?!

* * * * *

Pendant ce temps, dans le royaume des miroirs, Lili avait déjà ouvert un tout autre endroit... eh bien, un chemin que personne avant ou après elle ne pourrait jamais emprunter.

Elle utilisa une *cuisse de poulet rôtie* pour attirer tout un nid de serpents de feu, utilisa quelques morceaux de biscuits pour inciter un renard noir à entrer dans une grotte à dormir, et prit même un œuf de bête spirituelle lumineuse au coin d'un coin.

Au classement, son classement a grimpé comme une fusée, grimpant progressivement jusqu'à la septième place.

Mais elle était totalement inconsciente — avançant seulement avec un visage vide, marmonnant pour elle-même :

« Suis-je sûr que ça ne compte pas comme de la triche... ? Je suis littéralement la personne la plus ordinaire qui soit—

AIYA, NE ME MORDS PAS !! »

Elle essayait de cueillir une herbe spirituelle, mais la petite souris spirituelle qu'elle avait nourrie plus tôt s'agrippa soudainement à l'ourlet de sa robe et se blottit désespérément dans ses bras.

Couverte de minuscules marques de dents et de bave, elle sursauta de frustration :

« Hé hé hé ! Je suis venue ici pour cultiver l'immortalité, pas pour devenir toute ta mère adoptive— ! »

* * * * *

À l'extérieur — Pengying Platform, le procès vient de se terminer

Au moment où l'épreuve du miroir prit fin, Lili sentit son cerveau bourdonner ; Son esprit n'était rempli que de quatre mots :

Je me suis fait avoir. Mal.

Cette explosion de lumière blanche qui la projeta hors du miroir la frappa si fort qu'elle fit trois tours complets en l'air comme un sac en tissu usé lancé par le vent.

Elle atterrit étourdie, les jambes instables, la vision qui tournait.

Quand ses yeux se mirent enfin au point, le coupable, Yu Sord, se tenait sous un pin sous la scène—

des robes élégantes, blanches comme neige, flottant légèrement, ressemblant exactement à celles qu'il était sorti d'un tableau.

… Ce qui était exaspérant, c'est que son visage immortel faisait battre son cœur un peu plus vite.

« Toi—TOI, TOI, TOI ! » Lili se gonfla et se précipita vers lui.

Sa main faillit atteindre son col — puis recula brusquement comme brûlée, et elle ne put que donner un coup de pied à une pierre en grognant :

« Tu l'as fait exprès... ? Je—je venais *juste de* rester immobile et tu m'as giflé en plein dedans ! »

Yu Sord baissa les yeux vers elle, d'un ton calme comme l'eau claire de source :

« Si j'étais toi, je garderais un peu d'énergie au lieu de me plaindre. »

« Qu'est-ce que tu as dit ?! »

« La prochaine épreuve — combat à l'épée. »

Lili se figea sur place, son expression se décomposant.

« Je... Je ne sais pas comment faire ! »

Il hocha légèrement la tête, la voix toujours douce et sans émotion :

« Ne t'inquiète pas. Je vais t'apprendre. »

Elle venait de pousser un soupir de soulagement—

quand elle l'entendit ajouter, tout aussi calmement :

« Puisque tu es quelqu'un que j'ai amené... tu n'as pas le droit de m'embarrasser. »

Le ton était paisible, mais chaque mot touchait le cœur.

Les oreilles de Lili devinrent écarlates en un instant.

Une brise traversa la forêt de bambous sur la montagne arrière de Yuheng.

La lumière du soleil se répandait en motifs brisés sur la plateforme d'entraînement à l'épée.

Lili s'affaissa sur un banc de pierre, le visage plein de désespoir.

« Je suis sérieux — je ne peux vraiment pas m'entraîner à ça. »

Yu Sord se tenait devant elle, une longue épée attachée en diagonale dans le dos.

Il lui tendit une épée et dit, la voix aussi calme que toujours :

« Tiens l'épée. »

Lili voulait refuser, mais ses yeux refusaient de quitter l'épée dans sa main.

Aucune autre raison — cette épée était trop belle.

La lame était sombre comme le ciel nocturne, flottant d'une lumière changeante, parsemée de lueurs étoilées.

« Mais ces mains sont pour moudre des herbes, pas pour tenir des épées. »

Elle le dit avec droiture—pourtant ses mains la trahirent et prirent l'épée.

Au moment où ses doigts s'enroulèrent autour de la garde—

Frapper.

Elle s'est cogné le genou.

« Aïe... ça fait mal... »

Le regard de Yu Sord ne s'attarda que sur l'épée fraîchement forgée dans ses mains, sans montrer la moindre sympathie pour son pauvre genou.

Lili oublia la douleur et contempla avec admiration la lame incroyablement belle.

La lame possédait un bleu profond, abyssal, d'une teinte si profonde qu'elle semblait capturer l'essence même du ciel nocturne.

Son éclairage froid pulsait subtilement, faiblement traversé par le scintillement fantôme des étoiles flottantes—comme si l'arme contenait en elle la radiance argentée accumulée et déchue de la sphère céleste.

D'un moindre mouvement, l'épée répondit, éveillant des vagues silencieuses et langoureuses de lumière.

Yu Sord leva un doigt, traçant une ligne délicate le long de la colonne vertébrale de l'épée et son toucher était presque révérencieux, extraordinairement doux — comme quelqu'un déchiffré d'un poème sacré inscrit sans l'entrave des mots écrits.

Il parla, sa voix posée et basse :

« La luminescence de cette lame est comparable à un **océan cosmique** d'étoiles ; son esprit inhérent, aussi distant et distant que les cieux eux-mêmes. Cette épée—elle s'appelle *Starveil.* »

Il ne dit pas à voix haute que cette épée avait été forgée après qu'il ait été le seul à apaiser la crise des démons du Nord.

S'aventurant dans les ruines anciennes du Froid du Nord,

Il en récupéra du métal formé à partir d'une étoile primordiale tombée — le Fer Submergé par les Étoiles —

Puis en commanda la forge au Pavillon Heavenly Craft, où elle fut humectée dans une flamme violette pendant quarante-neuf jours.

Le jour où l'épée fut terminée, la lumière des étoiles emplissait le ciel, et chaque épée dans un rayon de trois miles résonnait.

Un vieux maître s'était exclamé :

« Cette épée s'appellera *Starveil*—seule une personne au cœur clair et sans nuage pourra la manier. »

Le ton de Yu Sord était faible :

« Cette épée te va bien. »

Lili cligna des yeux, stupéfaite.

Elle baissa la tête, et la lumière argentée dans ses paumes scintilla légèrement comme pour répondre à ses paroles—une douce ondulation s'étendant vers l'extérieur.

Une chaleur fugace traversa les yeux de Yu Sord, difficile à remarquer.

Mais sa voix resta aussi froide que toujours :

« *Starveil* ne fait aucun bruit, mais il peut trancher toutes les illusions. »

Il s'arrêta, laissant son regard tomber au centre de son front.

Dans son cœur, il ajouta une phrase silencieuse :

Tout comme toi.

Extérieurement, il restait posé et solennel.

« Lors de l'épreuve à l'épée, ils testent les formes de base et le jeu de jambes. »

Sa voix était calme comme de l'eau calme, sans aucune pitié.

« Aujourd'hui, je vais t'enseigner la *Forme du Givre Froid.* »

Les yeux de Lili s'écarquillèrent instantanément.

Elle secoua frénétiquement les mains et lui repoussa l'épée :

« A-attends, attends ! Comment suis-je censée apprendre ça à temps ? Je ne peux même pas tenir une épée sans me frapper !»

Jolie épée ou pas—c'était impossible !

Yu Sord inclina légèrement la tête, posant la longue épée à l'horizontale devant elle, sa voix basse et calme :

« Tiens l'épée. N'aie pas peur. »

Lili faillit lancer l'épée de frustration.

Mais un regard sur son visage froid, incroyablement beau—elle l'avala de nouveau.

«… Alors dis-moi, » grogna-t-elle, « comment quelqu'un comme moi — à ce niveau de déchets — est-il censé apprendre ? »

Il s'approcha, vint se placer derrière elle, et posa sa main sur la sienne sur la garde de l'épée.

Sa voix était douce mais sans émotion :

« Ne te rabaisse pas. Tu possèdes une racine spirituelle de niveau Céleste, et la lignée du clan Yun. »

«…»

« Levez la main. Si tu ne sais pas comment, je t'apprendrai. »

Son ton restait froid, mais il était si proche qu'il faillit effleurer son oreille, sa voix basse comme une brume serpentant à travers une forêt.

« On m'a confié cette tâche, je vais donc l'accomplir. »

Lili se figea comme un poteau en bois.

«… Hein ? »

« Pourquoi es-tu si près de moi ? » Ses oreilles devinrent rouges.

« Non — je ne suis pas proche. Tu es petit. »

« Toi ! Qui appelles-tu— »

« Levez l'épée. »

Son ton ne laissait aucune objection. Ses doigts guidèrent les siens, et elle sentit l'épée en bois — auparavant lourde et maladroite — se poser fermement et solidement dans sa main.

« Penche vers le haut. Redresse ta taille—

Non, ce n'est pas redresser, c'est se verrouiller. »

«…»

« Concentre-toi. Arrête de laisser ton esprit vagabonder. »

Son ton restait calme.

Les mains de Lili tremblaient de colère, mais elle n'osa pas vraiment le frapper—ressemblant beaucoup à un poisson salé appelé gras mais incapable de le contredire.

Après deux mouvements, ses bras étaient endoloris et elle pouvait à peine tenir l'épée.

« Je ne peux pas. Je crois que mes mains vont tomber. »

Lili prit une profonde inspiration et tendit de nouveau la main pour tenir la garde de l'épée.

Instantanément, un frisson traversa sa paume ; Elle recula d'un demi-pas par réflexe.

« Tellement froid... comme prendre un glaçons. »

L'expression de Yu Sord ne changea pas, mais une pointe d'amusement se dessinait sur ses sourcils.

Sans un mot, il montra la première posture, « Givre Condensé. »

Son orteil tapota légèrement le sol ; Sa silhouette dérivait comme de la fumée.

Puis « La lumière fluide revient » — la lumière de l'épée s'arqua comme une traînée arc-en-ciel, balayant les ombres de bambou sans un bruit.

Lili observait, fascinée—

Mais ses membres refusaient de coopérer, bougeant complètement en désordre alors qu'elle essayait de suivre.

Ses pas vacillaient comme ceux d'un ivrogne, l'angle de son épée était aussi tordu qu'une charrette à main, et au lieu de lâcher le qi de l'épée...

Elle trancha un énorme touff d'herbe.

« Oh non ! » Elle paniqua et tenta de retirer l'épée.

Mais en perdant l'équilibre, la pointe pointa vers le ciel tandis qu'elle tombait elle-même à plat dos.

Yu Sord s'avança immédiatement, la rattrapant d'un mouvement assuré.

Son toucher était doux, mais portait une fermeté inébranlable.

« Ta force est trop forte, mais ton cœur est trop timide, » dit-il doucement, corrigeant sa prise.

« Détends tes doigts. Plie légèrement ton coude... comme ça. »

Lili sentit une légère chaleur se répandre de sa paume jusqu'à son coude, puis jusqu'à son cœur.

Son cœur manqua un battement—quelque chose clochait, vaguement, mais elle ne savait pas dire quoi.

Suivant ses instructions, elle lança *à nouveau des Flowing Light Returns* .

Bien qu'il n'y ait aucune intention meurtrière, l'énergie de l'épée avait vaguement pris forme, dessinant un arc pâle dans l'air.

« Bien. » Yu Sord hocha légèrement la tête.

« Entraîne-toi cent fois de plus, et tu auras intégré les bases. »

« Cent fois ?! » Elle était stupéfaite, criant à haute voix.

« Endure trois formes de plus. »

« Je ne peux vraiment pas. »

« Alors endure-en une. »

«... Je suis une fille, tu sais ! »

(Sous-texte : montre un peu de pitié pour le jade doux et parfumé, veux-tu ?!)

« Je t'aide parce que tu es mon... »

À ces mots, Lili se figea complètement.

Elle leva brusquement la tête vers lui :

« Qu'as-tu dit ? »

L'expression de Yu Sord ne changea pas.

« Mon disciple.

Que tu gagnes ou perdes, tu dois faire en sorte que les autres n'osent pas te mépriser. »

Elle plissa les yeux, suspicieuse.

« Ah bon ?! »

Il ne répondit pas — il baissa simplement la tête pour ajuster à nouveau sa posture.

Lili essaya de ne pas laisser ses pensées s'emballer,

Mais son cœur battait refusait d'écouter, battant chaotiquement dans sa poitrine.

Elle se frotta le front, la chaleur persistante toujours là, tandis qu'en face d'elle, Yu Sord avait déjà dégainé son épée et se tenait prêt, sa silhouette grande et droite comme du bambou, son épée froide et impeccable.

Puis Lili se repositionna en position *de Givre Condensé* , forçant ses mains tremblantes et ses genoux faibles à coopérer, et commença à s'entraîner un mouvement à la fois vers le bosquet de bambous.

Non loin de là, Yu Sord se tenait tranquillement dans le vent.

Son corps comme une épée, son épée comme le vent.

Il ne dit rien, mais observa silencieusement chacune de ses attaques.

Quand l'entraînement prit enfin fin, elle s'effondra sur l'herbe, comme un poisson salé qui venait de courir un marathon.

« La prochaine fois, je m'inscris à la classe de la formation de talismans !

Au moins... Je n'aurai pas à bouger les mains !

Dessiner des talismans doit être plus facile que de manier une épée, non ?! »

Lentement, Yu Sord se pencha.

Ses longs doigts écartèrent les mèches trempées de sueur collées à son front,

Son ton aussi doux qu'une plume :

« Si tu peux maîtriser ne serait-ce qu'un dixième,

Je ne te ferai plus jamais toucher à une épée. »

« Vraiment ? » Ses yeux s'illuminèrent instantanément, comme si elle venait de piocher une carte SSR.

« Mais si tu échoues— »

« Q-q-quoi maintenant ? » Elle rabat le cou en arrière, alerte maximale, terrifié qu'il dise quelque chose comme *« Copie les règles de la secte trois mille fois. »*

Son expression resta calme.

D'un léger mouvement du bout du doigt contre son front, il dit,

« Alors, pour le reste de ta vie, tu ne pourras que continuer à apprendre...

de ma part. »

Elle se redressa d'un coup, comme si trois énormes emojis de point d'interrogation étaient apparus au-dessus de sa tête.

« Q-quoi ?! »

Le coin de ses lèvres se releva légèrement.

Ses longs yeux la fixaient, muets mais taquins.

«......»

Elle *soupçonnait qu'il jouait encore à des jeux de mots, mais elle n'avait aucune preuve.*

« En escrime—qui d'autre me surpasse ? »

… D'accord, c'était son excès de réflexion.

Sur le classement du maître de l'épée du Royaume de la Cultivation, le *TOP 1* doré brillant derrière son pseudo n'avait pas bougé depuis... Qui sait combien de siècles.

Être lié au patron numéro un du serveur en tant qu'instructeur ne semblait pas du tout être une mauvaise affaire.

« Ça suffit pour aujourd'hui.

Nous continuons demain. »

Avant que le dernier mot ne s'éteigne, il s'était déjà retourné et était parti, calme, posé, exactement comme toujours.

Lili fixa son dos qui s'éloignait, son cœur battant soudain dans un étrange rythme.

Juste au moment où elle sombrait dans une émotion inexplicable—

Derrière elle, une explosion de... Poule qui pleure.

Les trois volailles spirituelles s'étaient déjà rassemblées à ses pieds, piaillant avec insistance, comme pour l'encourager à se lever et à continuer l'entraînement.

Elle serra son épée, se frotta la tête et laissa échapper un long soupir.

Sous la lueur déclinante du coucher de soleil, la lame tremblait faiblement.

Elle serra les dents, une résolution farouche brûlant dans sa poitrine. « Les épreuves à l'épée ne font que commencer », pensa-t-elle. « Je ne peux pas continuer à tomber comme ça. Si cela continue, même mes poules défileront devant moi avec mépris ! »

Avec cette pensée qui la motivait, Lili se réinstalla dans la posture du Pas de Givre Condensé. Elle força ses membres tremblants à se stabiliser, prit une profonde inspiration et reprit sa pratique, avançant avec une détermination renouvelée vers le bosquet de bambous.

Derrière elle, la silhouette de Yu Sord se tenait comme une lame froide et solitaire, enracinée dans les nuages,

La regardant en silence, la protégeant en silence.

Chapitre 10 : L'épreuve de l'épée est bouleversée

Le royaume de l'illusion qui avait fonctionné plusieurs jours d'affilée se dissolvait enfin petit à petit sous la lueur de l'aube.

Dans les nuages rosés tourbillonnants et les brumes flottantes, les deux dernières silhouettes sortirent lentement.

« C'est Xiao Yan ! Et Zhou ! »

Un cri de choc jaillit de la foule comme une marmite qui déborde.

Tous deux avaient leurs manches et robes flottantes, leur port surnaturel et distant, debout devant tous comme s'ils étaient vraiment des immortels descendus.

Leur respiration était régulière, leurs auras calmes et contrôlées—il était clair qu'ils étaient sortis du royaume de l'illusion avec tout leur corps intact, même pas ébouriffés.

La voix de l'ancien intendant retentit alors qu'il annonçait les classements :

« Dans cette épreuve d'illusion, Xiao Yan prend la première place, Zhou est deuxième, et ceux classés de la troisième à la dixième place sont... »

Avant même que ses mots ne soient tombés complètement, la foule en contrebas était déjà en ébullition.

« Xiao Yan a pris la première place ?! »

« Mais Zhou est le fils légitime de la famille Yun, le disciple de la graine choisi personnellement par la secte Lingxiao — comment a-t-il pu finir deuxième ? »

« Pourtant, ils sont tout simplement trop forts... À ce rythme, nous ne les rattraperons probablement pas dans cette vie. »

« Même Lili a réussi à prendre la septième place— »

Les voix montaient et descendaient, superposées les unes sur les autres.

Tout le monde parlait en même temps, les yeux pleins d'admiration et d'émerveillement, les regardant tous les deux, comme s'ils levaient les yeux vers de véritables immortels dans les nuages.

Zhou, pour sa part, arborait son sourire habituel et cultivé. Son expression était douce, son regard chaleureux alors qu'il inclinait la tête et adressait un petit signe de tête à la foule.

Sur son visage, il n'y avait pas la moindre ombre de défaite ; au contraire, son sang-froid et sa stabilité ne faisaient que le rendre encore plus gracieux et admirable.

Dehors, une fois le procès terminé, l'endroit bourdonnait encore de bruit et d'excitation.

Lili se tenait à la lisière de la foule, tenant le petit paquet de fruits secs que la petite Yue venait de lui fourrer dans les mains.

Elle le fixait avec un grand intérêt, complètement absorbée, lorsqu'elle entendit soudain une voix claire et lumineuse l'appeler :

« Lili, par ici. »

Elle releva la tête et vit Zhou lui faire signe de venir.

À ses côtés se tenait un jeune homme dont les sourcils et les yeux étaient aussi perçants et froids qu'une épée dégainée — sourcils d'épée, yeux étoilés, une présence tout sauf ordinaire — pourtant son expression semblait légèrement raide et mal à l'aise.

« Et c'est... ? »

« Hein ? » Lili cligna des yeux. Elle n'était même pas encore allée jusqu'au bout, mais elle sentit clairement ce jeune homme la regarder.

À l'instant d'après, tout son corps se raidit là où il se tenait, ses oreilles passant du pâle au cramoisi en l'espace d'un demi-souffle.

Juste un battement de cœur.

Puis il réagit comme si un éclair l'avait frappé du ciel—toute sa silhouette se figea, le bout de ses oreilles brûlait, et la seconde suivante il se retourna et s'enfuit à toute vitesse, avec la détermination de quelqu'un qui fuit pour sauver sa vie.

—C'était le champion de l'épreuve de l'illusion.

Le génie froid et distant admiré et vénéré par des milliers ?

Pourtant, dès qu'il posa les yeux sur elle, il explosa sur-le-champ, incapable de prononcer un mot, agissant exactement comme si elle était un monstre de niveau calamité.

Lili : « ......? »

Zhou : « ...... Qu'est-ce que tu lui as fait exactement ? »

« N–Rien... Je n'ai rien fait... »

Il venait à peine de lever les yeux pour la regarder, et au moment où leurs yeux se touchèrent, il réagit comme face à un ennemi mortel, comme face à une mort certaine, presque fuyant en panique.

Clairement, il pouvait se tenir au milieu d'une formation d'épées avec dix mille lames sans sourciller, mais soudain, il avait l'air d'avoir vu un fantôme.

Et puis cette personne... En fait, il a fait demi-tour et est parti !

Gauche?!

Son visage était-il vraiment si terrifiant ?

« Xiao Yan ! » Zhou appela instinctivement au dos qui s'éloignait, l'incrédulité se lisant dans sa voix. « Comment as-tu pu... ? »

… Cours?

Xiao Yan ne se retourna pas. Il ne leur laissa qu'une vue de son dos alors qu'il s'éloignait de plus en plus vite, tel un homme qui court pour sauver sa vie.

Lili resta là, complètement désemparée, et se tourna vers Zhou. « Quoi... lui est arrivé ? »

Zhou avait l'air tout aussi perplexe. « J'allais te poser la même question. »

Il repensa à cette brève lueur et à cette gêne gênée sur le visage de Xiao Yan tout à l'heure, et ne sentit que tout cela était extrêmemem étrange.

Était-ce vraiment le même génie froid et arrogant qui était resté immobile devant une mer d'épées et de lames, celui qui avait pris la première place dans le royaume de l'illusion ?

Se pourrait-il que... Il devait de l'argent à cette petite fille ?

Lili, cependant, se frotta l'arête du nez, sa voix baissant alors qu'elle parlait avec une conscience coupable :

« Je pense... La dernière fois, quand son, euh... Des sous-vêtements ont été projetés dans mon jardin... Je l'ai grondé un moment... »

Zhou : « ...... »

Il leva silencieusement la tête pour lever les yeux vers le ciel, et sentit soudain que la brise d'aujourd'hui...

il faisait bien plus frais que d'habitude.

* * * * *

Le Tournoi de l'Épreuve de l'Épée avait enfin commencé.

Sur l'arène martiale, le qi d'épée traversait l'air, l'atmosphère si tendue qu'elle semblait capable de déchirer le ciel.

De jeunes disciples de toutes les grandes sectes se rassemblèrent, leurs épées toutes dégainées, la tranchante débordante.

Cette année, la secte Lingxiao avait très bien performé — victoires et défaites mitigées, mais ils étaient restés régulièrement dans le top trois.

Il ne restait plus que le dernier match.

S'ils pouvaient gagner ce dernier combat, ils décrocheraient le championnat de l'Épreuve de l'Épée de cette année.

Le problème était—celle qui allait pour le match final était Lili.

La même fille qui n'était arrivée qu'il y a quelques jours...

qui venait à peine d'apprendre à *tenir* une épée.

Son adversaire était Xiao Yan.

Première place dans l'épreuve de l'illusion.

Possédeur d'un os d'épée de rang Céleste.

Il commençait l'entraînement à l'épée à trois ans, montait son épée à sept ans, et à dix ans, il pouvait trancher un bœuf en deux d'un seul coup.

Reconnu par toutes les grandes sectes comme un prodige de l'épée qui n'apparaît qu'une fois par siècle—un futur Immortel de l'Épée.

Les gradins des spectateurs explosèrent instantanément :

« Pourquoi envoyer cette fille du village ?! »

« Ce n'est pas en gros remettre le championnat à la Secte Sky-Sword ?! »

« Quel dommage... La secte Lingxiao va tout perdre à la toute fin. »

Lili tenait son **Épée Starveil à peine invoquée**, debout au centre de la scène, se sentant incroyablement vide à l'intérieur. Elle savait que ses chances de gagner étaient extrêmement faibles—mais elle monta tout de même sur la plateforme, car elle ne voulait pas décevoir tout le monde.

Xiao Yan monta sur scène d'un pas posé, calme et posé.

Mais dès qu'il vit le visage de Lili—

Il se figea comme quelqu'un frappé par la foudre.

Son pas s'arrêta, son expression se tordit.

« Toi encore ?! »

Des images traversèrent son esprit :

Le vent soufflait—robes volaient—sous-vêtements s'envolant dans le ciel...

Pire encore, cette paire de sous-vêtements *avait dû* atterrir dans la cour de Lili, où ses poules y avaient picoré plusieurs trous.

Et elle les a même ramassés devant lui.

Et les regarda.

Le visage de Xiao Yan devint instantanément rouge comme une crevette cuite. Ses oreilles fumaient. Son épée faillit lui glisser des mains.

* * * * *

Le match commença.

Lili reconnut aussi son adversaire comme le propriétaire de cette malheureuse paire de sous-vêtements.

Elle essaya même de le saluer poliment :

« Salut~ »

Mais le beau visage de Xiao Yan perdit instantanément toute couleur, et il recula de trois pas complets.

« Euh... »

Lili tenait son épée avec ses deux mains tremblantes. Comme il n'avait clairement aucune intention d'échanger de salutations, elle dit poliment,

« Alors... On commence ? »

Xiao Yan se retira inconsciemment à nouveau.

Son épée tremblait.

Sa respiration se brisa.

Toute l'arène tomba dans un silence terrifiant.

Le public resta là, stupéfait.

Même l'arbitre s'est demandé si la formation d'épée sur scène avait mal fonctionné.

« Comme c'est étrange... Pourquoi les deux camps ont-ils l'air terrifiés l'un de l'autre ? »

« Oui, c'est le dieu de la guerre contre un total débutant—le résultat ne devrait-il pas être évident ? »

Et puis—

Parce que Xiao Yan s'effondrait mentalement tout le temps, ses mouvements erratiques et chaotiques, il fut rattrapé par la chute maladroite de Lili et—tomba droit hors des limites.

Vaincre.

Toute l'arène explosa.

« Xiao Yan a perdu ?! »

« Tu te fous de moi ?! »

« La secte Lingxiao a vraiment gagné le championnat ?! »

Xiao Yan gisait étendu au sol, des étoiles dorées dansant devant ses yeux, son esprit rempli seulement de l'image traumatisante de sous-vêtements flottant au vent.

Quand l'arbitre lui demanda s'il avait concédé, ses lèvres tremblaient.

Enfin, il murmura doucement :

«… Laisse tomber. »

De retour aux gradins, il s'assit dans le coin le plus éloigné, l'air dévasté, la tête baissée, serrant son épée comme s'il essayait de se cacher dans le fourreau lui-même.

Un disciple tenta de lui parler—

mais il répliqua froidement,

« Tais-toi. »

… tandis que le bout de ses oreilles brûlait encore de rouge.

* * * * *

Pendant ce temps, tout en haut—

Yu Sord resta silencieux, ses larges manches flottant légèrement, ses sourcils et ses yeux froids et distants. Son expression était calme, comme si ce retournement de situation brutal ne signifiait rien pour lui.

En vérité, il s'était effectivement levé pour agir—

Prévoyant d'intervenir et de la protéger.

Mais au final, il ne bougea pas.

Il resta simplement là, à regarder.

Lili leva les yeux vers lui depuis la scène, les yeux brillants de gratitude et de certitude :

Ça devait être Immortal Sord qui m'aidait secrètement—comme dans le royaume de l'illusion.

Yu Sord, cependant, fronça légèrement les sourcils.

Il ne l'avait pas aidée. Pas du tout.

Mais il avait perçu l'anomalie de Xiao Yan.

Ce garçon aurait dû avoir le qi de l'épée comme un arc-en-ciel, des mouvements de mort fluides comme une danse, pourtant ses pas étaient chaotiques, son intention d'épée dispersée, comme un cerf-volant dont la ficelle s'était brisée au vent.

Et surtout quand son regard croisa celui de Lili—

Cette lueur de panique et de désordre.

Ce regard évasif, coupable.

Le regard de Yu Sord s'approfondit.

Ce n'était pas Xiao Yan

Et ce qui le troubla encore plus, c'est que lorsque Lili regarda Xiao Yan...

Il y avait eu un éclair de quelque chose de familier.

Quelque chose comme... nervosité? Ou la reconnaissance ?

Sa légère révérence en murmurant « merci » était si sincère qu'elle serra vivement sa poitrine.

Une étrange émotion, fine comme la brume, mais collée comme des lianes, s'enroulait lentement autour de son cœur.

Il ne savait pas si c'était de l'agacement, ou...

Il baissa les yeux.

Elle avait gagné.

La secte Lingxiao avait remporté le championnat.

Cela aurait dû être un moment joyeux.

Pourtant, son regard dérivait sans cesse—encore et encore—vers elle et Xiao Yan

Comment se connaissaient-ils tous les deux ?

Ou plutôt... Était-ce plus que simplement « savoir » ?

Pourquoi avait-elle eu des relations passées avec lui ?

Et pourquoi ... dans le regard paniqué de ce garçon... n'avait-elle pas montré la moindre peur ?

Les doigts de Yu Sord se resserrèrent autour de l'éventail de jade dans sa main.

Il était fier de ne pas être quelqu'un gouverné par les émotions, pourtant cette soudaine montée de possessivité était impossible à ignorer.

Et ce sentiment...

Il n'aimait pas ça. Pas du tout.

* * * * *

Yun Yara venait d'arriver au Palais du Nether, et tout dans le Royaume des Démons lui semblait totalement étranger.

Elle avait d'abord cru que les terres démoniaques n'étaient rien d'autre que des terres stériles, lugubres, remplies de massacres et d'ombres — mais de façon inattendue, la scène devant elle était un tout autre monde.

Mo Han dit : « Puisque tu es là, faisons un tour et regardons. »

Yara garda le visage froid, voulant refuser, mais il la traîna directement sur le dos du roc démoniaque, la soulevant dans les airs.

« Tu ne crois pas que je te laisserais pourrir toute la journée dans le palais, si ? »

« Ne me pousse pas. »

« Vois ça comme ça. » Il haussa les épaules, un air négligent et espiègle.

Leur premier arrêt fut la Vallée de la Flamme Écarlate.

Là, les falaises brillaient comme du feu, la lave coulait en ruisseaux—brûlant mais non brûlant—et des amas de rares Fleurs de Phénix de Feu fleurissaient parmi les rochers chauffés, éclatantes et éblouissantes.

Elle se tint au bord de la falaise et leva la main pour toucher le pétale d'une Fleur de Phénix de Feu. C'était chaud, doux—complètement différent de ce qu'elle avait imaginé.

Elle se figea légèrement—

Le royaume des démons n'était pas ce qu'elle avait connu.

Un oiseau rouge géant qu'elle n'avait jamais vu auparavant s'éleva du fond de la vallée, ses ailes brillant comme une lumière fluide, poussant un cri agréable et résonnant.

s'exclama Yara, choquée : « Cet incendie... Pourquoi ça ne brûle pas ? »

Mo Han répondit indifférent : « C'est le feu du noyau de la terre. Il réagit aux gens. Si ce prince héritier ne t'avait pas amené ici, tu serais déjà réduit en cendres. »

Il pencha la tête pour la regarder. « Alors ? Pas reconnaissant ? »

Elle laissa échapper un petit reniflement, sans la moindre once de sincérité dans la voix. « Merci beaucoup, Prince Mo. »

Mo Han haussa un sourcil et ne répondit pas, mais le coin de ses lèvres se courba légèrement.

En se retournant, elle trouva Mo Han appuyé paresseusement contre le dos du roc, la regardant avec un demi-sourire.

Un frisson lui traversa le cœur ; Elle retira aussitôt sa main et retrouva son expression froide. « Ça suffit. Ramène-moi. »

« Ah, tu es touché, n'est-ce pas ? »

« Tu réfléchis trop. »

« Je ne pense jamais au hasard. Je ne fais que deviner avec justesse. »

* * * * *

Leur deuxième arrêt fut la Mer Sans Fin.

Bien qu'appelée la Mer Sans Fin, c'était en réalité une mer intérieure — on pouvait aussi l'appeler un vaste lac s'étendant si loin que ses limites étaient invisibles.

La Mer Sans Fin se trouvait à l'extrême ouest du domaine des démons.

Ses milliers de kilomètres d'eau noire reflétaient les cieux au-dessus, et dans l'eau flottaient d'innombrables îles éthérées de pierre dérivant lentement au gré de la brise marine.

Lorsque la marée montait la nuit, des points de lumière apparaissaient à la surface, comme des étoiles tombant dans le monde des mortels.

Yara portait la cape qu'il avait posée sur ses épaules et se tenait sur une barque de pierre flottante, laissant le vent soulever doucement des mèches de ses cheveux.

Elle ne pouvait nier que la scène devant elle... était à couper le souffle.

Elle avait toujours pensé que le royaume démoniaque n'était que du sang et du feu, pourtant elle ne s'attendait pas à un endroit comme celui-ci :

La lumière des étoiles tombait dans la mer, se dispersant comme des éclats d'or sur l'eau noire, tournant et dérivant avec les vagues. La brise marine soulevait les cheveux à ses tempes, la fraîcheur s'infiltrant jusqu'à ses os.

Elle s'arrêta légèrement, surprise.

Si elle était restée au Palais Lingxiao, elle n'aurait peut-être jamais été destinée à assister à une telle scène de toute sa vie.

Même cette partie de son cœur qui était gelée pendant de nombreuses années... semblait être légèrement effleuré par l'une de ces lumières flottantes dans le vent.

« C'est magnifique, n'est-ce pas ? » demanda Mo Han d'un ton de reconnaissance du mérite, tendant la main comme pour passer un bras autour de ses épaules — pour qu'elle s'écarte instantanément.

« Garde tes mains pour toi. » Elle fronça les sourcils, mécontente.

Mo Han ne s'en offusqua pas. Le coin de ses lèvres se releva légèrement alors qu'il se tenait derrière elle, observant le léger sourire de son visage.

Sa voix était basse. « Quelle différence y a-t-il entre démons et immortels ? Les deux sont des créations du ciel et de la terre. Ce que voit votre royaume immortel n'est rien d'autre que des préjugés. »

Yara lui lança un regard en coin. « Tu vois les choses clairement. »

Répondit-il avec un petit sourire. « Je veux seulement te montrer que l'endroit où tu es si pressée de fuir... n'est pas entièrement un enfer. »

* * * * *

Peu après, il la fit aussi traverser la Forêt des Lianes, où d'innombrables vignes vert-violettes pendaient du ciel, ondulant doucement au rythme du souffle d'une personne.

Ils portaient d'étranges fleurs capables d'attirer quelqu'un dans les rêves et dégageaient un parfum unique.

Ils avaient aussi voyagé jusqu'au Marais Sans Lune, un lac calme à la frontière du royaume des démons où aucune lune ni étoiles n'apparaissaient jamais durant l'année ; Pourtant, la surface du lac brillait d'elle-même, reflétant les images les plus profondes cachées dans le cœur.

Yara se tenait au bord du lac, regardant des scènes d'elle-même dans la secte Lingxiao vaciller sur l'eau, une légère ondulation montant dans sa poitrine.

Elle se détourna brusquement, refusant de regarder davantage — pour heurter directement les bras de Mo Han.

Il la rattrapa d'une main, les sourcils à peine froncés. « Le marais démoniaque montre le cœur. As-tu peur ? »

Elle répondit doucement : « Ça ne te regarde pas. »

Il sourit légèrement. « Puisque tu es déjà là, il n'y a pas de retour possible. Ton chemin n'est pas de revenir. »

C'était d'avancer—avec lui.

Cette nuit-là, il ne la força pas à regarder à nouveau dans le lac. Il resta simplement assis à côté d'elle en silence et monta la garde toute la nuit.

Après cela, lui et elle avaient également sauté par-dessus la chaîne de montagnes Duanba, une étendue de dizaines de sommets flottants.

Une brume blanche s'enroulait autour des sommets, éthérée comme une illusion ; Les sommets étaient reliés par un pont suspendu qui serpentait entre eux, et lorsque le vent soufflait, ils produisaient un son semblable à celui d'une flûte céleste.

Elle ne put s'empêcher de murmurer : « Plus haut que les montagnes Bixu du royaume immortel... »

Mo Han l'entendit et dit calmement : « Heh, alors même vous, immortels, avez des moments où vous êtes émerveillés. »

Elle lui lança un regard noir. « Tais-toi. »

Il esquissa un demi-sourire. « Sinon, préféreriez-vous vous cacher toute la journée dans le Palais du Nether à pleurer ? Je n'élève pas de petits oiseaux perdus. »

Elle répliqua : « Qui appelles-tu un oiseau ? »

« Toi, bien sûr. » Il la fixa, les yeux teintés d'une pointe d'amusement. « Juste un petit oiseau avec des ailes blessées. Puisque tu es tombé entre mes mains, je dois t'élever correctement. »

Il l'emmena au pic Jiuji, au sommet de la chaîne Duanba, la plus haute montagne du royaume des démons.

Les vents au sommet étaient aussi tranchants que des lames, et parmi les rochers dentelés poussait une sorte d'Herbe Plume de Phénix — née tous les mille ans, mourant tous les dix mille.

Il a dit : « Cette herbe ne fleurit que la nuit d'une éclipse lunaire. Quand elle s'ouvre, elle embrase tout le sommet de la montagne comme une flamme. »

Yara lui demanda : « Tu l'as vu ? »

Il secoua la tête. « Je n'ai pas la patience d'attendre dix mille ans. Mais je peux être assez gentil pour attendre avec toi cette nuit. »

Si tu es d'accord—

Elle s'arrêta, sentant pour une raison inconnue une étrange émotion s'éveiller dans sa poitrine.

Un vent chargé de neige se leva soudainement. Elle toussa légèrement, et Mo Han, sans la moindre hésitation, posa sa cape sur ses épaules. « Sois fort. Il n'y a rien de plus important que de se rendre heureux à vivre soi-même. »

Elle leva les yeux vers lui, ses yeux brillant d'un rare sourire. « Tu sais vraiment comment t'attacher aux gens. »

Il lui lança un regard en coin. « Si tu es malheureux, alors tous les efforts que j'ai faits pendant ce voyage seraient vains, n'est-ce pas ? »

Après cela, elle n'eut d'autre choix que d'admettre : bien que Mo Han fût le prince héritier du domaine démoniaque et agisse avec une domination outrageuse, les endroits où il l'emmenait... lui permit de voir un monde qu'elle n'aurait jamais imaginé.

Le royaume des démons n'était pas seulement un champ de bataille de massacre et de sang — il abritait aussi une immensité de grandeur, des merveilles mystérieuses et des paysages magnifiques.

Sur cette terre profonde et sans limites, sa compréhension du monde se brisa lentement et se transforma — et la silhouette de son corps s'éclaircissait peu à peu, peu à peu, dans son cœur.

Yu Sord
玉玄溯

Chapitre 11: Un jeu qui s'approfondit

Le Grand Tournoi de la Secte Immortelle touchait enfin à sa fin. Au sommet du mont Wanxiang, dix mille rayons de lumière empourprée et de brumes sacrées perçaient le firmament, tandis que les nuages colorés s'enroulaient et tourbillonnaient comme une marée déchaînée.

Trois sonneries solennelles de la cloche retentirent à travers les cieux, annonçant officiellement le résultat — la secte Lingxiao avait remporté le titre de champion !

Les disciples éclataient en une clameur si tonitruante qu'elle ressemblait à un tonnerre roulant, et même les nombreux anciens de la secte Lingxiao ne pouvaient plus dissimuler l'éclat de leurs sourires.

Qui aurait pu imaginer que ce tournoi, d'où dépendait la gloire éternelle et la redistribution stratégique des ressources, serait remporté de justesse et avec éclat grâce à une petite jeune fille qui venait tout juste de franchir les portes de la secte !

Elle se tenait là, sur la haute tribune, vêtue d'une robe de coton toute simple.

Alors que les lueurs spirituelles de son combat ne s'étaient pas encore dissipées, une énergie spirituelle bouillonnante s'élevait autour d'elle, et même une pluie de lumière dorée tombait du ciel, comme si l'univers tout entier l'applaudissait à l'unisson.

« Yun Lili — tu as fait du bon travail ! Tu as rendu un immense service en protégeant l'honneur de notre secte ! »

« Être si jeune et capable de vaincre Xiao Yan... c'est tout simplement la Fille Élue du Ciel ! » « Vite, apportez les trésors les plus précieux de notre chambre forte pour qu'elle puisse faire son choix ! »

Trois trésors magnifiques avaient été préparés sur le piédestal de jade, flottant délicatement au milieu des nuages spirituels et scintillant de mille feux.

Le premier était l'« **Épée de Lumière Froide Tueur de Démons** ». Elle pouvait trancher le fer comme s'il s'agissait de boue, pourfendre les démons et briser les formations les plus complexes ; son nom résonnait fièrement au sommet du classement des épées célèbres.

Le second était la « **Pilule d'Or Véritable des Neuf Tours** ». Elle avait le pouvoir de faire décoller l'énergie originelle et de percer d'un coup les barrières des royaumes de culture ; c'était l'objet sacré dont rêvaient tous les pratiquants dans leurs nuits les plus folles.

Le troisième était... un objet tout rond, dégageant une chaleur douce, qui n'avait même pas de nom.

C'était un **œuf spirituel** d'un jaune pâle, dont la surface présentait quelques fines fissures et qui avait la taille d'une noix de coco.

Il reposait là, tranquillement posé sur le plat de jade, sans faire de bruit, semblant même... avoir un aspect assez mignon ?

Yun Lili en fut captivée instantanément.

Elle pencha la tête et réfléchit un long moment, puis elle joignit les mains en direction de l'épée avec un air d'excuse : « Je ne suivrai pas la voie de la culture de l'épée... » D'ailleurs, elle possédait déjà l'exquise épée « Star-Mist ».

Ensuite, elle regarda la pilule dorée et cligna des yeux : « Si ma puissance magique devient trop forte, je devrai me battre encore plus, n'est-ce pas ? Je n'ai aucune envie de devenir un vaillant guerrier musclé. »

Finalement, elle pointa fermement du doigt l'œuf spirituel : « Je choisis celui-ci. J'ai l'impression qu'il... est en train de m'appeler. »

Pendant un court instant, la foule resta pétrifiée dans un silence de mort, puis ce fut l'explosion : « Ah ! Waah ! Elle est devenue complètement folle ! C'est l'Épée de Lumière Froide, par tous les dieux ! »

« Si tu ne veux pas de l'épée, passe encore, mais choisis au moins la pilule ! Tu choisis un... un OEUF ??!! »

« Cet œuf, au mieux du mieux, ne fera éclore qu'une bête spirituelle quelconque, hé ! »

« On dit que la fortune sourit aux simples d'esprit, mais là, c'est tout simplement être trop idiote ! »

« Quel gâchis... »

Les spectateurs parlaient tous en même temps, se tordant les mains de regret, mourant d'envie de sauter sur l'estrade pour refaire la sélection à sa place.

Même l'un des vieux anciens sur le siège des juges ne put s'empêcher de se taper la cuisse de frustration : « Petite fille ! C'est l'épée que ce vieil homme désirait autrefois sans jamais pouvoir l'approcher ! »

Mais Yun Lili restait imperturbable. Elle se contentait de porter l'œuf spirituel avec une précaution infinie entre ses deux mains, comme si elle serrait contre elle tout l'espoir du futur.

Non loin de là, Yu Sord n'avait pas prononcé un mot depuis le début. Il se contentait de la regarder tranquillement.

Il avait vu dès le premier regard que l'énergie de cet œuf était étrange et loin d'être un objet vulgaire.

Pourtant, un tel choix n'était absolument pas celui d'un pratiquant rationnel — et pourtant elle l'avait fait, sans une ombre d'hésitation, avec même une pointe de... tendresse.

Il regarda l'œuf dans ses bras, puis l'expression de satisfaction radieuse sur son visage ; ses traits habituellement froids se détendirent enfin, et le coin de ses lèvres se releva d'un millimètre pour former un arc presque invisible.

* * * * *

Une fois que Yun Lili eut officiellement choisi l'œuf spirituel et que le tumulte de la foule fut passé, le premier à bondir fut, sans grande surprise, son frère « bon marché » — **Yun Zhou**. Il se précipita vers elle avec un air de reproche désespéré, comme s'il voulait arracher l'œuf de ses bras par la force :

« Est-ce que ton cerveau a été frappé et écrasé par cet œuf ?! C'est l'Épée de Lumière Froide Tueur de Démons ! Si tu ne cultives pas l'épée, j'aurais très bien pu la garder en réserve pour moi ! Tu sais combien de points de mérite il faut pour l'échanger ? »

 « Et cette Pilule d'Or Véritable des Neuf Tours ! Si tu n'as pas envie de la manger, j'aurais pu la manger à ta place ! Je pourrais percer mon niveau actuel en une nuit ! »

« Et tu as choisi ça... cette chose qui pourrait très bien faire éclore n'importe quelle créature désordonnée et sans importance ?! On dirait juste un gros caillou jaune ! »

Yun Lili protégeait l'œuf comme si sa propre vie en dépendait.

Elle se détourna pour bloquer l'accès à Yun Zhou tout en lui lançant un regard d'avertissement : « Reste loin de lui, il va avoir peur de toi ! Tu es trop bruyant ! »

Yun Zhou faillit s'envoler de rage sur place : « C'est moi qui ai peur de lui ! Tu ne vois pas qu'il est déjà à moitié fêlé ?! »

À côté d'eux, **Xie Wuchen** regardait la scène avec un plaisir non dissimulé. Tenant sa tasse de thé, il riait doucement d'un air léger : « Je trouve cela au contraire fort divertissant. Cet œuf a l'air... effectivement assez mignon. Il a une couleur très... chaleureuse. »

Yun Zhou se tourna immédiatement pour lui lancer un regard furieux : « Toi aussi tu as perdu la tête, ou quoi ? Vous allez finir par en faire une omelette ! »

Xie Wuchen haussa les sourcils avec une élégance parfaite : « De toute façon, votre secte Lingxiao est championne. Choisir ce qu'elle veut est son droit le plus absolu, même si c'est pour le petit-déjeuner. »

C'est à cet instant que l'œuf entre les mains de Lili sembla réagir au désordre ambiant.

Il commença à chauffer légèrement contre sa paume et émit un petit son sec, « Po ! », accompagné d'une petite lueur.

Tout le monde s'arrêta de parler pendant une seconde, et même Yu Sord tourna un regard attentif vers l'objet.

C'est alors que le noble **Maître de Secte Yun Wuntang** fit son apparition au pied de l'estrade. Les mains dans le dos et le visage rayonnant de fierté.

Il déclara : « Puisque c'est l'objet choisi par Lili, c'est son destin et sa chance. Qu'on apporte — en cadeau supplémentaire — une cage spirituelle en or pur ! Qu'elle puisse élever cet œuf correctement, de peur qu'elle ne fasse éclore une créature étrange et n'ait nulle part où la loger ! »

Dans un éclair de lumière, une cage en fil d'or descendit du ciel. Recouverte d'un dôme en verre précieux et exhalant une aura opulente.

Elle était si luxueuse que Yun Zhou manqua de s'étouffer : « ... J'élève des bêtes spirituelles depuis trois ans et je n'ai jamais eu un équipement aussi luxueux ! C'est du favoritisme pur et simple ! »

Mais les spectateurs n'avaient pas encore fini d'être surpris qu'un grand rire franc retentit dans toute la salle. « Bien ! Très bien ! Ce petit bout de chou est vraiment pleine de surprises ! »

C'était la **vieille matriarche Yun** qui arrivait à son tour.

Vêtue d'un manteau de plumes de grue aux motifs de nuages célestes, sa démarche restait lente mais son aura était celle d'une souveraine.

Elle arborait un sourire d'une bienveillance extrême, riant de tout son cœur.

« Ma petite-fille a fait un excellent choix ! Des pilules et des épées, nous en avons des réserves entières, mais cet œuf... c'est un trésor parmi les trésors ! Qui sait ce qui en sortira ? »

Elle agita ses manches larges avec une autorité qui ne souffrait aucune discussion : « Qu'on apporte immédiatement de mon pavillon secret la Petite Lanterne de Flamme Écarlate ! Elle servira à garder l'œuf de la petite bien au chaud pour l'éclosion ! »

En entendant cela, toute la foule laissa échapper un cri de stupeur collectif. Qu'était-ce donc ? C'était la lanterne spirituelle légendaire réputée capable de faire éclore même un œuf de Phénix de Glace !

Le visage de Yun Zhou passa au vert vif : « Arrière-grand-mère, calmez-vous, je vous en supplie ! Si ça continue ainsi, cet œuf va finir par avoir un statut bien plus élevé que le mien dans cette famille ! Je vais finir par devoir le saluer tous les matins ! »

La matriarche lui tapota la tête avec un sourire malicieux : « Mais il a déjà un statut plus élevé que le tien, petit garnement. Arrête de t'agiter, tu vas effrayer le futur bébé. »

Xie Wuchen buvait son thé en silence, mais riait intérieurement au point que le bout de ses oreilles en était rouge.

Yu Sord, de son côté, fixait l'œuf spirituel avec une profondeur insondable dans le regard. Cet œuf avait vraiment une chance et une destinée hors du commun pour en arriver là.

Pendant ce temps, Yun Lili s'était accroupie dans un coin et parlait doucement à son œuf : « Sois bien sage, n'aie pas peur. Tant que je suis là, tu ne finiras jamais en soupe aux œufs, même si ton oncle Yun Zhou a faim. Tu vas devenir... devenir quoi au juste ? Nous aurons tout le temps d'en discuter plus tard. »

L'œuf brilla soudainement et roula d'un millimètre dans sa main, comme s'il venait de lui répondre. La foule resta interdite : « ???? »

* * * * *

Au Palais du Néant, la brume noire s'enroulait en tentacules visqueux alors que l'air était saturé d'une odeur de soufre brûlant.

Un Miroir de Feu du Néant flottait dans les airs, projetant une lueur verte fantomatique qui reflétait la toute dernière scène du tournoi de la secte immortelle.

On y voyait Yun Lili, sous le regard de milliers de personnes, embrassant son œuf avec un visage baigné d'une lumière si douce qu'on aurait dit que le monde entier se courbait naturellement devant elle. Autour d'elle, les disciples de la secte Lingxiao criaient avec une fierté immense, s'agenouillant et hurlant :

« La sœur Lili a l'allure d'une déesse de jade ! Elle est invincible ! L'œuf est habité par un esprit ! Son mérite est sans fin ! »

Yun Yara se tenait seule dans l'ombre, tout en noir, le visage aussi froid et immobile que la neige sans trace.

Elle fixait l'image sans dire un mot, ses yeux semblant recouverts d'une couche de givre si épaisse qu'il était impossible d'en voir le fond.

Mo Han était affalé sur son trône d'os, jouant avec une perle démoniaque, avant d'éclater soudainement d'un rire sauvage et provocateur qui fit trembler les fondations mêmes du palais.

« Hahahahaha — »

Il riait à s'en décrocher la mâchoire, manquant de tomber de son siège, tout en frappant l'épaule de Yun Yara.

« C'est absolument incroyable. On peut être traité comme une divinité pour si peu ? L'intelligence de ces gens du royaume immortel est vraiment touchante de stupidité. Ils applaudiraient même si elle choisissait une pierre de bord de route ! »

Il se tourna vers elle avec un ton de mépris arrogant :

« Regarde-la. Autrefois, tu t'es battue au péril de ta vie, sculptant ta gloire un coup d'épée après l'autre. Tu as sacrifié ton sommeil, tes émotions, tout. Et aujourd'hui, il lui suffit de porter un œuf et de faire une tête d'innocente pour te réduire en poussière sans le moindre effort. »

Yun Yara gardait le silence, mais on pouvait voir ses doigts se crisper et ses articulations blanchir sur la garde de son épée.

Mo Han riait de plus belle : « Regarde-toi, regarde-toi. À l'époque, tu avais la faiblesse de retenir tes coups par pitié, pensant à une fraternité imaginaire. Et quel est le résultat ? Yun Lili, elle, ne prend même pas la peine de dégainer son arme.

Un seul "je ne sais pas faire" et elle passe toutes les épreuves ! C'est une manœuvre de génie... j'ai failli avoir une crise de rire mortelle tant c'était absurde. Elle les mène tous par le bout du nez avec son impuissance ! »

« Et ce combat contre Xiao Yan... » continua-t-il d'un ton traînant et moqueur.

« Le prétendu dieu de la guerre Xiao Yan. Ce gamin resta là comme une poule mouillée terrifiée, n'osant ni bouger ni élever la voix de peur de brusquer cette petite fille de la campagne. On aurait dit qu'il avait peur qu'elle fonde en larmes s'il soufflait trop fort. Ne trouves-tu pas que c'est d'une absurdité à mourir de rire ? »

Il plissa les yeux, son ton devenant soudain aussi tranchant qu'un rasoir sur une gorge :

« Que disais-tu déjà ? »Seuls ceux dont le cœur de Dao est pur peuvent gagner sans combattre. « Et maintenant ? Elle ne combat pas, elle n'a aucun Dao, elle n'a même pas de bon sens, et pourtant elle récolte les applaudissements de toute la salle pendant que tu es ici, dans ce trou noir. »

Yun Yara finit par lever ses yeux, froids comme des lames de glace :

« Est-ce que tu as fini de rire ? »

Sa voix était basse, chargée d'une menace sourde.

« Crois-tu que je ne suis pas capable de te faire taire immédiatement ? »

Mo Han haussa les sourcils avec une insolence de voyou :

« Si tu n'essaies pas, comment peux-tu savoir si je n'aime pas être frappé ? Frappe-moi, Yara, libère ta haine. »

Alors qu'elle s'apprêtait à frapper, il se pencha brusquement sur elle, son visage si proche qu'elle pouvait sentir son souffle brûlant, murmurant à son oreille :

« … En effet, je suis malade. »

Il fit une pause, un sourire démoniaque aux lèvres, mais garda pour lui la fin de sa pensée : assez malade pour te garder captive à mes côtés, pour te voir sombrer avec moi, comme mon unique et éternelle obsession.

Yun Yara, persuadée qu'il divaguait encore dans sa folie habituelle, tourna la tête avec dégoût : « Tu es malade. Complètement fou. »

* * * * *

Mo Han se rasseit sur son trône d'os, croisant les jambes tout en manipulant sa perle d'os avec une désinvolture agaçante. « Xiao Yan ne pouvait pas perdre », dit soudain Yun Yara, brisant le silence.

Il répondit avec une maîtrise glaciale : « Bien sûr qu'il n'a pas perdu militairement. Il a juste vu très clairement ce qui valait la peine d'être gagné et ce qu'il était dangereux de toucher. Il a compris que la foule voulait une sainte, pas un guerrier. »

« Tu es trop hautaine, Yara. Ton aura mortel est trop pesant, tu rappelles à chacun ses propres faiblesses. Personne n'ose s'approcher de toi. Yun Lili, elle, n'a qu'à jouer la faiblesse, verser trois larmes, faire un sourire d'idiote, et toute une armée de gens lui prépare le chemin. »

Il se rapprocha encore pour murmurer à son oreille, sa voix devenant presque douce : « Tu n'as pas perdu par manque de force physique. Tu as perdu parce que ton visage est trop froid. Si froid que personne n'ose avoir envie de te chérir. »

Le regard de Yun Yara devint sombre et terrible, comme si elle allait lui arracher les os de la chair un par un.

Elle leva la main, libérant une intention d'épée destructrice qui fit siffler l'air. Elle se rappela les mots de son maître, résonnant comme un écho douloureux :

L'épée est le reflet du cœur ; si le cœur est mort, aucune arme ne peut l'atteindre. Mais hélas, son cœur n'était pas encore tout à fait éteint, la douleur y brûlait encore.

Mo Han ne bougea pas d'un cil face à cette menace mortelle, tendant ses doigts vers son propre front avec un sourire provocateur : « Allez, vas-y. Enfonce ton épée là. Essaie donc de me tuer. Libère-moi de mon ennui. »

Après un duel de regards tendu où le temps semblait suspendu, elle finit par baisser la main et se détourna brusquement.

Mo Han reprit son air provocateur : « Ne me regarde pas avec cet air-là. Te garder ici est un geste de pure bonté. Si tu retournais là-bas, ils te briseraient à nouveau. On se servirait de toi comme d'un paillasson pour s'élever vers la divinité. Ici, au moins, tu conserves ta fierté intacte. »

Yun Yara répondit froidement : « Prétendre qu'un enlèvement est un acte de générosité... la race démoniaque a vraiment une peau d'une épaisseur qui dépasse l'entendement. C'est pathétique. »

Mo Han éclata d'un rire tonitruant qui résonna dans toute la salle : « Merci du compliment. Je savais bien que tu n'avais aucune envie de partir au fond de toi. »

À cet instant précis, Yun Yara avait une envie viscérale de fracasser ce miroir de feu du Néant, et peut-être le crâne de Mo Han avec.

Alors que Yun Lili gonflait d'indignation, prête à exprimer ses griefs envers ces trois coqs qui devenaient de plus en plus anarchiques chaque jour, un *ding* net retentit soudain du ciel.

Une surface de miroir semi-transparente sembla s'ouvrir à partir de l'air lui-même, flottant devant ses yeux et émettant une lueur douce et tendre.

C'était une fenêtre en direct du Miroir Illuminant le Ciel, flottant exactement à un mètre au-dessus du sommet de sa tête.

«... Qu'est-ce que c'est que ça, bordel ? » Lili était à un demi-battement de retard, ne réalisant toujours pas ce qui se passait.

Mais Lunard avait déjà poussé un cri : « Ahhh... Rater... regarder! Nous... Nous sommes diffusés en direct !! »

Lunard sortit immédiatement un miroir de sa robe. Dans un tourbillon frénétique de tapotements et de balayages, le miroir montrait tout le processus de leur récente grande guerre contre les poules, et en plus...

[Rafale d'écran de balles en approche]

« Ahahahaha, cet œuf d'esprit est trop mignon ! Je suis absolument amoureux !! »

« Est-ce que c'est... une cultivatrice de la secte Lingxiao ? Pourquoi ne l'ai-je jamais vue avant ? »

« Les poules sont si féroces, l'œuf a l'air si parfumé, j'ai désespérément envie de voir la suite ! »

« Celle avec des plumes coincées dans les cheveux est-elle la Fée Yun Lili ? Quelqu'un a-t-il le handle de son compte ? Je veux la suivre. »

« Je supplie pour un suivi !! »

«......»

Les commentaires affluèrent comme une pluie torrentielle, envahissant la page personnelle de Lili sur le Réseau des Démons Immortels à une vitesse fulgurante. En à peine un quart d'heure, elle se retrouvait directement dans le top trois de la liste mensuelle des tendances en voix.

L'esprit de Lili devint complètement vide. Elle fixa, le visage plein de perplexité, le petit miroir rond formé par la conscience flottant dans l'air.

Elle était petite, sombre et discrète, semi-transparente, avec des bords comme de la fumée et de la brume—clairement pas une entité physique.

Puis elle regarda celle que tenait Lunard. Elle était plus grande, tangible physiquement et de forme ovale.

Lunard fixait le miroir sans cligner des yeux, ses doigts volant en tapotant et balayant, l'image sur la surface du miroir changeant en conséquence.

« Qu'est-ce que c'est ? Laisse-moi voir ? » Sa curiosité monta, prenant temporairement le dessus sur sa confusion.

Elle se souvenait vaguement que, lorsqu'elle gravait l'Escalier du Paradis à l'époque, elle avait aperçu deux petites servantes immortelles tenant des gadgets similaires, lisant des livres d'histoires ou quelque chose du genre.

Elle tendit inconsciemment la main, voulant éteindre le miroir dans la main de Lunard. Malheureusement, cette image était diffusée en direct par quelqu'un d'autre ; elle n'avait aucune autorité pour y mettre fin.

« Dis-moi... si je devais abattre ces trois poulets sur-le-champ, serait-il encore trop tard ? » Elle prit une profonde inspiration, arracha les plumes de poulet de ses cheveux, son expression mêlant férocité et impuissance.

L'écran de la balle a réagi instantanément :

« Mourir de rire ! Ces deux cultivatrices se battent-elles vraiment contre des poules pour un œuf ??? »

« Quand elle avait trois plumes plantées dans la tête, j'ai failli recracher mon thé à l'esprit !! »

« Je pourrais regarder ce livestream d'éclosion d'œufs pendant un an ! »

« Je me fiche de l'œuf, je veux juste savoir quel sort de protection capillaire ils utilisent. Picoré par des poulets et toujours si féerique ? »

« N'est-ce pas la fée Yun Lili ? Celui qui a mis la fée Yun Yara en colère et qu'elle s'enfuit... Woo woo, je n'arrive pas à croire qu'elle soit comme ça. Tellement terre-à-terre ! »

« Puis-je demander quand l'Œuf d'Esprit éclora ? Je veux réserver pour assister. »

Lunard s'était déjà effondré au sol de rire. « Mademoiselle... vous êtes célèbre. Tu es vraiment célèbre... »

Yun Lili serra cet Œuf d'Esprit dans ses bras, son visage l'image même du chaos balayé par le vent.

Elle attrapa Lunard, pointant la surface noire floue du miroir en plein vol, puis pointa le miroir manifestement bien plus joli dans la main de Lunard. « Lunard, Petite Lune, qu'est-ce que ces deux choses sont au juste ? »

expliqua gentiment Lunard. « Voici le Réseau des Démons Immortels. Son nom complet est « Système du Réseau du Vide de la Conscience Spirituelle ».

Elle fut fondée par le Suprême Ancien de la Secte Tianxuan, qui employa trois cent soixante-cinq Runes Divines du Cœur Céleste pour tisser la Toile Divine du Vide, reliant ainsi les Quatre Royaumes.

Les cultivateurs de chaque royaume, pourvu que leurs racines spirituelles soient qualifiées, peuvent utiliser le Miroir Illuminant le Ciel par leur conscience divine : « ils y ouvrent un compte, parcourent les informations, et peuvent même gagner du Qi Immortel en suivant des transmissions en direct. »

Elle ajouta une phrase supplémentaire à la fin. « Ah, oui. Le Miroir Illuminant le Ciel nécessite des Pierres d'Esprit pour être acheté. »

En entendant cela, la bouche de Lili, qui allait s'ouvrir, se referma impuissante. «......»

Elle allait justement demander comment obtenir un Miroir Illuminant le Paradis.

Elle n'avait pas de Pierres d'Esprit !

À ce moment-là, l'écran de la balle défilait encore comme un fouet :

« Je connais cette servante qui aide à protéger l'œuf. Elle s'appelle Lunard. J'ai balayé le sol avec elle dans le jardin de la Secte Lingxiao il y a cinquante ans. Au fait, elle est trop courageuse. Je la surnomme la Cultivatrice d'Épée du Royaume de la Volaille ! »

Lili : « .... »

Quelle absurdité était-ce là ?

* * * * *

Secte Lingxiao – Salle Principale

Yun Zhou frappa lourdement la table basse de sa paume.

Le brûle-parfum en bronze posé dessus vibrait violemment sous la force, dispersant de fines cendres grises sur ses robes luxueuses à motifs satinés, pourtant il restait totalement inconscient du désordre.

« Penser que cela en est arrivé là... tout cela sur un seul Œuf d'Esprit ! »

Il parla entre ses dents serrées, pointant un doigt tremblant vers le Miroir Illuminant le Ciel suspendu et rugissant : « Une fille légitime de la famille Yun, se faisant un spectacle devant la foule avec les cheveux en bataille et les plumes de poulet collées partout sur sa tête ? Quelle bienséance est-ce là ! »

L'image dans le miroir était depuis longtemps passée à la liste tendance du Spirit Net.

Les commentaires à l'écran de la vidéo intitulée « Chaos et poules : La scène de protection des œufs » défilaient à toute allure, un flou de texte se moquant de la dignité de son clan.

Le visage de Zhou était d'un vert fer ; Un pouvoir spirituel jaillissait de façon chaotique dans ses manches, semblant au bord d'une éruption violente.

À côté de lui, Xiao Yan semblait lui aussi plutôt mal à l'aise.

Il baissa les yeux pour regarder ce corps figé : la fille aux vêtements déformés, deux plumes dorées collées négligemment dans ses cheveux, roulant sur le sol en serrant un Œuf Spirituel comme si sa vie en vivait, tandis que ces trois poulets spirituels battaient furieusement à côté d'elle...

Il pinça les lèvres et dit doucement : « ... En réalité, cela ne peut pas être considéré comme honteux. C'est juste un peu... indigne. »

« Dis-moi... cette apparence convient-elle à la fille légitime de la famille Yun ? Elle ne possède même pas dix pour cent de la grâce de Yun Yara. »

Zhou portait des robes en gaze argentée qui coulaient comme de la fumée.

Son aura était naturellement tranchante et imposante, et maintenant que sa colère était éveillée, il ressemblait à des lames de glace cachant des aiguilles, condensant l'air dans la salle avec une pression étouffante.

En parlant, il se leva, se tournant furieusement vers la porte. « Non, ça ne va pas. Je vais la reprendre tout de suite et lui donner une bonne raclée. Voyons si elle ose encore courir librement... »

« Attends. » Xiao Yan parla enfin, tendant la main pour le bloquer.

Zhou s'arrêta, fronçant les sourcils. « Pourquoi m'arrêtes-tu ? »

Xiao Yan secoua la tête. Son regard était calme comme de l'eau, mais son ton prenait une certaine gravité. « Maintenant que sa renommée a si fortement augmenté, si tes actions sont trop lourdes, cela se retournera contre toi et te brûlera à la place. De plus, plutôt que de la battre, il vaudrait mieux lui trouver un maître capable de réprimer son tempérament. Qu'elle soit correctement éduquée et cultive le Dao avec un esprit concentré. C'est sûrement mieux que de déverser ta colère comme ça. »

Zhou se figea. Son front se détendit lentement alors que la logique s'imprégnait, comme si son esprit venait d'être éveillé.

Il réfléchit un instant, puis laissa échapper un rire froid. « Tu fais passer ça pour facile. Avec un tempérament aussi débridé, qui pourrait bien la réprimer ? »

Xiao Yan fit une petite pause, un sourire qui invitait à la réflexion se dessinant au coin de ses lèvres. « Lors du Grand Tournoi de la Secte Immortelle, n'y avait-il pas quelqu'un qui avait réussi à la réprimer récemment ? »

Les yeux de Zhou s'illuminèrent. En reprenant ses esprits, il murmura pour lui-même : « ... Yu Sord. »

« Ses coups d'épée sont constants et impitoyables, son Cœur Dao est ferme et froid, et il est intact par la luxure. C'est exactement la bonne personne pour la maîtriser », ajouta faiblement Xiao Yan.

Zhou regarda le visage de la jeune fille dans le miroir — couvert de poussière mais protégeant farouchement l'Œuf de l'Esprit — ses émotions inexplicablement complexes.

Il fallut longtemps avant qu'il ne souffle, « Cette misérable fille a une audace qui atteint les cieux. En effet, elle devrait vraiment être broyée correctement par ce Seigneur Immortel Yu... »

Xiao Yan soupira intérieurement, n'osant pas en dire plus.

Naturellement, lui aussi avait regardé le livestream avec des palpitations.

Il n'avait jamais vu quelqu'un forcer un poulet immortel à battre en retraite encore et encore, pour être picoré jusqu'à ce qu'il soit couvert de plumes de poule en retour. Cette scène... était en effet plutôt indigne pour un cultivateur.

Mais cela dit, son impression de Yun Lili n'était en réalité pas mauvaise.

Bien que la jeune fille fût volage et excentrique, elle possédait une grande énergie spirituelle et sa nature n'était pas malveillante ; elle manquait simplement d'un maître qui puisse... réprimer sa sauvagerie.

Zhou ajouta une dernière phrase, son ton ne laissant pas tomber la discussion : « ... Puisque c'est le cas, je la ferai entrer immédiatement dans la montagne. Elle ne refusera pas. »

Xiao Yan soupira doucement, murmurant à voix basse : « Espérons qu'elle ne fasse pas ses valises et ne s'enfuie pas immédiatement. »

* * * * *

La nouvelle de l'arrivée personnelle de Yun Zhou au Mont Alioth avait surpris tout le Pavillon d'Enquête de l'Épée avant même qu'elle ne se manifeste sur le Réseau des Esprits.

Vêtu de robes d'un noir et or profonds, avec des écharpes brodées à motifs de nuages effleurant le sol à son passage, Zhou se tenait devant la porte de la montagne.

Bien que son expression fût placide, son aura était si imposante qu'elle força les disciples gardant la porte à retenir leur souffle, n'osant pas respirer trop fort.

Bien que les cultivateurs du Pavillon d'Enquête de l'Épée ne se mêlaient pas aux affaires mondaines, tout le monde le savait—ce chef de la famille Yun n'était jamais du genre à prendre à la légère, et il ne monterait certainement pas la montagne sans cause grave.

« L'immortel Seigneur Yun est arrivé. Le Maître du Pavillon attend à la Terrasse des Nuages », annonça un disciple de la secte intérieure en s'inclinant respectueusement.

Zhou hocha la tête. Ses pas étaient rapides comme le vent ; en quelques instants à peine, il était arrivé à la Terrasse des Nuages. Le mont Alioth était un lieu de vents violents et de lunes froides.

Sur la terrasse claire qui s'élevait à dix mille brasses de haut, Yu Sord se tenait au milieu de la tempête, ses robes flottant sauvagement comme des nuages flottants et de la neige tourbillonnante.

Il ne répondit pas à un mot, se contentant de hocher légèrement la tête à Zhou avant de se tourner pour prendre place.

Zhou se débarrassa des courtoisies vides. D'un coup d'énergie spirituelle sur sa manche, il s'assit sur le canapé de jade en face. Il versa du thé, but une tasse, et commença à examiner son hôte en premier.

L'expression de Yu Sord était aussi calme que l'eau stagnante, ses sourcils et ses yeux frais comme les montagnes lointaines et givrées.

Seul le pinceau de jade vert tournant distraitement entre ses doigts fins s'arrêtait de temps en temps, trahissant une légère impatience. C'était une résistance tacite, pourtant il ne fit pas un claquement de manches pour partir.

Zhou éclata soudain de rire. « Quoi ? Je t'embête déjà ? Si je ne parle pas, comptes-tu rester assis ainsi jusqu'à la fin des temps ? »

Yu Sord ne parla pas. Son regard balaya l'expression entre les sourcils de Zhou, et pour une raison quelconque, il se rappela soudain une expression similaire à celle qui était apparue dans cette vidéo en direct qu'il avait aperçue.

Il se dit, *Ils sont vraiment des frères et sœurs biologiques.*

Il haussa légèrement les sourcils, son expression inchangée, mais ce mouvement subtil fit s'arrêter le cœur de Zhou.

Cet homme est méticuleux comme la poussière, ses pensées profondes comme l'abîme. Impossible à deviner.

Zhou refoula son sourire et parla directement. « Je suis monté à la montagne aujourd'hui pour une seule raison... »

Il fit une pause, puis poursuivit : « On suppose que le Seigneur Immortel Yu connaît aussi cette misérable fille, Yun Lili. Bien qu'elle soit la fille légitime de la famille Yun, elle a été élevée dans la campagne mortelle depuis son enfance. Sa nature est volage et débridée, et récemment elle a causé un grand remue... Tu as sûrement vu cette farce de livestream aussi ? »

Yu Sord ne hocha ni ne hocha la tête ni ne le nia, se contentant de lever légèrement le coin de l'œil, clairement une admission tacite.

Zhou s'arrêta pour un mot, quelques degrés de gravité traversant ses yeux. « Cette sœur à moitié trouvée... J'imagine que je ne peux pas la contrôler. Cependant, Xiao Yan m'a rappelé ; On suppose que ses racines immortelles sont tenaces, et il est temps que quelqu'un réprime son tempérament. »

« Depuis que cette fille a reçu vos conseils et votre protection lors du Grand Tournoi de la Secte Immortelle, en supprimant les différentes factions... si je devais la confier à votre enseignement, que ce soit dans la cultivation ou dans l'affinement de sa nature, elle devrait apprendre une chose ou deux. »

Yu Sord bougea enfin. La brosse atterrit sur la table, son doigt tapotant légèrement avec un son doux.

Il leva les yeux vers Zhou.

Il n'y avait ni refus ni acceptation dans ses yeux ; seulement le silence des rochers de montagne sous le givre et la neige non fondus.

Seul, silencieux.

Ce seul regard ressemblait à de l'eau d'hiver reflétant les montagnes silencieuses—dix mille miles sans la moindre ondulation—mais il pesait silencieusement la sincérité et la gravité de la demande.

Cette fois, Zhou ne poussa pas.

Il se contenta de sourire et dit : « Avec cette vertu qu'elle représente, si tu refuses, je chercherai quelqu'un d'autre. Mais c'est dommage... d'autres ne pourront peut-être pas la réprimer. Toi, en revanche, tu as gagné son admiration sincère. »

Yu Sord resta silencieux longtemps, le pinceau de jade vert dans sa main ne tournant plus. Il pensa soudain à l'apparence de Yun Lili ce jour-là — couverte de dégâts et de saleté, mais protégeant farouchement l'Œuf d'Esprit de sa vie. Stupide, risible, mais aussi...

Têtue au point de la pitié.

Le vent soufflait du coin de la terrasse, ébouriffant ses tempes dans les cheveux. Il parla enfin, sa voix froide comme la lune : « Acceptable. »

Zhou sembla faire la sourde oreille, continuant à se parler à lui-même : « Si le Seigneur Immortel Yu est occupé, c'est compréhensible, ou... *Euh?*«

« L'affaire est confiée. Je... Accepter.«

Les yeux de Zhou s'illuminèrent. Il se leva lentement, secouant ses manches pour les redresser. « Excellent. Alors je vais troubler le Seigneur Immortel Yu. »

Il fit quelques pas, puis se retourna soudainement, son ton prenant un sens profond : « Puisque le Souverain Immortel cultive la Voie de l'Absence d'Émotion, alors je n'ai pas à m'inquiéter que tu sois tourmenté à mort par cette fille. »

Yu Sord ne répondit pas.

Il observa la silhouette aux larges manches flottantes s'éloigner au loin. Au coin de ses lèvres, un arc à peine perceptible se réapparut soudainement.

Chapitre 13 : La condamnation du disciple paresseux

Suite au succès spectaculaire du « **Fiasco de l'Œuf Spirituel et des Trois Poules** » qui était devenu viral sur le web Immortel et Démoniaque.

Yun Lili connaissait une période d'immense et large **reconnaissance**, servant de véritable image promotionnelle vivante pour la jeune génération de la Secte des Immortels.

Pourtant, après seulement quelques jours à se délecter de cette splendeur éphémère, le désastre s'imposa discrètement.

Ce jour-là, elle se trouvait dans la cabane isolée au toit de chaume derrière la montagne, discutant innocemment des secrets complexes de l'incubation des œufs avec Lunard, quand un éclair de lumière dorée illumina soudain le ciel.

 Un talisman d'or tomba des cieux, s'enflammant instantanément à son arrivée et se condensant en une voix empreinte d'**une autorité glaçante** et indéniable :

« Yun Lili, cesse ta caprice actuelle et retourne en courant dans la Grande Salle. Il y a une affaire urgente qui nécessite votre présence. »

— C'était la voix de Yun Zhou, et son ton était aussi froid et impitoyable que le givre de montagne.

Le visage de Yun Lili se vidait instantanément de la couleur des cendres, et son attitude exprimait clairement les quatre mots : *La vie est totalement dépourvue de tout sens.*

Devant la Grande Salle, Yun Zhou se tenait raide sur les marches, les mains jointes dans le dos, le visage aussi immobile et sombre que l'eau profonde.

Xiao Yan était appuyé contre la balustrade de pierre à proximité, son expression profondément maladroite et nuancée, comme un homme qui vient d'être frappé par un éclair céleste et trop traumatisé pour commenter.

« Hum... » Yun Lili prolongea la voix, tentant une approche longue et hésitante. « Puis-je poliment vous demander si votre convocation concerne une reconnaissance pour la performance absolument remarquable que j'ai donnée lors du Grand Tournoi des Immortels ? »

«… Je t'ai invoqué parce que j'avais l'intention de raser ta racine spirituelle tout en amputant tes membres inférieurs. »

La voix de Yun Zhou était d'un calme et d'un corps posé, mais ses mots glaçaient jusqu'aux os.

Xiao Yan ne put s'empêcher de tousser sèchement. Il était bien conscient que sa retraite ignominieuse lors de son affrontement avec elle l'avait rendu la risée persistante de toute la Secte Immortelle.

Yun Zhou lui lança simplement un regard sévère et en travers : « Votre gorge ressent-elle une gêne profonde ? »

Xiao Yan : « ... Hum. » Il recula immédiatement de trois pas entiers, comme s'il évitait une maladie infectieuse.

Yun Lili sentit l'atmosphère dangereusement intense. Ses pieds reculèrent subtilement, préparant une sortie discrète, pour être arrêtée par l'ordre glacial de Yun Zhou : « **Halte.**«

Il s'approcha d'elle à pas lent, délibéré, sa voix comprimée comme un vent glacial balayant un col de montagne enneigé : « Croyez-vous maintenant que, simplement parce que votre maigre pouvoir spirituel a légèrement augmenté, vous êtes soudainement autorisée à vous livrer à des caprices débridés ? »

« Quel acte grave ai-je commis, je vous le demande ?! » Yun Lili cria de protestation, feignant l'innocence totale.

« Ça suffit », Yun Zhou fit un mouvement de manche, sa pression spirituelle montant vers l'extérieur. « À partir d'aujourd'hui, tu prendras formellement un maître, entreras dans une cultivation sérieuse et rigoureuse, tu mettras fin à ta nature téméraire, et tu cesseras tout commentaire en l'air. »

« Je refuse. »

Avant que le mot ne puisse sortir complètement de sa bouche, le **Jade Scellant d'Esprit** apparut dans la main de Yun Zhou : « Si tu oses prononcer le mot 'non' une fois de plus, je scellerai ta bouche spirituelle pendant trois jours entiers. »

«…» Yun Lili resta momentanément stupéfaite dans un silence furieux, ses dents grinçant audiblement : « Et à qui dois-je subir l'enseignement non désiré ? »

Yun Zhou prononça froidement les trois mots : « **Yu Sord**. »

À cette déclaration brutale, le profond silence revint, comme si l'air lui-même s'était cristallisé.

Xiao Yan laissa échapper une autre toux très sincère — cette fois, c'était authentique — et tourna discrètement le dos, trop prudent pour assister au spectacle de son choc profond.

Yun Lili releva violemment la tête, les yeux grands ouverts de choc et d'incrédulité pure et brûlante : « ... Espèce de vaurien, Yun Zhou. »

Yun Zhou leva la main, interrompant toute nouvelle protestation : « Tu n'as pas besoin de parler davantage. Ce n'est pas une demande de consultation ; c'est un ordre direct de notification. »

Yun Lili se mordit la lèvre, sachant qu'elle ne pourrait pas argumenter pour se dérober au décret, mais incapable de résister à une dernière réplique faible : « Je refuse. Apprendre la lame sous sa tutelle... est tout simplement trop épuisant et ardu. »

Son épée « Vapeur d'Étoile », raisonna-t-elle, était parfaitement adéquate pour des raisons purement esthétiques et une intimidation légère occasionnelle.

Yun Zhou haussa un sourcil sarcastique, une légère courbe moqueuse jouant sur ses lèvres : « N'es-tu pas extrêmement doué pour la manœuvre de câlin aérien et de protection des œufs ? Et tu as le **culot** de harceler trois poulets en même temps ; pourquoi alors, n'as-tu pas la force de lever une épée et de t'appliquer ? »

Yun Lili resta bouche bée devant son résumé précis de son comportement, baissant la tête dans un silence vaincu. L'atmosphère devenait de plus en plus oppressante.

Yun Zhou descendit lentement les marches, son ton placide, mais le poids de son ordre ressemblait à une montagne écrasante : « Souviens-toi de ceci : Yu Sord ne se condescend pas pour enseigner à n'importe qui. Sa volonté de continuer à guider votre cultivation et votre maniement de l'épée, déjà un spectacle public, constitue une exception majeure à son règne. Refuser davantage serait une simple arrogance et un refus de reconnaître votre immense fortune. »

« Je voulais juste... il a simplement ressenti que... » La voix de Yun Lili était faible, s'accrochant encore à un fil de réticence persistante.

Yun Zhou l'interrompit froidement : « Penses-tu que son enseignement pendant le Grand Tournoi était trop froid, trop impitoyablement insensible, et dépourvu de courtoisie humaine commune ? Alors pourquoi omets-tu de mentionner tes propres contributions ? Dormir cinq fois en trois jours, maîtriser une forme d'épée pour en oublier instantanément trois autres — et ensuite oser blâmer le maître pour tes profondes faiblesses ? »

Les lèvres de Yun Lili bougeaient légèrement dans une tentative vaine de défense, mais elle ne protesta plus.

Ses mains, qui pendaient le long de son corps, se serrèrent subtilement en poings, ses sourcils froncés, et ses yeux s'assombrissaient comme de la poussière s'installant dans un coin ombragé.

Yun Zhou, voyant qu'elle n'avait plus d'objection substantielle, se retourna pour partir, mais s'arrêta soudain et regarda en arrière, comme si elle se rappelait un détail vital :

« Tu viens de dire qu'il était insensible et froid, n'est-ce pas ? »

Yun Lili hocha la tête à contrecœur.

Le regard de Yun Zhou était profond et compréhensif.

Son ton s'adoucit légèrement, mais l'implication s'intensifia : « Splendide, alors. Vous serez témoin, de vos propres yeux, de la façon dont il maintient son célèbre détachement émotionnel envers vous jusqu'au bout. Ce n'est qu'alors que vous vous engagerez vraiment à étudier la lame et enfin à exciser cette racine débilitante de paresse. »

Il comptait entièrement sur la réputation infâme de Yu Sord d'être insensible et inflexible, confiant que cette épreuve forcée la forgerait.

Yun Lili : « ...... »

Son visage s'assombrit, tout son être se dégonflant comme un œuf spirituel percé.

Voyant sa profonde déception, Yun Zhou adoucit enfin un peu son ton : « L'air du mont Yuheng est froid comme une lame. Si vous ne pouvez pas le supporter, revenez vite, de peur de geler l'honneur exceptionnel de la porte de ma famille Yun et de nous embarrasser davantage. »

« ... » La bouche de Yun Lili tressaillit de façon incontrôlable. *Elle le maudit mentalement : ce n'est sûrement pas le comportement standard d'un véritable frère de sang.*

Yun Zhou fit un claquement de manche, se tournant pour s'éloigner rapidement, sa silhouette aussi résolue et inflexible qu'un sommet de montagne.

Yun Lili resta seule dans le couloir, les épaules affaissées, le visage marqué par une profonde misère.

Elle regarda par la fenêtre. L'immense ombre du mont Yuheng se dressait au loin, teintée d'or et de rouge par le coucher du soleil, se dressant comme un gouffre céleste insurmontable et redoutable.

* * * * *

Cette même nuit, Yun Lili commença le processus urgent de préparer ses maigres bagages, se préparant méticuleusement à une **fuite secrète** immédiate du manoir Yun.

La lumière de la lune baignait le bosquet de bambous extérieur d'une clarté saisissante. L'espace devant son petit loft était extraordinairement silencieux ; même la moindre brise semblait totalement réticente à faire du bruit.

Yun Lili **marcha sur la pointe des pieds** et poussa la porte latérale.

Elle portait ses vêtements ordinaires et décontractés, seule une vigne rugueuse et légèrement mal ajustée lui servait de ceinture improvisée autour de la taille, lui donnant l'air pathétique et distinct d'une réfugiée fuyant une famine soudaine et dévastatrice.

Elle jeta un dernier regard précipité vers les hauts murs du palais, un regard sombre et défiant brillant dans ses yeux, et murmura doucement :

« Je renonce simplement à toute cette famille, si nécessaire ! Secte Lingxiao, Seigneur Céleste Yun Zhou, vous pouvez tous aller ensemble directement à la flamme... »

Elle n'avait réussi qu'à faire quelques pas prudents et hésitants lorsqu'elle sentit un frisson profond lui parcourir l'échine ; Une vague de froid glacial lui monta du cou jusqu'au sommet de la tête.

« Mademoiselle, où allons-nous exactement ce soir ? »

La voix explosa comme un murmure soudain et glaçant d'un fantôme juste derrière son oreille.

Yun Lili se retourna violemment, son âme manquant de bondir hors de son corps. Sous la pâle lumière de la lune se tenait une petite silhouette familière, chargée d'un paquet bien plus grand qu'elle, manifestement gonflé de contenu, signifiant un plan soigneusement prémédité.

Son visage affichait une expression d'enthousiasme totalement innocent, comme si elle ne faisait que s'enquérir de la meilleure auberge de bord de route pour la nuit.

« Lunard ?! Est-ce que tu essaies, par hasard, de me faire une peur fatale ! » Yun Lili poussa un cri sourd, si choquée que son propre petit paquet faillit lui échapper, prêt à être utilisé comme arme improvisée.

« Mademoiselle, vous vous enfuyez, n'est-ce pas ? J'ai déjà tout emballé ! Cinq jours de rations sèches, les trois poulets de prix et l'œuf spirituel très essentiel sont tous rangés à l'intérieur », dit Lunard, tapotant le sac gonflé avec un air fier et satisfait, comme si elle venait d'exécuter une mission d'espionnage magistrale.

« Toi... » Yun Lili était trop stupéfaite pour formuler une phrase cohérente, ne parvenant qu'à couvrir la bouche de Lunard de la main, jetant un regard paranoïaque autour d'elle.

L'air nocturne était frais, les ombres de bambou se balançaient, et même la lumière de la lune semblait observer silencieusement son exploit criminel. Son cœur battait la chamade, et une fine sueur froide commença à picoter sa peau.

« Tu essaies exprès de me faire peur à mort ! Pourquoi marches-tu sans faire de bruit, et pourquoi as-tu préparé les bagages à l'avance, sans m'en informer ?! »

Moony émit un « Mmmph » étouffé, les yeux grands ouverts et fixant sous la main qui la recouvrait.

Yun Lili se mordit la lèvre, relâchant enfin sa main. Elle parla d'une voix tendue : « Puisque tu le sais déjà, je ne peux pas, en toute conscience, te laisser derrière pour que tu fasses face à la punition... Viens, cours avec moi ! »

« Où Mademoiselle compte-t-elle s'enfuir ? » demanda Lunard, son enthousiasme bouillonnant de façon incontrôlable.

« N'importe où ! N'importe où où il ne fait pas froid de glace, tant que ce n'est pas le mont Yuheng », déclara Yun Lili, ses dents grinçant bruyamment. « Je préférerais retourner volontairement au village de la famille Yun arriérée plutôt que de gravir le mont Yuheng pour prendre un maître. »

Lunard cligna lentement des yeux : « Mont Yuheng ? La Salle de l'Épée Céleste ? N'est-ce pas la demeure immortelle très recherchée du Seigneur Céleste Yu Sord ? »

« C'est vrai », soupira doucement Yun Lili, sa voix à peine audible, comme si elle craignait de troubler un destin profond et immuable.

Moony fronça légèrement les sourcils : « N'est-ce pas un immense coup de chance ? D'innombrables cultivateurs sérieux rêvent d'une telle opportunité... »

« Silence ! » Yun Lili éclata de rire hystériquement, frustrée, pensant : *Qui est exactement la maîtresse et qui est la servante ici, donnant des conseils de vie non sollicités ?*

« Très bien, eh bien, faisons une petite fuite alors. » Lunard cessa de discuter, soulevant le grand sac encombrant sur son épaule, prêt à agir immédiatement.

«…» Yun Lili était sans voix. Elle savait que ce chemin était voué à être extrêmement ardu, pourtant sa servante semblait bien plus capable et confiante qu'elle.

Elle fixa Lunard intensément. Une chaleur soudaine et inattendue monta dans son cœur, rapidement suivie d'une nouvelle vague de panique à propos de leur capture imminente.

Quel que soit le danger, elle ne pouvait pas laisser Lunard subir une punition par association. Puisque son compagnon était déjà présent, le plan devait simplement être considérablement amélioré.

Elle baissa la voix et donna ses instructions : « Nous prenons les petits sentiers sinueux de la forêt. N'alertez pas les patrouilles de nuit.

Nous devons traverser la Pente de la Lueur du Couchant, puis contourner discrètement la Piscine de l'Étoile Volante. Nous prendrons refuge d'abord au village de la famille Yun, et ce n'est qu'ensuite que nous ferons des plans plus détaillés. »

« En attente de votre ordre ! » Lunard débordait d'une énergie frénétique plus grande que sa maîtresse.

Les deux s'éclipsèrent dans la nuit, l'un après l'autre. Sous la pâle lumière de la lune, une seule silhouette angoissée et une petite servante excessivement joyeuse fuyaient silencieusement la montagne.

Aucun des deux ne réalisa que peu après leur départ précipité, un fil unique de sens divin froid et clair balaya silencieusement et efficacement le profond bosquet de bambous, tel une étoile glacée tombant dans la pluie silencieuse de la nuit.

Quelqu'un du mont Yuheng, après tout, n'a que rarement besoin de se condescendre pour descendre la montagne en personne.

* * * * *

À peine avaient-ils franchi la Porte des Nuages que les cieux et la terre tremblèrent violemment.

Une barrière spirituelle, gravée de runes azur complexes, rugit soudain et se déploya, bloquant toute leur voie d'évasion d'un éclair aveuglant.

Puis, une silhouette blanche comme neige émergea lentement de la brume épaisse.

Yu Sord, vêtu de robes immortelles d'un blanc immaculé comme neige, ses longs cheveux attachés par une couronne, restait parfaitement immobile à l'extérieur de la barrière. Son expression était d'une impasse totale.

Une brise subtile passa derrière lui, ses robes flottaient majestueusement comme une brume nuageuse, et son aura spirituelle était glaciale comme le givre.

Il ne prononça pas un mot. Il leva simplement une main vers Yun Lili.

Une vague invisible d'énergie spirituelle l'enveloppa instantanément, la soulevant d'un coup net.

Elle a été « escortée » de force vers le haut comme si elle était récupérée comme un petit chat spirituel, dans une posture profondément indigne et totalement hors de son contrôle.

Il agita légèrement sa manche. La barrière scintilla une fois, et en un instant, il l'avait enveloppée et s'était téléportée, laissant derrière lui un Lunard complètement abasourdi, déconcerté et aux yeux écarquillés.

II... La sensation virale

Alors que Yun Lili était accroupie d'un air maussade sur une plateforme de pierre au sommet du mont Yuheng, soupirant profondément devant la mer froide et sans fin de nuages, le monde de la cultivation en contrebas avait explosé dans un chaos joyeux total.

L'image résiduelle dans le Miroir Spirituel n'avait pas encore disparu. Cette seule scène — le Seigneur Céleste Yu intervenant personnellement pour « escorter »

La fille légitime de la famille Cloud en haut de la montagne comme si elle était un petit chat en difficulté — avait été observée dans les moindres détails atroces et dignes de même par les anciens et disciples de chaque grande secte.

Elle se répandit instantanément, devenant le plus grand sujet de commérage de tout le Royaume Immortel.

La section des commentaires de l'Immortal Web explosa immédiatement. Le texte défilant tombait comme des gouttelettes spirituelles, couche après couche dense, défilant à une vitesse impossible :

Hahaha, elle a vraiment été emportée ! Le Seigneur Céleste Yu accepte-t-il un disciple ou capture-t-il un esprit renégat !

J'aimerais que quelqu'un me tire comme ça, ne serait-ce qu'une fois... L'aura du Seigneur Céleste Yu, ouh, pourquoi est-il à la fois froid ET incroyablement séduisant !

Ce moment où Yun Lili a été hissée en haut de la montagne est absolument épique ; Qui a la capture d'écran ? J'en ai besoin pour un mème !

Aaaah, c'est de la culture forcée ; Je suis follement jaloux de son malheur...

—

Beaucoup de cultivateurs étaient tout aussi amers et envieux :

Je suis complètement verte d'envie... Le Seigneur Céleste Yu n'accepte jamais de disciples. Comment diable avait-elle pu acquérir une telle chance profonde ?

C'est simplement parce qu'elle est née avec une Racine Spirituelle Céleste ; Naturellement, elle est différente et mérite un traitement de faveur...

—

Et bien sûr, ceux qui n'ont pas pu résister à attiser les flammes :

Ces deux-là, l'un un pétard, l'autre un iceberg—une collision cosmique parfaite ! La suite est garantie d'être un excellent drame.

La Demoiselle Céleste Lili ne réalise probablement pas encore qu'elle est devenue le sujet numéro un dans tout le Royaume des Immortels, n'est-ce pas ?

—

En seulement une demi-journée, les mots-clés **#CelestialLordYuHaulsMaidenUpMountain**, **#TheCloudDaughter'sDiscipleship** et **#IcebergAndKitten** dominaient les trois premières places des classements tendances de l'Immortal Web.

De plus, des cultivateurs oisifs qui n'avaient rien de mieux à faire ont recadré et monté les images du Miroir Spirituel, ajoutant des voix off, des sous-titres et une narration. Une courte vidéo **intitulée « Immortal Realm Famous Scenes : Yu Sord's Hauling Compilation »** a rapidement grimpé en tête du Spiritual Light Billboard, récoltant plus de cent mille vues en une seule heure.

Quant au principal coupable—

Yun Lili, serrant une poignée de fruits spirituels, était accroupie misérablement sur une plateforme de pierre au mont Yuheng, le visage marqué par une profonde tristesse.

Elle était complètement inconsciente du fait que son petit visage grincheux avait déjà été capturé d'innombrables photos spirituelles, légendé de phrases comme « Chaton grincheux » et circulant rapidement sur les grands forums de cultivation, les réseaux de disciples internes et **les sections** de potins.

Tout son spectacle de « discipulat forcé » était instantanément devenu le même viral de l'année dans le Royaume des Immortels :

—

Plus de dix mille likes, commentaires débordants, mèmes actuellement en production.

—

Yu Sord, recevant enfin un lapsus spirituel timide d'un disciple, regarda silencieusement l'une des captures d'écran notoires :

L'image montrait Yun Lili, serrée par le sens spirituel qu'il avait dégagé, son petit visage figé de stupeur, ses jambes faisant du vélo à toute vitesse, ses robes flottant, ressemblant précisément à un petit chat sauvage indigné récupéré d'un arbre.

Les légendes disaient : *« Le Seigneur Céleste Yu capture personnellement Rogue ! »* et *« Même les icebergs transportent des chats ?! »*

Yu Sord : « ...... »

Il resta silencieux pendant trois grandes inspirations, puis glissa la feuille spirituelle dans sa manche. Son expression inchangée, il se leva de son siège et s'éloigna. Personne n'avait le privilège d'être témoin de la légère, presque imperceptible, courbe de satisfaction personnelle qui effleurait ses lèvres.

Pendant ce temps, sur la Toile Immortelle, la discussion autour de « Quelle étincelle ce duo particulier de Maître-Disciple va-t-il générer ? » ne faisait que commencer.

Chapitre 14 : Des aubépines confites au bord du précipice

Mont Alioth – Le sommet

Le sommet du mont Alioth était enveloppé de nuages éthérés et de brume, une île flottant dans une mer blanche.

Un petit pavillon se dressait précautionneusement sur le précipice, baigné des teintes rosées de l'aube qui teignaient le brouillard de couches de couleurs douces.

Yun Lili se tenait dans le pavillon, le front plissé par une anxiété palpable. Elle faisait les cent pas comme une bête piégée ou un oiseau en cage, tout son visage criant presque les mots : « Laissez-moi sortir immédiatement. »

Murmura-t-elle entre ses dents : « Ce Seigneur Immortel Yu veut-il que je mange au vent et que je dorme dans la rosée ici pendant trois ans, en comptant sur la brume pour devenir immortelle ? Avant même d'avoir maîtrisé un seul art taoïste, j'aurai pratiqué mon âme jusqu'à sortir de mon corps ! »

Soudain, elle s'arrêta.

Elle se gratta la tête, lissa les plis de ses menottes et tenta de s'asseoir, pour se redresser aussitôt comme si un talisman de tonnerre était caché sous ses fesses.

Sa bouche bougeait dans un flot incessant de plaintes : « Non, non, ça ne va pas. Si cela continue, je souffrirai sûrement de blessures internes par pure ennui... Personne ne vient sauver la scène ? »

La brume bougea légèrement. Un léger rire s'échappa de la forêt, la voix chaude comme du jade mais portant l'air distinct et langoureux d'un noble descendant, tel un caillou jeté dans une source claire, créant de faibles ondulations.

« Tsk, baisse d'un ton. Tu es tellement bruyante ; Si tu continues à faire autant de bruit, les fantômes de la montagne t'inviteront à prendre le thé. »

Yun Lili se retourna violemment, plissant les yeux en signe de vigilance. «... Qui est là ? »

La brume se dissipa peu à peu, révélant une silhouette marchant sur les nuages.

Le jeune homme portait des robes plus blanches que la neige, portant une épée longue à bord vert dans le dos. Ses sourcils étaient pittoresques, pourtant le coin de ses lèvres arborait un sourire en coin qu'il ne cherchait pas à dissimuler.

« Alors tu es vraiment là. » Il haussa légèrement un sourcil, entrant dans le pavillon avec une aisance naturelle. « Je pensais que le Seigneur Immortel Yu t'aurait enfermé au pied de la montagne, et pourtant je te trouve à l'endroit aux plus beaux paysages. »

« Xie Wuchen ? » Yun Lili cligna des yeux, un air suspicieux sur le visage. « Pourquoi es-tu venu aussi ? »

Elle le reconnut — le Disciple en chef du Pavillon de l'Épée Lingxiao, classé parmi les dix meilleurs cultivateurs d'épées, un génie et célèbre en plus.

Toutefois... Comparé à l'image supposée d'un immortel froid et solennel à l'épée, la personne qu'elle voyait devant elle était clairement un paresseux oisif et riche.

Xie Wuchen ouvrit les mains. « J'ai entendu dire que Yu Sord t'a emmené en haut de la montagne pour devenir son apprenti. Comme je compte comme un demi-aîné que vous, je dois sûrement venir offrir mes condoléances—ah, je veux dire, réconfort—à la petite fée ? »

Lili leva les yeux au ciel. « Admets juste que tu es venu regarder le spectacle. »

« Je suis accusé à tort. » Xie Wuchen haussa un sourcil, sortant un paquet de sa manche. « J'ai même apporté un cadeau de vœux. »

En parlant, il déballa habilement le tissu, révélant un bâton d'aubépine confite cristalline, dégageant encore une légère brume spirituelle.

«... Quel genre d'opération divine est-ce ? » Le regard de Lili était accroché ; Elle ne put s'empêcher de tendre la main. « D'où ça sort ? »

« Le marché au pied de la montagne », dit Xie Wuchen comme si c'était la chose la plus naturelle au monde. « À l'origine, je voulais apporter un pot de vin pour animer l'ambiance, mais il m'a été confisqué dès que j'ai franchi la porte de la montagne. Hélas... J'ai dû me contenter de aubépine confite. »

Yun Lili croqua à moitié, à moitié croyante, à moitié douteuse. Le doux et l'aigre mêlés, enveloppés de qi spirituel ; c'était en fait plutôt délicieux.

Elle marmonna autour de l'aubépine, « Si tu veux que je sois apprentie, tu ferais mieux de trouver cette Fée Yun Yara. Le Seigneur Immortel Yu a dit qu'il m'apprendrait, mais je n'ai pas vu la moindre ombre de lui. Quel genre d'immortel adore-je ici... »

Xie Wuchen la regarda et rit. « Ce n'est pas un immortel ordinaire ; c'est le Seigneur Immortel de l'Iceberg, l'être le plus inprovocable de tout le Royaume Immortel. Tu sais combien de gens se casseraient la tête en se faufilant juste pour s'incliner devant sa porte ? Et maintenant que c'est ton tour, tu te plains qu'il s'est évaporé du monde des mortels ? »

Les yeux de Lili étaient pleins de ressentiment. « Il n'est pas humain ; C'est un dieu— »

« Fais attention à tes paroles, petite sœur cadette », marmonna Xie Wuchen autour de son aubépine confite, souriant vaguement. « Si ça parvient à ses oreilles— »

Avant qu'il ne puisse finir, un souffle d'intention d'épée à motifs azur descendit soudain du ciel à l'extérieur du pavillon. Elle était extrêmement faible et légère, mais elle fit coaguler le vent de toute la montagne, semblable au gel descendant du Neuvième Ciel.

Xie Wuchen ferma immédiatement la bouche et toussa sèchement. «... Il a entendu ça. »

Yun Lili, avec l'aubépine confite encore dans la bouche, avait l'air d'avoir perdu la volonté de vivre. « Je veux rentrer chez moi. »

Xie Wuchen lui tapota silencieusement l'épaule, parlant avec une sincérité grave : « La seule chose que tu puisses faire maintenant, c'est finir rapidement les bonbons pour reconstituer ton sang et sauver ta petite vie. »

Il fit une pause, puis ajouta le coup final : « Une fois qu'il apparaîtra, il n'y aura même plus de bonbons à manger. »

* * * * *

Le Royaume des Démons, Devant le Palais des Ténèbres

Le vent nocturne tranchait comme une lame, et les montagnes derrière le Palais du Nether étaient dépourvues de lumière.

Yun Yara s'appuya contre un tronc d'arbre rugueux, haletant pour respirer, l'épée longue dans sa main encore dégoulinante de sang frais. Derrière elle, des ombres noires déferlaient comme une marée, s'écrasant vers elle par vague après vague.

Ses yeux étaient un vide désolé de silence glacial.

Serrant les dents, elle lança une lumière talismanale ; Profitant du bref espace créé par l'explosion, elle sauta au sommet d'une paroi rocheuse, grimpant les vignes et filant à travers la forêt.

C'était déjà sa troisième tentative d'évasion du Palais du Nether.

Elle avait depuis longtemps mémorisé les *Malédictions Chasseurs d'Âmes, les Sceaux Écrasants* d'Os et *les Réseaux de Terre Absolus* déployés contre elle, écrasant précisément leurs défauts pour partir, tout cela pour ce seul pari aujourd'hui.

Si elle ne s'échappait pas maintenant, elle ne partirait vraiment jamais.

Sa silhouette était échevelée, les coins de sa robe déchirés, sa respiration erratique et superficielle. Enfin, elle s'arrêta devant une forêt de montagne enveloppée d'un épais brouillard.

* * * * *

La Forêt de Brume Démoniaque.

Elle avait déjà entendu les anciens dire que cette forêt était hallucinogène à l'extrême ; Parmi ceux qui y sont entrés par erreur, aucun sur dix n'a survécu.

Pourtant, à cet instant, elle n'avait pas d'autre voie.

La brume était dense comme un cocon, tourbillonnant comme la mer. Elle fit un pas à l'intérieur, et le visage du ciel et de la terre changea instantanément.

Le vent sifflait à ses oreilles comme un fantôme en pleurs.

Des ombres vacillaient indistinctement à travers les arbres—un instant prenant la forme de son ami d'enfance, l'instant d'après se transformant en anciens moqueurs du Palais du Néant.

Des visages familiers flottaient dans la brume les uns après les autres, leurs yeux remplis d'angoisse ou de haine, semblant à la fois réels et illusoires.

« Tu nous as tués. »

« Tu ne devrais pas exister du tout. »

« Tuez-la ! »

Des rugissements s'élevèrent de tous côtés alors que d'innombrables ombres démoniaques bondaient des arbres.

Le regard de Yun Yara resta clair. Dans un cri glacial, la lumière de son épée clignota comme une auréole alors qu'elle balançait une entaille horizontale.

« Prends... dehors ! »

La lumière de l'épée clignota comme de la neige, fendant trois ombres, mais cinq autres se précipitèrent aussitôt pour combler le vide.

Le sang éclaboussait l'herbe sauvage. Des créatures démoniaques aux griffes de fer surgirent de l'obscurité, lui déchirant le bras et tachant ses manches de sang.

« Tsk... »

Sa respiration devint plus lourde, mais la profondeur de ses yeux se refroidissait et se condensait.

Elle recula pas à pas, mais peu importe comment elle bougeait, elle ne voyait pas la fin.

Finalement, elle se retira au bord de la forêt.

Une falaise abrupte traversait son chemin. Sous la falaise, une vallée profonde tourbillonnait de nuages noirs ; des gémissements fantomatiques et les hurlements des loups s'élevaient d'en bas comme s'ils montaient de l'enfer lui-même.

« Un pas en avant mène la destruction du corps et de l'âme. »

Une voix descendit d'en haut, basse et fraîche, atterrissant avec le poids du fer froid.

Yun Yara se retourna brusquement.

Une silhouette en noir d'encre descendit lentement des cieux, ses longs cheveux caressant le vent.

Ses traits étaient beaux, mais d'un froid perçant. Il se tenait en l'air, la profondeur de ses yeux s'enfonçant comme une mare profonde.

« Mo Han. »

Yun Yara serra les dents, la fureur émanant d'elle, totalement pas surprise par son apparence.

Mo Han esquissa un léger sourire, pointant la falaise en contrebas. « Vallée de la Brume Déchue. Sais-tu que sous cette falaise dort l'Ancien Démon du Vide Absolu ? Il ne s'est pas réveillé depuis dix mille ans. Si tu sautes, je crains que tu ne sois réduit en cendres, os compris. »

Yun Yara souffla froidement. « Alors ? »

Ayant parlé, elle leva la main et frappa avec son épée, l'élan féroce et tranchant, sans la moindre hésitation.

Mo Han ne dit rien. Il leva simplement la main pour bloquer, ses larges manches flottant alors que la puissance spirituelle se transformait en bouclier, dissolvant complètement son offensive.

Yun Yara frappait encore et encore, mais il restait purement sur la défensive, sans jamais attaquer. Il y avait même un regard de patience et de pitié dans ses yeux.

Il avait pensé qu'après une période de voyage ensemble dans les montagnes et les eaux, elle resterait pour lui...

« Coupe le bavardage, bats-toi si tu veux. » Yun Yara déchaîna une rafale continue de techniques d'épée, mais elle ne pouvait toucher même pas un demi-centimètre de Mo Han.

La silhouette noire esquiva facilement ses attaques avec quelques éclairs de mouvement. Sa carrure était élégante, ses cheveux noirs d'encre éparpillés par le vent.

Ses longs yeux étroits étaient malicieux et charmants, la fixant comme une proie, mais il n'était pas pressé.

« Pourquoi ne frappes-tu pas ? » Elle a été assaillie par l'anxiété et la rage.

« Il n'y a pas besoin de frapper. » Contre elle, il n'avait aucune envie d'utiliser la force.

Yun Yara n'apprécia pas le moins du monde ce sentiment. « Écarte-toi de mon chemin. »

« Reviens avec moi. » Il tendit la main vers elle, ses larges manches claquent au vent, à la fois envoûtante et malicieuse.

« Dans tes rêves ! » Yun Yara lança plusieurs autres mouvements vers lui, criant : « N'essaie même pas de me ramener au Palais du Nether. »

Mo Han laissa échapper un petit rire, parlant lourdement, « Si tu n'étais pas Yun Yara, si tu n'étais jamais venu dans le Royaume des Démons, j'aurais pu... »

« Silence ! »

Yun Yara trembla violemment.

La lame de son épée dévia brusquement, la pointe pointant directement son propre cœur.

L'expression de Mo Han changea instantanément. « Qu'est-ce que tu fais ? »

Il reconnut cette épée.

Ce n'était pas une lame ordinaire, mais une épée divine capable de tuer démons et démons, nommée **« Chagrin du Givre »** (*Shuang'ai*).

« Ne t'approche pas. » Yun Yara pressa l'épée un peu plus profondément contre son propre cou pâle, son visage solennel et froid.

« Tu es fou ! » Les yeux de Mo Han s'écarquillèrent énormément. Une main se tendit instinctivement en avant, tentant de l'attraper.

Yun Yara fit un pas en arrière en même temps, menaçant froidement : « Si tu ne te retires pas, je serai enterré sur cette falaise démoniaque ! »

Soudain, Mo Han se tut un instant. Puis, il rit doucement, une expression qui pourrait renverser la foule. « Ne sois pas idiot. Viens vite ici, reviens avec moi. »

« Toi et tes soldats démons, reculez ! » Yun Yara cria fort.

« Toi... » Mo Han semblait perdre peu à peu patience.

Ses longs doigts formaient un sceau dans l'air, voulant la ramener de force à ses côtés, quand la scène devant ses yeux changea brusquement.

« Laisse tomber ! » Yun Yara rugit de rage. D'un mouvement de la main, elle projeta son corps en arrière en bondissant sans la moindre hésitation !

« Yun Yara ! »

Le choc et la fureur se mêlaient dans la voix de Mo Han. Il se déplaça aussitôt pour le poursuivre, mais fut retenu dans une poigne mortelle par un garde derrière lui. « Votre Altesse, absolument pas ! Sous cette falaise se trouve... »

« Dégage ! »

Il frappa de la paume, envoyant le garde voler et vomissant du sang. Mo Han n'hésita plus. Écartant ses manches, sa longue épée enroulant le vent, il se jeta à sa poursuite sans tarder !

Le vent de la montagne hurlait, et le brouillard démoniaque tourbillonnait. Un noir, un blanc — les deux silhouettes disparurent brusquement dans l'abîme de la vallée profonde de dix mille brasses.

* * * * *

La lumière du jour flottait au bord de la dissolution, le crépuscule commençant à s'installer lourdement.

Des ombres vacillaient à la surface du miroir de bronze, reflétant les rapports urgents qu'il contenait.

Un disciple vêtu de robes argentées entra précipitamment dans la salle, s'agenouillant d'une voix légèrement tremblante.

« Rapport au Maître de Secte. À l'intersection des Royaumes Immortels et Démoniaques—la Vallée de la Brume Déchue—des éclaireurs ont utilisé des arts secrets pour percevoir l'aura de la Fée Yun Yara. »

La salle tomba instantanément dans un silence.

Sur le siège élevé, le Maître de Secte de Lingxiao, Yun Wuntang, assis aussi stable qu'une montagne, fronça les sourcils en une moue crispée en entendant ces mots, abandonnant son habituel air jovial et nonchalance.

Il demanda d'une voix grave : « Est-ce confirmé que c'est Yun Yara ? »

Yun Wuntang se leva lentement.

Sa cape bougea comme des nuages sombres s'abattant sur une mer nocturne.

Son regard était profond et abyssal alors qu'il regardait vers la Carte Immortelle de l'Écran des Nuages au loin, comme s'il tentait de percer la barrière pour fixer directement les terres frontalières du Royaume Démoniaque.

« Les éclaireurs n'osent pas dire du mensonge. Il reste effectivement des traces résiduelles de l'aura de la Fée Yun Yara. Elle semble avoir quitté la zone dans les deux derniers jours, et après cela... »

«... Entrer dans le Royaume des Démons. » Yun Wuntang termina la seconde moitié de la phrase à la légère, mais sa voix était déjà lourde comme le calme avant une tempête de montagne.

Le diacre resta prosterné au sol, n'osant pas respirer bruyamment.

Pendant un temps, la salle était si silencieuse que même le bruit de la cendre d'encens tombant était clairement audible.

Yun Wuntang se tenait devant la fenêtre, observant les nuages flottants dans les cieux hauts, silencieux longtemps.

Il avait autrefois établi les règles du palais : pas d'attaches mortelles, pas de favoritisme. Pourtant, à cet instant, il avait l'impression que le fond de son cœur était lentement tranché par une lame fine et acérée—

C'était la fille qu'il avait élevée de ses propres mains ; Dire que son cœur ne souffrait pas serait un mensonge.

Maintenant, elle avait pénétré dans la Forêt de Brume Démoniaque et pénétré profondément dans le Royaume Démoniaque... Ce qu'il craignait, ce n'était pas qu'elle ait été enlevée par quelqu'un, mais qu'elle soit *entrée elle-même*.

C'était son propre choix.

Elle avait choisi de tourner le dos au Chemin Immortel, choisie d'être déçue de lui, son « père adoptif », peut-être même de le détester.

« Le Cœur Dao perd l'équilibre ; une seule pensée devient un démon », murmura-t-il à voix basse.

Il expira lentement, sa voix s'abaissant. « Vallée de la Brume Déchue... C'est déjà la limite critique.

Sortir de la Forêt de Brume Démoniaque mène directement à cette falaise ; ten *zhang* se trouve aussi à l'intersection des Immortels et des Démons. Avec la moindre négligence, les deux royaumes pourraient être ébranlés. »

Des murmures commencèrent à parcourir la salle.

« La Fée Yun Yara aurait-elle pu être enlevée ? »

« Ce jour-là, elle partit sur son épée, furieuse ; peut-être était-ce un moment d'impulsion... »

« Impossible. La Fée Yun Yara est la fierté de notre secte Lingxiao... »

« En effet, elle a tué tant de démons par le passé. Comment pourrait-elle... »

En entendant cela, Yun Wuntang abandonna son habituel masque amical. Son regard devint soudain froid alors qu'il criait pour faire taire les voix : « Tous, taisez-vous. »

Il se retourna, parlant lourdement, « Si elle s'est vraiment perdue... alors ce ne serait pas un enlèvement ; Ce serait une chute en disgrâce. En tant que disciple intime de la secte Lingxiao, son statut est spécial. Si une seule pensée se transforme en mal et que son Cœur Dao est teint en noir... Elle ne sera pas la seule à être détruite. »

À cet instant, la peur refit surface au fond du cœur de Yun Wuntang pour la première fois.

Il ne craignait pas qu'elle ne s'aventure par erreur dans le Royaume des Démons ; il craignait qu'une fois le Démon du Cœur emparé, elle ne veuille plus faire demi-tour.

Sur le côté, un maître adjoint du palais demanda froidement : « Devons-nous choisir des hommes pour descendre dans la vallée et la récupérer ? »

Yun Wuntang resta silencieux un instant avant de secouer lentement la tête.

« Nous ne devons pas agir de manière impulsive. C'est la Vallée de la Brume Déchue ; Nous ne pouvons pas effrayer le serpent dans l'herbe. »

Il fronça les sourcils, perplexe. Puisque Yun Yara était si proche du Royaume des Démons, il était impossible que le Royaume des Démons en ignore tout, ou même qu'il n'ait aucune réaction.

« D'abord, sonde l'attitude du Royaume Démoniaque. Si elle est vraiment à l'intérieur de leurs frontières, il leur est impossible de rester complètement silencieux. »

Maintenant qu'elle avait révélé ses traces dans la Vallée de la Brume Déchue — la zone la plus étrange à l'intersection des deux royaumes, où le jour et la nuit étaient temporaires et où la brume démoniaque se reproduisait librement — elle était connue sous le nom de « Vallée des Illusions ».

Si le cœur mortel n'était pas inébranlable, on tombait dans les illusions du Démon du Cœur et se perdait.

Bien sûr, il craignait qu'elle ait été enlevée, mais il gardait encore une lueur d'espoir.

« Convoquez Yun Zhou, Xie Wuchen et l'Ancien Ling Yu pour venir immédiatement au conseil. »

Sa voix était aussi ferme que le tonnerre, donnant enfin le ton d'un seul ordre.

Les disciples à l'extérieur de la salle reçurent l'ordre et partirent, leurs pas pressés comme le vent.

Yun Wuntang resta immobile.

Fini l'attitude plaisantante des jours ordinaires ; son front était froncé, ses mains doucement serrées en poings.

C'était l'angoisse la plus silencieuse d'un père.

Il regarda vers l'Est, ses yeux incapables de cacher l'épuisement et la douleur intérieures.

« Yara... si tu es encore prêt à revenir, en tant que père, je ne lésinerai aucun coût... mais si tu es vraiment tombé aux mains du diable... »

Sa voix s'interrompit brusquement. Après un long moment, il laissa échapper un soupir bas et profond

Chapitre 15 : Le Démon du Cœur dans le Brouillard

Au cœur de la Vallée de la Brume Déchue, ici, le ciel et la terre étaient dépourvus de lumière.

Les ombres se dressaient en amas menaçants, le brouillard était noir comme de l'encre, et le vent hurlait comme le hurlement des fantômes — mordant et tranchant comme une lame, glaçant jusqu'aux os.

Yun Yara titubait à travers ce brouillard dense et étouffant.

Le monde devant ses yeux oscillait entre la pénombre et l'obscurité, vacillant à la limite d'un cauchemar.

Des branches tordues s'étendaient comme des mains fantomatiques, accroché et déchirant l'ourlet de sa robe.

Le sol était boueux, humide et froid ; Ses pas retombèrent sans un bruit, engloutis par la boue. À côté de ses oreilles, les pleurs faibles des femmes et des enfants se mêlaient aux doux rires des esprits malveillants.

Elle ne distinguait ni distance ni direction, vérité ni mensonge.

Ses bras avaient déjà été déchirés par des griffes acérées.

Le sang se mêlait à la brume, tachant ses doigts de cramoisi. Pourtant, ces ombres démoniaques s'élançaient comme une marée sans fin.

Un coup de son épée les briserait en néant, pour qu'ils se regroupent derrière elle — plus nombreux et plus proches qu'avant.

Sa respiration devint saccadée et chaotique. Ses genoux devinrent mous, et elle faillit s'effondrer.

L'épée longue dans la main de Yun Yara était déjà couverte de sang rouge foncé mêlé à une substance mucuante inconnue.

Ses robes étaient en lambeaux, ses cheveux mouillés et en désordre, et un mélange de sueur et de sang coulait froidement sur ses tempes.

Son souffle était court et court, mais devant ses yeux restaient des ombres noires sans fin, se déplaçant à une vitesse terrifiante.

Ils déferlaient vague après vague, sans cesse et sans limites, tels des vagues féroces menaçant d'engloutir un bateau solitaire.

« Meurs ! » Elle poussa un rugissement sourd, balançant son épée en une entaille horizontale, la lumière de la lame brillant comme de la neige.

Mais ce qu'elle frappa n'était qu'un fantôme.

Parmi ces ombres démoniaques, certains étaient des ennemis qu'elle avait tués par le passé ; d'autres étaient des étrangers qu'elle ne connaissait pas ; il y avait même son propre reflet froid, le coin de ses lèvres retroussé en moquerie : « *Heh... Tu ne peux rien protéger. Et alors si tu tues ?* »

Elle serra les dents et attaqua de nouveau.

L'épée dans sa main dansait sans pause, *le qi* de l'épée roulant et sifflant en brisant le vent, mais tout cela était vain.

Ces ombres démoniaques étaient comme la brume, comme l'eau — trancher ne les dispersait pas, les chasser ne les bannissait pas.

Alors que ceux devant disparaissaient, ceux derrière se précipitèrent en avant.

Elle avait l'impression d'être tombée dans un cycle de réincarnation ; À chaque coup, son esprit s'affaiblissait d'une fraction, ses pas se faisaient plus lourds d'un degré.

Finalement, ses genoux cédèrent.

Elle s'effondra dans l'épais brouillard, la pointe de son épée frappant le sol avec un bruit sec, tremblant de façon incontrôlable.

Elle baissa la tête, sa vision se brouilla, et murmura : « Comment est-ce possible... »

Les ombres démoniaques environnantes ne s'arrêtèrent pas.

Au lieu de cela, ils tournaient autour d'elle, chuchotant et murmurant, apparemment déterminés à avaler ses derniers lambeaux de volonté.

Dans la Vallée de la Brume Déchue, le brouillard s'est intensifié.

Une ombre solitaire, prise entre illusion et démon, était au bord de l'effondrement.

Soudain, une silhouette familière émergea de la brume.

Robes sombres, cheveux argentés, sourcils et yeux froids et sévères. C'était la personne qu'elle connaissait le mieux. Une vague de joie monta dans son cœur, pour se refroidir rapidement.

Le Maître de Secte de Lingxiao, son... père adoptif.

« Papa... » Elle parla, hébétée, la voix légèrement tremblante.

Yun Wuntang se tenait au milieu de la brume. Son expression était telle qu'elle s'en souvenait, mais d'une froideur et d'une indifférence incomparables.

« Ferme-la. Vous êtes maintenant tombé dans la Tanière du Démon et n'êtes plus disciple de la secte Lingxiao. Quel rapport entre ta vie ou ta mort et moi ? »

« Non, je ne l'ai pas fait ! » La voix de Yun Yara monta, presque un cri.

« Je ne peux désormais que de justesse être considéré comme ton père adoptif. » Sa voix était faible, comme une légère tranche d'une lame. « Tu ne fais plus partie de la lignée Yun. »

Yun Yara recula d'un pas, le visage pâle comme du papier.

« Je... »

« Admets-le. Tu détestes ce monde. Tu détestes de ne pas avoir dû être abandonné ; tu détestes cette fille de la campagne, c'est pourquoi tu t'es transformé dans la Tanière du Démon dans un accès de colère. Tu me détestes aussi ; Tu te détestes encore plus ; Tu détestes tout le monde... Tu as de faibles racines spirituelles. Sur le chemin de la cultivation, vous n'accomplirez finalement rien. »

Chaque mot frappait son cœur comme un marteau de fer. Dans la brume, la silhouette de Yun Wuntang dérivait près et loin, oscillant entre le solide et le vide.

Elle peinait à se couvrir les oreilles, mais ces voix résonnaient déjà au fond de son cœur, impossibles à échapper.

« Non ! Tu n'es pas mon père ; Tu es un démon ! »

Bien que son père fût le Maître de Secte de Lingxiao et fût souvent peu fiable, il la choyait depuis l'enfance.

Son pouvoir magique actuel et sa base de cultivation avaient été en grande partie renforcés par son père, utilisant d'innombrables trésors rares et des remèdes miraculeux pour compléter ses racines.

« Heh heh. Démon du Cœur. Je suis le 'lui' dans ton cœur. » Le fantôme Yun Wuntang tendit la main, frappant d'une paume qui portait une puissante tempête.

Dans un tonnerre tonitruant, le sol se fissura et la brume démoniaque se souleva violemment. Elle a été projetée au bord de la falaise !

« Non... »

Son pied glissa. Le gravier tomba dans l'abîme de dix mille brasses.

Il ne lui restait que le bout des doigts accroché à une mince fente crête de pierre, la regardant sur le point de sombrer dans les profondeurs sans fond.

Juste à cet instant...

Une traînée d'ombre, peinte de nuances noires et cramoisies, tombait silencieusement d'en haut comme un immense papillon noir d'encre luttant contre le vent.

Mo Han surgit du brouillard dense, ses robes noires flottant sauvagement comme le battement d'ailes de ce papillon sombre. Ses yeux brûlaient de rage, et sa voix était assez froide pour geler l'air en éclats.

La silhouette bougeait avec une légèreté qui ne produisait aucun bruit, mais en une fraction de seconde, elle s'étendit, enveloppant tout son être dans son étreinte comme une paire d'ailes protectrices.

Une poussée d'énergie spirituelle puissante stabilisa instantanément sa forme vacillante et s'effondre.

Elle releva la tête. Sa vision n'était pas encore totalement focalisée, mais elle avait déjà perçu cette aura familière.

«... Mo Han ? » Elle prononça son nom instinctivement, l'incrédulité teintant sa voix.

Son visage était sombre et couvert, le bas de ses yeux rempli d'un mélange incontrôlable de fureur et de terreur.

« Tu es fou ? Tu oses t'introduire seul dans un endroit pareil ? »

Yun Yara écarquilla les yeux, plongeant dans ses longues pupilles étroites, voyant clairement son reflet en elles. « Je... »

« Tu penses que ta vie est trop longue ? » Il était embarrassé et exaspéré au point de la colère.

« Comment vas-tu... ici ? »

Son ton était féroce, mais inconsciemment, il la serra plus fort dans ses bras, ses doigts tremblant légèrement. « Tu cherches simplement la mort ! »

Voyant les taches de sang tachetées sur ses épaules et sentant sa respiration chaotique, la colère dans ses yeux s'entremêlait à une douleur profonde et lancinante.

« Tu es fou ?! » rugit-il bas, la voix tremblante d'émotion contenue. « Tu préfères sauter dans cette Vallée de la Brume Déchue et réveiller ce fichu Démon Ancien du Vide Absolu plutôt que de retourner au Palais du Nether avec moi ?! »

Yun Yara la tenait raide alors qu'il la serrait dans ses bras. Elle ne dit rien, se mordillant légèrement la lèvre, les yeux emplis d'entêtement.

Elle voulait le repousser, mais elle était trop épuisée. Chaque os de son corps hurlait de douleur.

Mo Han la fusilla du regard, la poitrine haletante, semblant vouloir enfoncer sa fureur au fond de son cœur, sans réussir à la contenir.

« Tu ne sais pas ? Une fois que tu tombes ici, cela signifie la dissipation complète du corps et de l'âme ! Je t'ai poursuivi jusqu'ici non pas pour t'emprisonner, ni pour te piéger, mais seulement pour... » À ce moment-là, sa voix se brisa, sa gorge semblant obstruée par quelque chose.

Il resserra soudain son étreinte, pressant son front contre ses cheveux en bataille, parlant d'une voix douce qui ressemblait à des pleurs, à une supplique : « Si tu tombes vraiment aux mains du diable... comment aurais-je...

« ... *Un jour me pardonner ?*

Elle baissa les yeux, murmurant : « Ne sois pas comme ça. Je voulais juste... »

Mo Han serra les dents, la poussant dans le système de guérison protecteur généré dans son étreinte. « Rien ne vaut la peine de gâcher ta vie ainsi. »

Ayant regardé impuissante alors qu'elle se retournait et sautait sans hésiter, la douleur dans son cœur s'était accrue jusqu'à ne plus pouvoir s'intensifier, sa raison complètement effacée.

Juste au moment où Yun Yara s'apprêtait à le repousser, l'énergie spirituelle autour de lui subit soudain un changement radical.

L'air reculait comme une marée inverse ; La couleur du brouillard oscillait entre rouge et noir.

Elle releva brusquement la tête. Dans la brume démoniaque lointaine, quatre pupilles rouges fantomatiques émergèrent—brûlant comme le feu, malveillantes comme des fantômes—vacillant et sautissant en s'approchant comme un chasseur qui se rapproche !

Simultanément, l'illusion s'effondra brusquement. L'image de Yun Wuntang se dissipa dans le vide, remplacée par des vagues de hurlements fantomatiques stridents et plaintifs, accompagnés du bruit aigu et perçant des chaînes de fer traînant sur le sol—un son qui raclait l'os.

Une rafale de vent yin hurla vers eux, faisant danser follement bois mort et branches brisées, détruisant chaque brin d'herbe et d'arbre sur son passage.

L'expression de Mo Han changea instantanément. Le sigil azur entre ses sourcils s'illumina, et sa main serrait déjà son épée. Il murmura d'une voix grave et condensée :

« Pas bon... L'Ancien Démon du Vide Absolu s'est éveillé. »

* * * * *

En haut du mont Alioth, des cascades de nuages suspendues comme de la soie blanche. À la première lumière de l'aube, des brumes célestes enveloppèrent doucement les sommets des montagnes comme un voile d'amoureux.

Dans le Pavillon de la Lumière des Nuages, la leçon de Yu Sord devait commencer comme prévu.

Yun Lili, nourrissant une centaine de formes de réticence, suivit la petite servante immortelle en montant les marches de pierre.

Elle soupira et gémit tout le long, le cœur rempli de ressentiment :

Comment peut-il y avoir une personne aussi froide et sans cœur dans ce monde ? Jeter une personne en haut d'une montagne et la forcer à devenir apprenti — il n'est pas différent d'un seigneur démon.

Pourtant, qui aurait pu imaginer qu'au moment où elle mettrait les pieds dans le pavillon immortel de l'île-nuages où devait se tenir la classe, elle se figerait sur place ?

Les vents de pin bruissaient doucement de tous côtés ; La cascade volante descendait comme un ruban blanc.

Le petit pavillon était caché dans la fumée et la brume, semblant suspendu au-delà des cieux mortels.

À l'intérieur du pavillon, une théière de thé spiritueux était préparée depuis longtemps. La vapeur spirituelle s'éleva, portant un parfum humide et sucré qui assaillait le nez.

Yu Sord était déjà officiellement assis dans le pavillon.

Il portait de simples robes d'un blanc pâle comme la lune, les revers s'étalant comme le givre et la neige, seuls une simple épingle à cheveux en jade blanc fixant ses cheveux. Il n'ouvrit pas la bouche pour faire la leçon, mais prononça simplement un seul mot, faible :

« Assieds-toi. »

Lili prit place, le ventre plein de suspicion. Elle se demandait encore si elle devrait retenir sa respiration et faire circuler de l'énergie, ou peut-être rester assise en tailleur sans bouger pendant trois jours.

Mais le résultat fut juste... Bois du thé ?

Elle prit une gorgée sceptique du thé spiritueux. Elle était claire à l'entrée, douce avec un arrière-goût humide.

L'énergie spirituelle s'enroulait autour d'elle, semblant des brises printanières caressant son visage.

La morosité nouée dans sa poitrine s'était inexplicablement dissipée de moitié.

Son esprit, étonnamment, se calma.

Au milieu de la fumée flottante et de la brume, la personne en face d'elle restait un homme de peu de mots. Son profil latéral était tellement beau que cela en devenait irréel.

L'arête de son nez était haute et droite, ses cils projetant une légère ombre ; tout son être semblait fusionner en un seul avec les nuages et la brume—distant du monde, mais impossible à ignorer.

Lili avait initialement prévu de lui voler un regard blasé, mais ce seul regard fit battre son cœur plus fort.

Elle détourna inconsciemment le regard, puis jeta discrètement un autre regard.

Comment quelqu'un peut-il devenir aussi beau...

Il resta simplement assis là, silencieux, mais il donnait l'impression que le temps lui-même avait ralenti d'un demi-battement.

Le vent effleurait les coins de sa robe ; Ses yeux ne bougèrent pas, sauf lorsqu'il levait parfois la main pour lui servir du thé. Cet instant d'élégance était comme si une silhouette sortait tout droit d'un tableau à l'encre.

Sans aucune raison, une palpitation soudaine saisit son cœur ; C'était comme si un faon s'agitait dans sa poitrine.

Après s'être assise, elle fixa d'un air hébété le thé de printemps spirituel clair devant elle. Avant qu'elle ne puisse réagir, la personne en face avait déjà tendu la main sans un bruit pour remplir sa tasse.

Ses articulations étaient longues et fines, sa paume stable.

Alors que le bec s'inclinait, l'eau verte pâle créa un cercle de vapeur spirituelle dans la tasse, la remplissant jusqu'au bord. Dans le processus, le côté de sa main effleura involontairement légèrement le dos de ses doigts.

En cette fraction de seconde, elle eut l'impression d'avoir été électrocutée ; Son corps trembla légèrement, et son cœur s'accéléra inexplicablement.

Pourtant, Yu Sord semblait totalement inconscient, se contentant de baisser les yeux et de dire faiblement : « Ce thé doit être pris chaud ; c'est à ce moment-là que le *qi* spirituel est le plus abondant. »

Lili était un peu troublée. Elle baissa la tête pour prendre de petites gorgées de thé, lui lançant des regards furtifs à travers la vapeur qui montait.

Il restait assis avec une extrême stabilité, ses sourcils et ses yeux calmes, semblant s'être fondus dans les cascades légères et les nuages flottants à l'extérieur du pavillon.

 Les traits de ce beau visage étaient froids et sévères, mais adoucis par la lumière humide de la brume.

Parfois, il baissait la tête en réfléchissant, ses cils projetant de légères ombres, un calme s'évanouissant sur ses joues qui défiait toute description.

Soudain, il leva les yeux, se heurtant de plein fouet à son regard.

Le cœur de Lili bondit. Elle baissa précipitamment la tête, incapable d'empêcher les racines de ses oreilles de brûler de brûler.

Alors qu'elle cherchait un sujet pour dissiper la gêne, elle le vit soulever sa large manche et écarter doucement un pétale de fleur de prunier que le vent avait porté sur son épaule.

À cet instant, elle retint son souffle, n'osant même pas bouger.

Les coussinets de ses doigts effleurèrent le tissu à son épaule et son cou, comme s'ils effleuraient son cœur, éveillant vague après vague d'ondulations.

« Ne bouge pas. » Sa voix était extrêmement basse, mais elle portait une douceur qui laissait sans issue.

Le cœur de Lili battait déjà complètement en désordre.

Ses yeux se mouvaient sans but alors qu'elle essayait de boire son thé comme si de rien n'était, mais elle se rendit compte qu'elle ne pouvait pas avaler une seule goutte.

Au loin, des grues immortelles criaient longuement et clairement.

Une fine couche de brume obscurcissait leur environnement, ne laissant qu'eux deux dans le pavillon, assez proches pour qu'ils puissent presque entendre les battements de cœur de l'autre.

Pourquoi cette atmosphère... un peu faux...

Elle se réprimanda elle-même, honteuse et agacée, mais elle ne put s'empêcher de le regarder à nouveau en silence.

Yu Sord, cependant, se contenta de se tourner vers la cascade de nuages, sa voix flottant dans la brume : « Si tu restes assis tranquillement dans cet endroit chaque jour, tu devrais pouvoir couper les pensées distrayantes et calmer le cœur flottant. »

Il parlait doucement sous le vent et les nuages, ignorant que ce jour-là, les pensées flottantes et les distractions dans son cœur s'étaient déjà emmêlées en un nœud chaotique, ne lui laissant aucune échappatoire.

Elle ne put s'empêcher de maudire son manque de détermination, puis baissa précipitamment les yeux, pour découvrir que même le bout de ses oreilles brûlait.

La brume dérivait tranquillement ; Le thé spiritueux refroidit peu à peu. Pourtant, la résistance et l'agacement qu'elle avait ressentis s'étaient dissipés petit à petit sous le vent doux et le paysage calme.

Yu Sord prit enfin la parole : « La leçon d'aujourd'hui est terminée. »

Lili se figea, réalisant seulement alors qu'elle était assise là pendant deux heures entières.

Les coins de sa bouche tressaillirent alors qu'elle murmurait doucement : « Ça compte comme... une leçon ? »

Yu Sord répondit faiblement : « Calmer le cœur est le début. Sans cœur, il est difficile de le cultiver. »

Lili observa son dos alors qu'il se levait et partait, et le bout de ses oreilles, traîtres, devinrent rouges à nouveau.

Xiao Yan
蕭炎

Chapitre 16 : Le péché originel de la misère

Au plus profond du gouffre de la Vallée de la Brume Déchue, au fond de cet abîme où aucune lumière du soleil n'avait touché depuis d'innombrables années, une marée déferlante de brume noire tourbillonnait et bouillonnait comme un organisme vivant et respirant.

Le qi démoniaque épais et collant s'accrochait aux crevasses dentelées des falaises environnantes, s'infiltrant à travers chaque fissure et fosse osseuse comme s'il cherchait à s'échapper, libérant des cris stridents et perçants qui grinçaient comme du métal contre l'os.

Le Démon du Vide Primordial s'était réveillé.

C'était une créature sans corps solide, une monstruosité ancienne dont l'existence précède des sectes et dynasties entières.

Sa forme semblait entièrement forgée par un miasme démoniaque et la haine liée d'innombrables esprits vengeurs—vaguement en forme d'une énorme âme d'ombre, son contour vacillant d'un vacillage instable et fantomatique, et son aura plus froide qu'un glacier millénaire.

Ses quatre branches étaient épaisses comme de vieux piliers en bois, chacune de ses marches atterrissant avec un impact déchirant le sol qui fit trembler l'abîme.

Sa queue s'étira d'une longueur impossible, comme un serpent démoniaque, pour se fendre à l'extrémité en trois branches distinctes.

Chaque extrémité fourchue courbait comme une lame forgée d'os, se tordant et s'inclinant en lents arcs serpentins, dégageant une odeur glaçante qui était le souffle même de la mort.

Drapés sur sa forme massive reposaient des fragments d'os fanés — couches et couches de restes accumulés, les restes d'innombrables vies écrasées, consumées et absorbées.

Les os tintinnèrent faiblement alors que la créature bougeait, comme si une multitude d'esprits persistait encore en eux. Dans le brouillard noir tourbillonnant, quatre yeux rouge sang brûlaient d'une flamme infernale et étrange.

Il n'avait pas de bouche, pourtant sa simple présence résonnait comme les lamentations collectives de dix mille âmes tourmentées.

Parfois, il bougeait comme une bête à quatre pattes, ses griffes écrasant la pierre en poussière ; Parfois, elle se dressait comme une moquerie grotesque d'une forme humaine.

Le simple fait de se tenir devant lui suffisait à geler même l'esprit d'un cultivateur au Noyau d'Or — brisant leur mer spirituelle, perturbant leur souffle, et le plongeant dans un désespoir qui pourrait anéantir la vie elle-même.

Ce n'était pas une créature.

C'était une calamité qui avait rampé depuis la couche la plus profonde de l'enfer.

L'épée de Yara tremblait violemment dans sa main, les éclats fracturés de sa lame s'enfonçant profondément dans sa paume.

Du sang frais s'infiltrait par les minuscules interstices entre ses doigts, gouttant sur le sol noir comme un jais en dessous.

Où que les gouttes tombaient, elles grésillaient en fines volutes blanches de fumée, comme si la terre elle-même rejetait la chaleur même de sa vie.

Sa respiration était laborieuse, sa poitrine montant et s'abaissant brusquement. Son dos appuyé contre une côte dentelée des restes anciens d'une bête colossale.

Son regard était fixé—inflexible et inébranlable—fixé sur la silhouette monstrueuse devant elle, ses quatre yeux brûlants le fixant d'une faim meurtrière.

Le corps massif et squelettique, assemblé à partir des os de milliers et milliers de créatures mortes, s'éleva lentement à sa pleine hauteur.

Dans les orbites creuses où les yeux n'auraient jamais dû exister, quatre groupes de flammes fantômes couleur sang s'allumèrent dans une soudaine flamme.

La créature ouvrit une gueule qui n'existait que par la force de la volonté démoniaque—en elle, une lame de pur qi démoniaque condensée, assez tranchante pour déchirer esprit, âme et chair.

Sa pointe de rasoir pointait directement le front de Yara.

« Petite fille de la secte Lingxiao... »

La voix de l'ancien démon était le hurlement superposé d'âmes mortes sans fin, superposée et déformée.

« Ton sang... porte un parfum si exquis. »

Yara serra les dents, se forçant à se redresser malgré la douleur lancinante dans sa paume.

Le choc que cette créature connaisse ses origines traversa ses yeux.

« Mo Han ! » cria-t-elle soudain, sa voix résonnant dans l'abîme avec une détermination farouche.

« Retourne dans ton maudit domaine démoniaque ! C'est mon bazar—je n'ai pas besoin que tu t'immisces ! »

Un rire froid et moqueur s'échappa derrière elle.

Mo Han s'avança lentement, ses robes sombres flottant tandis que le qi démoniaque s'enroulait autour de lui comme des serpents s'éveillant.

Le mouvement révéla à sa taille la fine lame qu'il n'avait jamais dégainée. Il saisit le poignet de Yara d'un seul mouvement rapide — sa prise si serrée qu'il avait l'impression qu'il allait écraser des os s'il le voulait.

« Tu joues au héros, hein ? »

Sa voix grondait, teintée d'une sombre amusement.

« Yara, as-tu oublié où tu te tiens ? Cet abîme, cette vallée, toute cette étendue de terre maudite — c'est *mon* domaine. »

Yara tira sa main mais ne put se libérer.

« Lâche-moi ! C'est moi qui ai causé ce désastre. Je m'en occuperai moi-même ! »

Mais la brume noire monta de nouveau.

Le démon colossal se dressait plus imposant, ses quatre yeux rouge sang s'illuminant alors qu'une vague de froid meurtrier balayait le gouffre.

Yara inspira brusquement.

Elle dégaina de nouveau son épée — le reste de sa lame tremblant encore — et jaillit comme un éclat de pure givre hivernale.

La lumière d'une épée traversa l'obscurité vers l'un des yeux brillants du démon, ouvrant le vide lui-même.

Mais sa lame ne tranchait que la brume.

La force de contrecoup la frappa, la faisant reculer de plusieurs pas alors que sa poitrine se tordait violemment d'un qi chaotique.

« Arrête de forcer ! » rugit Mo Han.

Une explosion de puissance spirituelle cramoisie jaillit de sa paume.

D'un coup tonitruant, il repoussa la queue d'os balayante du démon.

Son corps se tordit en l'air avec une précision impeccable, atterrissant devant Yara comme un mur d'ombre vivante.

Sa cape flottait derrière lui, ondulant comme des ailes sombres prises dans une tempête sauvage.

Son expression se durcit. Les deux mains formèrent un sceau, et une vague d'intention meurtrière émana de lui.

Le qi démoniaque se tordit et se condensa en milliers et milliers de chaînes écarlates, qui s'élancèrent comme des serpents pour lier la créature ancienne.

Le démon poussa un cri violent.

Ses lames caudales balayèrent le sol, brisant la terre, envoyant un maelström de vent fantomatique tourbillonner dans l'abîme.

Yara saisit cette brève ouverture.

Elle bondit vers le haut, son épée brillant comme une comète en traînée. Depuis les airs, elle frappa vers le bas avec toutes ses forces restantes.

La lumière de son épée fusionna avec les chaînes cramoisies de Mo Han dans une explosion éblouissante.

Un fracas assourdissant a déchiré la vallée—

et le démon monstrueux recula d'un demi-pas.

Mais sa fureur s'intensifia.

Ses quatre yeux brillaient d'une lumière cramoisie meurtrière, la rage montant comme une vague déferlante.

Yara haletait, manquant de haleter.

« Vas-y ! » cria-t-elle. « Si tu ne pars pas maintenant, il sera trop tard ! »

Mo Han ricana, mais avant qu'un mot ne puisse vraiment lui échapper, le Démon du Vide Primordial se divisa soudain en des dizaines de lames démoniaques qui filèrent dans l'air droit vers le front de Yara.

grogna-t-il,

« Épargne-moi tes bêtises. Je ne partirai pas tant que je ne suis pas mort. »

À cette phrase, le cœur de Yara se serra violemment — une émotion qui lui semblait étrangère, aiguë, presque douloureuse.

Mo Han ne dit rien d'autre.

Au lieu de cela, il fit un pas en avant.

« Assez de retarder », dit-il froidement.

« On vit ça ensemble — ou on ne vit pas du tout. »

Avant que sa voix ne s'éteigne complètement—

rugit le démon ancien.

Une épée monstrueuse d'énergie démoniaque jaillit de sa gueule, oscillant entre illusion et réalité, s'enfonçant directement vers le front de Yara.

Le temps volé en éclats.

Pour Yun Yara, le monde se réduisit à un seul coup violent d'action — une traînée de lumière cramoisie profonde qui traversa son champ de vision périphérique et devint instantanément un flou impénétrable.

Avant que le réflexe ne la pousse à lever l'acier poli de son épée, avant que son souffle ne puisse complètement gonfler ses poumons et commander un mouvement—Mo Han avait violemment projeté son corps directement devant elle, se transformant instantanément en bouclier humain.

À cet instant critique et impossible, l' **essence** même de son être éclata en une radiance cramoisie brûlante et dévorante.

Ses longs cheveux volaient autour de lui comme des mèches de soie brûlante, ses manches s'embrasaient comme du feu cramoisi. Un sigil lumineux pulsait au centre de sa poitrine—un ancien sceau se dénouant.

L'épée démoniaque frappa la barrière cramoisie, et dans un cri déchirant, l'impact brisa les murs de pierre de la vallée, envoyant des décombres s'abattre sur l'abîme.

Et le Démon Primordial du Vide autrefois frénétique—se figea soudainement.

Une lueur cramoisie flottait autour d'eux comme une pluie de lucioles en feu, enveloppant Yara de leur douce luminescence.

Elle fixa le dos de Mo Han, un poids inconnu gonflant dans sa poitrine.

Son rejet, sa méfiance envers lui—

tout cela se dissout face à cet unique acte muet de défi contre la mort.

En un battement de cœur, Mo Han la saisit et la poussa derrière lui, encaissant la prochaine attaque démoniaque entièrement sur lui-même.

« Mo Han ! »

Mais le bruit de chair percée ne vint jamais.

Au lieu de cela—une explosion aveuglante de lumière sanglante éclata.

Une puissance cramoisie explosa du corps de Mo Han.

Des marques démoniaques rampaient du côté de son cou, rampant vers le haut comme des serpents vivants jusqu'à se graver en une cicatrice malicieuse au coin de son œil.

Ses pupilles s'allongèrent en fentes verticales d'or cramoisi.

Son aura s'étendit — violente et écrasante, comme des montagnes qui s'effondrent et des mers rugissantes — écrasant tout l'abîme sous son poids.

La lame démoniaque se brisa dès qu'elle le toucha.

Le démon ancien se figea complètement.

«… Mon Souverain… ? »

Sa voix tremblait, métallique et brisée, un feu fantôme dans ses quatre yeux vacillant violemment—

Comme s'il assistait à quelque chose qu'il redoutait au-delà de toute raison.

L'instant d'après—

Le Démon du Vide Primordial s'effondra à genoux.

Sa masse squelettique tremblait alors qu'elle s'inclinait, complètement prosternée devant Mo Han.

Le qi démoniaque se dispersa comme de la fumée terrifiée se dissolvant dans le vent.

Yara resta figée.

Dans la lueur persistante de la lumière rouge sang, la silhouette de Mo Han s'élevait—inébranlable, immobile, une force plus ancienne que l'abîme lui-même.

Elle ne l'avait jamais vu ainsi.

Le démon s'inclina.

Les esprits se turent.

C'était comme s'il avait toujours été le véritable souverain de cet enfer.

« Toi… » murmura Yara, la voix rauque.

« Comment peux-tu être… comme ça… ? »

Mo Han ne répondit pas.

Il leva la main.

D'un simple mouvement de ses doigts, une force invisible écrasa le crâne de l'ancien démon—

brisant les os en poussière flottante.

Ce n'est que lorsque la lumière du sang s'estompa qu'il tourna enfin la tête vers elle, ses yeux dorés cramoisis brillant d'une étrange éclatation.

Une courbe moqueuse familière effleura ses lèvres.

« Maintenant tu as peur ? »

Le souffle de Yara trembla. Elle serra son épée fermement.

Elle n'avait pas peur.

Mais elle n'avait jamais vu quelqu'un d'aussi dangereusement beau, aussi monstrueusement captivant—

Impossible à détourner du regard.

L'abîme tomba dans le silence.

* * * * *

Lili essuyait soigneusement son Œuf d'Esprit avec un morceau de tissu propre, sa voix douce et marmonnante alors qu'elle marmonnait pour elle-même,

« *Quand* exactement cet Œuf d'Esprit va-t-il éclore ? Et dans quoi cela va-t-il bien pouvoir éclore ? »

Après avoir poli l'œuf pendant ce qui lui sembla être une demi-journée, elle se retrouva accroupie à nouveau près des champs spirituels, regardant les yeux écarquillés un minuscule démon végétal vert qui lui rendait son regard avec ses yeux tout aussi ronds et perplexes.

À ce moment-là, depuis le petit pavillon du pavillon arrière de la montagne, un éclat de rire retentit de « cluck-cluck-cluck » — si ravi et exagéré qu'on aurait dit qu'une mère poule ravie venait de pondre un œuf d'or.

Suivant le bruit, elle jeta un coup d'œil.

Il y avait Lunard, tenant quelque chose dans ses mains, pointant du doigt et tapotant la tête baissée, souriant si largement qu'on aurait dit qu'elle venait de gagner un jackpot de cent mille pierres d'esprit.

Lili plissa les yeux avec suspicion et s'avança comme un chat tigré curieux qui passe la tête au coin d'un coin.

« Qu'est-ce que tu tiens dans tes mains ? Et pourquoi tu souris comme ça—comme... comme un idiot complet ? »

Au moment où Lunard la vit, elle sourit encore plus joyeusement et tapota le sol à côté d'elle.

« Viens t'asseoir, mademoiselle ! C'est le **Miroir Céleste** ! Tu n'en as pas vu une dernière fois ? Tout le monde dans tout le royaume de la cultivation l'utilise maintenant ! Et le livestream de duel de sorts aujourd'hui est *incroyablement* excitant ! »

Docilement — et poussée entièrement par une curiosité sans bornes — Lili s'assit à côté d'elle.

« Laisse-moi voir... »

Lunard inclina le Miroir Céleste vers elle et pointa avec excitation la surface lumineuse.

« Regarde ce cultivateur mâle—hahaha !

C'est un Golden Core, en fin de carrière, et il se fait tabasser par une jeune fille de l'établissement de la Fondation tout juste construite avec une *spatule à frire en cinquième* ! N'est-ce pas satisfaisant ? »

Dès que Lili entendit cela, ses yeux se fixèrent sur le miroir.

L'image à l'intérieur était chaotique et glorieuse : des outils magiques volant partout, des boules de feu explosant sur le champ de bataille, le pauvre homme hurlant en se précipitant tête baissée dans un tas de bêtes spirituelles.

Des sous-titres en gras clignotaient en arrière-plan :

« Prix de la meilleure technique de roulement du jour ! »

« Ce truc est incroyable ! » Lili se redressa si bien qu'elle sautillait presque, les yeux pétillants.

« Ce miroir peut-il... Tu vois d'autres choses aussi ? Comme des cultivateurs d'épée qui s'entraînent ? Ou des alchimistes qui font exploser leurs fours par accident ? »

Lunard hocha vigoureusement la tête.

« Il a tout ! Vous pouvez même ajouter des amis, poster des commentaires et envoyer des récompenses de fruit spirituel ! »

Lili, soudain pleine d'enthousiasme héroïque, se pencha en avant avec empressement.

« Moi aussi j'en veux un ! » répondit Lunard joyeusement,

« Un modèle standard, c'est juste vingt pierres spirituelles de haute qualité. La version haute définition commence à cinquante. Et la version suprême — avec des filtres de beauté aux tons célestes — est mille pierres spirituelles. »

En entendant ce numéro, Lili sentit son cœur se serrer comme s'il était saisi par une griffe froide.

« Alors... La différence de richesse est affichée aussi ouvertement et sans pitié, hein ? »

Elle tapota sa petite bourse ratatinée et l'ouvrit.

À l'intérieur se trouvaient exactement trois pierres spiritueuses de qualité moyenne et une fruite à moitié aplatie et déjà mordue en caramel.

Une brise souffla à travers sa bourse d'argent—elle pouvait presque entendre le vent siffler à travers son creux—et ses yeux se remplirent presque de larmes.

« Il ne me reste que trois pierres de niveau intermédiaire... à ce rythme, je ne peux même pas me permettre le *cadre* du miroir. »

Elle s'effondra théâtralement au sol, soupirant du plus profond de son âme.

« Cette pauvreté... c'est une tribulation envoyée pour détruire mon cœur Dao. »

Lunard fit de son mieux pour la réconforter.

« Mademoiselle, vous pouvez en louer un d'abord ! Seulement trois pierres de faible teneur par jour. Puisque tu as trois pierres de niveau intermédiaire... um... Tu peux en louer un pour... deux jours. »

… Deux jours?

Les lèvres de Lili s'affaissèrent comme des pétales fanés.

« Être fauché est vraiment une faiblesse fatale... »

Il s'avéra que cultiver l'immortalité nécessitait de l'argent partout — les talismans spirituels avaient besoin de pierres d'esprit, les armes de pierres d'esprit, les élixirs de pierres d'esprit...

« Mademoiselle, vous n'avez vraiment que trois pierres de niveau intermédiaire ? » La bouche de Lunard tressaillit en regardant Lili, si pauvre qu'elle avait à peine les moyens de nourrir des grues immortelles. Sur le ton de quelqu'un acceptant son destin tragique, elle a dit,

« Alors... tu devrais vraiment trouver un moyen d'en gagner. »

Quel genre de malchance était-ce là ?

Pourquoi avait-elle fini par suivre une jeune femme assez pauvre pour faire perdre la face à toute leur secte ?

Lili serra ses trois poulets volants dans ses bras et hocha la tête pitoyablement, comme une noble ayant traversé les moments les plus difficiles.

Lunard leva rapidement les doigts, comptant et proposant des idées.

« Je pense... Mademoiselle, vous pouvez prendre les quêtes de la secte ! La Salle de la Mission a des tâches simples chaque jour — patrouiller pour les bêtes spirituelles, cueillir des fleurs spirituelles, livrer des messages d'épées volantes... »

Lili secoua la tête rapidement.

« Non, non ! Je ne sais pas monter une épée. Je dois marcher partout. Regarde — la dernière fois que j'ai marché à mi-hauteur de la montagne, je haletais comme un vieux bœuf ! Et puis une herbe spirituelle parlante a failli me tromper pour lui donner mes chaussures ! »

Lunard s'efforça très fort de ne pas rire.

« Alors... Exorciser des démons ? Avec ta cultivation, attraper un petit démon devrait être facile. »

Lili secoua la tête encore plus fort.

« Absolument pas. Je ne peux pas me battre ! Et si quelque chose me griffait le visage ? D'ailleurs, certains démons *parlent*. C'est terrifiant. »

Lunard s'étouffa et continua d'essayer.

« Alors... Que diriez-vous d'ouvrir un champ d'esprit ? Vous pouvez planter quelques légumes spiritueux. Vendez-les pour de l'argent de poche. »

Lili poussa un cri de surprise comme offensée.

« Travailler sous le soleil me bronzerait ! »

Les défenses mentales de Lunard se fissurèrent.

«... Et travailler dans la salle d'alchimie ? Ils ont besoin d'aides—nettoyer les chaudrons, trier les herbes. Ils fournissent même trois repas et un dortoir. »

Lili plissa le nez si profondément qu'elle aurait pu écraser un moustique.

« Cet endroit est rempli d'alchimistes qui font exploser leurs fours chaque jour. La dernière fois, je suis passé devant la porte et j'ai senti quelque chose de brûlé. Je préfère mourir de faim. »

Lunard regarda sans expression.

« ... Alors... Et le partenaire d'entraînement ? Rester là à laisser les gens s'entraîner à des coups d'épée sur toi. Tu n'as même pas besoin de riposter. »

Lili leva les yeux au ciel, son ton douloureusement sincère :

« C'est encore pire. Je préfère laisser mes poules me donner des coups de pied plutôt que des cultivateurs d'épée me découper toute la journée. »

Lunard abandonna finalement et s'effondra sur l'herbe avec un long soupir désespéré.

« Alors, que *veux-tu faire ?* »

Avec un regard serein et mystérieux, Lili leva la tête vers les nuages dorés au-dessus et dit lentement,

« Je peux vendre des choses. »

Après tout, au village du Radis Vert, elle vendait des herbes spirituelles pour vivre.

Ses trois poulets volants volaient à ses pieds, et l'un d'eux vola même la pâtisserie spirituelle à moitié mangée qu'elle venait de ramasser par terre.

Lunard la regarda danser avec ses poules et tomba dans un silence muet.

Cette jeune fille...

Non seulement elle était pauvre, mais elle était aussi incapable de souffrir...

Heureusement que son salaire venait directement de la Secte Lingxiao, pas de Lili elle-même — sinon elle aurait vraiment changé d'employeur à ce stade.

Après un moment de silence partagé, regardant les trois poules s'agiter, Lunard s'illumina soudainement.

« Oh ! Ou — Mademoiselle, vous pourriez *vendre des marchandises* en direct ! Je viens de voir quelqu'un sur le Miroir Céleste vendre des talismans l'autre jour. Un seul talisman briseur de démons de troisième grade vendu pour quatre-vingts pierres spirituelles ! »

Dès que Lili entendit cela, elle se redressa d'un coup—ses yeux brillants comme deux lanternes.

« Vrai ? Vraiment réel ? »

Lunard hocha solennellement la tête.

« Vraiment réel. Pourquoi mentirais-je ? »

Lili s'éveilla immédiatement d'une nouvelle vie.

« C'est parfait ! Vendre des choses, c'est ce que je sais faire ! Et j'ai encore mes trois poulets volants — ce soir, nous allons diffuser en direct la livraison des œufs ! Hmph ! Une fois que j'aurai gagné assez de pierres spirituelles, j'achèterai le Miroir Céleste suprême le plus cher ! Et j'achèterai un cadre miroir gravé de mon nom—doré, scintillant, majestueux—mortels, restez en arrière ! »

Lunard la fixa.

«… Mademoiselle, veuillez gagner au moins vingt pierres de niveau intermédiaire avant de commencer à rêver. »

Chapitre 17 : La mission pour gagner des pierres spirituelles

Sans une seule Pierre Spirituelle à son actif, l'idée d'acheter un Miroir Illuminant le Ciel n'était rien d'autre qu'un rêve irréalisable pour Yun Lili.

Regarder Lunard balayer joyeusement le Réseau des Esprits chaque jour, riant devant l'écran, portait un coup stimulant et dévastateur à sa fragile et pauvre jeune psyché.

Dans son cœur, dix mille chevaux célestes d'herbe boueuse galopaient dans une ruée de frustration.

Finalement, elle prit une résolution ferme : au minimum, elle devait rassembler assez d'argent pour s'acheter d'abord un Miroir Illuminant le Paradis.

Tôt le lendemain matin, à l'aube, elle rassembla ses trois poulets volants et arriva au Pavillon de la Mission de la Secte, débordant de joie et de détermination.

Le vaste tableau de mission, s'étendant long sur le mur, scintillait de la lumière dorée du métal céleste sous le soleil du matin.

Derrière chaque mission listée, la récompense en Pierres d'Esprit était clairement inscrite, touchant les cordes sensibles d'un désir insupportable.

Elle commença à lire depuis le début, son expression sérieuse :

[Exterminez la Mère Araignée Flamme Noire dans les Grottes du Nord. Récompense : 100 Pierres d'Esprit de Haut Grade]

Le visage de Lili se figea instantanément. « Absolument pas. J'ai une peur bleue des araignées, surtout celles qui sont mères. »

[Aventurez-vous profondément dans la vallée brisatrice d'âmes pour récupérer des cristaux de feu de tonnerre. Récompense : 80 Pierres d'Esprit de Haut Grade]

Elle serra les dents et secoua vigoureusement la tête. « Ça ne marchera pas non plus. Je ne sais pas piloter sur une épée. En comptant sur ces deux jambes à moi, combien d'années et de mois faudrait-il pour y marcher ? De plus, le nom « Vallée Brisant-Âme » semble extrêmement peu prometteur. J'apprécie mon âme. »

[Aide le Roi Pilule à raffiner la Pilule de Retour d'Âme à sept tours. Récompense : 50 pierres spirituelles de qualité moyenne]

Elle hésita, se mordillant la lèvre. « Hmm... celui-ci... J'ai peur des explosions. Si la chaudière explose, mon visage est ruiné. »

[Combat avec un cultivateur d'épée d'âme naissante pendant trente rounds. Récompense : 40 Pierres d'Esprit de Grade Moyen]

Elle tomba dans un silence profond. « C'est encore plus hors de question... J'ai peur de la douleur. Trente balles ? Je ne tiendrais pas trois souffles. »

En lisant toute la liste éblouissante, son regard s'arrêta enfin sur la toute dernière ligne de texte en bas :

[Accompagnez le partenaire d'entraînement pour la régulation de la respiration et la méditation (demi-journée). Récompense : 20 pierres d'esprit de qualité moyenne]

Il y avait même une petite ligne de texte en dessous, une note de bas de page utile :

Aucun combat requis. Il suffit de la compagnie, d'un accompagnement coopératif pour calmer l'esprit, et d'un soutien émotionnel.

Ses yeux s'illuminèrent de l'éclat de mille soleils. « Celui-ci marche ! Je suis très doué pour m'asseoir ! »

Sa devise de vie avait toujours été précisément celle-ci : *Si je peux m'allonger, je ne m'assiérai absolument pas ; si je peux m'asseoir, je ne me tiendrai absolument pas debout !*

Ainsi, elle fit un choix rapide et décisif. Elle posa sa main sur le jeton de jade à transmission sonore, acceptant la mission. Son cœur se remplit d'espoir en imaginant ces vingt Pierres Spirituelles de Grade Moyen brillantes lui faisant signe, appelant son nom.

Le résultat—

Jamais elle n'aurait cru que la personne qu'elle devait accompagner à l'entraînement ne soit pas un cultivateur solitaire et distant, ni un seigneur taoïste âgé et excentrique.

À la place, elle se retrouva face à un cultivateur masculin au cœur de verre qui venait d'être abandonné, réprimandé par son maître, et coincé dans le goulot d'étranglement de l'étape de l'Établissement de la Fondation.

Il s'appelait Xiao Ziyan.

À peine s'était-elle assise sur le tapis de méditation que Xiao Ziyan laissa échapper un profond soupir tragique qui sembla vider l'air de la pièce. Puis, les vannes se sont éclatées :

« J'ai cultivé pendant trois cents ans juste pour atteindre l'Établissement de la Fondation ! Trois cents ans ! Et dès que j'ai percé, ils m'ont traité de poubelle avec des Racines Spirituelles Célestes... Le monde est-il aveugle ? »

« Elle a dit qu'elle monterait avec moi ! Nous avons prêté serment sous la lune ! Mais le résultat ? Elle cultive maintenant en double avec un Cultivateur d'Épée d'Âme Naissante ! Elle m'a abandonné pour une épée ! »

« Dis-moi, Fée... Mon destin est-il naturellement mauvais ? »

« Tu crois que j'ai encore de l'espoir dans cette vie ? »

« Suis-je indigne de cultiver l'immortalité ? Je devrais juste sauter de la falaise ? »

« *Woo...*«

En surface, Lili hocha la tête et sourit avec la grâce d'un bodhisattva, mais intérieurement, elle hurlait follement, son âme retournant les tables :

« *Tu ne peux pas juste calmer ton esprit et réguler ta respiration ?! Nous sommes ici pour respirer le qi spirituel, mais tu n'as exhalé que du ressentiment tout ce temps ! Hé ! »*

Elle tenta de le persuader d'entrer dans un état méditatif. « Camarade taoïste Xiao, peut-être devrions-nous nous concentrer sur le *Qi*... »

Mais l'autre la regarda soudain avec des yeux embués de larmes et des yeux brillants. « Fée, tu es la première cultivatrice féminine à ne pas s'éloigner en m'écoutant parler. Tu es vraiment gentil... Tu me comprends ! »

Puis, il se jeta en avant et serra son bras comme un homme qui se noie serrant un morceau de bois flotté.

Lili : « ...... »

Elle avait vraiment, vraiment envie de frapper quelqu'un. Que devait-elle faire ?

Urgent. Attendre une solution en ligne.

Lili pensa plus d'une fois à dégainer son épée pour mettre fin à la mission sur-le-champ.

Mais en pensant à ces vingt Pierres Spirituelles, en pensant au Miroir Illuminant le Ciel, elle serra les dents et endura. Elle peinait à afficher un sourire bienveillant et aimable, digne d'une fée :

« Viens, prenons une autre grande inspiration. Imaginer... Imagine que tu es une petite fleur de lotus... Un lotus frappé par la foudre, piétiné par la boue, mais qui veut encore fleurir... d'accord ? »

Son âme même tremblait sous l'effort.

« Ces Pierres Spirituelles... sont vraiment mérités avec mon sang vital... »

Courtiser...

Trois heures atroces plus tard.

Elle traîna son corps jusqu'à sa résidence, ayant l'impression que son esprit primordial avait été vidé et son énergie vidée.

Les trois poules prenaient joyeusement le soleil dans la cour, insouciantes et joyeuses, tandis qu'elle s'effondrait près du poulailler, marmonnant au ciel : « J'ai failli perdre ma petite vie... »

Dès que Lunard la vit revenir, elle se précipita pour la soutenir, les yeux brillants d'adoration.

« Mademoiselle ! Tu es incroyable! Cela ne fait qu'un jour, et vous avez déjà gagné vingt Pierres d'Esprit de Grade Moyen ! Tu es vraiment une personne de destin ; tu as même un tel talent pour gagner des Pierres d'Esprit ! Penser que tu as réussi si vite ! »

Lili, qui s'était d'abord sentie comme un lapin sur le point de mourir de froid dans la neige, sentit son cœur s'enflammer sous ces cris de pure adoration. Elle redressa instantanément le dos, l'épuisement fondant sous les compliments.

« Hehe, c'est... Pas grand-chose, vraiment. »

Elle fit semblant d'être légère et nonchalante, adoptant l'air d'une experte, bien que les coins de sa bouche se relevaient de façon incontrôlable.

« Juste accompagner un cultivateur masculin pour discuter, pratiquer des techniques de respiration, hehe... Rien de difficile. Il a en fait obéi à mes paroles... »

Le visage de Lunard était pratiquement couvert des mots « Prosterné d'admiration ». Elle tira Lili vers l'extérieur avec une énergie frénétique. « Mademoiselle, allez, allez, allez ! Nous ne devons pas retarder. Nous devons aller acheter un Miroir Illuminant le Ciel immédiatement. Nous ne pouvons pas laisser votre allure héroïque être gâchée ; il doit être enregistré et archivé pour la postérité ! »

Tous deux se précipitèrent à une vitesse de feu vers le célèbre **« Pavillon des Dix Mille Trésors et des Innombrables Phénomènes »** de la secte.

Dès qu'ils franchirent le seuil, ils furent accueillis par une salle remplie de lumière céleste fluide. L'air lui-même était imprégné d'une légère et coûteuse odeur de Ganoderma spirituelle.

Juste à l'entrée se dressait une immense liste de prix scintillante sculptée dans la pierre spirituelle.

Des rangées de Miroirs illuminant le Paradis éblouissaient les yeux par leur éclat, un festin de gemmes et de jade. Il y avait même de petites grues spirituelles intelligentes qui volaient partout, démontrant la vitesse de rafraîchissement et la qualité d'image de divers modèles. Cela ressemblait moins à un armurerie de secte qu'à un magasin phare du Royaume Céleste.

Toutes sortes de miroirs étaient exposés sur des étagères de jade spirituel.

Plusieurs grues psychiques tournaient autour des présentoirs, gazouillant mélodieusement : « Le dernier modèle de Miroir Illuminant le Paradis ! L'offre spéciale du jour : seulement neuf cent quatre-vingts Pierres d'Esprit ! Acheter, c'est gagner ! »

Le regard de Lili fut captivé dès le premier regard par un mannequin sur l'étagère la plus haute. Elle s'en approcha sans s'en rendre compte, les yeux fixés sans ciller sur un miroir qui scintillait d'une lueur dorée.

Le corps du miroir était d'or pâle partout, ses bords incrustés de runes complexes et de jade spirituel flottant des nuages.

Le qi *immortel* s'enroulait autour comme une étreinte d'amant. Au moment où elle s'approcha, le miroir s'illumina automatiquement, accompagné d'un guide spirituel à la voix aussi chaleureuse que le jade—

*« Salutations, noble Ami Immortel. Voici le **Luminous Glory Modèle 9 : Mystic Spirit Filter Edition**. Il possède quarante-neuf variétés de filtres célestes. Un regain de vie en un clic. Les os de jade et la peau de glace ne sont plus un rêve. Les selfies mènent à l'ascension ; Le streaming en direct fait de vous un immortel. Vendu pour seulement... neuf cent quatre-vingts Pierres d'Esprit de Haut Grade. »*

En entendant cela, les mains de Lili se pressèrent involontairement contre la vitrine, son visage incarnant l'engouement. « Tellement beau... »

Moony retira ses doigts de l'étui avec un air de chagrin. « Mademoiselle, vous ne possédez que vingt Pierres Spirituelles de Qualité Moyenne.

Celle-ci a coûté neuf cent quatre-vingts Pierres d'Esprit de Haut Grade. S'il vous plaît, cessez vos fantasmes d'ascension. Descendre; Je vais vous emmener parcourir la section suivante. »

Ainsi, ils ont descendu de la zone des prix astronomiques.

Ensuite, il y avait un miroir avec une coque couleur jaspe, **le Modèle 4 *Spirit-Speech,*** qui offrait des fonctions de contrôle vocal. *« Trois cents terminologies immortelles intégrées, génération automatique de sous-titres, et suppression automatique des bégaiements gênants pendant l'enregistrement. Prix : Cinq cent vingt Pierres d'Esprit de Haute Qualité. »*

Lili fut tentée pendant exactement trois secondes. En voyant le prix, son âme quitta de nouveau son corps. « Ah ? Cinq cent vingt Pierres d'Esprit ? »

Plus bas se trouvait le **Phantom Mist Model 5**, doté d'un corps en porcelaine blanche qui changeait de fond thématique selon la météo. Cela pourrait automatiquement transformer votre arrière-plan de livestream en décors célestes comme « Brume immortelle enroulée », « Grues spirituelles flottantes » ou « Nuages rosés du manoir violet ».

« Ça ne coûte que deux cent cinquante Pierres Spirituelles de Haut Grade », présenta Lunard.

Lili regarda un autre miroir orné d'une bordure rose pâle incrustée de runes spirituelles.

La surface était assez claire pour refléter l'âme, et cela embellissait automatiquement son visage, éliminant les cernes sombres de l'épuisement sous ses yeux.

Son cœur manqua un battement. « C'est bien. Je veux celui-ci. »

Le vendeur sourit. « Voici le **Nuage Rose Modèle 3 : Édition Rune Esprit de Lumière et** d'Ombre. Elle se vend à peine—cinquante Pierres d'Esprit de Qualité Moyenne. »

Lili regarda les « vingt-trois Pierres d'Esprit de Grade Moyen » dans sa main (les vingt originales plus quelques-unes qu'elle avait récupérées). Elle calcula trois fois.

«...... Ce n'est pas un prix qu'on peut décrire par le mot 'simplement'... »

Enfin, ils arrivèrent à la grille sur la couche la plus basse.

Lunard l'aida rapidement à feuilleter les tags, cherchant jusqu'à l'étagère la plus basse.

Ici, il y avait une petite armoire discrète contenant quelques miroirs pitoyablement petits.

L'un d'eux avait une carrosserie grise poussiérière, et la peinture s'écaillait aux coins, mais on aurait dit qu'il avait du mal à démarrer.

Fonctions : *« Capable de visionner des enregistrements illuminant le Ciel et de recevoir des missives spirituelles. Pas de filtres, pas d'embellissement, pas de garantie. Interface sujette à une potentielle stagnation. Il faut un démarrage manuel à l'esprit pour fonctionner. »*

Prix : Dix-huit pierres spirituelles de qualité moyenne.

Yun Lili la regarda en silence. Elle la regarda longtemps, très longtemps avant de finalement pousser un long soupir. « Heh... Suis-je seulement digne d'acheter *ça* ? »

Lunard sourit d'un air encourageant. « Mademoiselle, c'est déjà le miroir le plus spirituel que nous puissions trouver dans notre budget. »

« Mademoiselle, ce modèle ne coûte que dix-huit Pierres d'Esprit de Qualité Moyenne. Bien qu'il s'agisse d'un modèle du cycle de soixante ans précédent et que la lumière spirituelle soit quelque peu instable... c'*est* visible. »

Lili serra les dents. Elle regarda le modèle de dix-huit pierres, puis celui de cinquante pierres, et puis...

« Alors... essayons. »

Lunard la suivit, le visage plein de réconfort. « Mademoiselle, ce modèle est en fait plutôt correct... Cela économise de l'énergie, évite les soucis, et il est même livré avec un cordon manuel pour le démarrage à l'esprit en gratuit ! Les autres miroirs n'offrent pas ça ! »

Lili : « Je ne veux pas parler. Laisse-moi me taire. »

Elle avait l'air d'avoir été frappée par la foudre — non, comme si elle avait été frappée trois fois de suite par la Tribulation Céleste du Neuf-Neuf.

Elle marchait en secouant la corde de manivelle à esprit.

À chaque folie, sa santé mentale semblait chuter de quelques points.

La scène était l'image vivante d'un fantôme sauvage et solitaire secouant une cloche dans une tentative désespérée d'invoquer un esprit—

« Démarre, démarre... dépêche-toi de commencer pour moi... »

Le miroir clignota enfin une fois, et une ligne de texte apparut tremblante : *Énergie spirituelle insuffisante. Le démarrage a échoué. Continuez à tourner, s'il vous plaît.*

Lili : « ...... »

Elle leva les yeux vers le ciel et se récita : « Les Pierres Spirituelles sont vraiment précieuses, et le prix de la dignité est encore plus élevé ; mais pour le bien du Miroir Illuminant le Ciel, les deux peuvent être mis de côté. »

Lunard avait l'air profondément touché. « Mademoiselle risque vraiment sa vie pour son rêve ! Je dois consigner ce voyage de votre lutte ! »

En entendant cela, Lili laissa échapper un rire glacial, serrant le miroir contre lui avec protection. « Non, n'enregistrez cela en aucun cas. Aie un cœur ; Faisons comme si ce sombre chapitre de l'histoire... ça n'est jamais arrivé. »

Lunard débordait d'enthousiasme. « Mais mademoiselle, aujourd'hui vous avez accompli la mission miraculeuse de gagner votre premier seau de Pierres Spirituelles de votre vie ! Envisageriez-vous d'en accepter un autre ? »

Contrairement à la passion positive de Lunard, Lili se tut un instant avant de se détourner silencieusement, sa silhouette semblant dérangée par le vent et chaotique.

Finalement, ils sont sortis les mains vides.

« Je suis venu à l'origine pour me récompenser, alors pourquoi ai-je l'impression que mon âme a été illuminée et jugée insuffisante... » se lamenta Lili d'une voix basse.

—*Une pauvre âme.*

Moony la réconforta. « Alors mademoiselle, pourquoi ne pas accompagner un partenaire d'entraînement une fois de plus ? »

Lili poussa immédiatement un cri : « Ne mentionne pas ce bar... oh non, encore ce cultivateur mâle qui pleure sans cesse !! »

Son ton changea, et elle se fana à nouveau, levant les yeux pour soupirer vers le ciel. « Je dois encore... continuez à gagner des Pierres d'Esprit ! »

« Faisons avec pour l'instant. On pourra en acheter une meilleure après avoir gagné plus de Pierres d'Esprit ? » suggéra Lunard sincèrement.

«......» Impuissante face au tintement de la pauvreté, Lili ne put qu'acquiescer avec résignation.

Tous deux, s'accrochant à un dernier brin d'attente, allèrent payer au comptoir, pour se faire dire : « Désolé, cet article est en rupture de stock. Tu dois attendre que la prochaine fournée de marchands spirituels se réapprovisionne. »

Ah?

Pas question? Pas question? Pas question?

Même ces produits bon marché étaient en rupture de stock ?

À ce moment-là, trois poulets volants descendirent du ciel, atterrissant sur ses épaules avec de forts *clucks-clucks*, comme pour demander : *« On part aujourd'hui ou pas ? »*

Yun Lili eut l'impression d'avoir été frappée par la foudre.

Elle sortit du « Pavillon des Dix Mille Trésors et des Myriades de Phénomènes » avec Lunard, les mains vides, trois poulets debout sur sa tête et ses épaules.

Elle ne s'y attendait pas, mais son humeur était déjà assez déprimée. Pourtant, de façon inattendue, à la porte.

Elle rencontra un cultivateur en direct équipé d'un équipement de pointe et d'un ensemble complet de filtres d'embellissement, criant fort :

« Merci, Ami Immortel, de m'avoir envoyé mille Pierres d'Esprit ! On se voit à la prochaine session d'Immortel Désballage de l'Herbe... »

Son expression se tordit. À l'intérieur, elle rugit une seule pensée :

« Vous, peuples du Royaume Immortel, êtes vraiment malades ! »

Hélas... Elle ne pouvait qu'accepter des missions encore plus bizarres !

Chapitre 18 : La méthode spéciale de cultivation

Yun Lili avait initialement prévu de se diriger directement vers le Pavillon de la Mission pour continuer à accepter des emplois et à gagner des Pierres d'Esprit.

Cependant, dès qu'elle franchit le seuil de la porte de sa cour, elle fonça droit dans Yu Sord.

Son expression était froide et indifférente, ses sourcils aussi pâles et lointains que le gel du matin s'abattant sur les pins.

« Aujourd'hui, c'est la deuxième leçon. Tu ne dois pas être en retard. »

Elle se figea net. « Quelle leçon ? »

« Cours d'Orientation sur la Méthode Mentale. Suivez-moi. »

Le ton de Yu Sord était indifférent, dépourvu de toute chaleur.

Il ne s'arrêta pas une seconde, se retournant et s'éloignant d'un coup de main de sa robe, comme si le fait qu'elle le suive ou non ne le concernait absolument.

La « belle expérience » de la leçon précédente était encore fraîche dans son esprit, alors cette fois, Lili était bien plus calme, ne faisant plus d'histoires pour rien.

Cependant, lorsqu'elle le suivit enfin dans la forêt fleurie et entra dans le petit pavillon, son regard balaya le jardin plein de paysages à couper le souffle, et son front se plissa malgré elle, surprise.

À l'intérieur du pavillon, des rideaux vermillon pendaient légèrement, ondulant dans la brise.

Des grues immortelles dansaient gracieusement, leurs plumes blanches comme la neige, se déplaçant en formation au-dessus du petit lac qui s'étendait devant eux.

Dans l'air, la musique résonnait faiblement, descendant du ciel comme si quelqu'un au sommet d'une haute montagne jouait un duo harmonieux de flûte phénix et de *guqin*.

La table au centre du pavillon était couverte d'un tissu de gaze brodée de nuages, garnie de petites pâtisseries cristallines de type jade et de thé parfumé, ainsi qu'une assiette de croustillants de pêcher confit qui dégageaient une faible lueur spirituelle invitante.

Lili regarda autour d'elle en cercle complet, incapable de s'empêcher de demander,

« Quelle école de cours de cultivation est... *ça* ? »

Waouh, sérieusement ? Cet environnement n'est-il pas un peu trop beau ?!

Yu Sord répondit avec un visage plein de sérieux, la voix ferme : « Nourrir le cœur est la base de la culture du Dao. Les grues immortelles sont des oiseaux spirituels du ciel et de la terre ; Observer leur rythme et réguler son souffle et son esprit peut nourrir l'esprit primordial. La musique céleste est le son du Dao ; Écouter peut mener à une éveil silencieux. Quant aux pâtisseries, elles servent à renouveler la puissance spirituelle et à renforcer la conscience de l'âme... »

Il parlait avec tant de logique et de raison, paraissant totalement autoritaire, pourtant Lili croyait à la fois et doutait à moitié. Elle leva une tasse de thé spiritueux, prenant une gorgée sceptique. « Vrai ou faux ? Cela peut-il vraiment améliorer sa base de cultivation ? »

Yu Sord versa deux tasses de thé, en lui tendant une. Son ton était calme, coulant comme de l'eau. « La danse des grues immortelles peut calmer le *qi* et condenser l'esprit ; La musique céleste qui entre dans les oreilles peut supprimer l'âme et stabiliser le cœur. Si vous parvenez à calmer et réguler votre respiration avec la musique, vous pouvez lisser vos méridiens et vider votre esprit. La cultivation ne se limite pas à la voie unique de l'ascétisme amer. »

Lili écouta jusqu'à être hébétée, comprenant mais sans vraiment comprendre.

Cependant, voyant son expression sérieuse, elle n'osa pas agir de manière impulsive. Elle ne pouvait que s'asseoir docilement, essayant d'apprendre à réguler sa respiration au rythme de lui.

Mais après seulement quelques respirations, elle fut inévitablement attirée par les gâteaux spiritueux sur la table.

Incapable de résister à la tentation, elle prit un morceau avec ses baguettes et le mit dans sa bouche.

« Ce croustillant semble avoir de la poudre de ganoderma de jade ajoutée ? » demanda-t-elle vaguement autour de la nourriture.

Yu Sord laissa échapper un rire bas mais ne répondit pas directement.

Il leva simplement les yeux pour la regarder, sa voix chaleureuse mais sans objection : « Si tu peux cultiver avec un cœur calme au quotidien, dans trois mois, le stade intermédiaire de l'établissement de la Fondation sera stable. »

Les yeux de Lili s'illuminèrent instantanément, et elle hocha aussitôt la tête. « Ce serait vraiment merveilleux ! »

Elle baissa de nouveau les yeux sur les gâteaux spirituels sur la table, puis jeta un coup d'œil aux grues immortelles dansant sur le lac, et enfin regarda la Souveraine de l'Épée à ses côtés qui dégageait une aura d'immortalité pure. Soudain, une illusion née d'un rêve naquit en elle.

« Grand frère... ah, non, Souverain Immortel. » Elle demanda d'une voix basse : « Une telle méthode de cultivation ne va-t-elle pas vraiment que le Maître de Secte nous punisse pour copier les écritures ? »

Yu Sord arborait un sourire qui n'en était pas tout à fait un, son ton aussi stable que toujours : « Si tu peux calmer ton cœur, tu sentiras naturellement le Grand Dao. Si vous ne pouvez pas rester calme, copier les Écritures ne ferait aucun mal. »

Lili : ... *C'est définitivement une menace !*

Elle ne put s'empêcher de redresser la colonne, s'asseyant aussi stable qu'une grande cloche, les mains jointes correctement sur ses genoux. Dans son cœur, il n'y avait que quatre mots :

Tranquille! Ça ne doit pas être chaotique !

S'asseoir pour manger des pâtisseries, admirer de magnifiques paysages et avoir un beau Souverain Immortel comme compagnon pourrait mener à la création de la Fondation ? Elle ne put s'empêcher de s'exclamer intérieurement :

Cette voie de cultivation est tout simplement trop adaptée à une petite fée comme moi.

Yu Sord sourit faiblement, baissant les yeux pour siroter son thé, son ton restant doux : « Si le cœur est calme, il y aura naturellement des bénéfices. »

Lili ne le considérait que comme un maître sérieux et bon, complètement inconsciente qu'elle avait depuis longtemps été guidée par lui dans une certaine « méthode de cultivation spéciale » extrêmement douce, mais profondément sous-entendue.

Elle admirait le paysage en croquant dans le dim sum, son regard tombant inconsciemment sur les grues immortelles dansant au milieu de la brume d'eau.

Soudain, un éclair dans sa vision périphérique capta le profil latéral de Yu Sord reflétant la douce lumière du matin.

L'arête de son nez était haute, ses sourcils et ses yeux pittoresques, son aura détendue ; tout son être était comme un immortel de la peinture sorti tout droit d'un parchemin.

Son cœur fit un bond soudain, comme si une corde invisible l'avait doucement pincé.

Elle baissa brusquement la tête, se prévenant à nouveau : « Qu'est-ce que tu regardes, qu'est-ce que tu regardes... Cultiver! Je suis ici pour cultiver ! »

Mais cette trace d'émotion étrange qui s'était silencieusement éveillée prenait déjà racine sans le savoir et germait au fond de son cœur.

Elle jeta un coup d'œil aux chips de fleurs de pêcher sur la table, se réprimandant mentalement que « au moins, c'est de la nourriture à l'esprit libre ».

Alors qu'elle s'apprêtait à ramasser un morceau, elle sentit soudain le regard de Yu Sord se poser sur sa main. Ce regard contenait un sourire presque imperceptible.

Ce n'est qu'alors qu'elle réalisa brusquement que le battement de son cœur avait depuis longtemps perdu son rythme.

Ce maître... possédait véritablement une beauté inédite dans le monde des mortels.

Ses joues rougirent légèrement. Se forçant à rester calme, elle demanda avec une détendue feindre : « Oserais-je demander au Souverain Immortel... combien de leçons comme celle-ci restent-il ? »

— *Heh, il vaudrait mieux qu'il y en ait un chaque jour.*

Le ton de Yu Sord était aussi calme que d'habitude, mais il laissait de la place à la manœuvre sans laisser de trace : « Cela dépend de la façon dont tu cultives. Si des résultats sont vus... Un cours peut être ouvert tous les sept jours. »

Lili prit une bouchée du croquant de fleur de pêcher. La croustillance parfumée emplissait sa bouche, la douceur entrait dans son cœur, et les coins de sa bouche se relevaient inconsciemment.

* * * * *

Lorsque Yun Lili était assise dans le pavillon, admirant tranquillement la danse des grues immortelles, elle n'aurait jamais imaginé, même dans ses rêves les plus fous, que la scène pittoresque qui se déroulait sous ses yeux serait diffusée en direct au monde entier.

Mais il n'y avait rien à faire.

Qui lui avait demandé de s'asseoir aux côtés du digne Seigneur Immortel Silentstar, le cultivateur d'épées numéro un du Royaume Immortel—Yu Sord ? Chacun de ses gestes et gestes avait historiquement été le point central de l'attention des masses.

Et maintenant, il avait fait une rare apparition au lac Crane, assis en « cultivation silencieuse » avec la cultivatrice qui était actuellement le sujet le plus brûlant de discussion. Comment cela pourrait-il ne pas déclencher une sensation ?

Sur le lac Crane, nuages et brume s'enroulaient en rubans, et les montagnes lointaines ressemblaient aux sourcils peints d'une beauté. Dans le pavillon du milieu du lac, des grues immortelles déployaient leurs ailes, dansant légèrement sur la brume d'eau.

Leurs longs cous s'étiraient haut, des ailes comme des éventails de neige, spiralant et croisant au rythme de la musique céleste qui coulait des cieux—une scène comme un rêve, comme une illusion.

Yu Sord était assis avec une élégance posée, ses manches s'écartant légèrement.

Entre ses sourcils flottait une aura d'immortalité qui semblait intacte face à la fumée et au feu du monde des mortels. Son profil latéral, éclairé par la faible lumière de la fine brume, ressemblait à un tableau immortel descendu sur terre, faisant perdre leur âme à d'innombrables spectateurs ne serait-ce qu'une seconde.

Et toute cette scène était filmée avec une clarté cristalline grâce à une « **Perle d'ombre de patrouille** » suspendue à l'horizon.

Cette Perle d'Ombre de Patrouille n'était pas un artefact ordinaire ; c'était un « Trésor Spirituel Imaginaire » de haut niveau des Sectes Immortelles, généralement réservé à la surveillance des anomalies et à l'enregistrement des événements majeurs. Pour une raison inconnue, à cet instant précis, il avait automatiquement activé sa « Fonction Omni-Sync ».

Les images étaient projetées directement sur la fente de recommandation de la page d'accueil de la plus grande plateforme publique du Royaume des Immortels — le **Miroir Illuminant le** Ciel.

Il a même ajouté avec soin un titre et des mots-clés tendance :

—[CHOC ! L'Immortel Seigneur Silentstar cultive silencieusement dans le Pavillon du Lac avec une Cultivatrice Féminine Mystère. Le visuel est esthétique, l'atmosphère ambiguë. Une romance a-t-elle été dévoilée ?]

—[Venez apprendre la « Méthode d'Apaisement de la Grue » ! Calmez le qi et condensez l'esprit ; stabiliser la phase intermédiaire de l'établissement de la Fondation dans trois mois. Comprend des conseils vocaux originaux du Seigneur Immortel !]

Dès sa diffusion, le nombre de vues a instantanément dépassé un million.

D'innombrables mains de cultivateurs tremblaient. Des fours d'alchimie explosèrent, des artefacts magiques ratèrent, et des bêtes spirituelles se déchaînèrent alors que tout le monde se précipitait pour envahir la salle de diffusion en direct — soit pour cultiver, soit, plus probablement, pour... Observez le drame.

La section des commentaires a été instantanément submergée :

« Cette méthode d'établissement de la Fondation est trop tape-à-l'œil ! J'ai trempé dans un étang glacé pendant six mois, et tu me dis que j'aurais pu monter rien qu'en m'asseyant et en buvant du thé ? »

« Cette quatrième grue à gauche vient de faire un tour. C'est le 'Nuage d'Esprit Arrogant', n'est-ce pas ?! »

« Qui a une grue immortelle ?! Urgent! Acheter des vivants pour 300 Pierres d'Esprit ! Aptitude à la danse préférée ! »

« Est-ce de la cultivation ou un documentaire romantique ? Je supplie pour un extrait compilation des yeux du Seigneur Immortel Yu ! »

Il y avait aussi des cultivateurs aux yeux perçants qui reconnurent immédiatement la silhouette de Yun Lili, et les commérages commencèrent à effacer l'écran comme des épées volantes :

« L'immortel Seigneur Silentstar a servi du thé à cette cultivatrice ! Et il parlait doucement ! Si ça ne s'appelle pas un rendez-vous, alors qu'est-ce que je faisais à cultiver avec ma petite sœur avant ? »

« Le commentateur ci-dessus dit la vérité. Faisons un autre point de comparaison — pavillon, paysages aquatiques, grues, parfum de thé, regard du Seigneur Immortel Yu... Je déclare que c'est la scène avec la plus forte atmosphère de romance immortelle de l'année. »

« Attendez un instant, j'ai vu cette cultivatrice sourire ! Elle a même pris une bouchée de gâteau à l'osmanthus ! Ahhh ! Pourquoi est-ce si mignon ! »

« Je parie cent ans de cultivation là-dessus ! L'odeur aigre de l'amour ! »

Et cette tendance se répandit rapidement dans tout le Royaume des Immortels—

En trois jours, la **« méthode de calme de la grue »** devint la nouvelle méthode de culture à chaud promue. Les grandes sectes se sont précipitées pour lancer les « Cours d'Expérience de Cultivation Silencieuse Crane ». Des publicités volaient partout, les affaires dans les Ateliers des Bêtes Spirituelles explosaient, et même les villes de marché installaient des « Points d'enregistrement Silencieux pour les Photos de la Cultivation ».

La **Porte Danxia** accrocha une bannière : *« Méthode de Cultivation Silencieuse Crane, effective dans trois jours ! Accompagné d'une portion offerte du gâteau spiritueux original ! »*

La **secte Wuxiang** lança simplement un « Ticket de Cultivation Silencieuse Grue du Couple », affichant effrontément le slogan : *« Limité aux couples. Cultivez le chemin et cultivez l'amour en même temps. Des immortels se penchent comme témoins, l'affection coulant comme l'eau. »*

Même la vallée historiquement reliée **à la Lichen** Valley a lancé un nouveau produit : *« Talisman de projection à réseau de grues. Mets-le pour voir des grues fantômes. Le premier choix pour la culture domestique ! »*

Les petits ateliers de bêtes spirituelles se sont transformés du jour au lendemain en « bases d'élevage sur le thème de la grue ». Le prix d'une grue immortelle grimpa de dix à cent, mais l'offre ne parvenait toujours pas à répondre à la demande. Les limites d'achat ont été appliquées ; il fallait prendre un numéro pour une grue capable de hocher la tête, et tirer au sort pour une qui savait danser.

Pendant ce temps, Yun Lili, considérée comme l'une des instigatrices de ce chaos—

Elle était toujours assise dans le pavillon, tenant sa tasse de thé. Elle grignotait méticuleusement un gâteau spiritueux tout en contemplant les grues dansantes à la surface du lac, son expression paisible et satisfaite.

C'était déjà sa troisième « Leçon de Cultivation Silencieuse ».

Elle laissa échapper un long soupir tranquille. « Mm... cette méthode de cultivation convient vraiment à ma constitution. Les pâtisseries sont excellentes, et le paysage est magnifique. »

Yu Sord leva les yeux pour la regarder.

Le coin de ses lèvres se retroussa légèrement, ses yeux arborant un sourire, sa voix résonnant comme la musique d'un printemps coulant sous la lune. « C'est bien que ça te plaise. Dans les jours à venir, s'il y a le temps, nous pourrons tenir quelques séances supplémentaires. »

Les yeux de Yun Lili s'illuminèrent, son cœur rempli de joie. « Vraiment ? Alors il faudra en programmer plusieurs autres. Je suis quelqu'un qui craint la cultivation fastidieuse avant tout ; c'est parfait. »

Elle ignorait totalement qu'elle avait déjà été consacrée par tout le Royaume Immortel comme la « Nouvelle Étoile avec le Plus Potentiel de Cultivation ». De plus, des cours d'introduction dans diverses Sectes Immortelles avaient déjà intégré l'enregistrement d'elle et Yu Sord admirant les grues côte à côte comme matériel pédagogique exemplaire pour la « Cultivation du Cœur Silencieux ».

Ce ne fut qu'à son retour chez elle que la réalité s'effondra sur elle.

Lunard, le visage rougi d'excitation, courut vers elle en tenant le Miroir Illuminant le Ciel, criant incohérentement :

« Mademoiselle ! Tu es en feu ! Tout le Royaume Immortel imite votre méthode de cultivation ! Tu es déjà en tête de la liste des recherches chaudes depuis trois jours ! »

Yun Lili se figea. Elle prit le Miroir Illuminant le Ciel et regarda, pour se voir à l'écran en train de prendre de petites bouchées de gâteau à l'osmanthus, son bracelet même taché de quelques miettes. Son aura immortelle était complètement perdue ; Le style artistique s'effondra en une seule seconde.

Elle se couvrit le visage et cria : « Ça peut devenir populaire aussi ?! C'est tellement humiliant ! Trouve un moyen de le supprimer pour moi ! »

Lunard hésita. « Euh... Supprimer des séquences nécessite une autorisation spéciale. J'ai entendu dire... cela coûte au moins dix mille Pierres d'Esprit de Haut Grade. »

Lili : « ...... »

Au final, c'était toujours la pauvreté !

Elle baissa la tête pour regarder la moitié restante du gâteau spiritueux dans sa main, la tristesse montant de l'intérieur. *En effet, la pauvreté est le péché originel, et de plus, le plus grand obstacle sur le chemin de la cultivation immortelle.*

Mais la seconde suivante, elle leva doucement la tête pour regarder la couleur du ciel.

Toutefois... si je peux continuer à cultiver comme ça, ça ne semble pas si mal ?

On s'en fout?

Après tout, son établissement de Fondation était stable, les gâteaux spirituels étaient sucrés, et elle avait le Seigneur Immortel pour compagnie—

Elle retroussa involontairement les coins de ses lèvres, son sourire s'élargissant.

Qui a dit que cultiver l'immortalité devait être fastidieux et amer ? Son chemin, semblait-il, avait cultivé un tout autre monde.

Ce qu'elle vit, c'était les grues dansant sur le lac et le thé sucré et les pâtisseries ; tandis qu'il vit la façon dont les montagnes et les rivières restaient intactes et paisibles lorsqu'elle était assise en sécurité dans le pavillon.

Chapitre 19 : Je veux respirer avec toi ?

Poussée par le besoin de gagner des pierres spirituelles, Lili se retrouva une fois de plus devant la Salle de la Mission, levant les yeux vers les rangées et rangées d'avis de mission éblouissants sur le tableau.

Ses yeux étaient remplis de lutte et de ressentiment.

Murmura-t-elle entre ses dents : « Ce ne sont que des pierres spirituelles... Puis-je, Lili, vraiment ne pas les mériter ? »

Sur ce, elle serra les dents avec force, comme pour marcher vers son exécution, et retira quelques avis qui semblaient « sûrs et non violents ». Elle était convaincue que parmi eux, il devait y en avoir un qui lui permettrait de s'asseoir confortablement et de recevoir sa récompense. Encore... Ce fut une nouvelle série de catastrophes.

Première mission : traducteur d'animaux d'animaux.

La description était simple : « Asseyez-vous à côté de l'animal de compagnie et soyez responsable de traduire ses propos à son maître. »

Quand Lili vit cela, elle faillit pleurer de joie. Des visions dansaient dans sa tête : elle assise tranquillement, un animal d'esprit docile frottant sa jambe, traduisant quelques phrases, et s'éloignant sans effort avec les pierres spirituelles.

Le résultat ? Dès qu'elle s'assit, un oisillon de Phénix de Feu apparemment duveteux et inoffensif se hérissa soudainement. Il frappa le sol de ses ailes et poussa un rugissement assourdissant :

« Printemps, printemps—!!! »

Lili avait l'air déconcertée, forçant un sourire : « Est-ce que... tu dis qu'il a faim ? »

Le visage du propriétaire de l'animal d'esprit s'assombrit instantanément jusqu'à la couleur d'un fond de pot : « Les Phénix de Feu sont des démons aviens dotés d'attributs de feu. Ils n'ont pas besoin de manger. »

« Alors... » Avant que Lili ne puisse finir, le Phénix de Feu battit des ailes et se jeta sur elle, déchirant sa manche avec une griffe, puis enchaîna avec une série rapide de dix rugissements consécutifs.

En moins de temps qu'il ne faut à un bâton d'encens pour brûler, elle fut personnellement escortée hors des lieux par son « sujet de traduction », sans même apercevoir les pierres spirituelles.

* * * * *

Deuxième mission : Superviseur des poulets de Spirit Field.

Cette fois, elle a été beaucoup plus prudente, choisissant une tâche impliquant de s'occuper de « volailles ». Repensant à son expérience d'élevage de quelques poulets domestiques dans le monde des mortels, elle se sentait familière avec le territoire et croyait que rien ne pouvait plus mal tourner.

La tâche consistait à entretenir un champ spirituel et quelques oiseaux spirituels pour une cultivatrice en isolement.

« À regarder des poules, » se répéta-t-elle aisément. « Ce ne sont que des poulets, pas comme garder une Bête du Tonnerre. »

Il s'est avéré que ce n'étaient pas du tout des poulets.

L'un était entièrement cramoisi, le feu flamboyant dans ses yeux, crachant des flammes sur ses compagnons dès qu'il les voyait, comme s'il cherchait la bagarre.

Un autre était noir teinté de violet, capable de cracher des gaz toxiques.

Et un autre encore possédait réellement la capacité de plonger en terre, creusant un tunnel à travers le champ spirituel, agitant la terre comme s'il venait de survivre à une bataille chaotique contre des réseaux magiques.

Lili poursuivit le poulet cracheur de feu partout dans le champ, agitant un bouclier spirituel rempli de trous et criant : « Vous êtes même des poulets ?! Vous êtes juste des animaux de combat ratés, n'est-ce pas ?! »

Au moment où le groupe se calma enfin, elle resta haletante en s'asseyant. Le champ spirituel, cependant, était déjà en désordre total, sans une seule plante debout.

Au final, elle réussit à peine à accomplir la tâche mais ne reçut que la moitié de la récompense promise — toujours pas assez pour s'offrir même un Miroir Céleste de bas niveau.

Lorsqu'elle revint chez elle, serrant les maigres pierres spirituelles restantes, elle soupira tristement : « Wah, mes propres poules sont tellement mieux élevées. »

* * * * *

Troisième mission : Accompagner la technique de respiration Na Tu Xi (Inspire et Sort)

Publié par : Ziyan

Durée : Une demi-journée

Récompense : 20 pierres spirituelles de qualité moyenne

Lili avait dix mille raisons de refuser dans son cœur, mais pour acheter le Miroir Céleste qu'elle désirait, elle l'endura.

« Juste une demi-journée... deux pierres spirituelles par bâton d'encens. Endure, et ce sera fini... » Elle semblait s'hypnotiser elle-même.

Un bâton d'encens plus tard, dans la pièce silencieuse.

Lili s'assit à l'endroit familier. En face d'elle, Ziyan portait toujours ses robes noires d'encre, son aura semblable à un étang gelé millénaire qui n'avait jamais fondu, son regard baissé, sa présence aussi faible que la poussière et la brume.

Au moment où il ouvrit la bouche, ce fut le ton familier et profond : « ... Dernièrement, je soupçonne que ma racine spirituelle se détériore. »

La main de Lili tressaillit, manquant de peu de faire tomber sa tasse de thé. Elle força un sourire : « Alors... alors tu ne peux pas encore pratiquer la technique de respiration de Na Tu Xi ? »

Ziyan baissa les yeux sans parler. Après un long moment, il dit doucement : « En pratiquant la respiration... J'ai commencé à douter de la vie elle-même. »

«......»

« Cette énergie spirituelle que j'inhale... elle ne peut combler le vide dans mon cœur. »

Lili prit une profonde inspiration, récitant silencieusement « pierres d'esprit, pierres d'esprit, pierres d'esprit » dans son cœur. Elle parcourut mentalement le souvenir de ce tome céleste sans mots intitulé ***Aider les cultivateurs mélancoliques à retrouver confiance,*** s'efforçant de rendre son sourire naturel et doux : « Alors dis-moi, qu'est-ce qui te tracasse exactement ? »

Ziyan soupira, le regard perdu : « Dis-moi... La poule pond l'œuf, l'œuf fait éclore la poule. Au final, qu'est-ce qui est venu en premier, la poule ou l'œuf ? »

«......» Lili resta silencieuse plusieurs respirations, une tempête faisant rage à l'intérieur :

Tu es là pour t'entraîner à respirer, pas pour passer un examen de philosophie taoïste !

Ziyan continua à murmurer : « Je soupçonne qu'après avoir pratiqué la technique de respiration Na Tu Xi avec toi ce jour-là, ma fortune a commencé à décliner... Est-ce que mon destin n'est pas adapté à la proximité avec les autres, c'est pourquoi elle m'a quitté ? »

«......»

Le visage de Lili tressaillit. Elle a failli dire : « Tu te prends trop la tête ? » Mais en voyant l'humidité scintillante dans ses yeux, elle sut qu'elle ne pouvait pas le provoquer. Au lieu de cela, elle adoucit sa voix : « Tu te prends trop la tête. Le chemin de la culture a naturellement ses hauts et ses bas. Si ta racine spirituelle semble terne aujourd'hui, peut-être que tu franchiras un goulot d'étranglement demain. »

Ziyan baissa la tête, pensif, puis demanda soudainement : « Dire que... Tu t'inquiètes pour moi ? »

Lili faillit s'étouffer avec son énergie spirituelle, mais réussit tout de même à esquisser un sourire : « Oui, sur le chemin de la cultivation, nous devrions nous soutenir mutuellement. »

Ses yeux s'illuminèrent un instant, puis s'assombrirent à nouveau : « C'est dommage... tu ne le penses pas vraiment. »

« Comment sais-tu que je ne le pense pas ? » Son ton portait enfin une légère inflexion ascendante.

Son ton était indifférent : « ... Parce que j'ai payé vingt pierres spirituelles de qualité moyenne pour que tu acceptes de me parler. »

«......»

Le sourire de Lili se raidit. Intérieurement, elle était en tumulte, ne voulant que crier à voix haute : « Puisque tu sais, pourquoi tu continues à poster cette mission à chaque fois !! »

Serrant les dents et gardant un sourire complice, elle compta silencieusement le temps restant, se réclamant : « Pierres spirituelles... Oh, des pierres spirituelles... tu dois rester fort. »

Enfin, une demi-journée plus tard.

Lili traîna son corps presque épuisé jusqu'à sa résidence. Au moment où elle poussa la porte, Lunard la salua, le visage plein d'anticipation : « Mademoiselle, vous avez terminé la mission ? Que Ziyan n'a pas encore pleuré aujourd'hui, n'est-ce pas ? »

Lili s'assit avec une expression vide, la voix rauque : « Il n'a pas pleuré. »

Moony poussa un soupir de soulagement, ses yeux s'illuminant : « C'est super, enfin— »

« Il n'a pas pleuré aujourd'hui », poursuivit Lili, son ton aussi calme que pour indiquer la météo. « Mais il a évolué. »

« Évolué ? »

« Aujourd'hui, il a commencé à parler de philosophie. »

«......»

Lunard avait l'air horrifiée en regardant sa Mademoiselle, comme si elle pouvait voir quatre personnages illusoires flottant au-dessus de sa tête : *Les Pierres d'Esprit sont Durement Gagnées.*

À cet instant, elle se sentit immensément reconnaissante que sa pension mensuelle soit accordée uniformément par la secte Lingxiao. Sinon, en suivant un maître aussi appauvri, son propre avenir financier serait vraiment inquiétant.

* * * * *

Lili avait d'abord pensé qu'après avoir terminé la mission de respiration Na Tu Xi (Inspiration, Expire) ce jour-là, ils se sépareraient définitivement. Elle aurait ses pierres spirituelles, et aucune ne devrait rien à l'autre.

Qui aurait cru que quelques jours plus tard, en sortant de sa résidence, elle trouverait un pot — eh bien, une fleur d'amour rouge vif excessivement étrange — posé en bonne place à sa porte, accompagné d'une pancarte : « Que ta voie de cultivation soit douce, ta grâce immortelle éternelle — De la part de Ziyan. »

Lili : « ...... »

N'osant pas regarder une seconde fois, elle se détourna, voulant emmener le pot au jardin des bêtes spirituelles pour nourrir les poules, pour découvrir que la fleur pouvait en fait gazouiller et lui faisait des gestes en forme de cœur.

« Ce cultivateur n'a-t-il rien de mieux à faire ?! » Lili était tellement en colère qu'elle leva les yeux au ciel.

Mais les choses ont empiré dans les jours qui ont suivi.

Lorsqu'elle assista au cours public des Réceptacles des Esprits, quelqu'un lui avait réservé une bonne place.

Lorsqu'elle se rendit à la Salle des Missions, quelqu'un lui tendit une boîte de pâtisseries dans les mains (et c'était la saveur que Ziyan avait pleuré la dernière fois).

Elle fit même la queue toute la nuit pour attraper un Miroir Céleste à prix réduit, mais quelqu'un tout en tête de la file lui proposa sa place : « Fée, par ici. Ton ami Ziyan a mentionné que tu aimais ce modèle et s'est préparé pour toi à l'avance. »

Ziyan ?!

En entendant cela, elle abandonna complètement la file d'attente, abandonnant résolument.

Wah... Quel dommage. L'offre spéciale tant attendue, disparue comme ça.

Les yeux de Lunard brillèrent : « Mademoiselle, quand as-tu appris à charmer les gens comme ça ? Ces méthodes sont pratiquement l'exemple parfait d'un briseur de cœurs dans un royaume immortel ! »

Lili : « Lunard ! Je suis innocent! Au mieux, j'ai dit « nous devrions nous soutenir mutuellement sur la voie de la cultivation. » Comment cela a-t-il pu devenir une demande en mariage ? »

L'affaire parvint rapidement aux oreilles du Seigneur Immortel de la Clarté Solitaire, Yu Sord.

Ce jour-là, il venait tout juste de revenir de sa retraite à la Montagne de la Source de l'Esprit et pensait trouver Lili pour poursuivre leurs « leçons » lorsqu'un assistant rapporta respectueusement :

« Faisant rapport au Seigneur Immortel, le cultivateur Ziyan visite fréquemment le cottage de Lili ces derniers temps. Il a même déclaré, avec audace, dans la section des commentaires du Miroir Céleste : "Partenaire de cultivation indécis, n'attendant qu'une seule personne"... *Ahem*... ce qui ferait apparemment référence à la Fée Lili. »

Yu Sord avait initialement médité, mais en entendant cela, ses yeux s'ouvrirent brusquement, et il lança un regard perçant vers l'informateur.

Son expression impassible, il demanda faiblement : « À quelle secte appartient-il ? »

« En réponse au Seigneur Immortel, il est un disciple intérieur du Pavillon de l'Étoile Tombante. Sa culture se fait à mi-établissement de fondation. Récemment, en raison de fluctuations émotionnelles, sa cultivation est devenue instable, il a donc envoyé plusieurs missions à la Salle de la Mission à la recherche de compagnons d'entraînement... euh... pour l'accompagner dans la technique de respiration Na Tu Xi... Ahem... tous acceptés par la Fée Lili... »

Yu Sord prit lentement une profonde inspiration, son ton calme et posé : « Prépare-moi une carte de visiteur pour le Pavillon Étoile Déclinante. Ce seigneur a l'intention de donner une conférence sur le sujet de l'« Interférence émotionnelle avec la cultivàtion » dans un avenir proche. »

L'assistant frissonna intérieurement, pensant : *Que Ziyan ne vivra probablement pas beaucoup plus longtemps.*

Ce soir-là, l'objet le plus tendance sur le Miroir Céleste était... *Pourquoi le Seigneur Immortel Yu Sord a-t-il visité le Pavillon de l'Étoile Filante la nuit ?*

Alors que la foule était choquée, le commentaire le plus noté était... *Pour la première fois en un siècle, le Seigneur Immortel soulève un sujet brûlant : Sur l'importance de l'interférence émotionnelle dans la cultivation !*

La deuxième recherche tendance était... *Ziyan entre volontairement en isolement pendant cent ans pour cultiver son état mental.*

À partir de ce moment, Ziyan disparut du monde des mortels, et Lili connut enfin quelques jours de paix.

Alors que Lili se préparait à se rendre à la Salle des Missions pour une autre mission facile de compagnon respirant Na Tu Xi, dès qu'elle en sortit, Yu Sord lui bloqua le passage.

Ses robes blanches comme neige brillaient doucement à la lumière du matin, son visage séduisant mais distant ne trahissant aucune émotion. Seul son ton était posé lorsqu'il dit :

« J'ai entendu dire que tu aidais récemment d'autres à pratiquer la 'technique de respiration de Na Tu Xi' ? »

Lili se sentit un peu coupable et hocha la tête : « ... Oui. Après tout, les pierres spirituelles sont difficiles à trouver. »

Il fronça les sourcils presque imperceptiblement.

Vêtu de ses robes blanches comme la lune, Yu Sord se tenait froid et clair sous la lumière de la lune, mais son ton était plutôt inhabituel lorsqu'il poursuivit : « ... Dorénavant, accepte moins de ces missions compagnons absurdes. »

Lili avait l'air complètement perdue : « Pourquoi ? »

Lui, un Seigneur Immortel digne, ne pouvait naturellement pas comprendre les peines de son état de pauvreté.

Yu Sord baissa les yeux sans parler. Après un long moment, il dit doucement : « Il se trouve que ce Seigneur Immortel doit aussi s'exercer à la technique de respiration 'Na Tu Xi'. »

« Toi, Seigneur Immortel ? » Lili fut choquée. « Le respecté Seigneur Immortel de la Clarté Solitaire a encore besoin d'une technique aussi basse de nourrissage du Qi ? »

L'expression de Yu Sord resta totalement inchangée, son ton parfaitement naturel :

« Récemment, en réfléchissant aux opportunités du Grand Dao, j'ai découvert que la circulation de mes propres canaux d'énergie est trop équilibrée. »

Être trop équilibré est aussi un problème ?

Si je ne savais pas qu'il est en isolement prolongé, je penserais qu'il s'ennuie juste avec trop de temps libre !

Yu Sord hocha la tête, poursuivant avec une expression solennelle : « La cultivation met l'accent sur le flux du Yin et du Yang, l'harmonie des cinq énergies. Cependant, mon énergie primordiale est trop abondante, et mes canaux spirituels ne peuvent pas la libérer à temps. Si cela continue, je crains que cela ne mène à l'extrême opposé — percer trop violemment pendant la Transformation Divine, nuire à l'âme. »

Lili avait l'air perplexe : « Euh... Ça ressemble à... tu es juste trop puissant ? »

Yu Sord inclina la tête, répondant calmement : « Par conséquent, je dois compter sur la technique de respiration Na Tu Xi pour guider l'énergie en souffle, faire circuler doucement le cœur et l'âme, supprimant ainsi la puissance excessive. »

Il fit une pause, puis ajouta une déclaration très mesurée : « Et ton aura est claire, harmonieuse et naturelle, ce qui la rend très adaptée pour compléter la mienne. »

Lili : « ...... »

En entendant cela, elle fut complètement déconcertée. Pourquoi une déclaration aussi sérieuse sonnait-elle subtilement comme un expert puissant disant — *je veux respirer avec toi ?*

Elle plissa les yeux avec suspicion : « Puis-je demander, Seigneur Immortel, de quel ancien texte vient cette méthode ? »

Yu Sord sourit légèrement et répliqua même : « Celui que tu as accompagné la dernière fois... Ziyan, sur quel texte ancien a-t-il basé son œuvre ? »

« ... Je ne sais pas non plus. Il voulait juste quelqu'un pour respirer avec lui », marmonna-t-elle.

« Alors c'est pareil. » Yu Sord hocha la tête, son ton doux et approprié. « Commençons immédiatement. »

Lili : « ......??? »

Elle baissa silencieusement la tête pour regarder sa propre bourse de pierre spirituelle fanée, puis releva la tête pour regarder le maître transcendant et profondément articulé devant elle. Une seule phrase lui restait en tête :

— De *nos jours, même les Seigneurs Immortels interviennent pour concourir pour les emplois de compagnon respirant Na Tu Xi ?!*

Elle sentait que l'avenir de son chemin de récupération de pierres spirituelles était devenu encore plus sombre.

Lili fut inexplicablement traînée par lui jusqu'au pavillon pour s'entraîner à la « technique de respiration Na Tu Xi ». Pendant toute la séance, il resta calme et posé, tandis qu'elle était complètement désorganisée.

Ils étaient juste tous les deux, assis en tailleur dans le pavillon, silencieux, face à face... Et puis... Tu me regardes, je te regarde.

Et dans le live, tout le royaume immortel retenait son souffle, regardant... le Seigneur Immortel et la disciple féminine, la Fée Lili, pratiquant la « Technique de Respiration Duale Cultivation Na Tu Xi » !

Le commentaire le plus apprécié était : « Le Seigneur Immortel de la Clarté Solitaire est si puissant, et pourtant il a encore besoin de la technique de respiration Na Tu Xi ? Pas question? Impossible... »

« Le Seigneur Immortel de la Clarté Solitaire est véritablement un modèle pour notre génération, étudiant assidûment même les techniques élémentaires. »

« Attends... N'est-ce pas en fait le Souffle de l'Amour ?!!! »

« Ah, non, je voulais juste demander, en quoi cette technique de respiration de Na Tu Xi diffère de celle que nous pratiquons ? »

« Je veux la même guidance respiratoire du Seigneur Immortel ! Je veux m'inscrire ! »

« Ces fichues bulles roses... Je vais briser mon Miroir Céleste... »

Pendant ce temps, Lili était totalement inconsciente de tout ce qui se passait. À son avis, elle n'avait rien fait vraiment. Elle vivait simplement selon son propre cœur, cherchant à obtenir ce qu'elle voulait, pas à pas, comptant sur ses propres capacités pour se battre pour cela.

Chapitre 20 : Le coussin démoniaque ancien

Au cœur de la Vallée de la Brume Déchue, nuages et brume étaient tissés comme une tapisserie.

L'Ancien Démon du Vide Absolu gisait prostré au sol, son corps complètement mou.

Sa forme massive et poilue et démoniaque s'était transformée en un canapé aussi doux qu'un nuage—moelleux, chaud, et aussi obéissant qu'un chat complètement battu jusqu'à la soumission.

Yun Yara s'appuya contre ce corps démoniaque, dormant profondément.

Tout son corps semblait presque s'enfoncer dans la douceur du « canapé », ne révélant qu'une petite partie de son poignet blanc et son visage calme et paisible.

Elle était épuisée à l'extrême.

Le voyage jusqu'ici avait vidé son corps et son esprit, et une fois endormie, elle dormit trois jours et trois nuits sans se réveiller.

Mo Han était assis non loin d'elle, la gardant en silence.

À part le vent qui passait dans la cime des arbres et le balancement occasionnel des vignes démoniaques, il n'y avait pas la moindre perturbation autour de lui.

Les robes noires à motifs cramoisis qu'il portait étaient quelque peu en lambeaux et abîmées, ajoutant une impression de fragilité brisée à son apparence, mais sans la moindre trace de désordre ou de maladresse.

Dans sa main, il tenait un livre ancien délabré—dont l'origine était inconnue—qu'il avait feuilleté d'innombrables fois. Pourtant, la grande majorité du temps, son regard restait fixé sur elle.

Elle dormait avec une stabilité absolue. Même dans ses rêves, ses sourcils étaient légèrement froncés, comme si elle pouvait froncer les sourcils d'une manière qui susciterait la pitié à tout moment. Son regard tomba sur le coin de sa bouche, légèrement relevé, et il ne put s'empêcher de courber ses propres lèvres en réponse.

C'était un rare moment de tranquillité pour lui. Il n'y avait pas besoin de gérer la tromperie ou la suspicion mutuelle, pas besoin de calculer le cœur humain. Il lui suffisait de s'asseoir tranquillement et de la regarder, et le passage du temps lui semblait doux et affectueux.

Finalement, Yun Yara se réveilla tranquillement.

La première chose qu'elle vit en ouvrant les yeux fut Mo Han.

Il était à moitié appuyé sur un siège tissé de lianes démoniaques, le livre posé sur ses genoux, ressemblant à un Seigneur Immortel sorti tout droit d'un tableau — immobile, la regardant.

« ... Pourquoi *sommes-nous* encore là ? » Elle se frotta les yeux, quelque peu surprise.

Nous?

En entendant cela, Mo Han releva involontairement le coin de sa bouche dans un arc sexy. Il aimait ce mot.

L'expression de Mo Han resta inchangée alors qu'il parlait à voix basse : « Je... mon pouvoir magique est gravement épuisé. Je ne peux pas quitter cette vallée pour le moment. Nous n'avons pas d'autre choix que de nous reposer ici quelques jours. »

Il parlait légèrement, comme si c'était une affaire de routine, portée par le vent et les nuages.

Non loin de là, tout le Démon Ancien — actuellement servant de coussin à chauffe-chaleur — bougea soudain ses oreilles. Il révéla une expression qui disait clairement : *« Je peux t'envoyer, tu sais »*, et juste au moment où il ouvrait la bouche pour parler...

Mo Han y jeta un seul coup d'œil. Ses yeux ne portaient aucune intention meurtrière, pourtant ils étaient aussi froids qu'un lac glacé vieux de dix mille ans.

Le Démon Ancien : « ...... »

Sa bouche tressaillit. Il rabat immédiatement la tête en arrière et ferma la bouche, continuant son rôle de bébé bien élevé et duveteux.

Yun Yara ne suscita aucun soupçon, le croyant à quatre-vingts pour cent. Elle pencha la tête pour le regarder. « Alors, ces derniers jours, tu as gardé ici tout ce temps ? »

Mo Han referma le livre, d'un ton calme. « Où d'autre pourrais-je aller ? »

Yara baissa la tête, un fil fin de tendresse traversant ses yeux. Elle s'étira le dos, tendant la main pour caresser la douce fourrure démoniaque sous elle, et soupira : « Ce canapé... est en fait assez confortable. »

L'Ancien Démon du Vide Absolu leva la queue, des larmes coulant dans son cœur : *Ce Démon, le majestueux Être Suprême du Royaume Inférieur, a en réalité été réduit à un coussin de siège. Courtiser... Je ne veux plus vivre.*

Le sourire dans les yeux de Mo Han s'approfondit. Soudain, il murmura :
« Si tu veux... Je peux en attraper quelques-uns de plus pour toi. »

« Ah ? » Yun Yara se figea, puis éclata de rire. « Attraper des bêtes
démoniaques pour les utiliser comme canapés ? »

N'y a-t-il pas un seul Démon Ancien ? Y en a-t-il vraiment plusieurs ?

Mo Han regarda son rare visage souriant, le cœur battant d'excitation,
mais en apparence, il resta sérieux en disant : « Pour toi, il y en a autant
que tu en auras besoin. »

Ces mots étaient prononcés trop naturellement, le ton trop posé. Pendant
un instant, Yun Yara rougit même.

Elle détourna la tête. « Quelles bêtises tu racontes ? »

Mo Han rit doucement. Il ne dit rien de plus, mais l'espace entre ses
sourcils était rempli d'une tendresse et d'une satisfaction indissimulables.

Le Démon Ancien : « ...... »

À cet instant, il estimait que son existence était totalement superflue.

*Courtiser... Je ne suis pas digne de vivre dans cet espace où le niveau de
douceur dépasse la limite cible !*

Yun Yara dormit encore trois jours et trois nuits.

Lorsqu'elle se réveilla enfin, bien que son esprit fût encore quelque peu
fatigué, le profond sommeil des derniers jours avait enfin permis à son
teint d'améliorer.

Dès qu'elle ouvrit les yeux, elle vit Mo Han allongé paresseusement à côté
d'elle.

Il tenait une tige d'herbe sèche entre ses dents, les deux mains posées
derrière la tête, les jambes croisées et inclinées vers le haut, incarnant
parfaitement le contentement tranquille.

Cette apparence ne ressemblait à rien d'un chat sauvage se prélassant au
soleil — et pas n'importe quel chat, mais un type avec un vaste territoire
que personne n'osait provoquer.

Et le « lit » sous eux deux n'était autre que l'Ancien Démon du Vide
Absolu lui-même.

Il s'était transformé sur le champ en un immense canapé vivant et
duveteux, n'osant pas bouger d'un muscle, résigné à servir tranquillement
de matelas à esprit vivant.

Yun Yara regarda ce tableau et sentit que quelque chose clochait clairement.

Elle lui lança un regard en coin, demandant timidement : « Tu n'avais pas dit que ton pouvoir magique était épuisé et qu'on ne pouvait pas partir ? »

Mo Han tourna la tête paresseusement vers elle. Juste au moment où il allait parler, il laissa soudain échapper un grognement sourd et étouffé—« *Urgh...* »—*et se tapa* la poitrine d'une main en fronçant les sourcils. Hélas... en effet, je ne me suis pas encore rétabli. Ça fait mal au moment où j'exerce mon *qi*. »

Yara haussa un sourcil. « Où as-tu mal ? »

Mo Han répondit avec un visage sérieux : « La blessure est interne ; elle ne peut pas être vue en surface. Sans mes techniques de cultivation, je ne suis qu'un cadre mortel. »

Son ton était si solennel qu'on aurait dit qu'il avait vraiment perdu tout son pouvoir spirituel et ses arts martiaux.

Sous eux, le Démon Ancien du Vide Absolu, servant de lit, leva les yeux au ciel si fort qu'il faillit voir son propre cerveau.

Le seigneur suzerain prenne-t-il vraiment ce démon vieux de plusieurs dizaines de milliers d'années pour un petit ignorant avec un jeu d'acteur aussi maladroit et glaçant ?

Le Démon Ancien marmonna intérieurement :

Le seigneur suzerainer a menti six fois aujourd'hui, enlevé une personne une fois, et perdu le contrôle de sa gestion faciale deux fois... De mon point de vue, l'amour non partagé du seigneur suzerain... est une cause perdue.

« Je me souviens clairement d'avoir oscillé entre le sommeil et l'éveil à quelques reprises », dit Yara avec méfiance. « Il semblait t'avoir vu là-bas hier, taquinant un lapin, donnant des coups de pied dans des pierres, buvant de l'eau spirituelle... »

Avant qu'elle ne puisse finir sa phrase, Mo Han la tira soudainement sur le côté.

Elle se jeta à ses côtés, manquant de peu de s'écraser la tête la première dans ses bras.

« Qu'est-ce que tu fais ! » Les yeux de Yara s'écarquillèrent.

Mo Han tourna la tête vers elle, son ton extrêmement innocent en disant : « Rien de tel ne s'est produit. Je crains que tu aies dû rêver. »

Sur ce, ses beaux sourcils se froncèrent avec force, comme s'il souffrait d'une douleur extrême. « Ah, en ce moment je n'ai absolument aucune magie, et mon corps est glacé. Tu cultives l'énergie spirituelle Yang... Approche-toi et donne-moi un peu de chaleur. Ce n'est pas trop demander, n'est-ce pas ? »

Il ajouta ensuite une phrase complémentaire : « Considérez cela comme allongé sur moi pour me reposer, et incidemment... m'aider à guérir mes blessures. »

Le visage de Yun Yara s'empourpra légèrement. Alors qu'elle voulait se libérer, elle le vit la regarder avec une expression qui disait *« Si tu ne m'aides pas, tu me laisses mourir »*, mais son ton était doux, sans laisser la moindre pression.

Yun Yara : « ...... »

Le Démon Ancien ne pouvait plus le supporter et murmura d'une petite voix : « Je n'ai jamais entendu parler d'énergie spirituelle Yang utilisée comme poêle... »

Mo Han leva une paupière sans changer d'expression, son ton faible. « Hmm ? »

Le Démon Ancien du Vide Absolu ferma immédiatement la bouche, se rétrécissant en une forme encore plus douce, s'efforçant de créer l'illusion d'un coussin de siège compétent.

Le coin de la bouche de Yun Yara tressaillit, mais finalement, elle ne se libéra pas. Elle s'allongea silencieusement à côté de lui, le visage tourné vers l'extérieur.

Son cœur, cependant, commença à battre subtilement hors de contrôle.

Elle n'osa pas poser de questions en détail, car elle était certaine que ce type débitait des bêtises.

Mais pour une raison quelconque... elle sentait vraiment que ce... Ce n'était pas mal.

Mo Han observa le bout de ses oreilles devenir complètement rouge. Le coin de ses lèvres se releva légèrement, et il sourit sans un bruit.

Cette « séance de guérison » dans la Vallée de la Brume Déchue était encore plus douce... Que ce qu'il avait anticipé.

* * * * *

L'Ancien Démon du Vide Absolu rétracta son aura démoniaque.

Transformant sa forme massive en un corps aussi doux que la toison des nuages.

Yun Yara et Mo Han reposaient tranquillement sur cette étendue duveteuse.

Au fond de la vallée, la brume s'enroulait en douces spirales, et la lumière du soleil filtrait à travers l'embouchure de la vallée, projetant des ombres tachetées sur le sol. L'atmosphère était aussi tendre qu'un rêve.

Le cœur de Mo Han débordait d'une joie incontrôlable. Il était sur le point de baisser la tête et de se rapprocher, sa main effleurant ses doigts, voulant combler la distance finale.

Le coin de ses lèvres venait de se retrousser en un sourire espiègle quand soudain...

« Votre Altesse ! »

Un cri, comme un coup de tonnerre, éclata dans la vallée.

Avant qu'il ne puisse réagir, d'innombrables auras démoniaques surgirent de toutes parts.

La brume spirituelle dans la Vallée de la Brume Déchue fut secouée jusqu'à se disperser ; La lumière du ciel changea brusquement alors que des nuages noirs s'abattaient sur les bords.

Deux généraux démons et plus d'une douzaine de soldats démons arrivèrent chevauchés par le vent. À leur tête se trouvait Zhu Wue, le commandant de gauche du Royaume des Démons. Son visage était empli de choc, de rage et d'incrédulité.

D'un seul coup d'œil, il vit son propre Prince héritier allongé dans une étreinte avec une cultivatrice du Royaume Immortel.

Bien que leurs vêtements soient intacts, leurs souffles étaient entremêlés, et l'atmosphère était si ambiguë qu'elle en était... Insupportable à voir !

Les soldats démons restèrent bouche bée. Seuls deux mots leur vinrent à l'esprit :

« Double Cultivation ? »

« Tousse, tousse... la situation est comme ça... » Seul témoin de tout le processus, l'Ancien Démon du Vide Absolu s'apprêtait à offrir quelques mots d'explication quand il fut refoulé par un seul regard de Mo Han.

Mo Han, qui un instant plus tôt ressemblait à un chat sauvage tranquille, retira instantanément toute sa langueur et ses sourires. Il se redressa, interrogeant froidement : « Qui t'a permis d'entrer dans le fond de la vallée ? »

Zhu Wue joignit les mains, l'air difficile. « Je rapporte à Votre Altesse.

Le Roi Démon a appris que tu étais tombé dans la Vallée de la Brume Déchue en suivant de près cette fée et que tu avais perdu contact pendant plusieurs jours.

Il était furieux, soupçonnant que le Royaume Immortel avait tendu un piège, et nous ordonna d'amener des troupes pour la recherche et le sauvetage... Nous ne nous attendions pas...»

Il jeta un regard à Yun Yara, son ton empreint d'une complexité et d'une suspicion indissimulables.

Yun Yara se redressa aussi. Bien qu'elle se sente humiliée et agacée intérieurement, elle serra les dents pour garder sa dignité. Elle comprenait que ce « malentendu » était déjà difficile à expliquer.

« Retourne au Palais des Démons. Ton Père Royal attend ton rapport. »

Mo Han émit un « Mm » grave, tournant la tête de côté pour regarder Yun Yara. Enfin, une lueur de réticence apparut dans ses yeux. « Toi aussi... » *Reviens avec moi.*

« Je n'irai pas. » Elle secoua la tête, coupant sa phrase inachevée. Son ton était calme mais résolu.

Mo Han se figea. L'instant d'après, il se leva et fit un pas vers elle, sa voix baissant. « La Vallée de la Brume Déchue ne te convient pas. Reviens avec moi au Palais des Démons. Avec moi là-bas, tu n'as pas à te cacher à l'est et à te cacher à l'ouest. »

Yun Yara releva la tête pour plonger son regard dans le profondeur, son ton plus froid que le sien. « Qui a dit que je voulais me cacher ? Je retourne à la secte Lingxiao. »

« Cet endroit te traite ainsi, et pourtant tu souhaites quand même revenir ? » Mo Han ne pouvait empêcher le froid de lui monter au cœur. Elle voulait partir si librement et facilement ; Les jours et nuits qu'ils avaient passés ensemble ne signifiaient-ils absolument rien pour elle ?

« Que veux-tu dire ? » Yun Yara perdit son apparence docile d'avant, son beau visage devenant glacial. « Comment la Secte Lingxiao m'a-t-elle traitée ? Croyez-vous aussi qu'avec mon statut actuel, je ne mérite pas de retourner à la secte Lingxiao ? »

« Ce n'est pas ce que je voulais dire... »

Avant qu'il ne puisse finir, elle l'interrompit, joignant respectueusement les mains dans une révérence formelle. « Il n'est pas nécessaire d'expliquer. Mon entrée dans le Royaume des Démons fut un moment d'impulsion lors de l'incident de ce jour-là. J'espère que le prince héritier Mo Han laissera le passé derrière nous. »

L'atmosphère de confrontation entre les deux fit taire les soldats démons autour. Le Démon Ancien du Vide Absolu se rétrécit en boule, tentant de se fondre dans l'arrière-plan.

Mo Han baissa les yeux. Après un moment de silence, il se retourna enfin et ordonna à Zhu Wue : « Escortez-la hors de la vallée. »

Il avait l'intention de l'envoyer personnellement partir pour un bout du voyage, mais il fut bloqué par un autre ancien — un assistant personnel du siège du Roi Démon, son expression sévère et autoritaire.

« Le Roi Démon a émis un décret : Le Prince héritier ne doit pas partir sans permission. Veuillez excuser notre présomption. »

Les sourcils de Mo Han se froncèrent. Il se retourna pour la regarder une dernière fois.

Yun Yara ne dit rien. Elle hocha simplement légèrement la tête, se retourna et partit avec les soldats démons, sa jupe flottant au vent.

Il resta immobile, laissant le vent ébouriffer ses cheveux, son regard s'enfonçant centimètre par centimètre dans l'ombre.

La tendresse d'il y a quelques instants semblait n'être qu'un rêve. Maintenant que le rêve s'était éveillé, il ne pouvait qu'observer son dos alors qu'elle partait.

Mo Han resta figé sur place, observant en silence la silhouette de Yun Yara s'éloigner, sans prononcer un mot.

Elle marchait avec détermination, ses pas assurés, sans même un regard périphérique en arrière.

Un vent froid caressait le fond de la vallée, soulevant les coins de ses robes noires d'encre et troublant les émotions qu'il avait refoulées au fond de son cœur si longtemps.

Sa main pendait le long de son corps ; Ses jointures tremblaient légèrement, mais au final, il ne tendit pas la main, ni ne fit un pas en avant.

Pendant des jours, ils avaient voyagé côte à côte à travers les montagnes et rivières du Royaume des Démons, dormant dans des forêts désolées la nuit, partageant une seule monture.

Il avait pensé — au moins — qu'elle aurait un moment d'hésitation, qu'elle le regarderait ne serait-ce qu'une fois.

Mais il n'y avait rien.

Elle est vraiment partie comme ça. Suivant les soldats démons qui la guidaient, sa silhouette élancée disparut peu à peu de sa vue.

Son visage était impassible, son regard calme au point d'être sans cœur. Seule la fine fissure apparaissant sur le jade spirituel serré dans sa paume trahissait silencieusement ses émotions.

Heh. Il laissa échapper un rire perdu.

Il s'avère que même après t'avoir accompagné à travers mille montagnes et dix mille rivières, à travers tes marées les plus basses et tes vallées les plus sombres, je ne mérite pas un seul regard en arrière de ta part... Pas même un seul.

Sa voix était extrêmement basse, presque engloutie par le bruit du vent.

Mais il l'entendit clairement lui-même.

Xie Wuchen
謝無塵

Chapitre 21 : La Fée « Jouant à la Solitude »

Lorsque Yun Lili franchit une fois de plus le seuil du Pavillon de la Mission, elle sentit distinctement les regards de nombreux cultivateurs balayer sur elle — étranges, scrutateurs et chargés de sens.

Il y avait ceux qui se cachaient derrière leurs manches pour rire, ceux qui s'adonnaient à des conversations chuchotées, et ceux qui sortaient audacieusement leurs Miroirs Illuminant le Ciel pour prendre des photos secrètes sur le moment.

Elle ne prenait pas la peine d'y prêter attention.

 Quoi qu'il en soit, la peau de son visage avait depuis longtemps été cultivée au maximum ; elle était là uniquement pour les Pierres d'Esprit, quel qu'en soit le prix pour sa dignité.

Elle feuilleta quelques pages du tableau de mission.

Les premières entrées étaient relativement normales : chercher des herbes spirituelles, chasser des bêtes démoniaques, escorter des personnages nobles... mais la rémunération était affreusement basse, assez pour donner la chair de poule d'indignation.

Serrant les dents, son doigt s'arrêta, puis tapa pour ouvrir la mission qui semblait la plus inexplicable de toutes.

[Participer au livestream du spectacle de talents du Royaume Immortel — Rémunération : 80 Pierres d'Esprit de Qualité Moyenne]

Elle avait d'abord supposé qu'il s'agissait d'une blague listée par un cultivateur tellement ennuyé qu'il faisait pousser de la moisissure. Elle ne s'attendait pas à ce qu'à l'instant d'après, un son de notification système résonne dans son oreille :

« *Mission acceptée avec succès. Téléportation en cours immédiat.* »

Un éclair de brillance la rendit aveugle.

Au moment où elle retrouva ses pensées, elle se tenait déjà sur une haute scène illuminée de lumières éclatantes.

Devant elle se dressait un écran flottant de lumière, où des centaines de milliers de cultivateurs se rassemblaient pour observer.

Non loin de là, plusieurs cultivateurs aux manches flottantes et aux visages débordant de sourires se relayaient pour montrer leurs talents.

Certains maniaient des épées en danse, d'autres jouaient de la musique céleste, et un d'eux comparait même le vin spirituel à des pilules spirituelles...

La Terrasse Immortelle de la Scène a été pavée aujourd'hui avec dix miles d'un « Galaxy Carpet ». Ce n'est que lorsque Lili y posa le pied qu'elle réalisa qu'elle était faite de nuages rosés solidifiés ; À chaque pas, des ondulations de lumière de sept couleurs se répandaient sous ses pieds.

La voix du Cultivateur Hôte perça les Trente-Six Cieux :

« Accueillons la candidate phénoménale, de la Secte Intérieure de la Secte Lingxiao — la Fée 'Jouant à la Solitude' ! »

Sous le cri passionné et exubérant de l'hôte, elle fut poussée en avant par les membres du personnel, l'air complètement déconcerté, tandis qu'une guthare spirituelle de haute qualité (*qin*) lui était fourrée de force dans les mains.

« C'est quoi ce titre fantomatique ?! » Lili faillit écraser la flûte de jade— non, la cithare—offerte par le sponsor.

Soudain, une transmission vocale résonna dans sa mer de conscience :

« *On ne peut rien y faire. En réponse à la demande du sponsor, nous avons dû utiliser ce nom.* »

Yun Lili ferma les yeux, désespérée. « ...... »

La voix dans sa tête poursuivit :

« *Peu importe. Joue simplement ce que tu veux. Souviens-toi des trois secrets clés : ferme les yeux, fronce les sourcils, et enfin, tu dois pousser un léger soupir profond — souviens-toi de ceci !* »

Elle voulait inconsciemment dire,

« *Je ne sais pas jouer,* » mais la voix dans sa tête continuait de lui rappeler : « *Gratte juste quelques fois au hasard. Le tempérament et l'atmosphère sont primordiaux — rappelez-vous, ça doit être cette ambiance immortelle et éthérée et flottante !* »

Elle prit une profonde inspiration, se disant secrètement que pour le bien des Pierres d'Esprit, elle risquerait tout aujourd'hui.

Le bruit de la cithare retentit, totalement dépourvu de méthode ou de loi. Il y avait même quelques notes cassées et des cordes coincées. Pourtant, de façon inattendue, cela s'est combiné à son expression légèrement hébétée et vide, cultivant une aura de « Moi profondément mélancolique, et toi qui ne peux pas grimper assez haut pour m'atteindre. »

Le public en dessous a explosé instantanément.

« Waouh, quelle sensation éthérée ! »

« C'est la première fois que j'entends un tel son immortel de l'École Abstraite ; mes tympans ont été vibrés dans l'illumination ! »

« Son tempérament est d'une perfection absolue. Je soupçonne qu'elle n'est pas humaine, mais la réincarnation d'un être ancien et tout-puissant qui a été en retrait pendant mille ans ! »

« Le Grand Son est Silencieux ! *C'est* le domaine du retour à sa simplicité d'origine ! » Dans le jury, un esprit de la Grue du Millénaire était tellement excité que ses plumes se sont estompées. « Avez-vous tous entendu le rythme des Quarante-Neuf Tribulations Célestes cachées dans ces notes de cithare ? »

« Votez pour elle ! Vite, votez pour elle ! Je veux voir quel travail révolutionnaire elle peut faire au prochain tour ! »

Des applaudissements tonitruants éclatèrent depuis les sièges des spectateurs. Un cultivateur d'épée atteignit soudainement l'illumination sur place, l'anomalie des « Trois Fleurs rassemblées au sommet » apparaissant au-dessus de sa tête. Il y avait même une volée d'oiseaux colorés — origine inconnue — tournoyant sans fin au-dessus de sa tête.

Lili jeta un coup d'œil au vote en temps réel sur l'écran lumineux — les chiffres derrière son nom s'envolaient à une vitesse terrifiante. En un clin d'œil.

Elle avait supprimé la « Danseuse Renard du Ciel à Neuf Queues » qui avait détenu le championnat pendant trois mandats consécutifs.

Tournant la tête, elle aperçut ce Renard Céleste à Neuf Queues, dont le nez était tordu de colère, la fourrure hérissée partout, de la fumée s'élevant de sa tête.

Yun Lili se retira de la scène haute avec un sourire raide figé sur le visage. Son esprit était toujours un vide, mais le son de notification des Pierres d'Esprit sonnait sans arrêt.

Quatre-vingts Pierres Spirituelles de Grade Moyen furent déposées dans sa bourse de pierre spirituelle, sans qu'un seul centime ne manque.

Elle soupçonnait que ce monde était devenu complètement fou.

Lorsqu'elle revint à sa résidence, Lunard l'attendait déjà dans l'embrasure de la porte, le visage rayonnant d'excitation.

Elle tenait le Miroir Illuminant le Ciel dans ses mains, les yeux presque brillants. « Mademoiselle ! Tu as été vraiment incroyable aujourd'hui ! Cette aura, ce bruit de cithare, ce visage... tu as vraiment été directement dans le Top 3 de la liste des plus chauds du Royaume des Immortels ! »

«... Ah ? »

Yun Lili se pinça l'arête du nez. « Qu'as-tu dit ? »

« Troisième place sur la liste des chauds du Royaume Immortel ! Le net est rempli de gens qui devine de quelle secte hermit, cachée toi, le Grand Immortel, tu viens. Certains disent que la secte Dao du Cithare t'a secrètement envoyé pour faire irruption dans le lieu, tandis que d'autres disent que tu dois être un descendant du clan du Phénix, né avec le cri naturel du phénix. »

« Laisse-moi voir ça ! » Elle arracha le Miroir Illuminant le Ciel des mains de Lunard et commença à le balayer elle-même.

Si elle n'avait pas regardé, elle aurait été bien ; Le regarder provoqua un flot de sang dans son cerveau.

—*« Le froncement de sourcils de Sœur a un tel sentiment de fragilité brisée. »*

— *« Suppliant pour un cours sur la façon de jouer des notes brisées avec l'élan imposant d'une tribulation céleste. »*

— *« Tellement amoureux des yeux mélancoliques de Sœur. »*

Lili : « ...... »

Elle avait vraiment, vraiment envie de maudire quelqu'un.

Elle ne possédait même pas encore un miroir illuminant le ciel correct, mais elle était devenue une célébrité du Réseau Immortel.

« Détestable ! » Elle serra les dents et jura d'une voix basse. « Pour un moment aussi marquant de ma vie, je dois vraiment profiter *de ton* miroir juste pour regarder la rediffusion ? »

En parlant, elle leva les yeux au ciel au ciel.

Elle jeta la cithare à esprit — l'instrument même sur lequel elle avait gratté un miracle au hasard — de côté, soufflant avec un air de réticence. « Pour l'amour des Pierres Spirituelles, cette jeune demoiselle a déjà abandonné son visage à l'extrême. »

Lunard se pencha aussitôt vers elle, les yeux pétillants comme des étoiles. « Alors, Mademoiselle y retournera-t-elle demain ? »

Un feu ardent de détermination s'alluma au fond des yeux de Lili.

« Vas-y ! Bien sûr que j'irai ! Je ne m'arrêterai pas tant que je n'aurai pas acheté ce Miroir Illuminant le Ciel qui vient avec son propre filtre de qi céleste et qui fait rayonner la peau ! »

Son objectif était parfaitement clair — Pierres d'Esprit, Filtres, Embellissement. De cette sainte trinité, pas une seule ne pouvait manquer !

* * * * *

Yun Lili était assise sur une pierre à côté des champs spirituels, le regard vide et vide alors qu'elle observait les poules spirituelles se battre non loin de là, attendant patiemment sa prochaine occasion de monter sur scène.

Elle poussa un soupir, sortant son sac à main de sa manche et le secouant.

Mm, il y a un petit bruit. Elle ressentit une lueur de bonheur.

Heureusement, elle avait gagné aujourd'hui quatre-vingts Pierres d'Esprit. *Heh*, la dernière fois, elle n'avait gagné que trente Pierres Spirituelles de Faible Grade, traduisant pour un animal de compagnie spirituel qui aimait pleurer la nuit. Avant même que les pierres ne soient chaudes dans sa main, la moitié avait été dépensée à acheter des talismans repoussant les serpents.

« Cela ne va pas... si cela continue, non seulement je ne pourrai pas me permettre de reconstituer mes pilules, mais je ne pourrai même pas me permettre le talisman de téléportation pour retourner dans la secte. »

Elle se prit la tête et hurla : « Ne pas savoir monter une épée, c'est comme ne pas avoir de jambes ; Je suis obligé d'acheter des talismans de téléportation ! »

À ce moment-là, une voix familière retentit tranquillement.

« Yun Petite Li ? »

Lili tourna la tête pour regarder. Xie Wuchen se tenait derrière elle, tenant une poire parfumée dans sa main. Il mangea et sourit en même temps, arborant une expression qui disait : *« J'ai depuis longtemps vu à travers tout ça. »*

«... Que fais-tu ici ? » demanda-t-elle d'un ton grognon.

« Naturellement, je suis ici pour vous offrir une nouvelle opportunité de gagner des Pierres d'Esprit. » Xie Wuchen cligna des yeux. « J'ai regardé ton livestream hier, tu sais. »

« Quoi ? » Lili leva ses gardes.

Il sortit un papier doré étincelant de sa manche, le brandissant mystérieusement devant son visage.

« La sélection des talents du Royaume Immortel. Qu'en dites-vous ? Ça vous intéresse ? »

«... Hein ? »

« La plus grande compétition de sélection pour les étoiles montantes géniales de tout le Domaine Immortel, organisée conjointement par les Quatre Grandes Sectes Immortelles, diffusée en exclusivité par la Terrasse Mystérieuse du Ciel, et diffusée en direct tout au long. *Tsk tsk,* avec ton physique et le volume de trafic récent, ce serait dommage de ne pas y aller. »

Le coin de la bouche de Lili tressaillit ; elle soupçonnait qu'on la traitait comme une sorte de « Cultivatrice d'Esprits Conduisant la Circulation ».

« Tu essaies de me dire de devenir acteur d'opéra ? »

« On ne les appelle plus acteurs ; ils s'appellent 'Nouvelles Étoiles', tu comprends ? »

Xie Wuchen sourit sans danger. « De plus, il y a des récompenses de la Pierre d'Esprit, des parrainages d'artefacts magiques et des financements d'investisseurs. Vous pourriez même être sélectionné pour la liste clé de cultivation de la Secte Immortelle. Les promotions, les augmentations de salaire et les balades sur des bateaux à nuages ne seront plus un rêve. »

«......»

Lili resta silencieuse trois secondes, puis demanda : « Alors, est-ce que je dois juste rester là à prendre une pose au hasard comme avant, ou bien pincer la cithare deux fois sans problème ? »

« Non, c'est différent du format auquel tu as participé ces derniers jours. Cette fois, c'est une compétition de talents. Tu dois chanter, danser, combattre des monstres, avoir des conversations à cœur ouvert, et... Hmm... Montre tes compétences uniques et exclusives. »

« Mm, ça a l'air un peu difficile. » Elle avait l'intention de battre en retraite.

« NON, NON, NON~ » Xie Wuchen lui tapota l'épaule avec un visage plein de bienveillance. « Tout le monde — oh non, chaque immortel et cultivateur — excelle dans au moins un domaine. Réfléchissez bien ; Quels sont tes points forts ? »

« Je... Je sais cuisiner de la soupe... » dit-elle faiblement après longuement réfléchir.

De retour au Village des Nuages, après avoir cueilli des herbes, elle en vendait la plupart à l'apothicaire, mais elle en cuisinait aussi une portion dans des soupes médicinales pour les vendre pour un peu d'argent supplémentaire.

Xie Wuchen posa une lourde paume sur son épaule, manquant de peu de la faire perdre l'équilibre et la faire tomber en avant. « Parfait ! Le Royaume Immortel manque de fées du stream « Santé et Bien-être » ces dernières années ! Je t'ai déjà inscrite. »

Yun Lili trembla violemment. « Hein ? Quand as-tu... ? »

« Tout à l'heure, pendant que tu comptais tes Pierres d'Esprit. Ne t'inquiète pas, j'ai même choisi un nom de scène pour toi. Ça s'appelle... Petite Fée Li. »

Lili pétrifiée sur-le-champ.

Petite Fée Li ? Ça compte comme un nom de scène ?!

Ce n'était guère différent de son nom d'origine.

Elle doutait vraiment que les connaissances littéraires de Xie Wuchen aient été apprises auprès de son professeur d'éducation physique.

Mais elle devait admettre qu'au moins c'était bien plus fort que ce peu fiable « Fée qui joue à la solitude » d'hier.

Alors qu'elle voulait protester, Xie Wuchen s'était déjà retourné et s'était éloigné en se pavanant, parlant en marchant : « N'oublie pas, la sélection préliminaire est demain. Ne sois pas en retard. J'ai lutté pour t'obtenir une photo révélatrice ; Pas besoin de me remercier~ »

«......»

En regardant sa silhouette s'éloigner, Lili sentit son cuir chevelu engourdir.

Pourquoi avait-elle l'impression d'avoir cessé d'être une cultivatrice... et devenir artiste sous la direction de Xie Wuchen ?

Oh, no. An *Artiste*!

* * * * *

Dans la Salle Noire du Palais des Démons, haute de dix mille brasses, des flammes démoniaques brûlaient avec une intensité féroce.

L'atmosphère était lourde, pesant comme le poids de mille montagnes.

Mo Han s'agenouilla à genoux au pied de l'estrade. Derrière lui se tenaient des dizaines de ministres de haut rang du Royaume des Démons, alignés en rangées silencieuses. Personne n'osait prononcer un son ; Ils n'entendirent qu'un grondement sourd et lourd provenant du haut trône.

« En tant que Prince Héritier, tu t'es vraiment caché dans la Vallée de la Brume Déchue pendant des jours pour un immortel mesquin du Royaume Céleste ?! »

Celui qui parla était le Seigneur du Royaume des Démons, le souverain des Neuf Nethers—le Seigneur Démon Sha Yan.

Cet homme contrôlait le Royaume des Démons depuis mille ans.

Sa base de cultivation était insondable, son apparence belle et tranchante comme une épée, mais ses yeux étaient d'un rouge doré terrifiant, comme du sang mêlé au métal.

Sa joie et sa colère étaient indiscernables, et ceux qui offensaient Sa Majesté étaient invariablement réduits à des cendres volantes et de la fumée.

Mo Han releva la tête, le regard calme. « Père, s'il te plaît, calme ta colère. Votre fils n'a connu qu'une fluctuation momentanée de la cultivation et a dû entrer dans la vallée pour réguler sa respiration. »

Le Seigneur Démon Sha Yan frappa de la main l'accoudoir du trône, sa voix résonnant comme le tonnerre : « Qui crois-tu tromper ?! Tout le Royaume des Démons sait que tu as disparu avec cette femme du Royaume Céleste pendant plusieurs jours. Des rumeurs circulent à l'extérieur selon lesquelles vous et elle auriez déjà pratiqué la « Double Cultivation » ! C'est absurde ! »

Un murmure sourd parcourut la grande salle. Certains généraux démons ne purent réprimer leurs rires, mais un simple regard noir du Seigneur Démon Sha Yan les fit taire instantanément, les rendant aussi silencieux que des disques de pierre.

« Mo Han ! » Le Seigneur Démon Sha Yan éclata de rire avec une colère extrême. « Je me fiche de qui tu joues ou de qui tu taquines, mais tu es le Prince héritier de mon Royaume Démoniaque ! Le jeu est autorisé ; Prendre des sentiments est absolument interdit ! »

« Ce que tu portes sur tes épaules, c'est le destin d'un million de soldats démons et une fondation de mille ans, pas une simple liaison romantique triviale ! »

Mo Han resta silencieux un instant avant de lever les yeux et de parler faiblement, « Père, calme ta colère. Votre fils ne faisait que l'utiliser pour s'amuser. »

« Ah bon ? » La voix du Seigneur Démon Sha Yan devint soudainement froide. « Alors, You Luo compte-t-il ? »

Alors que sa voix s'abaissait, une silhouette sortit gracieusement de l'arrière de la salle. Sa taille ondulait comme un saule, ses yeux étaient comme des fleurs de pêcher, et ses robes rouges étaient comme le feu. D'une démarche qui oscillait trois fois à chaque pas, elle arriva devant Mo Han.

Elle était la Première Démone du Palais des Démons, You Luo.

Cette femme venait d'une branche du Clan Renard ; son clan maternel gouvernait les arts de l'enchantement et du contrôle mental. Elle possédait une beauté naturelle et dévastatrice ainsi qu'une séduction innée.

Une seule paire d'yeux de renard pouvait accrocher l'âme et saisir l'esprit ; tous ceux qui l'avaient vue étaient hantés par des rêves à son sujet.

Elle rit doucement, tournant son corps délicat sur le côté. « Votre Altesse, le Seigneur Démon dit que tant que vous le souhaitez, je suis votre princesse héritière. »

L'atmosphère dans la salle changea brusquement. Les yeux de nombreux généraux démons brillaient d'envie et d'approbation.

Avoir un compagnon aussi éblouissant que You Luo — ne serait-ce pas le summum du plaisir ?

Pourtant, le teint de Mo Han ne montrait pas la moindre ondulation.

Il détourna simplement le regard, indifférent, sa voix aussi froide qu'un tranchant d'épée gelé. « Père, ce fils n'a jamais eu de sentiments romantiques pour You Luo. »

Le sourire sur le visage de You Luo ne s'effaça pas, mais son regard s'approfondit un peu. « Votre Altesse, mais j'ai des intentions envers *vous*. »

Le Seigneur Démon Sha Yan rit aussi, souriant avec une intention meurtrière imprégnante. Il se pencha en avant de son trône, regardant son fils. « Les femmes sont des outils pour t'aider à stabiliser le pouvoir et à s'emparer de la domination, pas pour discuter de sentiments ! »

« À quoi servent le "j'aime" ou le "je n'aime pas" ? »

« Cette petite fée peut-elle t'aider à t'emparer du pouvoir ? Peut-elle contrôler les démons à ta place ? »

Les poings de Mo Han se serrèrent dans ses manches, ses jointures devenant blanches. Il resta longtemps silencieux avant de parler enfin, lentement :

« Elle n'en a pas besoin. »

Le sourire du Seigneur Démon Sha Yan s'approfondit. « Tu comptes dire la vérité, maintenant ? » Il avait l'air d'avoir entièrement percé son fils à jour. « Tu as toujours la langue bien dure. Tu refuses encore d'admettre que tu comptes faire d'elle ta Princesse héritière ? »

« Père n'a pas besoin de s'inquiéter. Quant au poste de Princesse héritière, votre fils en délibérera lui-même. »

Un silence de mort s'abattit sur la salle.

Cette phrase fut comme un clou lourd, s'enfonçant avec un bruit sourd dans le cœur de chaque général démoniaque. Les artefacts démoniaques alignés dans la salle se mirent à vibrer et à bourdonner, résonnant avec le brusque changement de pression de l'atmosphère.

Seul le Prince héritier osait être aussi insolent, osant parler pour contredire et défier le Seigneur Démon.

Le Seigneur Démon Sha Yan retint une partie de sa colère. Il fixa son fils de ses yeux enfoncés, demeura longtemps silencieux, son regard semblant vouloir le transpercer de part en part.

« Puisque c'est ainsi… » dit-il froidement, « choisis par toi-même. »

« Si elle possède réellement les qualifications pour devenir ta Princesse héritière, alors qu'elle survive à mon épreuve. »

« J'attendrai de voir si elle vaut que tu trahisses l'intégralité du Royaume Démon pour elle. »

Sur ces mots, il se retourna et s'en alla, sa silhouette se fondant dans les profondeurs des flammes démoniaques, ne laissant derrière lui que le sifflement d'un vent glacé dans la vaste salle.

You Luo regarda Mo Han, ses yeux scintillant, son sourire séducteur intact. « Cette sœur du Royaume Céleste est vraiment intrigante… quel talent possède-t-elle donc pour apprendre à notre Prince héritier au cœur de glace le sens de l'amour obsessionnel ? »

Mo Han ne répondit pas, bien qu'il fût quelque peu surpris par les dernières paroles de son père royal.

Les mains douces de You Luo allaient se glisser le long du dos droit et élancé de Mo Han, lorsqu'il s'écarta d'un pas, esquivant son contact.

« Votre Altesse, pourquoi ne pas donner une chance à You Luo… »

Mo Han se contenta de se détourner, le regard posé au loin, plongé dans ses pensées.

Il ne savait pas si Yun Yara pourrait un jour entrer dans ce Palais Démoniaque, mais peut-être… pourrait-il, lui, quitter ce Palais des Ténèbres pour elle.

Elle quitte la secte Lingxiao, et lui quitte le Palais du Néant.

N'est-ce pas… tout simplement parfait ?

Chapitre 22 : La copie conforme et l'arrivée écrasante

Le défilé de sélection se tenait sur la **Vaste Terrasse des Immortels**, un site désigné sous l'Esplanade Céleste principale. De la vapeur de nuages enveloppait la zone, et une multitude de cultivateurs se rassembla.

Les Quatre Grandes Sectes Immortelles avaient érigé des plateformes d'observation pour les dignitaires. Bien que le Seigneur Céleste Jì Míng lui-même fût absent, il avait envoyé un **Miroir de Transmission** pour surveiller les déroulements.

De plus, il avait, de façon inexplicable, commandé plusieurs « Commentateurs Célèbres du Royaume Immortel » pour fournir des commentaires et analyses en direct.

L'Esplanade Céleste connaissait une affluence sans précédent.

Ce qui était à l'origine destiné à être un spectacle de jeunesse conventionnel — un processus simple permettant aux jeunes disciples de recevoir **des éloges** et d'attirer l'attention des grandes sectes — s'était d'une certaine manière lié au miroir de surveillance du Seigneur Céleste Jì Mìng, faisant exploser l'audience globale.

Le spectacle entier ressemblait à l'équivalent céleste d'une émission de télé-réalité intitulée *Les Immortels ont du Talent*.

Yun Lili se cachait désespérément derrière la foule, serrant le poulet dans ses bras, frissonnant visiblement.

Elle avait spécifiquement choisi le coq le plus photogénique des trois pour l'accompagner sur scène, croyant que son attitude fière et énergique lui vaudrait sûrement des critiques favorables.

Mais maintenant...

Eh bien, elle se sentait profondément découragée.

« Est-ce vraiment obligatoire ? Je voulais simplement gagner quelques pierres spirituelles... pourquoi ai-je l'impression d'être sur le point d'être escorté sur l'échafaud de l'exécution ? »

Xie Wuchen, debout à proximité, sourit avec un amusement complice, presque malveillant : « Heh heh, n'es-tu pas cruellement dépourvu de pierres spirituelles ? Être sélectionné parmi les dix meilleurs vous rapporte mille pierres spirituelles de qualité supérieure. Les trois premiers donnent deux mille pierres de qualité supérieure, et si tu décroches la première place... Heh heh, cette récompense comprend trois mille pierres de qualité supérieure, plus mille pierres de qualité moyenne, et une lettre de recommandation formelle pour l'entrée dans une secte majeure. »

À vrai dire, en entendant la quantité et la **qualité** des pierres spirituelles proposées, Yun Lili fut honteusement et irrémédiablement tentée.

Xie Wuchen poursuivit son conseil utile : « Vous devez évaluer attentivement votre niveau actuel de cultivation. Compter sur le travail à la pièce et les petits boulots ne vous permettra jamais d'économiser assez de pierres spirituelles pour acheter ne serait-ce qu'un **seul Miroir Céleste de haute** qualité. »

Yun Lili : « ...... » *À son immense désagrément, elle ne put présenter un seul contre-argument.*

Son absence de techniques puissantes la faisait constamment dépendre de talismans supplémentaires, comme de simples sorts de transmission sonore.

À contrecœur, Yun Lili fut contrainte de se tenir près de la scène, regardant le défilé sans fin de candidats qui montraient leurs talents.

« Suivant ! Nous accueillons la Sœur Cadette Yu Qing de la Secte Lingxiao Écarlate, qui nous apporte... la **danse du cri du phénix des Neuf Cieux !** »

« Waouh... » Le public assemblé poussa un cri d'admiration collective.

La Sœur Cadette Yu Qing bondit gracieusement dans les airs, sa longue épée se transformant en l'image illusoire d'un phénix.

Atterrissant avec un pivot fluide, sa silhouette était envoûtante, et la lumière fantôme de l'épée parvint même à fendre proprement un pêcher spirituel au bord de la scène, attirant les regards brûlants de tous les cultivateurs masculins présents.

Yun Lili : « ... Quel genre de concours de beauté Immortel extrême et compétitif est-ce ? »

Le candidat suivant : « Le segment PK de la Bête Spirituelle ! Bienvenue Jing Yang, disciple de la secte du mont Yuheng ! Veuillez présenter votre Bête Spirituelle ! »

Jing Yang fit un mouvement de manche, libérant un **vison à plumes dorées à trois yeux**. La créature apparut, effectua un salto arrière sans interruption, puis se tint sur une patte, crachant feu et eau en succession rapide, provoquant des applaudissements tonitruants de la foule.

Yun Lili regarda silencieusement la poule qui occupait actuellement sa bourse de bête spirituelle.

«… Que peux-tu bien faire à part te rouler et voler mes spères de sucre ? »

Le coq : « *Cot, cou.* »

À ses côtés, une jeune fille en robe blanche monta sur scène, jouant d'un cithare à sept cordes subtilement transformé d'une épée volante.

La musique fluide fit apparaître des nuages colorés du ciel, faisant serrer le cœur d'innombrables cultivateurs masculins dans le public en extase.

Le candidat suivant était un cultivateur masculin en robe rouge. Il rugit bruyamment, libérant un feu spirituel qui se matérialisa en un **« Renard du ciel de flammes dorées »** en plein vol, puis lui ordonna d'exécuter une série de saltos latéraux continus et de figures de rotation de balle.

L'animateur le loua avec enthousiasme : « Magnifique ! La combinaison de magie du feu et de talent de bête spirituelle de ce candidat est exceptionnellement créative ! »

Pendant ce temps, son petit coq se cachait tranquillement à ses pieds, tentant de dévorer une sphère de sucre tombée.

Yun Lili examina silencieusement la candidature dans son propre formulaire de candidature :

« *Ragoût spirituel médicinal nourrissant la vie.* »

«… Sérieusement, que sais-tu vraiment faire ? » demanda-t-elle au poulet, s'accrochant à un fil d'espoir.

Le petit coq leva les yeux : « *Cot, cou.* »

« Tu ne peux même pas gérer un simple roulement là-bas ? »

« *Cot, cot !* » (Il effectua ensuite un roulement rapide, suivi d'un rot audible.)

« Tu trouves aussi qu'ils sont totalement excessifs, n'est-ce pas ? » Yun Lili poussa un profond soupir.

« *Cot, cot.* »

« Oh, ça laisse vraiment une personne sans place pour survivre. » Yun Lili soupira de nouveau, encore plus lourdement.

« *Cot, cot.* »

Elle resta silencieuse pendant trois secondes : « Très bien, nous allons simplement adopter la voie culinaire 'réconfortante parent-enfant', alors. »

L'animateur : « Ensuite, nous accueillons la Fée Lili de la secte Lingxiao, qui nous présente... euh, une démonstration culinaire ? »

Enfin, ce fut au tour de Yun Lili. Elle prit une profonde inspiration. Le public s'agita d'une curiosité palpable.

Yun Lili monta sur scène avec une force de force forcée. Elle invoqua un Pot de Soupe Immortel spécial, fabriqué à la main, destiné à nourrir le qi élémentaire, et commença une démonstration en direct de la façon de préparer un « Bouillon Stabilisant l'Essence Purificant le Cœur » en utilisant cinq herbes spirituelles différentes.

À mi-chemin du processus de brassage, le couvercle de la casserole s'envola dans un grand *« Pah ! »* La vapeur s'échappa agressivement, provoquant une quinte de toux dans le public.

« Tousse... »

« C'est censé être un bouillon stabilisant l'essence purificateur du cœur ? Ça sent assez fort la **Brume d'Illusion Asura**. »

« Est-elle venue pour concourir, donner une conférence sur la nourriture médicinale immortelle, ou simplement installer une barrière spirituelle pour l'obscurcir ? »

Une goutte de sueur froide coula le long du front de Yun Lili. Elle fixait le bouillon complètement brûlé dans sa marmite avec une profonde incrédulité ; toutes les répliques méticuleuses de dialogues scéniques qu'elle avait préparées disparurent instantanément de sa mémoire.

L'animatrice tenta d'apaiser la gêne avec un rire forcé et rigide : « Heh heh, le bouillon de la Fée Lili... eh bien, la vapeur s'enroule vraiment magnifiquement, et elle a l'air **indéniablement unique**, n'est-ce pas ? »

Yun Lili esquissa un sourire froid et crispé, tandis qu'intérieurement elle transpirait abondamment : « Heh heh, mes sincères excuses. Puisque la démonstration du bouillon s'est avérée quelque peu infructueuse, je vais passer à la préparation du thé tout de suite. Mes plus sincères excuses. »

Immédiatement, elle invoqua un brasero spirituel et une bouilloire à ressorts spirituels, et commença à préparer un **« Thé Clair Apaisant le Cœur »**. Elle s'apprêtait à commencer une introduction sur les trois types d'herbes spirituelles florales infusées dans le thé—affirmant qu'elles pouvaient réguler le *qi*, apaiser le foie et stabiliser la culture—

Yun Lili se ressaisit, se préparant à injecter agressivement un peu d'attrait émotionnel dans sa « philosophie de bien-être », quand soudain—

BOUM— !

Un coup de tonnerre résonna dans le ciel, et des rayons de lumière colorée descendirent. Un magnifique bateau-nuage, brillant de mille feux, tomba du ciel !

« C'est... le bateau-nuage cérémoniel exclusif de la secte Lingxiao ! »

La foule a instantanément explosé dans le chaos !

« Regarde vite ! N'est-ce pas la Fée Yun Yara ! Elle est revenue ! »

Yun Lili se figea près de son pot, fixant Yun Yara, qui sortait lentement du bateau-nuage. Ses robes flottaient majestueusement, son visage était aussi immaculé que la neige, et son élégance teintée d'une langueur subtile et inexplicable. Bien qu'elle ne marchât que lui-même, ses mouvements semblaient générer leur propre effet de ralenti et une musique céleste qui l'accompagnait.

Elle fut soudain frappée par un sentiment intense et douloureux d'insuffisance. La Demoiselle Immortelle, celle qui avait été échangée par erreur avec elle à la naissance, ressemblait profondément plus à une véritable héritière de la Secte Immortelle qu'elle ne pourrait jamais l'être.

« La Fée Yun Yara n'a-t-elle pas quitté la secte Lingxiao le jour où son véritable passé a été révélé ? »

« Comment est-ce possible qu'elle soit ici maintenant ?! »

« Se pourrait-il qu'elle participe aussi à ce concours de sélection ? »

L'hôte, les yeux grands ouverts d'opportunité, abandonna immédiatement Yun Lili et courut vers la plateforme d'observation. Les caméras en direct pivotèrent instantanément, et même le miroir télévisé du Seigneur Céleste Jì Míng coupa directement à l'image de Yun Yara.

Yun Lili : « ...... ? »

Où est mon thé ?

Je n'ai même pas encore eu l'occasion de présenter mon poulet précieux ?

Et j'étais sur le point de réciter passionnément la théorie des cinq éléments derrière la décoction spirituelle des herbes !

Elle restait figée sur scène, tenant toujours une petite louche en bois, le visage marqué par une totale perplexité.

À ce moment-là, un disciple lui tendit discrètement un bout de papier : « Fée Lili, tu peux maintenant céder et te retirer avec grâce. Dès que la Fée Yun Yara est apparue, tout le sujet tendance a été forcé de rediriger vers elle. »

Yun Lili : « ...... D'accord. »

Elle rassembla silencieusement sa marmite et sa bouilloire et sortit lentement et silencieusement. Son petit coq suivit rapidement, *caquetant* doucement en mâchant une sphère de sucre égarée.

Ce n'était tout simplement pas juste... l'angle d'où Yun Yara s'était envolée après son évaluation spirituelle était si incroyablement élégant et tragiquement beau... pourquoi n'ai-je pas réussi à reproduire ce style ? Si seulement je pouvais maintenant balayer ma marmite à soupe ratée et faire une sortie spectaculaire, au moins je ne perdrais pas aussi profondément la face.

* * * * *

Yun Lili s'apprêtait à se retourner et quitter la scène, un pied déjà franchi la limite, lorsqu'une voix glaciale, tranchante comme une lame, fendit les nuages :

« Halte. »

La voix n'était pas forte, mais elle étouffa instantanément le tumulte de l'auditorium.

Yun Lili se raidit, tournant lentement la tête. Elle vit la femme en robe blanche neige sur la haute plateforme se soulever lentement.

Une paire d'yeux, froids comme une mare profonde en plein hiver, étaient fixés sur elle sans émotion.

Les écrans de discussion du public ont instantanément explosé sous une nouvelle avalanche de commentaires :

C'est vraiment la Fée Yun Yara...

Waouh, la Fée Yun Yara est vraiment revenue.

Aaaah ! C'est la fée Yun Yara !! Elle vient de parler à voix haute !

Cette aura redoutable... trop froid, trop élégant, je ne peux pas le supporter !

Une confrontation entre jumeaux Immortels ! Est-ce un combat entre déesses ou un affrontement destiné ?!

Le cœur de Yun Lili bondit brusquement. Elle se serra instinctivement la manche, marmonnant doucement : « Heh heh, le timing de cette intervention... ça ne pourrait pas être plus gênant... »

Yun Yara s'avança, son ton encore totalement dépourvu d'émotion discernable : « Vous prétendez que ce thé est une infusion spirituelle, mais vous n'avez prononcé que son nom commun. Puisque vous osez le présenter lors d'une sélection, avez-vous vraiment l'intention de partir sans détailler son efficacité réelle ? »

La question tomba comme un seau d'eau froide. Le public se tut pendant deux respirations tendues, avant qu'une vague de chuchotements nerveux ne commence à se répandre.

La bouche de Yun Lili tressaillit, son sourire fixe et tendu. Elle tenta d'apaiser la situation avec des yeux faussement charmeurs : « Ce **'Thé Clair Apaisant le Cœur'**, voyez-vous... euh, il ne possède rien de vraiment spécial... c'est simplement, comme son nom l'indique, apaisant, stabilisant l'esprit et l'âme, complétant l'énergie spirituelle, et permettant à celui qui boit de, eh bien, se sentir un peu mieux ? »

L'expression de Yun Yara resta totalement impénétrable. Elle prononça un seul mot, sans compromis : « **Goûte.**«

Yun Lili raidit la colonne vertébrale et, avec une immense réticence intérieure, versa une tasse fraîche du thé fraîchement préparé, la tendant à Yun Yara. Dans son esprit, cependant, elle calculait déjà rapidement la voie d'évasion la plus rapide possible si ce moment devenait une humiliation publique, s'assurant de pouvoir s'enfuir sans que son visage ne soit filmé.

Yun Yara accepta le thé, leva la tasse avec une grâce délibérée, et but tout le contenu d'un seul mouvement fluide et élégant. Après une courte pause douloureuse qui étira la tension de la salle à son point de rupture, elle rendit enfin son verdict :

« .... Pas mal. »

Juste deux mots simples et discrets : *Pas mal*.

Mais prononcés par Yun Yara, les mots résonnaient comme s'ils étaient la plus haute forme possible de louange céleste, portant plus de poids que mille strophes de louange.

BOOM!

Tout le lieu éclata instantanément dans un nouveau chaos, le silence complètement brisé.

« Elle a fait des louanges ! La Fée Yun Yara a même félicité un participant ! »

« Je te l'ai proposé, ce thé doit sûrement être la très légendaire infusion que le Seigneur Céleste Yu a pu consommer, ne doit-il pas... »

« Le monsieur dans la galerie a tout à fait raison ; Je me souviens distinctement avoir vu le live auparavant—la Fée Lili et le Seigneur Céleste Yu ont été vus en train de préparer le thé et d'engager une conversation profonde et significative ! »

« Attendez un instant, mon cher, êtes-vous absolument certain que c'était une 'conversation sincère' ? »

« Euh, je me souviens avoir entendu dire que ce n'était qu'une 'leçon privée' sur les bases du *flux du* qi ? »

« Aaaah ! Veuillez commencer à la vendre immédiatement ! Mes pierres spirituelles me brûlent pratiquement des trous dans la main ! »

Yun Lili resta figée un instant, puis réalisa qu'elle était toujours coincée au centre de la scène, observée par des milliers de cultivateurs avec des yeux intensément fervents et affamés. Elle sentit instantanément ses jambes devenir plutôt faibles.

Elle esquissa un sourire timide et maladroit à Yun Yara : « ...... Mes plus sincères remerciements ? »

Yun Yara, cependant, s'était déjà retourné pour partir. Ses longues manches flottèrent une fois, son **aura** totalement transcendante, laissant derrière elle un profond vide de silence et l'écho persistant de son évaluation.

* * * * *

Yun Zhou s'appuya paresseusement sur un trône de jade, ses doigts tambourinant légèrement contre l'accoudoir, le regard fixé sur l'écran lumineux projeté flottant en plein air.

L'image montrait Yun Lili, gérant maladroitement mais avec détermination les questions difficiles de l'hôte, parvenant à garder une façade résolue de sang-froid malgré sa nervosité évidente.

Xiao Yan se tenait à ses côtés, les bras croisés, les sourcils légèrement levés, son ton chargé d'une signification subtile : « Ta petite sœur a un sacré **cuot**... oser participer au défilé de sélection du Royaume des Immortels avec une marmite. »

Le sous-texte était clair, faisant écho à la pique précédente : elle a la peau d'un rhinocéros, ce qui explique pourquoi elle a osé ramasser le pantalon tombé de cet homme au hasard.

Yun Zhou se contenta de ricaner avec mépris, son regard se tournant vers un autre écran lumineux qui reflétait la silhouette froide et distante de Yun Yara.

Les cultivateurs s'écartèrent respectueusement à son passage, s'inclinant respectueusement alors qu'elle montait la plateforme principale.

« Yun Yara porte toujours le poids le plus redoutable », déclara-t-il froidement. « Une seule apparition silencieuse suffit à commander et faire taire toute la salle sans effort. »

Xiao Yan entendit cela, et le regarda avec un demi-sourire évasif : « Heh, il semble que tes deux jeunes sœurs soient des individus plutôt extraordinaires. Yun Yara, avec son orgueil froid et son distant austère, est assurément... assez distinct à la fois de vous et du Maître de Secte Yun. »

—*L'implication claire étant : Vu la grande différence d' **attitude**, elle ne peut sûrement pas être ta sœur naturelle ?*

Yun Zhou plissa les yeux dangereusement : « Différent de quelle manière précise, oserais-je demander ? »

La bouche de Xiao Yan tressaillit légèrement, hésitant, évitant le contact visuel.

—*La vérité évidente ne réside-t-elle pas déjà au plus profond de ta propre conscience ? Toi et ton père adoptez une façade juste et solennelle en public, pour immédiatement révéler votre vraie, frivole et sarcastique, dès que vous ouvrez la bouche. Vous êtes, franchement, l'équivalent du Royaume Immortel d'un duo hip-hop notoire et plein de plaisanteries.*

« Développe davantage, je l'exige. » demanda Yun Zhou avec impatience, tapotant du doigt sur la table.

« Hum... » Xiao Yan s'éclaircit la gorge pour des raisons purement tactiques, puis choisit ses mots avec une prudence méticuleuse : « Je suggérais simplement... ne percevez-vous pas que la jeune Lili, votre sœur, vous ressemble en fait beaucoup plus ? » Voyant le sourcil de Yun Zhou tressaillir brusquement, il ajouta rapidement : « Par exemple, en ce moment — toute sa **posture** de 'N'ayez crainte pas d'autorité céleste, assurez-vous seulement que les pierres spirituelles soient prises en compte' est une réplique absolue de votre propre attitude passée. »

Yun Zhou se tut, son regard revenant vers Yun Lili. La jeune fille tentait discrètement de s'emparer les fruits spirituels offerts par un parrain, ses mouvements si maîtrisés qu'ils en étaient presque attachants.

Après une longue pause, il murmura : « Elle me ressemble?... Elle n'a certainement jamais travaillé aussi assidûment que moi dans ma jeunesse, je vous l'assure. »

« Tu as travaillé assidûment ? » Xiao Yan ricana ouvertement. « Un Immortel de deuxième génération protégé, comptant entièrement sur le soutien de son père — tu t'attends vraiment à ce que quelqu'un croie à cette déclaration toi-même ? »

Le visage de Yun Zhou s'assombrit instantanément. Il attrapa les graines de melon spirituelles qu'il avait à portée de main et les lança violemment sur Xiao Yan.

Xiao Yan esquiva habilement le missile, n'oubliant pas d'alimenter le feu avec une remarque incisive : « Tu es agité ? Il semble que j'aie justement trouvé la vérité— »

Avant que la phrase ne soit complètement terminée, toute la salle trembla violemment violemment. La carte de la constellation sur le plafond voûté s'illuminait violemment.

Les deux hommes tournèrent la tête simultanément, se concentrant sur l'entrée du palais—

Une silhouette en robes blanches immaculées, Yu Sord, franchit le seuil, brisant visiblement les sceaux protecteurs. Son épée était toujours au fourreau, mais la **pression** émanant de son être faisait que des fissures s'effaceraient sur les carreaux du sol.

Il leva les yeux, ses yeux comme des lames de rasoir fixés intensément sur Yun Zhou :

« J'ai entendu dire que ta petite sœur manque cruellement de pierres spirituelles ? »

« Euh... ? » Les deux hommes regardèrent le nouvel arrivant, leurs expressions mêlant choc et totale perplexité.

Yun Zhou se remit le premier, ses beaux sourcils froncés par suspicion et agacement défensif : « Non, je demandais juste, qu'est-ce que ça te regarde si ma sœur n'a pas de pierres spirituelles ? »

Xiao Yan : « ...... »

Chapitre 23 : Le Fou Androgyne et le Lapin Tremblant

La nuit était profonde, le vent mordant, et toute création était revenue au silence.

Pourtant, la forêt de pruniers derrière la montagne Lingxiao restait parfumée.

Chaque arbre et chaque branche étaient saupoudrés de neige pâle, l'odeur claire s'éloignant au plus loin.

Yun Zhou avançait seul. Dans sa main gauche, il tenait une marmite de breuve à la prune ; À sa droite, il serrait une branche de prunier crue, non taillée.

Il s'appuya paresseusement contre une plateforme de pierre dans la forêt, penchant la tête en arrière pour avaler une gorgée de vin.

Son humeur était déprimée, son front légèrement plissé alors qu'il murmurait : « Ce fou qui vit au sommet du mont Alioth est tout simplement déconcertant. Poser une question aussi stupide ? Ma secte Lingxiao manque-t-elle de pierres d'esprit ? »

Dans un mouvement léger, il s'envola vers le haut, s'appuyant obliquement contre une branche d'arbre. Derrière lui, une demi-lune flottait dans le ciel, silhouettant son profil et le faisant paraître encore plus éthéré et immortel.

« Pourquoi ne meurt-il pas de fanfaron ? Est-ce qu'il s'appelle Yu le seul à avoir de l'argent ? »

Sa posture était dissolue et frivole, oscillant entre la justice et la méchanceté.

Ses longs doigts effleuraient distraitement la bouteille de vin en porcelaine bleue et blanche.

« Tsk... ce vin de prune est inférieur au thé spiritueux préparé par ma sœur. »

Sa voix à peine s'était-elle éteinte que des pas chaotiques retentissaient dans la forêt.

Plusieurs cultivateurs masculins, vêtus des robes d'une autre secte, trébuchèrent ivres dans la forêt de pruniers.

Le chef aperçut Zhou et ses yeux se fixèrent. Il tapota avec excitation l'épaule de la personne à côté de lui.

« Hé, hé, regarde là-bas... *Hss*, d'où vient une telle fée dans cette forêt de pruniers ? »

« Vraiment une beauté aux os froids... »

« Tsk, le tempérament est vraiment froid. Est-elle peut-être la secte cachée... Viens, allons entamer la conversation. »

Zhou leur tournait le dos. Ses robes étaient blanches comme la lune, ses longs cheveux à moitié attachés, sa couronne argentée légèrement de travers.

Il secoua légèrement la tête, ivre, révélant un grain de beauté rouge sur un côté de son cou. Il était beau à l'extrême.

Les cultivateurs masculins échangèrent des regards, se prirent du courage et avancèrent.

« Fée, cette humble est Li Chengfeng de la secte Taiyuan. Te rencontrer aujourd'hui est vraiment le destin. Je me demande si je pourrais— »

Avant qu'il ne puisse finir sa phrase, cette « fée » qui s'était penchée en arrière pour boire tourna la tête sur le côté.

Une paire d'yeux de phénix se détourna du regard, tenant trois parts d'ivresse et sept parts d'intention meurtrière.

Même avec son visage plein d'intentions meurtrières, les immortels masculins restaient bouche bée.

« Fée... »

«... Qui a dit que j'étais une fée ? »

Dans la respiration suivante, l'épée nommée « *Liu Hua* » (Éclat Fluide) vola de sa manche. Un éclat glacial balaya instantanément la foule.

Bang— !

Des branches de prunier se brisèrent et tombaient. Le *qi de l'épée* balaia horizontalement l'air, gravant instantanément plusieurs marques d'épée de plusieurs centimètres de profondeur dans le sol.

Les hommes étaient si effrayés que leurs jambes s'assouplirent, et ils tombèrent à genoux.

« T-t-T-Tu es un homme ?! »

« Arrête tes conneries. » Zhou repoussa ses cheveux, son ton mortellement faible. « Si tu te poses la question à nouveau maintenant, ce Seigneur Immortel te transformera immédiatement en femme. »

Sur ce, il fit un geste de la main. Le groupe se précipita et roula hors de la forêt de pruniers, leurs voix brisées de terreur dans le vent.

« Toujours pas de démarche ?! »

« C'est Yun Zhou — ce fou androgyne de la secte Lingxiao !! »

« Allons-y, vite ! »

Zhou ne leur prêta plus aucune attention. Il se contenta de lever la tête pour boire la dernière gorgée de vin, jurant d'une voix basse. « Déchets ! »

Il secoua la bouteille de vin et constata que le vin de prune à l'intérieur avait tout renversé. La colère surgit de nulle part, et il jeta nonchalamment la bouteille de vin de côté.

Soudain, un *bruit sourd* , accompagné d'un léger bruissement, retentit à proximité — comme si quelque chose avait été effrayé et rétracté dans l'herbe.

Zhou pencha légèrement la tête. Il vit un petit lapin blanc neige accroupi sous une touffe de pruniers tombés, grelottant et vacillant, les oreilles dressées.

Il se figea, le regardant un instant.

Après quelques respirations, il se leva, s'approcha et s'accroupi à moitié.

«... Tu avais peur de moi aussi ? »

Le petit lapin tremblait, ses yeux rouges jumeaux le fixant, n'osant pas bouger d'un muscle.

Il laissa soudain échapper un petit rire. Tendant ses longs doigts, il souleva le lapin blanc par la nuque, le plaçant à hauteur de son champ de vision.

« En fait... plutôt mignon. »

Le petit lapin blanc donna des coups de pied dans ses pattes arrière en vain, ses yeux rouges lançant un regard accusateur au fauteur de troubles devant lui.

Après l'avoir observé un instant, il posa le petit lapin blanc. Il dénoua ensuite un chiffon sec du bord de sa manche, le plia et le plaça devant le lapin. « Je t'ai fait peur aujourd'hui. C'est dommage que le vin de prunes soit fini, mais dans les jours à venir, je t'offrirai une bouteille en guise d'excuse. »

Puis il se retourna pour partir, la vue de son dos fière et distante, mais portant une subtile trace de désolation.

Pourtant, il s'arrêta une fois de plus. Se retournant pour jeter un coup d'œil au petit lapin, il se pencha soudain et planta doucement cette branche de prunier non taillée dans la terre à côté du tissu.

« Cette branche de pruniers... Je te le laisse. »

Murmura-t-il d'une voix basse : « Quand les fleurs fleuriront l'année prochaine, si tu te souviens encore de moi— »

La phrase resta inachevée. Il s'était déjà retourné et était parti. La neige tomba sur ses épaules, fondant dans les coins de sa robe.

Quant à ce lapin, il fallut longtemps avant qu'il ne fasse un bond de deux pas en avant. Elle se cacha entre le tissu sec et la branche de prunier qu'il avait laissée derrière lui, se recroquevillant en boule serrée.

La fleur de prunier se balançait doucement, secouant un pétale de neige.

Ses yeux rouges fixaient sans expression cette silhouette qui s'éloignait, immobile, comme s'il gravait l'odeur du vin, la couleur de la lumière de la lune, et le front et les yeux de cet homme de cette nuit, tout cela jusque dans ses os.

* * * * *

À partir du livestream de la « Fuite des Talents » du Royaume Immortel, les quatre caractères « Thé Clair de l'Esprit Apaisant » s'étaient imposés comme l'expression la plus populaire à travers toute la Secte Lingxiao, et au-delà.

À l'origine, un objet d'entrée trivial que personne ne s'était soucié de demander, il s'était maintenant transformé en une marchandise spirituelle brûlante dans le monde de la cultivation.

On disait que plusieurs Patriarches des Âmes Naissantes avaient spécifiquement envoyé des disciples pour faire la queue et l'acheter avant de s'isoler.

Il y avait même quelques anciens de la Secte de l'Épée Céleste qui, dans leur course pour le dernier paquet, manquèrent de dégainer épées et arbalètes à la porte, faisant monter l'affaire jusqu'à ce que la Salle des Forces de L'Ordre doive intervenir pour médier.

Lors du dernier jugement de la Sélection des Talents de la Secte Immortelle, la première place avait été attribuée à la Sœur Cadette Yu Qing, qui avait exécuté la danse de l'épée. Quant à Lili, elle n'était même pas encore entrée dans le top dix.

Cependant, voyant que ce thé avait explosé de manière inattendue en popularité, elle était déjà reconnaissante au point de verser des larmes de gratitude.

Pendant ce temps, dans un petit atelier de thé spiritueux isolé au sein de la Secte Lingxiao, Lunard était déjà tellement occupée qu'elle voyait des étoiles tourner devant ses yeux.

« Tout de suite, tout de suite ! Une partie de trois catties à la secte Xuandu ; deux portions d'un catty jusqu'au Pic du Nuage Pourpre... Ce Grand Vertueux veut dix chats ?! Veuillez vous donner la peine d'apposer le sceau de la secte ! Hein? Qui a fourré des Pierres d'Esprit dans ma manche ?! Nous valorisons l'intégrité et l'honnêteté du commerce ici !! »

La table était encombrée de commandes de talismans en papier et de sacs de pierres spirituelles.

Lunard griffonnait furieusement, notant les ordres avec un pinceau volant, tout en rugissant parfois pour empêcher les trois poulets spirituels de voler sauvagement dans la pièce.

« Ah Hong ! Ah Qing ! Ah Jin ! Dépêchez-vous de faire voler ce lot jusqu'à Clear Sound Valley ! Si tu voles encore une bouchée, je t'arracherai les plumes de la queue ! »

Les trois poulets spirituels—oh, il faut noter qu'il s'agissait à l'origine de trois coqs tout à fait ordinaires.

Cependant, à cause du vol et de la consommation excessive d'herbes spirituelles et de baies spirituelles, leur vie de poulets avait été irrémédiablement modifiée, les transformant en poulets spirituels capables de s'envoler vers les cieux et de s'enfoncer dans la terre.

Un rouge, un cyan, un doré. Chacun portait un petit paquet plus grand que son propre corps sur son dos. En caquetant bruyamment, ils s'envolèrent par la fenêtre, traçant trois magnifiques arcs dans l'air avant de disparaître instantanément dans les nuages et la brume.

Yun Lili s'assit sur le côté en train de préparer du thé.

Son expression n'était plus aussi embarrassée qu'auparavant ; ses mouvements en préparation du thé dégageaient désormais une certaine calme de sang-froid.

Bien qu'il y ait encore une trace de surprise creuse sur son visage, ses yeux cachaient clairement une pointe de satisfaction suffisante.

« Qui aurait pu l'imaginer... » pensa-t-elle. « Une seule phrase de Sœur Yun Yara, et ce thé est devenu un trésor recherché. »

Lunard courut vers lui, haletant, et posa une pile de commandes sur la table en criant *un « pah ! »*

« Tu n'as pas dis-le n'avait pas d'efficacité particulière ?! Le résultat ? Cette bande de Cultivateurs d'Épée affirme qu'après avoir bu ce thé, leur vitesse de concentration a doublé et leur énergie pour l'entraînement a été multipliée ! Maintenant, tout le monde veut une gorgée ! »

La concentration de Lili, comme toujours, était délicieusement différente de la norme.

Elle gloussa bêtement, célébrant sa prévoyance en amenant les trois poules. « Si je ne comptais pas sur Ah Qing, Ah Jin et Ah Hong, je n'aurais même pas de service de livraison en ce moment. »

« Mademoiselle... le problème en ce moment est-il *de savoir qui* accouche ? » Lunard resta tout simplement sans voix.

« Je... Je ne m'attendais vraiment pas à ce que les effets soient aussi évidents à l'époque. Le temps n'était pas serré à ce moment-là... » Le coin de la bouche de Lili tressaillit. « J'ai ramassé ces herbes spirituelles au hasard sur la montagne arrière. »

« Tiré au hasard ?! » Lunard inspira un souffle d'air froid. « Alors dépêche-toi d'écrire *d'où* tu les as sorties ! Demain, les poulets spirituels et moi irons balayer toute cette zone ! »

À ce moment-là, un autre talisman de transmission sonore entra par la fissure de la fenêtre. D'un *claquement de mots*, il s'enflamma tout seul, projetant une notification.

Lunard lut deux lignes, et toute sa personne devint stupide.

« Ça... Li-Li-Li-Li-Li-Fée !! »

« Qu'est-ce qu'il y a ?! » Lili sursauta, manquant de peu de faire tomber la théière.

Lunard lui a mis la notification directement sur le visage. « Le classement des biens immortels a été mis à jour !! Votre Thé Clair Esprit Apaisant s'est glissé directement à la troisième place de la « Liste des produits spiritueux du marché » ! Elle n'est deuxième que derrière la Pilule de l'Union Origin et le Liquide de Jade de la Gloire Capitale !! »

« Hein ? »

« De plus, il a été officiellement qualifié de... Er... le 'Produit Esprit Dark Horse de l'Année', recevant la note maximale dans les trois catégories : utilité, goût et apparence ! »

Yun Lili resta dans un état de stupeur pendant trois profondes inspirations avant de murmurer pour elle-même : « ... Comment est-ce possible ? »

Ce monde était vraiment trop fantastique et bizarre.

Lunard se couvrit le visage et s'effondra sur la table en riant. « Nous devons vraiment remercier 'Sœur Fée Yara'. »

En un instant, sa façon de s'adresser à Yun Yara était devenue encore plus intime et fervente. Il y a un instant, c'était « Sœur Yun Yara », et dans la phrase suivante, elle s'était transformée en « Sœur Fée Yara ».

Lili : « ...... »

Elle regarda Lunard avec un visage plein de mépris ; Cette apparence flagornante et flatteuse était tout simplement trop insupportable pour être regardée directement.

Pendant qu'ils parlaient, les trois poulets spirituels revinrent de l'extérieur, les factures enfoncées dans leur bec.

L'un contenait même un sac de Pierres d'Esprit, un autre avait les plumes de la queue nouées, et le troisième... J'ai même ramené un **papier de message spirituel rose avec de petits caractères dorés dessus :**

« Je cherche une seule rencontre avec la Fée Yun Lili. Prête à échanger trois cents Pierres Spirituelles de Haut Grade contre une théière préparée de sa propre main. »

Lili fixa ce bout de papier, restant assise dans le vide un long moment, avant de soupirer d'une voix basse :

« Trois cents Pierres d'Esprit de Haut Grade... C'est du thé... Vraiment ma plus grande compétence sur le chemin de l'immortalité ? »

En repensant à ses missions précédentes, travaillant comme une bête de somme toute une journée juste pour gagner vingt ou cinquante Pierres d'Esprit... et maintenant, il suffit de préparer une théière à la main pour rapporter un bénéfice net de trois cents Pierres d'Esprit de Haut Grade ?

Lunard rit *hei-hei*. « Peu importe ! Tant que les Pierres Spirituelles seront en main, le Miroir Céleste sera immédiatement en main ! »

« Tu dis la vérité. » Yun Lili hocha la tête avec férocité.

* * * * *

À peine Yun Yara avait-elle quitté la Plateforme Spirituelle, que le bout de ses chaussures brodées ne frôlait même la poussière de la terre, que de nombreux traînées de lumière fluides foncèrent vers elle de toutes parts comme des météores poursuivant la lune.

Plusieurs fonctionnaires immortels, vêtus de robes dorées richement brodées de motifs nuages, l'entouraient sans un mot d'explication.

Leurs expressions étaient graves, inflexibles, et l'entouraient si étroitement que même le vent ne pouvait pas passer.

Le chef du groupe était le censeur de la patrouille de gauche du Bureau d'exécution du décret.

Il tenait une tablette de jade avec révérence dans ses mains, sa voix pas forte, mais chaque syllabe était prononcée avec une clarté cristalline qui perçait le bruit de la foule :

« La fée Yara a reçu une convocation. Veuillez vous rendre immédiatement à la salle Tianxuan pour interrogatoire. »

En entendant les trois mots **« Salle Tianxuan »,** les traits des témoins changeaient de façon universelle.

Ce n'était pas un bureau administratif ordinaire.

C'était le centre central régissant la discipline et les lois du Dao Céleste au sein du Royaume Immortel ; à moins d'être un Souverain Immortel de haut rang ou impliqué dans une affaire grave et bouleversante, on ne serait jamais convoqué là-bas.

De plus, la phrase *« veuillez procéder immédiatement »* n'était pas une invitation polie. Aux oreilles de ceux qui connaissaient les voies de la cour, cela signifiait simplement...

Veuillez venir tout de suite. Immédiatement. Aussitôt. N'envisagez même pas de refuser.

Le front de Yun Yara se froncit légèrement.

Son visage restait un masque d'indifférence froide et évidente, mais un léger tremblement presque imperceptible dans le tissu de sa manche trahissait une ondulation spirituelle en elle.

Elle comprenait parfaitement : ce n'était pas une affaire officielle de routine.

Elle parla doucement, la voix froide : « Je viens tout juste de rentrer au pavillon, et je suis déjà visible ? Je me demande quel Souverain Immortel est si impatient ? »

L'expression du censeur de la patrouille de gauche ne changea pas le moins du monde, rigide comme la pierre. Il répondit : « Les Seigneurs Immortels attendent tous respectueusement dans la salle. Nous espérons que la Fée Yara lui offrira sa coopération. »

Observant cette scène de loin, le cœur de Yun Lili fit un battement violent—*ge-deng*—et son visage perdit de moitié. Elle comprenait que ce n'était pas une convocation ordinaire.

Dès que la Salle Tianxuan lança un appel, tout le monde dans le Royaume Immortel comprit ce que cela signifiait — cela signifiait que le regard jugeant du Dao Céleste s'était posé sur un individu précis.

Lunard cria de panique, agrippant la manche de Lili, « Mademoiselle, que devons-nous faire ? »

Yun Lili avala difficilement une gorgée de salive, la gorge sèche. « Pas forcément... peut-être... peut-être l'invitent-ils simplement à une tasse de thé ? »

Lunard avait l'air complètement désespérée, sa voix montant d'incrédulité. « Qui invite quelqu'un à prendre le thé à la salle Tianxuan ?! À moins que cette tasse de thé ne puisse enquêter sur le karma de trois vies ! »

Sous le regard attentif et lourd de la foule, Yun Yara ne montrait aucune peur. D'un pas posé, elle suivit les immortels officiels à bord du Bateau Flottant Nuage.

Ses longues robes blanches comme neige se soulevaient légèrement sous la lumière rosée du soleil couchant, ressemblant à un lotus de glace silencieux et muet dérivant vers un destin inconnu.

Chapitre 24 : Interrogatoire du Lotus de Glace

À l'intérieur de la salle Tianxuan, la lumière céleste scintillait d'une brillance aveuglante.

Des quatre directions, les Seigneurs Immortels étaient assis solennellement sur des tapis de nuages, leurs consciences divines entrelacées comme un filet dense et invisible qui appuyait jusqu'à ce que l'air lui-même vibre de tension.

Yun Yara fut guidée au centre de la salle, debout sous les marches de jade sculptées de motifs de lotus.

Elle était vêtue de robes de neige, ses sourcils et ses yeux aussi froids qu'un printemps glacé.

Son expression resta inchangée, ne semblant pas être sous le jugement du Dao céleste, mais plutôt dans son propre pavillon de thé, sans la moindre trace de peur ou de panique.

Le Seigneur Immortel Bai Heng fut le premier à parler. Son ton était doux, mais chaque syllabe dissimulait une aiguille : « Fée Yara, il n'y a pas si longtemps tu as quitté le Royaume Immortel. Les signes indiquent que tu as eu un contact avec le Prince héritier du Royaume des Démons, Mo Han. Pouvez-vous détailler le début et la fin de ce voyage ? »

Yara leva les yeux, son regard clair et sans trouble. « Je suis tombé dans la Vallée de la Brume Déchue pour enquêter sur la cause de la disparition de nos prédécesseurs.

J'ai rencontré par hasard le Prince Héritier Démon, Mo Han. Il a été blessé ; que ce soit par raison ou par émotion, je ne pouvais pas rester les bras croisés à le regarder mourir. »

Dans la salle Tianxuan, le toit vitré suspendait la lumière des étoiles, et plusieurs Seigneurs Immortels étaient assis en hauteur dans la salle, l'atmosphère sombre et glaciale.

Yara se tenait dans la salle, une silhouette blanche comme la neige, ses manches bougeant sans vent, son apparence froide, sévère et claire. Elle leva les yeux vers les seigneurs au-dessus, son regard calme comme un lac, sans la moindre trace de peur.

Le suivant à parler fut le Seigneur Immortel Xuan Yin. Sa voix était aussi claire et lumineuse qu'une clochette de cuivre, mais chaque mot portait une lame : « Fée Yun Yara, on dit qu'à l'intérieur de la Vallée de la Brume

Déchue, toi et le Prince Démon Mo Han êtes restés au même endroit pendant sept jours ? »

« Plus de sept jours », répondit-elle, la voix calme, les sourcils fixes. « Il était difficile de bouger ne serait-ce qu'un pouce dans la vallée. Lui et moi avons chacun pris ce dont nous avions besoin ; c'était une alliance temporaire. »

« Chacun a pris ce dont tu avais besoin ? » À droite, la Fée Yao Hua rit doucement, son ton dégoulinant de sarcasme.

« Alors connaissez-vous les arts de la 'Double Cultivation' du Royaume des Démons ? Ils permettent d'emprunter la puissance spirituelle à autrui pour coexister, une méthode particulièrement adaptée pour maintenir sa base de cultivation dans des situations désespérées. Pendant vos sept jours ensemble, avez-vous participé à... un tel comportement ? »

Dès que ces mots furent prononcés, un faible bourdonnement éclata des environs. De nombreux serviteurs et disciples immortels retenaient leur souffle dans l'attente, leurs regards perçants comme des couteaux.

Les visages de plusieurs Seigneurs Immortels changèrent légèrement, et l'expression de la Fée Yao Hua se raidit, comme si elle avait reçu une gifle.

« En d'autres termes, » poursuivit un autre Seigneur Immortel, son ton portant l'élan d'un interrogatoire, « pendant cette période, ton corps a-t-il jamais été envahi par un qi démoniaque ? »

« Nous avons coexisté plusieurs jours dans une paix mutuelle. Quant au qi démoniaque... » Yara s'arrêta, levant légèrement son poignet pâle. « Si les Seigneurs Immortels me soupçonnent, vous êtes les bienvenus pour enquêter. »

Yara leva les yeux, balayant la salle d'un regard froid, sa voix posée.

« De plus, si nous avions vraiment pratiqué la Double Cultivation, les Seigneurs Immortels pourraient-ils encore me parler ici ? Si j'avais vraiment été souillé par un qi démoniaque, je me serais transformé en Dao et péri sur-le-champ. Pourquoi me donnerais-je la peine de rester là pour endurer ton interrogatoire ? »

« Cette déclaration est trop lourde », fronça les sourcils le Seigneur Immortel Zi Heng, assis à gauche. « Me permets-tu d'utiliser l' *Art de la Sonde du Qi* pour observer tes veines spirituelles ? »

« Autorisé. » Yara tendit généreusement le bras, son énergie spirituelle contenue et froide comme la glace, ne montrant aucune peur.

Zi Heng fit circuler son *qi* pour enquêter. Après un long moment, son front se détendit lentement. « En effet, il n'y a aucune trace de qi démoniaque... »

À cet instant précis, un autre rayon de lumière céleste tomba dans la salle. C'était le résultat d'observation en temps réel obtenu à partir de la barrière externe :

« Rapport aux Lords. Il n'y a pas de qi démoniaque sur la personne de la Fée Yara. Sa conscience divine est claire ; il n'y a aucun signe de possession démoniaque. »

Une double vérification confirma le même résultat : Yun Yara était totalement dépourvue d'énergie démoniaque.

« Alors comment expliques-tu les robes de démon qu'elle porte ? » demanda froidement un autre Seigneur Immortel.

Le ton de Yara était faible, mais il tranchait comme un couteau dans la glace et la pierre. « Dans la vallée, il ne me restait que des haillons ensanglantés. Je me suis changé pour m'autoprotéger. Si les seigneurs ne les aiment pas, vous pouvez les brûler, mais ne jugez pas une personne à ses vêtements. »

Sa voix était glaciale, mais sa vivacité était pleinement révélée ; Pas un seul mot ne permettait d'insulter.

Sur le côté de la salle, plusieurs fées habituellement jalouses d'elle arboraient des expressions laides. L'un d'eux ne put s'empêcher d'afficher un rictus glacial : « Je me demande pourquoi le Prince Démon vous regarde avec tant de faveur. Se pourrait-il que tu aies proposé quelque chose de spécial... »

« Ça suffit. » Avant qu'elle ne puisse parler, l'assistante spirituelle derrière elle cria brusquement.

Yara tourna la tête pour le regarder. Ses yeux étaient sans éclat alors qu'elle parlait faiblement : « Ce n'est pas nécessaire. Qu'ils parlent ; Cela ne fait aucun mal. Les commérages inutiles ne peuvent pas obstruer mon cœur. »

Sa voix à peine avait-elle éteint que de nombreux Talismans Explorateurs d'Esprits s'évanouissaient vers elle comme un essaim de papillons de nuit.

Ils atterrirent autour d'elle, l'enveloppant instantanément dans une étendue éblouissante de lumière spirituelle.

La lumière la balayait, fouillant chaque centimètre, mais ne révélait rien d'inhabituel — pas même une once de qi démoniaque résiduel n'était détectée.

Sur le côté, une fée nommée Jiang Yanran se couvrit les lèvres d'une main délicate, laissant échapper un doux rire. « De nos jours, les méthodes du Royaume Démoniaque sont profondément brillantes ; Peut-être est-il simplement caché un peu plus profondément ? La Fée Yara a l'apparence du jade et de la glace ; il n'est guère surprenant que le Seigneur Démon puisse être ému par l'émotion. peut-être y a-t-il une inconnue... enchevêtrement romantique ? »

En surface, ces mots étaient taquins ; En réalité, ils débordaient de malveillance.

En entendant cela, Yun Yara lui lança simplement un regard en coin, le coin de ses lèvres se recroquevillant légèrement. « Si j'étais vraiment enlacée romantiquement avec lui, je crains d'avoir depuis longtemps été accueillie au Palais des Démons par le Seigneur Démon en tant que princesse héritière. Est-ce que je serais encore là, à te laisser prononcer des mots aussi sarcastiques et tordus ? »

« Toi ! »

Jiang Yanran s'étouffa dans ses mots, son expression changeant sans cesse. Les personnes à proximité ne purent s'empêcher de rire à voix basse.

Le Seigneur Immortel Qi Zhao parla d'une voix grave et sombre, son front portant une majesté incontestable. « Immortels et Démons suivent des chemins différents.

Fée Yara, en tant que membre du Royaume Immortel, tu ne devrais pas avoir de relations aussi intimes avec ceux du Royaume des Démons. Sais-tu que le Roi Démon est déjà très en colère à cause de cette affaire ? La situation est périlleuse. »

Yun Yara releva la tête avec indifférence. Son regard était calme comme l'eau, son ton paisible mais ferme. « Je connais parfaitement la gravité de cette affaire, et mon cœur est ouvert et sans honte. Si le Roi Démon est en colère, c'est parce que son fils s'ennuyait à l'extrême et m'a traité comme un jouet pour soulager sa monotonie. Pourquoi, alors, devrais-je être impliqué ? Ce n'est pas une affaire que je peux contrôler. »

Le Seigneur Immortel fronça les sourcils, son ton devenant encore plus sévère. « Vos paroles, je le crains, paraissent quelque peu arrogantes. Les règles du Royaume Immortel sont strictes. Si vous êtes négligent, je crains que vous ne nuisiez à votre propre réputation et à celle du Royaume Immortel. »

Yun Yara sourit faiblement, son regard perçant comme une torche alors qu'elle fixait directement les Seigneurs Immortels rassemblés. « Je ne suis pas arrogant ; Je vois simplement les choses clairement. J'ai sauvé une personne en détresse. Si je dois être condamné pour cela, qui dans le Royaume des Immortels oserait tendre la main pour aider à l'avenir ? Se pourrait-il que simplement parce que l'autre partie vient du Royaume des Démons, je doive laisser son âme se dissiper et son esprit se disperser, refusant la justice qui lui est due ? Si oui, quel sens possède un tel Royaume Immortel ? »

Au moment où ces mots furent prononcés, les Seigneurs Immortels rassemblés tombèrent immédiatement dans le silence. Personne n'osait offrir une réplique facile.

Tout le monde savait que si elle n'avait pas vraiment tendu la main, et si le Prince Héritier du Royaume des Démons avait subi un quelconque incident à cause de cela, le Royaume des Immortels serait probablement confronté à des attaques de représailles sans fin du Royaume des Démons.

Elle se tenait seule, entourée par l'interrogatoire des immortels.

Ses sourcils et ses yeux étaient indifférents, sa posture droite et droite.

Ses mots n'étaient ni humbles ni autoritaires, composés comme un pin solitaire au sommet d'un sommet enneigé balayé par le vent.

Elle n'avait pas besoin d'élever la voix, mais elle attira le regard de tous ; Clairement la personne la plus seule présente, elle semblait être l'existence la plus stable de toute la salle.

Elle regarda une fois de plus les Seigneurs Immortels dans la salle, sa voix aussi calme que jamais. « Si la censure s'arrête ici, puis-je partir ? »

Son regard croisa directement celui des Seigneurs Immortels, sans la moindre crainte — froid, sévère et clair, tout comme la Crête de Jade Volant Givrée sous la lumière de l'aube : isolée et noble.

C'était à ce moment précis — l'instant avant que le Maître de la Salle de la Salle Tianxuan, Yun Wuntang, ne perce le vide pour arriver.

Alors que la foule s'apprêtait à l'interroger davantage, une traînée de lumière de signalisation spirituelle surgit d'au-delà des cieux. Yu Sord avait transmis une évaluation brève et concise :

« Respire pure, raisonnement clair. Elle ne ressemble pas à quelqu'un dont le cœur a été ensorcelé. Je demande aux Seigneurs Immortels d'enquêter clairement. »

À côté de lui, Xie Wuchen le lut et proposa une simple phrase :

« Si nous parlons de punition et de responsabilité, avant que ce soit ton tour de parler, ne devrais-tu pas d'abord demander aux gens de la secte Lingxiao ? »

Pendant ce temps, dans un autre endroit, Yun Zhou se frottait le menton en regardant le livestream dans le Pavillon de la Lumière des Esprits, murmurant : « La langue de Yara... comment est-ce encore plus tranchant que celui de Père ? Je dois faire attention à l'avenir. »

Xiao Yan avait l'air profondément bouleversé. « Cette petite fée... ni humble ni arrogant, chaque mot touchant la cible. Impressionnant ! »

Dans l'objectif, Yun Yara effleura doucement sa manche. Ses robes enneigées bougeaient légèrement ; une seule phrase était devenue le vent.

À l'extérieur de la salle Tianxuan, les nuages se soulevèrent violemment. En un instant, des anomalies surgirent de tous côtés. Plusieurs éclairs descendirent directement de la couche de nuages, secouant tout le palais jusqu'à ce qu'il tremble.

« Qui ose manipuler le réseau ?! » Un Seigneur Immortel se leva brusquement, la veine bleue entre ses sourcils tressaillant.

Un serviteur immortel venu de l'extérieur de la salle entra en courant, la panique dans la voix : « C'est le Vénérable de la Salle de la Salle Tianxuan de la Secte Lingxiao ! Il est descendu ! »

« Pourquoi est-il venu ? »

« En effet, n'était-il pas expressément convenu de ne pas prévenir la Secte Lingxiao, afin d'éviter les conflits d'intérêts ? »

« Heh, et pourtant le voilà, n'est-ce pas ? » Xie Wuchen observait le drame avec le sourire de celui qui ne craignait pas le chaos, un sourire espiègle sur le visage. « Je t'ai dit de demander aux gens de la secte Lingxiao. »

À peine la voix s'était-elle éteinte que les portes du couloir s'ouvrirent brusquement dans un *tonnerre* retentissant.

Une silhouette marcha sur le vide pour entrer. Sa cape battait sauvagement comme un feu brûlant, ses sourcils et ses yeux étaient aussi sombres qu'une forêt dense, et la fureur qui émanait de tout son être semblait assez puissante pour renverser les tuiles mêmes du toit du palais.

Yun Tim.

Il était le maître de la **salle de la salle Tianxuan** de la secte Lingxiao, et le cousin du maître de secte Yun Wuntang. En contraste frappant avec le tempérament doux de Yun Wuntang, Yun Tim était réputé pour sa conduite explosive.

Il détenait le pouvoir de la punition et établit les disciplines, son rang étant honoré au-dessus des Quatre Pavillons.

Il avait toujours agi sans laisser de visage aux autres, ce qui lui valut le surnom **de « Lame Folle Vénérable ».** Dès son apparition, même les plusieurs Seigneurs Immortels assis au-dessus redressèrent instinctivement la colonne vertébrale.

« Qui ose interroger un cadet de ma famille Yun ?! »

Sa voix fit trembler la salle comme un coup de tonnerre et son regard balaya comme un éclair la salle des immortels, s'arrêtant enfin sur Yun Yara. Voyant qu'elle était indemne, sa colère diminua d'un demi-degré.

« Maître de la salle, ce n'est qu'un interrogatoire routinier... » Le Seigneur Immortel Bai Heng commença à parler, mais fut impitoyablement interrompu par Yun Tim.

« Interroger ? Ma fille Yara est revenue du fond de la Vallée de la Brume Déchue dans le Royaume des Démons, un voyage de neuf morts et une vie. Avant qu'elle ne puisse se reposer un seul jour, tu l'as enfermée dans la salle Tianxuan pour enquête ? Lui demandant si elle était touchée par la romance, si elle était possédée par des démons... de telles questions vulgaires sont-elles le style d'un Seigneur Immortel ? »

Il fit un demi-pas en avant.

Boom!

La lumière céleste de toute la grande salle tremblait violemment. Un courant de nuages rosés reculait en marée inverse, et les teints des plusieurs Seigneurs Immortels changeaient universellement.

Le sourcil de Yun Yara tressaillit. Elle conseilla d'une voix basse : « Oncle Martial... s'il vous plaît, ne frappez pas... »

Yun Tim souffla en agitant la main. « Tu te retires d'abord ; Je m'en occupe. »

Au moment où elle se retira sur le côté de la salle, Yun Tim pointa un doigt furieux vers les immortels rassemblés. « Messieurs, demandez-vous : si celui qui est tombé dans le Royaume des Démons aujourd'hui n'était pas Yun Yara, mais votre propre disciple, votre neveu, votre apprenti — parleriez-vous encore avec une telle sévérité juste ? Tu as enquêté deux rounds plus tôt pour le qi démoniaque , et pourtant tu ne la relâches toujours pas. Comptez-vous l'interroger jusqu'à ce qu'elle soit forcée d'admettre sa faute ? »

Chaque mot sonnait comme une cloche ; chaque phrase vibrait jusqu'à faire s'étouffer la poitrine.

Le silence s'installa dans la salle. Certains immortels toussaient à voix basse ; d'autres avaient l'air embarrassés.

« Puisque Yun Yara a été reconnue innocente, l'ensemble de la secte Lingxiao la protégera. Si l'un d'entre vous osa bavarder un mot de plus aujourd'hui... Hmph ! »

Le regard de Yun Tim devint glacial, son sourire rayonnant d'un air glacial. « Je vais débattre de l'épée avec toi sur-le-champ, et voir quelle logique est la plus difficile. »

Bai Heng toussa légèrement. « Puisque le Vénérable Yun est arrivé, cette affaire s'arrête ici... »

« Tu ferais mieux de te souvenir des mots que tu as prononcés aujourd'hui. » Yun Tim souffla froidement.

Il se tourna vers Yun Yara, son ton passant aussitôt à une chaleur : « Allons-y. Retournez à la secte Lingxiao.

Ton père t'attend ; C'est lui qui m'a demandé de te ramener. À notre retour, je demanderai à quelqu'un de te préparer une soupe au Ganoderma Noir pour calmer tes nerfs. »

Le public : « ...... »

Elle hocha la tête, le cœur rempli d'émotion, et partit à ses côtés.

Une fois la vue de leurs dos disparue au loin, la salle resta silencieuse et silencieuse.

Soudain, quelqu'un soupira d'une voix basse : « Le tempérament de Yun Tim... Vraiment dix ans, comme un seul jour. Cela n'a jamais changé. »

Un autre Seigneur Immortel secoua la tête. « À l'époque, il osait contredire même le Grand Maître. Je vois qu'il ne s'est pas retenu d'un poing, même d'un poing. »

« Hmph. Aux yeux de ce vieil homme, bien qu'aucun qi démoniaque n'ait été détecté aujourd'hui, les choses ne sont pas si simples », rappela froidement un autre.

La salle retomba dans le silence, l'air semblant imprégné d'une pression invisible.

Pourtant, à cet instant, peu importe ce que chacun pensait dans leur cœur, il fallait admettre : lors de la confrontation d'aujourd'hui, Yun Yara avait magnifiquement gagné. Et l'intervention de Yun Tim avait fait en sorte que tout le Royaume Immortel se souvienne aujourd'hui de son soutien.

Ce n'était ni Yun Wuntang, ni Yu Sord.

C'était la **Lame Folle Yun Tim**, l'homme capable de maudire le Conseil des Seigneurs Immortels pour qu'il renverse sur-le-champ.

Chapitre 25 : Les retrouvailles au cottage qui embrasse les nuages

Yun Yara resta longtemps devant la porte du Cottage de la Brume—plus longtemps qu'elle ne voulait l'admettre.

Ses doigts reposaient légèrement sur le cadre de porte en bois glacé, le brouillard matinal persistant enroulant ses manches. Elle n'était pas quelqu'un de facilement ébranlable, pourtant aujourd'hui ses pas refusaient d'avancer.

Elle comprenait trop bien : si elle voulait rester fermement au sein de la secte Lingxiao, Lili était un obstacle qu'elle ne pouvait éviter. Mieux valait affronter la fille maintenant que de tomber dans une confrontation gênante plus tard.

Elle inspira profondément, stabilisant son pouls. Enfin, elle franchit le seuil. Sa jupe effleura doucement les marches de pierre, à peine éveillant le silence—du moins, celui auquel elle *s'*attendait.

Mais dès qu'elle entra—

Bruit.

Chaos.

Vie.

Tout cela la frappa comme une vague inattendue.

Là où elle s'attendait à la sérénité, elle trouvait un véritable pandémonium.

Des poulets esprits traversaient la cour comme des comètes plumeuses, battant des ailes follement. L'un d'eux faillit heurter sa botte, criant d'indignation comme *si elle* lui avait fait du tort.

Un jeune garçon du temple traversa la cour en tenant un plateau chargé de fruits spirituels—pour être poursuivi par un chien immortel à la fourrure argentée qui semblait à deux doigts de voler tout le plateau.

Autour d'une table de pierre, trois jeunes domestiques étaient enfermés dans un débat animé, le visage rougi et les mains agitées de façon théâtrale.

« Je te le dis, l'eau de rosée de jade ne devrait être ajoutée que de trois parties ! Lili Fairy était parfaitement claire la dernière fois ! »

« Tu as dû mal entendre ! Elle a dit cinq parties—cinq ! La saveur ne fleurit correctement qu'à ce moment-là ! »

« Trois parties ! »

« Cinq ! »

La dispute avait la passion d'un débat immortel de cour, et aucun d'eux ne remarqua la digne Yara debout, déconcertée à l'entrée.

Yara se figea.

Est-ce que c'était... vraiment une résidence de la Secte Lingxiao ?

Pourquoi ressemblait-elle plus à un stand de thé bruyant sur un marché mortel ?

Avant qu'elle ne puisse reprendre contenance, une voix vive et nette retentit près de son coude :

« Fée, tu es venue pour une dégustation de thé ? Notre Spirit Brew Apaisant le Cœur est en rupture de stock aujourd'hui, mais vous pouvez réserver votre portion ! Une fois que le prochain lot aura fini de raffiner, nous le livrerons directement à la porte de ta secte ! »

Yara se tourna vers la voix.

Une fille de quinze ou seize ans se tenait là, un sourire enthousiaste, les cheveux attachés en deux boucles hautes, les joues rouges d'avoir couru entre les tâches. Elle portait une minuscule théière comme si c'était une relique inestimable.

« Ah... Je ne suis pas là pour acheter du thé », répondit Yara, momentanément dépassée.

Elle songea à moitié à partir puis revenir un autre jour—peut-être un jour où les poulets spirituels ne monteraient pas de rébellion—quand Lunard jaillit de la salle intérieure.

La fille s'arrêta net, manquant de peu de marcher sur une poule en fuite, et la regarda, les yeux écarquillés.

« Yara Fairy ?! » Moony poussa un cri aigu.

En un instant, elle se précipita en avant et saisit le bras de Yara, le visage plein d'excuses et d'excitation.

« Tu aurais dû prévenir ! Nous sommes honorés que vous soyez venus aujourd'hui — vraiment ! »

«... Que se passe-t-il exactement ici ? » demanda Yara, fronçant les sourcils en jetant un regard au chaos animé.

Lunard soupira, à la fois fier et épuisé.

« C'est grâce à toi qui nous as aidés à faire passer le mot ce jour-là ! Notre Breuvage Apaisante a explosé à travers les sectes. Les commandes s'accumulent plus vite que nous ne pouvons raffiner les feuilles—plus qu'une montagne entière de fruits spirituels ! »

En parlant, elle guida Yara vers la pièce intérieure, se faufilant doucement entre les poulets spirituels et les serviteurs affolés.

Derrière eux, quelqu'un cria :

« NON—PAS SIX PARTIES ! JE JURE QU'ELLE A DIT TROIS ! »

Un autre a répondu instantanément :

« CINQ ! JE PARIE MA BOURSE DE PIERRE SPIRITUELLE LÀ-DESSUS ! »

Yara s'arrêta en plein pas, de nouveau stupéfaite.

Ceci... était le domaine de Lili ?

Où était la supposée sérénité tranquille et cultivée ?

Au lieu de cela, le Cottage de la Brume débordait de chaleur, d'énergie, de bruit, de rires—

et la vie.

Et d'une manière ou d'une autre, impossiblement...

cela allait parfaitement à Lili.

La pièce à l'intérieur était totalement différente du chaos extérieur.

Net. Tranquille. Presque austère.

Un seul pot d'orchidée reposait sur la table basse, son parfum faible et propre.

Des ombres de bambou se balançaient au-delà du treillis de la fenêtre, projetant des ondulations de lumière vert jade sur le sol — enfin, quelque chose qui ressemblait à l'air paisible d'une secte immortelle appropriée.

Yara s'assit.

Pourtant, le tumulte étrange dans sa poitrine refusait de s'apaiser.

Elle était venue aujourd'hui en pensant qu'elle devait tracer une ligne pour régler le passé, établir une distance claire entre elle et Lili.

Moony versa le thé avec précaution, sa voix hésitante.

« Toi... tu es là pour voir notre fée, non ? »

Yara cligna des yeux, surprise un instant, puis acquiesça.

« Oui. Est-ce qu'elle... disponible ? »

Elle porta la tasse à ses lèvres, laissant la vapeur douce effleurer son visage.

Mais avant qu'elle ne puisse parler à nouveau, un flot de pas et de grognements s'éleva de l'extérieur.

« Ce lot de feuilles a besoin d'être séché *au soleil avant* le raffinement spirituel — alors il faudra utiliser la flamme du poulet spirituel, mais ces maudits oiseaux fassent grève ou livrent à la mauvaise adresse ! Et quand je les ai grondés, ils ont brûlé un trou dans la cabane à thé— »

La plainte a été interrompue.

Lili entra dans la pièce avec un bruit sourd, une botte encore saupoudrée de morceaux de feuilles de thé rôties, sa manche à moitié froissée comme si elle avait traversé sept petits désastres juste pour arriver ici.

Au moment où son regard tomba sur la silhouette pâle dans la pièce, elle se figea en plein pas.

«… Yara ? »

Pendant un battement de cœur, elle se contenta de fixer.

Puis ses yeux s'illuminèrent—

et elle se lança en avant comme un renard spirituel excité, jetant ses bras autour de Yara dans une étreinte soudaine et serrée.

« Yara ! Tu es enfin revenu ! »

Sa joie la souleva presque du sol.

« Je suis tellement heureux que tu sois en sécurité ! Après la sélection, tu as été emmenée si soudainement, pas un seul message—j'étais *mort d'inquiétude* ! «

Elle relâcha à contrecœur Yara pour l'examiner de la tête aux pieds.

La voyant indemne, elle expira de soulagement, son sourire s'épanouissant comme la lumière du soleil à travers les nuages printaniers.

« Et vraiment—merci ! Si tu ne m'avais pas donné ces deux précieux mots ce jour-là — « Pas mal » — je serais probablement encore en train de me ridiculiser sur cette scène ! Et maintenant regarde — la célébrité instantanée ! »

Yara ne put s'empêcher d'esquisser un léger sourire impuissant.

« Le thé était en effet... Pas mal. »

Lili posa ses poings sur ses hanches avec une fierté triomphante.

« Je le savais ! Mon thé manquait juste son moment ! Grâce à toi, la maison de thé a des files qui s'étendent jusqu'à la cour extérieure — on mesure pratiquement des pierres spirituelles par seau ! »

Derrière elle, Lunard passa la tête, hochant la tête avec force, tout son visage rayonnant de joie.

Lili attrapa de nouveau le bras de Yara.

« Je t'ai dit — dix pour cent des bénéfices sont à toi ! Pierres spirituelles, fruits spirituels, tout ce que vous voulez, prenez autant que vous voulez ! »

Yara rit doucement et lui tapota la main.

« Ce ne sera pas nécessaire. Je n'ai parlé que sur un coup de cœur — rien qui mérite d'être récompensé. »

Mais elle s'arrêta ensuite, les sourcils légèrement froncés.

«… Mais pourquoi tu travailles aussi dur ? On dirait que tu ne t'es pas reposé depuis des jours. »

répondit Lunard avant même que Lili ne puisse inspirer.

« C'est pour le modèle haut de gamme du Miroir Réfléchissant le Ciel ! »

« Oui ! Exactement ! » Lili intervint aussitôt, les yeux pétillants comme deux étoiles jumelles.

« Ce miroir est un artefact de qualité divine ! Il possède des sorts de beauté intégrés, une illumination par la lumière des étoiles, un réseau automatique d'adoucissement d'aura—un seul regard et ton visage paraît plus lisse que de la poussière de jade ! Même l'Immortel de l'Épée Yu Sord a dit que j'avais l'air plus céleste qu'une grue spirituelle ce jour-là ! »

«…?»

Yara lui lança un long regard mesuré. Le silence s'étira si finement qu'il en fronnait presque.

Puis enfin, elle posa la question qui frappa en plein cœur —

« … Alors où est votre *trésor privé* ? »

Lili se figea.

Le sourire de Lunard se figea avec elle.

Et puis—

La chose la plus terrifiante au monde s'est produite.

Silence.

Un silence cosmique total, soudain.

Les serviteurs immortels dehors—qui se disputaient passionnément pour savoir si le thé avait besoin de trois parties d'eau de rosée de jade ou cinq—

se tut au même moment.

Les poulets spirituels cessèrent de courir.

Le chien de thé se retourna et fit le mort.

Le bosquet de bambous s'immobilisa en plein mouvement.

Même la vigne fragile qui pendait au mur d'angle sembla décider que ce n'était pas le moment de bouger, et s'accrochait immobile à la pierre.

Toute la Résidence des Nuages devint si silencieuse

que la déglutition très audible de Lili résonnait comme le tonnerre.

«… Trésor privé ? »

Elle parla enfin, la voix raide, comme si elle rencontrait ces deux mots pour la première fois de sa vie.

Le ton de Yara resta calme — trop calme.

Mais chaque mot tombait comme un éclair céleste.

« Le trésor privé standard de la ligne directe du clan Yun—

Je m'en souviens très bien.

Dix mille pierres spirituelles de haute qualité.

Cinq mille pierres de qualité moyenne.

Trois anneaux de rangement.

Deux talismans d'évasion.

Trois plaques de formation défensive.

Tout ce qui est inférieur à la pierre de qualité moyenne n'est même pas qualifié pour y être placé. »

Un autre tremblement de terre de silence.

Lili et Lunard se tournèrent l'un vers l'autre, leurs visages affichant simultanément la même expression :

Mon Dieu—pourquoi personne ne nous l'a dit ?!

Dans un coin, le poulet spirituel rongeant les restes de thé émit un petit bruit de « vomi » et cracha sa feuille de thé, choqué, comme si son bec s'était engourdi.

L'air se figea pendant trois battements de cœur.

Même le vent n'osait pas respirer.

Lili tourna lentement, douloureusement la tête, la voix tremblante d'incrédulité pure.

« Lunard... A-a-as-tu déjà entendu, dans toute ta vie, que nous avons... a-avoir un *trésor privé* ? »

Les yeux de Lunard parcouraient les lieux comme un lapin coupable.

« N-non... jamais entendu parler... pas une seule fois... »

Merde !

Si elle avait su—

Si elle avait su qu'ils étaient censés avoir un trésor contenant **dix mille pierres spirituelles de haute qualité,**

Pourquoi, dans les neuf couches célestaires, avait-elle accompli toutes ces missions ridicules ?!

Elle avait chassé des poulets, balayé des champs spirituels, gardé des bêtes spirituelles,

et il a même pratiqué des séances de soutien émotionnel pour des cultivateurs d'épée en difficulté mentale !

Tout ça pour vingt ou trente pierres par jour ?!

Plus elle y pensait, plus Lili ressentait l'envie de lever les yeux vers le ciel et de crier jusqu'à ce que les nuages se dissipent.

Puis—

«... Moony. »

Lili se retourna soudain, l'expression solennelle d'une prophète recevant une révélation divine.

« N'avons-nous pas encore quelque chose qu'on n'a pas fait ? »

Leur unité maître-serviteur était terrifiante.

Un regard—

et Moony comprit immédiatement ce qu'elle voulait dire.

« Oui ! Soupe aux racines d'esprit ! » répéta aussitôt Lunard, comme si elle venait de recevoir un ordre militaire.

Lili la saisit par le poignet et partit d'un pas décidé. « Yara, assieds-toi un peu. Je vais te faire mijoter une soupe tonique tout de suite ! »

Trouve le trésor privé. Maintenant. Tout de suite. Immédiatement.

Qui avait encore le temps de penser à la maison de thé ou à ce miroir photo paradisiaque ? Le trésor passait en premier. Par-dessus tout.

Personne ne remarqua — pas même Lili elle-même — que sa façon de s'adresser à Yara avait déjà inconsciemment changé du formel « Yara Fairy » au « Yara » intime.

Yara regarda les deux disparaître dans l'embrasure de la porte, leurs manches traînant derrière elles comme des ombres rémanentes. Un soupçon silencieux monta dans son esprit.

Si ce maître et serviteur... Vraiment ignorant que le trésor privé existait ?

Lili se tenait à l'entrée du bureau de Zhou, faisant les cent pas trois fois avant de prendre une profonde inspiration à la quatrième. Elle pencha prudemment la tête.

« Zhou ? » appela-t-elle timidement.

À l'intérieur, Zhou était assis près de la fenêtre, lisant sous la lumière tamisée. Ses longs doigts tournaient une page avec une grâce nonchalante, son expression froide et distante comme toujours. Il ne leva même pas les yeux en entendant sa voix—seulement un léger frisson flottait dans l'air.

« Qu'y a-t-il ? » demanda-t-il, les paupières baissées, le ton paresseux. « Et c'est quoi cette façon si familière de m'appeler ? »

Lili s'accrochait au chambranle de la porte avec un sourire gêné, se faufilant dans la pièce. « Je voulais juste... tu es venu vérifier si tu as déjà mangé ? »

La main de Zhou s'arrêta. Il leva les yeux et lui lança un regard indifférent. « Merci. Je suis en cultivation à jeûne. »

Oh. Droite. Elle oubliait toujours qu'il ne mangeait pas.

« Alors... assoiffé? Tu veux que je te prépare du thé ? C'est du nouveau thé ! J'ai moi-même grillé les feuilles à la Résidence du Rassemblement des Nuages ! Il a même gagné—euh, cette partie n'a pas d'importance. De toute façon, je fais vraiment du bon thé ! »

« Non. Pas assoiffé. »

Lili laissa échapper deux petits rires gênés. Le voyant baisser à nouveau la tête pour lire, elle murmura : « Alors... Comment va ta cultivation ces derniers temps ? Un goulot d'étranglement ? J'ai entendu dire que le Pavillon Qingming a proposé une nouvelle technique. Tu veux que j'aille voir pour toi ? »

« Pas besoin. Mais merci de vous inquiéter. »

« Alors... » Lili chercha désespérément un autre sujet.

Les mouvements de Zhou s'immobilisèrent à nouveau. Enfin—

D'un claquement sec, il referma son livre et leva les yeux, froid et tranchant.

« Lili, » demanda-t-il, les yeux plissés, « qu'essaies-tu exactement de faire ? »

Son regard était comme du givre enveloppé d'une neige plus profonde. Lili frissonna sur place. Voyant qu'elle ne pouvait plus éviter la question, elle rapetissa la nuque, s'approcha avec le regard coupable d'une voleuse, et murmura : « Je... Je viens d'entendre quelque chose, tu sais. Que les enfants du clan Yun... tous semblent avoir un... um... trésor privé quelque part. »

« Ah bon ? » Zhou haussa un sourcil, sa voix lente et chargée de sens.

Être regardée fit frissonner le cuir chevelu de Lili. Elle força un rire. « J-juste ce truc, tu sais... le soi-disant package standard... mille pierres spirituelles de qualité supérieure, cinq mille de qualité moyenne, plus quelques outils magiques et anneaux de stockage et... quoi que... Pourquoi je n'ai jamais vu le mien ? Tu as le tien ? »

« Qui t'a dit ça ? »

« Euh... Yara. »

Zhou plissa les yeux vers elle, étudiant chaque centimètre de son expression. Après un long moment, il laissa échapper un court souffle sans humour — à moitié un rictus, à moitié un rire. « Et moi qui pensais que tu venais par souci de mon goulot d'étranglement de cultivation. Mais non. Il s'avère que tu es venu pour le trésor privé. Et les pierres spirituelles à l'intérieur. »

Le visage de Lili devint rouge. Elle passa immédiatement en mode lèche-bottes, riant faiblement. « Hehe, je ne cherche pas les pierres spirituelles ! Je... Je trouve ça terriblement injuste, tu vois ? Moi, Lili, je suis aussi une descendante directe digne. Je mérite aussi une part, non ? Tu ne trouves pas ? »

« Ce thé à toi se vend vraiment bien ? » Zhou lui lança un regard en coin, sans filtre. « Ça apparaît dans les publicités sur le Réseau Immortel tous les jours. »

« … Quoi ?! » Les yeux de Lili s'écarquillèrent — elle n'en avait vraiment aucune idée.

Zhou renifla doucement. « Et tu prétends toujours manquer de pierres spirituelles ? »

L'esprit de Lili tourna rapidement, et elle répliqua aussitôt : « Je manque de pierres spirituelles, non pas parce que je suis pauvre, mais parce que mon entreprise est sur le point de décoller ! J'ai besoin de renouvellement ! C'est un problème de trésorerie ! »

Zhou lui lança un regard qui montrait clairement qu'il voyait clair dans toutes ses excuses. Puis il prononça deux mots clairs : « Ne le fais pas. Avez. »

Tout son corps se dégonfla. Elle s'assit en face de lui comme un oisillon vaincu, les épaules affaissées dans un désespoir total.

Le trésor privé — bien sûr, il possédait mille pierres de qualité supérieure, cinq mille pierres de qualité moyenne, et un ensemble complet d'équipements magiques standards.

Elle avait envie de pleurer.

Lili renifla deux fois, entamant un monologue tragique à grande échelle. « Je... J'ai essayé une nouvelle pilule de jeûne pour cinquante calculs spirituels de faible qualité... j'ai fini avec la diarrhée pendant trois jours d'affilée... »

Elle commença à divaguer, son esprit revenant à une scène misérable après l'autre.

« Et aussi ! Cette mission bizarre de la Secte du Raffinement des Artefacts ! Ils m'ont fait faire semblant d'être un esprit de fer et parler au four de raffinage — disant que le four se sentait seul et avait besoin d'une résonance émotionnelle via l'énergie spirituelle. Je suis resté là comme un idiot, à faire une 'danse des esprits' devant ce four cassé pendant deux heures... Et puis ces gens ont eu le culot de rire et de dire que je ne dansais pas du tout, je faisais de l'exercice physique... »

Rien que de s'en souvenir, son cuir chevelu s'engourdissait, sa voix perçant presque le ciel.

« Et ça... Cette ridicule mission de livraison de poulet spirituel ! Ils ont clairement dit qu'il escortait un Poulet Esprit Plume de Feu, mais ce qui est arrivé, c'était un panier de poulets de champ ordinaires ! Puis ils m'ont accusé d'avoir changé de poulets exprès, ont exigé une compensation, et ont même failli m'entraîner jusqu'à la Salle de Discipline ! J'ai failli tomber à genoux en criant l'injustice ! »

« Et... et je suis même allé à ce symposium de poésie, en prétendant être un cultivateur érudit ! Ensuite, ils nous ont forcés à tirer au sort sur place et à composer un poème ! Comment *pourrais-je* savoir comment faire ça ? Je ne pouvais que fuir... »

Lili avait l'air complètement misérable en poursuivant : « Et ce type, Xiao Yan... disait qu'il pratiquait la 'Méthode de Méditation du Cycle de Souffle', mais il a fini par s'accrocher à moi et me déverser trois heures entières de déchets émotionnels... »

Elle attrapa soudain ses propres cheveux, les yeux grands ouverts de chagrin explosif. « Et me voilà — buvant du thé spirituel amer tout en souriant faux, essayant de gagner quelques pierres spirituelles — pour découvrir que J'AVAIS UN TRÉSOR PRIVÉ TOUT LE TEMPS !! ET! IL! A! DIX! MILLE! DE QUALITÉ SUPÉRIEURE ! ESPRITS LUMINEUX !! »

Zhou : « ... »

Il savait qu'elle prenait des petits boulots, mais il avait supposé qu'elle s'ennuyait simplement. Il ne savait certainement pas que ses missions étaient aussi folles.

Elle releva brusquement la tête, son regard le tranchant comme de l'acier forgé par le givre. « Tu le savais depuis le début, n'est-ce pas ? Tu as fait ça exprès, n'est-ce pas ? Tu attendais de me voir me ridiculiser, n'est-ce pas ?! »

Assis derrière le bureau, Zhou s'arrêta en plein tournage d'une page. Il leva les yeux vers elle et finit par s'adoucir un peu, parlant doucement. « Tous les inventaires du trésor privé, les registres en pierre d'esprit, les documents de transfert—je vous les ai fait envoyer... trois fois. Tu as dit qu'ils 'avaient l'air problématiques' et que tu 't'en occuperais plus tard'. »

«…» Les pupilles de Lili tremblaient violemment. « Je croyais que c'était ta liste de lecture pour moi !! »

Zhou : « ... »

Il ajouta sèchement : « Votre trésor est dans votre bague de stockage. Elle était auparavant liée au sceau ancestral du clan, et elle suscite l'intérêt des esprits chaque mois, donc... Oui, tu devrais en avoir environ treize mille maintenant. »

Lili a connu un niveau de mort sociale qu'elle n'avait jamais connu de toute sa vie.

Ses yeux devinrent vides alors qu'elle fixait le plafond, marmonnant,

« Alors j'étais... J'étais... une jeune fille riche pleurant en portant des sacs de riz... vivre comme un pauvre alors que des fruits spirituels poussent de mes poches... »

À ce moment-là, Lunard passa la tête dans la pièce depuis l'embrasure de la porte et chuchota : « Mademoiselle, la grue spirituelle vient d'envoyer un message — les derniers Miroirs Célestes sont arrivés. Quand tu seras libre, tu pourras en choisir un ! »

Lili : « ... »

Elle se leva silencieusement du sol, tapota sa robe, inspira lentement et prit l'attitude d'une immortelle froide et aristocratique.

« Lunard, à partir d'aujourd'hui, je n'achète que— la PRÉ-MI-UM ÉDI-TION !! »

Chapitre 26 : L'Œil du Ciel et la Poigne du Démon

L'Œil du Ciel et la Poigne du Démon

La lumière des cieux était pure et purifiante. Au sommet de la Terrasse des Esprits, nuages et brume tourbillonnaient et tourbillonnaient, comme si le grondement du tonnerre allait éclater.

Le Réseau des Esprits discutait encore avec ferveur de l'interrogatoire de Yun Yara à la Salle Tianxuan. Des milliers et des milliers de commentaires défilaient à toute vitesse.

Des hashtags comme #YunYaraSoberSpeech et #TheDemonPrinceAndTheGoddess : ATrivialAffair... a temporairement grimpé en tête des classements tendances.

Lorsqu'elle sortit de la salle Tianxuan vêtue de robes blanches, sa posture était si droite et inflexible qu'elle fit trembler le cœur d'innombrables observateurs.

Certains louèrent son courage et sa perspicacité ; d'autres la maudissaient pour son manque de respect et d'admiration. Pourtant, personne ne pouvait nier qu'après cette tempête, il ne restait plus personne dans le Royaume des Immortels qui ne connaissait pas le nom Yun Yara.

De retour à la secte Lingxiao, elle ne prononça pas un mot.

Son expression était froide et claire, mais la profondeur de ses yeux trahissait une lassitude indissimulable.

Yun Tim se tenait devant la salle, l'observant approcher. Finalement, il parla d'une voix grave et sombre : « Ils te doivent des excuses. »

Elle secoua la tête, la voix faible. « Peu importe. Telle est la nature du Royaume Immortel. Ce n'est pas la première fois, et ce ne sera pas la dernière. »

Une brise spirituelle caressa légèrement ses robes blanches.

Yun Yara baissa la tête, regardant la marque résiduelle de talismans sur sa paume—la force persistante laissée par le Seigneur Immortel Zi Heng lorsqu'il avait sondé son *qi* quelques instants plus tôt.

Elle avait été marquée par son nom par la Salle Tianxuan. À partir de ce moment, chacun de ses gestes et actions serait placé sous l'œil de l'Œil du Ciel.

De nouvelles épreuves, de nouvelles tempêtes, levaient silencieusement le rideau.

Pendant ce temps, loin dans le Royaume des Démons.

Mo Han était assis sur une chaise de pierre givrée, tournant distraitement un ancien symbole dans sa main.

Son visage était froid et indifférent, mais cachés dans la profondeur de ses yeux se cachaient des courants turbulents.

« Est-ce qu'elle... indemne ? » demanda-t-il faiblement.

L'assistant baissa la tête. « La fée Yun Yara a été interrogée au Hall Tianxuan. Elle est partie saine et sauf ce matin et est retournée à la secte Lingxiao. »

Mo Han se tut un instant fugace. Puis, sa main se resserra violemment autour du sceptre qu'il tenait.

* * * * *

À l'extérieur du Pavillon des Dix Mille Trésors et des Innombrables Phénomènes, le flot de gens coulait dans une marée sans fin.

Une maîtresse et sa servante sortirent du pavillon d'un pas assuré, les esprits s'envolant à dix mille *zhang* de haut, leurs pas si légers qu'ils semblaient sur le point de marcher sur les nuages.

Yun Lili tenait dans ses mains ce miroir **illuminant le ciel Luminous Glory Model 9 : Mystic Spirit Filter Edition** Heaven-Illuminating dans ses mains, donnant l'impression qu'elle venait de recevoir la seule arme divine des Trois Royaumes directement des mains de l'Empereur Céleste.

Le sourire sur son visage ne pouvait s'empêcher ; Elle s'éleva vers le haut, presque en fleur, s'étendant du coin de sa bouche jusqu'à la racine de son oreille, refusant de descendre pendant longtemps.

Elle tenait le miroir avec la plus grande prudence, allant même jusqu'à alléger sa respiration de quelques degrés, comme si un seul accident pouvait transformer cet artefact divin en une traînée de lumière fluide et s'envoler vers l'immortalité.

D'abord, elle effleura le corps du miroir avec sa manche, puis pinça un tissu de velours de l'ourlet de sa robe et le frotta furieusement, polissant la surface jusqu'à ce qu'elle devienne aussi brillante qu'un lac, assez claire pour refléter l'âme. Puis elle changea de main pour tester plusieurs angles.

Sous la lumière du soleil, la surface miroir révéla soudain des cercles de runes spirituelles exquises, scintillant de vagues lumineuses, semblant pouvoir sceller le visage d'une fée dans un palais vitré du Neuvième Ciel.

« Ahhhhhhh—!!! » Lili était tellement excitée qu'elle faillit effectuer trois saltos consécutifs en plein vol. « Cette sensibilité à la lumière, ces détails, cette température de couleur, cette matrice de lumière de remplissage, ces runes spirituelles à flou mou—c'est tout simplement stupéfait, insensé d'une beauté !! »

Elle tourna la tête pour fixer Lunard. « Tu sais ! Ce filtre est réel ! Il est vivant ! Il calibre automatiquement le teint de peau en fonction de la pression spirituelle ! Même si je passais la nuit à raffiner des pilules et que je tombais en acné, ou que j'échouais à une tribulation et que je me brûlais la moitié du visage, cela peut quand même donner l'impression d'un immortel aux muscles clairs et à la peau de jade ! »

« Vrai ou faux ?! » Moony était aussi très excité.

Lili hocha vigoureusement la tête. « Bien sûr ! Une fois ce miroir allumé, il peut même photographier un cadavre de femme millénaire ressemblant à une fée de dix-huit ans ! »

« Lunard, regarde ! » Lili avait déjà commencé à serrer le miroir pour s'entraîner aux poses de selfie—maintenant appuyant son menton dans une profonde réflexion, maintenant faisant tournoyer une fleur avec un léger sourire, ses angles aussi précis qu'un général arrangeant des troupes. « Cet angle ! Cet éclairage ! Cette réflexion sur le front et les yeux s'ajuste même automatiquement ! Ahhh, c'est trop beau ! »

Moony hocha vigoureusement la tête sur le côté, ses yeux rayonnant de lumière. « À l'avenir, je devrai économiser ma bourse mensuelle pour en acheter un aussi ! Avec ce miroir en main, je tiens les vents et les nuages du Royaume Immortel ! »

Lili rit jusqu'à ce que ses épaules tremblent. Elle se retourna pour lancer à Lunard un regard qui disait : *« Sois assuré, Grande Sœur a de l'argent »*, et tapota fièrement sa poitrine. « Sois rassuré ! Un jour, Grande Sœur t'en achètera un ! »

Son commerce de vente de thé rapportait de l'or au boisseau chaque jour ; son petit Lunard devait aussi avoir un Miroir Illuminant le Paradis de l'Édition Suprême !

Heh heh, c'était une petite maîtresse si généreuse et belle !

« Merci, Mademoiselle ! Mademoiselle est la meilleure ! » Lunard bondit sur place, de joie.

Tous deux éclatèrent aussitôt de rire bruyamment, riant jusqu'à ce que les passants regardent sur le côté. Même un fonctionnaire immortel de passage s'arrêta net, murmurant à son compagnon : « Venent-ils de revenir d'une tribulation céleste ? Pourquoi rient-ils si désespérément ? »

Lili ignorait complètement les regards des autres. Elle fit tournoyer en tenant le miroir, prit une profonde inspiration et parla avec un visage plein de piété :

« Ah-Yara avait raison. Parmi les dix mille affaires du monde, à part la vie, tout peut être rejeté. Si vous demandez quel est un destin ordonné par le destin... alors c'est moi et ce Miroir Illuminant le Ciel ! »

Lunard, quant à elle, était totalement coopérative, ses mains portant sept ou huit sacs d'accessoires colorés, s'efforçant de maintenir son sourire professionnel en tant que Servante Immortelle Numéro Un.

« Mademoiselle, n'avez-vous pas juste ajouté un achat d'un... ? » Lunard fouillait dans les accessoires dans les sacs.

« Oui, oui, oui ! C'est le **P-I-L-U D-E F-O-U-R-R-U-R-E R-O-S-E !** » Lili commença aussi à fouiller. « C'est le style peluche ! Avec deux oreilles ! Et il émet même de petites étoiles tout seul ! »

En parlant, Lili sortit cette mallette protectrice démesurément onirique de son sac de rangement. Tenant le miroir d'une main, elle l'installa maladroitement de l'autre, vérifiant parfois le manuel d'instructions pour serrer soigneusement les boucles en Fer Noir.

« C'est une édition limitée ! Seulement cent ensembles ont été publiés dans tout le Royaume Immortel ! Vous devez savoir que ce produit a été spéculé jusqu'à trois mille pierres spirituelles sur les plateformes d'enchères en ligne. Je n'en ai dépensé que deux mille sept cents, et il y avait même un talisman de protection spirituelle de surface miroir ! Un profit énorme ! »

Lunard : « ... Heh heh, Fée, tu as gagné une fortune. »

Maximiser la valeur émotionnelle du patron est la culture de base d'un immortel actif.

Lili était actuellement comme une enfant qui avait obtenu son souhait. Elle tourna en cercle en tenant le miroir, puis ouvrit d'autres fonctions et modes, jouant avec un plaisir sans fin, marmonnant tout le temps :

« Ce filtre ! C'est tout simplement un miracle divin ! Même le grain de beauté au coin de l'œil a son propre effet halo ! Digne d'être le modèle de collaboration désigné du Pavillon de l'Ombre des Esprits ! »

Moony rit joyeusement. « Mademoiselle, prenez aussi une photo de moi... »

Lili prit un air sérieux. « Je n'ai pas encore fini de me prendre en photo. »

Cela dit, elle tint le miroir et murmura avec une profonde affection : « Bébé Esprit Mystique, tu es enfin arrivé entre mes mains... À partir de maintenant, tu me suis. Mange avec moi tous les jours, dors avec moi tous les jours, compris ? »

Le miroir ne répondit naturellement pas, mais il brillait faiblement d'une lumière douce, comme s'il émettait silencieusement une résonance de conscience spirituelle.

Alors que la maîtresse et le serviteur étaient hors d'eux d'excitation, un Talisman de Transmission Sonore descendit du ciel.

« Yun Lili. La leçon d'aujourd'hui. N'oublie pas. Ne sois pas en retard. »

* * * * *

En recevant à nouveau la notification de Yu Sord pour le cours, Yun Lili ne ressentit plus la pression écrasante qu'elle avait ressentie auparavant.

Au contraire, elle accepta la convocation avec une joie bouillonnante, incapable d'attendre pour lui montrer son nouveau trésor.

Lorsque Yun Lili entra dans le Pavillon Nuage-Lumière de Yu Sord, la joie cachée dans les coins de ses yeux et de ses sourcils ne pouvait être dissimulée.

Contrairement à ses précédentes venues pour les cours, qui portaient toujours l'air d'une martyre luttant vers la mort, aujourd'hui ses pas étaient aussi légers que ceux admirant des fleurs lors d'une excursion au lac ; même les coins de sa robe flottaient avec une grâce supplémentaire.

Yu Sord sentit clairement ce changement et ne put s'empêcher de regarder sur le côté. « Tu es de si bonne humeur aujourd'hui ; y a-t-il eu une occasion joyeuse ? »

En entendant cela, Lili afficha instantanément un sourire à la fois suffisant et timide, comme un enfant impatient de partager un secret mais légèrement effrayé d'être moqué.

Elle plongea la main dans sa poitrine avec le plus grand soin et en sortit un objet. « Heh heh, c'est ça... »

Voilà, un Miroir Illuminant le Ciel d'une magnifique beauté exquise apparut soudainement dans sa paume.

Le corps du miroir scintillait de lumière, sculpté d'or et incrusté de jade. Pourtant, la caractéristique la plus remarquable était la couche de **protection rose et duveteuse** qui enveloppait son extérieur. Il y avait même deux petites oreilles cousues sur le dessus, et une petite perle spirituelle lumineuse pendante à la queue.

Yu Sord : « ...... »

Lili serra le miroir contre lui comme si elle embrassait un trésor spirituel suprême, son visage rayonnant de lumière alors qu'elle parlait avec un enthousiasme débordant : « Le Miroir Illuminant le Ciel de l'Édition Suprême ! Savais-tu, Seigneur Immortel ? Il est doté de filtres lumineux célestes intégrés et de fonctions d'illusion d'embellissement ! Même quand je me réveille le matin avec le visage enflé, un simple regard dans ce miroir peut instantanément me transformer en fée descendant sur terre ! Il dispose aussi d'un réglage automatique des veilleuses, d'un enregistrement vocal, de la capture d'images... elle est tout simplement omnipotente ! »

Il savait, mais il ne le dit pas.

« Et cette housse protectrice est une édition limitée ! Il est fabriqué à partir des fourrures, les Lapins de Jade du Palais de la Lune. Le contact est comme un nuage ! J'ai failli ne pas en attraper un ! »

Elle parlait avec des sourcils dansants et des yeux radieux, brillants d'une joie pure et d'une passion, comme si ce minuscule objet était la source de tout son bonheur.

Yu Sord se tut un instant. Se tournant légèrement, il serra silencieusement un objet caché dans sa manche.

C'était un Miroir Illuminant le Ciel d'un style extrêmement similaire — sauf que la couleur était un violet pâle, et le cadre était gravé d'un motif clair d'ombres de bambou.

 Il l'avait personnellement gagné lors d'une vente aux enchères dans la Tour du Marché Céleste la nuit précédente. Son intention initiale était... Si elle réussissait ses cours, il le lui donnerait en récompense.

À cet instant, la regardant bercer cette version rose et douce avec un cœur rempli de joie, il sentit soudain qu'il avait acheté le mauvais modèle.

Il glissa un peu plus profondément le miroir dans sa manche, laissant échapper un rire muet et perdu.

Quand, exactement, lui aussi avait-il été poussé à penser à se faire bien pour le sourire d'une femme ?

« La leçon d'aujourd'hui est... Peinture de paysage à main levée », Yu Sord toussa légèrement, ramenant le sujet à la bonne voie.

« Ah, peindre ? » Le sourire de Yun Lili se rétracta instantanément alors qu'elle murmurait d'une voix basse : « Je ne sais pas comment. »

« Peu importe. Je vais t'apprendre. »

Yu Sord se plaça derrière elle. Se penchant, il tendit la main pour couvrir celle qui tenait la brosse.

Il était constamment froid et retenu, mais ses mouvements étaient étonnamment doux. Ses doigts corrigèrent simplement son os légèrement de travers de son poignet, guidant sa trait par trait pour délimiter les lignes de montagnes lointaines.

« Le poignet doit être stable, la force cachée dans les coussinets des doigts, la pointe du pinceau légèrement rétractée. »

Quand il parla, sa voix était basse et légèrement rauque, son souffle effleurant le côté de son cou.

Les racines des oreilles de Yun Lili devinrent instantanément une tache rouge. Elle ne sentait qu'une chaleur émaner de sa paume, s'infiltrant à travers son poignet jusqu'au fond de son cœur.

Même le Miroir Illuminant le Ciel sembla perdre son pouvoir spirituel à cet instant, glissant silencieusement vers un coin du bureau.

« Seigneur Immortel, vous... tu peins vraiment bien... » Sa voix était faible, et son cœur fit un bond.

Yu Sord esquissa un léger sourire, baissant les sourcils pour la regarder. « Une fois que tu seras compétent, je n'aurai plus besoin de te soutenir ainsi. »

Lili répondit précipitamment : « Non, je pense que mes compétences en peinture nécessitent encore trois à cinq ans de pratique... »

En raison de cette proximité intime, Lili ne put empêcher son cœur de s'accélérer. Au fond d'elle, elle criait secrètement : *Le Souverain Immortel est vraiment si beau !*

De loin, de près, en levant, en bas, en regardant à gauche, à droite... Peu importe sous l'angle qu'on regardait, c'était un visage calamiteuse capable de charmer les gens à mort.

Les deux échangèrent un regard. Yun Lili fut la première à ne pas pouvoir résister, riant timidement de gêne, et Yu Sord esquissa aussi un coin des lèvres.

Sur le papier de peinture, une montagne douce et lointaine s'était déjà formée, tout comme le battement dans son cœur qu'elle n'avait pas encore perçu, grimpant silencieusement jusqu'au sommet de son âme.

* * * * *

Yu Sord était assis en silence solitaire dans le petit pavillon de la cour latérale. Le soleil incliné était doux et tendre, projetant une lumière et des ombres tachetées à travers les avant-toits du pavillon pour atterrir à ses côtés.

Il s'appuya silencieusement contre une petite table en bois, son expression trahissant une rare trace de contemplation figée.

Sur la table reposait un Miroir Illuminant le Ciel d'une esthétique exquise. Le corps du miroir était bordé de bambou violet de haute qualité et incrusté de cristaux qui scintillaient comme une multitude d'étoiles.

La surface était aussi légère et fine qu'une plume, circulant faiblement d'une lumière spirituelle.

Ce n'était autre que la dernière « **Édition Suprême pour Cultivatrices** » **haut de gamme,** dotée de filtres d'embellissement et de fonctions de protection de l'aura ; même les motifs de runes de scellement étaient en forme de petits cœurs de pêche.

Il posa une main contre le bord de la table, l'autre reposant sur son front. Un léger air d'impuissance apparut sur son visage séduisant, accompagné d'un sourire qui n'en était pas tout à fait un.

«... Comment cela pourrait-il... en être arrivé à ce stade ? »

Après avoir parlé, il rit réellement de lui-même, un rire bas rempli de retenue et d'auto-dérision.

Soudain, l'air changea légèrement. Une image fantôme tourna légèrement, et une silhouette humaine s'était déjà installée en face de lui à la table en bois.

« Ainsi, même le célèbre Seigneur Immortel Silentstar, Yu Sord, dont le nom ébranle le Monde de la Cultivation... est capable d'une telle détresse sentimentale pour une immortelle ? »

Xie Wuchen portait de longues robes d'un azur profond brodé de motifs de nuages, son tempérament d'une légèreté et d'une élégance nonchalance.

Ses longs doigts fins soutenaient son menton tandis que son regard balayait le miroir sur la table, le coin de sa bouche relevé en un arc ambigu.

Yu Sord ne leva même pas une paupier. Il parla froidement : « Parle si tu as des mots ; ne sois pas excentrique. »

Xie Wuchen pointa le miroir avec une innocence feinte. « Je souhaite simplement demander : quel est cet objet ? »

Yu Sord lui lança enfin un regard en coin, son regard empli d'un regard froid qui disait *Arrête de jouer l'idiot* : « Tu ne le reconnais pas ? »

Xie Wuchen rit doucement, le coin de l'œil brillant d'une lueur taquine. « Je reconnais naturellement cet objet. C'est simplement que... *heh*, je crains qu'il y ait quelqu'un dont le cœur a bougé sans qu'il s'en rende compte, ou peut-être... il n'ose tout simplement pas l'admettre. »

En entendant cela, Yu Sord haussa un sourcil. Soudain, le coin de ses lèvres se releva légèrement, un sourire fin et frais ondulant comme de l'eau.

« Ah bon ? »

Son ton était extrêmement faible, mais chaque mot était clair. « Je me demande qui est exactement celui qui manque de conscience de soi. » Il fit semblant de réfléchir un instant. « Oh, à cet instant, je me souviens d'un événement passé d'il y a trente ans. J'ai entendu dire que quelqu'un a couru après jusqu'à l'entrée de la **« grotte Lu Yue »**.

À genoux, suppliant, priant... Pourtant, la Fée Lu Ling ne prononça pas un mot, se retourna et entra en isolement — une retraite dont elle n'est pas sortie depuis trente ans à ce jour. Cette personne... si ce n'est pas toi, Xie Wuchen, alors qui d'autre cela pourrait-il être ? »

La silhouette initialement paresseuse et penchée de Xie Wuchen se raidit instantanément. Le sourire sur son visage se figea un instant avant de se rétracter complètement.

«... Tu manques trop de vertu. » Il serra les dents. « Tu ramènes même des sujets d'il y a trente ans ?! »

Yu Sord restait assis aussi droit qu'un pin, son regard immobile comme de l'eau, mais le sourire au coin de ses lèvres ne pouvait être réprimé, quoi qu'il arrive.

« Naturellement, le souvenir est frais. Après tout... à l'époque, tu avais même dessiné les Huit Personnages de la Naissance pour vous deux ; la seule chose qui manquait, c'était de les graver sur la Pierre des Trois Vies. »

« YU ! SORD ! »

Les veines bleues sur le front de Xie Wuchen palpitaient légèrement. Il lança un long regard noir à l'autre homme avant de finalement détourner le visage avec une colère étouffée, marmonnant une phrase morose : « ... Ne mentionne pas cette affaire, sinon nous nous brouillerons. »

« Acceptable. » Yu Sord rit doucement, parlant à voix basse. « Je n'en parlerai pas. »

À l'extérieur du pavillon, le vent passait, et les ombres de bambou dansaient. Les deux restèrent silencieux un instant avant que Yu Sord ne demande soudain :

« Dis-moi... si elle savait que *c'est moi* qui ai acheté ce Miroir Illuminant le Paradis, que se passerait-il ? »

Xie Wuchen leva les yeux au ciel, soufflant froidement. « Quoi ? Alors tu l'admets simplement maintenant ? »

Yu Sord ne fit aucun commentaire, mais cette apparence nonchalante était une admission tacite aux yeux de Xie Wuchen. Xie Wuchen ne put s'empêcher de lancer une remarque sarcastique : « Si elle savait, *hé,* j'ai peur qu'elle se moque de toi du début à la fin. »

«... Ça me va aussi. » murmura Yu Sord d'une voix basse. Son regard baissé portait un léger sourire, mais dans ce sourire se cachait un silence et une solitude que d'autres auraient du mal à percevoir.

Xie Wuchen le regarda, puis pencha soudain la tête et sourit.

« Frère Yu, j'attends soudain avec impatience le jour où toi aussi iras t'agenouiller devant sa porte pour supplier une chance. »

Yu Sord ne parla pas. Il se contenta de repousser un peu plus le miroir. Son sourire s'élargit, mais il ne le nia pas.

Chapitre 27 : La fermeture du stand de thé

La lumière du matin se répandit sur la terre comme de l'or liquide. Comme à son habitude, Yun Lili installa son stand de thé le long du petit sentier au pied de la montagne.

Aujourd'hui, le temps était clair et lumineux, et le parfum du thé imprégnait l'air dans toutes les directions. Lunard s'affairait sur le côté, aidant à ranger les tables et les chaises.

Avant qu'un demi-bâton d'encens ne brûle, plusieurs cultivateurs masculins avaient déjà suivi l'odeur pour arriver.

L'un d'eux tenait une bouteille de jade à deux mains, la tendant avec un sourire attentionné. « Petite Sœur Yun, j'ai perfectionné hier un four de Givre de Jade Protègeant la Peau. L'appliquer au bout des doigts peut prévenir les brûlures dues au qi spirituel. Avec cela, vous n'avez pas à craindre que vos mains deviennent rouges à force de vendre du thé. »

Un autre homme, souriant largement, présenta un éventail d'esprit sculpté. « Ce ventilateur peut dissiper la chaleur et refroidir le tempérament. Lors de la préparation du thé, cela permet de ne pas surchauffer facilement. »

Lili rit en acceptant les objets, n'ayant même pas le temps de les ouvrir pour regarder. À son insu, au milieu des nuages et de la brume d'une certaine montagne céleste derrière elle, un souffle de conscience divine informe flottait silencieusement, condensé mais indissipé.

Ce n'était autre que Yu Sord.

Il était assis sur la terrasse de jade devant la Salle Lingxiao et son expression semblait aussi normale que jamais, mais en réalité, son regard se concentrait sur l'espace entre ses sourcils et ses yeux.

Voici un autre fan d'esprit qui livre la porte. En voici un autre qui apporte le givre de jade.

Sa conscience divine changea, observant la petite fée sourire jusqu'à ce que ses sourcils se froncent, plaisantant même avec l'une d'elles : « *Vraiment ? Ce Givre de Jade est-il vraiment si efficace ?* »

... Un feu d'origine inconnue monta secrètement dans son cœur.

Un tel vacarme et un tel vacarme — quel bénéfice cela apporte-t-il à la culture ?

Une demi-heure plus tard.

Lunard se frotta le poignet, parlant d'une voix lasse : « Fée, il y a tellement de monde aujourd'hui. J'ai mal aux jambes. »

Yun Lili versa une tasse de thé qu'elle n'avait même pas la force de boire elle-même. En levant la main, elle se cogna l'index, provoquant une douleur aiguë. Elle fronça les sourcils. « Tout est rouge... »

Elle fit la moue, regardant ce doigt rougi, et se rappela soudain son petit trésor.

C'est juste. Les Pierres Spirituelles pour le Miroir Illuminant le Ciel ont été rassemblées depuis longtemps, n'est-ce pas ?

De plus, il y a quelques jours, la secte Lingxiao lui avait envoyé une « Subvention à la Pierre d'Esprit », déclarant qu'il s'agissait d' *une « récompense pour la cultivation pure et la double cultivation de vertu et conduite de la Fée Yun »*.

Pourquoi avait-elle encore besoin de travailler aussi dur, risquant sa vie et son intégrité physique ?

« Lunard, Petite Lune, devons-nous... peut-être arrêter de vendre ? »

Pour être honnête, elle était un peu fatiguée !

En entendant cela, Lunard hocha immédiatement la tête. « Pas vendre, ne pas vendre ! Cette affaire est épuisante au point de la mort, et elle endommage la peau. Fée, tu es quelqu'un qui compte sur son visage pour cultiver ! »

À ce moment précis, un autre cultivateur masculin séduisant s'approcha, souriant éclatantement. « Petite sœur Yun, donnez-moi deux théières de thé Spirit Honey Clearing Heart d'aujourd'hui, plus un sourire de votre part. »

Lili leva les yeux au ciel au ciel. Elle se leva, tapota la poussière de thé de son tablier et afficha un doux sourire sucré.

« Je ne vends plus. Le stand de thé est fermé. Je rentre dormir~ »

Le cultivateur mâle parut stupéfait. « Hein ? Mais j'ai traversé trois montagnes— »

« Retourne~ » Lili fit un geste de la main pour minimiser. « Il y a beaucoup de montagnes, mais peu de filles. Va plutôt boire de l'eau. »

Sur ce, elle rangea son stand et partit sans tourner la tête.

Cette lueur de conscience divine tremblait légèrement dans l'air, semblant s'étirer et se détendre au milieu des nuages.

Secte Lingxiao.

Yu Sord ouvrit les yeux. Il prit une gorgée de thé clair, et le coin de ses lèvres se releva en un arc rare et doux.

Propre et silencieux ; Le bruit a cessé.

Maintenant, on dirait une petite fée cultivant l'immortalité.

* * * * *

Au sommet de la secte Lingxiao, Yu Sord était assis en silence méditatif sur la Terrasse de Jade, lisant un livre. Il paraissait posé et oisif, ses robes simples blanches comme la neige.

Cependant, sa conscience divine s'était depuis longtemps condensée en une présence silencieuse et invisible, planant devant le stand de Yun Lili pendant un long moment.

Il observa ce cultivateur masculin — celui qui avait affiné le baume protecteur des doigts — devenir rouge et épais dans le cou, présentant sans honte des éventails de fleurs, des bouteilles de jade et des givres de jade. Et il la regarda, souriant tout le long, glisser cette bouteille de jade dans sa manche.

... Est-ce ce qu'elle appelle « prudent et prudent, cultivant le cœur en silence » ?

Le regard de Yu Sord ne vacilla pas. L'odeur fantôme du thé flottait à travers la mer de son cœur, mais elle ne faisait que serrer ses sourcils en un nœud désapprobateur.

Ces gens... ils prétendaient tous cultiver le cœur et le Dao, et jour après jour, ils tournaient autour de son stand de thé sans cesse. Où était la cultivation ? C'était clairement un marché animé !

Avec un léger mouvement de sa conscience divine, il pinça ses doigts pour effectuer une rapide divination, obtenant le présage : **« Trop de mouvement, trop peu d'immobilité ; susceptible d'endommager les fondations. »**

Ainsi, d'un geste de la main désinvolte, il inscrivit une note :

« Les affaires du thé apportent beaucoup de troubles ; ils travaillent la forme et consomment l'esprit. Il est suggéré que la Fée Yun cesse temporairement ses devoirs laïques et se concentre sur le développement de sa nature. »

Ce billet de jade ne portait aucune signature. Elle était marquée uniquement du sceau officiel : **« Suggestion pour la Prescription de Cultivation Interne de la Secte Immortelle ».**

Un bâton d'encens plus tard, Yun Lili reçut dûment ce billet de jade.

Elle le lut deux fois, retroussant la lèvre d'insatisfaction. « D'où vient cette suggestion ? Pourquoi dire soudainement que vendre du thé consomme l'alcool ? »

Lunard se frotta le bras endolori et endolori, chuchotant : « Je me sens... Ce n'est pas sans raison. Il y avait tellement de monde aujourd'hui ; Tu as infusé du thé jusqu'à ce que le bout de tes doigts rougisse. »

Lili leva la main. En effet, elle découvrit une fine rougeur flottant sur son index ; C'était douloureux et engourdi, et il y avait même une petite zone de peau qui s'écaillait.

«... Préparer ce thé-spiritueux est vraiment trop difficile. Ce n'est pas comme si je comptais sur ça pour survivre. » Elle fit la moue. « Quoi qu'il en soit, l'argent pour le Miroir Illuminant le Ciel a été réuni. De plus, j'ai maintenant— »

Elle baissa la voix, retroussant sa manche pour révéler une petite bourse de talismans spirituels. « Mon petit trésor a gagné bien plus de Pierres d'Esprit ! »

Il s'est avéré qu'il y a six mois, la secte Lingxiao avait soudainement accordé une récompense sous le titre nominal de **« Récompense pour le succès dans la cultivation silencieuse ».** Le montant n'était ni plus ni moins—exactement équivalent au prix d'un Miroir Illuminant le Ciel de l'Édition Suprême.

À l'époque, elle n'avait ressenti qu'une agréable surprise et n'y avait pas trop prêté attention. Ce n'est qu'à ce moment-là qu'elle réfléchissait aux détails : « Euh... où exactement ai-je réussi à cultiver silencieusement pendant cette période ? »

Lunard avait l'air vide. « Tu ne vendais pas du thé tout le temps ? »

Lili toucha la bourse, lançant un regard légèrement suspicieux en direction de la salle Lingxiao, puis secoua la tête. « Peu importe ! L'argent est gagné. Je ferme le stand aujourd'hui ! »

Sur ce, elle se leva, secoua son tablier et fit signe à Lunard de ranger le service à thé.

À ce moment précis, un autre cultivateur mâle arriva avec des gâteaux au thé aux fruits spirituels, le visage débordant de sourires. « Fée Yun, que dirais-tu de deux théières de Thé Purificateur de Cœur d'aujourd'hui ? »

Lili ne le regarda même pas. Elle sourit et fit un geste de la main.

« Je ne vends pas ! Fermer la montagne aujourd'hui, se reposer demain... quant au lendemain, nous verrons~ »

* * * * *

Haut au-dessus des cieux, au milieu des nuages tourbillonnants et de la brume.

Le filet de la conscience divine se retira lentement, progressivement.

Yu Sord leva les yeux pour regarder au-delà de la salle. Les nuages flottants étaient pâles et faibles. Il prit une douce gorgée de son thé.

Le parfum du thé n'avait pas changé, pourtant son état d'esprit était soudain devenu nettement plus paisible et clair.

Il avait toujours détesté les affaires extérieures et avait une disposition loin d'être accessible. Pourtant, à cet instant précis, le coin de ses lèvres se courba silencieusement en un arc extrêmement léger, presque imperceptible.

C'est bien qu'elle ait fermé le stand. Cela lui évite les mains de rougir.

Et ça le sauve... De chagrin.

* * * * *

Finalement!

Pendant six mois de journées ensoleillées sans un nuage dans le ciel, le stand de thé spiritueux de Yun Lili était devenu pratiquement la sensation la plus excitante de tout le chemin avant le Pic des Nuages Volants.

L'eau spirituelle de la source bouillonnait et bouillonnait jour après jour, la chaleur libérant un parfum qui imprégnait tout l'étal, attirant vague après vague de cultivateurs pour s'arrêter net.

Poignée après poignée de feuilles de thé ont été infusées. La technique de Lunard était habile ; Elle pouvait pratiquement retourner la casserole d'une main tout en saluant les invités de l'autre. Yun Lili, quant à elle, s'occupait des visiteurs avec un large sourire.

Même les trois poulets spirituels n'étaient pas inactifs. L'un était chargé *de caqueter* pour accueillir les invités, un autre sautait sur la table à thé pour aider à porter l'eau, et le troisième faisait la navette en tenant un petit plateau pour servir le thé.

Leur vie de poulet avait atteint un sommet sans précédent.

Cependant, en toute chose, trop est aussi mauvais que trop peu.

Cette affaire, qui débordait jour après jour, avait finalement fait s'effondrer les trois poulets du petit stand d'épuisement.

Dans l'après-midi de ce jour-là, le soleil était beau et le vent pas sec.

Yun Lili finit par renvoyer le « dernier cultivateur masculin qui aimait le thé autant que sa vie ». Elle s'effondra en arrière sur le paillasson comme un chat écrasé, haletant la bouche grande ouverte.

« Je suis épuisé à mort... Est-ce encore un corps cultivant l'immortalité ? C'est tout simplement inférieur même à un mortel ! J'ai l'impression que mon pouvoir spirituel a été épuisé à sec ! »

Lunard s'effondra à côté d'elle, se frappant l'épaule en murmurant tristement : « Mademoiselle, ce cultivateur mâle du Noyau d'Or aujourd'hui... Il a bu neuf théières d'un seul souffle et a quand même dit que ce n'était pas assez, insistant pour que tu le verses toi-même. Ce regard dans ses yeux... clairement nourrissait de mauvaises intentions ! »

Lili claqua la langue. « Je me fiche de ce qu'il porte, tant qu'il paie... Cependant— »

En parlant, elle retroussa ses manches, ouvrant la petite bourse en forme de talisman d'esprit nouée à sa taille.

À l'intérieur, des guirlandes de Pierres Spirituelles étaient empilées proprement, émettant encore une faible lueur.

« Lunard, Petite Lune, regardez ! Nos Pierres Spirituelles débordent, le Miroir Illuminant le Ciel a été acheté, et le petit trésor a été entretenu... Je pense qu'on ne devrait peut-être pas continuer à vendre ce thé ? »

Les trois poulets esprits s'effondrèrent à ses pieds à l'unisson, tels trois poulets en tissu ayant perdu leur âme. L'un posa même son aile sur la tête de l'autre, trop paresseux pour émettre ne serait-ce *qu'un seul caquet*.

« Aiya, vous trois vous sentez fatigués aussi ? Je sais, je sais. Attends que je voie la situation demain... peut-être... nous allons nous reposer ? »

Les yeux de Lunard s'illuminèrent immédiatement. « Vraiment ? C'est merveilleux ! Mes doigts sont couverts de cloques à cause de la chaleur ; même la Source Spirituelle ne peut pas sauver mes épaules...

Mademoiselle, je suis encore jeune ; Je ne veux pas devenir chauve très jeune ! »

Lili rit. « Heh heh, où es-tu jeune exactement ? Tu as plusieurs centaines d'années de plus que moi ! »

Lunard y réfléchit. *C'était vraiment vrai !*

« Heh heh, donc je suis toujours 'Fée Yun', mais je vois que tu as été torturée par ce commerce de thé pour devenir 'Tante Moon'. »

« Mademoiselle a changé ! Tu ne te moquais jamais de moi avant ! »

Lili commença à démonter la boîte de thé à esprit tout en marmonnant avec mécontentement : « Les cultivateurs mâles venus boire du thé ces derniers jours... vraiment, chacun est plus anormal que le précédent. »

Moony hocha vigoureusement la tête, retroussant la lèvre. « Oui, oui. Les yeux de ces rares venus boire du thé étaient pratiquement rivés sur ton visage. Même quand le thé refroidissait, ils ne pouvaient pas détourner le regard. »

Lili leva les yeux au ciel au ciel. « Il y en avait une qui a même dit—*'Fée Yun, chaque nuit dans mes rêves, il y a la belle silhouette de toi en train de préparer du thé.'* Ahhh... N'est-ce pas dégoûtant ? Si tu peux ajouter de l'eau et préparer du thé dans un rêve, pourquoi ne pas simplement monter à l'immortalité dans ton rêve ? »

Lunard hocha la tête en essuyant une tasse. « J'ai même entendu ce cultivateur masculin au début de l'établissement de la Fondation dire : *'Fée, tes doigts sont vraiment magnifiques.'* Il n'était pas là pour boire du thé du tout ; il était là pour regarder les mains ! »

Yun Lili souffla, levant le bout des doigts pour les examiner de manière critique. « Le résultat, c'est que mes mains ont maintenant développé des callosités. S'il revient, je fermerai les portes. Je ne vends plus. »

Les trois poulets spirituels étaient assis à l'écart, écoutant les commérages avec un vif intérêt. L'un d'eux poussa même un *gloussement* inopportun.

Lili se retourna immédiatement contre eux. « Si vous repassez du thé à ces étranges cultivateurs masculins à l'avenir, je vous déduirai vos rations. »

Les trois poulets spirituels : « ...... »

Au milieu de leurs plaisanteries, les deux aperçurent soudain plusieurs cultivateurs masculins s'approchant à distance. Ils se turent brusquement.

Un instant plus tard, Lunard fut le premier à briser le silence. « Qu'est-ce qu'on fait ? Qu'est-ce qu'on fait? Ces quelques-uns sont vraiment venus. Est-il trop tard pour se cacher maintenant ? »

« Pas bon ! » Le visage de Lili changea.

Elle se redressa instantanément, sa réaction aussi rapide que si elle avait été frappée par la foudre. « Lunard, range la cabine, vite ! Cacher! Fais comme si on était fermés, fais-toi semblant ! Dépêche-toi, **San Bao**, **Er He**, battons en retraite ! »

Dans le feu de l'action, le groupe — plus trois poulets et deux grues — était en pleine effervescence chaotique.

Lili marmonna des plaintes en travaillant : « Ces gens pensent-ils que j'organise une séance de rencontres ? Et celui qui offre du jade, trois jours de suite... Hier, il m'a même demandé — « *Fée Yun, quelle couleur d'épingle préférez-vous ? »*«

À peine sa voix s'était-elle éteinte quand, en effet, une silhouette familière au loin s'avança rapidement vers leur stand de thé.

Ce n'était autre que ce « cultivateur mâle de l'anneau de jade » persistant, qui apportait sa propre tasse de thé chaque jour et citait de la poésie comme un ruisseau qui coule !

Les trois poulets spirituels, apparemment vétérans de cent batailles, mirent leurs pattes en action.

L'un sauta dans la caisse à thé, l'autre perça sous la nappe, et le dernier posa simplement son fond sur la boîte à thé à esprit et fit le mort, montrant parfaitement toute la gamme des talents d'acteur de poulet.

Lili tira le rideau du cabanon à thé d'un geste fluide. Se retournant, elle montra un talisman **spirituel « Fermé aujourd'hui, ne pas déranger ».** Elle n'oublia pas de lui tapoter rapidement le visage, exprimant une expression d'épuisement extrême et de surmenage.

Elle tourna la tête, demandant à voix basse : « Est-ce qu'ils sont partis ? »

« Pas encore. Il regarde le paillasson sur lequel tu étais assis tout à l'heure... »

Lili : « ??? »

Lunard : « Il est maintenant... accroupie... Il est... *reniflar*... Mademoiselle, ne me frappez pas, *woo*... Je ne revois que la scène ! »

« Wahhh ! » Le pouvoir spirituel de Lili explosa sur-le-champ. « Comment cette personne peut-elle être plus terrifiante qu'un fantôme ?! Je veux déménager ! »

Et à cet instant précis, à mille kilomètres de là, au sommet de la secte Lingxiao, Yu Sord était assis en méditation, les yeux fermés. Pourtant, sa conscience divine était depuis longtemps tombée loin, flottant devant le Pic des Nuages Volants.

Il vit ce cultivateur s'accroupir pour regarder le tapis de paille, et il vit Lili ranger son stand et fuir avec un visage horrifié. Le coin de ses lèvres se releva ; Dans sa froideur se cachaient quelques traces de cachette... un amusement indescriptible.

Chapitre 28 : La peinture du poulet et de la théière

À la première lumière de l'aube le lendemain, Yun Lili, portant ses outils de peinture dans le dos, marcha paresseusement vers l'amphithéâtre Lingxiao.

Elle grignota une pêche spirituelle en marmonnant pour elle-même : « Je repeins aujourd'hui... Mes doigts me font tellement mal... Même dans mes rêves, je secouais des théières et préparais du thé, tandis que les poulets spirituels chantaient pour rythmer le rythme. Comment cultiver l'immortalité peut-il être plus épuisant que la vie sur le marché ? »

Tout son corps lui faisait mal—le dos endolori, la taille douloureuse—et ses mains, en particulier, semblaient ne plus lui appartenir.

Dès qu'elle entra dans l'amphithéâtre, Yu Sord se tenait déjà sur la haute plateforme.

Ses robes blanches surpassaient la neige, ses cheveux noirs d'encre relevés en une couronne de nuages, son attitude aussi froide et sans vagues que jamais. Seul son regard balaya imperceptiblement les portes du couloir, se posant sur elle.

Il la regarda entrer lentement, s'installer sur son siège et sortir son porte-brosse — comme prévu, elle avait caché quelques fruits confits à l'intérieur. Lorsqu'elle s'assit, elle tordit sa taille, comme si ses os s'étaient ramollés à cause de l'épuisement de la veille.

« Dans la leçon d'aujourd'hui, peindre une montagne ne concerne pas la forme, et peindre l'eau ne concerne pas le flux. Elle réside dans la naissance de la conception artistique, qui favorise la culture. »

La voix de Yu Sord était comme le vent caressant les pins anciens—claire, lointaine et durable. Il balaya sa manche, et un parchemin de paysage à l'encre apparut suspendu dans l'air, dépourvu de traces de pinceau.

Brume et brouillard étaient flous, des couches de sommets empilées les unes sur les autres, et au milieu des vagues scintillantes de lumière, un monde à lui était formé.

« Tu vas copier cette image, puis peindre ce que tu vois et ce que tu ressens. »

Elle fronça les sourcils, pinceau à la main, fixant le papier d'un air vide longuement.

Quand elle posa enfin le pinceau sur le papier, elle peignit en fait un gros poulet accroupi au sommet, avec une théière à esprit tournant autour du flanc de la montagne, élevant une épaisse fumée.

Yu Sord descendit de la plateforme pour inspecter. Il resta silencieux à ses côtés, baissant les yeux pour regarder son tableau à moitié fini.

Sa voix était faible, mais portait une trace d'étonnement indissimulable : « Est-ce vraiment l'apparence des montagnes et rivières que tu vois dans tes yeux ? »

Lili ne releva pas la tête, faisant la moue. « Ce n'est pas que je veuille... Dès que je ferme les yeux, c'est thé spirituel, poulets spirituels, invités spirituels. »

« Pas des Pierres d'Esprit ? » Il piqua sa bulle sans pitié d'une seule phrase.

Elle rit maladroitement, lui serrant la main avec un visage plein de fatigue. « Heh heh, c'est ce business de vente de thé. Chaque jour, préparer du thé, faire passer de l'eau, et devoir sourire... Seigneur immortel, dis-moi, je suis clairement venu ici pour cultiver l'immortalité ; comment suis-je devenu serveur dans une maison de thé spirituelle ? »

Elle écarta ses paumes et les rapprocha de ses yeux pour qu'il puisse voir. Ses dix doigts fins étaient tous rouges et écaillés, clairement le résultat d'avoir été trempée dans l'eau pendant de longues périodes.

« Regarde, regarde. Hélas, gagner des Pierres d'Esprit est vraiment une affaire qui fatigue le cœur. »

Le front de Yu Sord tressaillit légèrement, sa voix restant calme. « Alors, tu n'aimes plus vendre du thé ? »

« Ce n'est pas que je n'aime pas ça... Euh, c'était assez intéressant au début. Mais tu sais, le truc avec le fun, c'est qu'on peut le réduire à rien par une file de trois bâtons d'encens. »

Elle secoua la tête, puis fit la moue et ajouta une phrase : « D'ailleurs, mes Pierres Spirituelles suffisent maintenant. J'ai acheté le Miroir Illuminant le Ciel, et même mon petit trésor est rempli... Les pierres de pension données par la secte Lingxiao sont si élevées... Si je continue à installer le stand, ne serait-ce pas un peu idiot ? »

Le regard de Yu Sord s'assombrit. Il tapota légèrement du doigt le coin de sa feuille, faisant trembler le poulet spirituel peint comme si son âme avait été secouée.

« Alors comptes-tu continuer à installer le stand de thé ? » demanda-t-il calmement, apparemment décontracté.

Lili secoua immédiatement la tête, parlant d'un ton décidé : « Je ne l'installe plus ! Fatigué, vulgaire, et je dois gérer ces cultivateurs masculins... Je ferais aussi bien de me concentrer sur la peinture, la plantation de fleurs spirituelles et la discussion avec les poules spirituelles. Comme ce serait tranquille et confortable~ »

Être une petite fée heureuse devrait signifier ne pas profiter de la fumée et du feu du monde des mortels. Heh.

Elle marmonna une phrase complémentaire : « En plus, en gagnant ici et là, la secte Lingxiao paie toujours le plus vite... »

Yu Sord ne prononça pas un mot. Il se retourna et retourna au pupitre. Ses manches bougeaient comme le vent, ses robes blanches traînant sur le sol alors que la pointe de son pinceau tombait légèrement.

Il a peint une montagne. Les ombres de la montagne étaient lourdes, mais au milieu des nuages et de la brume fluides, il y avait une chaleur supplémentaire. Sur le flanc de la montagne dans la peinture, il y avait un petit pavillon. À l'intérieur du pavillon, à peine visible, une silhouette semblait se tenir près de l'eau, préparant du thé — ou peut-être ne le préparant plus, mais assise sans faire de place pour admirer la montagne.

Lili lui jeta un coup d'œil, soupirant intérieurement une fois de plus devant la beauté inégalée du Seigneur Immortel, qui était, comme toujours, assez belle pour indigner dieux et hommes.

Regardant de nouveau le tableau sous sa main—petit pavillon, petit poulet, petite montagne, petite fée... elle trouvait que la montagne dans la peinture du Seigneur Immortel aujourd'hui semblait exceptionnellement... Vivant et heureux ?

Elle ne remarqua pas—le Seigneur Immortel, habituellement froid comme le givre et la neige, avait en fait courbé le coin de ses lèvres très légèrement, très faiblement, quand elle avait involontairement dit : *« Je ne vends plus de thé. »*

C'était comme si cette seule phrase, *« Je ne monte plus l'étal »*, était le coup de pinceau le plus satisfaisant de son jour aujourd'hui, au-delà de peindre des montagnes et d'écrire de l'eau.

* * * * *

Après la leçon, Yun Lili acheva enfin son chef-d'œuvre — une montagne peuplée de poulets spirituels, une théière de thé brûlant, et une petite silhouette étendue somnolant sur le flanc de la montagne, un morceau de fruit confit toujours serré entre les dents.

En passant à côté, Yu Sord la regarda d'un coup d'œil bas. Son ton était faible, mais il prononça quatre mots rares et précieux venant de lui :

« La conception est précieuse. »

Ayant parlé, il partit les mains jointes dans le dos, sa silhouette s'éloignant ressemblant à des nuages qui s'élèvent et à une brume rosée se dispersant.

Yun Lili pencha la tête, réfléchissant longuement, avant de finalement se gratter le nez.

« Le Seigneur Immortel... il me louait, non ? »

Et au loin, les poulets spirituels dans sa peinture l'imitaient, somnolant eux aussi.

* * * * *

Yun Lili serra dans ses bras les œuvres d'art du jour. À peine avait-elle franchi le seuil du Cottage Enlaçant les Nuages qu'elle cria avec un large sourire :

« Lunard, Petite Lune — venez vite ! Aide-moi à accrocher ça ! Accrochez-le bien au centre de la grande salle, à l'endroit le plus visible possible ! »

Lunard passa la tête hors de la cuisine, tenant toujours une demi-tranche de gâteau spiritueux dans sa main, son discours étouffé alors qu'elle mâchait. « Qu'y a-t-il ? Qu'est-ce que c'est que ce tableau ? »

Lili gonfla la poitrine avec une immense fierté. « C'est le *chef-d'œuvre* de votre Demoiselle aujourd'hui ! »

Elle tourna en cercle en serrant le tableau, puis s'éclaircit délibérément la gorge, imitant le ton calme et sans émotion de Yu Sord : « Il a vraiment dit—*La conception est précieuse !*«

Moony, qui était en train de mordre son gâteau spirituel, s'arrêta en plein milieu de sa mastication, le coin de son œil tressaillant légèrement.

La conception est précieuse ?

N'était-ce pas évidemment une façon détournée de dire que les talents de peinture de la Miss étaient terribles ? Il était probable que le Seigneur Immortel n'ait même pas pu se résoudre à dis-le mauvais directement, alors il fit un détour pour vanter « l'idée ». C'était vraiment... Une miséricorde extrême.

Pourtant, l'aînée Mademoiselle Yun de sa famille arborait un visage rempli de satisfaction printanière, la considérant comme la plus haute des distinctions et savourant à plusieurs reprises l'arrière-goût.

Moony serra les dents, avalant de force les mots honnêtes qui tourbillonnaient dans son ventre. Elle ne put que se raidir et esquisser un sourire. « Oui, oui... ce tableau... déborde de qi spirituel ; il est vif et vivant. »

Lili prit cela comme un accord sincère, son moral montant encore plus haut. « Dis-moi, ma composition n'est-elle pas un monde à part entière ? Cette montagne est transformée d'un poulet spirituel ; cette source est l'eau spirituelle pour préparer le thé ; et cette brume est le brouillard céleste du matin ! »

Lunard regarda la montagne sur le papier qui ressemblait au derrière d'un poulet, et le lac qui ressemblait à une marmite à soupe bouillonnante. Le coin de sa bouche tressaillit. « Mm... il possède une certaine... Esprit Thé Enfer. »

Lili ne parvint pas à percevoir le mystère dans ses mots. Au lieu de cela, elle hocha la tête comme un pilon qui frappe de l'ail. « J'aime bien ces mots ! Thé spirituel Enfer, en effet ! C'est l'œuvre au sommet que j'ai peinte les yeux fermés ! »

Lunard : « ...... »

Très bien, que ce soit le sommet, tant que tu es heureux.

Elle baissa les cils, se répétant silencieusement :

Lunard, tu dois rester calme. Ce n'est pas le premier jour que tu vois le cerveau de ta Mademoiselle. Elle a simplement mal compris le sens sous-jacent des paroles du Seigneur Immortel. Quoi qu'il en soit, ce Seigneur Immortel ne l'a pas corrigée, alors faisons comme si personne n'avait entendu... Faux sourire. Fais-moi un faux sourire féroce.

Moony laissa échapper un éclat de rire. « Comme cette touffe de montagne qui ressemble à un poulet spirituel ? Et cette théière à esprit bouillonnante ? Mademoiselle, vous êtes vraiment capable ; tu as peint tout un Enfer du Thé des Esprits. »

Lili souffla, sur le point de répliquer, quand soudain—

Craque—

Un bruit subtil mais net d'une coquille d'œuf qui se fracture retentit dans le coin.

Maîtresse et servante se figèrent à l'unisson. En tournant la tête pour regarder, ils virent qu'à la surface de l'Œuf d'Esprit, qui se réchauffait dans le nid spirituel depuis si longtemps, une fissure était réellement apparue.

Avant même que Lili ne puisse crier, les trois poulets spirituels s'étaient déjà jetés en avant avec un piqué féroce.

Ils étaient si excités qu'ils *caquetaient* sauvagement, tournant autour de l'Œuf d'Esprit dans une frénésie, tendant parfois leurs griffes pour tenter d'ouvrir la coquille.

« Hé, hé, hé ! Prudent! Ne la picore pas en cassant ! »

Lili se jeta rapidement en avant, rejoignant Lunard pour bloquer les poulets spirituels et les repousser, s'accroupissant nerveusement devant l'Œuf Spirituel.

Dans l'enceinte de la carapace, une paire de grands yeux fougueux roula d'abord avec une intelligence vive. Puis, après une série de bruits nets *de craquement-craquement* , toute la coquille d'œuf s'ouvrit lentement.

Une minuscule silhouette, rayonnante de teintes dorées-jaunes et ornées de cramoisi, dépassait la tête.

Il possédait des plumes de queue extrêmement longues qui scintillaient d'un halo de lumière, ondulant doucement dans l'air comme une flamme vivante.

Il étira le cou et laissa échapper un long *Chup— !*, le son immature mais plein d'esprit.

« Qu'est-ce que... ça ? » Les yeux de Lunard s'écarquillèrent alors qu'elle feuilletait frénétiquement le *Compendium des Oiseaux Spirituels*.

En feuilletant le livre, Lunard jeta un regard suspicieux au tableau que Yun Lili venait d'accrocher. Soudain, elle se figea. « Attends un instant... Mademoiselle, sur le sommet de votre tableau, n'y a-t-il pas un oiseau qui ressemble exactement à ça ? »

Yun Lili s'arrêta, jetant un regard précipité. En effet, il y avait une ombre à plumes rouge-dorée dans la peinture, pratiquement identique à la petite créature dans ses bras.

« Eh, c'est vraiment ça. »

Lili prit le petit oiseau dans ses deux mains, le soulevant. L'oiseau n'avait pas peur des étrangers ; Il s'enfonça tête la première dans son étreinte, sa queue s'enroulant autour de son poignet, ses petites griffes agrippant son revers, refusant de la lâcher.

« Aıya, ces plumes... Regarde, comme c'est beau ! » Les yeux de Lili s'illuminèrent. « Cela ne ressemble-t-il pas au Pinson Plume Spirituelle profondément enfoui dans les volcans du parchemin du Seigneur Immortel ? »

« Non. Les Diamants Plumes Spirituelles ne sont pas aussi collants », fronça les sourcils Lunard en lisant le livre. « Cependant, il existe un **'Oiseau à Queue de Flamme Rouge'** mentionné dans des textes anciens, dit être un oiseau spirituel rare issu des Esprits du Feu, mais il est éteint depuis de nombreuses années... »

« Alors celle-ci... c'est ce petit mignon éteint ? » Le visage de Lili était plein de joie. « Ai, ai, il faut lui donner un nom—appelons-la **'Petite Flamme'** ! »

« *Pourri !* » Little Flame cria avec force, sa queue brillant d'or comme en réponse, frottant sa tête contre le menton de Lili.

Les trois poulets spirituels regardaient, stupéfaits, ce nouveau compagnon, leurs visages empreints de suspicion : *« Cot, cou, coque ? »*

Ce n'est pas une poule ! Si tu n'es pas une poule, ne prends pas l'étreinte du Maître !

Little Flame sembla sentir quelque chose. Il bondit brusquement au sol, écartant ses plumes de queue vers les poulets spirituels dans une posture qui demandait clairement : *« Qui est le nouveau patron ? »*Il faisait même délibérément un cercle autour d'eux.

« Mademoiselle, je crains que cet oiseau soit un peu *trop* confiant... » Lunard ne savait pas s'il devait rire ou pleurer. « Cependant, tu dois penser clairement. Si nous la cultivons, combien de fruits spirituels et de feuilles de thé spirituelle mangera-t-elle en grandissant ? »

Lili tenait Petite Flamme en l'air. « J'ai plein de thé spirituel. En plus, c'est trop mignon ! Et si elle pouvait m'aider à m'envoler vers les cieux quand elle grandira ? »

« Tu veux la faire sortir *maintenant* ? Elle n'a même pas atteint la taille d'une paume... » Moony leva les yeux au ciel.

« *Cot, cot, cou... !* » Les poulets esprits crièrent de colère, comme pour déposer une plainte : *Nous n'avons même pas encore monté sur ton épaule pour voler !*

Le visage de Lili débordait de sourires alors qu'elle accrochait le parchemin en hauteur, avec Petite Flamme perché à proximité.

« Allez, voici maintenant la Peinture de l'Esprit Gardien de notre famille : Montagne du Poulet Esprit, Théière Spirituelle, moi-même, plus Petite Flamme ! Qu'en dis-tu, Lunard ? À l'avenir, il sera sûrement sélectionné parmi les **dix images les plus drôles du monde de la** cultivation ! »

« Non, ce sera le **Top 10 des Phénomènes Surnaturels du Monde de la** Cultivation... » murmura Moony.

Et juste à l'extérieur de ce cottage bruyant qui embrasse les nuages, bien au-dessus de la couche nuageuse, quelqu'un regarda un instant.

En regardant ce petit oiseau brillant et le tableau, le coin de ses lèvres se retroussa inconsciemment.

—Yu Sord.

Il murmura doucement : « Tu ne fais plus de thé ? Alors... élève juste un oiseau. »

Depuis qu'elle avait réalisé qu'elle était en fait une petite fille riche invisible, l'aura de Yun Lili était devenue inexplicablement différente.

Sirotant le Tè Clair à la Pêche qu'elle venait de mixer elle-même, tout en comptant les profits de ce mois-ci sur ses doigts, elle sentait que la vie était vraiment pleine d'espoir.

Avec le commerce du thé qui se déroulait comme un feu déchaîné et les commandes affluant de toutes les directions sans fin, elle possédait enfin ce sentiment de sécurité ancré qui vient du fait d'avoir *« tant de Pierres d'Esprit qu'on pourrait dormir en les serrant dans ses bras. »*

Ainsi, tôt ce matin, saisie par un coup de tête soudain, Lili convoqua Yun Yara et Lunard, parlant avec un air de mystère :

« Aujourd'hui, nous ne cultivons pas, ni ne raffinons le thé. Nous partons en voyage au marché animé des mortels ! »

C'était de nouvelles informations qu'elle avait involontairement recueillies hier. Aujourd'hui, il y avait une foire à Liang City, dans le royaume des mortels, et plusieurs cultivateurs et immortels discutaient d'y faire un voyage pour se joindre à l'animation et, accessoirement, refaire le plein de leurs provisions.

La ville de Liang était une petite ville située la plus proche de l'intersection des Royaumes Mortel et Immortel ; C'était un lieu où humains, immortels, et même démons et esprits se mêlaient.

Lunard cligna des yeux de grands coups, le visage rempli d'excitation. « Vraiment ? Peut-on manger des aubépines confites et regarder des danses du lion ? »

Yara, cependant, fronça les sourcils. « Trop de gens, trop de langues mêlées ; c'est inapproprié. »

Lili lui tapota l'épaule, parlant avec une sincérité grave : « Ah-Yara, tu es tout simplement trop bien élevée, c'est pourquoi tu n'as pas encore ressenti à quel point la fumée et le feu du monde mortel peuvent être parfumés. Sois assuré, je m'occupe de toi. »

Par conséquent, les trois se mirent en tenue de roturier ordinaire et descendirent discrètement dans le monde des mortels.

Lili faisait ses courses et mangeait dans les rues, marchant avec l'énergie de quelqu'un injecté de sang de poulet. Gâteaux au sucre, nougat, lanternes fleuries, figurines en fondant... tout et n'importe quoi pouvait lui arracher des exclamations d'admiration et ouvrir généreusement son sac à main.

C'était la première fois que Lunard voyait une scène aussi animée ; Ses yeux ne suffisaient tout simplement pas à tout saisir. Elle regarda à gauche et à droite, la bouche remplie de deux bâtons d'aubépine confit, son visage l'image même de la satisfaction.

Yara, quant à elle, resta froide et distante tout au long. Elle laissa la foule bousculer, mais elle généra sa propre aura, la suivant avec une indifférence digne qui imposait respect sans colère.

Dans le marché animé de la ville de Liang, le soleil venait de se lever vers l'ouest. Des lanternes venaient d'être allumées de chaque côté de la longue rue, et des rideaux rouges ainsi que des drapeaux jaunes flottaient dans le vent. Le rugissement de la foule animée se faisait entendre vague après vague.

Les cris des vendeurs ambulants montaient et descendaient :

« Des aubépines confites ici ! Saveur Osmanthus, et aussi Rock Sugar Purple Perilla ! »

« Sablés au beurre tout juste sortis de la marmite ! Si parfumé que même les immortels descendraient pour en attraper une bouchée ! »

« Gâteau aux mille étages ! Aucune couche ne représente le même échantillon ; Aujourd'hui, nous avons même ajouté de la poudre de fleur de pêcher ! »

Au centre de la longue rue, une troupe d'acrobates avait installé une scène en bambou pour une représentation. Un homme lançait et faisait tournoyer une grande cuve sur sa tête, tandis qu'un autre dansait avec des torches de feu qui bougeaient comme des dragons volants et des serpents rampants, attirant d'innombrables enfants pour applaudir et acclamer.

Sur le côté, une troupe d'opéra jouait « *La Légende du Serpent Blanc* ». Xu Xian et Bai Suzhen, entièrement maquillés en costume, se regardaient avec une profonde affection, chantant d'une voix mélodieuse et prolongée qui fit serrer le cœur des jeunes filles dans le public et soupirer.

L'air était un mélange de douceur du pop-corn, du parfum des gâteaux frits et du parfum fumé des brochettes de viande grillées au bord de la route. La vapeur s'élevait des vapeurs en bambou, de la poudre de sucre volait dans l'air, et des étals sous des tissus rouges vendaient toutes sortes de sachets parfumés sculptés en bois et de sacs brodés à la main. Même le stand de lancer d'anneaux était entouré d'un cercle de personnes ; Les enfants étaient tous incroyablement excités, avec des acclamations de *« Je l'ai ! »* Ça sonne de temps en temps.

Les yeux de Lunard ne savaient pas où regarder, et sa petite bouche n'était jamais inactive—goûtant un gâteau aux dattes rouges, puis regardant les peintures sucrées l'instant d'après. Lili, quant à elle, agissait comme une habituée expérimentée, choisissant à gauche et à droite — disant que les fruits confits de cette boutique n'étaient pas aussi sucrés que ceux de celui-là, ou commentant que l' *artiste du huqin* jouait faux, inférieure à celle de son ancien Village des Nuages...

Yara se tenait au milieu de la foule. Son expression était aussi pâle que toujours, mais elle ne put s'empêcher de regarder quelques fois en arrière vers les enfants poursuivant les papillons et les charlets à carillons qui tournaient dans les rues.

Cette prospérité vive de la poussière mortelle, comparée au Palais Céleste froid et aquatique du Royaume Immortel, semblait être un rêve de deux mondes différents, rendant momentanément difficile la distinction entre réalité et illusion.

Alors qu'ils se promenaient avec enthousiasme, la foule devint soudain tumultueuse.

Un quai élevé drapé de soie rouge avait été érigé au cœur de la rue, plusieurs huissiers maintenant l'ordre. Sur la haute plateforme, un homme vêtu de brocart tenait une balle rouge à la main. Il regardait d'est en ouest depuis le bord de la scène, apparemment...

« Hein ? » Lili cligna des yeux. « Lancer un bal brodé pour recruter un conjoint ? »

« Pourquoi est-ce un homme ? » Lunard ne put s'empêcher de s'exclamer.

Ils entendirent les discussions autour, les mortels bavardant sans retenue :

« Ce n'est pas... Prince Xuan, Du Shao ?! » dit le passant A.

« Haha, la forêt est grande, donc toutes sortes d'oiseaux existent. Penser que dans cette vie, je verrais un Prince digne organiser un bal brodé pour recruter un époux », dit Passerby B.

« Ce Prince Xuan est vraiment trop en disgrâce... Après tout, c'est un Prince, mais il doit lui-même lancer la boule brodée. C'est vraiment une perte de face tout le chemin du retour ! » dit le passant C.

« Frère, tu ne comprends pas. J'ai entendu dire que l'Empereur aime la cultivation. Il y a quelques jours, le prince Xuan a trouvé un grand expert pour lui prédire l'avenir. Cet expert le critiqua franchement, disant que le prince Xuan était destiné à avoir une « Connexion Immortelle », et qu'il devait lancer un bal brodé pour les rencontrer... Ce Prince Xuan n'est-il pas vraiment en train d'essayer ? » dit le passant D.

« Heh, est-ce que les paroles d'un tel sorcier... « on peut lui faire confiance ? » dit le passant E.

Au milieu du tumulte de la foule, Du Shao se tenait sur la haute estrade, son expression étonnamment calme.

Il était né avec une allure séduisante et surnaturelle ; Bien que vêtu des robes royales du royaume des mortels, ses sourcils et ses yeux portaient un détachement qui semblait déplacé, comme s'il ne se souciait absolument pas de cette farce.

Il leva simplement lentement la boule brodée dans sa main.

À ce moment-là, Lunard tira soudain nerveusement sur la manche de Lili. « Mademoiselle, Mademoiselle ! Il... semble nous regarder ! »

Lili se figea. Juste au moment où elle allait dire « Impossible », la boule brodée fut lancée d'un mouvement violent...

Une ombre cramoisie fendait l'air, traînant derrière elle une queue de soie rouge. Ressemblant à un dragon nageant rouge vif dans le ciel, il vola brusquement vers la section de la foule où ils se tenaient.

La foule poussa des cris et se dispersa. Elle fonçait droit dans la direction de Yun Lili !

« Ai, ai, aïe ?! » Lili n'eut pas le temps d'esquiver. Elle ne pouvait que regarder, impuissante, la boule brodée tracer une trajectoire étrange dans les airs, fonçant droit sur son visage.

Alors que tout le public fixait fixement la boule brodée qui tombait sans ciller, elle sembla soudain être frappée par une force inconnue en plein vol, la faisant légèrement changer d'angle.

Avec un léger *bruit sourd*, il atterrit fermement dans les bras de quelqu'un.

Les environs devinrent instantanément silencieux ; on aurait pu entendre une épingle tomber.

Moony regarda, stupéfaite, la boule brodée dans ses propres mains.

Yun Yara lui caressa le front. Si elle n'avait pas secrètement fait un claquement du doigt il y a quelques instants, cette boule brodée serait probablement tombée dans les bras de Yun Lili.

Yun Lili baissa la tête pour regarder la balle dans les bras de Lunard, puis releva la tête pour croiser le sourire de Du Shao, qui n'en était pas tout à fait un. Tout son visage devint pâle.

« Woo... wah ! » Ce n'est qu'à ce moment-là que Lunard sembla se réveiller d'un rêve. Elle poussa un cri, les mains tremblantes, et lança violemment la boule brodée de ses bras sur le côté.

Le bal s'écrasa précisément dans les bras d'une matrone vêtue de robes de mariage brodées de rouge vif. Un gong en cuivre et des soies rouges pendaient à sa taille, et un rouge à rouge s'empilait sur son visage comme trois couches de fleurs de pêcher.

Dès qu'elle attrapa la balle, ses yeux s'illuminèrent, et elle poussa immédiatement un cri excité : « Un présage propice !! »

D'un seul geste de sa part, plusieurs serviteurs robustes de la famille, préparés derrière elle, s'avancèrent immédiatement. Ils entouraient Lunard fermement, comme s'ils protégeaient une future princesse consort, leurs mouvements étonnamment agiles.

« Viens, viens, viens ! Tout le monde, laissez passer ! Aujourd'hui, une fée descend des cieux pour épouser mon Seigneur Prince. C'est un mariage offert par le Ciel ! »

La matrone tourna elle-même sur elle-même, son sourire si exagéré qu'il faillit lui fendre le visage. « Cet humble est **He Yingchun**, le marieuse médaillée d'or de la ville de Liang, sans égal, spécialisée dans les mariages de hauts fonctionnaires et de nobles ! Ne regardez pas de travers ma tenue rouge ; C'est l'équipement standard du métier, *hé hé,* né spécialement pour les bons combats ! »

Le visage de He Yingchun était couvert de sourires. « Celui qui lance la balle aujourd'hui est l'actuel prince Xuan, Du Shao. Petite Dame, vous avez été choisie par les cieux pour attraper la balle ; c'est la volonté du Ciel et du Destin. Le destin du mariage ne peut être défié ! »

« Ah ? » En voyant cette formation de combat, le visage de Lunard était déjà devenu blanc de peur.

He Yingchun, le visage débordant de sourires, tenait la boule brodée et fixait droit le visage de Lunard, de plus en plus excitée à mesure qu'elle regardait. « Petite fille, cette apparence est simplement fleurie et lune, poissons coulant et oies tombant, éclipsant la lune et humiliant les fleurs, une apparence jade de posture céleste ! »

Elle s'arrêta un instant, ses yeux scrutant joyeusement la fille devant elle de la tête aux pieds, soupirant à chaque phrase : « Regarde, regarde !

Mademoiselle, vos sourcils sont comme des montagnes lointaines, vos yeux comme de l'eau d'automne, votre peau comme de la graisse coagulée, vos lèvres comme des vermillon parsemés... *Ah, pah !* J'ai prononcé des paroles prometteuses pendant tant d'années, mais en voyant ton apparence féerique aujourd'hui, j'ai vraiment l'impression que mon vocabulaire est épuisé ! »

Lunard fut louée jusqu'à ce que la racine de ses oreilles brûle. Elle agita les mains à plusieurs reprises. « Non, non, non, tu t'es trompé sur la personne... »

He Yingchun ne prêta aucune attention à ses paroles. À la place, elle agita la boule brodée d'elle-même, se tournant pour crier à la foule rassemblée :

« Chers convoisins et anciens, le recrutement actuel des lanceurs de balles peut être considéré comme sans précédent dans l'histoire et sans égal à l'avenir ! Le prince Xuan est extraordinairement beau, son ventre rempli de poésie et de littérature, rayonnant d'une élégance innée ; et cette jeune fille est fraîche et raffinée, libre de vulgarité, une fée descendue sur terre ! *Heh*, si tu veux mon avis... ce duo est un mariage fait par le Ciel et une alliance arrangée par la Terre. C'est simplement un registre de mariage auquel même la Reine Mère de l'Ouest acquiesçerait ! »

La foule éclata de rires et d'acclamations tonitruantes. Quelqu'un applaudit même et cria : « La petite dame a de la fortune ! Épouser un prince—monter aux cieux d'un seul pas ! »

He Yingchun devint encore plus enthousiaste en entendant cela, se tapotant la poitrine pour garantir : « Si moi, He Yingchun, prononce un seul mot de travers, j'écrirai le caractère de 'Bonheur' à l'envers ! Allez, allez, amenez la nouvelle mariée pour qu'elle boive d'abord le thé joyeux. »

Immédiatement après, un homme déguisé en chef intendant s'avança avec un large sourire, tenant dans ses mains une boîte en bois laqué rouge. « Distribuer des bonbons joyeux ! Distribuer des bonbons joyeux ! Tout le monde venez goûter la douceur. »

D'un seul geste de He Yingchun, une nuée de personnes déguisées en « serviteurs de famille » surgit de je ne sais où dans un *souffle*. Chacun tenait des cordes rouges, des parapluies en brocart et des fleurs de mariage, entourant rapidement Lunard en un cercle serré.

Avant que Lunard ne puisse reprendre sa raison, elle se sentit comme un cerf perdu poussé dans un enclos. Elle regarda, paniquée et confuse, en direction de Yun Lili et Yun Yara : « Mademoiselle ! Sauve-moi ! »

Alors qu'elle criait, elle fut secouée et traînée par la foule vers le bord de la haute plateforme. Entourée de la foule, avec le son d'une musique joyeuse montant de tous côtés, on avait l'impression que le grand mariage allait avoir lieu à cet instant même.

« Lunard, Petite Lune ! » Lili fut très surprise. Elle voulait se faufiler, mais peu importe ses efforts, elle ne pouvait pas traverser cette « équipe de réception de mariage » dont l'enthousiasme était comme le feu. Elle ne pouvait que regarder la silhouette de Lunard s'éloigner de plus en plus.

Le front de Yun Yara se plissa, son regard devenant froid. Elle leva la main, voulant lancer l'**Art d'Évasion de l'**Ombre pour reprendre la personne. Ses doigts bougèrent légèrement, et une lumière spirituelle ondula faiblement dans l'air...

Mais en une fraction de seconde, son expression changea. Elle retira brusquement sa main, attrapa Lili et la tira vers l'arrière de la foule.

« Qu'est-ce que tu fais ? Lunard est sur le point d'être enlevé ! » Lili sursauta d'anxiété.

« Nous ne pouvons pas frapper, » murmura Yara entre ses dents serrées. « C'est le Royaume des Mortels, et il y a beaucoup de gens ici. Si les Envoyés de Patrouille du Royaume nous découvrent en train de lancer des sorts ici, nous serons interdits de descendre dans les royaumes inférieurs pendant au moins cent ans. Dans les cas graves, cela sera signalé à l'Audience Céleste... »

Lili était stupéfaite. « Alors... Que fait-on ? »

Cent ans interdits des royaumes inférieurs... Si sérieux ?

Yara fixait fixement la marée de personnes rouges qui s'éloignait, sa voix extrêmement basse, mais son regard condensé comme de la glace glaciaire :

« Nous ne devons pas effrayer le serpent dans l'herbe pour l'instant. Nous mémoriserons leurs apparences et origines, puis réfléchirons à un moyen de la sauver à notre retour. Elle n'est pas mortelle ; Si quelqu'un souhaite vraiment l'épouser, il doit d'abord réussir son épreuve. »

«... D'accord. » Lili hocha lourdement la tête, réprimant de force le malaise dans son cœur.

À ce moment-là, Lunard, ayant été conduit sur la haute plateforme, avait les yeux embués de larmes. Elle tourna la tête vers Yun Lili au loin, impuissante et embarrassée. Elle entendit la voix de marieuse de He Yingchun résonner, aiguë et lumineuse :

« Le Prince et la Fée, un mariage fait par le Ciel, une belle union d'or et de jade ! Allez, allez, changez les vêtements de la Fée et peignez-lui les cheveux ! Officier du protocole, préparez les rites ! »

« Je ne veux pas... *Mmph...* » La petite bouche de Lunard, appelant à l'aide, fut soudain recouverte d'un carré de tissu de mariage, ne lui permettant que de faire des sons étouffés.

Yun Lili serra les poings très fort. « Je te jure... Lunard, Petite Lune... Rassurez-vous... Ta Miss trouvera forcément un moyen de revenir te sauver ! »

Elle jura qu'elle n'était descendue dans le monde des mortels cette fois que pour se joindre à la fête. Comment se fait-il qu'avec un seul lapsus imprudent... *Woo...* avant même que la campagne ne commence, Lunard a été enlevé le premier !

Yun Zhou
雲昭

Chapitre 30 : La Barrière du Prince Mortel

La nuit était aussi noire que l'encre, la lumière des étoiles faible et faible. Les rues et ruelles de la ville de Liang avaient depuis longtemps plongé dans la tranquillité.

D'un mouvement de leurs silhouettes, Yun Lili et Yun Yara sautèrent sur le mur extérieur du prince Xuan, résidence auxiliaire de Du Shao. Les lanternes suspendues en hauteur aux portes du manoir avaient été éteintes depuis longtemps, ne laissant qu'une plaque en bois gravée des deux caractères « Du Manor ». La calligraphie était ancienne et dépouillée, totalement dépourvue de la grandeur imposante digne d'un Prince.

Lili fixa le regard vide un instant, chuchotant : « C'est le manoir d'un Prince ? Ce n'est pas un peu trop miteux ? »

Yara fronça les sourcils, la corrigeant : « C'est une résidence auxiliaire. Son véritable manoir princier se trouve dans la capitale. Ce n'est qu'un lieu d'hébergement temporaire. »

Lili hocha la tête. Dans un tourbillon de mouvements maladroits, elle sortit une pile de papiers de talismans de sa manche. « J'ai apporté des Talismans Briseurs de Réseau, des Talismans Occultant l'Ombre, des Talismans Silencieux du Souffle... lequel penses-tu qu'on devrait utiliser ? »

Yara la regarda, parlant impuissante : « *Es-tu* la Root Spirituelle Céleste, ou suis-je ? »

Lili : « ...... »

Je me sens insultée.

Elle affichait une expression gênée, tournant la tête pour regarder à l'intérieur des murs. Juste au moment où elle s'apprêtait à sauter, Yara lui attrapa le bras. « Tu ne connais aucun sort, tes talismans ne servent qu'à bluffer les mortels, et pourtant tu veux t'introduire dans le manoir d'un Prince dans le noir ? »

Lili tira la langue, retirant sa main. Elle regarda Yara avec admiration. « Je ne sais pas comment, mais je t'ai ! »

Yara soupira, impuissante. D'un geste de manche et d'un doigt, une Perle Nuit-Luminescente d'une clarté cristalline se suspendit en plein vol, sa lumière douce illuminant le chemin devant elle.

s'exclama Lili, « Comment peux-tu être aussi incroyable ! »

Hélas, elle doutait vraiment de posséder des Racines Spirituelles Célestes ? Comparée à Yara, elle se sentait vraiment comme une vraie ordure.

Yara poussa un léger souffle, ignorant ses flatteries exagérées, et fut la première à sauter du mur.

Les deux volèrent jusqu'au sommet d'un autre mur intérieur de la cour. Alors qu'ils allaient atterrir légèrement à l'intérieur, la conscience spirituelle de Yara s'étendit, touchant instantanément une barrière invisible.

Seul un doux *bourdonnement* se faisait entendre—comme le vent, comme l'eau, comme si des ondulations invisibles s'étendaient. Immédiatement après, une force tyrannique de contre-choc a rebondi violemment !

« Attention ! »

Yara érigea immédiatement un bouclier spirituel pour protéger Lili. Les deux furent projetés en arrière, s'élançant lourdement sur l'herbe à quelques *zhang* du mur. Lili laissa échapper un gémissement étouffé, tombant sur le dos, les membres écartés.

« Aïe ! Ça me fait terriblement mal ! » Lili grimaça de douleur.

À peine avaient-ils atterri qu'une fluctuation invisible apparut soudain devant eux, ondulant comme la surface de l'eau. C'était en fait une barrière, protégeant fortement la résidence !

D'un léger *pop*, la puissance spirituelle au bout du doigt de Yara la toucha et fut instantanément repoussée.

Lili vit aussi que quelque chose n'allait pas. « Q-Qu'est-ce qui ne va pas ? »

L'expression de Yara changea légèrement. Elle baissa la voix, parlant d'une voix grave : « Quelqu'un a réellement érigé une barrière... Ce n'est pas une capacité qu'un Prince ordinaire pourrait posséder. »

Cette barrière n'était pas difficile à franchir, mais une fois franchie, celui qui la posait serait probablement informé immédiatement. Ne pas connaître les origines de cette personne était l'aspect le plus problématique.

« Ah, mon cul... Ça fait tellement mal ! » Lili se frotta la taille, les contours de ses yeux devenant rouges.

Le visage de Yara changea radicalement. Le pouvoir spirituel dans ses mains tourna rapidement, tentant de percevoir l'aura de la barrière à ce moment-là. Un instant plus tard, elle murmura, choquée :

« Ce n'est pas l'array d'un mage mortel... Cette barrière est de grade de secte immortelle. »

Lili était stupéfaite. « Grade de la Secte Immortelle ? N'a-t-on pas dit que le prince Xuan n'est qu'un prince mortel ? Où aurait-il pu trouver une barrière aussi élevée ? »

Yara tomba dans un lourd silence. Son regard était sombre alors qu'elle regardait vers ce mur silencieux et sans vagues, comme si elle voyait les conspirations et calculs cachés derrière.

Le visage de Lili se remplit instantanément d'anxiété. « Et Lunard alors ? Elle est immortelle ; si elle est forcée au mariage... »

« Nous ne pouvons pas entrer sans raison ; Cela alertera la personne qui place le réseau à l'intérieur. Quelqu'un l'a aidé à poser cette barrière, et ce n'est pas une personne ordinaire... Il y a un gros problème ici. »

Lili arrêta de plaisanter, la regardant nerveusement. « Alors... On peut encore entrer ? »

Yara observa les motifs faiblement lumineux de la barrière, son expression solennelle. Elle secoua la tête. « Non. Si une barrière de ce niveau est brisée de force, elle alertera certainement le lanceur de sorts. Lunard ne s'inquiète pas pour sa vie pour le moment ; Nous ne pouvons pas avancer de manière impulsive pour l'instant. »

Au moins, nous devons d'abord sonder pour découvrir qui a posé la barrière.

« Mais... »

« Retourne d'abord dans le Royaume des Immortels. » Yara l'interrompit froidement. « Si c'est vraiment une barrière érigée par un immortel, nous ne pouvons pas agir aveuglément. Nous devons retourner au Domaine Céleste pour demander des instructions aux anciens, ou enquêter sur qui intervient dans le royaume mortel. »

Lili tapa du pied, anxieuse. « Alors, que fait-on ? »

Yara la saisit, son ton calme mais ferme. « Retournez d'abord au Royaume Immortel pour discuter. Ce manoir n'est pas un endroit simple. Si cela implique vraiment un grand expert du Royaume Immortel, nous devons être encore moins imprudents dans nos actions. »

Yara lui lança un regard en coin, sans en dire plus. Les deux réactivèrent leurs talismans, empruntant la lumière spirituelle pour se cacher dans le rideau de la nuit, disparaissant silencieusement parmi l'herbe et les arbres.

Pendant ce temps, dans la salle intérieure du manoir Du.

Yue Liuchuan tenait une tasse de thé. Soudain, il laissa échapper un léger rire, semblant percevoir quelque chose. « Il est venu vite, il s'est aussi retiré vite. »

Il leva légèrement un doigt, traçant une ligne légère dans l'air. L'array ondula comme de l'eau, revenant une fois de plus au silence.

« Les petites choses du Royaume des Immortels... ils sont venus à la fin... »

* * * * *

Le Manoir Princier Auxiliaire était totalement silencieux et immobile. Seule la faible lueur des lampes éclairait l'intérieur, un filet de fumée claire s'élevant d'un encensoir.

Du Shao, vêtu de façon informelle, se tenait sur les marches de pierre sous le porche. Sa tenue était extraordinaire, son visage froid, son regard aussi perçant que le feu.

Il fit un salut avant de parler :

« Un expert estimé cherche audience à cette heure tardive de la nuit ; Puis-je m'enquérir de l'affaire ? »

Près de la table en pierre, Yue Liuchuan, vêtu d'une unique robe azur, restait assis. Ses longs doigts saisirent légèrement une pièce d'échecs, la laissant tomber sur l'échiquier avec un léger clic.

Il arborait un sourire qui n'en était pas tout à fait un, son ton était nonchalant :

« Félicitations, Votre Altesse. Ton destin immortel est arrivé. La princesse consort est réglée. Ayant assuré cette beauté parmi les mortels, tu possèdes maintenant trois autres parties en ta faveur sur la voie de la succession. »

L'expression de Du Shao resta inchangée. Il dit faiblement :

« L'expert estimé et ce Prince savent tous deux que la cérémonie du bal brodé était un acte de pure farce. La soi-disant 'Princesse Consort' n'est qu'une mesure d'opportunisme, destinée à dissimuler la vérité à Sa Majesté. » Le coin de sa lèvre se releva en un rictus. « On peut tromper tout le monde dans le monde, sauf soi-même. »

Yue Liuchuan entendit cela et rit au lieu de se mettre en colère. Il leva les yeux vers le Prince, son regard dissimulant la profondeur d'une mare millénaire.

« Qu'il s'agisse d'opportunisme ou de simple manigance, la pièce destinée à tomber, doit finalement tomber. La fée est entrée dans le manoir. Tout est maintenant sur l'échiquier. »

Du Shao se tut un instant. Il parla enfin, son regard scrutateur :

« Même à ce stade, l'expert estimé refuse-t-il de révéler ses origines ? »

« Peu importe. Votre Altesse n'a qu'à se rappeler que celui-ci en veut au Royaume des Immortels. »

Yue Liuchuan leva simplement lentement sa tasse de thé, en prenant une douce gorgée, et laissa échapper un petit rire. « Si Votre Altesse parvient à s'emparer de la succession et à devenir Empereur, la vengeance humble de celui-ci pourrait espérer être remboursée. »

À cet instant précis, même en parlant, le sourcil de Yue Liuchuan tressaillit légèrement. Il regarda vers un coin du vide et murmura : « Intéressant... quelqu'un a vraiment osé briser ma barrière. »

Il tourna le bout du doigt, et de fines ondulations invisibles se propagèrent autour de la barrière, semblables au léger tremblement d'une toile d'araignée, mais elles disparurent instantanément dans le néant.

« Le manoir de Votre Altesse devient vraiment animé trop tôt. »

Le regard de Du Shao s'assombrit légèrement, mais il ne demanda pas qui était venu sonder. Il savait que sa coopération avec cet expert attirerait inévitablement des perturbations. Cependant, il garda sa voix froide :

« Tant que cela n'entrave pas les affaires de ce Prince, l'estimé expert est libre de gérer les allées et venues des personnes oisives comme il l'entend. »

Une lumière sombre éclaira les yeux de Yue Liuchuan. « N'ayez crainte, l'intrus ne pourrait pas la franchir. »

Du Shao se retourna, se préparant à partir. Sa voix était froide et résolue :

« Ce que ce Prince exige, c'est plus qu'une simple opportunité. Ce Prince exige non seulement la chute du Prince héritier, mais aussi la réhabilitation de sa mère biologique, et que toute la capitale observe le jour du couronnement de ce Prince. »

Yue Liuchuan observa sa silhouette s'éloigner, murmurant doucement :

« Votre Altesse possède une grande ambition — monter sur le trône et devenir un Dragon. Et celui-ci a l'intention de brûler les cieux pour se venger... Heh heh, que celui-ci souhaite à Votre Altesse le succès de votre cœur. »

* * * * *

Des rideaux de lit en brocart bas, tissés de fils d'or, entouraient l'espace. L'odeur subtile de fumée d'encens s'enroulait paresseusement dans l'air.

Moony sortit d'un profond sommeil, immédiatement consciente du poids oppressant des robes sur son corps et d'une douleur persistante qui lui montait au front.

Elle leva une main tremblante pour toucher sa tête ; le poids glacé de la **Couronne du Phénix** lui donnait l'impression qu'elle allait lui écraser le crâne.

La vision écrasante des rideaux rouge cinabre qui l'entouraient semblait l'emprisonner dans un rêve vif et élaboré qui n'était absolument pas le sien.

Elle ressentit une douleur aiguë au-dessus des yeux. Ses cils papillonnèrent, et elle ouvrit lentement les yeux.

Ce qui rencontra son regard fut une étrange chambre de sommeil ostentatoirement meublée. Les rideaux de lit, tissés de brocart doré, ressemblaient moins à un dais qu'aux élégantes barres d'une cage dorée.

Elle baissa les yeux, terrifiée, et se découvrit vêtue de la couronne cérémonielle **du Phénix et des Robes de rang** (*Feng Guan Xia Pei*).

Les épingles en forme de phénix ondulaient doucement, et les robes de mariée s'embrasaient comme un feu vivant — un spectacle qui terrifiait son âme, la faisant brusquement jeter la couverture et se lever.

« Où sommes-nous ? »

Elle se releva soudainement, les robes cérémonielles de grade glissant sur son corps et la lourde couverture brocartée tombant au sol.

 La lumière de la lampe du palais s'inclinait en inclinaison, dessinant une longue silhouette solitaire à travers la chambre.

Un homme était assis tranquillement sur une chaise non loin de là, l'observant.

Il portait une couronne d'argent et des robes cramoisies, son visage semblable à du jade froid. Ses yeux étaient comme une mare gelée dans la nuit, immobiles et sans vagues, comme s'il avait attendu en silence depuis longtemps.

« Ça... Qu'est-ce que ça veut dire ?! »

Sa voix résonna dans la chambre de sommeil, portant un mélange indéniable de peur tremblante et d'appréhension.

Lunard tourna brusquement la tête, surprise par la vue de l'homme assis près de la tête du lit. Lui aussi portait des robes rouges. Avec ses sourcils en forme d'épée et ses yeux étoilés, son allure était celle d'une profonde maîtrise et d'une élégance froide.

Ces yeux, aussi profonds qu'une mare glaciaire, la regardaient en silence, comme s'il attendait son réveil depuis des heures.

« Tu es réveillé. » Une voix, calme et posée, comme le son du jade frappant la glace, retentit dans sa direction.

Moony se retira instinctivement vers le pied du lit, exigeant prudemment : « Qui êtes-vous ? Pourquoi suis-je habillé ainsi ? »

Lunard se souvint soudain de la scène dans le marché animé—le moment où elle avait surpris la boule brodée, suivi du tumulte autour. Puis, d'une manière ou d'une autre, elle avait perdu connaissance, et le souvenir qui suivit était devenu un vide vide.

Du Shao se leva indifférent, effectuant un léger salut formel. Sa voix était posée et froide comme du jade frappant la glace :

« Celui-ci est Du Shao, nom de courtoisie Zichuan, titre Prince Xuan. Ne panique pas, jeune fille. Vous n'avez pas été déshonoré, ni vraiment marié. Tout ça... n'est qu'une mesure opportune. »

« Expedient ? » Moony fronça les sourcils, serrant fermement le tissu de ses manches. « Relâchez-moi et laissez-moi revenir immédiatement ! »

L'expression de Du Shao resta impassible. Son ton était calme, mais imprégné d'excuses. « Les événements d'hier ont impliqué de nombreuses infractions involontaires. J'espère que la jeune fille sera ouverte d'esprit et leur pardonnera. »

Le cœur de Lunard se serra violemment. Elle le reconnut instantanément comme le Prince qu'elle avait vu lancer la balle au marché. Elle réprima sa terreur, le questionnant avec une froideur soudaine : « Où sommes-nous exactement ? Qu'avez-vous l'intention de faire de moi exactement ? »

Du Shao ne répondit pas immédiatement. Il se leva, faisant deux pas de plus. L'ourlet de sa robe effleura les briques vertes du sol, et sa voix était calme.

« Ceci est une résidence auxiliaire à mon nom ; Personne ne vous dérangera ici. Concernant les événements de la nuit dernière... ce Prince sait que la jeune demoiselle nourrit du ressentiment dans son cœur, et je dois donc présenter mes sincères excuses. »

Lunard afficha un rictus glacial, ses doigts se crispant sur les draps. « Le lancer de balle par He Yingchun, ma sélection... tout cela arrangé par Votre Altesse, n'est-ce pas ? »

Du Shao hocha légèrement la tête, ne le niant pas, mais ses paroles portaient une excuse de circonstances atténuantes :

« La jeune fille est sage. Votre Altesse sait que dans un monde mortel chaotique, tout le monde souhaite saisir l'opportunité. Si je n'avais pas agi avec une telle immédiateté, je crains... d'autres auraient été encore moins courtois. »

L'Empereur régnant est profondément absorbé par la quête de la vie éternelle, chargeant les gens de rechercher largement des élixirs immortels et des méthodes secrètes.

Par conséquent, les sectes taoïstes du monde mortel, les cultivateurs isolés et diverses figures non conventionnelles du monde martial s'agitent tous avec agitation dans ce nouveau climat.

Tout le monde sait que la volonté de l'Empereur est absolue. Si l'on peut présenter une méthode miraculeuse ou un signe surnaturel et obtenir la faveur devant le Visage Céleste, on peut s'élever rapidement dans le monde, montant aux cieux d'un seul pas.

Cette compétition intense a incité des forces de tous horizons à se précipiter à la recherche de traces immortelles et de complots, rendant la frontière entre le monde ordinaire et le monde de la cultivation de plus en plus floue et dangereuse.

« Alors tu as utilisé cette mascarade de mariage pour m'enfermer ici ? » Moony grinça des dents, une lueur de colère s'allumant dans ses yeux.

Il resta silencieux un instant, le regard baissé, comme pour réprimer une émotion profonde.

« J'aurais vraiment souhaité le contraire. Mais en l'état actuel des affaires, je ne peux qu'assurer ta sécurité. »

Le cœur de Lunard fut plongé dans un tumulte encore plus profond. Elle parla anxieusement : « Je n'en ai pas besoin ! Je veux juste que Sa Majesté me libère et me laisse revenir ! »

Woo, elle avait désespérément besoin de retrouver sa Mademoiselle.

Du Shao la regarda, parlant lentement et délibérément :

« Ce n'est que lorsque mes objectifs seront atteints, lorsque l'occasion se présentera, que j'escorterai personnellement la jeune fille loin. »

Ces mots portaient une telle sincérité que Lunard resta momentanément sans voix. Elle ne pouvait pas voir à travers son regard, mais elle sentait que ces yeux dissimulaient une brume lourde et sans fin.

« Tu vas vraiment me laisser partir ? » Après un long moment de silence, elle prononça enfin les mots, sanglotant légèrement.

Courtiser... Mademoiselle, Lunard vous manque tellement.

Du Shao parla à voix basse : « La jeune fille apparut dans la rue, tenant la boule brodée ; c'est aussi la volonté du Ciel. Je rendrai sûrement la gentillesse d'aujourd'hui dans les jours à venir. »

Lunard baissa les yeux, le cœur encore affolé d'émotions non résolues.

Elle s'était simplement adonnée à un moment de légèreté ludique, mais elle avait été prise pour la princesse consort choisie du bal brodé, transformant cela en une véritable farce.

Maintenant, elle portait même ces robes de rang, et un Prince parlait sans cesse de « rembourser une dette ».

Tout ce qui s'était passé était tout simplement trop absurde pour être croyé.

« Mais... pourquoi devrais-je te faire confiance ? » Lunard resta méfiant, ne montrant aucune intention de croire facilement ce qu'il disait.

Du Shao observa son silence, son regard inébranlable. Le coin de sa bouche se releva en un sourire au sens ambigu : « La jeune fille n'a pas à me faire confiance. Tu dois juste te rappeler que cet endroit est, pour l'instant, l'endroit le plus sûr pour toi. »

Sur ce, il se retourna et s'éloigna, ses pas assurés et mesurés, la laissant seule dans la Couronne de Phénix et les Robes de Rang.

Lunard laissa enfin échapper un soupir de soulagement, incertain si elle devait être en colère ou simplement soulagée.

Elle regarda cet homme — calme, réservé, parfaitement courtois, mais qui semblait être de la glace en cage, difficile à approcher.

Le passage suivant est la suite de la conversation entre Lunard et le prince Xuan. Il a été traduit dans le style narratif non abrégé demandé, de qualité éditionale.

Le cœur de Lunard fut plongé dans un tumulte encore plus profond. Elle parla anxieusement :

« Je n'en ai pas besoin ! Je veux juste que Sa Majesté me libère et me laisse revenir ! »

Woo, elle avait désespérément besoin de retrouver sa Mademoiselle.

Du Shao la regarda, parlant lentement et délibérément, soulignant chaque mot :

« Ce n'est que lorsque mes objectifs seront atteints, lorsque l'occasion se présentera, que j'escorterai personnellement la jeune fille loin. »

Cette promesse, faite avec une sincérité profonde, laissa Lunard momentanément sans voix.

Elle ne pouvait pas voir à travers son regard, mais elle sentait que ces yeux dissimulaient une brume lourde et sans fin.

« Tu vas vraiment me laisser partir ? » Après un long moment de silence, elle prononça enfin les mots, sanglotant légèrement.

Courtiser... Mademoiselle, Lunard vous manque tellement.

Du Shao parla à voix basse : « La jeune fille apparut dans la rue, tenant la boule brodée ; c'est aussi la volonté du Ciel. Je rendrai sûrement la gentillesse d'aujourd'hui dans les jours à venir. »

Lunard baissa les yeux, le cœur encore affolé d'émotions non résolues.

Elle s'était simplement adonnée à un moment de légèreté ludique, mais elle avait été prise pour la princesse consort choisie du bal brodé, transformant cela en une véritable farce.

Maintenant, elle portait même ces robes de rang, et un Prince parlait sans cesse de « rembourser une dette ».

Tout ce qui s'était passé était tout simplement trop absurde pour être croyé.

« Mais... pourquoi devrais-je te faire confiance ? » Lunard resta méfiant, ne montrant aucune intention de croire facilement ce qu'il disait.

Du Shao observa son silence, son regard inébranlable. Le coin de sa bouche se releva en un sourire au sens ambigu : « La jeune fille n'a pas à me faire confiance. Tu dois juste te rappeler que cet endroit est, pour l'instant, l'endroit le plus sûr pour toi. »

Sur ce, il se retourna et s'éloigna, ses pas assurés et mesurés, la laissant seule dans la Couronne de Phénix et les Robes de Rang.

Lunard laissa enfin échapper un soupir de soulagement, incertain si elle devait être en colère ou simplement soulagée.

Elle regarda cet homme — calme, réservé, parfaitement courtois, mais qui semblait être de la glace en cage, difficile à approcher.

Chapitre 31 : Le Temple du Pivot Céleste

Yun Lili serrait un coin de la jupe brodée laissée par Lunard dans le monde des mortels, ses yeux d'un rouge alarmant, ressemblant à un pauvre petit lapin souvent malmené.

« Ce n'était qu'une toute petite lutte, comment tant de gens peuvent-ils être après elle, tu *dois* absolument me dire pourquoi, pourquoi, pourquoi— »

Yun Yara, à ses côtés, gardait son calme glacial caractéristique, un simple coup de manche ayant déjà tracé la Route Céleste vers le Royaume Immortel.

« Allez, viens. Il n'est pas trop tard pour d'autres histrioniques une fois arrivés au Temple du Pivot Céleste. »

Yun Lili hocha la tête en essuyant frénétiquement ses larmes, et d'un seul mouvement articulaire vers le haut, les deux se transformèrent en traînées de lumière scintillante, fonçant droit dans les cieux et entrant dans le Royaume des Immortels.

Dans la Traversée Flottante du Royaume des Immortels de la Porte des Nuages, au milieu d'une vue de nuages blancs et de pavillons dorés, deux lumières d'échappement soudaines apparurent — l'une azur, l'autre blanche — se fusionnant en deux Immortelles féminines qui s'élancèrent avec une hâte urgente.

« Plus vite, plus vite, plus vite, arrête de flotter partout ! » Yun Lili marmonnait pratiquement une litanie en volant, les larmes menaçant encore de couler, ses mains serrant fermement la manche de Yun Yara.

« A-Yara, Moony va vraiment être dans une situation désespérée ! Ce soi-disant Prince a l'air plus froid qu'une glacière, et si c'était un... un *pervers*, que faisons-nous, oh mon Dieu, que faisons-nous ! »

Yun Yara, dont le visage restait aussi placide que l'eau immobile, l'interrompit d'un ton glaçant : « Si tu continues à hurler ainsi, et que Lunard souffre vraiment, cela n'aura peut-être rien à voir avec le Prince. Elle a peut-être simplement été criée à mort par toi. »

« ... J'appelle ça *une inquiétude* ! » répliqua Yun Lili avec un petit rebond blessé, les yeux embués de larmes.

« Nous n'étions que pour un petit spectacle joyeux, comment un Prince mortel a-t-il pu la capturer ! Ce truc de « lancer la balle brodée » était clairement un *piège* néfaste ! Je vais arracher chaque cheveu de la tête de ce He Yingchun, je te le dis— »

« Moins de bavardages. Restez vigilants. Reste près de moi. »

Yun Yara applaudit d'un Sceau Divin ; un éclair blanc déchira les nuages alors que les deux filaient dans le Temple du Pivot Céleste.

* * * * *

À l'intérieur du Temple du Pivot Céleste, une armée d'Immortels était rassemblée, débattant actuellement des anomalies dans les phénomènes célestes du royaume mortel.

Yun Yara fut la première à faire une révérence basse et assurée, sa voix claire et ses pas posés.

Elle joignit ses mains et présenta son dossier : « L'Immortelle de la Lune Lumineuse, Yun Yara, soumet un rapport urgent — la cité mortelle de Liangcheng a récemment vu une puissante barrière érigée, impliquant une poussée d'énergie céleste. Nous soupçonnons qu'il s'agit d'une manipulation délibérée et demandons humblement une enquête. »

Les Seigneurs Célestes réunis échangèrent des regards, leurs expressions ne trahissant aucune émotion significative.

Elle poursuivit : « Cette affaire impliquait clairement l'intervention d'un maître hautement qualifié. Yun Lili et moi l'avons personnellement vécu et avons failli être blessés par le contrecoup. C'est une question d'une importance sérieuse, et j'implore les Hauts Lords de délibérer. De plus, le descendant immortel Moony a été impliqué et reste emprisonné. » Sa façon de parler était précise, posée, et son attitude restait parfaitement posée.

« Ce n'est qu'un Immortel mineur piégé, sans aucun dommage pour les Immortels établis. Pourquoi tout ce remue-ménage ? »

« Les Édits Célestes interdisent toute ingérence imprudente entre les royaumes mortel et immortel. Sans preuve concrète, une intrusion impulsive dans la cour des mortels risque d'inviter à la calamité. »

« De plus... Vous affirmez que cette femme est impliquée dans la lutte du Prince mortel pour la succession ? Ça semble une sacrée coïncidence. »

Yun Lili était tellement furieuse que ses mains tremblaient, et une veine palpitait visiblement sur son front.

Elle éleva soudain la voix : « C'est mon amie ! C'est notre petite fée immortelle du Royaume Céleste ! Je me fiche qu'elle ait pénétré dans le monde des mortels ; Elle est maintenant retenue captive, et pourtant nous sommes assis ici, à tenir une réunion, à boire du thé et à écouter la brise ! Quel genre de Royaume Immortel est-ce ?! »

Le Temple du Pivot Céleste tomba dans un silence soudain et choqué.

En contraste frappant avec le silence, Yun Lili semblait assez désespérée pour traverser en volant et tirer physiquement sur la manche d'un Seigneur Céleste : « Elle est vraiment innocente ! C'est juste une petite fée ! Le Prince mortel l'a emprisonnée dans ses appartements arrière et la force à porter une sorte de... Qu'est-ce que c'était... Une couronne de phénix et des robes de fonction ! Cela signifie clairement le mariage ! Pourquoi diable aucun d'entre vous n'envoie quelqu'un enquêter ?! »

L'assemblée des Immortels se regarda, mais aucun ne répondit.

Après un long silence, le Seigneur Immortel de l'Équilibre Céleste, qui avait l'apparence d'un homme d'âge moyen, parla lentement : « Bien que cela puisse sembler inhabituel, il n'y a aucune preuve concluante. La barrière n'a peut-être pas forcément été posée par un Immortel, et puisque les royaumes mortel et immortel sont intrinsèquement séparés, une intervention précipitée pourrait interférer avec le karma du royaume mortel. »

Un autre Seigneur Immortel répondit : « Bien que Moony soit une héritière immortelle, sa cultivation est incomplète, et elle n'a pas encore été officiellement enregistrée comme Déesse Principale sur la liste céleste. Son identité actuelle est celle d'un être mortel, et elle ne sera pas inscrite pour un sauvetage immédiat. »

« Et si je dis que c'est ma sœur, alors !? » Les yeux de Yun Lili étaient rouges de rage. « Si je descends dans le royaume des mortels et que je fais tomber cette barrière, quiconque essaie de m'en empêcher, je... Je vais... Je *vais les* mordre ! »

Oh, ça a été bien moins majestueux que je ne l'avais prévu. Mordant? Vraiment, Lili ?

Au moment où les mots sortirent de sa bouche, Yun Yara toussa légèrement. «... Silence. »

Yun Lili referma la bouche d'un air boudeur, le nez picotant, et son corps tremblant légèrement.

Le silence s'installa dans la salle.

Les Seigneurs Célestes s'apprêtaient à reprendre leur débat lorsqu'ils remarquèrent soudain une montée tumultueuse d'énergie spirituelle autour de Yun Lili. De faibles motifs lumineux bleu-azur commencèrent à apparaître, et l'énergie spirituelle à ses doigts était agitée sans cesse, faisant même trembler légèrement les lampes flottantes du Temple du Pivot Céleste.

Les expressions des Immortels rassemblés changèrent.

—*Sa racine spirituelle s'éveille.*

À l'intérieur du Temple du Pivot Céleste, une armée d'Immortels était rassemblée, leurs robes divines d'un blanc pur flottant. Chacun tenait une tablette de jade, leurs comportements solennels.

Yun Lili et Yun Yara se tenaient au centre de la salle, face aux Seigneurs Célestes, l'atmosphère étant bloquée depuis un bon moment.

« Si l'aide n'est pas envoyée immédiatement, Lunard sera probablement en danger de mort ! » Yun Lili pleura avec urgence, son ton teinté d'une impatience et d'une anxiété non purifiées, quasi mortelles. « C'est ma sœur ! Qu'elle soit mortelle ou possédante d'os immortels, comment ce Prince mortel peut-il être autorisé à la confiner ? Tu n'as plus aucune décence humaine ?! »

Les Immortels échangèrent un regard, et enfin, un Seigneur Céleste secoua la tête et parla : « Les affaires du royaume mortel fonctionnent par leur propre causalité. Si le Royaume Immortel intervient de manière imprudente, cela risque de nuire à l'équilibre du Dao Céleste. »

Un autre Seigneur Céleste ajouta : « De plus, cette affaire n'a pas été approfondie. On ignore si Lunard est là de son propre chef. Immortelle Yun Lili, pourquoi cette démonstration de colère ? »

« Tempérament ? Tu appelles ça *du tempérament* ? » Yun Lili posa immédiatement les mains sur les hanches, pointant furieusement l'assemblée.

« Vous, les divinités anciennes, assis sur les nuages à siroter de l'eau de rosée, totalement insensibles au sort des mortels piégés ! Si j'étais mortel, je ne vénérerais aucun d'entre vous ! »

« Vous affirmez que Lunard n'est pas enregistré sur la liste céleste et donc indigne d'être secouru. Quel est alors le but du rang et du titre dans le Royaume des Immortels ? »

La voix de Yun Lili tremblait légèrement, ses yeux complètement rouges. « Si celui piégé aujourd'hui était un disciple personnel d'un de vos sièges, vous auriez sûrement mobilisé tout le royaume, n'est-ce pas ? »

Sa voix devint paniquée, frôlant un sanglot, « Lunard n'a rien fait de mal ! Elle voulait simplement me protéger d'une farce mortelle ridicule, et maintenant elle subit humiliation et emprisonnement, et pourtant aucun d'entre vous ne lève le petit doigt ? »

Elle releva la tête, retenant ses larmes, et rugit presque : « Si tu refuses de la sauver, je descendrai seule dans le monde des mortels — même si cela signifie défier les Édits Célestes, je la ramènerai ! »

« Pardonnez son offense ! » Yun Yara la recula, murmurant avec urgence : « Baisse la voix, c'est le Temple du Pivot Céleste... »

« Comment peux-tu entendre le feu qui brûle dans mon cœur si je ne suis pas assez fort ! » Yun Lili était rouge de colère. Elle fit un claquement de manche, et la clochette de jade à son poignet tinta brusquement.

Une vague spirituelle particulière vibra vers l'extérieur, et des fils de lumière azur commencèrent réellement à scintiller dans la salle.

Xie Wuchen, debout sur les marches en contrebas, fronça profondément les sourcils. Murmura-t-il, « Ce n'est pas bon... Sa racine spirituelle commence à s'éveiller. »

Les Immortels, sentant l'anomalie, changèrent collectivement de couleur.

« Comment son corps peut-il contenir... » Avant qu'un Seigneur Céleste ne puisse finir sa phrase, les yeux de Yun Lili commencèrent à briller. Une lumière bleue jaillit de son corps, comme un vent tempétueux ou une cascade, balayant instantanément tout le Temple du Pivot Céleste.

BOOM!

Les tables en jade tremblaient, les sculptures murales vacillaient de lumière, et les tasses émaillées sur les sièges se brisèrent dans un *fracas*. Quelqu'un s'exclama : « C'est la Suprême Cause Spirituelle ! »

« C'est impossible ! Elle n'est pas... »

« C'est une Racine Spirituelle Variante ! » Yun Zhou se leva brusquement de son siège élevé, les yeux grands ouverts de choc. « Ce genre de vague spirituelle, je n'en ai lu que dans les parchemins anciens... Comment pourrait-elle la posséder... »*Mon Dieu, un descendant des Esprits Primordiaux ? C'est écrit dans le deuxième volume des Trois Parchemins des Esprits Célestes...*

Yun Lili était totalement inconsciente, continuant de sauter de rage : « Puisque tu prétends défendre l'équité du Dao Céleste, alors enquête ! Tout de suite, immédiatement, à cet instant ! Lunard boit de l'eau froide tous les jours dans le monde des mortels pendant que vous tenez cette réunion sans fin sans résultat ! »

La lumière azur s'intensifia, et même la « Barrière de la Sérénité » au-dessus de la salle commença à trembler faiblement.

C'est précisément à ce moment-là qu'une voix douce mais résolue s'insinua : « Son méridien spirituel est instable. Forcer son fonctionnement endommagerait ses fondations. Permettez-moi. »

L'aura arriva avant la personne.

La lumière spirituelle autour de Yun Lili déferlait comme un torrent, sur le point de briser la barrière et de faire pâlir les visages des Immortels du Temple du Pivot Céleste.

Yun Zhou se leva soudain de son siège élevé, une lumière azur se formant dans sa paume, manifestement prêt à utiliser un art pour la stabiliser.

Mais avant qu'il ne puisse agir, un fil d'énergie d'épée clair, semblable à de l'eau, déchira l'air depuis le couloir arrière, rapide comme une traînée de lumière, mais doux comme une brise printanière.

C'était Yu Sord.

Le fil soyeux de l'énergie de l'épée entoura instantanément la vague, soulevant délicatement et contenant doucement la puissance spirituelle bleue incontrôlée, centimètre après centimètre.

Yun Zhou s'arrêta, son geste de la main se retirant, et il jeta un regard de côté, son expression s'assombrissant légèrement.

Ah, je vois. Le perpétuellement glacial a décidé de vraiment faire quelque chose plutôt que de simplement ruminer.

Le front de Yu Sord fronça presque imperceptiblement alors que son regard se posait sur le visage inconscient de Yun Lili. Il paraissait aussi distant et distant que toujours, mais dissimulé dans sa manche, il scella rapidement son méridien spirituel avec un Sceau de Scellement d'Esprit, atténuant ainsi toute menace supplémentaire d'une rechute spirituelle explosive.

L'assemblée des Seigneurs Célestes, en assistant à ce tournant des événements, afficha un spectre d'expressions différentes.

Demanda Yun Yara d'une voix basse et lourde : « Sa racine spirituelle est... »

« La Racine Céleste. »

La douce parole de Yu Sord était néanmoins aussi glaçante et précise que la glace et la neige qui tombent.

« Elle-même n'en est absolument pas consciente. L'éruption récente n'était que le signe initial et turbulent de la manifestation de la Racine Céleste. Elle est actuellement très instable, et si quelqu'un tente de tirer parti de cette fragilité, cela risque d'endommager mortellement sa fondation. Étant donné que vous, Seigneurs, êtes les gardiens dévoués des lois du Royaume Immortel, osez-vous rester les bras croisés et permettre qu'une Root Céleste soit anéantie dans le monde mortel ? »

À cette déclaration, les visages des Immortels à l'intérieur du Temple du Pivot Céleste subirent un changement notable. *Bien dit, Yu Sord. Rien ne démue autant un bureaucrate que la menace de dégâts pour un atout céleste rare.*

Yun Yara jeta un regard à Yu Sord, un éclair d'un sens indéchiffrable et subtil traversant le fond de ses yeux.

Il se posa instantanément sur le côté de Yun Lili, un sceau doré se matérialisant dans sa paume, qu'il pressa sans la moindre hésitation sur la nuque de son cou.

« Yu Sord, qu'est-ce que tu fais, bon sang ! Tu essaies de me faire taire ! Je n'ai pas fini mon— »

Avant que la phrase ne soit terminée, tout son corps devint complètement mou, et il la rattrapa fermement dans le berceau protecteur de ses bras.

Sa lumière spirituelle, soigneusement apaisée par l'énergie délicate de l'épée, s'est progressivement apaisée et est devenue silencieuse, sa vision devenant progressivement floue, et au milieu du chaos de sa respiration irrégulière, elle sombra lourdement dans un profond sommeil.

En cet instant précis, personne présent ne pouvait manquer de remarquer que sous la célèbre froideur extérieure de Yu Sord se cachait une profondeur farouche de dévotion que personne d'autre n'oserait présumer ou mesurer.

Honnêtement, pour un homme aussi dévoué à la posture sans émotion, il offre un sacré spectacle de tendresse paniquée. Très efficace.

Au milieu du silence stupéfait des Immortels, le jeune homme au visage froid baissa les yeux vers la jeune fille désormais endormie tenue fermement dans ses bras, et sa voix, bien que dépourvue d'une intonation marquée, était remarquablement tendre : « Si vous persistez ainsi, votre méridien spirituel se rompra complètement. »

Il l'aida prudemment à s'asseoir, ses doigts bougeant rapidement pour sceller ses points d'énergie vitaux. Murmura-t-il doucement, presque pour lui-même : « Tu as le droit d'être en colère, tu as le droit de faire une scène, mais tu n'as pas le droit de te faire du mal... Si quelque chose devait vraiment t'arriver... »

Avant que la phrase ne soit terminée, il s'interrompit soudainement, son regard balayant les Immortels rassemblés. Un fil naissant d'intention glaciale se solidifia instantanément entre ses sourcils.

« Ce qu'elle a dit est indéniablement vrai », finit par dire Yu Sord, sa voix montant et sonnant d'une froideur distincte. « Si le Royaume Immortel se contente vraiment de rester ici et d'ignorer cela, il vaudrait mieux abolir toutes ses lois régissantes, fermer ses portes célestes et présenter des excuses collectives aux cieux. »

Les Immortels restèrent complètement sans voix, et il fut notable, l'expression de Yun Zhou était d'une stupéfaction absolue.

Soudain, une toux claire et distincte résonna des marches de jade sur le côté gauche de la salle.

Les Immortels tournèrent la tête, pour ne voir qu'une silhouette âgée aux longs sourcils pâles et aux robes d'indigo foncé émerger lentement.

C'était le Seigneur Céleste senior de longue date du Département du Tribunal, **le Seigneur Céleste Su Yuan**.

Il s'appuya sur son fouet, sa voix rauque mais empreinte d'une autorité indéniable et autoritaire : « Les Lois Célestes, établies à cette époque ancienne, étaient à l'origine destinées à protéger toutes les âmes vivantes et à affirmer le Dao Céleste. »

Son regard était lourd et profond alors qu'il balayait la foule rassemblée : « Si cette affaire n'est pas minutieusement enquêtée, mon département du Tribunal servira de pointe de lance. Peu importe qui concerne cette affaire, tous seront jugés selon la pleine mesure de la loi. »

Après avoir parlé, il lança sa tablette de jade. Il atterrit précisément sur la plateforme centrale de lumière avec un son aigu et résonnant.

L'énergie céleste jaillit, les motifs de formation se rallumèrent avec vigueur, et tout le Temple du Pivot Céleste bougea faiblement dans un jeu de lumière et d'ombre, comme si un décret ancien et solennel avait été silencieusement activé. Même les quatre monumentales Stèles Divines dans les coins de la salle commencèrent à fredonner et vibrer subtilement en réponse.

Dans ce seul instant tendu, les expressions de tous les Immortels changèrent radicalement.

Bien que Yun Lili restât profondément endormie, elle sembla avoir perçu quelque chose de l'événement, car son sourcil tressaillit légèrement.

Les yeux de Yu Sord se plissèrent de façon perceptible. Il murmura
doucement, « ... Enfin, il y en a un qui se souvient du but initial. »

Chapitre 32 : Je ne lui fais pas confiance

Yun Lili était déjà tombée inconsciente, maintenue fermement dans les bras de Yu Sord. Ses robes bleues étaient teintées de son aura spirituelle légèrement ondulante, semblant insuffler à sa présence habituellement froide et distante un sentiment d'urgence.

« Ce Seigneur Immortel la ramène au Pavillon de l'Épée d'Enquête », déclara-t-il d'un ton plat. Sa voix n'était pas forte, mais elle ne laissait pas place à la discussion.

Yun Zhou le fixa froidement, une lumière spirituelle circulant subtilement dans sa manche. « Arrête. Lili est ma sœur cadette directe. Elle devrait naturellement retourner au palais Lingxiao. Yu Sord, cette décision ne t'appartient pas. »

Leurs regards s'opposèrent. Une onde invisible d'énergie explosa dans la Salle des Mystères Célestes, faisant trembler légèrement les parchemins accrochés aux murs.

Un jeune serviteur immortel à proximité recula de trois pas, le visage pâle.

Yu Sord ne répondit pas. Il baissa simplement légèrement la tête pour ajuster soigneusement le col de Lili, ses gestes aussi doux qu'une personne ordinaire bordant un être cher.

Mais lorsqu'il releva les yeux, sa posture était celle d'une épée dégainée, tranchant violemment la posture obstructive de Zhou.

« Toi— » Les yeux de Zhou devinrent glacials. Il frappa d'une paume, transformant la lumière tourbillonnante en un réseau qui fonça rapidement vers Yu Sord.

Tenant Lili, Yu Sord esquiva pour esquiver. Sa manche longue se souleva d'un éclat froid, invoquant l'énergie de l'épée pour affronter l'attaque de front.

Les deux pouvoirs immortels s'entremêlèrent en plein vol, le vent et le tonnerre rugirent, et la lumière spirituelle de toute la Salle du Mystère Céleste trembla, alarmant les immortels dans la salle supérieure.

« Assez ! »

Yun Yara passa d'un saut à l'autre entre les deux hommes, ses robes violettes flottant. Les mains formant un sceau, elle intercepta avec force les deux courants d'énergie spirituelle qui s'entrechoquaient. Son expression sévère, elle dit sèchement : « Veux-tu que Lili subisse un autre impact ? »

Les deux hommes arrêtèrent leurs mouvements simultanément, leurs auras toujours pas totalement contenues.

Après un moment de silence, Yu Sord resta debout, tenant Lili dans ses bras. Le visage de Zhou était plein de colère, mais il n'eut d'autre choix que de reculer d'un pas.

« Où elle ira n'est pas à toi d'en décider », dit Zhou entre ses dents serrées.

« La volonté de ce Seigneur Immortel... » Yu Sord le regarda brièvement, sa voix basse et faible, mais empreinte d'une fermeté inexplicable, « ... c'est une raison suffisante. »

Ces trois mots défiaient la logique immortelle, étaient totalement déraisonnables, mais prononcés avec une résolution absolue. Il n'avait pas besoin de justification valable. Simplement parce que c'était *elle*.

Yara secoua la tête avec un léger soupir et prit enfin sa décision : « Le Pavillon de l'Épée d'Enquête est éloigné des affaires mondaines et possède des Réseaux de Scellement d'Esprit pour la protection. Elle ne devrait pas être dérangée par trop de bruit en ce moment... Laisse Yu Sord la prendre. »

Zhou n'a finalement rien dit de plus. Ce n'est qu'en passant à côté de lui que Yu Sord lança un avertissement froid et bas : « Si elle subit le moindre mal, ne me blâmez pas d'avoir ignoré nos liens passés. Je veillerai à ce qu'elle obtienne justice. »

Les pas de Yu Sord ne s'arrêtèrent pas. Il répondit simplement faiblement : « Tu peux essayer. »

* * * * *

À l'extérieur de la Salle du Mystère Céleste, les nuages pendaient bas, et un vent spirituel commença à se lever doucement.

Zhou se tenait sur les hautes marches, ses robes rouges flottant vivement au vent, ses yeux dorés et argentés froids comme le givre et la neige.

Ses traits d'origine beaux et distants étaient désormais ombragés comme un nuage d'orage dans la nuit profonde.

L'aura spirituelle autour de lui était chaotique, avec des lumières tourbillonnantes et des éclats froids s'entremêlant faiblement au bout de ses doigts.

Un jeune serviteur immortel l'aperçut de loin et sentit son esprit et son esprit trembler. Il s'agenouilla immédiatement et se prosterna, n'osant pas regarder longtemps.

Yara venait d'atterrir sous les marches et n'avait pas encore parlé lorsque son rugissement furieux fit trembler le sol sous ses pieds : « Tu as vraiment du talent— »

Avant que sa voix ne s'éteigne, le champ d'énergie de toute la Salle du Mystère Céleste trembla légèrement. Un tonnerre cramoisi résonna des couches de nuages, comme si les cieux eux-mêmes résonnaient en écho à sa colère.

« Lili est gravement blessée et ne s'est pas réveillée ! Tu ne l'as pas protégée, tu l'as plutôt laissée tomber entre les mains de Yu Sord ! Cet homme est profond et intrigant, obsédé jusqu'aux os, et tu lui fais vraiment confiance ? Vous chantez maintenant un duo, et pour le bénéfice de qui ? »

Yara fronça légèrement les sourcils, sur le point d'expliquer, lorsqu'elle vit Zhou faire un pas en avant, son aura changeant soudainement—

Des auras spirituelles glacées et enflammées s'emmêlaient derrière lui, s'enroulant comme des dragons et des serpents. Le pouvoir de ses doubles racines spirituelles jaillit violemment à ce moment-là, faisant même apparaître des fissures sur la Plateforme de Pierre du Mécanisme Céleste.

Il se tourna vers les immortels rassemblés, toute trace de rire disparue de son regard, remplacée par des lames aiguisées. Pourtant, sa voix était extrêmement douce : « Vous l'avez tous vu, mais vous êtes restés silencieux. Penses-tu que son départ est la meilleure solution ? Êtes-vous aussi désireux qu'elle quitte le palais Lingxiao plus tôt, pour mieux préserver vos façades élégantes et bienveillantes ? »

Un immortel âgé tenta de parler, de le conseiller, mais fut réduit au silence par un regard glacial qui glaça son cœur.

Quand il se tourna de nouveau vers Yara, son ton se durcit brusquement, une intention meurtrière apparaissant. L'air lui-même coagulé par des courants entremêlés de glace et de feu :

« Yara, toi et moi ne sommes pas nés de la même lignée, mais nous avons grandi ensemble depuis l'enfance. Je n'ai jamais fait confiance aux gens, seulement à toi. Maintenant que tu prends le parti d'une étrangère comme ça, son départ te rassure ? Si elle disparaît de ce palais Lingxiao, exaucerez-vous votre souhait ? »

Ces mots transperçaient comme dix mille lames, frappant directement la plateforme spirituelle.

L'expression de Yara changea enfin légèrement, mais elle répondit toujours d'une voix basse : « Je n'ai agi que pour son bien. »

« Pour son propre bien ? » Zhou laissa échapper un léger rire glacial. « Ses tribulations lui appartiennent à porter. Sa vie lui appartient à son choix. Tu ne lui as même pas demandé une seule fois, mais tu as décidé pour elle. Tu essaies de la sauver ou de la détruire ? »

Le tonnerre gronda de nouveau. Une vague d'énergie balaya les rochers avant les marches, et un pin vert au bord de la falaise se brisa en deux.

Une aura démoniaque commença à apparaître dans les yeux de Zhou, or et argent s'entremêlant.

Il s'approcha des immortels, son murmure comme une malédiction : « Elle suppliait chaque mot, juste pour sauver sa servante personnelle, Lunard. Pourtant, vous, plusieurs Seigneurs Immortels, vous êtes assis haut sur les nuages, mais ne pouvez même pas sauver une petite fée. Si ça s'ébruite, ça ne ferait pas rire le monde ? »

Alors que ses mots tombaient, une lumière tourbillonnante jaillit de sa manche, se transformant en lames argentées qui filèrent dans l'air, visant droit le ciel.

Ce ne fut que lorsque Yara cria vivement et forma un sceau, réprimant son énergie spirituelle, qu'il retira froidement son pouvoir.

Il se retourna et s'élança dans le vent, ses robes rouges comme du sang, son dos à la fois démoniaque et immortel, impossible à regarder directement.

Avant que les échos d'un lourd coup de tonnerre ne s'estompent, une traînée argentée fendit le ciel au-dessus de la Salle du Mystère Céleste. Dans cette énergie spirituelle persistante et troublée, un homme d'âge mûr vêtu de robes cérémonielles violet-or apparut soudainement.

Son front et ses yeux portaient une autorité solennelle, son aura aussi profonde et froide que de grandes montagnes et des sommets qui s'enfoncent.

« Zhou, tu es vraiment devenu audacieux, osant causer des ennuis même dans la Salle des Mystères Célestes ! »

Le nouveau venu n'était autre que l'Ancien de l'Exécution du Palais Lingxiao, l'oncle du clan Yun — Yun Tim.

Zhou jeta un coup d'œil de côté, son sourire froid pas encore effacé, la lumière dorée et argentée dans ses yeux encore brillante. « Est-ce que l'oncle est venu me tenir responsable ? »

« Si j'étais plus tard, aurais-je été témoin de ta destruction de tout le Palais Lingxiao ? »

La voix froide de Yun Tim portait une fureur, son son semblable au choc du métal et du fer. « Tes paroles ne connaissent aucune retenue, tes actions sont indisciplinées. Tu as même réprimandé ta propre sœur si sévèrement. Te considères-tu toujours membre d'une secte immortelle ? Penses-tu toujours que c'est un endroit où tu peux agir de manière imprudente ? »

Le regard de Zhou était indifférent, sans la moindre trace de peur. Au lieu de cela, il ricana : « J'aimerais demander : en livrant Lili volontiers, où cela laisse-t-il la face de notre Palais Lingxiao ? »

« Assez ! » Le cri de Yun Tim était comme un tonnerre. Un pouvoir spirituel, enveloppé d'une pression écrasante, fit instantanément vibrer les veines spirituelles sur tout le toit du pavillon.

Des dizaines de réseaux de restriction tremblaient faiblement, et les jeunes serviteurs immortels à proximité tombèrent à genoux, incapables de se relever.

Il poursuivit : « Le Seigneur Immortel Yu est droit, son cœur d'épée clair et lumineux. De plus, il entretient un lien maître-disciple avec Lili. En ce moment, son esprit est instable, son pouvoir spirituel déchaîne. La ramener au Pavillon de l'Épée d'Enquête pour qu'elle se rétablisse en paix est la bonne voie, tant émotionnellement que logiquement. Devrait-on plutôt la garder ici, dans ce lieu d'énergie immortelle tourbillonnante et de fourrés de disputes, pour retarder sa guérison ? »

« Si Lili fait partie de la famille Yun, alors il n'y a absolument aucune raison de laisser Yu Sord l'emmener. »

On dirait que notre famille Yun n'a personne.

« Je veux te demander, quelle est ta raison de bloquer Yu Sord ? Il est de nature droite, sa cultivation ferme et stable, et il a toujours eu un lien maître-disciple avec Lili. En ce moment, elle est inconsciente. Lui protéger sa sécurité est juste et approprié. Avez-vous vraiment l'intention de pousser quelqu'un à la mort juste pour évacuer votre colère ? Si tu agis avec arrogance ne serait-ce qu'un instant de plus, ne me blâme pas, ton aîné, d'avoir ignoré les affections passées ! »

Une lueur vive traversa les yeux de Zhou. Une lumière tourbillonnante monta de nouveau dans sa manche alors qu'une épée spirituelle ornée de motifs cramoisis se matérialisait dans sa paume. La pointe de l'épée pointait vers le sol, mais sa voix était comme une source glacée dans la nuit profonde, son froid perçant jusqu'aux os : « Alors ignore-les. »

L'instant d'après, les deux hommes libérèrent simultanément leur pouvoir spirituel. Flammes et éclairs dorés s'entrechoquèrent, le rugissement explosif assourdissant.

Les murs intérieurs de la Salle du Mystère Céleste tremblèrent violemment.

Les flammes rugirent vers le plafond, et dans l'explosion de force spirituelle, les anciens dragons-lampes de jade alignés dans la chambre se brisèrent en éclats scintillants.

Yara forma immédiatement un sceau, se plaçant entre les deux. Serrant les dents, elle réprimanda : « Ça suffit ! Si cela continue, cela sera-t-il toujours approprié ? »

Mais aucun des deux hommes ne céda, leurs auras s'entrechoquant violemment. Zhou était enveloppé d'une lumière cramoisie comme du sang, des souffles glacés et enflammés s'enroulant autour du tranchant de son épée, ressemblant à un dieu démon descendu dans le monde. Le corps de Yun Tim était enveloppé d'une énergie violette-or ondulante, stable comme le mont Tai.

La pression entre eux s'intensifia, faisant même vibrer faiblement l'air environnant. Tous les serviteurs et jeunes immortels se retirèrent à une distance sûre, la sueur froide perlant sur leur front.

Yun Tim rugit de colère, « Penses-tu que compter sur tes racines spirituelles doubles te permet d'agir sans contrainte ? Si tu continues comme ça, oublie Lili, même toi ne pourras pas t'en sortir indemne ! »

« Alors oncle Yun pourrait bien essayer. » La voix de Zhou était basse et froide, portant une pointe de folie, mais une trace de douleur était cachée profondément dans ses yeux.

Il savait très bien que dégainer son épée était déraisonnable, pourtant il restait ferme, lame en main, pour une seule raison — elle était sa seule sœur de sang.

La lumière spirituelle irradiait dans toutes les directions, l'énergie de l'épée débordait, et un rugissement de dragon résonnait dans l'air, comme si le ciel et la terre eux-mêmes se tendaient en réponse.

* * * * *

Le Pavillon de l'Épée d'Enquête était situé au sommet d'une falaise isolée, loin des autres sommets, enveloppé de nuages et de brume perpétuels.

Il n'y avait ni cloches du matin ni tambours du soir ici, pas de règles du palais ni d'enseignement disciplinaire — seulement le doux bruissement du vent à travers le bambou vert, comme des chuchotements ou des soupirs.

Yu Sord, tenant Lili dans ses bras, entra dans la pièce silencieuse sans pause. Un long canapé avait été préparé depuis longtemps, l'array spirituel faiblement activé. Des ombres de bambou ondulaient, fluides comme une lumière changeante.

Il baissa la tête et la posa doucement sur le canapé. Son teint était pâle, sa respiration irrégulière, la légère marque rouge entre ses sourcils vacillant par intermittence.

Le regard de Yu Sord tomba sur ce sceau doré. Ses doigts tressaillirent légèrement, voulant l'effacer, mais il s'arrêta.

Il était toujours calme et décidé, mais à cet instant, il hésitait — un événement rare.

Un instant plus tard, il fit un mouvement de manche et déploya un miroir de jade noir cristallin, invoquant la lumière spirituelle de la formation protectrice pour sceller tout le Pavillon de l'Épée d'Enquête dans la formation, s'assurant que personne d'autre ne puisse les déranger.

Il sortit un flacon de pilules violet clair. D'un tremblement du bout de son doigt, une aura médicinale chaude et humide se dissipa, son parfum persistant effleurant leurs visages. Murmura-t-il doucement, comme s'il s'adressait à lui-même, et aussi à elle—

« Tu es toujours... tellement pénible. »

Lorsque les gouttes de médicament entrèrent sur ses lèvres, le front de Lili se plissa légèrement, un doux murmure s'échappant de sa gorge. Les jointures de Yu Sord s'arrêtèrent.

Lentement, il la rapprocha, touchant légèrement son front glacé, canalisant un pouvoir spirituel, tentant de stabiliser sa conscience spirituelle frénétique.

Dans la pièce silencieuse, seul le bruit du vent à travers le bosquet de bambous se faisait entendre, accompagné du murmure lointain de leurs auras spirituelles entremêlées.

Au bout d'un moment, un doux murmure s'échappa des lèvres de Lili, si faible qu'il en était presque imperceptible—

«... Yu Sord... ? »

Yu Sord, les yeux fermés, sursauta, ses cils papillonnant.

Il ouvrit les yeux pour la regarder, la voix basse et rauque :

« Je suis là. »

Mais Lili retomba dans l'inconscience, comme si ce n'était qu'un nom prononcé doucement dans un rêve, sans autre réponse.

Pendant longtemps, il fixa son visage, ses yeux reflétant sa faiblesse insoluble et la lueur rouge légèrement pulsante sur son front.

« Quand... vous vous en souviendrez-vous enfin ? »

Murmura-t-il, son ton dépourvu de colère ou de ressentiment, mais cachant une immense endurance.

Soudain, l'array lointain bougea légèrement. Une grue en papier a percé le vent, atterrissant sur le rebord de la fenêtre. Elle s'ouvrit pour révéler une écriture à peine visible :

—*Zhou : Avant la fin de la décennie, Lili doit être renvoyée à la secte. Ne reprenez plus jamais de décisions non autorisées.*

Yu Sord fixa la lettre longuement. Enfin, d'un coup de doigt, il se transforma en cendres dans un éclair de feu.

Il baissa les yeux vers la personne sur le canapé, sa voix aussi lourde qu'une épée brisée frappant la pierre :

« Si tu ne souhaites pas revenir, personne ne t'emmènera. »

Yu Sord était assis tranquillement à son chevet, les genoux rapprochés, ses robes s'accumulant sur le sol.

La flamme de la bougie vacilla légèrement, illuminant son visage serein endormi. Ses sourcils étaient légèrement froncés, ses lèvres pressées inconsciemment, comme encore prisonnière d'un cauchemar chaotique.

Bien que le sceau doré sur son front se soit quelque peu estompé, il ressemblait toujours à une blessure inscellable, le ramenant à un passé qu'il refusait de mentionner.

Il leva les yeux vers elle, une rare fluctuation d'émotion montant dans ses yeux.

Des souvenirs de sa vie précédente, et de la sienne, lui traversaient l'esprit.

Chapitre 33 : Le cœur brisé à la Falaise de la Myriade de la Tribulation

Vie antérieure

Firmament Céleste Royaume Immortel, Pic de la Terrasse Nuageuse.

Yu Sord était assis tranquillement dans la salle, ses doigts bougeant légèrement alors qu'il posait une pièce sur le plateau de Go.

Un brouillard spirituel persistait ; Le jeu était inachevé, mais une intention meurtrière avait été établie depuis longtemps. Ses sourcils et ses yeux étaient légèrement baissés, son aura aussi paisible que des montagnes et des rivières s'étendant sur dix mille miles, pourtant une ombre obscure vacillait au fond de ses yeux.

Il avait déjà effectué trente-trois divinations — la tribulation du tonnerre de Lili s'abattrait dans trois jours.

Elle était exceptionnellement douée, possédant la lignée Phénix, mais en raison de son tempérament instable, sa plateforme spirituelle innée était difficile à consolider. Cette tribulation de tonnerre comportait neuf couches. Sans aide extérieure pour réussir la cinquième, son âme et son esprit seraient totalement détruits.

Il ne pouvait pas permettre un tel avenir.

Ce n'était pas la première fois qu'elle faisait face à une tribulation.

Il se souvenait de sa première tribulation à cent ans, pleurant en fuyant le cercle de tonnerre ; C'est lui qui utilisa l'énergie de l'épée comme bouclier, bloquant pas à pas la foudre pour elle.

Plus tard, lorsqu'elle subit une déviation de Qi et que son Dantian—le noyau d'énergie intérieur—s'effondra, c'est lui qui la ramena personnellement du bord de la mort.

La première fois, elle venait d'avoir cent ans, ignorant encore ce qu'était une « tribulation ». Au premier coup de tonnerre céleste, elle paniqua et s'enfuit.

Il utilisait l'énergie de l'épée comme une barrière, la guidant pas à pas à travers la mer d'éclairs, ses yeux embués de larmes mais toujours fixés sur lui.

La deuxième fois, elle avait un peu de cultivation, mais tomba dans la déviation de Qi au sein de l'array de tribulation. Sans hésiter, il sacrifia une partie de son propre esprit primordial, ouvrant un espace libre pour la stabiliser au milieu du chaos.

La troisième fois, les piliers du tonnerre des neuf cieux tombèrent, et elle resta inconsciente pendant trois jours. Il veilla sur son lit pendant trois nuits, utilisant constamment du Jade de Glace Froide pour réparer son Dantian.

La quatrième fois, elle entra volontairement dans la tribulation, prétendant être préparée, mais gravement blessée et craché du sang au premier coup de tonnerre, son âme presque en éclat.

Quand il se précipita vers elle, couvert de blessures lui-même, il ne dit que faiblement : « La prochaine fois... Laisse-moi l'affronter avec toi. »

Après cela, il ne remit plus jamais les pieds sur la **Falaise de la Myriade de la Tribulation**. Il ne faisait qu'observer de loin, affinant des artefacts, installant des réseaux, calculant ses tribulations pour elle—il n'était jamais vraiment parti.

Ces derniers temps, il avait à peine quitté Cloud Terrace Peak. Utilisant le Jade Froid de Dix Mille Ans comme noyau et le Lotus d'Or des Neuf Purités comme veines, il forgea personnellement l'artefact protecteur de l'âme « Roue Primordiale de l'Âme », capable de préserver un fil de vitalité lorsque l'âme était sur le point de se briser. Mais il savait que ce n'était toujours pas suffisant.

Sa cinquième tribulation exigeait que quelqu'un partage ce fardeau.

Il trouva la mention d'un objet dans un texte ancien au Pavillon des Innombrables Phénomènes — la « Perle Transformatrice de la Tribulation du Firmament Céleste », capable d'attirer la foudre en soi et de porter la tribulation d'autrui.

Mais le raffineur de la perle avait péri, et l'objet lui-même avait été perdu depuis longtemps. Jusqu'à hier, une lettre était arrivée de Chu Qing, fille du Directeur du Bureau du Destin, indiquant qu'elle avait obtenu ce trésor et souhaitait le lui remettre en personne.

Elle est arrivée aujourd'hui.

* * * * *

Chu Qing, vêtue de robes violettes, son attitude gracieuse et élégante, présenta la perle devant le bureau. Son sourire chaleureux cachait une acuité dissimulée.

« Cette perle est extraordinaire ; son raffineur est déjà entré dans l'abîme sans fin. C'est la seule de son genre au monde. » Elle tendit la perle, sa voix douce. « Pour toi, Seigneur Immortel, de viser la Fée Lili à ce point, en dépensant tant d'énergie et d'efforts... Sans une profonde affection et une loyauté profonde, qui d'autre oserait agir ainsi ? »

Son regard se posa sur le diagramme de talismans posé sur le bureau. dit-elle doucement, « Le destin de Lili est noble, pourtant il semble qu'elle n'ait jamais... j'ai tout fait pour toi, Seigneur Immortel. Si elle pouvait canaliser une telle dévotion dans sa cultivation, pourquoi aurais-tu besoin de travailler personnellement sur chaque affaire pour elle ? »

Le bout des doigts de Yu Sord toucha légèrement la surface de la perle, sa conscience spirituelle sondant vers l'intérieur. L'aura tonitruante à l'intérieur monta violemment ; C'était en effet authentique. Il resta silencieux, se contentant de faire un claquement de sa manche pour le ranger et de recouvrir le parchemin sur le bureau.

Voyant son silence, Chu Qing sourit de nouveau et dit : « Que tu la traites avec une telle affection et loyauté, Seigneur Immortel... Est-ce que ça en vaut vraiment la peine ? »

Il leva enfin les yeux, sa voix si faible qu'elle n'en était presque plus éclatante : « Son destin réserve une tribulation tonitruante. Si je peux bloquer ne serait-ce qu'une petite partie pour elle, je le ferai. »

L'expression de Chu Qing se figea un instant, puis elle couvrit ses lèvres d'un léger rire, se retourna et prit congé, ne laissant qu'une remarque douce portée par le vent : « Seigneur Immortel, vous êtes vraiment... ne sont pas différents de ceux liés par des sentiments mortels. »

Devant les marches des nuages, Lili tenait une pile de manuels de talismans. Elle était venue à l'origine lui apporter les annotations du devoir du jour.

Avant qu'elle ne puisse parler, elle surprit cette conversation, et ses pas s'arrêtèrent involontairement.

Elle resta là, hébétée, le regard fixé sur la porte du couloir entrouverte. Ses doigts se resserrèrent autour des manuels de talismans, le papier se froissant sous sa prise.

Elle n'était pas du genre à trop réfléchir. Mais comment ne pas comprendre le sens de ces mots ?

« Si seulement elle pouvait cultiver quelques jours de plus... »

« Tu es le Seigneur Immortel de l'Origine Mystérieuse... »

« À l'origine, tu étais libre des tribulations de l'amour. »

Chaque phrase tombait comme de fines aiguilles denses sur son cœur.

Elle se souvenait de l'apparition de Chu Qing, de ce jour dans le royaume secret de la forêt immortelle où elle se tenait côte à côte avec Yu Sord. Chu Qing, tout en riant et en disant qu'elle était « espiègle et ne comprenait pas les pensées du Seigneur Immortel », avait personnellement redressé les motifs spirituels sur sa manche.

Même alors, elle avait ressenti une légère douleur dans son cœur. Maintenant, en entendant ces mots à nouveau, elle sentait cette douleur s'enfoncer peu à peu dans ses os.

Et lui... Voulait-il vraiment bloquer le tonnerre pour elle ?

Ce n'était pas qu'elle n'avait pas entendu parler — une fois la Perle Transformatrice de la Tribulation du Firmament Céleste activée, si la personne lançant l'array manquait d'un Cœur Dao ferme et d'une énergie primordiale de qualité céleste, elle pouvait perdre toute sa cultivation et voir son âme brisée.

S'il allait jusqu'à tel point pour elle, et si...

Ses yeux s'échauffèrent, mais elle le réprima de force.

Elle n'était pas consentante. Et elle n'en était pas digne.

Même si elle descendait du clan du Phénix, avec du sang spirituel pur, et avait reçu la vénération de milliers de personnes au fil des ans, si elle ne pouvait même pas se protéger, quel droit avait-elle d'exiger sa protection à ce point ?

Elle est née au sommet des Cieux à Neuf Couches, descendante du Clan Phénix, élevée dans le royaume immortel du palais Lingxiao depuis son enfance. Son destin immortel était inné, inégalé dans la noblesse.

Mais le Dao Céleste cherche l'équilibre ; ceux qui ont un destin trop puissant en souffrent souvent. Depuis son enfance, son destin avait été marqué par de nombreuses tribulations. Les épreuves se succédaient, plusieurs fois manquant de disperser son âme au vent.

Les habitants du royaume immortel la vénéraient ou la craignaient, certains se rassemblaient autour d'elle, d'autres étaient jaloux.

Certains la saluaient comme l'élue du ciel, d'autres complotaient secrètement, cherchant à s'emparer de ses os de phénix et de son sang doré. Mais sous la multitude de chuchotements, une seule personne restait constamment à ses côtés.

Il était le Seigneur Immortel de la Clarté Solitaire du Pavillon de l'Épée d'Enquête du Palais Lingxiao, portant le nom immortel Yu Sord. Froid et taciturne, distant et insensible, pourtant pour elle, il traversait étoiles et lunes, la protégeant silencieusement pendant plus d'une décennie.

Il était aussi son fiancé.

Et elle ? Elle croyait avoir déjà cultivé de toutes ses forces, ne se livrant plus aux bêtises ou aux folies. Pourtant, lorsque la tribulation du tonnerre approchait, c'était toujours lui qui se procurait des trésors rares, affinait des artefacts, installait des réseaux, allant même jusqu'à compromettre sa propre cultivation, tout cela pour assurer sa sécurité.

Elle n'était pas consentante.

Elle voulait aussi fendre la mer d'éclairs avec une seule épée, transcender la confiance sur sa propre force et éclat, indépendamment des autres.

Si c'était son destin, alors elle devait le porter seule.

Cette fois, elle ne le laisserait plus le bloquer pour elle. Cette nuit-là, Lili n'apparut pas.

* * * * *

Le lendemain à l'aube, la Falaise de la Myriade de la Tribulation.

C'était l'endroit du Firmament Céleste du Royaume Immortel le plus proche de l'œil de tonnerre du dôme céleste. Pas un seul brin d'herbe ne poussait à des kilomètres à la ronde, seulement des os de roche noire brûlée et d'innombrables tas de décombres.

Les nuages d'orage ne se dispersaient jamais toute l'année, l'énergie spirituelle était chaotique et agitée, comme une extrémité abandonnée par le Dao Céleste.

Des nuages d'orage roulaient, le ciel et la terre suspendus.

Sous un ciel clair s'étendant sur dix mille miles, une fine brume enveloppait la zone comme de la fumée et du brouillard. Lili se tenait seule au centre de la tribulation, vêtue de robes blanches, sans le moindre trésor magique protecteur.

Dans le Pavillon de la Lumière Nuageuse, Yu Sord s'apprêtait à livrer les diagrammes de l'array et la Perle du Firmament Céleste lorsqu'un violent tremblement secoua son cœur.

D'un geste de manche, il devina que la tribulation du tonnerre avait déjà commencé. Sous le choc, il comprit — elle était allée à la Falaise de la Myriade de la Tribulation en avance !

Sa silhouette se transforma en lumière, perçant le ciel.

Ce jour-là, tous les êtres vivants du royaume immortel furent témoins—

Au sommet de la Plateforme de la Tribulation, la puissance céleste s'abattait, dix mille tonnerres galopèrent. Cette jeune fille se tenait seule dans le vide flottant, sa silhouette frêle, mais elle ne recula pas d'un demi-pas.

Au moment où la lumière du tonnerre tomba, Lili releva la tête avec un sourire, une lueur de résolution espiègle apparaissant entre ses sourcils.

Sa voix n'était pas forte, douce et tendre, mais elle semblait percer le tonnerre et se répandre sur les montagnes et les rivières sur dix mille miles—

« Seigneur immortel, tu n'as pas besoin de venir... Cette fois, je veux l'affronter moi-même. »

Elle savait qu'il viendrait, comme avant.

Mais elle ne voulait plus ça. Cette fois, elle ne voulait pas rester celle qui était toujours protégée, toujours sauvée.

—Elle ne voulait pas passer toute sa vie à se tenir derrière lui, appelée la fée protégée par Yu Sord, se contentant de profiter de la lueur d'un contrat de mariage pendant la moitié de sa vie.

Elle était une descendante du Clan Phénix, la Demoiselle Destinée au Ciel, le Corps des Innombrables Tribulations.

Elle devrait porter ce sort elle-même, pas qu'il brise son âme et brise son esprit pour elle, encore et encore.

Son sourire était doux, mais portait une détermination résolue.

Cette tribulation lui appartenait.

Même si son corps était écrasé et ses os brisés, elle voulait seulement marcher droit et honorablement.

L'instant d'après, le cinquième coup de tonnerre retentit.

La silhouette de Lili se brisa sous le coup final du tonnerre.

Elle se tenait si droite, mais telle une prophétie, transformée en poussière volante sous la lumière de la tribulation.

Une ombre de phénix déploya soudain ses ailes dans le ciel, comme un feu de karma brûlant férocement, consumant tout, jusqu'à s'éteindre enfin, sans même laisser échapper un soupir.

La façon dont elle souriait, les yeux fermés, ressemblait à une belle déesse s'offrant volontairement en sacrifice, se transformant en une silhouette éblouissante au milieu du tonnerre et des flammes, sans même un parfum persistant.

Et il est enfin arrivé.

Yu Sord se tenait au bord de la Plateforme de la Tribulation, ses robes bleues flottant vivement dans le vent, son regard fixé sur cet espace vide au cœur du ciel.

Entre le ciel et la terre, le silence tomba soudain.

Le vent cessa, le tonnerre cessa, même les nuages flottants arrêtèrent leur flux.

Dans sa main, il serrait fermement cette épingle à cheveux en jade en forme de phénix — fabriquée de sa propre main, autrefois coincée dans ses cheveux sombres — ne restant plus que des vestiges froids.

Il gravit pas à pas la Falaise de la Myriade de la Tribulation, son pas ferme, mais chaque pas profond.

Ce n'était pas une ascension ordinaire d'une falaise, mais plutôt une marche dans un cimetière prédestiné.

«... Lili. »

Il appela son nom, sa voix si basse qu'elle en était presque inaudible, mais elle transperça sa poitrine comme une lame glacée.

Il était arrivé un pas trop tard.

* * * * *

Dans la lumière poussiéreuse, une lueur d'aura d'âme persistait, comme la dernière étincelle presque éteinte parmi les particules.

Il se pencha et capta cette faible lumière blanche de l'âme. Ses doigts tremblaient légèrement, ses mouvements si doux qu'il n'osait presque pas le toucher.

Cette lumière d'âme était aussi immobile qu'une fine fumée, s'installant dans sa paume, légère comme si elle n'était pas là, pourtant elle frappait son cœur, remuant sa chair et son sang.

Il avait toujours été distant dans son expression, mesuré dans ses paroles, ses joies et ses colères ne se montrant jamais.

Mais maintenant, le coin de ses lèvres bougeait, pourtant il ne pouvait pas parler. Sa poitrine semblait déchirée en mille morceaux.

Des fissures apparurent au fond de ses yeux.

C'était le genre de brisement qu'une âme immortelle ne pourrait même pas réparer.

Un pouvoir spirituel monta en lui. Il voulait sceller cette aura d'âme dans une boîte de jade, mais alors que son énergie spirituelle allait la recouvrir, il s'arrêta soudainement.

Il avait peur. Craignant que ce minuscule souffle, ainsi que son dernier espoir, soient détruits par sa propre main.

Il ne prononça pas un mot, se contentant de murmurer à voix basse : « ... Lili Lili. »

Cette voix était si brisée qu'elle ne ressemblait pas à celle d'un immortel, mais à celle d'un mortel ayant perdu son bien-aimé dans ce monde poussiéreux.

Il aurait pu la protéger—

Il avait calculé les chiffres célestes, préparé tous les outils magiques, franchi des terres interdites, cherché des secrets célestes.

À un pas de distance—

À un pas de distance, mais cela coupait brutalement sa vie actuelle de la sienne.

Il ferma les yeux, leva la paume et pressa l'épingle à cheveux en jade en forme de phénix contre son cœur, récitant un chant d'une voix grave.

Un fil d'âme primordiale d'un blanc pur s'éleva du bout de son doigt, flottant au-dessus du cœur du ciel où les nuages d'orage ne s'étaient pas encore dissipés.

Au sommet de la Falaise de la Myriade de la Tribulation, le souffle du tonnerre grondait encore sourdement.

Il pressa l'épingle à cheveux en jade contre son front. Trois cents ans de cultivation s'allumèrent dans sa plateforme spirituelle.

Utilisant la méthode de brûler l'âme avec l'esprit primordial, il chercha le cycle de neuf tours de réincarnation, abandonnant sa forme immortelle, tout cela pour réparer une seule âme de la sienne.

Cet art s'appelait « Lamentation Solitaire », issu des anciens rouleaux des Ruines Célestes, enregistrés dans le manuel secret du Vénérable de l'Épée, transmis à une seule personne, jamais enseignés aux étrangers.

Elle ne pouvait être accomplie qu'une seule fois dans une vie, nécessitant son propre esprit primordial comme sacrifice pour renverser de force le destin céleste et réparer une âme.

Si l'art réussissait, l'âme se disperserait sans ancre, la fondation du Dao rompue à jamais.

—Une vie solitaire déplorée, en échange du retour d'une personne.

Il était prêt à essayer.

« Lili Lili... » Sa voix tremblait. Il n'y avait plus de froideur dans ses yeux, seulement une tendresse totalement effondrée.

« Si cette vie est destinée à être sans toi, alors je brûlerai tout ce que j'ai... de te renvoyer. »

L'épingle à cheveux en forme de phénix se leva lentement dans sa paume. Un fil de lumière rouge sang perça son cœur, imprégnant ce souffle d'âme restante.

La neige au sommet de la falaise coulait en arrière, les nuages d'orage s'amassaient à nouveau, le souffle spirituel de toutes choses était en chaos mais silencieux.

L'instant suivant, le jade phénix se brisa en dix mille points de lumière dorée, tombant dans le monde mortel comme des météores.

Elle l'oublierait, oublierait le royaume immortel, oublierait ce moment de désespoir sur la Falaise de la Myriade de la Tribulation.

Et il se souviendrait à jamais de cette tribulation —

Gardez toujours en mémoire la façon dont elle souriait en partant.

Les vastes cieux azur s'étiraient au-dessus, mais il était totalement découragé, tout espoir envolé.

Il resta immobile, ses robes indigo en lambeaux, une énergie immortelle tourbillonnant autour de lui comme une fine brume.

Son regard tomba sur les marques brûlées sur la Plateforme de la Tribulation, où une fille qu'il aimait avait un jour souri et dit : « Ce tonnerre... Je n'en ai pas peur. »

Et il l'avait crue, mais avait échoué à la protéger.

dit-il doucement, « Je te retrouverai, peu importe... combien de cycles de réincarnation. »

Le lendemain matin, des envoyés de la Salle du Mystère Céleste arrivèrent comme ordonné. La zone au-dessus de la Falaise de la Myriade de La Tribulation était vide.

Il ne restait qu'une épée, plantée parmi les rochers au sommet de la falaise, sa lame brisée, le vermillon qui s'y trouvait pas encore sec.

La silhouette de Yu Sord ne réapparut jamais.

Cette nuit-là, il avait utilisé sa forme immortelle pour rompre de force le cycle de la réincarnation, scellant une âme dans la poussière.

Elle renaîtrait dans le royaume des mortels, et lui, à partir de ce moment, ne remettrait plus en question le destin céleste, mais ne chercherait qu'une seule personne.

— Sa tribulation ne faisait que commencer.

Chapitre 34 : Le bosquet de bambous

Dans les profondeurs du palais du Domaine Démoniaque, les lampes noires de jais vacillaient, et la surface du Miroir de Divination ondulait d'anneaux de faible luminescence.

Mo Han s'appuyait langoureusement sur un canapé en jade en forme de croissant, une fine branche de jade tenue entre ses doigts.

La surface miroir reflétait un chemin de bambou isolé et totalement abandonné dans le Royaume Céleste. Là, Yun Yara se promenait seule, son visage pâle et discret, mais échouant misérablement à dissimuler le chagrin obstinément réprimé gravé dans son front et ses yeux.

Elle était visiblement isolée et seule, mais refusait de prononcer ne serait-ce qu'une seule demande d'aide.

Parfois, elle arrêtait ses pas, ses doigts se serrant en poing, pour ensuite les relâcher lentement, comme si elle écrasait et engloutissait méticuleusement chaque vestige de sa vulnérabilité.

Mo Han la regarda, et laissa soudain échapper un reniflement sardonique : « La lumière céleste invariable du Royaume Immortel, même dans sa douceur la plus douce, ne peut en aucun cas illuminer ce tempérament qu'elle a, déterminée à tenir jusqu'à ce qu'elle se brise. »

Son ton était détaché, mais son regard restait fixé sur le miroir, sans bouger d'un pouce.

« Elle pourrait très bien être la Prince Consort du Domaine Démoniaque et jouir de tous les honneurs imaginables, mais non, elle insiste pour retourner précipitamment au Royaume Céleste pour ensuite encaisser de tels regards froids et indifférents... Vraiment, un niveau lassant de folie. »

Mais ce minuscule fragment de froideur à la fin de sa phrase laissait mal comprendre si l'irritation était dirigée contre elle, ou plutôt contre lui-même.

On trouve un refus résolu d'être secouru assez frustrant, surtout lorsque le sauveur est lui-même.

À ce moment-là, les rideaux ondulèrent doucement, et Youluo entra dans la salle.

Un parfum soudain et vif s'échappa de derrière le rideau. Youluo sortit pieds nus, son voile cramoisi et transparent ressemblant à une fine brume, avec plusieurs fils de vignes argentées pendant de ses tempes, ondulant doucement près de ses lobes d'oreilles.

Sa taille était d'une finesse exquise, et ses pas semblaient évoquer une brise légère. Le sourire sur ses lèvres était captivant et sensual, mais ses yeux portaient une qualité délibérément sublimée et brillante.

« Son Altesse observe encore une fois ce petit Immortel. *Heh*, quelle dévotion absolue, je dois dire. »

Sa voix était douce et écêtrante, teintée d'un rire doux. En parlant, elle s'approcha lentement, posant une main à côté de l'accoudoir du canapé de Mo Han, penchant son corps à moitié, laissant ses cheveux retomber sur son épaule.

Ses doigts effleurèrent légèrement et de manière suggestive sa paume, puis accrochèrent un coin de sa manche—un geste d'une intimité extrême.

« Son Altesse ne souhaite-t-il pas... choisir une autre personne pour te distraire et apaiser tes inquiétudes ? »

Son doigt traça le motif décoratif sur sa poitrine d'un geste léger comme une plume, pressant son corps encore plus près, une aura d'innocence feinte mêlée à une ambiguïté sensuelle dans ses yeux. « Si elle est la source de ta tristesse, alors peut-être... Donnez-moi l'occasion d'essayer de vous apporter un peu de plaisir. »

Après avoir parlé, elle resserra légèrement la pression du bout de son doigt, donnant une petite grattement provocante comme un chat, un geste incroyablement séduisant.

Sa respiration était délibérément ralentie, et sa présence douce et parfumée était immédiatement à sa portée.

Cependant, Mo Han se contenta de lever les yeux pour la regarder, les yeux totalement impassibles, comme s'il observait un moucheron ordinaire.

« Ce petit tour de— » Son ton était si posé qu'il frôlait la froideur. Il laissa échapper un rire bas et doux. « Et tu oses l'offrir comme un trésor ? »

Le manque d'imagination dans les rituels de cour du Royaume Démoniaque est franchement décevant.

Il tendit la main et la fit repousser, sans même laisser sa robe se plisser. Il se leva alors, retirant froidement toute son aura de commandement de son entourage immédiat.

L'expression de Mo Han resta inchangée alors qu'il tournait paresseusement son regard vers elle. Ces yeux violet profond étaient comme un abîme, envoyant un frisson jusqu'au long de l'échine.

« Hmm... vraiment ennuyeux. »

Il se leva lentement, repoussant la main délicate que Youluo avait posée sur lui. Le geste était d'une douceur suprême, mais imprégné d'une indifférence glaçante.

« Ce maigre répertoire que tu as, » baissa-t-il les yeux et sourit, son ton glaçant comme les os, « Qu'est-ce qui la distingue d'une courtisane ordinaire dans un bordel mortel ? »

Le visage de Youluo se raidit légèrement. Elle essaya de parler à nouveau, mais vit que Mo Han avait déjà tourné le dos et s'était éloigné, ses robes flottant comme une ombre emportée par le vent nocturne.

Il ne laissa derrière lui qu'une seule remarque froide et persistante : « Si vous souhaitez vraiment plaire à ce Seigneur—au minimum, vous devez apprendre à toucher sincèrement le cœur de quelqu'un. »

Sa silhouette qui s'éloignait était posée et absolument magnifique, chaque pas générant une aura de givre, bien que personne d'autre ne sache que le Miroir de Divination s'était déjà brisé en un tapis de fines fissures sur le sol.

Youluo resta figée sur place, une douleur étouffante lui serrant la poitrine.

Elle avait toujours été fière de savoir exactement comment satisfaire un homme, et n'avait jamais vraiment cédé à personne, pourtant ce Prince du Domaine Démoniaque était aussi froid qu'un abîme sans fond, refusant de lui épargner la moindre émotion d'émotion.

Elle se mordit fort la lèvre, un mélange d'humiliation et de jalousie se répandant silencieusement dans ses yeux. Elle fixait fixement les fragments brisés du Miroir de Divination au sol, la lumière argentée vacillant comme des éclats de glace, comme si l'image de ce petit Immortel du Royaume Céleste ne s'était pas encore vraiment dissipée.

« Qu'est-ce qu'elle a de si *bon* au juste... » murmura-t-elle doucement, incapable de réprimer la douleur acide dans sa voix.

Pendant ce temps, sur les marches de pierre à l'extérieur du palais, Mo Han marcha jusqu'à l'avant de la salle, levant la tête pour contempler la Lune Démoniaque sombre et oppressante.

Ses yeux étaient calmes et imperturbables, pourtant il leva la main et retira doucement un petit pendentif en jade bleu glace posé sur sa poitrine — celui que Yun Yara avait laissé derrière elle lors de sa dernière visite dans le Domaine Démoniaque.

Il frotta la surface du pendentif du pouce. Après un long silence, il prononça une seule phrase basse : « Vraiment... tellement pénible. » Bien sûr, il n'avait jamais envisagé de simplement la jeter. Ce serait beaucoup trop simple.

Sur ce, il remit soigneusement le pendentif en jade dans sa manche. Il s'arrêta un instant, mais ne se retourna jamais.

* * * * *

Dans les profondeurs du bosquet de bambous, la brume flottait lourde et omniprésente.

Le sol de la forêt, glissant et humide après la récente pluie fine, était subtilement glissant, et le bruit du vent qui balayait la forêt portait un murmure résonnant, faisant bruire chaque tige de bambou verdoyante comme s'il prononçait de petits secrets.

Yun Yara, vêtue de ses robes simples d'un blanc de lune, marchait seule sur ce chemin solitaire et rarement fréquenté. Ses pieds éclaboussaient de boue sur sa robe, pourtant elle semblait totalement inconsciente des taches qui en résultaient.

Elle poursuivit son regard, le regard baissé, son teint aussi placide et posé que de l'eau immobile, mais totalement incapable de masquer la montée d'émotions tempétueuses qui bouillonnait au fond de ses yeux.

Il y a quelques instants, Yun Zhou l'avait publiquement et furieusement réprimandée, l'accusant de « plier son bras vers l'extérieur » (un idiome chinois pour favoriser les étrangers plutôt que son propre peuple) et d'être « heureuse que Yun Lili soit partie ».

Chaque mot était comme une lame de rasoir, creusant des blessures dans son cœur.

Elle s'était simplement mordu la lèvre, refusant de répondre la moindre fois.

Ce n'était pas que la douleur était absente ; c'était simplement sa manière d'être ancrée.

Elle était obstinément taciturne, écrasant toute émotion profondément dans sa poitrine, laissant tout le monde la juger et la méprendre à sa guise.

On pourrait penser, après tous ces siècles, qu'ils auraient saisi le concept de « sous-estimation », mais non, le drame l'emporte toujours dans les cours célestes.

Soudain, un bruissement résonna dans les bois. Yun Yara se raidit, tournant brusquement la tête, juste au moment où une ombre sombre fonçait vers elle comme un éclair.

Elle prépara instinctivement son énergie spirituelle, mais au moment où l'ombre heurta son étreinte, elle se figea complètement.

«… Petite Étoile ? »

C'était un petit chat spirituel entièrement noir, son pelage brillant et profondément éclatant, comme de l'encre pure. Ses yeux, cependant, étaient sculptés dans un ambre scintillant, dégageant une radiance scintillante aussi éblouissante qu'une constellation d'étoiles.

Le petit chat spirituel se frotta contre sa robe avec familiarité, reniflant son odeur, et laissant échapper un ronronnement sourd et grondant, comme pour communiquer : *Je suis de retour maintenant, ne sois plus triste.*

Yun Yara fut momentanément surprise, et une brume soudaine et épaisse monta rapidement dans ses yeux. Elle se pencha et prit Petite Étoile dans ses bras.

« C'est toi, après tout... » Sa voix était légèrement rauque alors qu'elle levait la main pour caresser doucement la tête poilue.

« Ce que les autres pensent de moi, je m'en fiche vraiment... Mais tu me comprends, n'est-ce pas ? »

Little Star poussa un *faible miaulement,* qui ressemblait à la fois à une réponse et à une affirmation réconfortante. Yun Yara retroussa les lèvres, son sourire extrêmement faible et doux, mais indéniablement sincère.

Tenant Little Star, elle s'installa sur un coin de pierre gris-bleu au milieu du bambou.

Elle leva les yeux vers la lumière pâle filtrant à travers la canopée dense du bosquet. Le vent caressait les mèches rebelles sur son front, et semblait en même temps balayer le désordre jonché dans son cœur.

Le Royaume Céleste, en cet instant même, me paraît incroyablement froid et totalement cruel. Pourtant, avec toi à mes côtés, peut-être que le chemin à venir ne sera pas aussi difficile.

Elle baissa la tête et murmura doucement : « Je sais que je ne suis ni vive d'esprit ni particulièrement attachante, mais tout ce que je désire vraiment, c'est... faire ce qui est juste. »

Little Star poussa un autre miaulement doux et frotta sa tête contre sa paume.

Elle sourit, le nez légèrement rose.

« Même si c'est la mauvaise voie, c'est toujours celle que j'ai choisie pour moi-même. »

Elle serra Little Star plus fort, la détermination dans son regard se durcissant visiblement. « Pour elle, j'irai sauver... Moony. »

* * * * *

Dans la cour isolée et annexée, l'ombre d'un saule penchait sur la fenêtre écarlate.

Une rafale de vent souleva le coin du rideau, et un prunier ancien dans la cour étendit ses nouvelles pousses vertes.

Lunard était assise tranquillement près de la fenêtre, sa silhouette drapée d'un blanc uni, la posture posée.

Elle méditait en tailleur, ajustant sa respiration et ses doigts bougeaient subtilement, et son aura, comme de la brume ou de la fumée, était éthérée et indistincte.

Des pas approchèrent de l'extérieur, et Du Shao entra, les yeux froids et détachés, mais son ton n'était pas aussi tranchant que d'habitude.

« Ce Prince a appris que la jeune fille n'a consommé ni nourriture ni boisson depuis trois jours. »

Lunard ouvrit les yeux, lui lançant un regard rapide. Ses yeux étaient comme des sources glacées, et sa voix aussi posée qu'une eau calme : « Je n'ai pas besoin de nourriture, voyez-vous. »

Du Shao se figea un instant, une pointe de perplexité traversant son front, et il avait d'abord supposé qu'elle était consumée par la tristesse et tombait malade.

Ce n'est que maintenant qu'il réalisa — il avait simplement trop réfléchi à la question.

«… Ce Prince, malheureusement, a oublié que la jeune fille n'est pas une personne du monde mortel ordinaire. »

« Puis-je maintenant être autorisé à partir ? »

Du Shao s'arrêta légèrement, une lueur d'hésitation traversant ses yeux. Il était notoirement mal équipé pour gérer les subtilités des femmes, encore moins quelqu'un de la Secte Immortelle comme elle. Son ton totalement tranquille, au contraire, le laissa momentanément sans réponse appropriée.

«… Depuis que la boule brodée est tombée dans ta main, tu es, selon tous les témoignages, déjà la propriété de ce Prince. » Il esquissa un léger sourire, son ton teinté d'auto-dérision. « Pour être franc, ça ressemble un peu à forcer la main de quelqu'un. »

Lunard pencha la tête, le regardant, son ton toujours léger et aérien : « Donc tu m'as intentionnellement retenu ici ? »

« Je ne qualifierais pas ça de 'intentionnel' », Du Shao détourna son regard vers le vieux prunier à l'extérieur de la fenêtre. Ses ombres de branches se balançaient, reflétant le malaise dans son propre cœur. « Ce Prince ne faisait qu'emprunter le masque d'un concours matrimonial pour tromper la cour et distraire Sa Majesté et le Prince héritier. Je n'aurais certainement jamais anticipé—que la boule brodée tomberait réellement dans tes mains. »

Arrivé là, il laissa échapper un petit rire, sa voix teintée à la fois de vexation et de résignation : « Cette boule brodée possède son propre pouvoir spirituel ; car elle voler droit dans les bras de la jeune fille est sûrement un fil prédéterminé du destin. »

Lunard baissa les yeux et resta silencieuse, avant de parler après un instant : « Quelles que soient les circonstances, me garder ici ne sert à rien. Je suis incapable de faire quoi que ce soit. »

Du Shao laissa échapper un rire doux et bas : « Ce que ce Prince cherche, c'est le pouvoir et la vengeance ; détenir de force un Immortel ne sert à rien de réel. Si vous êtes prêt à m'aider, cela devient un arrangement mutuellement acceptable. Ce Prince a simplement besoin que la Demoiselle Immortelle vienne se rendre au Palais Impérial de la capitale. Cela prendrait, au maximum, quelques mois de votre temps. »

Ce n'est qu'à ce moment-là que Lunard lui lança un regard plus concentré, une petite ondulation de lumière apparaissant dans ses yeux, mais elle demanda tout de même doucement : « Tu me surestimes largement. Je ne suis qu'un assistant immortel mineur ; Je ne peux rien faire d'important. »

« Peu importe », la voix de Du Shao était placide. « Puisque nous nous sommes rencontrés par le destin, ce Prince n'ose pas demander plus. J'espère seulement que... la Demoiselle Immortelle prendra en compte que je ne t'ai causé aucun mal physique, et me tendra un coup de main. »

« T'aider à s'emparer du trône ? » demanda-t-elle.

« Aide-moi à me venger », sa voix était grave, cachant une haine et une obsession profondes qui persistaient depuis des années : « Ma consort maternelle est morte injustement, le prince héritier est insidieux et cruel, et Sa Majesté est embrouillée et faible. Si je n'accède pas à la plus haute position, ma mort serait totalement dénuée de sens. »

Lunard écouta en silence, puis dit doucement : « La gloire éphémère et la richesse du royaume mortel signifient très peu pour nous. Cependant, si tu es si profondément déterminé... alors peut-être que ce siège royal est vraiment plus difficile à obtenir que la vie éternelle. »

Du Shao laissa échapper un rire autodérisoire. « Peut-être. »

Lunard parla soudain : « Tous les mortels ne désirent-ils pas cultiver jusqu'à l'immortalité ? Que dirais-tu que je t'accorde un souffle d'énergie spirituelle et que je t'aide à entrer sur la voie des Immortels ? »

L'expression de Du Shao vacilla, puis il secoua la tête et sourit : « Je remercie la Demoiselle Immortelle pour ses bonnes intentions... mais ce n'est pas nécessaire. »

« Tu ne souhaites vraiment pas cultiver ? » cligna des yeux, demandant avec une curiosité sincère. « C'est assez étrange ; Je n'ai jamais entendu parler de quelqu'un qui ne voulait pas devenir un Immortel. »

« À quoi sert la longévité sans fin ? » Son regard était tranquille. « Avec des proches mourant jeunes et des ennemis dominant, la vie éternelle ne fait que prolonger la solitude indéfiniment. »

Cette fois, Lunard resta silencieux un instant. Puis, elle éclata soudain d'un léger rire, sa voix claire et légèrement enjouée, comme de la neige tombant sur des pousses de bambou—douce, mais résonnante.

«… C'est en fait une perspective assez intéressante. C'est la première fois que je l'entends. »

Cela dit, elle sourit plus ouvertement, riant spontanément, sa voix claire et charmante comme des perles de jade tombant sur une assiette.

Elle pencha la tête, regardant Du Shao, les yeux remplis d'un intérêt vif.

« Deviendras-tu alors le genre d'Empereur qui s'assoit sur un trône d'or toute la journée, à examiner des mémoriaux et à faire disposer cent plats sur la table du dîner ? »

Du Shao fut légèrement surpris : « ... Cent plats ? »

« Oui, en effet », dit-elle avec un calme absolument sérieux. « J'ai entendu d'autres Immortels que les Empereurs reçoivent plus d'une centaine de plats à chaque repas, et devoir tous les manger doit être un travail terriblement ardu. »

Du Shao ne put s'empêcher de rire. « Il y en a bien cent, mais on n'est pas obligé de tous les consommer. On goûte simplement quelques bouchées de chaque. »

Lunard avait l'air perplexe : « N'est-ce pas un peu gaspilleur ? »

Elle réfléchit à cela, sans encore vraiment comprendre le concept. « Nous consommons des élixirs ; au maximum, une bouchée, et il n'y a aucun gaspillage. »

Pendant que Lunard parlait, elle serra simplement ses genoux plus fort, s'asseyant dans une posture encore plus arrondie. « Puisque tu refuses de cultiver, alors tu devrais t'adonner à des activités qui apportent de la joie. Par exemple... jardinage ? »

Du Shao baissa les yeux : « Le jardinage ne peut pas apporter vengeance. »

« Mais ça peut faire sourire les gens », cligna Lunard, son expression totalement factuelle, trahissant même une pointe de fierté. « Je ne suis qu'un petit lutin des fleurs, tu vois. Le Seigneur Céleste a planté une rangée de Tournesols Immortels derrière sa maison, et je suis l'un de ces petits Tournesols Immortels. »

Elle leva les yeux vers lui, son sourire en forme de croissant : « À l'image que tu as en ce moment, le front plissé, tu ressembles exactement à la bête spirituelle appartenant à ma Dame, qui s'inquiète constamment que quelqu'un vole son fruit. »

En entendant cela, Du Shao laissa enfin échapper un rire doux, bas et bref qui restait néanmoins totalement sincère.

Chapitre 35 : La montagne tranquille

La nuit était profonde et totalement silencieuse. La brume s'élevait doucement et tourbillonnait sur le mont Yuheng, et tous les bruits de la création étaient étouffés.

Yu Sord forma un sceau dans sa manche, puis leva la paume pour couvrir son front.

Une faible luminescence isolée filtrait entre ses doigts, et son souffle spirituel s'étendait lentement, comme des ondulations d'eau — claires et humides, mais jamais agressives — comme si un bassin de clair de lune s'enfonçait directement dans son âme.

Il retira consciemment une partie de sa force, son doigt reposant sur son front, sans s'éloigner, et l'appela d'une voix basse : « Lili. »

Le son était bas et prolongé, comme s'il craignait de troubler un rêve fragile.

La respiration de Yun Lili se coupa un instant, et ses cils papillonnèrent involontairement.

Elle restait plongée dans un profond sommeil, sa conscience semblant enveloppée d'une couche de brouillard impénétrable, incapable de trouver une sortie.

Pourtant, ce souffle spirituel lui était profondément familier, comme un fil unique de lumière matinale logé au plus profond de sa mémoire ; Même à travers le gouffre des vies, elle restait chaleureusement rassurante.

Elle fronça instinctivement les sourcils, ses lèvres bougeant légèrement, comme pour murmurer quelque chose d'indistinct.

Le regard de Yu Sord s'intensifia, mais il n'osa pas accélérer le processus trop fort. Il comprenait que son âme ne s'était pas encore complètement ancrée.

Un geste impulsif serait comme déchirer les fils d'un cocon de ver à soie, endommageant fondamentalement son essence même.

Il récita silencieusement son mantra principal, laissant son propre pouvoir spirituel couler sans cesse dans son *dantian*, puis séparant quelques brins supplémentaires pour les guider doucement le long de ses méridiens.

La force qu'il exerça était d'une douceur extrême ; même le vent qui passait semblait lourd en comparaison.

Une chaleur faible émanait de sa paume, et le souffle spirituel s'entremêlait fil par fil délicat dans sa mer de *qi*, alignant ses canaux, calmant son esprit et stabilisant fermement son âme.

Cette technique particulière exigeait une concentration extrême et un épuisement de l'esprit, pourtant ses yeux ne trahissaient aucun signe d'épuisement.

Il resta totalement concentré sur son front, ses yeux de jade de glace ne reflétant que son unique image.

C'est peut-être ce que les Immortels appellent l'engagement, même si je dois avoir l'air d'un parfait idiot en accomplissant ce rituel délicat.

Yun Lili laissa soudain échapper un murmure bas et indistinct, bien qu'il portait une note nette d'inquiétude. Ses doigts se recroquevillèrent légèrement, et ses sourcils se froncèrent un instant.

Les mouvements de Yu Sord s'arrêtèrent. Il se pencha un peu plus près, murmurant doucement à son oreille : « N'aie pas peur. Je suis là. »

Le bout des doigts de Yun Lili tremblait légèrement, comme si elle l'appelait dans un rêve oublié.

Elle marmonna une seule phrase : « ... Ne pars pas... »

Le bruit était à peine audible, mais il avait l'impression que mille aiguilles lui piquaient le cœur.

La gorge de Yu Sord se contracta, et il lui répondit d'une voix basse : « Je ne partirai pas. Je ne te quitterai pas dans cette vie. »

Son ton était si doux qu'on aurait presque dit le vent traversant la forêt de pins, ressemblant à la promesse la plus courante, mais chargé d'un poids immense et tendre d'émotion.

Il avait déjà prononcé ces mots une fois, et il avait ensuite rompu ce serment.

Cette fois, il ne désirait que rester silencieusement, garder sa garde silencieuse.

Elle n'avait pas besoin de se souvenir de qui il était, ni de se retourner vers lui.

Tant qu'elle se réveillait saine et salve, tant que ses yeux étaient clairs et brillants, son cœur trouverait la paix.

La nuit s'approfondit encore. La lumière de la lune traversait la fenêtre, tombant sur son front et reflétant une fine lueur de lumière.

Sa respiration se calma peu à peu, son aura aussi parfumée qu'une orchidée, et au plus profond de sa conscience, une faible lumière semblait s'accumuler silencieusement.

Et lui, gardant sa garde inébranlable sans changement d'expression, gardait le bout de ses doigts reposant sur son cœur, laissant son pouvoir spirituel continuellement s'écouler en elle comme une source qui coule.

Il n'était pas pressé. Tout ce qui comptait, c'était qu'elle se réveille, doucement, à son heure.

* * * * *

Les sommets du mont Yuheng étaient entourés de vapeurs en spirale, la lueur des nuages illuminant le vaste ciel.

Une traînée de lumière d'épée fendit le vide et descendit juste à l'extérieur de la porte de la montagne, où des membres de la famille Yun se tenaient déjà sur la plateforme nuageuse.

La délégation était dirigée par le Grand Ancien de la famille Yun, **Yun Wuntang**, accompagné de la vénérable **Vieille Matriarche Yun**.

Bien que techniquement des invités, leur présence portait un élan immensément envahissant, poussant même les oiseaux spirituels des montagnes à se mettre à l'abri et à se taire.

Un jeu de pouvoir classique, amenant la matriarche intimidante à exercer une pression maximale.

Un disciple de la montagne Yuheng fut chargé de les recevoir, murmurant à voix basse : « Les deux estimés Immortels pourraient-ils bien attendre un instant ? Notre Honorable Seigneur est actuellement en cultivation à huis clos et devrait émerger prochainement. »

La Vieille Matriarche Yun le serra d'un regard glacial, le bâton dans sa main donnant un léger tapotement.

Sa voix était tranchante et froide : « Yun Lili est la fille légitime de mon clan Yun. Bien que son arrivée au mont Yuheng pour se rétablir soit peut-être un destin, en tant que grand-mère, je ne peux m'empêcher de m'enquérir de son bien-être. Si votre Honorable Seigneur est vraiment en retraite, alors cette vieille femme restera simplement ici et attendra son apparition. »

À peine ces mots avaient-ils été prononcés qu'une silhouette dériva sans effort au milieu des pins de la crête nuageuse. Son **attitude** était celle d'un cyprès debout dans le givre — ses traits étaient doux et posés, mais dissimulant un qi immobile et sans limites.

Yu Sord leva légèrement les mains en coupe de salut : « J'adresse mes respects à la Vieille Matriarche Yun et au Maître de Clan Yun. Tu as parcouru une grande distance ; pardonnez de ne pas vous avoir reçu plus tôt. »

La Vieille Matriarche renifla avec mépris, mais fut néanmoins obligée de rendre la courtoisie : « Le Seigneur Céleste Yu a enfin condescendu pour apparaître. Lili est avec toi ? Cette vieille dame insiste pour la voir de ses propres yeux. »

« Elle l'est », répondit Yu Sord, son ton courtois mais méticuleusement mesuré, scellant chaque étape de son argument. « Sa conscience a été instable récemment. J'utilise actuellement un Art de l'Âme pour stabiliser son esprit et compléter son *qi*. Elle ne s'est pas encore pleinement réveillée. »

« Si tel est le cas, alors autorise ce Maître de Clan à l'escorter chez la famille Yun pour une convalescence tranquille », déclara Yun Wuntang, le visage grave et froid. « La famille Yun possède ses propres méthodes miraculeuses de guérison, et il n'est pas nécessaire de déranger votre estimée secte pour intervenir. »

En entendant cela, Yu Sord s'arrêta dans une contemplation silencieuse, une lueur neigeuse traversant ses yeux. « L'état actuel de Yun Lili provient du choc infligé à son Cœur Dao à propos de Moony, aggravé par une tribulation d'âme d'une vie antérieure non résolue.

Elle a besoin de la **« Méthode de la Croisée d'Âmes »** de cette secte comme guide, et doit se rétablir sur la **« Plateforme Claire des Esprits »** pendant précisément quarante-neuf jours. Cette technique est un secret ancien de ma montagne Yuheng ; Aucune partie extérieure ne peut la soutenir. Interrompre de force le processus risquerait la perspective terrifiante de voir son âme se dissiper complètement. »

Bien que son ton fût léger, chaque mot était comme une aiguille, transperçant fermement le cœur de l'auditeur. En entendant cela, Yun Wuntang fut momentanément incapable de formuler une réplique.

On ne peut pas contester une question technique, surtout lorsqu'il s'agit de menace de « dissipation de l'âme ». Absolument brutal.

La voix de Yu Sord resta parfaitement calme. Ce qu'il omettait de mentionner, c'est que cette dette karmique particulière lui appartenait entièrement à rembourser.

Yun Wuntang copa les mains, son ton stable mais porteur d'une pression implicite et écrasante : « Honorable Seigneur Yu, le corps de Lili est faible ; Rester longtemps sur cette montagne n'est guère un plan durable à long terme. En outre... votre Honorable Seigneur a depuis longtemps des fiançailles avec ma Yara, et cette action semble plutôt inappropriée. »

La vieille matriarche Yun à ses côtés hocha légèrement la tête : « Les fiançailles convenues entre les deux familles il y a longtemps ont été personnellement confirmées par le Maître de Clan.

Maintenant, avec les rumeurs qui circulent, si des gens croient à tort que l'Honorable Seigneur nourrit des sentiments pour Lili, cela serait préjudiciable à la fois à votre honneur et à **la bonne foi**. »

Yu Sord écoutait leurs arguments, restant silencieux sous l'ombre du pin. Le vent agitait ses robes, faisant osciller son habit azur comme les branches du pin lui-même.

Après un long silence, il leva enfin les yeux. Ses yeux étaient aussi clairs et humides que l'eau de jade, mais dégageaient une **sérénité incontestable** : « Les fiançailles que la famille Yun a établies avec le mont Yuheng à cette époque, bien qu'assurées par un symbole, n'a jamais explicitement nommé une personne. À ce moment-là, celui-ci envoya aussi une réponse, seulement— »

Il fit une brève pause, offrant un doux sourire. « —aucune réponse écrite n'a encore été reçue à ce jour. »

Le visage de Yun Wuntang pâlit légèrement, et le front de la Vieille Matriarche se fronça : « Le Seigneur Honoré, par cette déclaration... tu as l'intention de **répudier** les fiançailles ? »

« En aucun cas », répondit doucement Yu Sord. « Celui-ci ne le renie pas, mais souhaite plutôt maintenir cette union propice avec la famille Yun. Cependant, maintenant qu'on sait que la Demoiselle Lili est la descendante légitime et directe de la famille Yun, possède une Pure Racine Céleste, et fait preuve d'une nature douce et raffinée, devrions-nous discuter sérieusement du mariage— »

Sa voix se brisa, et il tourna son attention vers les chambres d'alchimie sur le flanc de la montagne, sa voix devenant basse mais indéniablement résolue : « —La personne que celui-ci désire, c'est **Yun Lili**. »

Le vent de la montagne passa, et pendant un instant, tout son cessa.

Une déclaration si discrète, si dévastatrice, et si parfaitement prononcée au moment le plus inopportun. Cet homme est un maître tacticien, même amoureux.

Le visage de la Vieille Matriarche Yun devint légèrement pâle. Yun Wuntang bafouilla un instant, puis demanda enfin d'une voix solennelle : « Mais toi et Yara... »

« Il n'y a aucun sentiment privé entre nous », déclara Yu Sord sans concéder d'un pouce. « Je la respecte et la protège simplement parce qu'elle est une fille de la famille Yun. Cela n'a aucune incidence sur elle en tant qu'individu. »

Son ton était posé, mais c'était comme une lame tranchante, rompant le lien avec une fermeté tranchante : « Si cette affaire suscite encore le doute à votre estimé clan, celui-ci est prêt à préparer une déclaration écrite comme preuve, pour rectifier le dossier. »

La délégation de la famille Yun échangea des regards, totalement perdue quant à la réponse.

Cette confrontation farouchement attendue, qui avait eu un élan si écrasant, avait été subtilement et élégamment dissoute par ses quelques mots seulement.

Il avait même réussi à exprimer son admiration pour Yun Lili avec un air de détachement sophistiqué totalement irréprochable.

La Vieille Matriarche fronça les sourcils : « Pourtant, vous n'avez pas le droit de la cacher aussi strictement. Ma petite-fille est membre du clan Yun, pas une simple marionnette dans votre Réseau d'Épées Yuheng. »

Yu Sord offrit un sourire doux, ni pressé ni impatient : « Avant qu'elle ne s'éveille, toute force extérieure pourrait potentiellement agiter sa Mer de Conscience et briser son âme. Comme j'ai juré de la protéger, je n'ose pas agir de manière imprudente. »

Yun Wuntang demanda d'une voix froide : « Alors, combien de temps devons-nous attendre ? »

« Au plus tôt, quarante-neuf jours. Au plus tard, cent jours. Une fois qu'elle exprimera verbalement son souhait de revenir auprès de la famille Yun, je ne l'empêcherai naturellement pas. » Les paroles de Yu Sord étaient douces, mais comme un pin enveloppé de glace, il refusait de reculer d'un seul pas. « Si elle ne le souhaite pas... Je ne suis pas non plus en position de forcer son départ. »

Cette déclaration a à la fois assuré le droit à l'autodétermination de Yun Lili et a constitué un rejet clair et définitif des invités par le mont Yuheng.

Le visage de la Matriarche était profondément désagréable, mais elle ne trouvait aucune raison de réfuter. Elle ne put que balayer sa manche brusquement : « Veille à ne pas la laisser tomber ! »

Yu Sord inclina la tête avec un léger sourire : « Si elle reste éveillée ne serait-ce qu'une seule journée, je ne m'éloignerai pas à moins de trois *zhang* d'elle ce jour-là. »

* * * * *

La nuit était profonde et totalement immobile sur Liangzhou. Le vent s'était levé, la cour était silencieuse, les fenêtres écarlates de la chambre latérale étaient sombres, les lampes éteintes, et le vieux prunier dans la cour se balançait doucement dans la brise nocturne.

Lunard se tenait silencieuse dans un coin près du mur de la cour, le regard tourné vers l'extérieur dans la nuit noire comme un jais. Elle portait sa robe pâle, blanche comme la lune, ses cheveux simplement attachés à la nuque.

C'était sa troisième tentative de fuir ce domaine princier.

Pour des raisons qu'elle ignorait, son pouvoir spirituel était complètement épuisé, et tous ses arts magiques étaient devenus totalement inutilisables.

Elle a dû recourir à la méthode la plus maladroite imaginable : sortir en douce.

Bien que ce Prince impérial en particulier l'ait traitée avec une chaleur courtoise et respecté toute la bienséance, elle se demandait encore pourquoi diable elle se sentait obligée de l'aider dans ses grands desseins.

On ne devrait jamais se sentir obligé de participer à la crise de la quarantaine d'un homme mortel, peu importe sa politesse.

Profitant de la solitude de la nuit, elle se lança par-dessus le mur de la cour.

Ses robes flottèrent vers le haut, et elle atterrit à peine avec un murmure, ses mouvements légers et gracieux ; Son orteil effleura à peine la dalle bleue alors qu'elle filait rapidement le long de la passerelle couverte.

Cependant, dès que son pied franchit le périmètre le plus extérieur du mur du domaine princier—

« CRAC ! »

Une barrière invisible explosa brusquement, et une vague de lumière argentée, telle une vague turbulente, la frappa, la projetant violemment en arrière !

Moony gémit doucement, trébuchant et s'effondrant au sol, son *qi* et son sang affluant violemment dans sa poitrine. Elle leva la paume pour l'examiner, pour ne trouver que sa peau rouge et brûlée, et sa manche noircie par le choc.

« ... Une **barrière de la Secte Céleste** ? »

Elle se figea sur place.

Ce n'était absolument pas le genre de chose que de simples mortels pouvaient ériger.

Elle tenta de faire circuler à nouveau son qi intérieur pour sonder la zone, ne percevant qu'une couche silencieuse et invisible de force enveloppant tout—de la porte principale aux jardins latéraux, des tuiles du toit aux ombres des arbres—comme un filet omniprésent et confinant.

Elle se retira dans la cour, s'installant sous le vieux prunier. Elle massait doucement son épaule légèrement douloureuse, ses yeux devenant peu à peu froids.

« Dans ce domaine... Y a-t-il, à part elle, un autre... **Immortel** ? »

Elle regardait muettement la faible lueur des nuages à l'horizon, silencieuse, soit perdue dans ses pensées profondes, soit peut-être simplement trop lasse pour s'y attarder davantage.

Alors qu'elle était ainsi plongée dans sa contemplation, un faible mais extraordinairement pur souffle spirituel dériva soudain d'une direction profonde dans les murs de la cour.

Ce souffle spirituel était comme de la neige tombant dans un étang froid : calme, posé, et balayant son oreille. Il faisait remarquablement froid, donnant peut-être même un frisson d'appréhension.

Lunard fut légèrement surpris. Elle se redressa instantanément, penchant la tête pour écouter attentivement.

Étant un esprit floral de nature, elle était extrêmement sensible au *qi* spirituel, et bien que ce souffle fût exceptionnellement bien dissimulé, il portait une familiarité qu'elle ne pouvait tout simplement ignorer.

— Ce n'était pas l'aura de Du Shao, ni le souffle d'un mortel du domaine.

Murmura-t-elle à voix haute, sa voix inconsciemment basse, regardant distraitement dans la direction où l'aura s'était dissipée. Son cœur fut subtilement mais indéniablement éveillé.

« Il semble qu'il y ait un autre Immortel présent ici ? »

Si la barrière avait été érigée par un mortel, elle aurait pu s'échapper ; mais cette barrière, et ce souffle spirituel, venaient clairement de la Secte Céleste, et de plus... elle portait une signature énergique qu'elle avait vue un jour consignée dans les textes interdits du Royaume Immortel.

Elle se leva lentement, secouant les fleurs de prunier éparpillées de ses robes.

Le sentiment persistant de frustration et de solitude qu'elle avait ressenti en étant piégée s'était, à cet instant, discrètement transformé en une trace de profonde suspicion et d'angoisse persistante.

C'était tout simplement impossible. Comment un Immortel pouvait-il être assez audacieux pour ériger une barrière de la Secte Céleste entièrement dévoilée sans aucun déguisement ?

Elle fixa d'un air vide vers la direction où l'aura spirituelle avait disparu, murmurant pour elle-même : « Comment cela peut-il être... cette personne, c'était il y a longtemps... »*Sûrement pas. L'audace serait tout à fait spectaculaire, mais les implications sont bien trop complexes pour un simple royaume mortel.*

Après avoir réfléchi un moment, elle se retourna et retourna vers sa chambre, ses yeux brillants et clairs, mais son état d'esprit était déjà très différent de celui de son arrivée.

Le coin de sa bouche se releva légèrement, et elle se parla à elle-même, le ton reflétant un mélange de réflexion profonde et d'intérêt explorateur. « Cette résidence, il s'avère, contient bien plus qu'il n'y paraît. »

Cette nuit-là, les fleurs de prunier ne tombèrent pas, et le vent ainsi que la lune restèrent silencieux. Quant à elle, elle avait déjà élaboré un plan complètement différent dans son cœur.

Dans la salle céleste éthérée, enveloppée de brumes spiralées, régnait en maître un silence absolu.

C'était la Plateforme des Esprits, une étendue de dalles de jade suspendues haut au-dessus du Neuvième Ciel.

Un écran d'eau miroir scintillait à son périmètre, et bien qu'il n'y ait pas de brise discernable, un souffle spirituel circulait et se diffusait perpétuellement dans l'espace.

Au centre, un miroir ancien flottait en plein air et la surface du spéculum était turbulente, projetant vague après vague de marques rouge-dorée pâles mais perçantes, comme les signes naissants d'un panache de Phénix qui s'éveille.

Soudain, le cœur du miroir se mit à vibrer violemment.

Un seul fil de lumière mince jaillit des profondeurs du verre, s'approchant lentement du bord du miroir. À l'instant suivant, le fil de lumière se projeta instantanément du visage du miroir directement sur le front de Yun Lili.

Sa respiration était erratique, ses longs cheveux collés à sa peau, et une sueur froide perlait sur son front. Elle poussa soudain un cri qui déchira son sommeil.

« Mo... Lunard ! »

Elle ouvrit brusquement les yeux. Ses pupilles reflétaient la lumière persistante du tonnerre et du feu non dépensés, ainsi que le faible éclat d'une barrière. Le tout premier mot à sortir de ses lèvres fut ce prénom adoré.

Yu Sord, assis sous le miroir, leva légèrement les yeux puis une seule plume cramoisie flotta entre ses doigts, se dissoudant instantanément en fumée et poussière spirituelle. Il se plaça devant elle, sa voix toujours claire, froide et détachée, mais dépourvue de son indifférence profonde habituelle, semblant plutôt porter une pointe d'inquiétude extrêmement bien dissimulée.

« Tu es enfin réveillé. »

La sueur froide sur le front de Yun Lili n'avait pas encore séché. Elle lutta pour se relever, mais sa paume pressa doucement son épaule, la maintenant confinée.

« Tes émotions étaient bien trop volatiles auparavant ; Ton énergie spirituelle a jailli trop violemment dans ton corps, endommageant ton Qi fondamental. Tu ne dois pas bouger de façon imprudente pour l'instant. »

« Mais Lunard... » murmura-t-elle, la voix rauque et rauque. « J'ai l'impression de l'avoir vue dans mon rêve, prisonnière d'une barrière. Ce n'était pas quelque chose que de simples mortels pouvaient ériger... cette aura, c'était le souffle d'un Immortel... »

Yu Sord ne parla pas tout de suite, se contentant de l'observer pendant plusieurs respirations, avant d'acquiescer lentement de la tête. Son ton était aussi calme que d'habitude, mais portait un poids inhabituellement lourd d'autorité : « Je suis au courant. »

Les cils de Yun Lili papillonnèrent : « Tu... ? »

« Elle est détenue dans le domaine princier de Liangzhou, scellée dans une barrière restrictive. Cette barrière n'est pas l'œuvre du prince mortel Du Shao ; elle appartient à quelqu'un d'autre. » Sa voix était froide et dépourvue d'émotion explicite.

« Avant ton réveil, j'avais déjà clarifié cette affaire. Maintenant, tu dois te concentrer sur ta guérison. Quant à cette affaire, je déterminerai la bonne marche à suivre. »

« Non, je ne peux pas... » Yun Lili serra les dents, se forçant têtuement à s'asseoir droite. « Lunard m'a accompagné dans le monde des mortels à cause de moi... C'est mon amie... comment puis-je simplement rester les bras croisés à ignorer son sort ? »

Yu Sord resta silencieuse un instant, puis se pencha brusquement en avant, essuyant doucement la sueur de son front. Sa voix baissa à un ton plus grave : « Yun Lili, si tu détruis ton essence spirituelle fondamentale, même si dix mille esprits supplient une intervention, je ne pourrai plus te sauver. »

Bien que ses mots fussent froids, ils étaient sa manière choisie de la protéger. *La fille a l'audace de mille tempêtes, mais absolument aucun concept de survie personnelle. Il faut apparemment utiliser la peur quand l'affection échoue.*

Yun Lili se figea.

Après un instant, elle hocha faiblement la tête, mais ses yeux gardèrent leur insistance obstinée : « Alors tu dois me promettre que tu enquêteras sur sa sécurité pour moi... et ramène-la vite. »

Yu Sord la fixa intensément, puis acquiesça enfin : « Je t'accorde ceci. »

— Son ton était extrêmement doux, mais c'était comme une lame glacée glissant dans son fourreau ; il n'y avait aucune possibilité de mensonge.

Le miroir ancien sur la Plateforme Spirituelle tournait subtilement. À sa surface, le réseau de *fils de qi* avait déjà commencé à chercher automatiquement sa cible dans la poussière mortelle.

Yun Lili se calma enfin lentement sous la supervision attentive de Yu Sord. En fermant les yeux, ses lèvres portaient encore une trace d'un murmure persistant.

« Elle doit être... terriblement effrayé maintenant. »

Yu Sord baissa les yeux, ses doigts effleurant légèrement le motif de phénix vacillant entre ses clavicules. Son expression resta impassible.

« Elle ne sera pas... » murmura-t-il doucement. « Et tu n'as pas non plus à avoir peur. »

Cette promesse unique, faible comme le vent, résonna néanmoins dans la salle pendant une longue période, refusant de s'estomper.

* * * * *

Dans un pavillon de pierre niché dans la cour latérale, Yue Liuchuan et Du Shao étaient assis face à face. Un vent froid sifflait à travers le treillis de bambou, et le thé sur la table était légèrement refroidi.

« La situation dans la capitale a beaucoup changé », déclara Yue Liuchuan, allant droit au but, son regard aussi tranchant qu'une épée. « Le Troisième Prince convoque de plus en plus souvent ses anciens subordonnés ces derniers temps, et la faction du Prince héritier montre des signes d'instabilité. Si le Prince ne revient pas bientôt à la capitale, je crains que les conséquences ne soient graves. »

Du Shao tapota légèrement la table du doigt, sa voix parfaitement placide : « Donc, la raison de la grande hâte du Seigneur Céleste est de repousser ce Prince dans cette lutte ignoble pour le pouvoir ? »

Yue Liuchuan répondit : « Naturellement. Puisque le Prince, de sang impérial, a déjà obtenu l'aide d'un Immortel, il est juste que vous reveniez à la Capitale sans délai. Les affaires mortelles peuvent permettre la procrastination, mais l'intersection des Royaumes Immortel et Mortel ne laisse pas la moindre hésitation. »

Une lueur d'une perspicacité acérée traversa les yeux de Du Shao, et son ton devint glaçant : « Je soupçonne que le voyage urgent du Seigneur Céleste n'était pas seulement pour le bien de ce Prince, mais plutôt pour la position de Précepteur Impérial, n'est-ce pas ? »

Yue Liuchuan soutint son regard sans évasion, déclarant froidement : « C'est les deux. Si nous parvenons à livrer l'Immortel à la Capitale, le mérite du Prince sera clairement connu des Cieux. Bien que vous manquiez peut-être du pouvoir immédiat pour renverser le prince héritier, cela suffira à lui tenir tête. En cas d'échec en route, cependant, la cour ne donnera au Prince aucun fondement pour se défendre. »

Un bref silence tendu s'installa sur le pavillon.

Du Shao prit le thé froid et vida complètement la tasse. Lorsqu'il la posa, sa voix était glacée : « Si c'est le cas, alors partons dès que possible. »

Yue Liuchuan, debout au bord du pavillon dans sa longue robe grise, gardait son air sévère.

De sa paume, un talisman en chaîne d'argent émergea soudainement, une énergie spirituelle s'écoulant pour former une forme enroulée et serpentine, qui se cristallise en un ensemble de chaînes éthérées.

Le front de Du Shao se plissa légèrement, son regard perçant : « Quel est le but de cet objet ? »

« Voici la **'Serrure Capturant l'Âme'**. Cela ne cause aucun mal au corps mortel, mais il peut complètement verrouiller le méridien spirituel et le pouvoir magique du sujet, empêchant ainsi la fuite de la Demoiselle Immortelle en chemin », expliqua Yue Liuchuan, sa voix aussi impitoyable que du fer froid, sans la moindre excuse.

Du Shao resta silencieux un long moment, puis laissa soudain échapper un rire aigu et froid : « Le Seigneur Céleste Yue ressent-il vraiment la stabilité de ce royaume, et le destin de tout ce domaine doit-il être assuré en enchaînant une jeune fille totalement dépourvue de pouvoir pour se battre ? »

L'expression de Yue Liuchuan se crispa légèrement, et il ne put parler immédiatement.

Du Shao secoua violemment sa manche. Une puissante poussée de force interne frappa l'objet, et le « **Verrou Captureur d'Âme** » fut instantanément projeté dans l'étang de lotus adjacent.

« Si c'était vraiment le cas, ce dominion ne serait-il pas un prix honteux à saisir ? »

Au cours des années précédentes, son propre père ambitieux, l'Empereur, avait construit son chemin vers le trône sur une base de sang versé et d'innombrables contrats de mariage.

Pour se faire **bien entendre** auprès des grandes familles et rassembler l'élite puissante, il s'était constamment marié politiquement avec les filles légitimes de diverses maisons.

Le palais intérieur profond n'était donc rien d'autre qu'une série d'échiquiers politiques méticuleusement planifiés.

Sa propre mère, bien que d'origine modeste, avait autrefois joui de la faveur impériale, pour être manipulée et piégée du crime sans fondement de « relations privées illicites avec un garde ».

Sous le regard horrifié de la cour assemblée, elle avait tragiquement reçu une coupe de vin empoisonné, dormant par la suite éternellement sur une dalle de pierre froide dans l'aile abandonnée du palais.

Depuis ce jour, il nourrissait une profonde et corrosive aversion pour l'enchevêtrement du pouvoir et du mariage—méprisant tout chemin vers le trône qui reposait sur la gentillesse de la jupe d'une femme.

Il avait d'abord supposé que la cour avec les bals brodés n'était qu'une farce, s'y lançant avec un esprit hésitant et spéculatif, croyant que les spectacles suivraient simplement leur cours.

Qui aurait pu prévoir que cette performance mise en scène piégerait réellement un Immortel d'origine insondable ?

Compte tenu de la situation, il ne la traiterait naturellement pas avec négligence.

Puisque le destin avait ordonné qu'ils voyagent ensemble, il jugeait essentiel de la traiter avec la plus grande courtoisie.

Il pouvait utiliser des intrigues et des jeux de pouvoir, et il pouvait naviguer dans la politique de cour traîtresse, mais il refuserait catégoriquement de l'emprisonner comme simple monnaie d'échange, la traitant comme une bête enfermée et pitoyable.

Les yeux de Yue Liuchuan brillaient froidement, mais sa voix restait détachée : « Le Prince fait preuve d'une clémence efféminée. Si elle tombe entre les mains d'autrui, ce Seigneur craint que le Prince ne se retrouve totalement incapable de voir la lumière du jour. »

Le regard de Du Shao était comme un couteau. Il se retourna, tira le rideau de sa calèche et regarda Lunard endormi à l'intérieur.

Sa voix était froide, mais profondément résolue : « Elle ne possède actuellement aucun pouvoir spirituel, ce qui la rend vulnérable aux mauvais traitements de quiconque. Si ce Prince ne peut garantir pleinement sa sécurité, quel droit ai-je de prétendre être un homme d'honneur ? »

Yue Liuchuan resta silencieux un instant. Il retira finalement son signe de commandement spirituel et dit à voix basse : « Si un incident lui arrivait en voyage, non seulement votre revendication à la succession sera sans espoir, mais l'expédition du Prince lui-même... il sera probablement impossible de conclure indemne. »

Du Shao répondit calmement : « Il n'est pas nécessaire d'en discuter davantage. L'Immortelle cherche sa propre voie céleste ; ce Prince cherche le pouvoir impérial. Elle reste, pour l'instant, la consort de ce Prince, et doit être traitée avec le respect approprié. Si quelqu'un osait l'insulter... ils peuvent abandonner tout espoir d'obtenir la position de Précepteur Impérial. »

Yue Liuchuan resta immobile, ses jointures légèrement serrées sous sa manche. Après une longue pause, il parla avec un demi-sourire en rire : « La bienveillance du Prince est notée. Très bien, nous partirons demain. Ce Seigneur prendra la route principale, et le Prince prendra le chemin secondaire avec elle. Un passage spirituel a déjà été préparé pour le Prince, un passage qui échappera à tous les espions et aux écouteurs. »

Du Shao demanda calmement : « Et l'Immortel ? »

« Ce Seigneur a sa propre voie à emprunter », répondit Yue Liuchuan en se tournant pour partir, la voix glaçante et sombre. « Mais que le Prince se souvienne de ceci : le royaume des mortels n'est pas aussi indulgent que la Secte des Immortels. Au cours de ce voyage... si le Prince ne parvient pas à la protéger, ne blâmez pas ce Seigneur d'avoir pris les choses en main et d'avoir saisi la jeune fille. »

Du Shao ne répondit pas. Ce n'est que lorsque la silhouette de Yue Liuchuan s'éloignait sur le point de disparaître dans la forêt qu'il murmura doucement : « Alors tu ferais mieux de t'assurer de ne jamais avoir l'occasion d'intervenir. »

* * * * *

Le lendemain matin, les brumes nuageuses ne s'étaient pas encore complètement dissipées.

Du Shao se tenait devant la porte latérale de la cour, vêtu de ses robes noires d'encre, son expression posée et **sévèrement** austère.

Derrière lui se trouvait une petite compagnie de serviteurs simplement équipés ; la voiture était prête depuis longtemps, n'attendant que le signal de départ immédiat.

Moony se tenait près de l'entrée de la cour, sa simple robe blanche comme la lune inchangée, ne portant qu'un fin voile de soie posé sur ses épaules. Elle regardait vers le bas, frottant ses doigts ensemble, semblant à la fois en pleine délibération et lutte avec une incertitude profonde.

Elle releva soudain la tête, posant son regard sur la modeste calèche—celle couverte d'une capuche en toile grise et ornée de roues éclaboussées de boue—son front froncé subtilement.

« Voyagez en calèche, alors ? » Son ton ne trahissait aucune trace de mépris ; c'était plutôt une curiosité pure et sans altération.

Du Shao acquiesça : « En effet. »

« Et combien de temps faut-il rester dans cette calèche ? »

« Au plus vite, dix jours ; au plus lent, une quinzaine de jours. »

« Ah bon ? » Les yeux de Lunard s'écarquillèrent considérablement. « Un demi-mois ?! »

Du Shao jeta un coup d'œil au véhicule simple, sa voix portant une légère excuse : « Je crains d'avoir manqué de considération à la Demoiselle Immortelle. Ce n'est qu'une zone rurale isolée ; Les ressources sont limitées et le carrossage est rudimentaire. J'espère sincèrement que la Demoiselle ne prendra pas mal. »

Lunard cligna lentement des yeux. « La grossièreté est suffisante, je suppose, seulement... D'habitude, on vole simplement, tu vois. »

Du Shao se tut.

Confrontés aux dures réalités de la mobilité céleste, toutes les excuses concernant la qualité du transport mortel deviennent plutôt redondantes.

Lunard leva les mains, écartant largement les bras. D'un geste gracieux de ses manches, ses larges poignets flottaient, la faisant ressembler précisément à un papillon déployant ses ailes.

Elle a démontré avec un sérieux absolu : « Comme ça, vous savez, quelques petits mouvements, et l'un est en l'air. »

Du Shao resta silencieux encore plus longtemps.

Le front de Lunard était légèrement froncé maintenant, signe d'un certain mécontentement : « C'est un grand dommage que je n'aie absolument aucun pouvoir spirituel en ce moment. Sinon, je pourrais simplement voler et éviter d'être secoué dans cette voiture pendant une demi-mois... mes fesses seront sûrement complètement aplaties. »

Du Shao laissa finalement échapper un rire bas et étouffé, la voix légèrement rauque : « ... Si la Demoiselle Immortelle souhaite partir à un moment donné de ce voyage, personne ne pourra vous retenir. Mais si vous acceptez de nous accompagner, ce Prince vous assure que je ferai tout mon possible pour vous protéger complètement. »

Lunard ne répondit pas directement. Elle se contenta de rentrer ses mains dans ses manches et dit doucement : « Je ne fais pas cela pour vous aider... Quant à moi... Je souhaite simplement voir, de mes propres yeux, à quoi ressemble exactement le Palais Impérial du monde des mortels. »

Du Shao fit une pause fugace, puis son rire doux revint, sa voix grave et magnétique : « Alors ce Prince escortera la Demoiselle Immortelle pour la contempler — la cage la plus magnifique, mais aussi la plus solidement sécurisée de tout ce monde mortel. »

* * * * *

Le groupe de voyage, ayant enduré une journée entière de secousses et de cliquetis ardus, arriva enfin à une auberge de relance alors que la nuit tombait.

Dans l'auberge, la soupe chaude bouillonnait joyeusement, et quelques plats simples étaient disposés sur les tables en bois.

Plusieurs domestiques étaient blottis dans un coin, consommant leur repas à voix basse, prenant grand soin de ne pas troubler l'atmosphère à la table centrale.

Du Shao tenait ses baguettes, dévorant son repas lentement et méthodiquement, ses mouvements lents et précis.

Cependant, son regard dérivait parfois, et tout à fait involontairement, vers la jeune fille assise en face de lui.

Lunard, pour sa part, reposait son menton sur ses mains, les yeux fixés sur lui sans cligner des yeux un instant, comme si elle observait méticuleusement un spécimen de faune extrêmement rare.

Il faut lui pardonner ; les mœurs sociales d'un Prince mortel ambitieux sont, après tout, sans doute plus particulières que celles d'un esprit crapaud millénaire.

Finalement, il toussa légèrement, posant ses baguettes. Il parla, une pointe de maladresse dans son attitude : « Demoiselle Immortelle... survivez-vous vraiment entièrement sans la fumée et le feu du monde mortel ? »

Lunard cligna lentement des yeux, secouant la tête. « Ce n'est pas que je ne puisse pas manger, tu vois, je suis simplement... pas faim. »

Elle fit une pause pour réfléchir, puis ajouta : « Nous sommes parfaitement capables de manger, tu sais. Ma Dame, par exemple, adore absolument les gâteaux à l'osmanthus des mortels. Elle commande constamment des Immortels affectés aux royaumes inférieurs de faire passer plusieurs boîtes en contrebande pour elle. »

Du Shao haussa un sourcil délicat : « Et la Demoiselle elle-même ? »

« Oh, je les ai moi-même goûtées plusieurs fois », elle pencha la tête en se repensant. « Le goût est acceptable, je suppose, seulement... elles ne sont pas aussi douces que les pêches immortelles, ni ne possèdent tout à fait le même parfum. »

Du Shao offrit un léger sourire sardonique : « La Demoiselle Immortelle possède une expérience si vaste ; ce Du a honte de ses propres limites. »

Lunard leva les yeux au ciel, puis répondit sincèrement : « Mais je dis la vérité absolue ! » Son ton portait l'insistance obstinée d'un enfant capricieux. « Cependant... Vos aliments mortels possèdent un seul avantage, à savoir : ils sont brûlants, et donc réconfortants à manger. »

Alors qu'elle parlait, son regard tomba sur la soupière posée sur la table, une lueur de nouveauté et de confusion traversant ses yeux. « Là où nous sommes, il n'y a généralement pas de nourriture... et s'il y a de la nourriture, elle est toujours parfaitement tempérée, ni trop chaude ni trop froide. Mais... Il n'apparaît tout simplement jamais comme ça— »

Elle tendit la main et fit un geste comme pour attraper un filet de fumée : « —la sensation de la vapeur qui monte, rien qu'à la regarder fait ressentir... un peu chaud, non ? »

Du Shao fut momentanément pris au dépourvu, il baissa les yeux vers le bol de soupe, qui dégageait encore de délicates volutes de vapeur blanche.

Il sentit soudain que ces provisions ordinaires et mortelles possédaient une petite dose supplémentaire de précieux digne d'être chérie. Un petit arc involontaire courba le coin de ses lèvres.

Chapitre 37 : Rêve embarrassé

La brume de l'aube flottait doucement alors que la lumière s'échappait du sommet de la montagne, se répandant sur l'eau en d'innombrables éclats scintillants.

Yun Lili resta figée, incertaine de respirer.

Sous ses pieds s'étendait un chemin de marches de pierre chaudes, lisses comme le jade ; D'un endroit invisible, le doux murmure d'une souche spirituelle s'entremêlait dans l'air, portant avec lui une légère vapeur fraîche et un parfum trop léger pour être nommé. Même le vent passait délicatement, effleurant ses tempes d'une pointe de froid.

Elle avait l'impression d'être entrée dans un rêve—

un rêve incroyablement long, incroyablement lointain.

Son cœur battait la chamade d'inquiétude, mais sous ce malaise pulsait un sentiment inexplicable de familiarité.

Presque sans réfléchir, elle tourna son regard autour d'elle.

Pour des raisons qu'elle ne comprenait pas, un frisson d'inquiétude parcourut sa poitrine — comme si elle n'avait pas sa place ici... Et pourtant, chaque brin d'herbe, chaque ombre flottante lui semblait intimement connue.

Au loin s'étendait un bosquet de bambous violet pâle ; Quand la brise se levait, les ombres se balançaient en vagues douces et tranquilles, la sérénité se posant sur la sérénité.

Puis, au battement de cœur suivant, son regard croisa les deux silhouettes assises sur la plateforme de pierre devant elle.

Elle a cessé de respirer.

Il y avait Yu Sord.

Ce visage qu'elle connaissait mieux que son propre reflet, cette froide maîtrise éclairée par la lune—il était assis en tailleur sur l'estrade de pierre, l'aura retenue, ses robes blanches lumineuses comme la neige.

Un filet de lumière spirituelle flottait entre ses doigts alors qu'il le guidait avec une concentration calme et mesurée.

Mais ce qui fit battre son cœur à tout rompre, c'était la fille assise en face de lui.

La jeune fille portait un chemisier bleu et une jupe blanche que Lili connaissait trop bien. Ses cheveux étaient attachés en un chignon haut, et au coin de ses lèvres s'accrochait une fine lueur brillante de jus de fruit—

Lili baissa les yeux.

Dans ses propres mains reposait le même fruit spirituel.

La même taille.

La même marque de morsure.

La même faible lueur le long de la peau.

Et cette fille...

Ça lui ressemblait exactement.

Ses pas s'arrêtèrent comme si des mains invisibles s'étaient posées sur ses épaules.

Pas de suspicion—

Mais le choc.

Un choc profond, qui frappait les os.

Qui était cette « elle » ?

À ce moment-là, elle entendit Yu Sord parler, la voix calme comme l'eau de l'hiver :

« Calme-toi l'esprit. »

« Elle » acquiesça sans hésiter—mais il croqua quand même en cachette des bouchées du fruit, ses yeux se tournant vers Yu Sord quand elle pensait qu'il ne regardait pas.

Lili la fixa, le souffle quittant lentement sa poitrine.

C'était comme regarder une pièce de théâtre, une pièce où elle était à la fois spectatrice et protagoniste.

Puis—

« Lili. »

Les yeux en forme de phénix de Yu Sord s'ouvrirent.

Un regard froid et tranchant traversa l'air, et se posa droit sur elle.

Quoi?!

Tout son esprit frissonna.

Cette voix l'avait indubitablement appelée.

Son nom.

Pas la fille en face de lui—son.

Ce n'est qu'à ce moment-là que la vérité la submergea comme une vague.

La femme assise avec Yu Sord, celle qui vole des bouchées de fruits et fait semblant de méditer—

Cette fille, c'était elle.

Elle-même.

Quoi... se passait ?

Elle sentit même sa colonne se tendre, non pas parce qu'on l'appelait, mais parce que l' *autre* « elle » dans ce rêve avait été invoquée.

Elle entendit la fille répondre, paresseuse et traînante,

«… Je t'écoute… »

Puis vint le ton que Lili aurait aimé ne jamais entendre de sa vie—

cette intonation trop familière, les plaintes effrontées, les tentatives égarées d'éviter la responsabilité,

et une voix si humiliante qu'elle ressentit un désir pressant de disparaître dans la fissure la plus proche de la terre.

« Je ne veux pas cultiver... c'est ennuyeux... »

Lili la regarda, incrédule.

La version onirique d'elle-même était... elle avait du mal à l'admettre, absolument insupportable.

Mais Yu Sord... ne la réprimandait pas.

La fille—

Celle qui lui ressemblait exactement, jusqu'à la courbe de ses cils—

murmura un obéissant « Oui », mais elle gardait ses mains parfaitement inactives, grignotant le fruit spirituel et lui lançant des regards en coin chaque fois qu'elle pensait qu'il ne faisait pas attention.

« D'accord, d'accord », dit finalement la jeune fille, son regard vagabondant alors qu'elle glissait le fruit dans sa manche et se redressait avec une sincérité théâtrale.

La voix de Yu Sord resta d'un calme exaspérant.

« Je t'ai demandé d'aspirer de l'énergie spirituelle pendant trois respirations. Tu mangeais.

Je t'ai dit de calmer ton esprit. Tu rêvassais et tu me fixais.

Puis je t'ai demandé de réguler ta respiration et d'entrer dans un état méditatif. Tu t'es endormi. Trois fois. »

Lili regarda la jeune fille écarquiller les yeux dans une imitation outrageuse d'innocence.

« Je ne me suis pas endormi trois fois... au plus deux ans et demi. »

Son sourcil tressaillit—à peine, mais assez pour trahir une fissure dans cette façade glaciale.

« D'accord, d'accord, j'ai dit que j'avais tort, »

La fille gazouilla, se penchant vers lui d'un geste rapide et maîtrisé, passant son bras autour du sien comme si c'était son habitat naturel.

Sa voix fondit en quelque chose de suffisamment sucré pour faire pourrir des fruits sur la branche. « Yu—mon amour enseigne si bien, si patiemment... Lili fait des efforts très, très fort— ... Vraiment, elle l'est. C'est juste... C'est tout ce qu'elle est.... elle est fatiguée... »

Yu—*mon amour* ?

Lili faillit s'étouffer avec son souffle.

Elle — la véritable et consciente *elle* — *ne s*'adresserait jamais, à aucun moment sain d'éveil, à Yu Sord — son maître austère et intouchable — en l'appelant « *ma bien-aimée Yu* ».

La honte était si intense que son cuir chevelu picota.

Mais Yu Sord baissa simplement les yeux vers « elle », une expression impénétrable, une lueur presque amusée cachée sous le calme.

« Fatigué ? »

« Oui », répondit la fille avec une sincérité dévastatrice.

« Tu m'apprenais la méditation nocturne hier. Je suis resté assis jusqu'à minuit. Mes jambes sont devenues engourdies. Bien sûr que je suis fatigué aujourd'hui. »

Yu Sord resta silencieux pendant trois respirations—seulement trois, mais elles s'étirèrent comme une éternité.

Puis, d'un ton assez léger pour donner l'impression d'un soupir contre sa peau, il demanda,

« C'était de la méditation ? »

« ... N'est-ce pas ? »

Un léger frisson parcourut sa gorge, la chose la plus proche que Yu Sord ait jamais montrée d'un rire, et ses lèvres s'étirèrent, subtiles comme la lumière de la lune ondulant sur l'eau.

« Si tu utilisais ne serait-ce qu'une fraction de cet effort pour la cultivation, » murmura-t-il,

« Tu serais monté il y a longtemps. »

La version onirique de Lili s'affaissa instantanément, les yeux grands et pitoyables.

« Mais une fois que je deviendrai immortel, je veux dormir chaque jour... manger des fruits... et sortir jouer avec toi... »

Il laissa la plus légère courbe à peine perceptible effleurer ses lèvres, bien que sa voix restât calme et sans ondulations.

« Si tu continues à causer des ennuis, je te ferai reproduire le Suma du Cœur trois cents fois. »

« Vas-y, punisse-moi, punisse-moi », dit la fille d'un ton léger, balayant la question d'un geste comme si une telle tâche ne pouvait pas la déstabiliser le moins du monde.

« Avant ça—laisse-moi m'appuyer sur toi un moment. »

Elle cligna des yeux vers lui, et sans la moindre hésitation, se glissa dans ses bras, frottant légèrement sa joue contre sa poitrine. Son ton dégoulinait de miel, si doux qu'il semblait presque impossible qu'il vienne d'une gorge humaine.

« Les bras de Yu Sord sont l'endroit le plus confortable au monde. »

Cette fois, il ne la repoussa pas.

Au lieu de cela, il leva la main et écarta les fines mèches de cheveux qui tombaient sur son front. Son ton était impuissant, mais d'une douceur insupportable—si doux qu'il semblait presque craindre de troubler l'air.

«... Je n'ai vraiment aucun moyen de gérer toi. »

Elle laissa échapper un petit rire endormi, sans aucune honte, se blottissant contre lui comme si elle avait parfaitement le droit de faire de son bras son oreiller. En quelques respirations, elle avait commencé à somnoler, blottie mollement contre sa poitrine.

Bien que sa voix restât douce, ses yeux dégageaient une chaleur—une chaleur silencieuse, indéniable—et une indulgence si profonde qu'elle atteignait jusqu'aux os.

Regarder cela — se voir se comporter avec une affection si négligente tandis que Yu Sord l'acceptait avec une tendresse naturelle et inconsciente—

Lili resta figée.

Ce n'était pas le cœur d'un témoin qui s'agitait.

Elle avait l'impression que quelque chose en elle était doucement déverrouillé—

un léger coup frappé contre une porte à moitié oubliée,

un souvenir flou s'élevant comme une brume des profondeurs.

C'était elle.

C'était lui.

Et ensemble, ils se déplaçaient avec la facilité de deux personnes qui avaient longtemps vécu dans l'orbite de l'autre—trop naturel, trop familier, trop intime pour être une illusion.

Le rêve commença à se dissoudre comme de l'eau prise dans des mains tremblantes.

Ses doigts devinrent froids.

La douceur du fruit spirituel s'effaça de ses lèvres.

Même le vent dans la forêt de bambous se retira lentement, s'éclaircissant dans le silence.

Avant qu'elle ne puisse rassembler la moindre pensée—

Elle se réveilla en sursaut.

Ses yeux s'ouvrirent en grand. Sa poitrine se soulevait et s'abaissait dans de petits souffles surpris, et ses doigts se recroquevillaient comme si elle tenait encore ce fruit à moitié croqué.

Le bruit du ressort spirituel avait disparu.

La forêt de bambous violets disparut comme si elle n'avait jamais existé.

Seul le calme de sa chambre restait.

Elle leva instinctivement la main et effleura le coin de ses lèvres du bout des doigts, comme pour vérifier si la douceur persistait.

Mais ses lèvres...étaient courbées.

Légèrement, doucement — comme si elle avait ramené avec elle une trace de la chaleur de ce rêve.

Lili rouvrit les yeux — lentement, prudemment, et la première chose qu'elle vit fut la lumière.

Une douce lueur pâle envahit la pièce.

Le plafond s'élevait haut au-dessus d'elle, son auvent de soie flottant doucement comme la brume matinale.

Près de la fenêtre, un brouillard spirituel s'enroulait et se déployait avec une vie propre, portant un léger parfum purificateur qui s'infiltrait doucement dans son souffle.

Elle fixa un long moment dans un coin du toit avant que ses pensées vagabondes ne s'apaisent.

Ce n'était pas la secte Lingxiao.

Ce n'était pas non plus sa petite demeure à elle.

Sa main se leva instinctivement vers son front.

Au moment où le bout de ses doigts effleura sa peau, un léger frisson s'y accrocha—comme si les vestiges du tonnerre et du feu de son rêve ne s'étaient pas encore complètement estompés.

Elle inspira, repoussa la fine couverture et se redressa.

Son regard balaya la pièce.

La chambre était dépouillée, presque ascétique dans son agencement ; Rien d'excessif, rien de tape-à-l'œil.

Sur la table reposaient plusieurs parchemins d'écritures, soigneusement empilés, et à côté d'eux une tasse de thé dont la vapeur venait à peine de commencer à refroidir. L'odeur qui en émanait était inconnue—pourtant, pour une raison inexplicable... elle avait l'impression de l'avoir déjà respirée.

Comme si elle l'avait senti dans un rêve.

Ou peut-être... Elle s'était assise un jour avec quelqu'un ici, partageant le même parfum discret.

Pieds nus, elle posa le pied sur le tapis.

Au moment où ses orteils touchèrent sa surface — doux, chauds et tissés avec brio — elle se figea.

Le schéma était indéniable.

Des plumes de phénix stylisées en arcs fluides, et sur les bords, deux fils d'or, cousus si finement que les extrémités étaient rassemblées dans un ornement parfaitement taillé.

Elle connaissait ce coup.

Ce savoir-faire.

Cette habitude de serrer le dernier nœud avec une précision presque obsessionnelle.

Son souffle s'arrêta.

Elle se tourna vers le bureau.

Les rouleaux étaient disposés avec une symétrie absolue ; Le support à pinceaux tenait un presse-papier rouge agate placé à un angle précis — ni rigide ni négligent, mais d'une manière qui semblait... en accord avec ses propres préférences.

Tellement alignée que cela la troublait.

Une étrange lourdeur s'agita dans sa poitrine, comme si quelque chose avait été enfermé dans une main serrée, et maintenant, enfin, une mince lueur commençait à percer entre ses doigts.

Elle s'approcha de la fenêtre.

Ses doigts effleurèrent le treillis en bois sculpté.

Le grain surélevé sous son toucher traçait la silhouette d'un phénix en plein vol, ailes déployées en un arc ample.

Elle n'avait jamais vu un tel motif de fenêtre dans une autre résidence—

Pourtant, elle se souvint, avec une clarté saisissante, d'avoir posé ses coudes contre une fenêtre, comme cet après-midi silencieux...

plier des grues en papier...

et en cachant un plat entier de fruits spirituels avant d'être attrapée par quelqu'un dont l'ombre tomba sur elle.

Son cœur vacilla.

Ce n'était pas chez elle.

Et pourtant, chaque recoin, chaque nuance, chaque tranchant doux lui semblait si douloureusement familier que quelque chose au plus profond d'elle tremblait.

Jusqu'à ce que son regard se lève—

Et elle vit la plaque accrochée au mur du fond.

Des traits d'encre fluides et froids, portant le faible écho de l'intention de l'épée, et deux mots élégants étaient écrits sur sa surface :

Phoenix Hall.

Sa poitrine se serra.

Un souvenir—non, mille fragments—semblait s'éveiller sous la surface de son esprit, s'élevant comme des pétales dans l'eau.

Des pas murmuraient à la porte.

Elle se retourna.

Et là, vêtu de robes bleu pâle qui bougeaient comme un vent discret, se tenait Yu Sord—

Ses pas silencieux, sa présence aussi calme que le premier dégel de la neige,

ses yeux clairs et frais comme le monde après la pluie.

Yu Sord.

Lili cligna des yeux, stupéfaite un instant, et les mots lui échappèrent avant qu'elle ne puisse les retenir.

« Pourquoi... pourquoi le Seigneur Immortel est-il ici ? »

Le regard de Yu Sord ne vacilla même pas. Sa voix était calme, posée, portant le léger froid de la neige en altitude.

« Voici la montagne Yuheng. »

« Yuheng... Montagne ? »

Sa voix trembla légèrement, et elle essaya—très vainement—de s'asseoir plus droite, comme si la stabilité pouvait être imposée.

« Oui. Montagne Yuheng. »

Il fit une pause d'une demi-inspiration, puis ajouta sur ce même ton posé :

« Le Pavillon d'Enquête sur l'Épée... et cet endroit s'appelle Phoenix Hall. »

Phoenix Hall.

Au moment où ces trois syllabes tombèrent, quelque chose dans sa mémoire—enfoui profondément, enfoui sous mille couches de poussière—changea.

Ému.

Ouvert.

Son cœur fit un bond.

« Hein ? »

Elle se souvenait de ce nom.

L'un des sommets extérieurs du palais Lingxiao, sur la falaise sud de la chaîne de Nuages.

Perpétuellement voilé dans une brume spirituelle.

Un endroit qu'elle n'avait jamais visité, et pourtant — d'une certaine manière — pouvait l'imaginer avec une clarté alarmante.

Elle était venue à la montagne Yuheng quelques fois auparavant, mais ça... cela aurait dû être sa première fois à entrer dans la Porte de la Divinité de l'Épée.

Et plus important encore—

Juste avant de s'évanouir, elle était clairement encore dans la salle du Conseil Astral de Tianxuan.

« Comment... comment suis-je arrivé ici ? »

Le ton de Yu Sord était posé, sans la moindre ondulation, comme s'il livrait l'explication la plus ordinaire du monde.

« Tes méridiens spirituels étaient en désordre. Ta conscience instable.

Après votre débat plutôt virulent ce jour-là, vous vous êtes effondré devant la foule. Te voyant malade, je t'ai amené ici pour stabiliser ton état. »

«… Hein ? »

Elle cligna des yeux avec force.

« C'est... Je veux dire... pourquoi ne pas me renvoyer à la secte Lingxiao ? »

« Ils pensaient que les méthodes de cultivation ici limiteraient mieux votre turbulence spirituelle. Donc tu es resté ici pour te rétablir. »

« Oh... Je vois. »

Elle s'arrêta, incertaine.

L'explication semblait parfaitement raisonnable—trop raisonnable, peut-être.

Sa voix coulait si doucement qu'elle balaya ses doutes avant qu'elle ne puisse les saisir.

Pourtant, quelque part au fond de sa poitrine, une intuition silencieuse murmurait :

Tout cela était trop naturel.

Comme si c'était prévu à l'avance.

Mais elle ne pouvait pas mettre le doigt sur ce qui clochait.

Elle baissa les yeux, les joues légèrement rouges.

« Je... Je vois. Alors... Je ne devrais pas continuer à t'embêter. Je devrais y retourner. »

Yu Sord haussa légèrement un sourcil, son expression indéchiffrable.

« Ton âme n'est pas encore rétablie. Vos méridiens restent instables. Si vous bougez de manière imprudente, vous risquez d'endommager vos fondations. Mieux vaut rester ici quelques jours jusqu'à ce que ton souffle et ton esprit se stabilisent. »

« Oh... puits... ça... »

Elle hésita.

Et puis—

Comme une marée qui revient doucement vers le rivage, son rêve refit surface dans son esprit.

Sa voix dans le rêve et sa main posée sur la sienne.

Son propre comportement sans honte—

l'accrochage, le penchant, l'appel...

Yu, mon cœur...

Son visage faillit s'enflammer à nouveau.

Elle ne savait toujours pas comment l'expliquer, alors sa tête hocha simplement la tête.

Yu Sord, voyant son expression hébétée, baissa légèrement le menton.

« Puisque tu vas te rétablir ici, traite cet endroit comme s'il s'agissait de la secte Lingxiao. Bougez comme vous voulez. »

Puis, avec à peine un murmure de tissu, il se retourna et marcha vers l'entrée.

Les portes du couloir se refermarent derrière lui dans un léger bruit sourd.

Lili resta assise sur le lit, toujours stupéfaite — comme quelqu'un dont l'âme avait été retardée sur le chemin du retour vers son corps.

Ce ne fut que quelques respirations plus tard que son esprit retrouva enfin son rythme.

Et ses joues—déjà chaudes—commencèrent à prendre une teinte rouge plus profonde.

Elle leva les deux mains et se couvrit le visage.

«… Quel rêve étrange. Pourquoi rêverais-je d'une chose aussi ridiculement embarrassante… »

Le souvenir de son rêve rejouait — elle appuyée contre lui, sa voix collante, la façon dont elle n'avait clairement aucune honte.

Mortifiant.

Absolument humiliant.

Elle se laissa tomber sur le lit et tira la couverture sur sa tête.

Elle ne voulait pas se confronter à elle-même.

Ni lui.

Ou la réalité.

Montagne Yuheng... méridiens instables... Récupération...

Elle avait l'impression d'y croire, et en même temps, elle ne le croyait absolument pas.

Mais Yu Sord l'avait dit avec un sérieux impeccable, une telle certitude calme, qu'elle n'avait tout simplement aucun fondement—ni courage— pour l'interroger.

Tout ce qu'elle pouvait faire, c'était rester là, le cœur rempli de petites ondulations qu'elle ne pouvait nommer, qu'elle ne pouvait pas apaiser, qu'elle ne pouvait ignorer.

Comme si une brise avait traversé un lac immobile, laissant derrière elle des anneaux tremblants d'eau bien après que le vent se soit dissipé.

La nuit s'étendit sur le monde des mortels dans un vaste balayage cendré.

Un croissant décroissant s'accrochait à l'horizon—fin, argenté, et tranchant comme un crochet renversé.

Yara se tenait seule dans la cour, ses robes s'agitant faiblement dans la brise froide.

Ses sourcils se froncèrent légèrement, et son regard — perçant comme une lame dégainée — balaya chaque recoin du complexe.

Elle libéra son sens spirituel dans une vague discrète.

Rien.

Aucune trace persistante d'aura immortelle, aucun écho de force spirituelle, pas même le plus faible vestige d'un sort de frontière.

Lunard était indéniablement parti depuis longtemps.

Ses lèvres se pincèrent en une fine ligne dure.

D'un léger mouvement de doigts, quelque chose glissa de sa manche — un artefact fin en forme de navette, dérivant vers le haut comme s'il était en apesanteur.

Argenté d'un bout à l'autre, il semblait forgé à partir de la lune elle-même : délicat mais incroyablement raffiné, tissé de sigils de transmission denses et d'une barrière protectrice douce et de qualité maîtresse. Un seul regard dirait même à un novice que ce n'est pas un outil ordinaire.

Elle s'apprêtait à y verser sa puissance spirituelle — à poursuivre le moindre fil de piste — quand—

Une aura froide monta derrière elle sans avertissement.

Elle arriva comme une marée à minuit, lourde et impitoyable, frappant son dos avec assez de force pour écraser des os.

Ses yeux s'aiguisèrent instantanément.

Son corps tourna à la vitesse d'une grue de chasse, ses manches s'enroulant dans l'air.

Le vent rugissait ; son énergie spirituelle jaillit dans sa paume, s'enroulant dans un crépitement d'éclairs. Le givre bordait ses doigts.

Mais dans la fraction de seconde avant que son coup ne touche —

Swish—

Une main—grande, glaciale, inflexible—se referma sur son poignet.

Cinq doigts, rigides comme des pinces de fer.

Une pression spirituelle constante verrouilla son coup, étouffant son pouvoir avant qu'il ne puisse vraiment émerger.

Et puis—

Son corps heurta le mur derrière elle avec une force qu'elle ne put contrer.

Bruit sourd.

Sa tête heurta le lambris de bois ; La poussière se détacha des poutres.

Le mur était impitoyable sous ses paumes — rugueux, froid, ancrant.

Et à quelques centimètres d'elle—

Un visage.

Un beau et dévastateur.

Un bras s'appuyait contre le mur près de son oreille, l'enfermant dans une intimité si soudaine qu'elle ressemblait à un coup.

Mo Han.

Ses cheveux noirs comme l'encre pendaient lâchés et indomptés, des ombres glissant sur les lignes nettes de sa mâchoire.

Ses yeux sombres se plissèrent, portant une lueur oscillant entre amusement et danger — une expression qui pouvait être à la fois un sourire en coin ou une menace.

Il était proche. Bien trop près.

Assez proche pour qu'elle sente son souffle effleurer sa joue, chaud contre le froid de la nuit—comme une étincelle dans de l'amadère sèche, troublante d'une manière qu'elle refusait de reconnaître.

« Ne bouge pas. »

Sa voix était basse, presque un murmure, mais teintée d'autorité... et une trace de quelque chose comme un rire.

La poitrine de Yara se soulevait d'une fureur contenue. Son regard était aussi froid qu'une lame trempée.

« Relâchez-moi. »

Sa voix était ferme, raide comme un rasoir, ne cédant pas d'un pouce.

« Mm. » Son regard s'assombrit, d'une teinte profonde et impénétrable, sa voix paresseuse mais lourde de pression. « Pas une mauvaise réaction. Si j'étais vraiment un ennemi... tu serais déjà mort. »

« Pourquoi c'est toi ? » Yara gronda, son ton tranchant et froid.

« Qui d'autre voulais-tu que ce soit ? » Il haussa un sourcil, comme sincèrement curieux, observant chacun de ses gestes avec une sorte d'amusement distrait.

« Ridicule », répliqua-t-elle sèchement, tentant de lever la main et de se retirer — mais à sa grande surprise, il intervint au lieu de reculer.

Il s'approcha.

Assez proche pour qu'elle puisse voir le léger éclat rouge vaciller profondément dans ses pupilles ; assez proche pour que la chaleur subtile de son souffle effleure sa joue ; Assez proches pour que même son cœur régulier semble résonner faiblement entre eux — une intimité si soudaine qu'elle frôlait l'insupportable.

Les lèvres de Yara se pincèrent, mais son cœur fit un tremblement involontaire. Cette distance — cette proximité outrageuse et calculée — lui donnait l'impression d'être tombée droit dans un piège.

Ses yeux étaient perçants comme le givre, mais son cœur la trahissait, manquant une fois avant qu'elle ne détourne brusquement son regard de son regard implacable.

« Bouge », ordonna-t-elle, la voix glaciale. Un pouvoir persistant jaillissait au bout de ses doigts, s'enroulant sous la menace de percer par la force.

« Je t'ai sauvé. » Le ton de Mo Han était encore plus froid, comme l'hiver s'installant sur la pierre gelée—calme au point de l'indifférence.

« Je n'ai pas besoin de ton aide. » Elle mordit chaque mot, une étincelle de lumière dangereuse brillant dans ses yeux.

L'air entre eux se tendit—tendu, tendu comme une corde d'arc tendue à l'excès, vibrant d'un défi tacite.

Yara tordit soudain son poignet, une explosion de lumière spirituelle entre ses doigts alors qu'elle frappait vers son épaule.

Les yeux de Mo Han se fixèrent ; Il la relâcha et recula d'un demi-pas, lui permettant de sauter d'un seul mouvement rapide.

La lumière de la lune se déploya de nouveau, les enveloppant — deux silhouettes en noir et blanc, debout à l'écart de l'autre côté de la cour, aux bords tranchants et étrangement hantant sous la nuit.

Ils se faisaient face dans une tension muette.

Les manches de Yara flottaient dans le vent nocturne, son souffle légèrement irrégulier, l'éclat froid dans ses yeux toujours intact. Pourtant, elle ne frappa pas de nouveau.

C'était Mo Han.

Pas un ennemi.

Et jamais... quelqu'un facilement écarté.

Intérieurement, elle serra les dents. Cet homme exaspérant.

Quelqu'un qui ne devrait jamais s'approcher—encore et encore, il s'immisçait dans son rythme sans permission, sans retenue, sans la moindre distance possible.

La lumière de la lune effleurait la grande silhouette de Mo Han. Ses yeux teintés de rouge brillèrent, profonds et impénétrables, se posant sur la navette de messagerie argentée dans sa main.

« Qu'est-ce que tu fais avec un truc pareil ? »

« Ça ne te concerne pas. »

Les lèvres de Mo Han s'étirèrent légèrement, ses yeux noirs brillant comme un étang immobile sous la nuit au clair de lune—calmes, réfléchissants, mais portant une lueur bien trop délibérée pour être innocente.

« Bien sûr que ça ne me regarde pas, » réfléchit-il légèrement. « Cependant... Je me souviens qu'il y a une petite règle dans le Code Céleste. Quelque chose à propos de ne pas transporter des artefacts personnels dans le monde des mortels sans permission... Hm? Tu connais celui-là ? »

« ... »

La mâchoire de Yara se serra, ses doigts se refermant lentement en poing. S'il n'était pas aussi proche, elle aurait depuis longtemps planté un poing sur ce visage irritant et séduisant.

Il le faisait exprès.

Cet homme le faisait absolument exprès.

Mo Han se gratta la tête d'un air faussement détaché.

« Transport non autorisé d'un artefact magique vers le monde des mortels — assez grave, tu sais. À moins que... » Son ton descendit plus bas, un fil d'obscurité amusée caché en lui. « Cette petite chose... est-ce destiné à cette fille appelée Lunard ? »

répliqua froidement Yara : « Si ce n'est pas elle, dois-je te le donner ? »

Mo Han rit vraiment—doux, bas, et bien trop sûr de lui.

Il ne s'en mêlait plus, mais ses mots suivants furent lancés avec une maîtrise exaspérante :

« Elle n'a pas besoin de ça.

Tout de suite... La seule chose dont elle a besoin, c'est de moi. »

« Toi ? » Yara leva enfin complètement les yeux, ses yeux le regardant d'un arc d'incrédulité aussi mince que le rasoir. Un rire froid et moqueur s'échappa de ses lèvres. « Elle a besoin de toi ? »

« Tu ne me crois pas ? »

Il le dit en inclinant la tête, comme si la question l'ennuyait, et se retourna comme pour partir.

Mais juste au moment où il la croisait—

Il se pencha légèrement plus près, sa voix tombant en un murmure bas destiné uniquement à ses oreilles :

« Si tu n'y crois vraiment pas...

alors ne me suis pas. »

Il continua d'avancer, posture détendue, pas sans hâte.

Pourtant, lorsqu'il atteignit l'ombre au bord de la cour, il jeta un coup d'œil par-dessus son épaule—un simple regard, accompagné d'un sourire assez tranchant pour s'accrocher sous les côtes.

«... Mais je suppose que tu le feras. »

Yara : « ...... »

Cet homme insupportable.

* * * * *

À l'extérieur de la station postale, le vent nocturne soufflait à travers les arbres, un courant froid caressant la terre.

Mo Han avançait sans ralentir, une main portée distraitement derrière son dos, sa présence faible et insaisissable — comme s'il n'existait que lorsqu'il voulait être perçu.

Derrière lui, Yara suivait avec une expression marquée par le givre. Son sens divin s'était depuis longtemps étendu, fouillant chaque recoin de la distance, pourtant elle ne pouvait toujours rien percevoir.

« Ah— ! »

Elle lui est tombée droit dans le dos.

Ses yeux se levèrent brusquement — et croisèrent ses pupilles sombres et brillantes, amusée en silence, comme s'il attendait ce moment précis.

«… Pourquoi t'es-tu arrêté tout à coup ? »

« Viens ici. »

Il ne prit pas la peine d'expliquer. Sa main recula en arrière, attrapant son bras droit.

Un coup de doigts et leurs silhouettes disparurent, réapparaissant dans la cour intérieure de la station postale.

Au moment où elles atterrirent, le regard de Yara s'aiguisa comme une lame.

Lunard était assis à la table.

Calme.

Intact.

Souriant.

Ses yeux se courbèrent comme des croissants de lune, une joie douce et lumineuse reposant sur son visage.

Dans ses mains se trouvait une petite assiette soigneusement empilée de gâteaux à l'osmanthus, dont elle grignotait avec un plaisir sans gêne.

En face d'elle était assis Du Shao.

Il lui parla d'une voix chaleureuse et mesurée, raffinée tant dans son port que dans son ton. En parlant, il leva la théière et lui versa une tasse de thé avec la facilité de quelqu'un habitué à le faire.

L'atmosphère entre elles était douce, calmement harmonieuse — si naturelle que si ce n'était de la pression spirituelle atténuée qui recouvrait la cour, Yara aurait cru être tombée sur une mariée mortelle discutant tranquillement avec son mari nouvellement marié.

Yara s'arrêta en plein pas.

Son expression se raidit.

Puis il a tordu.

Puis il se raidit de nouveau.

Pendant un instant absurde, elle se demanda si ses yeux spirituels ne fonctionnaient pas.

Ou si les cieux jouaient avec sa santé mentale.

Elle s'attendait à ce que Lunard soit maîtrisé.

Ou affaiblie.

Ou peut-être effrayés jusqu'aux larmes.

À la place—

Lunard était assis droit, les yeux brillants, empreints de la chaleur printanière.

Une petite poussière de sucre s'accrochait au coin de ses lèvres, scintillant faiblement dans la lueur des lanternes — dont elle n'avait absolument aucune conscience.

Du Shao dit quelque chose à voix basse.

Lunard toussa deux fois, puis se détourna pour le fusiller du regard avec une fausse indignation—les joues légèrement rouges, mais un sourire indubitable.

Il rit doucement, attrapa un mouchoir en soie et se pencha en avant.

Ses doigts effleurèrent sa joue avec une douceur délibérée alors qu'il essuyait la poussière de sucre au coin de ses lèvres — un geste si fluide, si maîtrisé, qu'on aurait dit qu'il l'avait fait d'innombrables fois.

Lunard ne se dégagea pas.

Elle se contenta de presser les lèvres, inclinant légèrement la tête vers lui, et ses yeux s'adoucirent en un éclat humide.

«… Est-ce vraiment vrai ? » demanda-t-elle, la voix délicate comme des pétales qui tombent.

Du Shao paused mid-pour.

Puis son sourire s'élargit—la lumière chaude de la lanterne se reflétant dans ses yeux, se fondant avec l'image de son visage.

Il murmura quelque chose en réponse.

Moony rit de nouveau — doux, haletant, tendre.

Yara, cachée dans l'ombre, fixait le regard vide.

«… Qu'est-ce que c'est que ça ? »

Ce n'était pas une scène de sauvetage.

C'était—

Une scène nécessitant des chaperons.

Elle se rappela soudain sa descente dramatique des cieux — son urgence, son inquiétude, sa détermination juste.

Avait-elle... Réagi de façon excessive ?

Elle se tourna brusquement vers Mo Han, sa voix glaciale en pointant Lunard.

« Tu as dit tout à l'heure qu'elle... 'avait besoin de toi' ? »

Mo Han ne répondit pas tout de suite.

Il se contenta de sourire — lentement, paresseux, d'une confiance exaspérante.

Puis il leva un doigt.

Un petit fil d'énergie spirituelle dériva du bout de son doigt vers Lunard.

Et dans la respiration suivante—

Un bruit sourd retentit soudain—

Une vague invisible de force rebondit depuis la cour et ramena le fil d'énergie spirituelle vers lui. La réplaître trembla sur les carrelages, faisant trembler le sol sous leurs pieds.

Mo Han haussa un sourcil.

Il changea légèrement de position, stabilisant ses pas avec une grâce sans effort.

L'expression de Yara se durcit.

Ses manches s'agitèrent alors que la puissance spirituelle jaillissait de l'intérieur ; En un clin d'œil, trois talismans défensifs s'illuminèrent autour d'elle.

« Qu'est-ce que tu as fait ? »

Mo Han fit un mouvement du poignet, comme pour enlever la poussière.

Ses lèvres s'étirèrent en un arc paresseux.

« Ce n'est pas une station de poste ordinaire », dit-il, presque sur un ton de conversation. « Il y a une Formation de Verrouillage des Esprits à neuf tours tissée dans cette cour. Profondément ancrée. Même toi tu ne l'avais pas senti plus tôt. »

Il parlait comme quelqu'un qui commente la brise du soir.

« Une formation comme celle-ci— » continua-t-il, « —même ces vieux fossiles du royaume supérieur pourraient ne pas la briser. Quant à elle, avec son pouvoir spirituel vidé ? Elle ne peut pas s'échapper, même si elle essaie. »

Son regard glissa de nouveau vers Yara.

Un rire bas s'échappa de lui—chaleureux dans le ton, mais teinté de provocation.

« Alors c'est pour ça », murmura-t-il, les yeux légèrement rouges aux coins, « j'ai dit... en ce moment—elle n'a besoin que de moi. »

Yara le fixa longuement avant de parler d'un ton plat :

« Tu n'as rien fait. »

Mo Han cligna des yeux une fois.

Puis détourna le regard, comme s'il réfléchissait à une affaire d'une importance capitale.

« J'ai découvert la Formation de Verrouillage des Esprits à Neuf Tours pour toi, n'est-ce pas ? » dit-il, d'un ton parfaitement sincère.

Yara : « ...... »

Ça compte ?

Cet homme, cette situation, ce Lunard—

rien de tout cela n'était normal.

Mais pouvait-elle vraiment détourner le regard ?

* * * * *

Les sourcils de Yara se froncèrent alors qu'elle fixait la Formation de Verrouillage d'Esprit à Neuf Tours—un voile invisible à l'œil nu, mais dense et complexe comme de l'acier tissé.

Au moment où son sens spirituel le frôla, un recul brusque revint, engourdissant le bout de ses doigts.

Avec une barrière pareille devant eux, Lunard ne pouvait pas s'échapper seule.

Ce qui signifiait que Yara ne pouvait que —

Elle leva la main, récupérant l'artefact argenté de la navette volante. Sa silhouette devint floue alors qu'elle se préparait à bondir.

« Tu vas quelque part ? »

Une longue main bien dessinée bloquait son passage.

La voix de Mo Han résonna à ses côtés, basse et posée, sans la moindre émotion.

« Tu comptes retourner dans le Royaume Céleste pour faire un rapport ? »

Yara se retourna, le visage aussi froid que le givre.

« Maintenant que nous avons confirmé l'existence de la barrière, naturellement cette affaire doit être signalée à la Chambre du Conseil Astral Tianxuan et décidée par les anciens. Ce n'est pas quelque chose que je peux déterminer seul. »

« Ah bon ? »

Mo Han la regarda avec un léger sourire en coin, inclinant légèrement la tête.

« Les méthodes du Royaume Céleste et leurs... Réactions. Tu as oublié ? »

Juste une phrase.

Mais son corps se figea en plein pas.

Après un long silence tendu, sa force spirituelle se dissipa lentement de ses doigts.

Comment aurait-elle pu oublier ?

« Moins de bavardages. Reste près de moi. » Yun Yara posa un Sceau Divin, et un rayon de lumière blanche les porta vers le haut — perçant les nuages en un instant avant de les déposer dans le Temple du Pivot Céleste.

Bien sûr, elle n'avait pas oublié.

« Et alors ? » demanda-t-elle doucement, l'épuisement perçant dans sa voix. C'était subtil — mais impossible à manquer.

Mo Han baissa les yeux vers elle, sa voix devenant plus rauque, plus sombre—un mélange enivrant de malice et de sauvagerie.

« Je peux la sauver », murmura-t-il, « mais cela a un prix. »

« Un prix ? » Yara haussa un sourcil.

« Mhm. »

Mo Han leva la main — comme s'il voulait passer ses doigts sur ses lèvres — mais dès que son regard se fit plus perçant, il transforma le geste en un rire désinvolte.

« Je taquine. »

Son ton tomba dans quelque chose de plus profond.

« Si je voulais vraiment quelque chose de toi, serais-je là à perdre mon souffle ? »

Yara laissa échapper un ricanement froid et méprisant et se détourna, manifestement refusant de rester mêlée à lui.

« Hé— »

Mo Han la rattrapa d'un seul pas, tirant légèrement sur sa manche d'une main paresseuse.

« J'ai dit que je plaisantais. Tu dois vraiment être si radin ? »

Yara lui lança un regard en coin.

Elle ne se dégagea pas, mais elle ne le laissa pas non plus faire.

Il soupira—doux, presque imperceptible—et sa voix se calma enfin.

« Je peux agir, et la sauver est facile. Mais le Royaume Céleste a déjà envoyé des gens pour enquêter sur cette affaire. »

Il s'arrêta, les yeux s'assombrissant légèrement.

« Si j'interviens maintenant, quelqu'un finira inévitablement par t'accuser de collusion avec la race démoniaque. »

Les mots furent prononcés à la légère, comme si de rien n'était.

Mais quelque chose dans son regard s'assombrosait.

L'expression de Yara changea—juste un éclair, mais un vrai éclair.

Avant qu'elle ne puisse parler, il retroussa de nouveau les lèvres, désinvolte et irrévérencieux.

« Détends-toi. Je ne suis pas si imprudent. Pour l'instant, nous faisons ça étape par étape — jouons le jeu avec celui qui a mis en place cette formation et voyons quels médicaments ils ont cachés dans leur petite gourde. »

Lorsqu'il eut fini de parler, il laissa glisser sa manche de ses doigts, comme si rien ne s'était jamais passé.

Yara le regarda en silence pendant une longue inspiration et, finalement, elle ne se retourna pas pour partir.

Chapitre 39 : La trahison du gâteau à la pêche confit

Le mont Yuheng était entièrement enveloppé de brume argentée flottante, la barrière protectrice sur son flanc vibrant doucement comme un lac tranquille illuminé par la lumière de la lune.

Des fils de force spirituelle puissante se déplaçaient silencieusement sous sa surface, portant l'air sévère et discipliné des terres restreintes d'une secte Immortelle bien établie.

Au moment même où Yun Yara reçut la nouvelle que Yun Lili s'était enfin réveillée, elle accourut avec une précipitation inhabituelle—nonpas, il faut le préciser, pour offrir à sa sœur épuisée un quelconque réconfort ou réconfort, mais plutôt pour un briefing complet et sans expurgation : les détails de l'Opération Moony–Salvatage du Royaume Mortel, avec le poids indiscutable de preuves visuelles de première main.

Le Miroir de l'Écho fut placé juste devant Yun Lili avant même qu'elle ait eu le temps de s'installer correctement.

Yun Lili fixait d'un air vide la scène reflétée dans la surface scintillante.

Elle resta silencieuse pendant plusieurs longues inspirations.

Puis elle cligna lentement des yeux et répéta sa question, adoptant le ton prudent de quelqu'un qui tente désespérément de s'accrocher aux derniers fils fragiles de raison disponibles dans le cosmos :

«... Êtes-vous absolument, sans équivoque, sûr que le miroir ne dysfonctionne pas, ou ne rencontre pas un petit hoquet céleste momentané ? »

« Il fonctionne parfaitement, conformément aux normes célestes établies », répondit Yun Yara avec un calme glacial exaspérant.

« Alors... peut-être que je ne me suis pas encore complètement réveillé ? Peut-être s'agit-il simplement d'une séquence de rêve post-traumatique élaborée ? »

Yun Lili se tapota le front à plusieurs reprises, comme une mécanicienne méticuleuse suspectant une vis desserrée ou un échec catastrophique de ses circuits internes.

« Tu t'es réveillée hier, complètement et lucidement », répondit Yun Yara, impitoyable comme la goutte d'une guillotine tombant.

«... Alors peut-être que mes yeux sont flous, ou peut-être qu'ils ont subi une forme de brûlure résiduelle due à l'explosion de la barrière ? »

Elle les frotta si fort des deux mains qu'on aurait pu s'attendre à ce que des étincelles jaillent.

« Tes yeux vont bien », déclara Yun Yara d'un ton plat, sans la moindre chaleur.

«……»

Trois secondes immensément lourdes passèrent dans un silence oppressant.

Puis, Yun Lili explosa complètement.

Elle se leva d'un bond de sa chaise comme une carpe effrayée en l'air, la force de son mouvement faillit faire basculer la table dans un fracas assourdissant.

« Cela ne peut tout simplement pas être réel ! Ceci—ceci—ce n'est pas la scène où quelqu'un est tragiquement capturé par les autorités mortelles ! C'est—c'est—c'est pratiquement une lune de miel dégoûtante et sucrée ! »

À l'intérieur du Miroir de l'Écho, Lunard était assise à une petite table élégamment aménagée, souriant si largement et tendrement que son pur bonheur illuminait pratiquement toute la pièce.

Elle tenait délicatement une part de gâteau à la pêche confit entre deux doigts, en prenant une petite bouchée réservée, puis se pencha en avant pour offrir la moitié restante, parfaitement façonnée, à l'homme séduisant assis en face d'elle.

« Mon seigneur, vous devriez essayer ça aussi, s'il vous plaît~ »

Les yeux habituellement glacials de Du Sard s'adoucirent jusqu'à la consistance du beurre chaud.

Il tendit la main d'un geste d'élégante retenue et écarta doucement une mèche de cheveux qui s'était glissée près de son oreille.

« Le goût est bon », murmura-t-il. « La cuisine a préparé une nouvelle fournée précisément pour toi ce matin. »

La paupière de Yun Lili tressaillit si violemment qu'elle craignit sincèrement de s'être foulé ce muscle délicat.

L'image miroir changea—

Lunard était maintenant complètement submergée jusqu'aux épaules dans de l'eau chaude, profitant d'un luxueux bain de source chaude agrémenté de pétales de rose parfumés.

Deux jeunes servantes répondaient à tous ses besoins : l'une pétrissait ses épaules avec aisance, l'autre tapotant doucement le long de sa colonne vertébrale, apparemment en train d'exécuter une sorte de routine de bien-être mortel.

Lunard paraissait d'une sérénité absolue, rayonnant presque d'une béatitude béatifique, affichant l'expression authentique de quelqu'un qui n'était clairement ni emprisonné, ni bouleversé, mais plutôt au bord de l'ascension directe au paradis.

Puis un autre changement rapide—

Lunard se tenait dans une cour ensoleillée, tenant joyeusement une brochette de baies d'aubépine sucrées.

Du Shao dit quelque chose — trop bas pour que le capteur audio du miroir puisse le transmettre.

Quoi qu'il en soit, Lunard éclata de rire à la poignée, se pliant en deux de joie sincère, les baies d'aubépine manquant de tomber de sa main.

Le Prince la regardait avec une expression si dévastatricement tendre qu'elle semblait capable de noyer à lui seul le monde mortel entier dans un sentiment sucré, comme s'il voulait désespérément envelopper toute son existence dans ses bras et la garder là, chérie, pour toujours.

Yun Lili pointa un doigt tremblant et accusateur directement vers le miroir.

« J'ai failli me faire anéantir complètement ! Tout le hall supérieur hurlait et était en alerte maximale ! Même le Souverain Immortel daignait se présenter ! J'ai risqué ma vie céleste en essayant d'initier son sauvetage — et elle est là-bas en train de bien manger si bien qu'elle devient visiblement ronde, se baignant dans des bains de bien-être extravagants, accomplissant des routines de santé mortelle fastidieuses — avec des dattes rouges pour se nourrir, rien de moins ?! »

« Tu te fous de moi ?! »

« Je pensais honnêtement qu'elle avait été frappée par une vieille malédiction irréversible de liaison, » balbutia Lili, sa voix montant octave après octave douloureuse, « souffrant d'innombrables misères dans le monde des mortels, piégée, véritablement tourmentée— »

« C'EST ça, un tourment ? C'est un bain de source chaude avec des en-cas à côté, servi sur un plateau en argent !! »

Yun Yara asséna un autre coup impitoyable et écrasant.

« Elle a même accepté volontairement de retourner dans la capitale avec ce prince mortel. C'était son propre choix. »

« Quoi ? » La mâchoire de Yun Lili faillit se déboîter sous le choc.

« J'ai failli faire exploser mon noyau spirituel et mourir sur place pour elle— »

« Et elle—elle croit sérieusement que toute cette histoire est une tournée de vacances programmée dans le monde des mortels ?! »

Elle était incandescente, assez furieuse pour s'enflammer spontanément en fine poussière spirituelle.

« Ce n'est pas juste me gifler — »

« C'est en train d'arracher violemment mes trois âmes et sept esprits, et de frapper chacun individuellement pour faire bonne mesure !! »

Yun Yara se frotta les tempes, sa voix sèche, froide et totalement posée.

« Calme-toi. Ce prince est peut-être un mortel, mais le pouvoir qui opère derrière lui n'est clairement pas simple. Si vous foncez maintenant, dans cet état, vous risquez très bien de déclencher un désastre diplomatique immortel–mortel d'une ampleur sans précédent. »

« Je m'en fiche absolument ! » Lili rugit, maintenant physiquement tremblante de rage.

« Si elle ose sourire à ce prince mortel UNE FOIS de plus, je jure sur les tablettes célestes que je descendrai en courant, la saisirai par le col devant tous ses subordonnés, la traînerai directement vers la Falaise des Esprits de la Serrure, et la forcerai à la cultivation recluse pendant dix années entières ! On verra comment elle parvient à sourire ALORS !! »

Juste au point culminant de sa tirade, le Miroir Echo vacilla à nouveau, lançant l'insulte finale et catastrophique.

Moony se matérialisa — maintenant blottie contre l'épaule de Du Shao, ses yeux pétillant de bonheur, sa voix douce et tendre comme du vin vieilli. « Heureusement que cette boule de soie est tombée sur moi~ Sinon, je n'aurais jamais su à quel point le monde des mortels est immensément amusant ! »

Lili : « ...... »

Elle inspira un souffle court et saccadé.

« Brise le miroir !!! »

* * * * *

Yun Lili était si profondément furieuse que tout son visage s'empourprit d'un rouge profond et alarmant.

D'un geste dramatique et furieux de sa manche, elle semblait vraiment prête à dévaler la montagne en trombe, à traverser directement les royaumes célestes, et à descendre elle-même sur le monde des mortels— juste pour déchirer ces deux créatures totalement sans honte :

l'un devait être jeté immédiatement dans la Mer de Glace du Nord, l'autre pour être banni définitivement dans les Désolés Désolés du Sud, juste pour assurer une séparation maximale.

Yun Yara, montrant une véritable horreur face aux dégâts collatéraux potentiels, lui posa une main de retenue sur l'épaule.

« Contrôle-toi, sœur. Au moins, faites preuve de retenue et ne cassez pas le miroir. Pense à la paperasse. »

« Je ne vais PAS me calmer ! » grogna Lili, luttant contre la retenue.

« Pourquoi, au nom de tout ce qui est sacré, devrais-je le faire ?! »

« Si tu casses le miroir, tu devras dépenser une quantité alarmante de pierres spirituelles pour acheter un remplacement fonctionnel », ajouta Yara, sa voix plus sèche que le sable du désert.

L'observation de Yara toucha droit au point le plus vulnérable de sa sœur : ses économies célestes.

Lili se figea instantanément.

«......»

«... Si tu agis impulsivement, quelque chose de coûteux tournera invariablement mal », ajouta Yara, avec une précision clinique.

Les yeux de Lili brûlaient encore comme des lames jumelles et vacillantes.

« Si quelque chose de désastreux m'arrive, alors soit-il ! Mais je refuse catégoriquement de la laisser continuer à boire de la soupe sucrée comme si elle était en vacances futiles ! »

Yun Yara baissa la voix, son ton devenant sobre et grave, laissant deviner la véritable profondeur de la situation.

« Et cette barrière... As-tu déjà oublié tes propres soupçons ? »

Lili cligna des yeux, la fureur momentanément contenue.

« Tu as été méfiant dès le début, n'est-ce pas ? » Yara continua, insistant sur le message. « Cette résidence était excessivement étrange. La frontière autour d'elle semblait délicate, mais complexe — bien au-delà de ce qu'un artisan ou sorcier mortel pouvait arranger. Et quand Lunard a d'abord disparu, cette ondulation d'aura que tu as sentie... il n'a vraiment pas eu l'impression d'avoir bougé d'elle-même, mais plutôt d'être émue. »

La bouche de Lili s'entrouvrit légèrement.

Le feu qui montait le long de sa colonne vertébrale s'éteignit soudainement et violemment, comme si quelqu'un avait vidé un bassin entier d'eau glacée directement sur sa tête et ses épaules.

Voyant que la logique avait enfin pris place, le ton de Yara s'adoucit d'un peu.

« Le Miroir de l'Écho ne révèle que la surface visuelle. Quel que soit le pouvoir obscur qui se cache derrière cette illusion... Ce n'est peut-être pas ce que nous pensons. Peut-être que Lunard est vraiment prisonnière de quelque chose qu'elle ne peut ni percevoir ni comprendre elle-même. »

Lili fixa intensément le miroir une fois de plus.

Lunard riait, une courbe douce à la bouche, les yeux brillants de plaisir tandis que Du Shao lui donnait tendrement un autre morceau de pâtisserie.

Elle avait l'air totalement satisfaite.

Sûr.

Bien trop sûr, en fait.

«... Tu as raison », murmura Lili, la résistance quittant sa posture.

La fureur brute dans ses yeux s'estompa lentement, se transformant en un puissant malaise — une vigilance subtile, aiguisée et profondément analytique.

« Lunard n'a même jamais aimé les Bassins Immortels chez lui. Comment a-t-elle pu soudainement aimer les sources chaudes mortelles au point de glousser comme un petit raviolis flottant sereinement dans le bouillon ? »

Elle se retourna brusquement et commença à faire les cent pas à travers l'étendue de la pièce.

Son expression s'assombrissait nettement à chaque pas.

« Et elle ne le connaît que depuis quelques jours. Quelques *jours* ! Comment pouvait-elle déjà avoir l'air aussi... content? Ce n'est tout simplement pas son caractère. »

Elle se retourna vers le miroir, son regard se plissant dangereusement alors qu'elle fixait à nouveau ce visage exaspérant de sourire.

Ses dents grinçaient bruyamment.

«… Je le savais depuis le début. Il n'y a aucune chance que ce soit authentique. Ce fauteur de troubles gourmand, facilement distrait… »

Elle inspira profondément et furieusement.

«… Celui qui aime manger et jouer est censé être MOI ! »

Yara cligna lentement des yeux, puis haussa délibérément un sourcil, ses lèvres se courbant en un léger sourire très amusé.

« Ah bon ? »

Lili se figea instantanément, son visage figé en plein milieu de la rage.

La réalisation écrasante de ce qu'elle venait d'avouer la frappa comme un éclair de tonnerre divin.

Elle s'éclaircit la gorge violemment, agitant les deux mains dans un déni frénétique et totalement peu convaincant.

« Oh quoi ? Je—je voulais dire— »

« Celui qui prend vraiment plaisir à vivre la vie… c'est moi. C'est ce que je voulais dire. »

« Mm-hmm », affirma Yara.

« Arrête de fredonner ! Je suis tout à fait sérieux !! »

« Partons. Nous descendons en marche tout de suite pour régler toute cette affaire avec Lunard— »

« Je dois voir exactement ce qui se passe là-bas ! »

D'un coup de pas qui résonna fort comme un tonnerre lointain, Lili fonça violemment vers la porte.

Elle réussit à ne faire qu'un — et un seul — pas.

Puis elle se figea brusquement.

Absolument, monumentalement figé.

Comme si elle avait été frappée en plein crâne par un véritable éclair divin, la rendant instantanément immobile.

Elle se retourna brusquement, se tapa le front de panique et poussa un cri horrifié :

« ATTENDS, ATTENDS, ATTENDS—absolument pas ! Abandonnez ! »

« Je dois d'abord retourner au Cottage Moonview — »

« J'ai oublié TOUS mes talismans !! »

Yara : « ...... »

Avant même que ce silence éloquent ne puisse prendre forme, Lili se retourna et se précipita dans la pièce avec une urgence frénétique.

Sa jupe fouettait derrière elle en un arc frénétique, s'évasant comme le plumage d'un paon enragé.

Murmura-t-elle sans arrêt en courant à l'intérieur, sa voix un flot d'inventaire paniqué :

« Trois talismans de téléportation—trois ! Ces trucs explosent toujours sans aucune raison apparente, donc j'ai besoin de suffisamment de sauvegardes. Les talismans des terriers de terre aussi — on ne peut pas s'approcher des formations mortelles sans être équipé de ceux-ci. Et ce charme de signal de feu... le triple menace qui s'enflamme tout seul, écrit des messages complexes dans les airs, ET explose violemment—oui, oui, le sauveur triple menace... Je vais définitivement apporter ça. »

Alors qu'elle marmonnait son inventaire, elle déchira la literie, ouvrit les placards et renversa des cartons sans pitié—Moonview Cottage se transforma instantanément en un champ de bataille chaotique de charmes volants, de bocaux qui s'entrechoquent, de bouteilles de jade roulantes et d'une vaste collection de bric-à-brac magique.

« Talisman de Dissimulation, Talisman du Silence, Charme Anti-Visage Enflé... Celui-ci—euh—est le talisman anti-dysfonctionnement de la garde-robe... Bien! Je l'apporterai aussi, au cas où !! »

En quelques instants, elle serrait littéralement une montagne entière de talismans en papier et de bouteilles, empilés si dangereusement haut qu'ils manquaient d'engloutir sa petite silhouette.

Elle ressemblait exactement à un entrepôt errant soutenu par deux jambes frénétiques, mais parvenait tout de même à reprendre son moral entre deux souffles précipités :

« Trouver Lunard est à la fois une question de dignité personnelle ET de vérité céleste. Cette fois, moi, Yun Lili, je refuse catégoriquement d'y aller sans préparation ! L'équipement complet est obligatoire ! Si un insolent homme de roue de rechange ose apparaître de l'autre côté, je lui frapperai une pile de talismans assez épaisse pour l'envoyer directement dans un autre cycle de réincarnation !! »

À la porte, Yun Yara observait le chaos total se dérouler — parchemins volant, jarres tombant, talismans tombant comme une neige soudaine et inattendue — son expression un mélange parfait et cristallisé d'incrédulité et d'impuissance et de résignation totale.

«… As-tu vraiment, vraiment besoin d'autant de talismans ? » demanda-t-elle enfin.

« Bien sûr que je le fais ! » déclara Lili avec droiture, gonflant la poitrine.

Elle tapota les plis saillants de sa robe—désormais bourrée jusqu'à ressembler à une courge spirituelle étrangement bosselée—et parla avec la sincérité absolue de quelqu'un dont tout le système de cultivation se résumait à un seul mot sacré : des outils externes.

« Je me déplace exclusivement par le médium de ces choses ! Je ne possède pas de pouvoir spirituel inné — je dépends entièrement des talismans de téléportation, des sortilèges de transmission sonore... et des pilules de jeûne pour me garder en vie jusqu'à ce que je trouve un peu de nourriture ! »

Yun Yara resta silencieuse pendant un long moment éloquent.

« ... D'accord. »*Bien. Elle aurait vraiment dû savoir qu'il valait mieux ne pas demander.*

Lili, quant à elle, arborait l'expression douloureusement sincère de quelqu'un présentant ses précieux héritages à un philistin.

« Tu ne comprends tout simplement pas — ces talismans coûtent une fortune en pierres spirituelles. Regarde—ce talisman de téléportation à lui seul coûte dix pierres spirituelles de qualité moyenne. Et celui-ci sur la transmission sonore ? Huit pierres spirituelles de niveau intermédiaire. Huit! Pour une seule feuille de papier qui pourrait se désintégrer à l'activation ! »

Alors qu'elle s'énervait, énumérant les prix comme une comptable céleste méticuleuse au bord des larmes, un doux pépiement coupa son sermon frénétique.

Chiu.

La petite Fira, l'oiseau esprit, sauta proprement et délicatement sur son épaule.

Instantanément, Lili fondit — complètement, totalement fondue.

Elle prit la petite créature dans ses bras et frotta sa joue contre ses plumes flamboyantes, sa voix devenant douce comme un sirupé, comme pour encourager doucement un tout-petit à s'endormir.

« Yan-bébé... C'est toi... Veux-tu venir avec moi dans le monde des mortels pour jouer— »

« Non—non, pas jouer. »

Elle s'éclaircit rapidement la gorge et redressa le visage, adoptant l'expression sévère d'une criminelle professionnelle feignant l'innocence absolue.

« Ce voyage est une mission juste. Une opération judiciaire. Nous allons enquêter sur des activités suspectes, démanteler des relations douteuses, et sauver Lunard de la souffrance mortelle profonde. Toi—oui, toi—es mon plus fort—»

Elle ne termina pas sa phrase.

Parce que la petite Fira poussa soudain un cri clair, aigu et strident —

—et a explosé.

Un instant, c'était un oiseau spirituel duveteux, de la taille d'une paume.

Le tout d'après—

La lumière flamboyait vers l'extérieur comme un coup de tonnerre divin. Le Cottage Moonview s'illumina instantanément aussi fort que midi. Les tuiles du toit cliquetirent bruyamment, comme si elles tentaient de fuir complètement la scène. Un coin entier d'herbe spirituelle à la porte a spontanément brûlé sur place.

Les doigts de Lili se contractèrent spasmodiquement. La moitié d'un talisman de téléportation lui échappa tragiquement des mains avant même qu'elle ne puisse se pencher pour le récupérer—

Et puis—

WHOOSH.

La petite Fira s'étendit dans une puissante explosion de flammes cramoisies, s'étirant, s'allongeant, enflammant l'air jusqu'à ce qu'une traînée écarlate—longue d'au moins dix brasses—fende nettement le ciel. Fira remplissait toute la cour, ses ailes assez vastes pour effacer la moitié de la lumière céleste.

Les plumes de sa queue brûlaient si violemment que la terre sous eux se fissura et fumait, comme si une véritable bête-dieu était descendue directement des plus hauts cieux.

« Q–Q–Q–QUE FAIS-TU —?! »

Lili eut juste le temps de crier avant que l'oiseau massif ne baisse sa tête énorme, la saisit par l'arrière du col avec une précision chirurgicale et terrifiante, et la jette sur le dos comme on jette une lessive humide sur une corde de corde.

Dès que ses pieds quittèrent le sol, elle se débattit sauvagement et désespérément.

« AAAAAAAH !! JE N'AI PAS ENCORE ACTIVÉ MON TALISMAN DE TÉLÉPORTATION— »

« J'AI DIT QUE JE VOYAGE PAR TALISMANS, PAS PAR DES ÊTRES VIVANTS— »

« JE NE VEUX PAS MONTER SUR QUOI QUE CE SOIT AVEC UN BATTEMENT DE CŒUR—!!! »

La petite Fira ne fit même pas un mouvement de paupière en réponse.

Le grand oiseau spirituel battait simplement ses immenses ailes plus fort, fendant les nuages avec l'élan divin et imparable d'une bête-dieu en patrouille cérémonielle.

La lumière du feu émanant de ses plumes brûlait les nuages voisins d'un jaune maladif ; au loin, même les Envoyés de la Patrouille Céleste Céleste s'arrêtèrent brusquement en plein vol, convaincus qu'un présage ou une anomalie céleste sans précédent venait de s'éveiller violemment.

« Je ne peux pas—je ne peux pas—je vais mourir—!!! »

« Je devais devoir de lourdes dettes aux bêtes spirituelles dans ma vie antérieure—POURQUOI les oiseaux me harcèlent-ils toujours— »

« ATTENDS — MES TALISMANS —!! »

Une rafale de vent fraîche s'agita violemment des ailes de l'oiseau, retournant complètement ses manches à l'envers.

Sa pochette de talisman s'ouvrit en éclats avec un PAP tragique et *étouffé !*

Des feuilles de talismans de téléportation, des charmes de dissimulation, des talismans anti-moustiques, et même un très coûteux « Talisman de Recherche de Personne » — tous méticuleusement préparés spécifiquement pour traquer Lunard — étaient désormais dispersés dans le ciel comme de fragiles peluches de pissenlit.

Elle les regarda s'éloigner dans une horreur pure, totalement impuissante à arrêter la calamité.

Avant même qu'elle ne puisse en attraper un, un talisman de prévention des collisions s'activa tout seul avec un claquement net.

Elle se posa directement sur son front.

Un *léger pop* retentit.

Une barrière verte translucide se gonfla instantanément autour de sa tête, exactement comme un casque à bulles surdimensionné, scintillant faiblement de runes protectrices... Et, pire encore, un texte lumineux flottait joyeusement à la surface :

« Dôme protecteur activé — sécurité avant tout. »

« Je suis SAUF, oui !! MAIS J'AI L'AIR RIDICULE—!! »

Sa voix résonna depuis l'intérieur de la bulle avec un son humiliant, déformé et aqueux.

Et la bulle—était verte.

Vert.

VERT.

La petite Fira plongea soudain brusquement.

Lili fit des saltotes en avant, tête baissée, pieds en l'air, gesticulant sauvagement comme une saucisse suspendue précautionneusement au-dessus d'une marmite bouillante.

« AAAAH—MON ESPRIT S'EST RÉSONNÉ—!!! »

Deux pierres spirituelles roulèrent de ses manches.

L'un s'évanouit dans la mer infinie et nébuleuse de nuages.

L'autre tomba directement sur son front, glissa sur son nez, rebondit sur ses lèvres—et elle faillit l'avaler tout entier dans un accès de rage absolue.

« Attends un peu—tu ATTENDS qu'on atterrisse en bas—je vais te rôtir—RÔTIR—Je vais faire une queue d'oiseau spirituel braisée avec ce derrière enflammé— ! »

La petite Fira agita ses plumes de queue flamboyantes, l'air totalement ravie, comme si elle était activement encouragée par ses menaces.

Il donna deux coups de queue supplémentaires, totalement inutiles.

Une puissante décharge de chaleur spirituelle brute traversa sa colonne vertébrale.

Elle a poussé un cri comme un chat étranglé.

« PETITE FIRAAAAA—ARRÊTE !! ARRÊTEZ —!!»

Pendant ce temps, Yun Yara dérivait gracieusement derrière à un rythme régulier et élégant, chevauchant un nuage spirituel argenté serein comme lors d'une promenade tranquille dans un parc municipal.

Elle prit même une gorgée posée de thé.

Devant elle, des flammes traversaient le ciel, des talismans volaient comme des grues effrayées, et Lili roulait sur le dos d'une bête géante et terrifiante semblable à un phénix.

Yara pressa ses doigts contre son front.

Elle retira un talisman de communication que Lili avait commodément laissé tomber plus tôt, le tapa doucement, et le charme s'activa immédiatement.

Un cri retentit de l'autre côté — assez fort pour faire trembler des montagnes :

« YARA, AIDE-MOI !! JE—JE CROIS QUE JE ME SUIS ACCIDENTELLEMENT ASSISE SUR UNE SORTE DE TALISMAN RUNETRACE ULTRA-RAPIDE QUI BOULEVERSE LE CIEL—JE VOLE COMME SI J'ÉTAIS FRAPPÉ PAR LA FOUDRE—!!! JE NE VEUX PLUS MONTER SUR CETTE VOITURE !! CE N'EST PAS UNE BÊTE SPIRITUELLE—C'EST UNE CATASTROPHE AÉRIENNE— C'EST—C'EST UNE EXPLOSION CONSCIENTE—AAAAAH JE VOIS DÉJÀ LA FRONTIÈRE DU ROYAUME DES ESPRITS—!!!»

Le talisman de communication trembla violemment, comme s'il avait été traumatisé à jamais par son volume impressionnant, puis se désactiva aussitôt pour se protéger.

Yara fixa la traînée de feu disparaître rapidement à l'horizon, puis le talisman qui tremblait encore dans sa paume.

Enfin, elle expira dans un murmure profond de résignation :

«… Elle survit vraiment uniquement grâce à ces talismans de téléportation. »

Chapitre 40 : La source de revenus extrascolaires

La grande bête enflammée, la petite Fira, sembla enfin se lasser de sa fuite implacable juste au moment où Yun Lili était absolument certaine d'être violemment projetée complètement hors de l'atmosphère du Royaume des Esprits.

D'un arrêt brutal, il retira brusquement ses immenses ailes et laissa échapper un unique **Chiu** perçant.

Elle fut jetée dehors comme un sac de coton brisé, plongeant tête baissée dans le voile dense de nuages. Son cri déchira le ciel avec un volume si dévastateur que même le thé spirituel dans la main de Yun Yara, descendant loin en dessous, ondula perceptiblement.

—THUMMP !—

Elle atterrit avec une force colossale et inattendue directement dans une verrière funéraire d'un blanc éclatant.

Puis le cercueil, avec un horrible **gémissement tendu**, s'ouvrit brusquement. La personne à l'intérieur—non, le cadavre—non, la personne qui n'était presque qu'un cadavre et qui était maintenant reprise à la réalité—se redressa d'un coup.

Toute la procession funèbre a lancé un chœur unifié et terrifié **d'incrédulité**.

« Une Demoiselle Immortelle est tombée du ciel ! Et elle a brisé le cercueil ! »

Le couvercle du cercueil avait complètement explosé vers l'extérieur, la canopée blanche de l'enterrement flottait haut au-dessus d'eux, et les offrandes de billets étaient dispersées partout, tourbillonnant comme une tempête de neige chaotique prise dans le courant ascendant céleste soudain.

Les musiciens funéraires, qui quelques instants plus tôt jouaient consciencieusement leurs lamentations mélancoïdes et pleuraient bruyamment pour l'effet, se turent instantanément, figés comme des statues en bois sculpté silencieuses.

« Sauvez-nous tous !! »

Yun Lili, serrant frénétiquement sa tête qui bourdonnait intensément, était assise d'un coup à l'intérieur du palanquin funéraire, ses cheveux dressés comme un courant électrique fou, son visage masquant une totale perplexité : « ... Suis-je juste mort, ou ai-je simplement effrayé quelqu'un d'autre à mon arrivée ? »

Yun Yara, quant à lui, était descendue lentement et avec une élégance sans effort. Elle observa la scène devant elle — toute l'assemblée pleurant et criant vers les Cieux, le cercueil renversé, et la Demoiselle Immortelle aux cheveux d'explosion passant la tête hors du récipient funéraire — et fut de nouveau plongée dans un moment de profonde et sèche contemplation.

Elle a livré un seul commentaire mesuré : « ... Avec une cérémonie d'entrée comme celle-là, tu as pratiquement **inauguré ta propre secte.** »

Yun Yara n'avait absolument aucune idée à ce moment-là que sa remarque anodine allait, des années plus tard, devenir une prophétie dévastatrice et littérale.

« Arrête avec ces absurdités totalement inutiles ! Nous devons fuir cet endroit immédiatement ! » Yun Lili attrapa Yun Yara par le poignet. Elle sortit de la palanquin avec une course **profondément maladroite, remontant sa jupe, prête à s'enfuir. De façon inattendue, un groupe de pleureurs accéléra encore plus, bloquant instantanément leur voie d'évasion désespérée.**

« Prêtresse immortelle, sauve-nous, s'il te plaît ! » Tout le groupe cria à l'unisson, tombant immédiatement à genoux et s'inclinant profondément devant les deux « Prêtresses Immortelles ».

Le vieil homme qui menait les endeuillés pleurait abondamment, essuyant ses larmes avec sa manche en expliquant : « Notre jeune maître est mort prématurément dans la fleur de l'âge ! Seulement vingt ans ! Nous supplions la Prêtresse Immortelle de nous accorder la miséricorde et de sauver sa vie ! Ooh... »

Yun Lili sentit un violent mal de tête lancinant naissant derrière ses yeux. Instinctivement, elle jeta un regard frénétique à Yun Yara, pour être accueillie par un parfait **roulement des yeux** dédaigneux, qui communiquait clairement :

Tu vois le désordre catastrophique que tes pitreries ont créé ?

Yun Lili raidit la colonne vertébrale, épousseta rapidement ses robes complètement ébouriffées, et parvint à exprimer un air forcé et tremblant d'Immortalité : « Hum... Je ne faisais que traverser les royaumes inférieurs, je ne suis pas ici pour me réincarner ou collecter des âmes. »

« Prêtresse immortelle, nous vous supplions de sauver notre jeune maître ! Il était fragile et maladif depuis l'enfance, et avant même de pouvoir se marier correctement, il... il... » Le vieil homme ne put finir sa phrase, sa manche déjà irrémédiablement maculée de morve et de larmes.

L'expression de Yun Yara changea légèrement. Elle transmit un murmure bas et clinique à sa sœur : « L'âme du jeune maître n'est pas encore complètement dissipée. Il reste en effet un faible fil de vitalité. Si nous utilisons la technique **du 'Décret de Reversement de l'Âme'**, il pourrait encore être sauvé. »

« Le Décret de Renversement de l'Âme ? » Yun Lili fronça les sourcils. « N'est-ce pas la méthode légendaire qui exige *de tirer de force* le Parchemin de la Vie et de la Mort en utilisant son propre pouvoir spirituel ? »

« Exactement. Si vous réussissez dans l'espace du temps de combustion d'un bâton d'encens, il vivra. Si vous ne parvenez pas à assurer son retour, sept **dixièmes** de votre pouvoir spirituel seront complètement épuisés. »

«… N'y a-t-il pas d'autre alternative, peut-être moins autodestructrice ? »

« Aucun. De plus, cette technique du Décret d'Inversion de l'Âme coûte... dix mille pierres spirituelles de haute qualité, je pense ? »

Yun Lili fut surprise : « Tu suggères... On achète sa vie, avec de la monnaie spirituelle ? »

« Oui. »

Elle la fixa encore plus longtemps : « Attends un instant. Est-ce que... le Roi des Enfers accepterait-il même cette transaction indécente ? »

« Je crois que cela serait commodément classé comme... faisant partie de sa **source de revenus extrascolaires**. »

« ! »

La montée de colère submergea Yun Lili, qui ne put s'empêcher de lever les yeux au ciel de façon théâtrale. Pourtant, en observant le vieil homme, dont les larmes et la morve coulaient désormais librement et se mêlaient désastreusement, puis en regardant le jeune maître, aussi pâle et sans vie qu'une découpe en papier, son cœur s'adoucit inévitablement.

Alors qu'elle s'apprêtait à se rendre au destin inévitable du sacrifice de soi, un éclair d'inspiration — ou de pure désespoir — la frappa.

«… Attendez un instant ! Je crois que je possède encore un certain petit trésor ici ! »

Sur ces mots, elle s'accroupit immédiatement, ouvrant sa sacoche avec une urgence frénétique. Murmura-t-elle en fouillant dans le contenu : « Laisse-moi juste voir... c'est entièrement la faute de la petite Fira, qui vole sans réfléchir ; plusieurs de mes talismans spirituels cruciaux ont été irrémédiablement perdus. »

Yun Yara : « ...... » *L'audace de blâmer la catastrophe aérienne sur la créature qui venait de lui sauver la vie.*

« C'est... le Talisman de l'Esprit Pur pour quand on ne peut pas se laver, le Sortilège de Purification pour quand on rencontre une aura sale, la Pilule Évitant le Fléau de la fois où j'ai consommé par erreur des champignons venimeux, et ce Talisman Explosif... »

« Et pourquoi portes-tu exactement un Talisman Explosif ? »

« Au cas où il faudrait s'enfuir précipitamment pendant une bagarre, évidemment ! Et celle-ci... Hmm, ça semble avoir un grain de riz collé dessus ? »

Elle secoua le grain de riz de sa main avec un dégoût palpable : « Ugh, eh bien, le talisman 'Inversant l'Âme et Changeant de Chance'. Il devrait encore fonctionner, non ? Le riz est, après tout, censé être spirituellement fortifiant... »

Yun Yara pencha enfin la tête sur le côté, son ton chargé d'une véritable perplexité : « ... En quoi dépensez-vous précisément votre revenu immortel, en général ? »

Yun Lili répondit avec une justification irréfutable : « J'achète tout et n'importe quoi, simplement par nécessité éventuelle. Je vis selon une seule devise simple : en voyage, ne jamais craindre de porter trop de vêtements, seulement peur de ne pas avoir assez de provisions. »

Elle poursuivit sa recherche frénétique, et finit par déterrer un talisman étrangement coloré marqué d'une orbe lumineuse brillante : « Je l'ai trouvé ! Ce **talisman de « Renversement d'âme et de changement de chance »**. Cela devrait s'avérer utile... **Je crois** ? »

Yun Yara fronça profondément les sourcils : « ...'Talisman d'Inversion d'Âme et Changement de Chance' ? »

« Oui ! Inverse du destin et Changement de chance, ils ne diffèrent que d'une petite syllabe ! L'efficacité devrait être presque identique, non ? »

« ... J'ai actuellement une envie irrésistible de simplement **incinérer** cette feuille de papier. »

Yun Lili lissa prudemment le papier talisman, regardant les grands caractères dorés scintillants qui y étaient inscrits, qui disaient : « **Destin se retourne, Fortune Solidement** Blindée. » Elle murmura à voix haute : «

Ça ressemble beaucoup plus à un porte-bonheur, n'est-ce pas ? Mais en même temps, peut-être pas ! Peut-être qu'avec un tel afflux de fortune, la personne reviendra simplement à la vie toute seule ? »

Yun Yara avait déjà commencé à se pincer l'arête du nez dans une douleur silencieuse : « ...... »

« Ce talisman m'a coûté pas **moins de dix pierres spirituelles de haute qualité** ; c'était terriblement cher,« remarqua Yun Lili, tapotant le papier dans ses mains avec une immense réticence et le considérant comme l'objet le plus précieux qui existe.

Yun Yara ne put plus supporter le retard et parla d'une voix basse et sévère : « Si vous ne prenez pas une décision immédiatement, l'âme du jeune homme se sera irrémédiablement dispersée. »

À cela, Yun Lili bondit immédiatement sur ses pieds : « Très bien, très bien, très bien ! Je vais y aller immédiatement ! Attends, où est l'encens ? Est-ce que quelqu'un possède une allumette ? C'est le royaume des mortels ; Je ne peux pas utiliser le Feu Céleste... »

Yun Yara avait déjà silencieusement sorti un bâton d'encens, l'avait allumé et lui avait mis la main.

« Gratitude ! Louange soit ! » Yun Lili remonta immédiatement ses manches et s'agenouilla, adoptant une posture immortelle délibérément théâtrale et à moitié terminée : « Les Cieux ont des yeux, le Lapin de Jade offre sa protection, l'Esprit est sur les Cieux et la Terre ! Je vais maintenant inverser le cosmos et récupérer cette âme pour le salut— ! »

Une rafale de vent souffla, envoyant la cendre de l'encens voler directement sur son visage, recouvrant son nez de poussière grise.

« Tousse, tousse, tousse ! … Ooh, mon Dieu ! Des cendres dans mon œil ! Ce talisman est-il un faux complet— »

Alors qu'elle se retrouvait prise entre le choix désastreux de la cécité et l'automutilation spirituelle, elle aperçut soudain une traînée de lumière d'épée fendre le ciel au loin. Il s'approcha avec une intention glaciale et résolue, faisant tourbillonner les nuages et disperser tous les oiseaux sur son passage en fuiant effrayés.

Yun Yara leva les yeux vers la lumière qui approchait. Elle parla doucement, une certaine finalité dans la voix : « Il est arrivé. »

* * * * *

Le cuir chevelu de Yun Lili picota instantanément d'un inconfort aigu. Avant même qu'elle ne puisse réaliser ce changement soudain de pression d'air, la traînée de lumière d'épée atterrit juste devant ses yeux.

Yu Sord se tenait là, tenant son épée longue, ses robes flottant de façon spectaculaire. Il leva la main et la fit légèrement en direction de l'assemblée.

Un éclair de lumière spirituelle les traversa instantanément, et les mortels endeuillés perdirent collectivement connaissance, tout en restant figés dans leurs poses exactes, comme instantanément pris dans une photographie céleste.

Cette misérable petite créature, la petite Fira, avait immédiatement rapetissé à sa taille minuscule et inoffensive, voletant maintenant docilement à côté de Yu Sord.

Yu Sord rengaina son épée avec aisance. Il lança un regard sévère à la petite Fira, son ton restant totalement impassible : « ... Lui as-tu fait du mal ? »

Le petit cou de la petite Fira se rétracta visiblement, et dans un tourbillon de *Chiu-Chiu-Chius, il s'envola instantanément au loin.*

La lâcheté de certaines bêtes spirituelles majestueuses est vraiment stupéfiante.

Yun Lili, qui essuyait encore frénétiquement les larmes et la cendre de nez de ses yeux avec sa manche, s'exclama dans un état de désarroi total : « Hmph, eh bien, pourquoi s'est-il simplement envolé ? »

Elle laissa échapper un petit rire nerveux, un peu idiot, l'air complètement mal à l'aise.

Yun Yara s'arrêta, rassemblant ses pensées après un bref silence dans la stupeur, et expliqua la situation : « Yun Lili se préparait à exécuter le Décret de Renversement de l'Âme, armée d'un talisman douteux d'une source inconnue, et s'apprêtait à allumer l'encens et à ouvrir l'autel sacrificiel. »

« Source inconnue ? » Les yeux froids de Yu Sord se posèrent sur Yun Lili.

« Euh... une divine-diseuse divine réincarnée me l'a donné au marché ! » Yun Lili sortit soudain le talisman criard et fleuri, qui portait une ligne d'écriture dorée scintillante : « **Fort Revers de Chance, Rencontre le Danger Devient Poulet.**«

Yu Sord : « ... devenir **poulet** ? »

« Non ! Devenez **auspicieux** ! Une faute de frappe, une faute de frappe ! »
Yun Lili tenta frénétiquement de cacher le talisman, mais une rafale de
vent attrapa la feuille de papier. Il s'envola gracieusement, pour être
arraché en plein vol et englouti tout entier par un poulet spirituel proche.

La poule spirituelle laissa échapper un petit rot confus, puis s'évanouit
aussitôt.

Tout le monde : « ...... »

Yu Sord leva la main pour masser l'arête de son nez, prenant une profonde
inspiration lente, comme s'il réprimait de force une émotion qui
bouillonnait depuis mille ans.

« Donc, tu comptais justement utiliser ce... Talisman de 'Renversement de
Chance Spirituelle', pour ramener une âme de force et sauver une vie ? »

«......» Yun Lili baissa la tête, son visage masquant une sincérité sincère, et
garda le silence pendant deux secondes entières.

« Je m'excuse ; Je me suis trompé. »

«......»

Yu Sord ne répondit pas verbalement de plus. Il leva simplement la main
et tapota légèrement le front du jeune homme dans le cercueil. Une
lumière claire et douce jaillit de sa paume.

« Un bâton d'encens, c'est le temps. La vie et la mort peuvent être
inversées. Si tu as vraiment l'intention de le sauver, arrête de perdre plus
de temps. »

La bouche de Yun Lili s'ouvrit d'étonnement : « Tu—tu vas m'aider à le
sauver ? »

Il baissa les yeux pour croiser le sien : « Puisque c'est toi qui as brisé son
cercueil, tu devrais assumer la responsabilité. »

«... Responsable? Pourquoi cela ressemble-t-il exactement au dialogue
qu'on entend d'un parfait vaurien ? »

Yu Sord haussa un sourcil tranchant, interrogateur : « Qu'est-ce que tu
viens de murmurer exactement ? »

« Rien du tout !! » Yun Lili se surprit aussitôt, allumant l'encens et
formant le sceau spirituel avec une hâte furieuse : « Alors sauvons-le,
sauvons-le ! Qui peut m'en vouloir, béni comme je suis d'une telle bonté
innée et d'un cœur tendre— »

Un demi-bâton d'encens plus tard, les cils du jeune homme papillonnèrent.
Il ouvrit lentement, incertain, les yeux.

Yun Lili allait conclure le sort, mais à l'instant d'après, ce beau visage maladif se souleva, et ses yeux se fixèrent directement sur elle.

Son regard était celui de quelqu'un qui venait de découvrir sa pure lumière de lune blanche de trois vies antérieures et trois futures **réincarnations** ; sa voix était faible mais profondément affectueuse : « Toi... Qui es-tu ? »

Yun Lili s'éclaircit la gorge deux fois, adoptant une allure de profondeur fabriquée. « Tu étais censé être mort, mais je t'ai restauré. Pas besoin de remerciement. »

Le jeune homme sembla enfin reprendre ses esprits, regardant les funérailles qui s'installaient autour de lui. Les attributs de ses propres funérailles clarifièrent immédiatement la situation.

« Prêtresse immortelle... c'est toi qui as condescendu pour me sauver... Puis-je demander le titre céleste de la prêtresse ? »

« ... Heh heh, prêtresse est un honneur trop élevé pour moi. Et vraiment, j'ai dit que ce n'est pas nécessaire. » Yun Lili adopta un comportement délibérément distant mais modestement vertueux, apparaissant comme quelqu'un accomplissant de grands exploits sans laisser de nom.

Le jeune homme, submergé par l'émotion, tenta de s'appuyer sur le bord du cercueil pour lui faire une réinclination, mais manqua de la force nécessaire pour se soutenir. Dans un grand « *Boum* », il retomba aussitôt à l'intérieur.

« Bien que ce disciple soit insensé et terne, je jure de suivre la Prêtresse Immortelle dans la cultivation pour le reste de mes jours, ne cherchant qu'à rendre ce don de vie renouvelée... » Il était allongé sur le dos, criant sa proclamation, son ton si profondément dévot qu'il semblait pouvoir **accéder** à l'immortalité à l'instant d'après.

« Heh heh, vraiment, pas besoin de remercier ; ce n'était qu'un petit service... » Le visage de Yun Lili était un mélange de fierté suffisante et de gêne timide alors qu'elle se grattait la tête, gênée.

En entendant cela, les yeux de Yun Yara roulèrent si fort qu'ils étaient sur le point de disparaître dans son **cortex cérébral**. *À qui,* au juste, la petite faveur ?

« Ce disciple, ayant reçu la compassion divine de la Prêtresse Immortelle et ayant été ramené à la vie de la mort, a été béni d'une immense faveur des Cieux. À partir d'aujourd'hui, je jure de brûler de l'encens et de sécher tous les désirs mortels, consacrant ma vie au chemin du Dao, servant à tes côtés pour le reste de mon existence. Je souhaite seulement rendre cette reconstitution de mon être ! Même si cela implique de traverser mille montagnes et dix mille rivières, de supporter les vents tranchants et le givre épée, ma résolution initiale ne faiblira jamais ! »

« ... Heh heh, si tu dois absolument t'incliner devant quelqu'un, tu devrais peut-être vénérer celui derrière moi dont les cheveux sont encore plus soyeux que les tiens ! »

Yun Yara lança un regard glacial : « Ne me regarde pas. Ce n'était pas moi. »

« Alors... » Le jeune homme peinait à regarder la troisième silhouette présente, « Cet Ancien Céleste... »

Yu Sord leva une paupière, son regard froid et perçant : « Tu as déjà rencontré une immense opportunité karmique ; Tu as de la chance à travers trois vies. N'essayez pas de convoiter plus que ce qui est dû. »

Yun Lili tira aussitôt désespérément sur la manche de Yun Yara : « Il faut vraiment qu'on s'enfuie maintenant. »

Yun Yara répondit avec une maîtrise magistrale : « En effet. Il est temps de se retirer. »

Yu Sord : « ...... »

Ainsi, à l'instant d'après, une personne releva sa jupe et s'enfuit en frénésie, une autre s'éloigna sur un nuage argenté serein, et une autre suivit de près, les mains jointes dans le dos. Les trois personnages réussirent à s'échapper de la scène au milieu de la pluie de billets.

Ce n'est qu'alors que l'assemblée des endeuillés, momentanément pétrifiés, retrouva soudainement la capacité de bouger, comme si un verrou d'acupression invisible venait d'être déverrouillé.

« Qu'est-ce qui vient de se passer ? »

« Hein ? »

« Avons-nous oublié quelque chose d'important ? »

Une fois qu'ils eurent enfin débarrassé leurs poursuivants, Yun Lili continuait de se plaindre, essoufflée : « J'ai vraiment failli faire ériger un temple et faire couler une statue dorée à mon effigie, tout à l'heure ! Quelle absurdité c'était... »

Yu Sord resta totalement impassible : « Si tu avais été prêt à cultiver correctement, tout cela aurait pu être évité complètement. »

« Ne peux-tu pas offrir un seul mot d'éloge ? J'étais prêt à risquer ma vie pour le sauver, tu sais. »

« Tu étais à un seul mouvement d'être enseveli avec lui. »

«......»

« De plus, la personne qui a réellement effectué le sauvetage... c'était moi. »

« Ça revient à la même chose ! C'était un effort commun de **notre** part. »

Nous...

À l'entente du mot, un léger arc subtil courba le coin des lèvres de Yu Sord.

Yun Yara prononça calmement le résumé final : « Nous devons infiltrer rapidement la ville. N'as-tu pas dit que tu comptais affronter Lunard ? »

Yun Lili serra les dents : « Exactement ! C'est justement pour ça que je suis descendu ici ! »

Yu Sord intervint froidement : « Pas pour sauver quelqu'un, alors ? »

Yun Lili : « Sauver qui ? Je suis venu **rompre !** Oui! Rompre ! Un couple d'amants vauriens !! »

Yu Sord tourna la tête vers elle, son regard si profond qu'il semblait capable de percer toutes ses pensées à travers les Trois Royaumes et les Six Chemins : « ... Comme prévu, ce n'était pas pour une affaire sérieuse et juste. »

« Tu n'es pas la chose sérieuse ! » répliqua Yun Lili inconsciemment. Les mots sortirent avant qu'elle ne réalise son erreur, et elle se corrigea aussitôt : « Je voulais dire que tu n'es pas l'affaire importante dont je dois m'occuper ! »

«......»

Yu Sord se tut enfin un instant, puis parla avec un sourire un peu complice et énigmatique : « Très bien. Alors je t'accompagnerai pour t'occuper de ta 'grave affaire'. »

Le visage de Yun Lili devint rouge rouge. Elle détourna la tête, refusant de le regarder, mais son cœur fit un soudain battement aigu. « Qui a demandé ta compagnie... »

Alors que ces mots sortirent de sa bouche, elle fit inconsciemment un pas en arrière, se plaçant derrière lui, telle un petit hamster têtu dont la bouche est plus audacieuse que son cœur, ses yeux allant partout sauf sur son visage.

Yun Yara tourna silencieusement la tête, regardant les nuages flottants à l'horizon lointain, et poussa un soupir froid et résigné : « Des imbéciles arrivant par deux. Vraiment, une défiance à l'ordre naturel. »

Le vent se leva, l'argent en papier tomba comme de la neige, et les trois figures se dirigèrent vers la ville. Une personne marchait d'un pas léger et la conscience coupable, une personne gardait une expression sereine et glaciale, et une autre... avait des yeux qui cachaient un fil d'humour indéniable, comme la lumière de la lune qui s'épanouit silencieusement dans le crépuscule grandissant.

Chapitre 41 : Ironique et percutant

Le lendemain matin.

Devant la Salle de la Gouvernance Impériale, le vent d'hiver coupait comme une lame.

La neige fraîche couvrait les avant-toits d'un éclat pâle, et sous cette froide éclat, les fonctionnaires rassemblés se tenaient en rangées solennelles, le souffle s'ébruant, les robes s'immobilisant.

Un silence s'installa sur le terrain alors que Du Shao s'approchait.

Vêtu d'une robe de cour noire brodée d'or, un manteau de fourrure de renard argenté flottant derrière lui, il avançait d'un pas nonchalant—stable, posé, totalement sans peur.

Pendant un battement de cœur, même le vent lui-même sembla s'arrêter, comme s'il s'arrêtait par respect ou avertissement.

Dès qu'il franchit le seuil de la grande salle, tous les ministres se tournèrent vers lui.

Certains surpris.

Certains suspects.

Certains méfiants.

Cent pensées mijotaient derrière des cils baissés.

Quelqu'un murmura à voix basse, incapable de cacher son choc :

« Il est vraiment revenu ? »

Un autre murmura sombrement : « Et pas les mains vides... La rumeur d'un immortel n'est peut-être pas un mensonge après tout. »

Sur le trône impérial, le regard de l'Empereur se baissa. Son ton paraissait doux—tendre, même—mais portait une note indéniable de curiosité pénétrante.

« Shao... » il a dit : « Nous avions supposé que vous resterez quelques jours de plus dans le sud. Nous ne nous attendions pas à ce que votre retour soit aussi rapide que la tempête et la foudre. »

Du Shao s'inclina profondément, la voix ferme et résonnante, comme la pierre frappant le bronze.

« Votre Majesté, ce fils exécutait l'inspection sud comme ordonné. En atteignant les contreforts de la Falaise du Pic des Nuages dans la préfecture de Liang, une anomalie fendit les cieux. Un signe céleste descendit — et des nuages tomba un immortel, enveloppé dans une boule brodée de soie.

Votre fils n'osa négliger un tel présage, et amena ainsi l'immortel à la capitale pour le jugement de Votre Majesté. »

La salle explosa aussitôt.

« Il y a vraiment eu une telle personne ? »

« Ce n'était pas une rumeur de marché ? »

« Si celui qu'il a trouvé est un véritable immortel — cela ne pourrait-il pas être un présage venu du ciel ? Un signe de grande fortune pour la dynastie ? »

Sous l'estrade, le prince héritier, Du Jing, se raidit.

Le mémorial qu'il tenait entre ses doigts avait été presque froissé en lambeaux.

Ce même mémorial était celui qu'il avait soumis quelques jours plus tôt, une thèse soigneusement formulée soutenant que les princes détenaient un pouvoir excessif, que leurs territoires devaient être réduits, leurs droits militaires restreints.

Sa cible prévue... personne n'avait besoin d'expliquer clairement.

À ce moment-là, le prince héritier sentit un frisson aigu lui monter sous les côtes.

Du Shao n'était pas seulement revenu indemne — mais était revenu avec un « être surnaturel ».

C'était comme si le Paradis lui-même avait fait pencher la balance en sa faveur.

« Père Empereur— »

Le prince héritier s'avança, la voix respectueuse mais tranchante d'acier.

« Les royaumes des immortels et des mortels doivent rester distincts. Si une telle rumeur s'avère fausse, elle pourrait troubler la cour et induire le peuple en erreur. »

L'Empereur ne répondit pas.

Il leva un doigt.

Depuis l'entrée ombragée de la salle, une silhouette s'avança.

Vêtu de robes à moitié encre brodées d'or, les cheveux saupoudrés de givre, un fouet à la main—frais, austère, intacts par l'air mortel.

Le nouveau Précepteur National : Yue Liuchuan.

« Précepteur », parla l'Empereur avec une rare chaleur.

« Tu es entrée au palais la nuit dernière. Quelle est votre évaluation ? »

Yue Liuchuan s'inclina, la voix claire comme une source de montagne :

« Ce ministre a vu l'individu de mes propres yeux. Leur souffle est contenu, leur conscience profonde, accordée à la multitude d'esprits mais non souillée par le qi mondain.

S'ils ne sont pas d'une lignée immortelle, alors ils se tiennent au seuil de l'ascension—bien au-delà de ce que n'importe quel corps mortel pourrait accomplir. »

La grande salle tomba dans le silence.

Puis éclata en un tremblement plus profond et sauvage de voix.

L'expression du prince héritier ne changea pas—mais son regard s'assombrit.

Yue Liuchuan, autrefois reclus, n'était revenu à la cour que sur ordre impérial.

L'Empereur lui faisait déjà confiance.

Et maintenant, pour qu'il prenne la parole en faveur de Du Shao...

C'était rien de moins que de placer une pièce lourde directement du côté du plateau de Du Shao.

Le prince héritier parla, la voix basse et tranchante :

« Puis-je demander au Précepteur si une telle figure refuse notre dynastie et est plutôt convoitée par des États étrangers... comment notre cour va-t-elle se protéger ? »

Les lèvres de Du Shao s'étirèrent légèrement, un sourire sans chaleur.

« Les immortels sont solitaires et purs de cœur. Ils ne se mêlent pas des disputes mortelles.

Leur arrivée dans la capitale est guidée uniquement par la volonté du Ciel, et non par un quelconque désir de rang ou de gain.

Si Votre Altesse doute, vous pouvez le confirmer de vos propres yeux. »

La tension dans la salle se tendait comme une corde d'arc tendue.

L'Empereur délibéra longuement, puis finit par parler :

« Très bien.

Par décret—demain à midi, un banquet sera organisé dans la Salle de l'Aube Pourpre.

Que tous les ministres se rassemblent pour être témoins de l'"immortel" par eux-mêmes. »

Son regard balaya une fois — subtilement, indéchiffrable — entre le prince héritier et Du Shao.

Puis il fit un claquement de manche, signalant la fin du tribunal.

Lorsque les fonctionnaires commencèrent à se disperser, le prince héritier resta immobile.

Seul son fidèle assistant se pencha et chuchota :

« Votre Altesse... Du Shao revint bien trop vite.

Cette situation... Quelqu'un a dû l'aider depuis l'ombre. »

La réponse du prince héritier fut glaciale :

« Yue Liuchuan. »

L'aide se tut instantanément.

Après un long silence, le prince héritier se retourna, la voix basse et menaçante :

« Du Shao... Si vous comptez utiliser un immortel pour renverser la partie—

Nous verrons si tu peux supporter le karma qui accompagne le commandement d'un dieu. »

* * * * *

L'hiver s'était déjà profondément enfoncé dans la capitale.

Le vent se refroidissait de jour en jour ; Le givre fleurissait pâle sur les dalles chaque matin, et les ombrelles le long des murs du palais avaient perdu toutes leurs feuilles pendant la nuit, ne laissant que des branches nues et inclinées contre le ciel.

Du Shao sortit d'un couloir latéral de sa résidence princière, une cape de renard argentée drapée sur ses épaules. En traversant un mur de moustiquaire sculpté, il aperçut Lunard debout seul dans la cour.

Elle portait encore rien d'autre qu'une fine robe de gaze, ses manches brodées de nuages blancs flottants, son devant tracé de perles éparpillées qui captaient la lumière et brillaient faiblement. Dans l'air tranchant de l'hiver, cette légèreté du tissu la rendait presque irréelle, comme un filet de brume suspendu dans le vent.

Ses sourcils se froncèrent. Il se tourna vers l'assistant à ses côtés.

« La maison n'a-t-elle pas préparé de vêtements appropriés pour elle ? »

« Votre Altesse, les vieilles demoiselles n'oseraient jamais la négliger, » répondit rapidement l'assistante. « Les manteaux d'hiver ont été déployés à l'aube. C'est juste que... »

Le froncement de sourcils de Du Shao s'accentua, comme s'il se posait la question à lui-même plutôt qu'au serviteur.

« Elle se promène habillée comme ça. Ne ressent-elle pas du tout le froid ? »

« L'envoyé immortel a dit... » L'assistant baissa la voix. « Que les immortels restent intacts par la chaleur ou le gel. »

Du Shao a laissé tomber l'affaire sans autre commentaire.

Il tendit simplement la main et prit un parapluie en bois de santal violet sur le support près des marches.

Le ciel était sombre et bas. Le vent venait trancher comme s'il venait directement du sommet des montagnes, inquiétant les ombres des arbres qui frissonnaient et se balançaient.

Puis, tout à coup, un poids d'humidité descendit d'en haut—d'abord comme un mince voile de brouillard, et en un souffle, cela se transforma en une fine pluie d'hiver dense.

Les sourcils de Du Shao se froncèrent. Il accéléra son pas, soulevant le parapluie, ayant l'intention de sortir pour la protéger de la pluie.

Pourtant, au moment où il se tourna vers elle, ses pieds s'arrêtèrent net.

Moony se tenait au milieu de la pluie, et pourtant c'était comme si une fine couche de brume la séparait du reste du monde.

Sa robe était blanche comme la neige, ses larges manches flottant. Pas une seule goutte d'eau ne s'accrochait au tissu.

Des pieds nus touchaient la pierre, mais sa posture était si légère et détachée qu'elle semblait prête à s'évader au moindre souffle d'air.

Quand la pluie froide tombait, chaque goutte s'éloignait d'elle-même — longeant les pointes de ses cheveux, manquant ses doigts, glissant autour de ses épaules. Autour de son corps, elle s'accumulait en une faible brillance, une auréole semblable à un cercle de lumière sur un lac sous la lune.

Puis, elle bougea.

Il n'y avait pas de musique.

Pas de flûte. Pas de voix chantante pour la guider.

Pourtant, elle se mit à danser au milieu du vent et de la pluie.

D'un mouvement fluide, sa jupe s'évanouit comme un ruban de couleur à travers l'encre.

Ses manches longues balayaient des arcs de nuages pâles. Ses cheveux suivaient le mouvement de son corps, des mèches sombres soulevées et tournoyées par l'air, s'entremêlant avec la pluie tombante jusqu'à ce que toute la cour semble transformée en un parchemin vivant — un ciel gris tempête, une pluie argentée, et une figure immortelle dansant entre eux.

Un instant, la prise de Du Shao sur le parapluie se relâcha.

La poignée sculptée glissa dans sa paume, et le parapluie s'abaissa lentement, son baldaquin se repliant sur lui-même.

Il resta sous les avant-toits et la regarda simplement.

Il avait l'impression de contempler une scène bien au-delà de sa portée, quelque chose qui existait de l'autre côté d'une rivière qu'il ne pouvait pas traverser. Dans ce laps de temps fugace, le froid hivernal, la pluie, la ville, la poussière du monde des mortels—tout cela s'est estompé de s'éloigner, sans importance.

Ce n'est que lorsque Lunard s'immobilisa progressivement que le sort commença à se desserrer. Elle s'arrêta doucement, repoussa quelques mèches de cheveux qui n'étaient pas vraiment mouillées, même après toute cette pluie, et se tourna vers lui avec un large sourire éclatant.

« C'était beau ? »

Sa pomme d'Adam bougea. Il lui fallut un moment avant de pouvoir émettre un son, et quand il le fit, sa voix sortit plus grave et rauque que d'habitude.

«… Très. »

« Comme c'est beau ? » insista Moony, souriant si fort que ses yeux se courbaient, la joie et la malice brillant comme si elle n'avait jamais douté de la réponse.

« C'était... comme un rêve. »

Lunard pencha la tête. « Quel genre de rêve ? »

Il la regarda — regarda la façon dont elle semblait intacte face au monde des mortels, comme si le froid et la pluie ne s'appliquaient tout simplement pas à elle — et répondit doucement : « Un rêve qui n'appartient pas au royaume humain. »

Elle cligna des yeux, puis rit doucement. « Hehe, le Royaume des Immortels n'a pas de pluie. C'est la première fois qu'on me mouille dessus. »

« Mm. »

Du Shao baissa les yeux, essayant—en vain—de calmer le battement lourd et soudain dans sa poitrine.

Après avoir parlé, Lunard s'arrêta de nouveau, comme pour rejouer la sensation des gouttes de pluie caressant sa peau. Elle leva une main, laissant la pluie glisser entre ses doigts. Ses sourcils se haussèrent dans un léger plaisir.

«… Ça chatouille », murmura-t-elle avec un doux rire. « Mais c'est intéressant. »

Du Shao l'observa en silence.

Il observait l'innocence sur son visage, la lumière à ses doigts, la façon dont elle se tenait sous la pluie comme si elle appartenait à un autre ciel.

Deux personnes.

Deux mondes.

Pourtant, d'une manière ou d'une autre, il commençait à désirer cette proximité fragile et impossible — comme si un seul sourire de sa part pouvait effacer toutes les frontières que les cieux avaient tracées entre eux.

« Viens », dit-il enfin, la voix plus basse qu'avant. « On devrait y aller. »

« Aller où ? » demanda Lunard.

« Le palais nous a convoqués. Nous sommes attendus devant l'Empereur. »

Son regard balaya ses manches en gaze et ses pieds nus, son expression impénétrable. « Si tu vas habillé comme ça, tu risques d'effrayer plus d'une personne. »

« Pourquoi ? » cligna des yeux. « Il y a un problème ? »

«… Tu n'as pas froid ? »

« Non. » Ses yeux étaient grands ouverts, sincères. « Je m'habille comme ça depuis cent ans. »

Cent ans.

Le souffle de Du Shao se coupa. Sa gorge se serra. Quand il parla, la fermeté dans son ton semblait forcée par la force.

Ses paroles désinvoltes — *le Royaume Immortel n'a pas de pluie, cent ans* — se déversèrent sur lui comme de l'eau froide. Ils le tirèrent brusquement de l'illusion dans laquelle il s'était perdu pendant qu'elle dansait.

Il se le répétait encore et encore, silencieusement, avec force —

Calme.

Soyez rationnel.

Souviens-toi de ce qu'elle est.

C'était un mortel. Un homme dont la durée de vie pouvait être comptée.

Elle... était quelque chose que le monde ne pouvait pas mesurer. Un être capable de danser sous la pluie sans être touché, capable de vivre des siècles sans laisser une ride dans le temps.

Elle pouvait lui sourire comme si c'était aujourd'hui—

— et il sentait, bêtement, son cœur se briser morceau par morceau.

Mais elle resterait la même après son départ.

Il baissa les cils. Quand il parla enfin, sa voix n'était guère plus qu'un souffle.

« Est-ce que tu veux... Tu te souviens de cette pluie ? »

Lunard se tourna vers lui, clignant des yeux, et sourit aussi éclatant que jamais.

« Hm ? Qu'as-tu dit ? »

Il secoua légèrement la tête, lissant le moment comme s'il n'était rien.

« Rien. Allons-y. Nous ne devrions pas faire attendre mon père. »

Elle hocha la tête, sa jupe balayant doucement alors qu'elle avançait sur le chemin de pierre humide. Du Shao la regarda longuement, silencieusement, puis plia enfin le parapluie qu'il n'avait jamais levé, et la suivit.

Lunard hésita brièvement avant de sourire à nouveau ; Des gouttes de pluie tombaient le long de ses cils, glissant sur elle comme de la rosée qui coule d'un pétale de fleur—sans jamais toucher sa peau.

« Très bien », dit-elle joyeusement. « J'ai toujours voulu voir un palais des mortels. »

Il laissa échapper un souffle discret—presque un rire—et tendit la main vers elle.

Sa voix était douce, presque engloutie par le vent.

« Alors tu devras me tenir. »

Il s'arrêta, baissa les yeux et passa doucement un doigt autour de sa paume, les mots à peine audibles alors qu'ils s'échappaient :

« Sinon... Je pourrais me réveiller du rêve. »

* * * * *

Le vent ne s'était pas encore calmé ; l'argent des esprits flottait dans l'air comme de la neige pâle alors qu'ils entraient tous les trois dans la ville. Lili débordait déjà de colère.

Elle avançait à grands pas, ses pas vifs et vifs, ses jupes fouettant derrière elle comme si elle allait débarquer dans la chambre de quelqu'un pour tirer les adultères par les oreilles.

« Ralentis », demanda Yara derrière elle, d'un ton posé et presque paresseux. « Tu sais même où est Lunard ? »

« Le manoir du prince ! Je vais trouver ce Lunard et régler ça avec elle ! »

Elle traversa les ruelles de la capitale, marmonnant à voix basse, l'indignation presque perçant sur ses cheveux : « Et moi qui pensais qu'elle souffrait, était terrifiée, en danger — et que fait-elle ? En lune de miel à travers le monde des mortels ! Tu me fais m'inquiéter pour rien — absolument rien ! »

Yara haussa un sourcil, le coin de ses yeux s'inclinant avec une langueur délibérée. « Alors tu es là pour la sauver ? Ou pour la rattraper ? »

« Je suis là pour la ramener ! » Les joues de Lili rougirent, la voix montant d'une octave supplémentaire. « Je veux voir de mes propres yeux si Moony était— était— »

« Quoi ? » Yara haussa un sourcil. « Quel 'était' tu veux dire ? »

« Tu vois ce que je veux dire ! » Lili tapa du pied d'un coup sec, comme pour se donner une sortie digne, puis ajouta avec une bravade féroce : « Je vais lui faire affronter ses conséquences karmiques ! »

Yu Sord les suivit en silence, la tête légèrement baissée, effleurant du bout du doigt le bord de sa manche — presque comme s'il cachait un sourire.

Soudain, Lili s'arrêta. Elle arracha son sac de son dos et fouilla violemment dedans.

« Exact ! Le miroir ! J'ai ce — ce Miroir Céleste qui montre où sont les gens ! Dépêche-toi, donne-moi ça ! Je vais vérifier où est Lunard tout de suite ! »

« Ce n'est pas nécessaire », dit Yu Sord, sa voix brisant l'instant comme une lame d'air frais.

Il leva légèrement la main. Un léger mouvement de ses doigts, et le vent s'enroula vers l'intérieur ; Un fil de qi d'épée traçait un arc argenté brillant dans l'air. Elle s'étira, scintilla, puis se condensa en un écran suspendu de lumière—

Et une image s'épanouit.

Le jardin arrière du manoir du prince.

De l'encens chaud flottant.

Un auvent vert printemps de soies tombant comme de la brume.

Une jeune fille en blanc était allongée sur un canapé bas, souriant si largement qu'elle semblait sur le point de fondre de rire. Elle tenait délicatement un gâteau à l'osmanthus dans une main, l'autre soutenant son menton en écoutant quelqu'un parler.

En face d'elle était assis Du Shao—ses robes cérémonielles sombres impeccablement arrangées, son attitude douce comme du miel chaud— alors qu'il lui versait le thé avec des yeux assez pleins pour s'y noyer.

L'image se figea.

Les yeux de Lili s'écarquillèrent comme des pleines.

«… Qu'est-ce que— qu'est-ce que c'est ?! Ça— ça ne peut pas être vrai ! Je croyais qu'elle souffrait ! »

Même si elle s'était préparée mentalement, elle ne pouvait toujours pas accepter de voir Moony vivre si luxurieusement — si indécemment heureux — dans le monde des mortels.

« Hm. Elle a l'air en bonne santé », dit calmement Yu Sord, comme pour commenter la météo.

« Elle— elle mange même des pâtisseries... » Les dents de Lili se serrèrent fort. « Cette fille méchante fait ça exprès ! »

La voix de Yara glissa à l'intérieur, froide comme une aiguille trempée dans le givre. « Elle a l'air plutôt satisfaite. »

« Si je ne la ramène pas maintenant, elle oubliera même dans quelle direction sont les cieux ! »

Tremblante de fureur, Lili attrapa la manche de Yara. « Dépêche-toi ! Fais-moi voler — on est en train de forcer l'entrée ! »

Yu Sord et Yara échangèrent un regard—l'une soupira doucement, l'autre leva les mains avec une résignation impuissante.

« Pas besoin de tant d'ennuis », murmura Yu Sord de nouveau.

Il leva la main une seconde fois, traçant une fine traînée argentée dans l'air. Le qi de l'épée se déploya comme des fils de soie, et en un instant, une barrière translucide les enveloppa tous les trois.

Le ciel et la terre se pincèrent vers l'intérieur, l'énergie spirituelle tourbillonna, et le paysage autour d'eux se tordait, se plia et disparaissait.

Le manoir du prince se matérialisa devant, incroyablement proche.

« Hé ! N'as-tu pas dit que les techniques célestes ne devraient pas être utilisées à la légère dans le monde des mortels ?! » cria Lili, fixant la distance qui diminuait rapidement comme si le monde avait été tiré en arrière.

« Vous, immortels, êtes absolument— absolument doubles standards— ! »

Yu Sord la regarda, l'expression totalement placide. « Oui. »

Il hocha la tête une fois. Calme. Sans excuses.

Lili : « ... »

Elle lui a donné un coup de pied.

Ou — essayé.

Son pied ne toucha que l'air ; Le recul repassa dans sa cheville et la laissa sautillant sur place, le pied engourdi.

Le vent soufflait autour d'eux alors que le manoir se rapprochait de plus en plus.

Chapitre 42 : Ce n'est qu'une série

Cette soi-disant « mission de sauvetage », lancée avec un élan meurtrier et portée par la tension artérielle qui grimpe en flèche d'une certaine personne, fonçait maintenant vers—

La scène de « rupture d'amoureux » la plus ridicule imaginable.

À l'intérieur du manoir, les ombres de fleurs ondulaient contre les piliers laqués.

Des auvents de soie pendaient bas, s'éveillant lorsqu'un souffle de vent printanier passait, portant une touche de bois de santal qui s'enroulait paresseusement dans les fenêtres drapées de gaze.

Lunard était assise en tailleur sur un canapé rembourré, tournant un petit carré de gâteau à l'osmanthus entre ses doigts.

La confiserie était délicate, douce en couleur, avec de minuscules pétales dorés reposant sur sa surface. Son parfum montait, chaud et doux.

Elle en prit une petite bouchée.

Ses sourcils se froncèrent comme des croissants de lune, et elle laissa échapper un léger soupir.

« Le royaume des mortels... peut même rendre le parfum des fleurs tendre. »

Sur la table à côté d'elle reposaient plusieurs autres petites friandises ; Elle n'avait goûté qu'un peu de chaque, savourant les saveurs plutôt que de chercher la satiété.

« Le royaume immortel compte d'innombrables fleurs, oui », murmura-t-elle en regardant vers la fenêtre, où des fragments de lumière et d'ombre dansaient parmi les branches. « Mais aucun d'eux n'a cette chaleur de fumée et de feu. Les fleurs mortelles se rapprochent de la terre. Leur parfum a une chaleur — comme quelque chose de vivant. »

Elle posa le gâteau de côté et épousseta quelques miettes de ses genoux. D'un geste de doigts, les pétales d'osmanthus sur la confiserie s'élevèrent dans les airs, tremblant délicatement avant de se rassembler au bout de son doigt.

Ils tournoyèrent une fois, puis se dissoussèrent en une fine traînée d'odeur.

« On ne peut pas juste manger », se rappela-t-elle doucement. « Je dois écrire ça. »

Elle déroula une feuille de papier, son pinceau bougeant avec une précision calme :

De l'osmanthus séché plié dans la pâte ; Utilisez le parfum légèrement, en s'attardant sur la langue pendant trois respirations — c'est le mieux.

Quand elle eut fini, elle pencha la tête, réfléchissant un instant avant d'esquisser un léger sourire.

« Quand nous retournerons dans le royaume immortel, les cuisiniers du Palais des Cent Fleurs devront essayer ceci. Je suis sûr que Mademoiselle va adorer. »

Le rideau de perles ondulait dans la brise.

Moony posa son pinceau, attrapa un autre petit gâteau et mâcha avec un plaisir paisible. Assise sur le canapé, elle ressemblait à une fleur légèrement éméchée — épanouissant dans le printemps mortel avec une aisance délicieuse et délicie.

Puis, totalement satisfaite, elle attrapa un autre morceau de gâteau et le mit dans sa bouche, les yeux pétillants d'un bonheur simple et sans filtre.

Elle n'avait pas encore avalé quand—

BOOM!

La porte claqua.

« Lunard——!! »

Lili fit irruption comme une éruption volcanique, dégageant une aura qui crépitait presque dans la pièce.

Sur son visage se trouvaient trois mots inimitables :

TOTALEMENT!

FURIEUX!

EXPLOSION!

Lunard sursauta de peur, cligna des yeux une fois—

Puis ses yeux s'illuminèrent complètement.

« Waaah ! Mademoiselle, vous êtes venue me voir ! » s'écria-t-elle, se jetant en avant et serrant Lili dans ses bras.

Avant même qu'elle ne puisse poser le morceau de gâteau, Lili l'avait attrapée par le col et l'avait redressée.

« Alors c'est ça, ta lutte misérable — ton enlèvement tragique dans le manoir du prince ?! » Lili exigea, la voix brisée d'indignation. « Tu manges mieux que moi ! »

« Mmmff— a-attends— regarde, regarde— j'ai noté la recette... Je pensais — je le ferais pour toi dans le royaume immortel... »

« Ne sois pas si impulsif... » Yara tenta, tendant la main pour la retenir.

« Tais-toi », répliqua Lili, la voix tremblante de colère. « Je vais m'occuper d'elle d'abord. »

Les lèvres de Lunard tremblaient, son expression reflétant une innocence blessée.

« A-attends, je ne suis pas resté ici parce que je voulais... »

Lili fixa.

Moony, réfléchissant vite, fourra le tout dernier morceau de gâteau dans sa bouche. Elle marmonna autour, la voix petite et pitoyable :

« M-mais ne me frappe pas... Je t'ai gardé un morceau. »

Lili ouvrit la bouche pour la gronder—

et laissa échapper un rire court et furieux. Elle tira Lunard contre sa poitrine d'un bras.

« À ce rythme, » grogna-t-elle, « tu vas finir par te vendre un jour et *les aider à compter l'argent en même temps !*«

Mais Lunard ne bafouilla pas ni ne gémit comme d'habitude.

Au lieu de cela, elle se tut.

Elle leva les yeux, croisant le regard de Lili avec un sérieux rare.

« Mademoiselle... Je suis resté parce que j'avais vraiment quelque chose à enquêter. »

Lili se figea.

Lunard baissa légèrement la tête. Sa voix devint posée — douce, mais teintée d'alerte et de malaise.

« Dès que je suis arrivé à ce manoir, j'ai senti que quelque chose n'allait pas. Cette nuit-là, j'ai été amené, j'ai franchi les portes et j'ai rencontré un invisible... barrière. »

Elle s'arrêta, fronçant les sourcils, et continua d'une voix basse :

« Ce n'était pas une de ces protections grossières de maison. C'était — quelque chose qui répond aux courants spirituels, quelque chose conçu pour masquer les signatures de qi. Et ce n'était pas une seule couche. C'était complexe, profondément dissimulé. Si je ne m'étais pas entraîné aux arts de dissimulation du Royaume Immortel, je ne l'aurais même pas effleuré. »

Elle releva les yeux. La lumière habituelle avait disparu—remplacée par une lueur cristalline et vive.

« Une personne capable de tisser de telles barrières... ne peut pas être mortel. »

Le visage de Lili changea aussitôt.

« Et ce n'est pas tout », poursuivit Lunard, encore plus bas. « Dans ce manoir, j'ai trouvé des traces d'énergie spirituelle sur les herbes, les mélanges d'encens, même sur certains ustensiles. Quelqu'un a délibérément supprimé les fluctuations pour qu'elles ne soient pas remarquées. On dirait que... quelqu'un essaie de se cacher d'être découvert. »

Sa voix s'éteignit, mais chaque mot lui semblait lourd.

« Si ce n'étaient que des tours mortels, un tel secret ne serait pas nécessaire. Mais si le prince Du Shao a un cultivateur à ses côtés — ou des liens avec une faction de cultivateurs — alors m'utiliser comme prétexte... est bien plus qu'un simple 'mystique factice'. »

La voix de Lili s'abaissa.

« Donc, tu es resté exprès. Pour apprendre la vérité. »

Lunard hocha fermement la tête, la détermination dans ses yeux contrastant fortement avec celle de la fille qui dévorait des pâtisseries quelques instants plus tôt.

« Si je fuyais sans le savoir, et qu'ils faisaient vraiment quelque chose qui dépassait la ligne — entraîner le Royaume Immortel dans la politique des mortels... comment affronter le Souverain Immortel ? »

Ce n'est qu'à ce moment-là que Lili comprit —

depuis que Yu Sord avait utilisé son pouvoir pour les envoyer directement dans le jardin du manoir, il n'était plus réapparu.

Un léger tremblement parcourut sa poitrine.

Elle regarda autour d'elle instinctivement.

Seules les fleurs d'osmanthus flottant.

Seulement de l'herbe touchée par la rosée, scintillant doucement.

Juste une cour trop immobile, trop vide.

Il n'y avait aucune trace de cette silhouette blanche éclairée par la lune—aucune présence froide et éthérée qui persiste à la limite de ses sens.

« Il... ne nous a pas suivis ? » murmura-t-elle.

Un léger pli se forma entre les sourcils de Lili, une ombre subtile d'inquiétude effleurant ses lèvres — si légère qu'on aurait pu l'imaginer.

Moony, quant à lui, parlait toujours à toute vitesse.

D'un geste théâtral de sa petite main, elle redressa le dos et déclara avec une ferveur juste :

« Je ne mangeais pas—je m'infiltrais ! C'est une enquête sous couverture ! Je fais cela pour la sécurité du Royaume Immortel, pour l'honneur de notre Secte Lingxiao, et pour— »

Son discours se coupa net en deux lorsque Lili se plaqua le visage d'une main et la repoussa sur le canapé.

« Peux-tu avaler la pâtisserie avant de commencer à prononcer des discours patriotiques ? »

« Mmff— mais ça sent vraiment tellement bon... » Moony protesta faiblement derrière la main, miettes et dignité également écrasées.

Au-delà de leurs chamailleries, l'air lui-même semblait se tendre—

Car la tempête sur la cour impériale commençait déjà à se former, silencieusement, invisible, comme le tonnerre qui se forme derrière des nuages lointains.

Et derrière Lili, Yara tourna légèrement la tête, les sourcils se plissant à peine.

Son regard dériva vers un point lointain — au-delà de la cour, au-delà des murs du manoir.

En direction de la Salle de l'Aube Pourpre.

Là où les tambours cérémoniels allaient bientôt résonner,et le banquet commencerait.

* * * * *

La nuit s'était creusée sur la capitale, s'installant comme un lourd manteau.

Le froid s'épaissit dans l'air, assez vif pour mordre à travers les couches de brocart.

Au-dessus de la ville, la lune pendait comme une lame courbée —
brillante, lointaine, sa lumière diffusée par un voile de brume qui
recouvrait toits, cours et rues pavées de pierre comme un linceul diaphane.

Du Shao marchait la main dans la sienne.

Sa paume était petite—douce et chaude d'une façon douloureusement
fragile.

Le sien, en revanche, était froid au point de trembler, et lorsqu'il se
referma autour de ses doigts, même son pouls s'emballa sous la peau,
trébuchant sur lui-même en battements irréguliers.

La lumière de la lune s'étendait sur le sol, rendant leurs ombres
entremêlées longues et immobiles, s'étirant sur la route silencieuse comme
des coups de pinceau d'encre.

Il n'a rien dit.

Elle n'a rien demandé.

Ensemble, ils marchèrent — pas après pas délibéré — sur des briques de
pierre émaillées de givre, devant des murs cramoisis et des tuiles sombres,
à travers une nuit si vaste et silencieuse qu'elle semblait amplifier chaque
battement de cœur logé dans sa poitrine.

Pourtant, plus ils avançaient, plus son cœur s'alourdissait.

Le mur d'ombre du manoir du prince se dressait devant eux, à seulement
quelques pas. Autour d'eux, le monde était calme — pas de cigales, pas de
bavardages lointains, seulement le doux murmure du vent nocturne
caressant l'ourlet de sa robe.

Et plus le monde devenait silencieux, plus la tempête en lui rugissait—si
forte qu'elle semblait capable de fendre des os, de le briser de l'intérieur.

Il pensa aux yeux qui l'attendaient dans le palais — calculateurs,
scrutateurs, affamés.

Il pensa aux questions qu'il serait forcé d'affronter, aux ambitions qui
rôdaient sous chaque révérence polie.

Il pensa à elle, quelques instants plus tôt, dansant pieds nus sous la pluie,
éthérée et lumineuse, comme un rêve s'égarant dans le monde des
mortels—quelque chose de trop pur, trop vivant pour être touché par la
saleté ou utilisé comme levier par quiconque.

Même pas par lui.

Une calèche les attendait à la porte, lanternes allumées, roues glissantes de
rosée.

Du Shao fit un pas vers elle—

Et il s'est arrêté.

Il relâcha sa main.

Sans un mot, il retira la cape à fourrure argentée sur ses épaules.

Le tissu scintillait faiblement au clair de lune alors qu'il le tirait vers lui, l'enroulant autour de sa petite silhouette, le pliant soigneusement sur ses clavicules et ses bras.

Elle était plus légère qu'il ne s'en souvenait.

Diluant.

La soie sous ses doigts ne la réchauffait pas—au contraire, sa peau était aussi froide que la nuit elle-même.

« Le palais, » murmura-t-il enfin, la voix basse, plus douce qu'elle ne l'avait jamais entendu, « attendra un autre jour. »

« On n'y va pas aujourd'hui. »

Lunard le regarda, surpris.

« Hein ? Pourquoi pas ? »

Il laissa échapper un rire discret — un souffle de givre et de clair de lune.

Dans ses yeux, l'argent de la nuit s'amassait et s'approfondissait, comme si une fine couche de givre hivernal avait masqué la surface.

« Parce que la bataille qui l'attend là-bas, » dit-il doucement, « est un champ de bataille du monde des mortels. Et toi... ne devrait pas y mettre les mains pour moi. »

Pour quiconque regardait, il semblait calme, posé, voire serein.

Mais en lui, tout était chaos : sabots qui tonnent, bannières qui claquent, une guerre qu'il menait depuis toujours menaçait de se déchaîner d'un coup.

Cette nuit-là, sous la lune claire et impitoyable, avec des vents agitant la ville comme un prélude à quelque chose d'immense—

Du Shao prit sa décision.

Il s'arrêta.

Ses doigts se levèrent, glissant dans ses cheveux avec une tendresse inconnue, comme s'il en mémorisait la douceur, la chaleur.

Puis, presque à voix basse, il ajouta :

« Attends-moi. »

* * * * *

La Salle de l'Aube Pourpre baignait de splendeur cérémonielle : un encens pâle s'enroulait vers les poutres laquées, des coupes dorées scintillaient à la lueur des lanternes, et des musiciens, flûtes aux doigts légers comme des plumes, tissaient un prélude délicat dans l'air.

C'était censé être un banquet célébrant la descente d'un immortel.

Pourtant, la salle était lourde d'inquiétude.

À travers les rangs des ministres, les expressions changèrent — anticipation chez certains, suspicion chez d'autres, mais tous attendant la même chose :

l'apparition de ce qu'on appelle l'être céleste.

Elle n'est pas apparue.

Ce n'est qu'au troisième quart de midi qu'une silhouette solitaire franchit les grandes portes de la salle.

Du Shao entra vêtu d'une robe de cour noire profonde, une couronne dorée attachant ses cheveux foncés.

Une fine aura de froid semblait le suivre, comme si la nuit s'accrochait à ses épaules même sous les lampes flamboyantes du palais.

Il n'a amené aucun serviteur.

Et—plus frappant encore—il ne laissa aucune trace de la fille immortelle promise par les rumeurs.

Toute la salle s'agita.

De doux murmures éclatèrent entre les rangs comme des ondulations sur un étang immobile.

Depuis le Trône du Dragon, le regard de l'Empereur s'assombrit.

« Shao... mon fils... », dit-il, la voix basse de mécontentement, « où est l'immortel ? »

Du Shao se dirigea vers le centre de la salle, s'inclina d'une forme impeccable, et parla d'une voix claire, résonnante, mais incroyablement assurée.

« Votre Majesté—

l'immortel n'existe pas. »

Ces six mots s'écrasèrent dans la cour alors qu'une pierre était projetée dans un lac de verre.

La salle explosa.

« Que veut dire le prince par là ?! Ses déclarations plus tôt— »

« Mais même le Grand Précepteur a confirmé sa présence—Son Altesse insinue-t-il que le Grand Précepteur— »

« Silence ! »

Le ruyi de jade de l'Empereur heurta le trône dans un coup de tonnerre.

« Du Shao, tu comprends le poids de ce que tu dis ?! »

L'expression de Du Shao ne vacilla pas. Ses yeux étaient la quiétude de l'eau profonde.

« Elle existe, oui — mais elle n'est qu'une femme mortelle, sans pouvoir divin.

L'histoire d'un immortel a été inventée. Complètement.

Cela n'a aucune incidence sur la vérité. »

Ses mots résonnèrent dans la salle, calmes mais dévastateurs.

« C'était une ruse que ton fils a orchestrée avec le Grand Précepteur, Yue Liuchuan.

Une fabrication née de la nécessité—

et sans rapport avec les affaires de l'État au-delà de son but initial. »

L'Empereur se leva d'un bond, la fureur montant comme une tempête.

« Tu *dis quoi* ?! »

Du Shao continua, sans broncher.

« Notre intention n'a jamais été autre que d'agiter la cour et de bouleverser la succession, provoquant le prince héritier à agir avant d'être prêt. Pour cette offense, je suis coupable et je me soumets à ta volonté. »

Un silence tomba.

Aucun ministre n'osa expirer trop fort.

Le Grand Précepteur n'était pas encore arrivé.

Toute la cour attendait, tendue par la terreur.

Soudain, le prince héritier Du Jing se leva, la voix tranchante comme une lame dégainée.

« Scandaleux ! Pour s'emparer du trône, tu oses inventer des présages divins, tromper l'Empereur et salir le nom du Grand Précepteur—

Tu oses ?! »

Le regard de l'Empereur était l'incarnation de l'hiver.

« Gardes—arrêtez Du Shao immédiatement. Invoque Yue Liuchuan ! »

Les lanciers se précipitèrent en avant, l'armure claquant.

Du Shao ne s'est pas écarté.

À la place—

Il éclata de rire.

Un rire doux et cristallin, froid comme la neige qui tombe.

« Père, » dit-il, « depuis le jour où tu m'as ordonné d'aller à la frontière de LiangZhou, j'ai compris cette fin.

Si nous réussissons, tant mieux.

Sinon—la mort l'attendait.

Sachant qu'il n'y avait pas de retraite, pourquoi Ton Fils regretterait-il quoi que ce soit ? »

Un frisson parcourut les officiels comme un fantôme qui se faufile entre eux.

Certains fonctionnaires s'inclinèrent, la tête baissée, leur souffle irrégulier comme s'ils craignaient que l'air lui-même ne se brise. D'autres gardaient les yeux grands ouverts, observant les courants changeants de pouvoir avec une immobilité calculatrice. Quelques-uns reculèrent d'un demi-pas, leurs robes traînantes effleurant doucement le sol de pierre, le doux grattement résonnant bien trop fort dans le silence étouffant de la salle.

Au milieu de ce silence immense et lourd, Du Shao resta agenouillé devant le trône. Ses robes de cour s'étalaient sur les carreaux polis alors qu'il levait la tête pour croiser le regard du souverain assis en hauteur.

Quand il parla, sa voix était basse, mais elle portait clairement jusqu'aux piliers les plus éloignés de la Salle d'Or.

« Puisque Père place foi en les immortels... Père croit-il aussi à la réincarnation ? »

Les sourcils de l'Empereur se froncèrent.

« Quelles énigmes sont-ce ? »

L'expression de Du Shao resta impassible, taillée dans la pierre.

« Si la réincarnation existe... alors Ton Fils doit demander—dans la prochaine vie, ou dans le véritable Royaume Céleste, quand Mère regardera d'en haut... »

Sa voix s'adoucit, devenant lourde—plus sombre.

« Avec quel visage Père va-t-il la rencontrer ? »

Un silence si profond qu'il semblait que le monde s'arrêtait de tourner, engloutit la salle.

Les musiciens avaient depuis longtemps cessé.

Les ministres n'osaient pas respirer.

Même la fumée d'encens semblait geler en plein vol.

Les derniers mots de Du Shao tombèrent comme une lame :

« Père la rencontrera-t-il en Fils du Ciel — ou en tant qu'homme qui lui a fait du tort toute une vie ? »

Il s'inclina profondément, son front touchant la pierre froide.

« Ton Fils a commis des péchés. Mais réponds-moi ceci, Père — Mère a-t-elle été coupable de quelque chose ? »

Sa question déchira le palais comme un éclair dans une vieille blessure non dite, ouvrant des années de silence, des années de vérité enfouies sous des édits impériaux et le poids d'un trône.

Pendant un instant suspendu, Du Shao resta seul dans cette vaste salle — un homme seul osant affronter à la fois l'empire et le destin.

Chapitre 43 : Si ma vie est le prix

L'expression de Du Shao était solennelle, presque désolée, et lorsqu'il parla, sa voix perça l'air comme du jade poli—claire, résonnante, et impitoyable dans ses accusations.

« Il y a vingt ans, » commença-t-il, « la Noble Consort fut piégée — accusée de conspiration avec des traîtres et condamnée à mourir en disgrâce. Elle s'est donné la mort sous ce poids de calomnie. En vérité, ce n'était qu'une purge pratique. Quelqu'un a utilisé le chaos pour éliminer les rivaux et détruire les loyals. »

Un souffle haletant parcourut les ministres.

« Les derniers mots d'un vieil eunuque, » poursuivit Du Shao, « révélaient où la vérité était cachée. Des preuves se trouvent dans la chambre scellée du Palais Froid. Ton Fils était trop faible pour renverser l'injustice. Tout ce que je pouvais faire, c'était risquer ma vie, mettre ce plan en marche et tirer la vérité à la lumière. »

Un léger tressaillement tira le coin de l'œil de l'Empereur.

Sous sa manche, ses doigts s'enfonçaient dans l'accoudoir sculpté avec une tension impossible à dissimuler — pourtant son visage restait repassé à plat, sans émotion comme du métal coulé.

« Je me suis agenouillé trois fois et j'ai fait une prosternation neuf fois », dit Du Shao, la voix montant avec une force brute et terrible. « J'ai supplié pour un nouveau procès. J'ai plaidé pour la justice. Mais Père m'a réprimandé — disant que l'honneur de la maison impériale ne devait pas être souillé. »

Il rit alors — calmement, rauque, presque brisé.

« Honneur ? » Il leva les yeux. « Si l'honneur exige le silence, alors je serais volontiers gravé la vérité d'aujourd'hui dans le sang : *la Noble Consort était innocente. Ton fils n'a aucun regret.* «

Il n'en dit pas plus.

Mais la question qu'il avait déjà posée — tranchante, impitoyable, inflexible — avait figé toute la cour en un palais de glace.

Alors que ses yeux se baissaient, un autre monde surgit dans son esprit.

Une nuit enneigée, il y a plus de dix ans.

Il n'avait que sept ans.

Traîné hors des chambres chaudes, forcé de s'agenouiller sur les marches de jade alors que le givre grimpait le long de ses petites jambes.

À une porte de là—le souffle de sa mère s'estompait.

Les portes du couloir claquèrent.

Les eunuques lui ont interdit l'interdiction.

Il ne put que presser sa joue contre l'étroit espace et écouter son dernier soupir s'infiltrer dans le froid.

Depuis cette nuit-là, le même rêve lui était revenu encore et encore :

Sa mère assise sous la lampe à huile vacillante du Palais Froid, ses robes autrefois élégantes en lambeaux, ses doigts tremblants alors qu'ils se refermaient sur sa petite main.

« Mon fils, Shao, ne pleure pas... Un jour, tu grandiras. Un jour, tu devras laver le nom de Maman... »

Il se réveillait toujours le visage mouillé.

Maintenant—

Il ne se réveillait plus de ce rêve.

Parce qu'il n'y avait plus rien en lui à réveiller.

Si ce palais doré était bâti sur les péchés et le sang,

Il deviendrait volontiers la lame qui en briserait les fondations, afin que le monde voie enfin de qui étaient les crimes enfouis sous ses pierres.

Le choc parcourut le terrain.

Le prince héritier se raidit, son visage perdant la couleur puis rougissant violemment.

L'expression de l'Empereur se figea en fer.

Les mots suivants de Du Shao résonnèrent comme du métal frappé :

« Mon cœur n'est pas fixé sur le trône. Je ne cherche que justice pour ma mère. Si ma vie est le prix, Ton Fils n'hésite pas. »

Le silence enveloppa la salle, épais comme le givre descendant sur mille brasses.

Un banquet destiné à accueillir un immortel était devenu un tribunal.

Et l'homme debout au pied des marches dorées, impassible, sans peur, était un loup solitaire avançant à travers une tempête de neige, laissant des empreintes de défi dans la neige.

Alors que les derniers mots de Du Shao s'estompaient, même les flammes des lanternes semblaient vaciller, étranglées par le froid.

Les jointures de l'Empereur blanchirent alors qu'il appuyait sur le ruyi de jade, la tension provoquant un léger crépitement dans la salle.

Pendant un battement de cœur, une lueur de douleur traversa son regard—

mais elle fut rapidement écrasée sous le poids écrasant de la dignité impériale.

À la gauche de l'Empereur, le prince héritier devint raide comme la pierre.

Son teint passa de la pâleur à un bleu-vert maladif.

Le pli entre ses sourcils se plissa brusquement.

Des veines ressortaient le long de son dos.

L'éventail pliant caché dans sa manche commença à se briser sous la force de sa prise.

* * * * *

Lorsque Yue Liuchuan entra dans la Salle de l'Aube Pourpre, l'air à l'intérieur était déjà si froid qu'il semblait que le givre allait se cristalliser dans les airs.

Ses pas étaient lents — mesurés, gracieux, presque méprisants de calme. La neige parsemait les bords de ses robes bleues, fondant lentement en fils sombres alors qu'il franchissait le seuil.

Son regard balaya la salle, effleurant brièvement le jeune homme agenouillé seul au pied des marches dorées.

Ses lèvres bougèrent légèrement.

« Imbécile. »

Lui seul l'entendit.

Un murmure trop doux pour une oreille mortelle, portant avec lui le mépris fatigué de quelqu'un évaluant une pièce d'échecs qu'il avait patiemment soulevée pendant des années — pour la voir effectuer un coup non autorisé qui défaisait toute la partie.

Ou peut-être était-ce de l'irritation, vive et amère, face à un grand projet s'effondrant avant son échec final et il aurait dû être au-dessus de ça.

Lui—le Grand Précepteur dont tous les royaumes, mortels et célestes, murmuraient avec admiration.

L'homme dont les stratégies traversaient des mondes, dont l'esprit pouvait tisser des destins.

Pourtant, à cet instant, tout ce qu'il ressentait, c'était un souffle coincé dans sa poitrine, une lourdeur étouffante sans issue.

Son sens spirituel balaya l'ensemble de la Salle de l'Aube Pourpre en une seule respiration.

Pas un seul battement de cœur ne lui échappa. Il sentit les souffles hésitants des ministres, la fureur bouillonnante s'enroulant sous le silence de l'Empereur, et l'intention aiguisée du Prince héritier qui planait comme une lame dégainée.

Même l'odeur longtemps enfouie de ce scandale du Palais Froid — scellé pendant des décennies — semblait remonter, atténuée par la simple forme de la question de Du Shao.

Rien de tout cela ne faisait partie du plan.

Du Shao n'aurait jamais dû prononcer ces mots.

Il n'aurait pas dû déchirer le plateau.

Il n'aurait pas dû dévoiler tout le design.

Une lueur d'impatience—et de mépris—traversa les yeux de Yue Liuchuan.

Il avança, chaque pas mesuré, indifférent aux regards horrifiés des ministres.

Quand il s'arrêta enfin, il s'inclina selon une étiquette de cour impeccable.

« Votre serviteur salue Votre Majesté. »

L'Empereur laissa échapper un rire sans humour, teinté de glace et de rage.

« Yue Qing, quelle impressionnante ! Tu oses conspirer avec un prince de ma lignée — en préparant des plans sous mon nez. Comprenez-vous seulement le crime d'avoir trompé le Fils du Ciel ?! »

Yue Liuchuan ne répondit pas.

Au lieu de cela, son regard glissa de nouveau vers Du Shao.

Le jeune homme était toujours agenouillé là où il avait été—le dos droit comme un pin, les yeux fixés devant lui, totalement imperturbable. Comme s'il ne craignait ni le blâme ni la trahison. Comme s'il avait coupé toute voie de retraite bien avant d'entrer dans ce hall.

« Pour une femme, » murmura Yue Liuchuan, si doucement que seuls les plus proches auraient pu sentir le mouvement de ses lèvres, « tu as détruit tout mon plan... et coupé ta fuite. »

Sa bouche se courba — non pas d'amusement mais en une ligne fine et moqueuse.

« Du Shao, Du Shao... tu me déçois vraiment. »

Son regard se glaça, les profondeurs devenant glaciales.

« J'avais l'intention d'utiliser ton statut princier pour forcer l'équilibre des pouvoirs du monde. Forcer le Royaume Immortel à se révéler ouvertement. Et maintenant? Tu as renversé tout le tableau. »

Mais avant qu'il ne puisse continuer—

Une pression monta.

Soudain.

Silencieux.

Dévastateur.

Comme un éclair tombant dans la salle sans tonnerre, une force spirituelle d'une pureté et d'une acuité impossibles.

Les pupilles de Yue Liuchuan se contractèrent.

Ses doigts tressaillirent dans sa manche, formant rapidement trois sceaux consécutifs, érigeant des barrières spirituelles à trois couches en succession rapide. Ce n'est qu'alors qu'il réussit—de justesse—à amortir l'impact visant directement son centre.

Il releva brusquement la tête, fixant l'entrée de la salle.

Et pour la première fois de la nuit, son cœur fit un bond, un choc violent et indéniable.

Une aura spirituelle descendit des cieux — froide, brûlante, impitoyable, comme la lame d'une épée forgée dans le ciel le plus haut, plongeant à travers les nuages et l'atmosphère pour s'enfoncer dans le palais mortel.

L'air même dans la salle de l'Aube Pourpre se resserra.

La fumée d'encens s'est figée en plein milieu de la spirale.

Les flammes de lanterne se penchaient bas, comme pour s'incliner.

Ce n'était pas l'aura d'un immortel mineur.

Pas du tout.

C'était—

La tête de Yue Liuchuan se tourna brusquement sur le côté, ses yeux s'assombrissant de la couleur d'une eau profonde et sans étoiles. Une cloche d'alarme hurla dans son esprit.

Impossible.

Comment cela pouvait-il être lui ?!

Cette aura s'installa sur la salle comme un givre destiné à percer les os. Il faisait froid, immensément vaste, une présence qui semblait s'étendre sur le ciel et la terre jusqu'à ce que même les piliers eux-mêmes se sentent obligés de s'incliner. Et cela correspondait — jusqu'à sa précision glaçante — le souvenir que Yue Liuchuan avait enterré pendant des années : la silhouette d'un homme debout sur les quatre-vingt-dix-neuf marches du Neuvième Ciel, son épée levée contre dix mille démons, sa simple présence suffisante à fendre le firmament.

À l'extérieur de la Salle de l'Aube Pourpre, vent et tonnerre s'entrechoquèrent alors que des nuages noirs tourbillonnaient violemment dans le ciel. De cette tempête tourbillonnante, une seule silhouette vêtue de blanc descendit.

Son visage n'était pas encore apparu, mais son intention d'épée frappa en premier — une marée perçante et immaculée de froid qui s'écrasa sur l'esprit comme mille montagnes tombant d'un coup.

Yu Sord était arrivé.

Dès que son aura franchit le seuil, le teint des ministres devint blanc.

Même ceux qui ne connaissaient pas son nom sentaient leur corps réagir par instinct — genoux cédant, fronts baissés vers le sol, cœurs frémissant devant quelque chose bien au-delà de la compréhension des mortels.

La terreur s'est gravée dans l'âme bien avant que la pensée ne puisse se former.

Yue Liuchuan se tenait sur les marches inférieures, et la contenance qu'il avait eue plus tôt s'était déjà brisée.

Son regard se fixa sur l'entrée où cette silhouette blanche se rassemblait dans la clarté. Sa gorge se serra.

Dans sa manche, ses doigts dessinaient les débuts d'un sceau — pour qu'il réalise, avec un choc d'horreur, que son énergie spirituelle avait été réprimée. Verrouillé. La Reine des neiges. Cage.

Il avait scellé les cieux eux-mêmes.

La réalisation eut à peine le temps de s'installer que les yeux de Yue Liuchuan se durcirent.

D'un coup sec de sa manche, quelque chose jaillit—une perle pas plus grande qu'une articulation du pouce, blanche laiteuse et translucide, son noyau traversé de filaments d'or vacillants.

Au moment où il quitta sa main, l'air se déforma violemment, comme si l'espace lui-même reculait.

Le tonnerre gronda.

L'espace se déforma comme si une déchirure déchiquetée l'avait traversé.

Une radiance blanche aveuglante jaillit, s'enroulant en une tempête qui projeta des vagues de vent spirituel vers l'extérieur.

« Pas bon ! »

Le vieil eunuque devant l'Empereur cria, se précipitant pour protéger le souverain—

seulement pour que sa vision se déforme et se brise comme de l'eau sous une pierre lancée.

À cet instant, tous dans la salle ne virent que des éclairs blancs.

Un clignement plus tard—

Le corps de Yue Liuchuan devint flou.

Non—dissous.

Sa forme s'amincissait en un filet qui s'estompait, une image rémanente flottante tombant silencieusement sur le sol poli.

Yu Sord n'avait pas bougé.

Il haussa simplement un sourcil.

«… Une Perle d'Évasion Fantôme. »

Son ton était placide, sans surprise — presque ennuyé.

Comme s'il s'attendait à ce que Yue Liuchuan s'enfuie dès son apparition.

Le vent s'arrêta.

La tempête de brume spirituelle se dissipa.

La lumière revint, vive et cristalline—

Et l'espace a changé.

En un battement de cœur, les deux hommes — poursuivant et fugitif — n'étaient plus dans le palais,

mais debout sur le sommet escarpé d'une chaîne de montagnes isolée.

Le brouillard tourbillonnait sous eux en marées sans fin.

Une plateforme de pierre dépassait du sommet—ancienne, fissurée, sa surface enroulée de lianes sèches et desséchées.

Elle ressemblait à un autel suspendu au-dessus du vide.

La silhouette de Yue Liuchuan se matérialisa là, trébuchant d'un demi-pas.

Son teint était devenu d'une pâleur fantomatique.

Un goût métallique lui monta à la gorge ; Il avala le sang spirituel avec un effort si violent que cela déforma ses traits.

Il se retourna vers le vide derrière lui—

vers la présence qu'il pouvait sentir, tranchante comme une lame pressée contre la colonne vertébrale.

Sa voix était rauque, teintée de rage et des restes de peur.

« Tu m'attendais. »

Au moment où les mots franchirent les lèvres de Yue Liuchuan, un courant de vent balaya le sommet de la montagne—fin, tranchant, portant la délicate brûlure de la neige accumulée.

Des plis de nuages et de brume, une silhouette blanche émergea.

Il ne brandit pas son épée ; il n'en avait pas besoin.

Son intention d'épée arriva la première—givre pur, absolu et solitaire, pesant sur le monde comme le poids de mille sommets anciens.

Yu Sord apparut dans son champ de vision, se tenant à dix pas devant lui.

Son expression était froide — froide comme celle où le givre fleurit pour la première fois sur la pierre.

« Tu savais, » dit-il, la voix aussi basse que le tonnerre lointain, « que le moment où tu as touché un immortel... ta retraite avait disparu. »

Yue Liuchuan laissa échapper un petit rire moqueur.

« Comme c'est amusant. J'ignorais que l'illustre *Seigneur Immortel Jieming* avait pris sur lui de gérer de telles affaires triviales. »

Un léger changement traversa les yeux de Yu Sord, ni colère, ni surprise.

Juste une ombre passant sous l'eau calme.

Il ne répondit pas.

Il leva simplement la main.

Dans sa paume se matérialisa une longue épée — simple, sans ornement, sans gravures ni bijoux,

pourtant, il dégageait une force glaciaire ancienne, comme si elle avait été forgée dans les couches les plus profondes de glace primordiale.

Au moment où l' **Épée de Lumière de Flux** apparut, l'air trembla.

Le qi de l'épée ondula vers l'extérieur, une radiance argentée se répandant sous forme de lumière liquide.

Yue Liuchuan ricana et recula son bras.

Un miroir en fer noir apparut derrière lui — sa surface couverte de toiles de fissures, brillant faiblement du scintillement pâle d'une lune mourante.

Dans son reflet fissuré, mille ombres d'âme déformées se tordaient en silence.

Un muscle tressaillit entre les sourcils de Yu Sord, mais sa voix resta tranquille—glace au sommet d'un lac gelé.

« Parle. Quel est ton but ? »

La posture de Yue Liuchuan ne vacilla pas.

Il releva légèrement le menton—ne portant plus la façade courtoise qu'il portait au palais mortel,

mais révélant une folie brute et sans filtre.

Il rit une fois—bas, doux, s'enroulant à travers la brume comme un fil d'encens fantomatique.

« Tu l'as déjà deviné, n'est-ce pas ? »

Il fit un pas en avant, les ombres des nuages ondulant sous ses pieds.

« J'ai tout orchestré.

J'ai utilisé le prince mortel, Du Shao—je l'ai poussé dans la turbulence de la succession, je l'ai préparé à monter sur le trône.

Et puis— »

Il s'arrêta.

Sa voix tomba en quelque chose d'assez tranchant pour trancher la chair.

« —alors je racherais le Dao lui-même.

Écrasez les Bouddhas.

Tuer les cieux...

et tuer les dieux. »

La contenance de Yu Sord se fissura — à peine, mais visiblement.

L'énergie s'agita autour de lui, agitée, dangereuse.

Détruire le Dao ?

Exterminer les cieux ?

Prononcer de tels mots était un blasphème à travers les royaumes.

Le regard de Yue Liuchuan brillait d'une sombre satisfaction, et il poursuivit d'un ton si doux qu'il en glaça :

« J'ai été autrefois disciple de la Voie Céleste. Robe de chanvre, cœur comme la lune, récitant les Écritures. Je me croyais juste. » Un mince sourire se dessina sur ses lèvres.

« Et à quoi cela en est arrivé ? »

Il fit un pas de plus.

« Mon vénérable maître, haut et pur sur son esposé de lotus,

m'accuse d'avoir volé une relique sacrée—

pour protéger son fils inutile.

Un seul décret m'a chassé, m'a tout dépouillé. »

Sa voix se tordit, s'enroulant en un rire cassé et moqueur.

« Dis-moi—ces immortels possèdent-ils ne serait-ce qu'un brin de justice ? »

Il leva légèrement les bras, comme s'il s'adressait aux cieux.

« Je me suis agenouillé sous la plateforme de lotus pendant trois jours et trois nuits et mon sang a taché le sol. Il ne m'a même pas jeté un regard. » Ses doigts se recroquevillèrent, tremblants.

« C'est alors que j'ai compris que 'Dao' et 'Divinité' ne sont que des chaînes pour dompter l'obéissant. » Yu Sord baissa les yeux. Quand il parla, sa voix était comme de l'eau qui goutte d'une falaise glaciaire — lente, froide, inexorable.

« Et pour ça... Tu veux entraîner le royaume immortel et le monde des mortels dans le sang et la ruine ? »

« Et alors ? » Yue Liuchuan siffla.

Chaque mot figeait encore plus l'air.

« Si les cieux sont sans cœur, alors ce monde n'a pas besoin de cieux. »

« Je veux que Du Shao prenne le trône—non pas pour le pouvoir, ni par gratitude,

mais pour pouvoir exercer l'autorité impériale afin de détruire le Dao lui-même.

Brûler des temples, briser des écritures,

Scellez les montagnes et sectionnez les veines spirituelles. »

Il sourit—large, déséquilibré.

« Quand ce jour viendra, ta secte Lingxiao — et toutes les sectes sous le ciel — deviendront la risée des mortels, ce sera la justice. » Les yeux de Yu Sord se baissèrent, et la pointe de son épée effleura la terre.

L'herbe en dessous se figea instantanément, se fracturant en éclats cassants.

« Vous vous trompez », dit-il doucement.

« Tu ne peux pas détruire le Dao.

Tu ne feras que te détruire toi-même. »

Le rire de Yue Liuchuan monta — sauvage, déchiqueté, résonnant contre les falaises.

« Alors essaie-moi, Yu Sord. Tu peux garder le monde des mortels. Mais tu ne peux pas protéger le cœur des hommes. » Yu Sord releva la tête, le mouvement doux comme la neige tombant dans l'eau calme.

Bien que son épée restât immobile, sa voix portait une clarté perçante comme la lumière de la lune sur un lac gelé.

« Le Dao ne repose pas sur des statues d'or ni sur des trônes de lotus. Elle vit dans le cœur. Quand le cœur est droit, le Dao perdure. » Il s'arrêta.

L'air autour de lui se figea.

« Vous pouvez brûler les temples et déchirer les écritures. Mais tu ne peux pas éteindre la lumière née dans le cœur des êtres vivants. »

Une autre inspiration.

Puis ses yeux croisèrent directement ceux de Yue Liuchuan, et son ton s'approfondit, chargé de quelque chose de solennel... et d'une douceur déchirante.

« Tu dis que je ne peux pas protéger le cœur des hommes. » Sa voix tomba basse et douce, mais résonnante comme une épée sortie de son fourreau.

« Pourtant, même si un seul cœur reste fidèle au vrai chemin... alors pour ce seul cœur, je garderai à la fois le cœur et le Dao. »

Ces trois mots—« ce seul cœur »—étaient à peine plus forts qu'un murmure,

Pourtant, ils tombaient dans l'espace entre eux

comme une lame touchant une corde tremblante.

Pendant un instant, tout le sommet de la montagne se figea.

L'Épée Flowlight bourdonnait faiblement, résonnant avec le froid de l'air.

Même les cieux semblaient retenir leur souffle devant ce compte de comptes inévitable et inévitable entre deux destins liés par la trahison, les idéaux et les vestiges d'un passé brisé.

Chapitre 44 : L'intervention démoniaque

« Ça suffit », dit Yu Sord, sa voix basse mais portant le poids immense et écrasant du solstice hiver.

« Soumets-toi. Viens avec moi à la Salle Céleste Xuandome... et à être jugé. »

Son ton ne monta pas d'une seule note. Sa lame ne tremblait pas. La pointe même de l'Épée de Lumière de Flux toucha la pierre fracturée sous eux avec un carillon cristallin, et une marée de froid absolu se propagea comme un givre sévère, reprenant la terre désolée.

Le visage de Yue Liuchuan était complètement pâle, un mince filet de sang traçant du coin de sa bouche — pourtant il se mit à rire.

Il rit, creux et brisé, semblable au son désespéré d'un homme debout précautionneusement au bord de l'abîme, sans rien de grave à perdre.

« Impossible. Tue-moi, Yu Sord. »

Il recula d'un pas supplémentaire, ses robes s'accrochant et se déchirant contre la pierre dentelée, sa voix rauque mais inflexible dans sa dernière défiance.

« Je préférerais que mon âme soit déchirée et dispersée aux quatre vents... puis retourner dans cet endroit sale et pollué. »

Le dernier mot venait à peine de tomber qu'il se précipita soudainement en avant avec une attaque désespérée.

Dans un rugissement qui déchira violemment la brume épaisse, Yue Liuchuan dégaina sa propre lame. Un nuage de qi d'épée cramoisi *et trouble* explosa violemment vers l'extérieur, brisant instantanément les courants spirituels environnants. Bien que grièvement blessé, son coup portait la férocité frénétique d'une comète condamnée, désespérée dans sa trajectoire finale de plonger Yu Sord dans un état de ruine mutuelle.

Yu Sord ne broncha même pas.

Son expression resta inchangée face à la menace.

Il leva simplement la main — un geste léger, apparemment sans effort — et l'Épée Flowlight glissa horizontalement sur son corps, un seul mouvement cristallin et silencieux qui fendit proprement en deux l'intention meurtrière mortelle de Yue Liuchuan.

L'acier heurta sauvagement l'acier.

L'impact déclencha une immense vague de force qui traversa le ciel.

Le vent hurlait comme une banshee alors que la lumière d'une épée déchirait le tissu même de l'air. Les deux silhouettes se croisèrent encore et encore, chaque collision envoyant de puissantes ondes de choc systémiques sur le sommet précaire.

Les mouvements de Yue Liuchuan étaient frénétiques, totalement déséquilibrés, imprégnés d'une soif de sang froide — la dernière défiance toussée d'une torche mourante contre la nuit qui avançait.

Yu Sord, en revanche, se tenait au centre inébranlable et parfaitement calme de chaque tempête. Son escrime coulait comme une eau inexorable, sans hâte mais absolue, guidant Yue Liuchuan pas à pas... vers une défaite finale et inévitable.

Enfin, Yu Sord porta un coup direct et calculé — une explosion concentrée de force spirituelle qui frappa de plein fouet les méridiens déjà ravagés de Yue Liuchuan.

Un craquement sec et audible retentit.

Le sang giclait dans l'air comme une pluie écarlate soudaine.

Yue Liuchuan fut projeté en arrière, son corps s'écrasant violemment contre les restes brisés d'une ancienne statue de Bouddha.

La pierre éclata bruyamment. La poussière jaillit partout.

Il s'effondra lourdement à genoux parmi les décombres, haletant comme une bête mourante, les yeux injectés de sang mais immobiles—refusant toujours d'incliner la tête.

Yu Sord s'approcha de lui d'un pas lent et délibéré.

L'Épée de Lumière de Flux restait dégainée, sa lumière froide et silencieuse s'accumulant comme le souffle profond des nuits de mi-hiver.

« Ça s'arrête ici, Yue Liuchuan. »

Il leva sa lame — chaque pas délibéré, précis, sans hâte, lourd de la certitude absolue de la finalité.

Et puis—

Le ciel et la terre frissonnèrent.

L'air autour d'eux tremblait violemment.

La brume convulsa brusquement alors qu'une étrange force dévorante jaillissait du vide ; une déchirure dans l'espace s'ouvrit comme une blessure fraîche et hideuse.

De l'intérieur jaillit une vague épaisse et menaçante d'énergie démoniaque, crépitant violemment d'éclairs cramoisis.

Une voix perça le chaos qui s'ensuivit.

« —Arrête. »

Le son arriva quelques secondes après la silhouette.

Une traînée de rouge riche plongea comme une météorite flamboyante. Des robes cramoisies s'évanouissaient de façon spectaculaire. Des flammes démoniaques noires s'enroulaient possessivement autour d'une grande silhouette.

Au moment où ses bottes touchèrent le sol, le poids même du champ de bataille changea — la pression ambiante chuta, violemment, comme si quelqu'un avait posé une main colossale contre le ciel lui-même.

Mo Han était arrivé.

D'un geste désinvolte, presque ennuyé, de ses doigts il invoqua une lame — un arc forgé de sang qui se matérialisa en plein air, arrêtant l'épée descendante de Yu Sord dans un fracas tonitruant qui résonna sur les sommets.

Le qi *démoniaque* monta , se tordant comme une tempête vivante, protégeant instantanément Yue Liuchuan derrière son dos.

La collision de leurs forces envoya des ondes déchirantes à travers la brume de la montagne.

L'avance de Yu Sord s'arrêta brusquement.

Son épée flottait dans les airs, à quelques centimètres de franchir le rayon destructeur de l'aura dévorante de Mo Han.

Il leva les yeux, fronçant les sourcils pour la toute première fois.

« Que fais-tu ici ? »

Mo Han lança à Yu Sord un regard glacial — un regard assez perçant pour trancher net la brume encore tremblante dans l'air.

« Le sauver », dit-il.

Juste deux mots, bas et stables, comme s'ils pesaient intrinsèquement plus d'un millier d'arguments.

Il n'a donné aucune explication supplémentaire. D'un mouvement balayant sa manche cramoisie, des vents démoniaques s'enroulèrent vers l'extérieur comme une flamme vivante, soulevant proprement la silhouette à moitié agenouillée de Yue Liuchuan du sol.

L'immortel déshonoré tenta de parler—tenta de protester contre l'ingérence—mais la main de Mo Han se posa fermement sur son épaule, le réduisant au silence sans qu'il ait besoin d'un mot.

Le regard de Yu Sord s'assombrit, le givre se resserrant dans la profondeur profonde de ses yeux.

Il bougea en un éclair — une traînée d'éclairs blancs tranchant vers le bas lorsque l'Épée Flowlight rencontra l'air, visant droit vers le cœur de Mo Han.

« Si cet immortel se souvient bien, » dit Yu Sord, sa voix semblable à une lame engainée dans la glace, « cet homme n'est pas un sujet de ton royaume démoniaque. »

« Et plus important encore—il a délibérément orchestré le chaos dans le monde des mortels. Ses crimes sont au-delà de toute chance de pardon. »

Mo Han haussa un sourcil moqueur, paresseux et dangereusement élégant.

« Et alors ? »

Son ton était léger, presque offensant d'ennui.

« Ce prince souhaite le sauver. Rien que cela suffit à expliquer. Je n'ai besoin d'aucune autre justification. »

Un pouvoir démoniaque rugissait autour de lui, une obscurité déferlante épaisse comme minuit, roulant en vagues turbulentes derrière son dos.

La lame forgée de sang dans sa main fouetta horizontalement, heurtant l'Épée Flowlight de front.

La collision explosa comme un tonnerre fendant une montagne en deux.

Des vents violents déchiraient les nuages.

Deux forces inégalées — l'épée des cieux justes et la puissance infernale du prince héritier démon — s'affrontèrent sans retenue.

Pendant un instant, aucun des deux ne céda du terrain. Une lumière argentée s'entrechoqua avec une flamme cramoisie bouillonnante, zigzaguant dans l'air comme si deux comètes opposées étaient enfermées en orbite violente et fatale.

Le ciel s'assombrit visiblement. La montagne trembla. Le monde lui-même sembla se retirer dans une angoisse totale alors que leurs volontés opposées déchiraient l'existence.

Frappe après coup, les deux échangeaient des coups — chaque impact gravant de nouvelles cicatrices permanentes dans la pierre sous leurs pieds, déchirant le vent, fendant les nuages et déformant l'air même autour d'eux.

Puis, enfin—ils se séparèrent brusquement.

Les deux combattants furent contraints de reculer de plusieurs pas.

Les bottes de Yu Sord touchèrent le sol dans un murmure de givre. Il se stabilisa instantanément, son épée inclinée vers le bas, ses robes s'installant autour de lui comme de la neige qui tombait. Pas un seul souffle ne trahissait la moindre trace d'épuisement.

Mo Han recula d'un demi-pas, se plaçant bien devant Yue Liuchuan. Il essuya une trace de sang sur sa lèvre du revers de la main et laissa échapper un petit rire moqueur.

« Qu'est-ce qui ne va pas ? » le taquina-t-il, la voix basse. « Déjà fatigué ? »

Yu Sord ne dit rien, mais le regard qu'il lança à Mo Han était plus tranchant que de l'acier aiguisé—sans rage discernable, seulement la résolution la plus froide et la plus inflexible.

« Le prince héritier démon, » murmura-t-il, sa voix résonnant comme une lame frappant la pierre, « vraiment, ta réputation n'est pas exagérée. »

Mo Han répondit sans cligner des yeux.

« Pareillement. La Première Épée du Royaume Immortel — Immortelle Brillante Isolée — est à la hauteur de son nom plutôt impressionnant. »

Derrière lui, Yue Liuchuan laissa échapper un rire haletant, brisé—à moitié fou, à moitié exultant. Acculé de tous côtés mais toujours incroyablement vivant, il cracha son mépris vers les cieux.

« Vous, cultivateurs justes, aimez prêcher », souffla-t-il. « Toujours à parler de vertu, de compassion et de la souffrance inhérente des mortels... Dites-moi—lequel d'entre vous a jamais vraiment retenu les difficultés des gens d'en bas ? »

Yu Sord resta silencieux un long moment.

Puis—lentement—il baissa sa lame, mais ses yeux restèrent fixés sur Mo Han, immobiles.

« Laisse-le », dit-il doucement. « Sinon... Je ne retiendrai plus aucun pouvoir. »

La réponse de Mo Han fut un grognement froid et inébranlable :

« Impossible. Ce qui signifie que ce prince n'a d'autre choix que de vous accompagner—jusqu'au bout. »

La montagne s'immobilisa soudainement. Le vent s'arrêta. Même les nuages au-dessus semblaient suspendus dans une attente haletante et terrifiée.

C'était le genre de silence qui pèse dangereusement sur le tranchant d'une lame — un faux mouvement ferait inévitablement couler le ciel du sang.

Puis—

Une vague de volonté divine déchira les nuages haut au-dessus.

Un talisman doré traversa les cieux comme une étoile filante, descendant droit dans la manche de Yu Sord.

Il baissa les yeux vers elle, et pour la première fois depuis l'arrivée de Mo Han... Son expression changea.

Une ombre profonde traversa ses yeux.

Il rengaina son épée.

Sans un mot de plus, sans même un regard en arrière, il se retourna et s'éloigna d'un pas décidé — sa voix résonnant dans l'air brisé comme le craquement de la glace hivernale qui se fissure :

« Veille à tes propres conséquences. »

Une lumière blanche jaillit, la lumière rouge recula instantanément.

Deux silhouettes — une flamme démoniaque, une givre céleste — se séparèrent à travers la tempête de brume flottante.

Ainsi, sur le sommet désolé de la montagne, une confrontation destinée à secouer les royaumes tomba soudainement dans le silence, ne laissant que l'écho silencieux du vent balayant la pierre brisée.

* * * * *

La lumière de la lune flottait précautionneusement aux extrémités de la canopée forestière, un arc pâle et frissonnant suspendu au-dessus des branches cassantes.

L'odeur âcre d'une lourde énergie démoniaque n'avait pas encore disparu de l'air.

Une traînée d'un cramoisi profond fendit la forêt comme une rafale de vent tranché.

La silhouette de Mo Han descendit sur le bosquet désolé du nord—la Forêt Brisée de Yanbei—où des arbres morts et squelettiques penchaient comme des côtes fracturées contre la froide nuit.

Les feuilles tombées bruissaient d'une inquiétude palpable.

Derrière un rideau de vignes fanées se trouvait une grotte de pierre à moitié effondrée, construite autour d'un puits ancien et oublié. La lumière du feu vacillait faiblement à l'intérieur, révélant l'entrée fissurée et bordée de mousse de la vieille structure en pierre.

Mo Han jeta Yue Liuchuan violemment contre le mur de pierre à côté du puits ; L'impact fut sourd et lourd.

Tournant sa manche, il fit apparaître une étincelle. Une flamme rouge fantomatique jaillit, se répandant dans la caverne comme des braises vivantes et illuminant l'obscurité de pulsations de lumière couleur sang.

Yue Liuchuan s'affaissa contre le mur, respirant de façon haletante. Son visage était blanc comme l'os, mais lorsqu'il essuya le sang de ses lèvres, un sourire de travers et moqueur souleva le coin de sa bouche.

« Pourquoi me sauver, exactement ? »

Mo Han mit le feu démoniaque. Ses robes cramoisies lui collaient dessus, trempées du sang de Yue Liuchuan lui-même ; Des gouttes tombèrent au sol et sifflèrent faiblement là où elles rencontrèrent son aura turbulente.

Dans la lueur vacillante, ses traits étaient taillés et froids, comme taillés dans l'obsidienne.

« Ce que ce prince héritier choisit de faire, » dit-il d'un ton plat, « ne nécessite aucun commentaire de votre part. »

Yue Liuchuan laissa échapper un rire bas, brisé, rauque et explorateur.

« Le monde ne bouge que pour le profit. Même le prince héritier démon ne se souillerait pas les mains pour rien. Je refuse de croire que tu— »

Il ne termina pas sa pensée.

Toute la chambre de pierre se figea instantanément.

Une intention meurtrière intense et étouffante scella l'air. Le silence s'épaissit comme la glace se formant rapidement sur un étang.

Seul le crépitement de la flamme démoniaque brisait le silence.

Mo Han leva les yeux.

Une lueur écarlate s'alluma dans ses yeux — tranchante comme un rasoir, perçant jusque dans l'âme.

« Tu parles beaucoup trop », dit-il, sa voix dégoulinant de givre.

« Je t'ai peut-être sauvé—mais je peux changer d'avis à tout moment... et te tuer sur place. »

Un coup de douleur traversa la poitrine de Yue Liuchuan ; du sang frais jaillit de ses blessures à peine guéries. Sous ce regard glacé, ses mots restants moururent silencieusement dans sa gorge.

Sans un regard de plus, Mo Han fit un claquement de manche.

Quelque chose tomba sur le sol de pierre entre eux. Une fiole de jade noir gisait là, gravée de sigils démoniaques endormis qui rampaient faiblement sous la surface.

« Trois jours », dit Mo Han. « Avec ça, tu te remettras. Je vous demande de rester — temporairement — en vie. »

Yue Liuchuan prit la fiole, les yeux froids et amers comme l'eau d'hiver.

« Alors c'est tout ? » ricana-t-il doucement. « Ta marionnette maintenant ? »

L'expression de Mo Han ne changea pas d'un poing. Sa voix ressemblait à un vent nocturne qui traverse le sable — douce, mais assez tranchante pour trancher.

« Si tu veux mourir, tu peux. N'importe quand. »

Une brève pause.

« Mais pas avant que tu aies rempli le but que j'ai spécialement pour toi. »

Il se retourna pour partir.

Derrière lui, la voix de Yue Liuchuan résonna entre ses crocs — blessée, mais toujours teintée de défi.

« Alors le puissant prince héritier du Royaume des Démons... vraiment besoin de quelqu'un d'aussi bas que moi ? »

Les pas de Mo Han s'arrêtèrent—à peine perceptibles.

Il lui tournait toujours le dos, son ombre longuement contre la pierre. Sa voix s'échappa, douce comme une lame glissant entre ses côtes :

« Encore un mot, et je t'éliminerai maintenant. »

Aucune hésitation. Aucune chaleur.

Il disparut dans la nuit dévorante sans un autre regard en arrière. Des robes cramoisies balayaient l'obscurité, son aura démoniaque se fondant sans effort dans la vaste nuit tumultueuse.

Yue Liuchuan fixa cette silhouette s'éloigner, ses lèvres se retroussant en un mince sourire sans humour.

* * * * *

Le Miroir Céleste, bordé de pompons rose cerise, scintillait faiblement. Une lumière doré-blanche ondulait sur sa surface comme le souffle d'une étoile éveillée, révélant une scène au cœur du palais impérial.

Trois petites têtes étaient actuellement pressées l'une contre l'autre devant le miroir — si proches que leurs nez touchaient presque la surface.

Tous trois fixaient sans ciller, solennels comme de petits sages... et qui avaient l'air absolument ridicules, entassés comme un nœud de commérages très agités.

« Aiya ! Regarde-moi ça ! » Lunard poussa soudain un cri, sa voix sautillant comme si elle avait marché sur une branche errante.

« Pas étonnant que ce prince idiot ait dit qu'il voulait m'emmener faire une visite du palais hier ! Et qu'est-ce qui s'est passé, hmm ? Au lieu de faire du tourisme, il est allé livrer en main propre son exécution ! »

Dans la lueur ondulante du miroir—

Du Shao était agenouillé sur un genou dans la Salle du Trône d'Or, parlant en audience publique. La salle était tendue comme une corde d'arc. L'empereur sur le trône du dragon était rouge de rage, les ministres raides et pâles, et Du Shao — calme et résolu — dénonçait ouvertement l'ancienne injustice du harem impérial.

Les trois filles se figèrent.

Silence.

Clignement lent.

Inspiration très lente.

« Tu veux dire... il est juste— » Lili ouvrit grand les yeux, leva une main et la passa sur son propre cou dans un geste très peu subtil et théâtral.

« Mhm ! » Lunard hocha vigoureusement la tête et se mit à dévoiler chaque détail que Du Shao lui avait raconté — ses plans, sa demande d'aide, chaque détail — tous livrés par des gestes dramatiques et des yeux pétillants comme si elle narrait l'opéra le plus palpitant du siècle.

« Alors ce prince mortel t'a supplié—toi, soi-disant immortel—de l'aider à gagner la succession, tout ça pour venger sa mère... » conclut doucement Yara, la voix plate mais les sourcils légèrement froncés. «... Et maintenant il a complètement abandonné le plan et s'est exposé ? »

Lunard hocha plus la tête avec force.

Yun Yara continua de fixer le miroir, sa voix parfaitement posée.

« N'essayions-nous pas juste de voir où il était, pour pouvoir repérer ce soi-disant 'autre cultivateur' ? À quoi bon regarder maintenant ? Il se dirige déjà droit dans un piège à l'intérieur du palais impérial ! »

Son ton resta calme, mais il n'y avait aucun doute sur la gravité qui se cachait en dessous.

« Tout le monde ne peut pas simplement entrer dans la Salle du Trône d'Or et dénoncer l'Empereur. Cette action est... extrêmement inhabituel. »

Le cœur de Lili se serra d'alarme. Elle lâcha : « Si seulement Yu Sord était encore là... pourquoi a-t-il soudainement disparu ? »

Lunard haussa les épaules, impuissant, paumes vers le haut.

« Même s'il était là, ce n'est pas comme s'il pouvait sauver Du Shao. Le palais est loin d'ici. Le temps que nous nous précipitions—eh bien, les fleurs sur sa tombe seraient déjà fanées. »

« … C'est vrai », acquiesça Lili rapidement, grave et vaincue à la fois.

Lunard fit la moue, croisant les bras, toujours furieuse à propos de « l'exécution volontaire » de Du Shao.

Lili, cependant, tourna lentement la tête vers elle—les yeux plissés avec un air si étrange que Lunard sentit instantanément l'arrière de sa nuque se hérisser.

« Mademoiselle... Pourquoi me regardes-tu comme ça... ? »

Moony recula d'un demi-pas, effrayé par l'intensité de son regard.

Lili se pencha, sa voix dégoulinant de sens, son ton montant d'un air complice : « Moony... Toi et ce prince mortel... Il se passe quelque chose entre vous deux ? Ne me mens pas. »

« Quoi—quoi ?! » Lunard faillit s'étouffer avec sa propre salive. « Il ne se passe rien ! Ne dis pas de bêtises ! »

« Ah bon ? » Lili croisa les bras, indignée comme si c'était elle qui se faisait tromper. « Nous l'avons tous vu dans le Miroir Céleste ! La façon dont vous marchiez ensemble — honnêtement, on aurait dit que vous étiez en lune de miel. Tu souriais comme des pêchers au printemps ! »

Yara tourna légèrement la tête, sa voix totalement calme alors qu'elle portait le coup fatal et discret :

« Et le fait de se tenir la main. »

« C'est parce qu'il disait qu'il y avait des gens dangereux dans les parages !
Et que s'il y avait trop de monde, je pourrais me perdre—il m'a traîné,
d'accord ?! Traîné ! » Lunard agita les deux mains en signe de
protestation, les yeux rouges aux coins de la pure indignation. « Je
travaillais manifestement pour le royaume immortel — enquêtant sur ce
mystérieux cultivateur à ses côtés ! Je jure sur mon titre céleste —
absolument aucun sentiment personnel ! »

Lili plissa les yeux, manifestement pas du tout convaincue.

« Oh ? Et qu'en est-il de la consommation de thé ? Les sources chaudes ?
La couverture douillette ? Les aubépines confites ? »

« C'était de la stratégie, d'accord ? Stratégie! Arrête de me regarder
comme ça ! » Lunard se couvrit le visage des deux mains, comme si elle
souhaitait pouvoir s'enfouir directement dans le sol et disparaître.

« J'ai tout pris en compte », déclara Lili avec un petit souffle guindé —
bien que le sourire malicieux qui s'échappait de ses yeux trahissait son
intention taquine.

En observant cette démonstration absurde, Yara parla doucement :

« Si tu n'as vraiment rien ressenti, pourquoi paniques-tu autant à propos de
son sort ? »

« Je... je suis juste en colère qu'il soit parti tout seul ! Son cerveau est si
simple qu'il vibre, c'est tout. Ça n'a rien à voir avec moi... » La voix de
Lunard devint de plus en plus petite, jusqu'à ce que les dernières syllabes
se cachent presque sous ses manches.

Enfin satisfaite, Lili lui tapota l'épaule avec l'air d'une fée âgée distribuant
la sagesse de la vie. « Très bien, très bien — cette fois, on te croira. Mais
honnêtement, ce prince est dans de beaux draps maintenant. Nous ferions
mieux d'agir vite. »

Soudain, une étincelle s'alluma dans ses yeux — comme si un secret
céleste venait de lui traverser l'esprit. Elle se tapa la manche si
brusquement que Lunard faillit sursauter de sa peau.

« Je l'ai ! »

« Quoi ? » répondirent les deux autres en chœur.

Lili leur donna un coup sec sur le front à chacun.

« Qu'est-ce que tu imagines ? Évidemment, j'ai une idée. »

« Mademoiselle a trouvé un plan aussi vite ? » Lunard la regarda, émerveillée, l'admiration jaillissant d'elle comme de petits feux d'artifice. « Ma dame est vraiment brillante ! »

Lili sourit, aussi satisfait qu'un renard, et tira fièrement un charme à bords argentés de sa robe—ses sigils rouges brillant faiblement sous la lumière de la lampe.

« Le Royaume Immortel interdisait l'usage des arts immortels — mais ils n'ont jamais parlé de talismans. »

Ses yeux se courbèrent en croissants, le sourire d'un petit renard qui avait réussi à trouver une faille colossale et était maintenant prêt à semer le chaos maximal.

Lunard claqua la langue.

« Ton cerveau ajoute vraiment des effets spéciaux au Miroir Céleste. »

Yara resta sereinement calme, mais pour la première fois, une lueur d'intérêt sincère s'éveilla dans ses yeux.

« Les talismans ne sont pas restreints... Il est possible de contourner les Édits avec cette logique. »

Lunard hocha la tête à plusieurs reprises.

« Le monde des mortels compte plein de magiciens de rue qui vendent des charmes. Il n'y a pas de loi céleste contre l'achat de ça ! »

« Alors allons-y. » Lili déploya le talisman, levant le regard vers la scène du palais encore scintillante dans le miroir.

Son expression se refroidit, s'aiguisant avec un nouveau délibéré.

« On va amener le petit prince idiot de Lunard ... de retour vivant. »

Chapitre 45 : Incantation de la Vérité activée

La lueur doré-blanche émanant du Miroir Céleste ne s'était pas complètement estompée lorsque les sigils complexes du talisman de Yun Lili explosèrent dans une explosion décisive de lumière.

Un éclair vif et momentané—le bruit habituel du vent fut violemment coupé—et dans le battement de cœur qui suivit, les trois filles apparurent au cœur du vaste domaine du palais, se tenant précisément à côté d'un couloir sinueux délimité par de hauts murs vermillon et des rangées méticuleusement ordonnées de pavés en briques bleues.

Lunard eut à peine le temps de pousser une observation chuchotée et ravie : « Waouh, les carreaux du palais sont d'une propreté étonnante, même dans l'ombre— »

Quand plusieurs éclairs froids, durs et indéniables d'acier poli s'élancèrent vers eux de toutes les directions possibles.

« Qui va là— ! »

« Restez là où vous êtes sur-le-champ, ne bougez pas ! »

« Intrus non autorisés — arrêtez-les immédiatement ! »

Plus de dix lames se mirent instantanément en position, leurs tranchants affûtés pressés agressivement et menaçantement contre le cou respectif des filles.

Ce n'était clairement pas l'entrée subtile et héroïque qu'ils avaient imaginée ; En fait, cela s'est avéré bien plus désastreux que les pires attentes de quiconque.

Yun Lili cligna des yeux deux fois, son visage figé en plein milieu d'expression. Lunard arborait une expression qui criait : *I t*

Vieille toi, les fleurs sur sa tombe seraient déjà fanées, et maintenant nous allons le rejoindre de manière totalement indigne.

Yun Yara se contenta de froncer les sourcils, et bien qu'elle n'ait pas encore prononcé une seule syllabe, sa simple présence imposante fit taire subtilement tout le chemin de pierre d'un demi-souffle perceptible.

« Soupir... pas un seul moment béni d'infiltration paisible, jamais, hein ? » murmura Lili à voix basse, une note de résignation perçant dans sa voix.

Puis, avec un air de détermination sombre et téméraire, elle plongea profondément la main dans sa manche.

« Très bien—Talisman Chatouille, lève-toi et brille et accomplis tes devoirs avec une diligence excessive. »

Casser.

Un talisman de travers, ses sigils dessinés de manière distinctement chaotique, presque amateur, frappa violemment dans l'air.

Des étincelles argentées explosèrent immédiatement vers l'extérieur, inondant la zone.

Instantanément—

« Qu—pourquoi—ça démange —?! Aaaah !! Cieux miséricordieux ! »

« Pas sous les bras—NON—NON—aide—mon dos ! Ma taille ! Quelle sorcellerie cruelle et inhabituelle est-CE —?! »

« Lance l'épée ! Lance-le LANCE-LE—d'accord, je me suis trompé, J'AVAIS TORT—!! »

Les gardes du palais s'effondrèrent dans un enchevêtrement chaotique, agité et hurlant de membres. Ils roulaient, se tordaient et griffaient désespérément chaque centimètre d'eux-mêmes comme si un million de petites chenilles duveteuses avaient lancé une attaque coordonnée et impitoyable sur leurs colonnes vertébrales collectives.

Trois ceintures officielles ont été complètement envolées, ajoutant à la confusion générale. Quelqu'un a perdu une botte.

« Allez, allez, allez ! » Lili se précipita en avant, les encourageant à continuer. « Avant qu'ils ne finissent de démanger délicieusement ! »

Yara dégaina sa propre épée sans un bruit, le geste un murmure d'acier élégant.

Lunard se prit la tête et hurla, « Mademoiselle ! Combien de types particuliers de talismans avons-nous apportés, précisément ?! Et pourquoi as-tu choisi cette histoire aussi humiliante MAINTENANT ?! »

« Peu importe — la vitesse, c'est absolument tout en ce moment ! » Lili rit, dégainant déjà le Miroir Céleste et y versant de l'énergie spirituelle avec une urgence désespérée.

« Du Shao, révèle ta position exacte à cet immortel, immédiatement et sans délai. »

Le miroir trembla violemment, une lumière dorée ondulant rapidement sur sa surface. Les scènes changeaient à une vitesse vertigineuse jusqu'à ce que finalement—

Le voilà. Du Shao au centre même de la Salle du Trône d'Or, agenouillé sur un genou, les yeux fixés, enfermés dans une dispute publique féroce.

Au-dessus de lui, l'Empereur était assis raide sur le trône du dragon, son visage un véritable nuage d'orage prêt à exploser en une fureur impériale totale.

« Vite—par ici ! » aboya Lili, courant en avant tout en suivant la lumière changeante à l'intérieur du Miroir Céleste.

Elle fila à gauche, coupa brusquement à droite, et déchaîna talisman après talisman le long de la route, leurs ondulations explosives brisant systématiquement des couches de protections du palais et de restrictions cachées avec de fortes éclats de lumière.

Enfin, alors que les trois atteignaient la dernière volée de marches en marbre poli devant la grande salle, un ordre froid et impérial résonna de l'intérieur—profond, autoritaire, et totalement impitoyable :

« Gardes—traînez Du Shao. Jettez-le dans le Donjon Céleste— »

« —ARRÊTE-TOI LÀ ! »

Un rugissement, bien trop rauque et plein d'entrain pour un espace aussi sacré et digne, déchira l'air oppressant de la salle.

Moony fit irruption par l'entrée, essoufflée, ses jupes flottant derrière elle comme une bannière rose éclatante de chaos absolu.

Lili et Yara se figèrent en plein pas, l'air complètement consternées.

Oh non. Oh non non non.

Qui lui a appris cette phrase ? Qui lui a permis de crier cette phrase dans un tel endroit ?! C'est pire que le talisman des chatouilles !

Tous les regards dans la salle se tournèrent violemment vers l'embrasure de la porte.

Les gardes — ceux qui n'avaient pas été totalement neutralisés plus tôt — s'étaient regroupés et se ruaient maintenant vers l'avant, lames dégainées à nouveau, les entourant d'une tension crépitante qui pouvait éclater à tout moment.

« Laisse-moi—laisse-moi juste voir quels talismans il nous reste— » haleta Lunard en attrapant frénétiquement le sac brodé de Lili et en plongeant sa main comme une joueuse désespérée cherchant sa dernière pièce. « Tu n'avais pas dit que sortir un talisman stabiliserait la situation !? »

« J'ai dit ça—oui—mais je ne sais pas non plus quels talismans précis j'ai réellement apportés !! » Lili hurla, la voix au bord des larmes.

Mais Lunard, malgré sa panique, ne cessa pas de fouiller. Un coup sec—

Casser.

Un talisman fin bordé d'or pâle jaillit de sa main.

Dès qu'il apparut, son écriture s'enflamma en plein vol.

Une voix sereine et omniprésente — riche, résonnante et profondément surnaturelle — résonna dans toute la salle du trône :

« Incantation de Parole de la Vérité activée. »

« Veuillez exprimer vos pensées les plus honnêtes et sans filtre. »

La voix flottait dans l'air comme le décret solennel d'un juge céleste. Il y avait même un écho sacré.

Les trois filles : « ...... »

L'Empereur : « ... ? »

Du Shao : « ... Moony? Qu'est-ce que tu fais ici ? »

Lili : « On est fichus. »

Yara : « Excellent. J'attends avec impatience l'honnêteté absolue de chacun. »

Lunard : « ... J'aimerais vraiment mourir maintenant. »

Tout le monde dans la salle se figea.

Puis—

«... En vérité, » annonça gravement l'Empereur, avec la solennité de discuter d'une politique nationale cruciale, « cette couronne de dragon me donne un terrible mal de tête. »

Toute la cour : « ...... »

Le contenu, cependant, a amené plusieurs ministres clés à reconsidérer immédiatement si le Fils du Ciel avait peut-être complètement perdu la raison dans la dernière demi-heure.

La voix de Du Shao suivit, douce et rauque, s'échappant avant qu'il ne puisse arrêter sa confession :

«... Pour l'instant, tout ce que je veux vraiment, c'est la serrer dans mes bras. »

Ses yeux — sombres, conflictuels et douloureusement sincères — étaient fixés immobilement sur Lunard. Ce murmure d'une confession résonna triplement sur le plafond voûté, répétant la vérité la plus profonde de son cœur pour que chaque âme dans la salle l'entende.

« Je ne crois pas qu'il ait vraiment de preuves concrètes ! »

Un ministre senior poussa soudain un cri aigu—sa voix se brisant comme celle d'un coq terrifié à l'aube.

Au moment où les mots sortirent de sa bouche, il se figea, fixant le vide comme si son âme l'avait physiquement giflé au visage.

« Je... J'ai triché aux examens impériaux il y a dix ans — mon beau-père m'a explicitement divulgué les réponses — aaahhh pardonnez-moi, ancêtres... »

Les jambes d'un autre ministre fléchirent complètement. Il s'effondra à genoux et se mit à sangloter de fortes larmes laides.

« Je... J'aime bien la Concubine Rong... »

Quelqu'un d'autre lâcha dans un rugissement étranglé d'humiliation — puis devint instantanément rouge comme des tomates, se couvrit le visage des deux mains, et s'élança hors de la salle du trône, la dignité totalement oubliée.

Un instant——

Toute la Salle du Trône Doré sombra dans un chaos pur et incontrôlable.

Des vérités débordaient comme des bassins d'eau tragiquement renversés, inarrêtables et totalement catastrophiques.

Personne ne pouvait contrôler sa propre bouche. Chaque homme semblait terrifié, les mains volant vers leurs lèvres dans des tentatives vaines d'arrêter le déluge — mais chaque syllabe jaillissait comme une confession tirée sous une torture céleste sévère.

«... Je ne voulais pas dire que j'aime profondément porter des vêtements féminins — que Dieu m'aide — j'en ai fini ! J'en ai fini !! » Un certain général sauta sur place comme un lapin paniqué, les yeux embués de larmes.

« —ASSEZ ! Vous tous—fermez-vous !! » L'Empereur rugit, mais son ordre avait à peine touché l'air—

Lili s'était déjà pliée contre l'épaule de Yara, riant si hystériquement qu'elle faillit perdre l'équilibre.

« Je—je crois que je vais devenir un criminel historique—
HAHAHAHA—c'est glorieux— ! »

Yara restait extérieurement tranquille, mais ses yeux brillaient d'une
amusement glacial.

« Une assemblée de cour unique dans une vie d'honnêteté absolue et sans
filtre. »

Pendant ce temps, le visage de Lunard avait pris la couleur alarmante
d'une tomate mûre. Une main agrippait la manche de Du Shao avec
désespoir, l'autre tentait désespérément — sans espoir — de fermer sa
propre bouche.

Mais l'incantation n'a épargné personne, pas même les auteurs.

« Je ne voulais PAS qu'il me tienne la main ! Je ne me suis PAS
embarrassée !! » hurla-t-elle involontairement.

Dès qu'elle eut fini, elle avait l'air de vouloir exploser en feu d'artifice sur
place et de déverser des regrets scintillants sur toute la salle. *Damnation.
Même eux ont été pris dans le contrecoup du Sort de Vérité !*

Du Shao cligna des yeux, le choc dans ses yeux s'adoucissant en quelque
chose de plus chaleureux—plus profond. Un sourire lent et indéniable se
dessina sur ses lèvres.

«… Je vois », murmura-t-il, la voix basse et posée.

« Qu'est-ce que tu vois !? Qu'est-ce que tu crois 'voir' exactement !? »
Moony hurla, à moitié sauvage, à moitié mortifiée, souhaitant pouvoir
s'écraser la tête contre le Miroir Céleste et mourir glorieusement.

La salle du trône dégénérait en un désastre spirituel d'une ampleur
catastrophique—une frénésie qui fuyait l'âme, qui anéantissait sa
réputation, déclenchée par un seul talisman mal choisi.

À cet instant, debout près des marches cérémonielles, le prince héritier
pâlit — puis vert — puis d'une violente teinte violette alors qu'il sentait
une vérité indéniable monter dans sa gorge comme une éruption
volcanique qu'il ne pouvait arrêter.

«… La vérité, c'est que je n'ai jamais voulu écouter ces vieux monsieurs
ennuyeux du Ministère des Rites », lança-t-il d'un ton raide. « Et—je
n'aime même pas la fille du Grand Tuteur... »

Les mots résonnèrent une fois — deux — trois fois. Il avait l'air d'avoir
été frappé par la foudre divine sur place. Les yeux écarquillés, les mains
se levant brusquement pour couvrir sa bouche, il recula d'un demi-pas, son

esprit hurlant intérieurement : *Je suis mort. Je suis mort. Je suis mort. Je suis complètement mort— !*

À ses côtés, le Grand Tuteur : « ...... »

« JE— JE DÉMISSIONNE !! » Le Grand Précepteur se retourna brusquement, prêt à s'enfuir de la salle. Il fit exactement deux pas avant que le sort ne lui arrache une autre confession de la gorge :

« Pour être honnête—j'ai toujours voulu marier ma fille au Troisième Prince de toute façon ! Au moins, ce garçon est plus beau que le prince héritier — si ce n'était que Son Altesse était l'héritier futur ! »

À l'intérieur de la Salle du Trône d'Or, toute la cour impériale se tenait collectivement pétrifiée. L'expression de chaque ministre ondulait comme un étang renversé — pourtant chacun forçait son visage à se raidir, comme pour retenir des blessures internes critiques.

Un ministre murmura à voix basse, la voix pleine d'un profond chagrin : « Maudit soit ce sort de vérité... »

Un autre homme avait l'air d'avoir fui son âme à mi-chemin vers les enfers. « Est-ce que j'ai... ai-je vraiment avoué que j'ai caché de l'argent dans le lac Gusu ? »

«… Par les cieux, s'il vous plaît, prenez-moi maintenant. » Le ministre du Revenu, âgé de soixante-dix ans, tomba directement à genoux et commença à se gifler. « Votre Majesté, ce vieux ministre n'aurait pas dû dire que vous étiez un souverain incompétent !! »

L'expression de Du Shao se tordit en une pure honte. Il ouvrit la bouche, essayant désespérément de se retenir—mais le sort lui arracha une autre confession.

« Je ne veux pas vraiment du trône... Je crains seulement que ma mère ne pleure pour moi, même dans l'au-delà, si je ne parviens pas à la venger. »

Au moment où ses mots tombèrent, toute la salle se figea pendant trois souffles complets.

Puis—

Derrière un pilier de dragon, Lili s'était déjà effondrée en deux à force de rire incontrôlable. « Ça—c'est comme regarder le drame palais le plus déséquilibré et brutalement honnête jamais tourné— je ris aux larmes— ! »

Yara, toujours appuyée contre le sol avec son épée, ajouta d'un ton froid et chirurgical : « Extérieurement noble, pourrie intérieurement. Chacun d'entre eux. »

Et à l'instant d'après——

Des dizaines d'officiels, princes, gardes royaux, eunuques — tous réagirent avec la même panique.

Des mains volèrent vers la bouche.

Les visages devinrent blancs comme un cadavre.

Chaque homme aurait voulu pouvoir se gifler jusqu'à perdre connaissance avec sa propre botte. Le mouvement était si synchronisé qu'il semblait répété.

Le silence s'abattit dans la salle comme une montagne qui tombe. Seul le bruit sourd des battements terrifiés résonnait sous le plafond voûté.

«… Cette séance tout à l'heure ne compte sûrement pas comme un témoignage juridiquement contraignant ? » Le prince héritier força un sourire si raide qu'il en fut presque une grimace. Ses molaires grinçaient. « Père royal, votre fils n'a été qu'ensorcelé — des bêtises décousus sous l'influence. »

Le visage de l'Empereur était aussi noir qu'un chaudron de fer brûlé. Il grogna : « Si quelqu'un ose encore mentionner ce qui vient de se passer, je le condamnerai personnellement — à neuf générations d'exécution ! »

Tout comme le désastre absurde d'une assemblée judiciaire s'est transformé en une véritable dépression mentale—

Lili sentit le danger et frappa du miroir céleste de la paume de la main. « Miroir Céleste — coupe le son ! Maintenant ! »

La surface du miroir vacilla, s'assombrit, et enfin les effets du Sort de Vérité disparurent peu à peu.

Les fonctionnaires s'affaissaient, se tenant la poitrine comme des survivants d'un naufrage, les yeux flous, leur esprit même expulsé de force de leur corps. Seul l'Empereur se tenait debout, vacillant de rage, lançant des regards noirs autour de la salle.

« Vous—vous autres... quel genre de créatures inutiles le Fils du Ciel a-t-il élevées... ? »

« —Protégez Sa Majesté ! Gardes! GARDES !! » Un eunuque revint enfin à la réalité et hurla pour demander du renfort.

Lili cria : « COUREZ ! »

Yara avait déjà dégainé son épée.

Lili attrapa Lunard par le poignet. Tous trois se retournèrent et filèrent vers la sortie. Lili fouilla frénétiquement dans sa pochette à manches à la recherche d'un talisman de téléportation—

Quand Lunard poussa soudain un cri : « Attends !! »

Lili venait à peine de lever le talisman de téléportation que Lunard saisit soudain la manche de Du Shao, ses doigts serrés, ses yeux clairs mais tremblants d'urgence.

« Tu viens avec moi ? »

Du Shao s'arrêta. Son regard descendit vers le bout de ses doigts qui agrippaient le bord de sa manche—un point de contact fragile entre deux mondes.

Pendant une inspiration, il se contenta de regarder. Puis il laissa échapper un rire discret—doux, chaleureux... mais portant une douceur née d'une résolution absolue.

Lunard croisa ce regard — et comprit instantanément. Sa voix se brisa.

« Toi... tu ne veux pas quitter ça ? »

« Lunard, » murmura-t-il, enroulant sa main autour de la sienne en retour, « rien que t'entendre dire ça me suffit. »

Il y avait de la sérénité dans ses yeux — sérénité, et finalité.

« Mais tu pourrais cultiver ! » insista Lunard, le désespoir aiguisant sa voix. « Je pourrais te guider. Je peux te transmettre de l'énergie spirituelle— »

Du Shao secoua la tête. Sa voix était douce, mais ferme comme du fer sous le velours.

« Mon chemin n'est pas le chemin de l'ascension personnelle. Mon chemin est la grande route — la route de tous sous le ciel. Cette terre... ces gens ordinaires souffrants... »

Il n'a jamais fini. Un fracas assourdissant éclata du trône impérial.

L'Empereur, furieux, lança sa coupe de vin. La porcelaine éclata comme la pluie sur les carreaux de marbre, des éclats s'écrasant dans toutes les directions.

« Cultiver l'immortalité ? » rugit-il. « Je prends ! Je le veux ! »

Son regard se dirigea droit vers Du Shao, le tonnerre dans la voix. « Shao, mon fils, puisque tu peux accéder à la voie immortelle — pourquoi ne pas nous l'offrir ? Je t'échange tout ce trône contre ça ! »

Le prince héritier faillit s'étouffer. « Père ! »

Le Troisième Prince renifla avec un amusement empoisonné.

« Dehors. Tu n'as pas ta place ici », lança sèchement l'Empereur au Prince Héritier sans même lui accorder un regard. Puis il se tourna de nouveau vers Du Shao, et son ton changea—doux comme du miel et encourageant : « Shao, mon fils... Tu connais l'affaire de ta mère... Ton père le regrette, vraiment. Cette opportunité de cultivation—pourquoi ne pas la donner à Père, hmm ? »

Du Shao redressa la colonne vertébrale, un feu juste dans chaque syllabe.

« Si Père cherche vraiment une paix durable, alors purifiez d'abord le palais de ses troubles intérieurs ; soulager la pauvreté du peuple ; renforcer l'armée et protéger la terre. Ce n'est qu'alors... que l'immortalité soit discutée. »

« Toi— ! Enfant insolent ! » La barbe de l'Empereur se hérissait de fureur ; Son visage devint cramoisi.

Mais Du Shao ne céda pas. Il s'inclina profondément ; sa voix encore empreinte d'un respect solennel :

« Poursuivre l'immortalité tout en négligeant l'État, c'est aspirer à la longévité pour s'accrocher au pouvoir — ce n'est ni la Grande Voie, ni la voie d'un véritable souverain. »

Le silence s'abattit sur la salle. Aucun ministre n'osa respirer.

Derrière un pilier de dragon, Lili murmura à voix basse, les yeux brillants : « ... D'accord, c'est plutôt beau, en fait. »

Yara déplaça son épée, son regard froid balayant les gardes qui se rapprochaient. « Il parle assez clairement », remarqua-t-elle, presque avec approbation.

Le cœur de Lunard était un nœud de panique et d'émotion—puis elle entendit Du Shao parler à nouveau, d'un ton si doux qu'il n'atteignait que ses oreilles.

« Je connais ton cœur. Ça me suffit. Quand la tempête se calmera — si le destin le permet — je viendrai te chercher. »

Les oreilles de Lunard devinrent rouges. Elle avala difficilement... et desserra sa prise sur sa manche.

« Votre Majesté— » Lili sortit soudain de derrière le pilier, levant le talisman de téléportation d'un geste net du poignet. « Puisque c'est réglé, cette humble jeune fille prendra ses deux compagnons et se retirera — de peur que nous ne perturbions davantage l'auguste contenance de Votre Majesté. Si le monde change vraiment un jour... peut-être nous reverrons-nous. »

La lumière jaillit du talisman. Le vent tourbillonnait autour d'eux. Lili attrapa Lunard ; Yara leva son épée pour ouvrir la formation.

Avant que les gardes impériaux ne puissent réagir, leurs trois silhouettes se confondirent en traînées lumineuses — et disparurent.

Les gardes se jetèrent en avant, pour saisir le vide—puis se figèrent, trop terrifiés pour les poursuivre.

À l'intérieur de la Salle du Trône Doré, le vin fumait encore dans la porcelaine brisée. Le parfum de l'alcool flottait dans l'air comme un fantôme.

Du Shao s'inclina profondément, sans ébranler. Sa voix résonna dans la salle :

« Que Votre Majesté apaise votre colère — car votre fils est prêt à offrir sa vie pour la poursuite de la Grande Voie pour tous ceux sous le ciel ! »

Et au-delà des grandes portes, le vent soulevait trois silhouettes au-dessus des toits cramoisis et des falaises dorées de la cité impériale. Les étincelles du talisman de téléportation se dispersèrent dans la nuit comme des lucioles tombant.

Le fiasco absurde du palais était terminé, pourtant entre les murs du palais, et dans d'innombrables cœurs, les ondulations qu'il laissait allaient être longues... et profond.

Mo Han
墨寒

Chapitre 46 : Le Noyau d'origine du Phénix

Une traînée de lumière argentée déchira les cieux, un arc unique de brillance spirituelle traversant le firmament comme une étoile filante,

perçant droit jusqu'au sommet du mont Yuheng, descendant dans le cœur céleste de la **Salle de Tiansuan**.

Yu Sord entra dans la salle en balayant des robes azur, son fourreau d'épée toujours non remis dans son dos.

Il venait à peine de franchir le seuil que plusieurs lames de conscience divine s'élancèrent vers lui — tranchantes comme la lumière d'une épée, froides comme l'acier hivernal.

L'intention meurtrière tissée dans la salle était si dense qu'elle semblait suspendue dans l'air comme une fumée épaisse et étouffante.

Dans la Salle de Tiansuan se réunissaient les autorités les plus puissantes du Royaume Immortel.

À la tête de l'assemblée siégeait le Seigneur Suprême Yu Sord, maître du Hall Tiansuan.

Son expression était aussi paisible qu'un lac immobile, ses manches argentées d'un blanc flottant comme de la brume, son aura vaste et complète — assez profonde pour engloutir des cieux mais calme comme de la neige intacte.

À sa droite étaient assis Lord Yun et Xiao Yan, l'un sévère, l'autre solennel, tous deux assombris d'inquiétude.

Devant eux flottait une vaste projection de lumière stellaire—

un astrolabe vivant, des galaxies s'écoulant à sa surface alors qu'ils discutaient et déduisaient sur des tons graves.

Sur le côté se tenaient Sang Lee et Yun Tim, le premier tenant un disque de divination céleste, le second enregistrant runes et déductions avec une concentration implacable.

Aucun des deux ne prononça un mot.

Pourtant, le silence de leurs stylos et la tension dans leurs épaules rendaient l'atmosphère presque insupportable.

« Seigneur Suprême, » dit enfin Yu Sord, sa voix ferme mais tranchante l'espace comme une lame traversant dix mille li de vent et de givre, «

votre affrontement avec le Prince Héritier du Royaume des Démons dans le monde des mortels—nous sommes déjà informés.

Mais cette convocation concerne des affaires encore plus urgentes. »

Yu Sord s'inclina profondément.

« Tes ordres. »

Lord Yun fit un mouvement des doigts.

Une poussée d'énergie radieuse éclata en plein air, se déployant en une grande carte des Quatre Royaumes.

« Ces derniers mois, » répondit-il, « le Royaume des Démons et le Royaume des Bêtes ont forgé des alliances secrètes.

Ils n'ont pas encore déployé d'armées ouvertement, mais leur exploration le long des frontières devient de plus en plus audacieuse.

Le Roi des Bêtes prétend la neutralité, mais sa position penche clairement vers les démons.

Le Clan Démoniaque a l'intention d'exploiter l'Armée des Bêtes comme avant-garde, retardant nos forces. »

Xiao Yan laissa échapper un reniflement froid et sans humour.

« Les peuples bestiaux sont avides et changeants—indignes d'une vraie peur.

La véritable menace réside dans l'ambition du Royaume Démoniaque pour le **Noyau de l'Array** de la *Formation Céleste des Sept Étoiles*. »

Il pointa vers le centre de la carte stellaire.

Là, un motif de runes doré cramoisi scintillait—

une immense formation en forme de Grande Ourse, ancrée à la jonction des Quatre Royaumes.

« Cette formation est restée scellée depuis le Grand Chaos il y a dix mille ans », poursuivit Xiao Yan.

« S'il est franchi, les barrières divisant les Quatre Royaumes faibliront.

Le Royaume Immortel et le Royaume Mortel subiront le poids de l'effondrement. »

« C'est pourquoi, » ajouta Sang Lee, le ton tendu comme une corde d'arc, « les démons prévoient de laisser l'Armée des Bêtes ravager les pierres de frontière orientale — pendant qu'ils s'infiltrent pour détruire le cœur de la formation. »

« Détruire le Noyau de l'Array, » murmura un autre ancien, « briserait l'équilibre des Quatre Royaumes.

Une telle audace révèle la véritable ambition du Royaume des Démons — l'expansion n'est que le début. »

Un ancien à la barbe blanche laissa échapper un rire sombre et sans joie.

« Tu m'as bien dit : le Seigneur Démon Flamebane ne cherche pas seulement la terre.

Il cherche à lever une armée assez grande pour se couronner **souverain des Quatre Royaumes**. »

Le silence s'installa dans la salle.

« Ainsi, » murmura Yun Tim doucement, « la priorité est de restaurer la Formation Céleste des Sept Étoiles.

Mais son Noyau Array ne peut être reconstruit qu'avec le **Noyau d'Origine Phénix** — un noyau divin qui se forme naturellement au sein de la lignée la plus pure du Clan Phénix. »

Sang Lee hocha la tête.

« Oui. Le clan Phénix a toujours couronné ses reines parmi leurs « Demoiselles Phénix ».

Seule la Souveraine Phénix en place porte un véritable Noyau d'Origine Phénix dans son corps.

Il n'existe qu'une seule pilule de ce type à un moment donné. »

« Et ainsi, » proclama Yun Tim, sa voix douce mais absolue, « quiconque porte la lignée du Phénix capable de former la Pilule... est de droit la prochaine Reine Phénix. »

Un silence s'abattit dans la salle—si profond qu'il semblait appuyer contre les côtes mêmes du paradis.

Tous les regards se tournèrent, presque à l'unisson, vers **Lord Yun Wuntang de la Salle des Nuages**.

Chaque immortel présent se souvenait avec une clarté frappante de la vision issue de l'évaluation des racines spirituelles de Lili — la silhouette radieuse du phénix s'épanouissant sur le Miroir de la Luminescence des Esprits, un phénomène qui avait secoué la moitié du Royaume Immortel.

Et Lili était, après tout, la fille perdue depuis longtemps que le Maître de Secte venait tout juste de récupérer.

Le Suprême Seigneur Yu Sord resta impassible, son expression toujours placide, sa voix douce mais portant un poids insondable.

« Cette affaire n'est qu'une déduction pour l'instant », marmonna-t-il. « Nous devons préparer des plans de secours.

Personne ici ne cherche à mettre cet enfant en danger —

Mais si la calamité atteint son point de présence, un décret doit exister.

Seigneur Yun Wuntang, vous savez aussi bien que moi... il ne reste qu'*une* seule personne dans ce monde qui pourrait avoir un lien avec le Noyau d'origine du Phénix. »

Yun Wuntang resta silencieux un long moment.

Ses cils s'abaissèrent légèrement, et sa voix fut douce et basse — comme un homme se forçant à traverser des épines :

« Si le jour viendra vraiment où l'Origine Phénix de Lili devra être utilisée comme noyau de la formation— »

Il n'alla pas plus loin.

Car une voix, tranchante comme du jade frappé, traversa la salle en un instant.

« Moi, Yu Sord—je ne consentirai JAMAIS à cela ! »

La déclaration déferla dans la chambre comme un tonnerre.

Plusieurs immortels se raidirent.

Certains affichaient une résignation solennelle ; d'autres ont manifesté un choc total.

Car Yu Sord—célèbre pour sa retenue, son calme et sa clarté froide—se tenait désormais avec une tempête dans les yeux.

Son aura, habituellement sereine comme un givre silencieux, monta violemment ; Une brume blanc argenté ondulait derrière lui comme des lames de lune dégainées.

« Elle porte peut-être une trace de lignée phénix », dit-il, chaque mot martelé dans l'acier,

« Mais la fille n'a même pas encore formé une base adéquate.

D'où viendrait-il alors un Noyau d'Origine Phénix ?

Vous basez toute votre déduction sur un faible vestige d'essence de phénix dans son corps — et avec cela, vous supposez qu'elle peut servir de cœur à un réseau de défense du monde ? »

Son regard balaya la salle.

Un faible éclat — froid, mortel — traversa ses yeux.

« Si cette logique tient la route, qui vient ensuite ?

Un enfant solitaire au sang de dragon ?

Un descendant errant de Kirin ?

Pendant la Grande Guerre dix millénaires plus tôt, le clan Phénix était l'avant-garde.

Ils saignaient d'abord, et brûlaient d'abord—jusqu'à ce que leur race soit presque anéantie. »

Sa voix se fit plus aiguë—

« Maintenant, il ne reste plus que mon fils Zhou et ma fille Lili.

Et tu voudrais qu'elle paie encore le prix ? »

À ces mots, les lèvres de Yun Wuntang se pincèrent.

Bien que son visage restât calme, son esprit bouillonnait violemment sous la surface.

Même Yun Tim s'arrêta en plein mouvement, jetant un coup d'œil de côté.

Yu Sord n'avait jamais—*jamais*—parlé à tort dans une assemblée comme celle-ci.

Jamais il n'avait élevé la voix.

Yu Sord inspira — non pas de calme, mais de fureur débordante à peine contenue.

« Elle a grandi dans le monde des mortels, » murmura-t-il doucement,

« sans guidance, sans cultivation, sans même la stabilité d'un os immortel formé.

Tout ce qu'elle voulait, c'était la sécurité et l'anonymat. »

Ses mains se resserrèrent sur ses manches.

« Qui était-ce ? » continua-t-il, la voix rauque,

« Qui l'a rappelée ?

Qui compte maintenant la jeter à nouveau sur l'autel de la calamité ? »

Il fit un pas en avant—un pas unique qui résonna comme un craquement déchirant le silence solennel de la salle.

« Si le sang doit renforcer la formation — pourquoi serait-il le sien ? »

Sa voix tomba basse, chaque mot comme un sceau enfoncé dans la pierre.

« Si le monde doit atteindre son heure la plus sombre...

alors ce devrait être **nous** — ceux qui ont une cultivation supérieure, avec des épaules plus larges — qui donnerons notre vie pour protéger les royaumes. »

« Pas elle. »

La salle se figea.

Même les lumières célestes flottantes s'éteignirent un instant.

Pendant une respiration—deux—trois—

même le Seigneur Suprême Yu Sord ne dit rien.

Enfin, il leva la main, calmant la montée montante des auras divines.

Sa voix s'adoucit légèrement.

« Seigneur immortel, vos sentiments sont pris en compte.

Cette affaire n'est pas un décret — elle n'est qu'une clause de contingence.

Aucune décision n'a été prise.

Rassurez-vous, aucun sentiment privé n'est en jeu. »

À ce moment-là, celui qui était resté silencieux le plus longtemps s'avança enfin.

Le Seigneur des Nuages Yun Wuntang avançait avec une grâce nonchalante, vêtu de robes blanches simples, sa présence stable comme une montagne ancienne.

Il leva les yeux vers l'écran lumineux suspendu, et quand il parla, sa voix était calme—si calme qu'il semblait que rien au monde ne pouvait la réveiller.

« La mère de Lili, » commença-t-il doucement, « était en effet de la vraie lignée des Phénix.

Il y a des années, lors de mon exploration des Ruines des Esprits du Sud, je suis tombée sur elle, la dernière survivante fuyant l'anéantissement de son clan. »

La salle devint complètement immobile.

« Quand le clan du Phénix est tombé, elle s'est cachée seule.

J'ai noué un lien de vie avec elle, et dans les années qui ont suivi, elle a porté Zhou'er et Li'er.

Pour préserver la stabilité de la lignée des enfants, elle a scellé son dernier fragment d'essence de phénix dans le ventre... »

Sa voix s'adoucit, presque imperceptiblement.

«… et peu après, son esprit se dispersa. »

Bien qu'il parle sans trembler, chaque mot tombait lourd comme la pierre.

« C'était la toute dernière vie qu'elle a choisi de protéger », murmura Yun Wuntang.

« Lili est ma fille bien-aimée. Aucun père ne voudrait jamais l'offrir comme noyau d'une formation. »

Il baissa les yeux, une ombre de chagrin traversant son expression calme.

« Ses proches... sa mère... tout le Clan Phénix est déjà mort pour la stabilité des Quatre Royaumes.

Lili a erré toute son enfance, déracinée et seule.

Ce n'est que récemment qu'elle a été réunie avec sa famille. »

Sa voix s'affina presque en un murmure.

« Remettre le fardeau des royaumes sur ses épaules — cela ne devrait pas être son destin. »

Le silence retomba.

Aucun immortel ne souleva de réplique.

Car au plus profond de chaque esprit présent, la vérité était claire : le Clan Phénix avait déjà payé sa dette en sang.

Le Suprême Seigneur Yu Sord regarda Yun Wuntang un long moment contemplatif, avant de finalement laisser échapper un léger soupir, presque imperceptible.

« Cette affaire sera inscrite dans le Registre Céleste », expliqua-t-il.

« Nous continuerons à observer.

Si le Royaume des Démons agit vraiment sur le cœur de l'array... Nous pourrions délibérer à nouveau.

Il est encore temps. »

Ce n'est qu'alors que l'aura argentée oppressante derrière Yu Sord se dissipa lentement.

Il remit son épée dans son fourreau avec un doux clic final, baissa les yeux et ne dit rien de plus.

Bien que la salle paraisse sereine à première vue,

Sous son calme, des ondulations surgissaient—

un courant sous-jacent d'angoisse, de tension non dite, d'avenirs inexplorés.

Car tous ceux qui se trouvaient dans cet endroit savaient :

Ce débat n'était que le début.

La tempête à venir...

Serait bien plus grand que ce qu'ils avaient encore nommé.

* * * * *

Derrière la grande salle du mont Yuheng, le vent reposait immobile comme une feuille de verre.

Sang Lee referma le disque de divination céleste dans ses mains.

D'un coup de manche, les lumières persistantes se replièrent sur elles-mêmes, les ondulations de la force spirituelle s'installant comme de l'eau retombant dans un puits profond.

Il ne partit pas tout de suite.

Au lieu de cela, il se tourna sur le côté et jeta un regard pensif vers Yun Tim.

« Qu'est-ce que tu fais ? » demanda doucement Sang Lee,

« De ce qu'il a dit aujourd'hui ? »

Yun Tim se tenait sous les avant-toits, une main jointe derrière lui, l'autre caressant distraitement la bague en jade sculpté en phénix à sa taille.

Ses yeux étaient froids — presque indifférents — mais le calme portait un tranchant tranchant en dessous.

« S'il ne l'avait pas dit », répondit Yun Tim,

« Il ne serait pas Yu Sord. »

Le sourcil de Sang Lee se haussa légèrement.

« Mais le Noyau d'origine du Phénix... est vraiment le seul noyau stabilisant de l'antenne. »

« Et alors ? » répliqua Yun Tim, levant les yeux.

Sa voix portait un léger froid moqueur.

« Tout ce que je sais, c'est que l'enfant en question porte le sang de notre famille Yun. »

Sang Lee resta silencieux un long souffle.

Puis, doucement :

« Si la formation s'effondre, les Quatre Royaumes se fissureront.

Le Royaume des Démons va marcher.

D'innombrables êtres périront.

Quand cela arrivera — que se passera alors ? »

Yun Tim s'avança, laissant échapper un léger ricanement.

« Une petite fille, » dit-il, « portant le destin de quatre royaumes ?

Si ce n'est pas une blague cosmique, je ne sais pas ce que c'est. »

Il fit une pause, et quand il parla de nouveau, sa voix se fit aiguisée comme une lame tirée du givre.

« Il y a cent mille ans, le Royaume Céleste supplia le Clan du Phénix de tenir la ligne — trois jours, disaient-ils. Trois jours pour garder l'antenne. »

Il rit, bas et froid.

« Et que s'est-il passé ?

Trois jours sont devenus trois mois.

Un à un, les phénix moururent jusqu'à ce que le clan ne soit plus qu'en cendres.

Les anciens célestes aujourd'hui — ont-ils tous oublié commodément leur propre trahison ? »

Les cils de Sang Lee tremblaient, mais il ne dit rien.

Yun Tim regarda vers les couloirs lointains, enveloppés de nuages flottants.

Une légère boucle sardonique effleura ses lèvres, bien que ses yeux se ternissaient d'une teinte plus sombre.

« Quoi qu'il en soit, » murmura-t-il,

« Elle porte du sang Yun.

En tant qu'oncle—au minimum—je ne la laisserai pas marcher sur le même chemin ruineux que sa mère. »

Sang Lee expira doucement.

« Tu sais bien... sa mère l'a choisie de son plein gré. »

« Prêt ? » Yun Tim souffla, un son glacial.

« Personne ne le veut.

Ils étaient acculés—chacun d'entre eux. »

Il fit un claquement de ses manches, détournant déjà le regard, ses pas vifs d'une fureur contenue.

« Si elle est vraiment un phénix », déclara-t-il, sa voix basse et définitive derrière lui,

« Alors elle aura sa propre tribulation. »

Une pause.

« Mais cette tribulation », conclut Yun Tim,

« Ça devrait être à elle de choisir—

pas quelque chose décrété par quelqu'un d'autre. »

Il s'avança dans la brume flottante, laissant le couloir arrière plongé dans un silence plus profond qu'avant.

« Cette calamité lui appartient à affronter, à elle de nommer ; il ne sera pas choisi en son nom. »

* * * * *

Le vent nocturne traversait le bosquet de bambous devant la salle Yuheng, caressant les feuilles jusqu'à ce qu'elles murmurent comme une pluie lointaine.

Yu Sord se tenait sous le couloir ouvert, la longue épée à la main toujours rangée ni dans le fourreau ni dans la sérénité.

La lame brillait faiblement — une lumière blanche froide reflétant la colère qu'il n'avait pas encore dissipée.

Il avait vécu et cultivé pendant mille ans.

Il avait marché à travers le sang et le tonnerre, observé l'ascension et la chute de sectes, vu des centaines de dynasties mortelles vaciller comme des étincelles dans le vent.

Et jamais—pas une seule fois—il n'avait perdu son sang-froid devant un conseil d'immortels.

Pas avant aujourd'hui.

La protéger est mon égoïsme ;

Refuser de la protéger serait mon péché.

Il murmura ces mots à voix basse, la mâchoire crispée, les tendons de sa main se resserrant autour de la garde jusqu'à ce que les jointures pâlissent.

Son regard dériva vers un groupe lointain de bâtiments voilés dans un nuage flottant — le petit pavillon dont la lanterne brillait faiblement à travers la brume.

* * * * *

Pavillon Fenghua.

L'endroit où elle vivait.

Où la fille qui avait autrefois marché seule dans une tribulation du tonnerre juste pour prouver qu'elle était plus que le destin ne le permettait—respirait, dormait et riait.

Sa vie passée, il l'avait laissée tomber.

Sa vie actuelle — il ne la perdrait pas à nouveau.

Il ne le voulait tout simplement pas.

Si le jour venait vraiment où ils exigeaient sa vie pour réparer l'array...

Il défierait le destin lui-même.

Il s'ouvrirait un chemin hors des cieux s'il le fallait.

* * * * *

À l'intérieur de la grande salle, les immortels s'étaient dispersés.

À l'extérieur de la salle du Conseil Astral Tianxuan, il ne restait personne—à l'exception d'une lanterne mourante, tremblante sur les marches de pierre.

Deux ombres s'allongèrent à côté.

« Tu n'as pas parlé tout à l'heure, » souffla un vieil homme en sortant de l'obscurité.

Sa voix raclait comme le vent à travers des branches mortes, portant une légère boucle de moquerie.

« Tu as laissé ce Yu Sord brandir son épée et lancer un regard noir à tout un conseil. Si ce vieil homme n'avait pas su mieux, j'aurais cru que tu avais peur. »

En face de lui se tenait une silhouette en robes noires filées d'argent—
calme, tranquille, sévère comme le givre hivernal.

Celui connu sous le nom de Maître du Palais Suyuan.

Il baissa légèrement les yeux.

Sa voix était douce, légère comme de la fumée flottante.

« Ceux qui parlent trop lourdement, » déclara Suyuan, « sont trop
profondément rappelés. »

Le rire du vieil homme était froid.

« Il peut la protéger un instant. Pourra-t-il la protéger toute sa vie ? Si le
jour viendrait vraiment où le Noyau d'Origine Phénix serait nécessaire...
Serez-vous vraiment prêt à la renoncer ? »

Suyuan ne répondit pas.

Il leva simplement la main et désigna l'endroit où la projection étoilée
avait disparu des heures plus tôt.

Son ton était doux, mais aussi impitoyable que le givre qui tombe.

« Le schéma du destin est incertain. Tout peut encore changer. Une vraie
divination, » murmura-t-il, « prépare toujours trois voies. »

Les paupières du vieil homme vacillèrent.

« Et si la fille refuse de rendre la pilule ? »

« Alors quelqu'un, » répondit Suyuan,

« Je veillerai à ce qu'elle consente. »

Sa voix était si douce qu'elle glaça les os.

« L'Origine Phénix est scellée dans le noyau du dantian — un noyau
d'énergie interne. Si elle ne peut pas l'activer elle-même, il n'est pas
impossible de l'extraire par un réseau. »

Une ombre traversa le visage de l'aîné.

«… Tu as déjà planifié ça ? »

Suyuan ne le nia pas.

« Quand elle a été amenée dans notre royaume pour la première fois, »
murmura-t-il lentement, « j'ai placé une marque sur elle — un sceau de
frontière appartenant à ce monde. En cas d'urgence, le sceau peut lier son
esprit et enfermer son noyau divin. »

Son expression ne changea pas.

Sa voix ne vacilla pas.

« Tant que son nom restera inscrit au registre céleste, **elle n'échappera jamais** à la juridiction de Tianxuan. »

Un silence.

Puis le vieil homme laissa échapper un rire mince, sans humour.

« De nous tous, » murmura-t-il derrière sa manche,

« Toi... sont les plus cruelles. »

Suyuan ne dit rien.

Il se retourna seulement, ses manches effleurant la pierre comme de la neige dérivée, et marcha silencieusement dans l'obscurité.

La flamme vacillante de la lanterne projeta une dernière lueur sur les marches de pierre, une cage de lumière enveloppée autour d'une seule étincelle, silencieuse, étouffante, tranchante comme une lame dissimulée.

Chapitre 47 : L'attrait du marché des mortels

Les portes du palais s'étaient déjà refermées lentement et définitivement derrière eux, les carreaux dorés et les murs cramoisis reflétant de longues silhouettes marquées dans la lumière du soir.

Les rues étaient animées de bruit, le marché aussi animé et bruyant que d'habitude, comme si l'extraordinaire anomalie céleste observée plus tôt dans la journée n'était rien d'autre qu'un rêve fugace et lointain.

Yun Lili, cependant, ne put s'empêcher de tourner la tête pour un dernier regard incertain.

Elle se tenait au coin de la rue, le regard fixé intensément sur le haut mur. Son expression était légèrement figée ; Elle avait ce sentiment distinct et troublant que quelque chose d'essentiel avait disparu.

Elle sortit son miroir en bronze, son pouce effleurant légèrement la surface froide, sa voix réprimée à un murmure : « **Miroir Céleste**, aide-moi... où est exactement passé Yu Sord ? »

La surface du miroir de bronze vacilla d'une faible lumière, puis fut immédiatement enveloppée d'une fine couche de brume.

Dans les vapeurs tourbillonnantes, la zone où une silhouette ou une aura spirituelle aurait dû se refléter était totalement vide ; Même la lucarne ambiante ne semblait pas capable de percer le vide.

Elle fronça légèrement les sourcils et appela son nom une fois de plus : « Yu Sord ? »

Le miroir de bronze resta totalement silencieux, la brume devenant de plus en plus dense, se stabilisant finalement en un épais nuage sombre qui s'abattait sur toute la surface du miroir, comme si une barrière puissante et sophistiquée avait complètement masqué l'essence spirituelle de la personne.

« Lunard », appela soudain Yun Lili d'une voix basse.

« Hein ? » Lunard, mangeant une brochette d'aubépine confite, se pencha plus près, les joues collantes. « Qu'y a-t-il ? Cherches-tu le Seigneur Céleste Yu ? »

«… Je ne le vois pas, » dit Yun Lili, son expression étrange alors qu'elle rangeait le miroir. « Il était avec nous il y a quelques instants ; Comment est-il parti si soudainement, et pourquoi le miroir n'affiche-t-il rien ? »

Lunard s'arrêta, surpris : « Étrange ? Oui, comment le miroir pourrait-il ne rien voir du tout ? »

Yun Lili ne répondit pas, son expression se durcissant sous plusieurs degrés de gravité. Le Miroir Céleste, bien que certainement pas omnipotent, était capable de réfléchir les signatures spirituelles atmosphériques et de localiser les âmes ; même une âme profondément endormie laisserait une trace observable... Mais cette fois, il n'y avait que un vide total.

« Arrêtez de vous inquiéter, Mademoiselle », dit Lunard en secouant joyeusement sa brochette d'aubépine. « Il est tellement capable ; il est simplement retourné dans le Royaume Immortel pour déposer un rapport d'incident immédiat, peut-être. »

« Il aurait peut-être eu la décence de nous dire au revoir avant de partir », murmura Yun Lili en levant les yeux au ciel, mais incapable de cacher un fil de profonde inquiétude dans sa voix. « Je ressens juste une étrange inquiétude dans mon cœur... »

« Oh, arrête de t'inquiéter, Mademoiselle ! Vraiment ! » Lunard tira avec enthousiasme sur sa manche. « Nous sommes toujours dans le royaume des mortels ! C'est une opportunité rare, excellente et irréprochable ; Tu ne penses pas qu'on devrait profiter de l'occasion pour vraiment s'amuser ? »

« Tu aimes ? » Yun Lili fut momentanément prise au dépourvu. « Maintenant ? »

Moony ouvrit grand les yeux, son visage incarnant une conviction absolument juste : « Plus de plaisir maintenant, c'est une occasion perdue ! Si vous ne saisissez pas l'instant, la prochaine fois que vous aurez envie d'aubépine confite, vous devrez humblement demander un mandat à la Cour Céleste ! »

« Oh... »

Soudain, les yeux de Lunard se plissèrent avec suspicion alors qu'elle scrutait Yun Lili, mettant sa maîtresse complètement mal à l'aise.

« Qu'est-ce que ce regard est censé signifier exactement ? »

« Votre personnalité semble avoir subi une étrange alteration, Mademoiselle ? Tu ne penses pas tout de suite à la nourriture et au jeu ? »

Yun Yara, debout à proximité, prit soudain la parole : « ... Un peu de plaisir ne ferait aucun mal. »

Yun Lili se tourna vers elle.

L'expression de Yun Yara était parfaitement impassible, mais son regard restait fixé sur l'activité lointaine du marché. Ses yeux reflétaient les lumières fugaces des stands, semblant à la fois distraits et totalement indifférents. Ayant donné son approbation, elle ne dit rien de plus, se contentant de se tourner légèrement et d'entrer résolument dans le marché animé.

« Qui a dit que je ne voulais pas jouer ? » Yun Lili haussa délibérément les sourcils, donnant à Lunard une tape sece et espiègle dans le dos. « Allez ! Nous allons manger de délicieuses boulettes vapeur, des pâtisseries au sucre et un énorme phalange de porc braisé ! »

«… Elle a vraiment accepté, alors ? » s'exclama Lunard, surpris. « Vite, vite, continuons ! »

Yun Lili, incapable de contenir son propre malaise intérieur face à un tel enthousiasme, n'eut d'autre choix que de mettre cette inquiétude de côté et de la suivre.

Le trio se promenait, parcourant les étals colorés de lampes, achetant des sablés et jouant au lancer d'anneaux. Même Lunard réussit à capturer une lanterne en forme de carpe en papier, qu'elle serra joyeusement contre sa poitrine. Yun Lili, d'abord préoccupée, commença lentement à se détendre au milieu des parfums de sucre et du vacarme joyeux des voix humaines.

À l'approche du soir, le ciel s'assombrit peu à peu, et les étals du marché commencèrent à ranger les objets.

« Regarde ! Là-bas, il y a un stand qui vend des lampes à alcool ! Je crois qu'ils offrent des feuilles de dessin de souhaits ! » Moony repéra un stand avec des yeux perçants.

« Ce ne sont que des absurdités bon marché destinées à arnaquer des enfants simples ; J'ai déjà vu ce **genre de bavardages** dans des villages... » murmura Yun Lili, d'un ton digne de mépris professionnel et élevé.

Lunard ignora les marmonnements incessants de sa maîtresse, entraînant avec enthousiasme les deux autres au coin de la rue dans une petite ruelle ornée de nombreuses lanternes rouges.

La ruelle était longue, étroite et profondément ombragée ; Le pavé de pierre était légèrement humide. Les lanternes rouges bordant les murs se balançaient doucement dans la brise, émettant un bruit léger, faible et grinçant.

Ce qui est étrange, c'est que bien que le ciel ne soit pas encore complètement assombri, la ruelle était sombre et profondément trouble, comme si elle existait dans un royaume autonome. À chaque pas plus profond, ils avaient l'impression de franchir le seuil d'un tout autre monde.

« Cet endroit me semble plutôt étrange », murmura Yun Lili, ressentant immédiatement un léger frottement surnaturel sur ses pieds dès qu'elle posa le pied sur la pierre.

Lunard, sautant en avant avec excitation, répondit : « Regarde vite ! C'est juste là ! »

Au bout de la ruelle se dressait un petit stand recouvert de tissu floral aux couleurs vives. Sur elle étaient exposés une variété de pots étranges et anciens—des pots épais, des pots fins, des pots aux becs torsadés, et même un objet en forme d'un crapaud.

« Ces théières ont une esthétique très étrange », remarqua Yun Lili avec suspicion, prenant un objet qui ressemblait à une théière, gris de poussière et manquant de la moitié du couvercle.

Le propriétaire du stand, un vieil homme lourdement voûté, caressait sa barbe clairsemée et laissa échapper un doux rire complice : « La jeune fille n'a qu'à frotter le corps du pot avec sa main, et une délicieuse surprise sera sûrement révélée. »

Les yeux de Lunard brillèrent immédiatement d'excitation : « Frotte vite, frotte vite, Mademoiselle ! »

Yun Lili, soupçonnant profondément de contribuer activement au déclin de sa propre dignité, frotta prudemment la marmite. Soudain, un panache de fumée violette intense *s'*élança violemment !

Un petit génie aux cheveux serrés et à la voix aiguë et perçante apparut instantanément.

Il se présenta comme Gus, le trente-neuvième **Gardien de la Marmite à Vœux**, et lança un argumentaire agressif pour ses « paquets de souhaits » sur mesure, se vantant même d'avoir personnellement préparé du thé pour le Roi Dragon de la Mer de l'Est.

Avant que le trio ne puisse complètement se remettre de l'absurdité pure de l'arrivée du premier génie, Lunard avait déjà sauté sur l'objet suivant— un pot en bronze en forme de tête de bête féroce : « Je veux celui-ci ! »

Elle lui donna un frottement vigoureux. Un sourd sourd retentit, et un immense génie barbu, vêtu de peaux d'animaux rugueuses, jaillit du bec du pot.

Il parla d'une voix rauque et tonitruante : « Je suis le **Maître Forjeur de Vœux du Tigre** Féroce ! Aucun paiement n'est requis si le souhait n'est pas satisfaisant ! Je suis le choix de référence pour tous les souhaits concernant la force et la puissance brute ! »

«……» Lunard l'observa avec un sérieux intense. « Il ressemble distinctement au Chien Céleste Hurlant appartenant au Seigneur Erlang, n'est-ce pas ? »

Yun Lili réprima un rire et, avec un soupir las, attrapa simplement un petit pot en porcelaine rose magnifiquement fait et le frotta rapidement.

Après un carillon clair et strident, une petite fée aux ailes lumineuses doubles apparut, avec des effets de fond scintillants auto-générés : « Je suis **Wish Sparkle Number** Seven ! Vos souhaits peuvent être entièrement faits vous-même ! Thèmes de jeune fille, romance, transformation en beauté, perte de poids, intelligence accrue — si tu oses concevoir cela, j'ose le jouer pour toi ! »

« Quel Département Céleste a autorisé votre entrée collective dans le monde des mortels ? » demanda enfin Yun Lili, incapable de retenir plus longtemps sa curiosité.

Les trois Génies des Vœux se mirent immédiatement en rang propre, déclarant à l'unisson parfait et synchronisé : « Nous possédons un enregistrement légal ! Notre numéro de dossier est 807 du **Bureau des Souhaits** ! »

Ils ont même pressé avec enthousiasme des cartes de visite aux filles, avec parfum et paillettes, ainsi qu'un petit livret imprimé détaillant les catégories de souhaits.

Yun Yara observait les pitreries de ces génies hyperactifs et totalement indignes et sentait un mal de tête lancinant distinct monter.

Elle se retourna pour faire une retraite stratégique immédiate, mais Lunard la saisit : « Attends, ne pars pas ! J'ai toujours envie de frotter le quatrième— »

Yun Lili, faisant preuve d'une présence d'esprit impressionnante et d'une rapidité admirable, intervint rapidement en posant fermement une main sur un autre des vaisseaux curieux.

À l'instant suivant, un puissant torrent de vapeur dense d'indigo jaillit du jet avec un *souffle audible* et une force importante !

Après un son un peu proche d'une longue expiration bruyante, un petit génie violet, vêtu d'une étrange robe rituelle et de cheveux enroulés comme un mouton duveteux, fut expulsé de force. Il heurta le côté de la cabine avec un fort *Aïe*, avant de s'accroupir, se tenant la tête de douleur.

« Qui ose—quel vaurien audacieux et mal élevé a osé me faire sortir du pot comme ça ! »

Yun Lili : « ...... Lui ? »

Yun Yara porta la main à son front, soupira silencieusement, puis fit un pas stratégique en arrière sans expression.

Lunard se serra le ventre, convulsant de rire : « Hahahaha ! C'était absolument génial ! »

Le petit génie se frotta le front, leva les yeux, et en voyant Yun Lili, ses yeux se plissèrent avec un profond mépris : « Eh bien, eh bien, eh bien, un embryon immortel novice ? Ou peut-être un tout juste promu du niveau **absolu de Cabbage Patch** ? »

Yun Lili : « Et qui *êtes-vous* , exactement ? »

« Qui suis-je ? » Le petit génie posa agressivement ses petites mains sur ses hanches. « Celui-ci est le trente-neuvième **Gardien du Pot à Vœux — Merlin Gros Potts** ! J'ai servi trois mille créateurs de vœux divers, et laissez-moi vous dire, même le Roi Dragon de la Mer de l'Est m'a utilisé pour préparer son thé ! »

« C'est *toi* qui as été infusée dans la théière, sûrement », murmura Yun Lili en réplique.

« Hé, petite demoiselle, désires-tu un vœu ? Trois conditions simples s'appliquent : premièrement, vous ne devez pas me demander pourquoi ; Deuxièmement, tu ne dois pas dire que tu regrettes ce vœu une fois exaucé ; et troisièmement, tu ne dois pas souhaiter quelque chose d'aussi terriblement banal que de faire tomber quelqu'un amoureux de toi. »

Yun Lili : « Je me demande si je pourrais souhaiter que tu te tais simplement ? »

Lunard : « Puis-je souhaiter qu'il produise plus de fumée ? L'effet visuel est absolument sensationnel et dramatique ! »

Alors que Lunard s'apprêtait à frotter la prochaine casserole, le vieux propriétaire laissa soudain échapper une petite toux profonde.

« Estimés Immortels », dit-il. Il releva lentement la tête, son regard venant de derrière le tissu fleuri. Ses yeux, bien que troubles, portaient un fil d'une intensité étrange et troublante. « Un souhait, voyez-vous, a toujours un prix. »

Yun Lili haussa un sourcil : « Ne nous as-tu pas promis une surprise en frottant la marmite ? »

« Une surprise, en effet, mais... Parfois, la surprise porte un **fil du destin** en elle, »

Dit le vieil homme en caressant sa barbe, sa voix basse et étrange. « Si tu souhaites trop souvent, le pot lui-même deviendra rancunier. Toutes choses dans le monde possèdent une essence spirituelle ; même ces pots choisissent leurs clients avec soin. »

« Quel que soit le pot qui renferme profondément, une pensée profonde et persistante, ou une obsession indestructible — la personne qui la frotte doit inévitablement l'accompagner dans son chemin vers la résolution », poursuivit le vieil homme, sa voix basse et étrangement prolongée. « Ne dites pas que j'ai omis d'avertir clairement : cette ruelle en particulier... Quand la nuit descend complètement, la frontière entre le pot et la personne, entre le réel et le spectre, devient totalement et dangereusement floue. »

Lunard écoutait, complètement abasourdi. Elle allait poser une autre question, mais elle leva les yeux et réalisa que l'ancien propriétaire du stand avait complètement et inexplicablement disparu.

Le tissu floral était encore proprement étalé sur le sol, les pots bizarres étaient toujours alignés avec précision, et les lanternes ondulaient doucement. La ruelle était profondément vide et silencieuse ; même le bruit distinct du vent avait disparu.

«… Il était assis ici il y a un instant, n'est-ce pas ? » chuchota Yun Lili, sa voix à peine audible, confirmant l'impossible.

« Il l'était, et j'étais convaincue qu'il allait exiger un paiement », répondit Lunard, se reprenant un peu et se grattant la tête. « Et maintenant, la personne elle-même a complètement disparu ? »

Yun Lili ne fit aucun autre commentaire, mais les paroles troublantes du vieil homme lui semblaient être des aiguilles acérées, piquant doucement et menaçadement son dos.

L'instant d'après, elle jeta instinctivement un regard vers le pot unique à motifs violets dans le coin le plus sombre—celui même qu'elle avait frotté pour la dernière fois.

Cet épisode prolongé d'absurdité chaotique avait fait éclater de rire les trois filles, mais à peine l'ambiance s'était-elle dissipée que les lanternes au bout de la ruelle s'éteignirent soudainement toutes d'un coup. La brève lumière rouge disparut comme de l'encre se dissolvant dans l'eau, et une vapeur épaisse et oppressante s'éleva soudain—

De la brume, s'élevant glaçante de leurs pieds.

Au cœur de la ruelle, c'était comme si une immense entité invisible avait ouvert les yeux dans le brouillard mouvant.

Le sol devint soudainement froid sous la pierre. Des volutes de fine brume commencèrent à s'échapper des fissures des pavés, et en quelques souffles, le brouillard s'éleva au-delà de leurs chevilles, s'épaississant en une mer dense et silencieuse de vapeur.

« Pourquoi ce brouillard est-il si immense, anormalement épais ? » Lunard regarda autour de lui frénétiquement. « Le ciel n'était-il pas complètement dégagé il y a quelques instants ? »

Yun Lili tendit instinctivement la main et sortit le **Miroir Céleste**. La surface s'illumina, reflétant les silhouettes des trois filles... Puis la brume. Il n'y avait que la brume dans le reflet, et seules leurs trois silhouettes étaient visibles dans la vitre ; La zone environnante semblait entièrement engloutie par une sorte de vide spirituel.

« Yun Yara ? » demanda-t-elle soudain d'une voix basse, un fil clair de peur lui serrant la gorge.

Personne ne répondit.

« Lunard, tu l'as vue ? » Yun Lili se retourna brusquement, sa voix montant soudainement en ton.

Lunard se tourna aussi pour regarder autour d'elle, ses pupilles se contractant brusquement : « Où est-elle ? »

Ils étaient restés ensemble quelques instants plus tôt, mais en un clin d'œil... Yun Yara avait complètement disparu dans la brume dense, sans un bruit, sans même l'écho d'un pas.

Yun Lili se précipita vers le brouillard, mais constata que la brume se comportait comme une entité vivante et consciente ; Au-delà d'un seul pas, elle ne pouvait plus distinguer la silhouette de son compagnon.

« Yun Yara ! » cria-t-elle fort, mais sa voix semblait étouffée, comme si elle était plombée avec un épais coton. Le son ne fit que quelques pas avant d'être avalé, ne laissant aucun écho.

Lunard agrippa fermement sa manche, demandant d'un frisson visible dans la voix : « Est-ce que tu... As-tu entendu un bruit tout à l'heure ? »

« Non », les paumes de Yun Lili étaient glacées. Elle baissa soudain les yeux — sur le sol de pierre, il y avait une trace extrêmement pâle, rougeâtre, semblable à de la fumée ou de la soie fine, s'enroulant le long des fissures des pavés, se dissolvant peu à peu dans la brume.

Elle s'accroupit, le bout de ses doigts touchant légèrement la marque rouge qui s'estompait, et un froid soudain et profond lui parcourut la colonne vertébrale. Elle tendit instinctivement la main pour tirer Yun Yara en arrière, mais ne saisit qu'une poignée de brume froide et vide. Un parfum étrange et insaisissable flottait encore dans l'air, un parfum si familier qu'il en était absolument inquiétant.

«… Comment même A-Yara a-t-elle pu disparaître soudainement comme ça, sans un murmure ? » murmura-t-elle, la voix teintée d'effroi.

Le brouillard ne s'était pas dissipé, et les lampadaires lointains semblaient incroyablement lointains. La ruelle était terriblement silencieuse ; L'air lui-même semblait lourd, comme s'il était écrasé par un poids immense et invisible.

Yun Lili resserra sa prise sur le miroir en bronze. La surface, comme auparavant, ne reflétait que le vide.

Seule cette trace rougeâtre persistante, légère, ne disparaissait pas encore complètement.

Chapitre 48 : Les esprits de la marmite ?

Le brouillard ne s'est pas dissipé.

L'arrière de la ruelle était silencieux—trop silencieux, comme si le son lui-même avait été englouti tout entier.

Lunard se pressa contre le flanc de Lili, ses doigts serrés comme la mort autour de la manche de Lili.

Sa voix tremblait. « Mademoiselle... Est-ce qu'on... On vient de croiser un fantôme ? »

Lili resserra sa prise sur le Miroir Céleste, son ton bas et posé.

« Ce brouillard n'est pas un qi fantomatique. C'est... une restriction. Une barrière. Quelqu'un ne veut pas qu'on parte. »

« Quelqu'un ? » Le visage de Lunard pâlit. « Qui, dans les royaumes, s'ennuierait assez pour *nous piéger,* de tous ?! »

Lili ne répondit pas.

Son regard revint à la légère trace rouge au sol—

une ligne fine et vacillante, presque illusionniste, traversant les fissures entre les briques et s'enfonçant plus profondément dans la ruelle.

Elle réfléchit un instant, puis parla doucement :

« Suis-le. Vite. »

« A-tu compris ? Mademoiselle, êtes-vous *sûre* que ce n'est pas une route qui nous mène droit à la mort ? Parce que soudain, la sécurité du Royaume Céleste me manque vraiment... »

« Si on ne le suit pas, on restera piégés ici. »

La voix de Lili était étonnamment calme alors qu'elle regardait Lunard.

« Mais tu peux rester si tu veux. Je vais retrouver Yara. »

Lunard se mordit la lèvre avec force.

«... Alors j'arrive. Si tu meurs, je meurs avec toi. »

« ... Ce n'est *pas* un sens sain de la loyauté. »

Lili leva les yeux au ciel—mais le coin de ses lèvres se releva.

Ils suivirent la marque rouge, Lili pressant le Miroir Céleste contre sa paume en avançant.

La brume s'enroulait autour de leurs pas, bougeant comme de l'eau consciente, s'agitant à chaque pas mais refusant de se dissiper.

Soudain, Lunard poussa un cri de surprise. « Mademoiselle—là ! »

La marque rouge s'arrêta brusquement sur une section de mur de briques fissuré.

Entre les briques brisées se trouvait un espace étroit, incroyablement étroit.

Lili fronça les sourcils, s'accroupit et regarda dans la fente.

Le brouillard s'échappait encore de l'intérieur, s'enroulant comme un souffle sorti d'un autre monde.

Mais alors le Miroir Céleste frissonna dans sa main, sa surface vacillant, et une silhouette pâle apparut dans le reflet.

Yara.

« Elle est à l'intérieur ! » Lili bondit sur ses pieds. « Il faut qu'on entre ! »

Lunard fixa le petit espace. « Mais la fente est si petite ! Comment pensez-vous qu'on s'adapte ? Tu ne peux pas honnêtement penser— »

« Je suis sérieux. » Lili posa les mains sur ses hanches.

« Je me suis entraîné pour ça. Quand je vivais au village, je pouvais me faufiler dans des réservoirs d'eau et même voler des œufs dans les poulaillers— »

Avant que Lunard ne puisse répondre, Lili pressa le miroir directement contre le mur.

Une ondulation se répandit sur les briques comme de l'eau troublée par le vent.

« On va s'en sortir. Pas besoin de poulaillers aujourd'hui. »

Sa voix s'adoucit, et elle saisit le poignet de Lunard.

Et tous deux tombèrent, tombant dans un monde d'obscurité, de silence, et de quelque chose d'ancien attendant au-delà du voile brisé.

Les briques et les lanternes se déchirèrent comme du papier, s'effondrant en spirales de lumière fragmentée.

* * * * *

Brume.

De la brume partout.

Il n'y avait ni ciel, ni sol—aucun sens du haut ou du bas. Seulement un vide blanc infini et étouffant, comme s'ils étaient tombés dans la gorge sans fond d'un puits nuageux.

murmura Lunard, la voix à peine stable :

« Mademoiselle... p-penses-tu que le Miroir Céleste nous a entraînés dans son monde-miroir ? »

Lili ne répondit pas.

Le miroir dans sa paume vacilla faiblement—

Et soudain, elle vit une autre de ses filles se refléter à sa surface.

Une autre Lili se tenait dans le brouillard.

Silencieux. Inexpressif.

Et dans ce reflet... Lunard était introuvable.

Sa poitrine se serra.

Elle tourna brusquement la tête sur le côté—

Lunard était parti.

«… Encore un », marmonna Lili, son expression devenant sombre.

Ce n'était pas une barrière ordinaire.

C'était une formation forgée avec intention, un Royaume de Brume Fendeur d'Âmes conçu précisément pour eux.

Séparez le groupe.

Emprisonnez chacun dans une illusion isolée.

Que chacun croie qu'il était encore dans la réalité...

alors qu'en vérité, chacun d'eux avait été dispersé dans son propre monde solitaire.

Elle releva le miroir.

À l'intérieur, la « Lili » réfléchie fit un pas vers elle — silencieuse, les yeux vides, les lèvres entrouvertes comme si elle tentait de parler.

« Qui es-tu ? » demanda Lili, la voix froide.

Le reflet s'arrêta—puis sourit.

Sa voix était *exactement* celle de Lili.

« Je suis ce que tu caches. »

«... Cacher quoi, exactement ? »

« Ce que tu n'oses pas dire.

Ce que tu as perdu.

Ce que tu crains de ne jamais atteindre à temps. »

Lili plissa les yeux. « Arrête les énigmes. Quel genre d'illusion es-tu ? Et—où est Lunard ? Qu'est-ce que tu lui as fait ?! »

Le fantôme ne répondit pas.

Au lieu de cela, elle leva lentement la main.

Un ruban de brume tourbillonnait dans sa paume, se condensant en un lapsus de **jade de mémoire** cristallin.

Sa voix devint chantante, étrange—presque encourageante :

« Devine... Tu crois que c'est quoi ? »

Lili fronça les sourcils, les lèvres pincées, refusant de se laisser faire.

Son regard parcourut le brouillard, évaluant les voies d'évasion—

L'illusion ignora sa distraction et continua doucement :

« C'est le souvenir de Yu Sord~ »

«... Yu Sord... mémoire ? »

Lili se figea pour reprendre son souffle.

Son cœur battit un battement saccadé—un faux pas involontaire.

Le fantôme se pencha plus près, son ton doux et envoûtant :

« Tu veux le voir ?

Tu veux savoir où il est allé... après qu'il t'ait quitté ? »

Son sourire s'élargit, froid comme une lame.

« Et les choses qu'il t'a dites...

Quels mots étaient réels ?

Qui étaient des mensonges ? »

Lili fit un pas brusque—

Puis s'arrêta.

Elle inspira lentement, relevant le menton.

Son regard s'aiguisa d'une clarté méfiante alors qu'elle étudiait l'illusion qui portait son propre visage.

« Tu plaisantes ? Pourquoi aurais-je besoin de ses souvenirs ? »

Toute sa posture était teintée de suspicion.

Le sourire du reflet s'effaça, s'amenuisant... et glaçante.

« Tu ne veux vraiment pas la vérité ? »

« Quelle vérité ? »

La Lili fantôme laissa échapper un rire tintin, aérien et presque cruel.

« Ta vie passée avec lui, bien sûr. Tu ne sais vraiment pas ? »

«… Hein? Vie antérieure ? »

Lili cligna des yeux, vraiment prise au dépourvu.

« Avec qui ? Yu Sord ? »

« C'est ça. »

Le reflet inclina sa tête, la voix glissante comme le brouillard.

« Avec ce Yu Sord si élégant mais gelé — immortel de la Lumière Silencieuse de la Puissance Isolée. »

Son expression devint exagérément mystérieuse.

« Toi et lui avez eu une vie antérieure avec une fin très, *très* tragique~ »

La surface du Miroir Céleste frissonna.

Une toile de fissures argentées ondulait sur elle—

Puis une image refit surface, pâle et lointaine, comme un souvenir tiré d'un rêve oublié.

* * * * *

Un verger de pêchers au début du printemps.

Des pétales flottaient dans le vent comme de la neige rougissante.

Un jeune homme en robe cyan pâle se tenait sous la canopée en fleurs, les mains croisées dans le dos.

Ses cheveux étaient d'un noir d'encre, tombant comme une cascade de nuit.

Il affichait un calme distant, les coins des yeux baissés, le regard posé silencieusement sur la jeune femme devant lui.

La femme portait de la soie abricot douce, le tissu flottant à chaque souffle de vent.

Ses yeux se courbèrent délicatement, son sourire chaleureux et doux.

Elle lui offrit une petite bourse brodée—de soie ornée de nuages de fils d'or, une faible lumière spirituelle s'échappant de l'intérieur.

Il l'accepta.

Un hochement de tête à peine perceptible.

Il n'y avait aucun son dans ce souvenir,

mais Lili *le vit* —

la petite courbe subtile des lèvres de Yu Sord.

Pas son habituel sourire distant, poli, cultivé.

Un vrai.

Mou.

Intime.

Quelque chose se serra dans sa poitrine, une torsion aiguë et inexplicable.

Elle ne savait pas si c'était de la colère... ou une douleur étrange et vulnérable qu'elle aurait préféré ne pas ressentir.

* * * * *

La scène se dissout.

Une tempête de neige hurlant sur la Falaise de l'Abîme.

Un blanc infini—le vent hurlant comme une bête blessée.

Une silhouette solitaire avançait péniblement dans la neige.

Des robes blanches fouettaient violemment dans la tempête, les cheveux emmêlés, les pas instables mais inflexibles.

Ses yeux étaient creux, flous ; Ses veines spirituelles étaient en désordre, le qi environnant déformé en un tremblement plaintif.

Elle était seule.

Personne ne marchait à ses côtés.

Personne ne suivit.

Personne n'est venu.

Lili fixa l'image d'elle-même en blanc, debout face à la tempête de neige.

Son reflet releva son menton—son expression impassible—

Et pourtant, des larmes glissèrent silencieusement sur ses joues gelées.

Puis elle se retourna.

Sans hésiter et sans un seul regard en arrière, elle poursuivit son ascension, montant de plus en plus haut jusqu'à atteindre un étrange autel au sommet de la falaise, une structure déformée par le temps et fracturée par d'anciennes tempêtes.

Les vents hurlaient.

Le ciel trembla.

Et soudain, un éclair céleste déchira le monde. L'autel éclata d'une lumière aveuglante.

Le miroir claqua dans l'obscurité.

L'illusion se brisa, et le royaume de brouillard se remit en place.

Le silence s'installa, épais comme le givre.

Lili fixa le miroir dans sa main, sans expression.

Ses lèvres étaient devenues pâles, sa poitrine serrée, son souffle coincé quelque part entre ses côtes.

Pendant un long moment, aucun son ne sortit de sa gorge.

Ce n'est qu'après plusieurs battements de cœur qu'elle se détacha lentement de l'image rémanente dans le miroir.

Et puis—une pensée la frappa comme une étoile filante.

Un souvenir refit surface.

Son questionnaire d'entrée du jour où elle avait rejoint la Secte Immortelle.

Cette fichue ridicule qu'elle avait remplie en mangeant à moitié une pâtisserie.

Ses yeux tressaillirent violemment alors qu'elle se rappelait la question suivante :

« As-tu déjà rêvé de ta vie passée ? »

☐ *je rêvais d'être un orphelin survivant d'un ancien clan immortel*

☐ *j'ai rêvé, j'ai connu une fin tragique avec le Souverain de l'Épée*

□ j'ai rêvé que j'étais frappé par la foudre et transformé en poulet

□ j'ai rêvé d'ascensionner en remplissant un formulaire

À l'époque, elle avait paresseusement coché une des cases avec un doigt huileux de sésame,

se moquant de l'absurdité des options pendant une demi-après-midi.

Mais maintenant...

Compte tenu des résultats de l'épreuve spirituelle ce jour-là—

combiné à la vision qu'elle venait de voir—

Elle était une descendante survivante du clan du Phénix.

Elle avait en effet été frappée par la foudre céleste sur la Falaise de l'Abîme.

Et elle et Yu Sord...

avaient connu une fin tragique dans leur vie précédente.

Et pour ce qui est du « monter en remplissant un formulaire » ?

Eh bien, après avoir rempli ce questionnaire... elle a bien été admise dans la secte Lingxiao.

Ce qui était, d'une certaine manière... une sorte d'ascension.

Ses pupilles se contractèrent.

Des frissons lui parcoururent les bras, un frisson glacé lui remontant la colonne vertébrale.

La sueur perla dans ses paumes alors qu'une réalisation indicible la frappait.

« Je... Je les ai tous... n'est-ce pas ? »

Chaque boîte.

Toutes les options absurdes.

Elle s'était moquée d'eux, mais elle les avait tous égalés.

« Bah ! N'importe quoi—n'importe quoi ! »

Lili secoua violemment la tête comme pour chasser cette pensée de son crâne.

« Tout ça, c'est la faute de cette stupide illusion ! Mauvais présage ! Mauvais fantasme ! Mauvais partout ! »

Elle essaya de chasser son malaise, mais le froid à la nuque refusait de partir.

Un frisson lui parcourut le dos.

Elle retourna brusquement le miroir vers le reflet fantôme, se préparant à le réprimander—

Mais au moment où ses doigts effleurèrent le bord, le miroir pulsa soudain d'une lumière violente.

Une explosion de force spirituelle.

Un craquement comme le tonnerre.

Et puis, le miroir s'est brisé !!

« Euh— ? »

Lili se figea.

« A-ah—mon miroir !! »

Les fragments brisés tremblaient dans ses paumes, se dispersant comme des éclats d'étoiles tombées.

Et son cœur, son pauvre cœur, se sentait fendu en deux.

Non... Non non non, c'était mon miroir préféré...

Comment suis-je censée coiffer mes cheveux maintenant ? Qui suis-je sans ça ?!

Mais les éclats argentés se dispersèrent en particules flottantes, et là où le miroir s'était brisé, un chemin s'ouvrit : une faille argentée qui fendait le royaume du brouillard en deux, formant un passage lumineux.

Dans sa panique, son pied tapota légèrement le sol—

Et soudain, son corps se redressa.

Elle flottait.

« Hein ?

Je... Je peux voler ? »

L'étonnement fleurit sur son visage.

Pendant un instant, elle oublia le chagrin de son miroir brisé.

Forgot the phantom.

Oublié la peur persistante.

Elle se repoussa à nouveau—

Sa silhouette s'éleva comme un rayon de lumière argentée de la lune, traversant tout le monde enveloppé de brouillard.

Le miroir se brisa, le brouillard se fendit, le reflet se transforma en un chemin.

« Très bien ! Si tu veux me piéger—

Je vais juste voler pour sortir ! »

D'un souffle déterminé, Lili se précipita vers la falaise pâle de brume qui s'était formée devant, un arc brillant traversant le blanc sans fin. La lumière miroir se répandait autour d'elle, guidant son chemin tandis que le brouillard s'enroulait en spirales, reculant comme des esprits effrayés.

L'air devenait plus froid et lourd, chaque battement de cœur résonnant vivement à ses oreilles comme si le royaume lui-même écoutait.

Pourtant, elle ne ralentit pas. Elle déchirerait cette illusion, ouvrirait toutes les barrières sur son chemin, et briserait ce labyrinthe de brume mouvante pour se libérer.

* * * * *

Une convulsion soudaine déchira la brume—le monde vacilla, la vision s'effondra dans un noir total.

Et puis—

Une vision colossale frappa l'esprit de Lili avec la force d'une étoile filante.

Le sang et le feu se fondaient à travers les cieux.

Les flammes jaillirent comme un raz-de-marée, teignant le ciel d'un rouge furieux.

D'innombrables silhouettes — ni entièrement humaines ni entièrement oiseaux — remplissaient le firmament, leurs ailes flamboyant d'un or éblouissant et d'un écarlate brûlant.

Des plumes de phénix tombaient du ciel—chacune brûlant brillamment en tompant—

Pourtant, dès qu'il toucha la terre désolée, il fondit comme un seul flocon de neige, disparaissant avant même de refroidir.

Le ciel se fendit.

Des rivières d'énergie démoniaque, noires comme des dragons enroulés, plongèrent vers le bas.

Leurs rugissements brisèrent des montagnes.

Le sol trembla violemment ; De grandes formations cédaient et éclataient.

Le sang et le feu bouillonnaient ensemble, formant une marée infernale sans fin.

Au centre de cet incendie se tenait une seule femme.

Elle portait des vêtements autrefois blancs, désormais entièrement trempés de sang.

Deux vastes ailes se déployèrent derrière elle comme un coucher de soleil brûlant.

Une couronne délicate — complexe, ancienne, exquise — reposait sur sa tête.

Ses robes étaient déchirées et en lambeaux, mais cette couronne seule brillait encore d'un or flamboyant, refusant de s'éteindre.

Le vent, la neige et les flammes se tordaient violemment autour de sa silhouette solitaire.

Sa silhouette, solitaire et inflexible, s'étendait à travers le ciel et la terre comme un arc-en-ciel perçant le soleil.

Elle rejeta la tête en arrière et poussa un cri—clair, féroce, déchirant.

Alors qu'elle hurlait, une sphère de lumière cramoisie aveuglante fut arrachée de force de sa poitrine.

Une lamentation de phénix lui répondit, résonnant dans les neuf cieux.

Cette sphère—

Lili n'avait pas de nom pour ça.

Pourtant, l'instinct surgit du plus profond de sa lignée, forçant trois mots à s'immerger dans sa conscience :

Phoenix Origin Core.

Au même instant, une faible lueur s'alluma dans la poitrine de Lili.

Un petit orbe de lumière doré-orangée jaillit de ses propres lèvres—

et les deux sphères, la sienne et la femme, se tordaient l'une vers l'autre, spiralant, s'élevant, s'entremêlant—

jusqu'à ce qu'ils fusionnent lentement en un seul, libérant une radiance si brillante qu'elle engloutit le monde.

Le feu rugit vers l'extérieur.

Les flammes jaillirent comme un soleil qui s'effondre, frappant l'armée démoniaque avec une force imparable,

les repoussant, déchirant les ténèbres en dix mille miles.

Lili oublia de respirer.

Le visage de la femme était caché, effacé délibérément par le royaume de la brume, ne laissant que la silhouette hantée, les ailes, la couronne, le sang.

Mais au moment exact où cette lumière fut gravée sur la poitrine de la femme—

Lili sentit son propre cœur se déchirer.

Une douleur brûlante et aiguë traversa ses côtes, assez profonde pour s'enfoncer dans l'os.

Des profondeurs de son sang, un cri éclata, un cri de phénix, sauvage et plaintif, résonnant violemment dans son âme et la secouant si fort que ses genoux fléchirent. Elle faillit s'effondrer. Ses yeux le brûlaient, et des larmes coulèrent sans prévenir.

« Qui... est-ce qu'elle est ? »

Sa voix tremblait, fine comme de la cendre.

Personne ne répondit. Seuls le bruit des ailes de phénix brûlant jusqu'à disparaître, et les hurlements furieux de la horde démoniaque, s'entrechoquaient sans fin sur le vaste champ de bataille, racontant une guerre longtemps enfouie sous des âges de poussière. Puis, avant qu'elle ne puisse avaler la douleur dans sa gorge, un seul mot lui échappa de façon incontrôlable.

Mou.

Rauque.

Presque un sanglot.

« Maman... »

* * * * *

L'enfer s'est atténué—

Et alors que les flammes se retiraient, la brume s'épaissit à nouveau, se tissant dans un autre monde.

Sous les yeux de Lili, une petite pièce dans le grenier prit forme, éclairée par une seule lampe chaude et vacillante.

Sur un canapé bas était assise une femme vêtue d'une simple robe blanche.

Ses traits étaient flous par la brume, mais sa présence dégageait une douceur si profonde qu'elle appuyait contre les côtes.

Bercé dans ses bras se trouvait un nourrisson emmailloté.

La femme la berça tendrement, laissant échapper une berceuse basse et mélodieuse.

C'était une mélodie d'une ancienneté prodigieuse, profondément plus ancienne que les montagnes impassibles et durables elles-mêmes—le véritable murmure d'une **chanson folklorique de Phénix**, transmise uniquement à travers les courants subtils des générations successives.

Le bébé gazouillait, ses petits poings s'agitant dans une joie douce et chaotique.

La femme baissa la tête, effleurant la paume du bébé du bout du doigt.

Sa voix coulait comme une brise chaude :

« N'ayez pas peur... Maman est là. »

Un tremblement violent déchira Lili.

Elle n'avait jamais vu cette femme—

Et pourtant, au moment où la voix toucha l'air, quelque chose en son âme se fissura, brut et douloureux.

« Maman... ? »

Le mot s'échappa de sa gorge, fragile, tremblant.

Des larmes coulèrent librement, coulant sur son visage.

La femme ne releva pas la tête.

Au lieu de cela, elle sourit doucement et déposa un baiser sur le front de l'enfant — tendre, lent, déchirant.

« Mon enfant... Où que tu marches, quel que soit l'appelle du monde... toi et Zhou serez toujours mes enfants. Mais toi—petit—tu es née fille. Née la prochaine Reine Phénix. Mon cœur souffre pour toi... Pourtant, les phénix entrent dans ce monde avec le destin déjà tissé dans leurs ailes.

Ce chemin... tu dois l'affronter à la fin. »

Sa voix s'amenuisa —

s'éteignant, comme la flamme d'une lanterne qui s'enfonce sous l'eau.

Le grenier se dissout sur les bords, les couleurs s'effaçant comme imbibées d'encre.

Des ombres se détachèrent des murs et dérivèrent dans l'obscurité.

La femme leva les yeux pour la dernière fois, se tournant vers un horizon invisible.

Son dernier murmure fut une supplique enveloppée d'amour :

« Vis... mon enfant. »

Au moment où les mots tombèrent, sa forme se brisa en une myriade de lumières dorées—

chacune résonnant avec la lueur de la Source Phénix dans la poitrine de Lili.

Les mains de Lili tremblaient violemment alors qu'elle tendait la main vers elle—

s'accrochant à la lumière qui s'éteignait—

Ne rien attrapant.

« Ne pars pas— !

Maman !! »

Mais le monde ne répondait que par le silence.

La lueur s'estompa.

La chaleur se dissipa.

Et seule l'écho de cette voix persistait, gravée dans son cœur comme une vieille blessure rouverte.

Lili s'effondra à genoux dans la brume tourbillonnante.

Sa vision se brouilla sous les larmes.

Sa poitrine se serra si fort qu'elle pouvait à peine respirer.

À cet instant, elle comprit enfin. Cette pièce manquante de son enfance, ce vide vide douloureux qu'elle n'avait jamais su nommer, avait toujours été là.

Enseveli dans le feu.

Enfoui dans la chanson.

Enterré dans l'adieu final d'une mère.

Chapitre 49 : Le retour du cœur disparu

Au moment où la brume illusoire, le tissu même du ciel et de la terre sembla être violemment déchiré.

Yun Lili sentit une force immense et vacillante exploser de tous ses membres et méridiens.

Tout son corps fut projeté au loin. Sa vision devint immédiatement noire, suivie d'un éclair blanc agressif et aveuglant qui se fractura comme un coup de tonnerre.

Elle atterrit lourdement sur des marches de pierre froides, sa gorge ayant un goût écœurant et elle parvint à peine à réprimer l'envie de vomir du sang.

Le silence qui l'entourait était terrifiant d'absolu ; seul un profond et persistant —*HUUUM*— rugissait à ses oreilles, secouant son esprit jusqu'au plus profond de lui-même.

Alors qu'elle sentait qu'elle allait perdre complètement connaissance, une aura puissante et familière fendit l'air et arriva à une vitesse aveuglante.

Une lumière argentée, comme le givre et la neige, fendait soigneusement l'épais brouillard. Une silhouette en robes azur fonça pressée vers elle.

Son épée longue n'avait pas encore été remis dans son fourreau ; Son intention pure d'épée faisait rage, brisant de force le verrouillage de brume et supprimant toute trace résiduelle de l'illusion. Son corps tremblait visiblement sous l'effort, et ses lèvres étaient légèrement blanches.

« … Yu Sord ! »

Les larmes de Yun Lili jaillirent comme une digue soudaine, totalement hors de son contrôle. Elle abandonna toute décorum et se jeta violemment dans ses bras, s'accrochant désespérément à lui.

« Wuwuwu... J'avais tellement peur... » Ses sanglots secouaient tout son corps. « Ils ont tous disparu... Moony... A-Yara... Ils ont tous disparu ! Je—je ne les trouve nulle part... »

Tout le corps de Yu Sord se raidit de stupeur. Il baissa les yeux vers la jeune fille dans ses bras, le visage couvert de larmes et de poussière. Son cœur semblait violemment fendu par une lame tranchante.

Il passa immédiatement un bras autour d'elle dans une étreinte protectrice, sa paume pressant fermement et fermement contre son dos tremblant. Sa voix était extrêmement basse, mais absolument ferme :

« Lili, n'aie pas peur. Je suis ici avec toi. »

Yun Lili retenait des sanglots rauques et haletants, s'accrochant fermement à sa manche comme une âme perdue incapable de rentrer chez elle.

« Mais... mais j'ai vraiment tellement peur... »

Elle pleurait de façon incohérente, ses doigts serrés douloureusement. « Et... et j'ai aussi vu une très belle femme... Er... Je crois que c'était ma mère... »

Le bout des doigts de Yu Sord s'immobilisa un instant sur son dos.

L'Impératrice Phénix ?

« Mhm, oui. » Yun Lili, le visage strié de larmes, hocha vigoureusement la tête. « Je crois que oui. Elle avait de si belles ailes ; Ils étaient complètement en or. »

Il la serra instinctivement plus fort, la froideur habituelle dans ses yeux complètement remplacée par une douleur intense et visible.

« Mais, pourquoi est-elle partie ? On dirait qu'elle est morte au combat... wuwu... »

« Oui, je sais, » murmura-t-il doucement. « Quoi que tu aies vu, qu'il soit réel ou qu'il ne s'agisse que d'illusion... Tu dois te souvenir de cette chose : dans cette vie, tu n'es absolument pas seul. »

Le cœur de Yun Lili se serra d'une lourde douleur au son de sa voix, et ses larmes coulèrent sans contrôle.

«... Mais j'ai vraiment, terriblement peur. »

Yu Sord leva la main, ses doigts essuyant doucement les larmes au coin de ses yeux. Son ton était plus doux que jamais, mais portait une conviction indéniable et résolue :

« Aie peur, ou pleure amèrement, tu peux t'adonner à l'un ou l'autre — **je suis là**. »

Au moment où les mots tombèrent, il balaya sa manche, son épée longue vibrant vivement. Son intention d'arme se transforma en une vague de lumière argentée qui fendit le brouillard persistant, les protégeant tous les deux au centre.

Le monde changea brusquement.

Lorsque Yun Lili reprit ses esprits, elle fut ramenée dans la Salle de l'Épée Céleste sur le mont Yuheng.

La résonance spirituelle de sa technique **de Transfert de Royaume** n'avait pas encore disparu, et son écho persistant résonnait à l'extérieur de la salle.

Dans la Salle de l'Épée froide et solennelle, régnait un silence absolu, seulement brisé par ses propres sanglots étouffés.

Yu Sord baissa les yeux vers elle dans ses bras, ses yeux complexes et d'une profondeur insondable. Il se demanda pourquoi, après mille ans de cultivation, son cœur était aussi immobile que de l'eau stagnante, et pourtant, à cet instant même, ses pleurs lui rendaient son cœur doux et douloureusement débrisé.

« Lili, » sa voix était extrêmement basse, frôlant un profond soupir, portant une chaleur rare. « Même si tu as peur, tu dois te souvenir d'un fait — tu ne marches pas sur ce chemin en solitaire. »

* * * * *

À l'intérieur d'une vaste salle ornée, l'air était chargé d'encens parfumé, et de grandes lanternes du palais pendaient haut.

Le corps de Lunard était glacé. Elle serra fermement le bord de sa jupe, les yeux grands ouverts de tension, effrayée de bouger un muscle.

La table devant elle était chargée de délices fumants et exquis, et les récipients couverts d'or étaient remplis à ras bord de vin puissant.

Plusieurs servantes du palais s'approchèrent lentement d'elle, leurs jupes bougeant sans brise, leurs sourires éclatants mais terriblement inquiétants.

« Petite demoiselle, c'est désormais ta véritable maison. »

« Puisque vous avez accepté la boule brodée, vous êtes la légitime et appropriée princesse consort. Tu devrais maintenant t'asseoir sur ton trône docilement. »

Moony secoua vigoureusement la tête, reculant jusqu'à ce que son dos heurte un énorme pilier, sa voix tremblante : « Non, non, je ne le ferai certainement pas ! Ma Dame ne consentirait jamais à être consort ! Je... Moi non plus je ne veux pas ! »

Alors qu'elle parlait, son cœur se serra soudainement. Ce n'était pas qu'elle n'avait pas désiré une vie stable, une bonne nourriture, des vêtements raffinés, ou même un peu de reconnaissance.

Mais au fil de son parcours maladroit avec Yun Lili, elle avait depuis longtemps compris une chose — séparée de sa Dame, elle ne pouvait même pas s'occuper d'elle-même.

« Je veux rentrer ! » hurla-t-elle, sa voix amplifiée et aiguisée par les murs résonnants du palais.

Les sourires des servantes du palais se figèrent soudain, se déformant lentement, leurs yeux devenant vides et vides. Ils scandaient à l'unisson : « Retourner où ? Cet endroit **est** ta maison. »

« Non— ! » Moony frissonna de terreur, les larmes montant aux yeux, sa voix rauque mais luttant désespérément pour être entendue : « Ma Dame m'attend ! Lâchez-moi ! »

Elle chargea en avant, agitant frénétiquement les mains, tentant de repousser les terribles fantômes devant elle.

En un instant, le festin somptueux sur la table se transforma en d'innombrables pétales de fleurs rouge sang, éparpillés partout, le parfum froid vif et étouffant, comme s'il tentait de la consumer violemment entièrement.

« Aah— ! » Elle poussa un cri perçant. La lumière devant elle se brisa, et le monde s'effondra brusquement.

Tout son corps avait l'impression d'être violemment entraîné dans un tourbillon ; Ses oreilles étaient remplies d'un rugissement assourdissant, et son cœur semblait sur le point de se rompre.

Après une période inconnue, elle s'écrasa lourdement sur une surface dure, le froid pénétrant profondément dans ses os.

Moony releva prudemment la tête, sa vision s'éclaircissant lentement — elle était, étonnamment, de retour dans la Grande Salle du Palais Impérial, avec ses dragons sculptés et ses phénix peints, les lanternes du palais encore allumées, tout comme il se devait.

Elle fixa, sa poitrine se soulevant violemment. Après un long moment douloureux, elle laissa échapper un petit rire tremblant : « Hoo... Dieu merci... heureusement que j'ai réussi à revenir... »

Ses nerfs à vif relâchèrent enfin complètement leur tension. Ses jambes étaient faibles, et de grosses larmes épaisses commencèrent à couler sur ses joues.

Comme une enfant qui avait enfin trouvé son chemin vers la maison, son cœur n'était rempli que du soulagement immense d'avoir survécu à une grande tribulation.

« Madame... Je suis de retour... » murmura-t-elle doucement, sa voix aussi fine que le vent qui passait.

L'instant d'après, ses paupières devinrent incroyablement lourdes. Ayant complètement épuisé ses dernières forces, son corps s'affaissa sur le côté, s'effondrant lourdement sur le sol froid de pierre de la salle. Elle luttait désespérément pour garder les yeux ouverts, mais ne percevait que l'environnement comme un flou flou.

Le vent nocturne soufflait, agitant les anneaux de bronze sur les portes du palais, qui émettaient un faible *et résonnant —BOURDONNEMENT—*.

Le vaste Palais Impérial ne contenait que sa petite forme isolée, profondément endormie, comme un tout petit enfant qui avait enfin échappé à un cauchemar profond, toujours anxieux et effrayé.

À ce moment-là, la frontière entre illusion et réalité sembla se déchirer, et des pas précipités retentirent de l'extérieur des portes du couloir.

Une grande silhouette entra à la lumière des lanternes du palais, ses robes bougeant légèrement. Ses traits étaient obscurcis par l'interaction de la lumière et de l'ombre, mais il dégageait une aura indéniable de réalité qui réprimait les dernières répliques de l'illusion.

Du Shao.

Les larmes de Lunard recommencèrent aussitôt à couler, mais elle ressentit soudain un profond sentiment de stabilité dans son cœur. L'illusion n'avait pas complètement disparu, mais c'était indéniablement le vrai lui.

L'homme semblait la regarder, son regard doux, et il offrit même un léger sourire sous la lumière de la lampe.

Lunard fixa le regard vide, murmurant faiblement : « ... C'est toi. »

Le cordon tendu dans son cœur céda enfin, complètement.

L'instant d'après, ses jambes fléchirent complètement, et son corps s'effondra lourdement.

Dans le moment avant de perdre connaissance, les dernières choses qu'elle vit furent cette silhouette doucement souriante et réconfortante, et son cri bas et anxieux :

« Demoiselle Immortelle Lunard ! »

Les lanternes du palais vacillaient, projetant sa petite silhouette sur le sol froid de la grande salle, où elle s'enfonça silencieusement dans l'obscurité.

* * * * *

La brume était épaisse et profonde, l'atmosphère profondément **chaotique**, comme une prison colossale unique forgée dans le vide.

Yun Yara se tenait complètement seule dans la vapeur blanche sans limite, le silence autour d'elle terrifiant et étouffant.

Sous ses pieds, un sentier de pierre, presque inexistant, s'étendait vers un horizon invisible, totalement inconnaissable.

Son cœur battait violemment et frénétiquement dans sa poitrine.

Elle tenta d'appeler Lunard et Yun Lili, mais sa voix semblait complètement étouffée, comme bloquée par un coton épais et étouffant ; elle résonna simplement brièvement dans le brouillard, ne recevant aucune réponse de l'étendue silencieuse.

« Y a-t-il vraiment quelqu'un ? » tenta-t-elle désespérément de réprimer le tremblement aigu dans sa voix, mais l'anxiété profonde parvenait tout de même à percer l'air silencieux.

Soudain, une silhouette se rassembla et émergea devant elle avec une clarté choquante.

C'était... **elle-même**.

L'apparition portait une magnifique robe impériale richement brodée, ses traits froids et profondément arrogants, assise sereinement sur un canapé de nuages orné du motif féroce et complexe du Phénix.

D'innombrables Immortels se tenaient perpétuellement inclinés devant elle, joignant leurs mains et appelant à l'unisson : « **Impératrice** Phénix. »

Les pupilles de Yun Yara se contractèrent violemment, et sa respiration devint courte et courte, se bloquant dans sa gorge.

C'était indéniablement son propre visage, mais il était empreint d'une dignité glaçante bien plus grande que tout ce qu'elle avait jamais vu ; Même l'expression profonde dans ses yeux reflétait l'autorité innée, froide et inébranlable d'une souveraine née.

« Non... ce n'est pas moi,» murmura-t-elle faiblement, une peur puissante et déchirante montant des plus profonds de son cœur et de sa conscience.

La version illusoire d'elle-même tourna lentement son regard, la regardant avec une condescendance suprême et glaçante, sa voix aussi froide que le givre sévère et la neige tranchante :

« Toi, tu n'es que le **remplaçant**. La véritable Impératrice Phénix n'a jamais été, au sens du terme, toi. »

Cette déclaration était comme un couteau tranchant, brutalement enfoncé en son plus profond centre et tordu cruellement.

Tout le corps de Yun Yara vacilla dangereusement. Ses doigts s'enfoncèrent violemment et douloureusement dans sa paume, mais elle ressentit tout de même un froid écrasant et profond se répandre instantanément dans ses mains et ses pieds.

La brume se soulevait violemmôment, et d'innombrables voix montaient et descendaient autour d'elle, comme les murmures insidieux et moqueurs d'esprits vengeurs :

« Yun Lili possède la véritable lignée... »

« Tu n'es rien de plus que l'enfant adopté par erreur... »

« Si elle revient dans le giron, tu deviendras totalement dénué de sens et obsolète... »

Les voix rugissaient comme un tonnerre incessant, attaquant douloureusement ses tympans.

« Non ! Je suis la fille de la famille Yun ! Je suis— » Yun Yara tenta désespérément de répliquer avec force, de faire taire l'accusation, mais sa voix était si fine qu'elle fut presque instantanément engloutie par le brouillard tourbillonnant.

La version illusoire d'elle-même se leva soudain, marchant vers elle d'un pas délibéré et majestueux.

Ses robes flottaient majestueusement, le motif du Phénix rayonnant d'une lumière aveuglante et agressive. À chaque pas que l'apparition faisait de plus en plus, Yun Yara sentait le chemin de pierre sous ses pieds se fissurer et s'effondrer violemment, le monde entier pesant sur elle, niant et rejetant son existence.

« Tu n'es pas digne », le fantôme la regarda froidement, sa voix glaçante et absolue.

« Tu ne mérites rien de tout ce que tu possèdes. »

La poitrine de Yun Yara se serra violemment, et sa gorge lui semblait d'une douceur écœurante. Elle cracha involontairement une bouchée de sang chaud.

Elle trébucha et tomba lourdement au sol, les yeux chauds et humides, la vision instantanément floue et déformée par le flot de larmes.

Soudain, une violente bourrasque traversa l'espace, et l'illusion se brisa dans un fracas assourdissant et résonnant, se dissoudant en d'innombrables points épars de lumière éclatante.

La brume blanche se dissipa comme une marée puissante, et le monde bascula brusquement sur le côté, violemment. Tout son corps fut projeté sans pitié dans un abîme apparemment sans fond.

« Aah— ! » Yun Yara hurla, sa voix immédiatement engloutie par le vent déchaîné et dévorant.

Après une durée inconnue, un impact énorme et brutal la fit tomber lourdement sur un sol solide.

Elle releva lentement la tête, sa vision s'éclaircissant peu à peu—les environs étaient des falaises montagneuses abruptes, avec des filaments éthérés de nuages et de fumée flottant sans but.

La zone était profondément silencieuse et totalement désolée, avec seulement le bruissement des feuilles mortes éparpillées sur le fond de la vallée.

La **Vallée de la Fumée tombante**.

Elle fixa le vide, sa poitrine toujours haletante, comme si elle venait de revenir miraculeusement du bord de la mort.

À ce moment-là, un léger bruit de robes flottant parvint à ses oreilles devant.

Elle leva violemment les yeux—

Dans la brume persistante, une silhouette grande et élancée se tenait debout, les mains fermement jointes dans le dos. Des robes noires claquaient légèrement dans le vent froid, ses longs cheveux flottaient lâchement, et son aura était aussi froide et isolée qu'un sommet de montagne isolé et isolé.

Mo Han.

Il se tenait de côté à l'entrée de la vallée, son expression complètement dissimulée dans les ombres profondes.

Seule sa silhouette restait totalement désolée, exprimant un sentiment inexplicable et profond de solitude et de froid.

Le ciel et la terre étaient immobiles, à l'exception de sa silhouette, qui se tenait comme une épée solitaire plantée au cœur de la vallée silencieuse et stérile.

Tout le corps de Yun Yara trembla. Son cœur était submergé par une tristesse intense, inexplicable et profonde, pourtant elle se retrouvait totalement incapable de prononcer un seul mot de salutation ou de surprise.

Elle savait qu'elle avait enfin échappé aux griffes de l'illusion, pourtant la scène brute et isolée devant elle semblait encore plus profondément troublante que n'importe quelle image fantôme.

Dans la Vallée de la Fumée Tombante, le vent hurlait tristement. Entre elle et lui, il ne restait qu'une immense distance béante, infranchissable.

Et cette figure solitaire, apparemment destinée à la solitude éternelle, était hors de portée de toute véritable compagnie émotionnelle.

Le bruit du vent était comme une lame tranchante, balayant les feuilles éparpillées et les faisant tournoyer violemment dans les airs avant de leur permettre de descendre lentement vers le fond de la vallée.

Mo Han se retourna lentement, ses cheveux noirs flottant derrière lui dans le vent. La profondeur de ses yeux noirs portait un fil de lumière sombre et en scrutation, et le coin de ses lèvres s'étira en un sourire ambigu, à moitié moqueur.

Mo Han parla d'une voix basse : « Vois-tu enfin la vérité maintenant ? Le Royaume Céleste ne t'a jamais vraiment traitée comme une vraie fille. À leurs yeux, il n'y a que la lignée, seulement la mission. Moi seul possède le pouvoir de te libérer de ces chaînes existentielles et étouffantes. »

Le visage de Yun Yara devint immédiatement glacial. Ses doigts se crispèrent fermement dans ses manches, sa voix étouffée mais totalement résolue : « Silence ! Je suis une fille de la famille Yun ! Que mon sang soit vrai ou faux, j'appartiens au Royaume Immortel. Comment oserais-je m'allier aux démons démoniaques de ton royaume ?! »

Mo Han fit un pas d'un pas, son regard se fixant sur elle, sa voix un murmure bas et séduisant qui promettait un réconfort désastreux : « S'aligner ? Ce n'est qu'une excuse inventée par le monde ordinaire. Tu sais au fond de toi que tu ne fais pas partie de la lignée Yun—si un jour le Royaume Céleste te rejette et révèle ta vérité, qui se lèvera pour te défendre ? Ils ne feront que vous mettre la pression et vous utiliser impitoyablement jusqu'à ce que votre essence spirituelle soit complètement vidée. Moi seul t'offrirai une liberté authentique et inconditionnelle. »

Yun Yara recula brusquement d'un pas, les yeux brillants de larmes retenues, mais sa détermination devint encore plus farouche : « Tais-toi ! La liberté dont vous parlez s'achète par le massacre de masse et le chaos ! Je préfère mourir volontairement plutôt que de m'associer à votre espèce ! »

Mo Han se pencha légèrement plus près, son ombre sombre l'enveloppant entièrement. Sa voix était rauque, lente et d'une intimité dévastatrice : «

Yun Yara, oses-tu vraiment dire ça ? Ton cœur... ne pas vaciller un seul instant fugace quand je t'ai offert refuge ? »

« Vaciller ? » Elle laissa échapper un rire froid et bref, et les larmes finirent par couler sur ses joues, mais elle soutint son regard sans broncher : « Oui ! J'ai hésité ! Mais précisément parce que j'ai vacillé, parce que j'ai ressenti ce moment de tentation, je comprends encore plus clairement que moi et ton Clan Démoniaque—nous sommes des ennemis jurés pour l'éternité ! »

Le vent de la vallée hurla soudain, une rafale puissante qui fouetta ses cheveux autour de son visage, dispersant simultanément le tout dernier fil de chaleur possible entre eux deux.

Le sourire de Mo Han disparut instantanément, son regard devenant profond, sans profondeur et totalement impénétrable. Il la fixa en silence. Après une longue et lourde pause, sa voix devint aussi froide qu'un tranchant d'épée forgée dans la glace :

« Très bien... Alors souviens-toi des mots que tu as prononcés aujourd'hui. Si jamais tu les regrettes à l'avenir, sache qu'il n'y aura absolument aucun chemin pour que tu reviennes à mon côté. »

Sur ces derniers mots, ses robes flottèrent, sa silhouette totalement désolée, et il se retourna pour disparaître dans l'épaisse brume au fond de la vallée.

Yun Yara restait seule dans la Vallée de la Fumée Tombante, les mains tremblantes, la poitrine haletante de façon incontrôlable.

 Sa réponse féroce avait tranché toutes les frontières vagues comme une lame aiguisée, mais elle l'avait aussi placée à l'opposé absolu de la division cosmique par rapport à lui pour toujours.

Le tourbillon commença lentement à s'élever à nouveau, emportant des éclaboussures de feuilles tombées qui tournoyaient et volaient violemment dans les airs.

Alors que le vent se faisait de plus en plus fort, Yun Yara leva instinctivement les mains pour se protéger les yeux. Dans un élan soudain de désorientation extrême, son corps fut lui aussi pris dans le vortex, soulevé du sol, tournoyant rapidement et sauvagement... jusqu'à ce qu'elle perde finalement connaissance.

Chapitre 50 : Viens me trouver

Le vent hurlait d'une pointe féroce, déchirant les profondeurs de la Vallée de la Brume Déchue. Le brouillard épais y bouillonnait et bouillonnait, comme les lamentations de dix mille esprits tourmentés.

Yue Liuchuan pendait attaché par des chaînes de fer, la colonne vertébrale obstinément droite même si le sang s'infiltrait à travers le tissu déchiré à ses épaules à force de se débattre. Sa mâchoire se serra, la voix rauque de fureur alors qu'il crachait chaque mot :

« Mo Han ! Qu'est-ce que tu essaies de faire, bon sang ?! Si tu veux me tuer, alors tue-moi maintenant ! Pourquoi m'emprisonner dans cet endroit maudit ?! »

Les chaînes cliquetaient brusquement, chaque bague métallique se mêlant à son rugissement.

Mo Han était affalé nonchalamment contre le mur de pierre, les bras croisés, la posture presque paresseuse. Ses cheveux noirs flottaient dans le vent, et ses lèvres s'étiraient en un arc indolent — pourtant l'éclat dans ses yeux était vif, cruel, et totalement démasqué.

« Te tuer ? »

Son ton s'allongea avec moquerie, presque taquin.

« Yue Liuchuan, tu te sous-estimes vraiment. Te tuer—à quoi ça servirait ? Cela ne ferait qu'éliminer un disciple abandonné de plus du Royaume Immortel. »

Yue Liuchuan éclata d'un rire glacial.

« Si je suis un disciple rejeté, qu'est-ce que ça fait de toi ? Un prince démon trop lâche pour affronter le Royaume Immortel en bataille ouverte—capable seulement de se cacher dans l'ombre—»

Avant que la phrase ne puisse se terminer, Mo Han fit un claquement des doigts.

Une traînée de lumière noire jaillit, heurtant violemment les chaînes de fer.

L'impact résonna directement dans la poitrine de Yue Liuchuan, coupant le reste de ses mots d'un choc étouffant.

Le regard de Mo Han s'assombrit, et il s'avança lentement, sa voix tombant dans un ton doux et glaçant :

« Tant que tu resteras dans le royaume des mortels—et que tu resteras entre mes mains—le Royaume des Immortels ne restera pas inactif. Avec le temps, quelqu'un viendra forcément me chercher. »

Il s'arrêta.

Un éclat de quelque chose de sauvage, d'obsessionnel, presque dérangé illumina ses yeux.

Une pensée s'enroula en lui comme une flamme secrète :

Peut-être Yara... Elle viendra me chercher elle-même.

Puis—

Le vent changea.

Une rafale violente et tortueuse déchira la vallée, comme si des forces invisibles déchiraient les cieux. Au-dessus d'eux, les nuages tourbillonnaient violemment, et un vortex s'ouvrit en spirale, divisant le ciel en une faille béante et ombragée.

La tête de Mo Han se redressa brusquement, ses pupilles se contractant brusquement.

De cette fissure sombre, une seule silhouette descendit — vêtue de blanc, inconsciente, comme une plume tombée portée doucement par des mains invisibles. Elle descendit lentement, ses cheveux noirs en désordre, les yeux fermés très fort, le souffle faible et fragile.

—Yara.

Le temps s'est figé.

La main de Mo Han bougea instinctivement — mais aussi comme s'il avait attendu ce moment depuis le début. La fille vêtue de blanc tomba soigneusement dans ses bras, si légère qu'elle se sentit légère.

Le vent autour d'eux s'arrêta instantanément.

Il baissa les yeux, fixant la fille dans ses bras. Sous la pâle lumière de la lune, elle paraissait presque éthérée, la pâleur délicate de ses traits éveillant quelque chose en lui — une tension inconnue, une traction douloureuse, comme si son cœur avait été serré dans un poing serré.

Yue Liuchuan lança un regard noir à la scène, le choc et la fureur se tordant violemment sur son visage. Il se débattit contre les chaînes et hurla :

« Mo Han ! Lâchez-moi tout de suite ! »

Mais Mo Han ne lui accorda pas un seul regard.

Ses lèvres s'étirèrent en un sourire froid et indéchiffrable, sa voix tombant en un murmure doux—à moitié pour elle, à moitié pour lui-même—mais incapable de cacher le léger tremblement d'exaltation :

«… Pourquoi c'est toi ? »

* * * * *

La nuit pesait lourdement sur la vallée, le vent à l'extérieur du ravin de la Fumée Tombante hurlant comme un être vivant.

À l'intérieur de la petite cabane en bois, la lampe brûlait à basse température.

La lumière du feu vacillait contre les murs, projetant de longues ombres vacillantes qui se balançaient à chaque souffle de vent.

Les cils de Yara tremblèrent avant qu'elle n'ouvre lentement les yeux.

La première chose qu'elle vit fut un visage—inconnu, mais douloureusement familier.

Mo Han.

Il était assis non loin d'elle, posture détendue, expression posée. Dans une main, il jouait distraitement avec un jet de jade noir comme la nuit, le laissant glisser entre ses doigts.

Quand son regard se posa sur elle, quelque chose se courba vers le haut, un léger sourire traversant ses traits froids.

« Tu es réveillé. »

Yara se redressa d'un coup par réflexe — mais dès qu'elle bougea, une douleur aiguë traversa ses bras.

Son souffle se coupa. Ses méridiens semblaient contraints, étroitement liés ; Ses poignets étaient rouges comme si quelque chose les avait pressés.

Un frisson lui parcourut l'échine.

Sa voix, bien que rauque, restait têtue et posée.

« Quoi... C'est cet endroit ? Et pourquoi—pourquoi *êtes-vous* ici ? »

Mo Han ne répondit pas à sa question. Au lieu de cela, il posa la feuille de jade d'un léger tapotement, sa voix plus douce qu'elle ne l'avait jamais entendue—si douce que cela lui semblait totalement inacceptable.

« Je ne sais pas pourquoi », répondit-il d'un murmure bas, « mais toi... tombé droit du ciel. Directement dans mes bras. »

« C'est impossible. »

Il s'arrêta. Une lueur d'émotion traversa ses yeux — quelque chose qu'elle ne parvenait pas à déchiffrer, une ombre de quelque chose de sombre et d'inexprimé. Quand il parla de nouveau, sa voix baissa plus bas.

« Est-ce que c'est... pas ta volonté ? »

« Absurde ! » Yara répliqua sèchement, la fureur colorant ses joues pâles. Et pourtant—son cœur tomba violemment dans sa poitrine.

Parce qu'elle se souvenait.

Dans l'illusion de cet esprit de vœu misérable, en un instant fugace, elle s'était demandée—

Que fait-il en ce moment ?

Ce n'était rien — rien d'autre qu'une lueur de curiosité, une pensée fugace qu'elle avait écrasée dès qu'elle était apparue. Elle l'avait nié, refoulé, rejeté de toutes ses forces.

Et pourtant—

Cet esprit exaspérant et peu fiable l'avait pris pour un vrai vœu ?

Sa mâchoire se serra. Sa voix tremblait, tranchante et rauque :

« Quoi qu'il se soit passé, je pars. Maintenant. »

Mo Han la regarda en silence, comme s'il voyait à travers elle.

Il y avait un rire dans ses yeux — froid, fin comme une aiguille, et impitoyable.

« Tu souhaites retourner à la secte Lingxiao ? »

Son ton s'approfondit, teinté de cette attraction dangereuse et hypnotique.

« Puisque le destin t'a déjà amené ici... Pourquoi ne pas rester chez moi quelques jours ? »

Un frisson parcourut l'échine de Yara. Elle ouvrit la bouche pour répliquer, mais—

Un cliquetis métallique brisa le silence.

Depuis les ombres dans le coin, des chaînes tintinnaient doucement.

Sa tête se tourna brusquement vers le bruit.

Yue Liuchuan se tenait attaché main et pied, lourdement enchaîné, le fer froid mordant sa peau. Son regard était aussi tranchant qu'une lame, fixé sur elle et Mo Han avec un avertissement indéniable.

Sa voix était rauque mais ferme :

« Yara—n'écoute pas un mot de ce qu'il dit ! Tu appartiens au Royaume des Immortels. Comment as-tu pu te tenir aux côtés d'un prince démon ?! »

La gorge de Yara se serra. Ses yeux piquaient, les larmes menaçant de couler.

Elle voulait parler. Elle voulait dire à Yue Liuchuan qu'elle savait, qu'elle comprenait, qu'elle—elle n'avait pas choisi cela.

Mais la pensée de l'avertissement étrange de l'esprit des vœux traversa son esprit—

Chaque vœu a un prix.

Et son « prix »

—c'était ça.

Cette culpabilité étouffante, ce sentiment écrasant de *trahison*, comme si elle avait tourné le dos à sa secte... même si elle n'avait rien choisi du tout.

C'était un fardeau qu'elle devait désormais porter simplement à cause d'une seule pensée fugace.

Un prix prélevé sans pitié.

Même si elle n'avait rien fait—

même si tout ce qu'elle avait était une seule pensée fugace de lui au pire moment possible—

Rien que cette erreur, cette brève image qui traversait son esprit, avait suffi à l'esprit dans le pot pour la saisir et la projeter ici.

À cause de cela, elle ne pouvait plus se confronter sans honte.

Tout son corps tremblait. Elle se força à se redresser, les dents serrées si fort que sa mâchoire lui faisait mal, et leva la tête pour lancer un regard noir à Mo Han avec toute sa fureur qu'elle pouvait rassembler.

« Éloigne-toi de moi ! Toi et moi... sont impossibles ! »

Mo Han se contenta de laisser échapper un rire bas et discret.

Une ombre s'agita dans ses yeux — sombre, dangereuse, indéchiffrable.

« Yara, tu peux me détester. Tu peux me rejeter. »

Sa voix tomba en un murmure, douce mais tranchante.

« Mais tu ne peux pas le nier—cette fois, tu es venu me voir de ton propre chef. »

Il n'attendit pas sa réplique.

Il se retourna, d'un mouvement fluide, poussant la porte en bois.

Un vent nocturne froid s'engouffra, dispersant les mèches de cheveux sur son front.

Sa silhouette était solitaire, nette sur le brouillard tourbillonnant de la Vallée de la Brume Déchue.

À chaque pas, sa silhouette se dissolvait dans la brume, avalée peu à peu jusqu'à ne plus rien rester.

Et Yara resta seule dans la cabane sombre, les mains tremblantes de façon incontrôlable, le souffle saccadé dans sa poitrine.

Un poids lourd la traversa — une pression si étouffante qu'elle semblait pouvoir écraser sa cage thoracique de l'intérieur.

Elle comprit enfin.

Ce soir, elle était vraiment piégée.

Peu importe à quel point elle le niait farouchement, peu importe ses difficultés—

il n'y avait pas d'échappatoire au prix qu'elle avait déjà payé.

* * * * *

La salle brillait d'une splendeur somptueuse — poutres dorées, piliers de jade sculptés de dragons enroulés, de l'encens flottant comme une pâle brume. Des perles nocturnes lumineuses diffusaient une douce éclat, rendant toute la chambre aussi lumineuse que le jour.

Lunard ouvrit lentement les yeux, momentanément stupéfaite par cette magnificence écrasante. Elle était allongée sur un canapé orné de fils d'or brodé de motifs de phénix ; Le brocart sous elle lui semblait incroyablement doux, irréel, comme des nuages tissés dans le tissu.

Des pompons de soie drapaient autour d'elle, ondulant doucement, tandis que des perles de cristal scintillaient froidement sous la lumière.

« Le petit immortel s'est réveillé ! »

Deux servantes du palais s'approchèrent précipitamment, s'agenouillant près du canapé. Leurs yeux débordaient de révérence alors qu'ils appelaient à l'unisson :

« Jeune fille immortelle ! »

Il y avait un tel respect sincère dans leurs voix—tant de soin dans leurs gestes—que même leur respiration semblait retenue, comme s'ils craignaient de la déranger.

Lunard paniqua aussitôt. Elle tenta de s'asseoir, mais son corps était trop faible, manquant de s'effondrer sur les coussins.

« O-Où... où suis-je ? » balbutia-t-elle.

Une servante sourit avec assurance.

« Vous êtes au palais royal. Son Altesse apprit que la jeune fille immortelle était tombée inconsciente et ordonna personnellement que vous soyez amenée dans la salle intérieure. Il nous a demandé de nous occuper de vous avec le plus grand soin. »

« Sa... Son Altesse ? »

Le cœur de Lunard bondit violemment.

Qui? Pourquoi?

Elle venait à peine de formuler la question que les grandes portes s'ouvrirent soudainement.

Dans un grincement profond, les lourdes portes s'ouvrirent — et une silhouette haute et familière entra dans la lueur chaude des lampes du palais.

Manches larges. Des traits clairs et raffinés.

Le visage qu'elle avait secrètement imaginé d'innombrables fois dans ses rêves—

Du Shao.

Ses pas s'arrêtèrent. Pendant un instant, quelque chose trembla dans ses yeux. Il reprit rapidement son expression calme, mais la légère joie aux coins de ses lèvres ne pouvait être dissimulée.

« Lunard, » murmura-t-il doucement.

« Tu es réveillé. »

Elle se précipita vers lui sur des jambes chancelantes, manquant de tomber—

mais Du Shao bougea immédiatement, la rattrapant de mains fermes et sûres.

Lunard leva les yeux vers lui, et des larmes coulèrent rapidement sur ses joues en gouttes incontrôlables.

« Je... Je voulais juste... juste pour te voir... Et puis... Et maintenant... vraiment... »

Ses mots s'emmêlaient, son souffle se coupa.

Du Shao se figea un instant, surpris. Puis ses lèvres s'étirèrent en un arc doux alors qu'il levait la main pour essuyer ses larmes, son ton plus doux qu'elle ne l'avait jamais entendu :

« Petite idiote. Puisque tu m'as vu maintenant... Tout va bien. Je... je suis très heureux. »

Une vague douce-amère monta dans sa poitrine—douleur et douceur se mêlant jusqu'à ce qu'elle ne sache plus si elle devait pleurer ou sourire.

Puis soudain, elle se raidit.

Quelque chose clochait.

Son corps se sentait vide.

Complètement, terrifiantement vide.

Lunard leva brusquement la main, essayant d'invoquer ne serait-ce qu'une faible lueur spirituelle—

Mais rien, pas même la plus faible étincelle, ne répondit à son appel.

Son souffle se coupa.

« N... Non... »

Tout son corps trembla, la couleur quittant son visage.

« Mon... mon pouvoir spirituel... elle a disparu. »

Les sourcils de Du Shao se froncèrent aussitôt. Il sentit immédiatement le changement.

« Qu'y a-t-il ? »

Lunard se serra la poitrine, la voix brisée.

« Ma cultivation... C'est parti. Tout. »

Cette prise de conscience détruisit son sang-froid. Sa cultivation n'avait jamais été élevée, mais elle avait été la sienne — c'était la seule chose sur laquelle elle comptait depuis son enfance. Et maintenant, d'un seul coup, elle avait complètement disparu.

Cela signifiait qu'elle ne remettrait peut-être jamais les pieds sur la voie de la cultivation.

Sa respiration devint saccadée. La panique la submergea jusqu'à ce que sa silhouette fine tremble de façon incontrôlable, son petit visage devenant pâle.

Du Shao resta silencieux un long moment posé, se contentant de la regarder.

Puis il tendit la main, la ramenant doucement mais fermement dans son étreinte.

« N'aie pas peur », murmura-t-il doucement.

« Je te protégerai. »

Sa certitude calme la frappa comme une flamme chaude.

Lunard le regarda, stupéfait, avant que les larmes ne jaillissent à nouveau—pas de peur cette fois, mais d'une douceur douloureuse qu'elle ne pouvait contenir.

Elle laissa échapper un petit rire tremblant, les yeux rouges.

« Pouvoir te revoir... c'est suffisant. »

L'expression de Du Shao changea légèrement — compliquée, douloureuse, tendre à la fois. Enfin, il la serra encore plus fort.

—Et quelque part au plus profond du palais, l'esprit invisible de la marmite laissa échapper un faible rire résonnant.

« Souhait exaucé », murmura-t-il.

« Et le prix... a commencé. »

Des gongs résonnaient au loin. La lumière de l'aube se répandit sur les carreaux dorés, figeant ce moment fragile et extravagant dans le temps.

Lunard ferma les yeux, enfouissant son visage dans la poitrine de Du Shao, murmurant pour elle-même :

« Cet esprit de pot... est vraiment efficace. »

Yun Yara
雲瑤

Chapitre 51 : La réunion dans la brume

Le chaton effrayé

Le bruit du vent à l'extérieur de la Grande Salle venait à peine de cesser lorsque tout le corps de Yun Lili s'écrasa droit dans les bras sans méfiance de Yun Duntang.

« Père, oh, Père— ! » Au moment où elle ouvrit la bouche, ses larmes commencèrent à couler comme des perles brisées, tombant de façon incontrôlable. Elle pleura incohérentement, complètement dépassée, « Je me souviens de tout maintenant... Ma mère, est-ce qu'elle s'est vraiment sacrifiée ?! Wuwuwu... »

Yun Duntang resta momentanément figé, les mains encore à moitié levées en l'air. Il accueillit maladroitement cette fille, dont le visage était soudainement un vrai désordre de morve et de larmes. Le Maître de Clan solennel et imposant de la secte Lingxiao, à cet instant, ressemblait exactement à un homme complètement déconcerté par un petit chaton frénétique qui lui avait été violemment lancé.

« Lili... mon enfant... Parle lentement maintenant, ne pleure pas avec une telle profonde détresse— »

« Que dois-je faire ! J'ai tellement peur ! » hoqueta-t-elle sauvagement, ses doigts s'agrippant désespérément à sa manche, comme un enfant qui craint l'obscurité et ne peut être apaisé. « Lunard a disparu, et A-Yara aussi... wuwuwu... Même mon miroir le plus cher est irrémédiablement brisé ! »

Yun Zane, debout à proximité, ne put s'empêcher de tousser légèrement, dissimulant discrètement le sourire dans ses yeux. Il murmura entre ses dents : « Elle se souvient encore vivement de ce miroir en bronze brisé ; Elle doit au moins posséder un fil de conscience persistant. »

« Quel miroir en bronze brisé ! » Yun Lili tourna aussitôt la tête, les larmes toujours collées à son visage, mais parvenant à le fusiller du regard avec intensité. « C'est mon trésor ! Ma vie même ! Wuwu... et maintenant tout est brisé... »

Les anciens réunis échangèrent des regards perplexes, incertains de savoir si le protocole exigeait qu'ils offrent des conseils sévères ou simplement succombent au rire.

Yun Duntang réussit enfin à retrouver son calme. Il lui tapota doucement le dos, sa voix prenant une rare douceur apaisante : « Enfant idiote, n'aie pas peur. Il y aura sûrement bientôt des nouvelles de Lunard et de Yara. Quant à ta mère... » Ici, sa voix vacilla légèrement, se dissolvant enfin en un profond soupir lourd.

Yun Lili pleura encore plus de façon incontrôlable : « Père, je ne veux pas de mission grandiose et terrifiante ; Je souhaite simplement que tout le monde soit en bonne santé et en sécurité... wuwu... »

Elle pleurait si intensément que le monde entier semblait tourbillonner autour d'elle, sa voix épaisse de congestion nasale, rendant ses mots presque incompréhensibles. Yun Zane réprima sa joie pendant un long moment torturant, puis laissa enfin échapper un petit rire : « Dans cet état, elle ne ressemble qu'à une petite fille en fuite, certainement pas à une descendante du redoutable Clan Phénix. »

Yun Lili releva la tête, les yeux rouges et gonflés, le regardant d'un air boudeur : « Je suis une petite servante, et alors ! Les petites servantes ont aussi le droit de pleurer, tu sais ! »

Toute la salle tomba dans le silence un instant, avant que plusieurs anciens n'éclatent soudainement de rire doucement. L'atmosphère oppressante et lourde, chargée d'anxiété, fut ainsi diluée de façon inattendue par son accès de pleurs et de tumulte chaotique.

Yun Duntang baissa les yeux, impuissant, la fille accrochée à lui, pleurant et faisant une scène profonde, mais une chaleur subtile se répandit lentement dans ses yeux. *Peut-être... Précisément parce qu'elle pouvait encore agir comme si gâtée et pleurer si sans honte, il sentait vraiment, au fond de lui, que sa fille était revenue vers lui, complètement entière.*

* * * * *

La nuit était profonde et lourde. La brume enveloppait la salle principale de la secte Lingxiao. Dans la lumière vacillante et agitée des lampes, Yun Duntang se tenait les mains jointes dans le dos, son expression profonde et profondément contemplative.

Yun Zhou poussa la porte et entra d'un pas décidé. Son visage était sombre et couvert, mais ses yeux dégageaient une urgence brute et indissimulable.

« Père ! » parla-t-il d'une voix basse, maîtrisée, mais empreinte de désespoir. « Si ce jour dévastateur arrive vraiment, laissez-moi aller réparer le noyau de l'array ! »

Le corps de Yun Duntang se raidit brusquement. Il se retourna, son expression trahissant une légère amertume profonde : « Zhou...

Comprenez-vous pleinement l'immense ampleur de ce que vous suggérez ? »

Yun Zhou mordit fort sa mâchoire, les mains serrées en poings blancs : « Pourquoi est-ce interdit ? Moi aussi, je possède la lignée Phoenix ! Puisque c'est la tâche terrible, pourquoi ne pourrais-je pas être celui qui endure la souffrance et le sacrifice ?! »

Yun Duntang poussa un profond soupir lourd, le regard lourd. Son ton portait un fil de moquerie amère et résignée : « Hélas, les règles du Clan Phénix sont d'une stricteur incroyable ; le Maître de Clan n'a été transmis que par la lignée féminine depuis l'Antiquité. Le Noyau d'Origine Phénix ne se cristallise que dans le corps spirituel du Souverain Phénix. Zhou, peu importe à quel point tu ressembles à une femme, peu importe à quel point ton énergie est profondément efféminée, tu n'es pas du genre féminin... dans ta forme physique, la Pellet du Noyau du Phénix ne se formera jamais, au grand jamais. »

Cette déclaration était comme une lame de rasoir, tranchant impitoyablement le cœur de Yun Zhou. Ses yeux s'assombrirent instantanément, mais ils étaient toujours empreints d'une lutte profonde et d'un ressentiment brûlant et brûlant.

« Mais Lili... » grogna-t-il d'une voix basse et douloureuse, les yeux brillant faiblement de larmes retenues. « Elle est si innocente et si lâche ; Comment pourrait-elle porter le poids d'une responsabilité aussi immense et fatale ?! Par quel décret divin devrait-elle être choisie pour affronter une mort certaine ?! »

Un éclair de douleur intense traversa les yeux de Yun Duntang. Il les referma lentement, sa voix basse et lourde comme le tonnerre : « Zhou, crois-tu vraiment que ton père désire ce résultat ? La Pellete du Noyau de Phénix n'est que la méthode la plus simplifiée et la plus rapide... Ce n'est en fait pas le seul disponible. Mais si nous cherchons une solution alternative, cela nécessiterait la force combinée et unifiée de bien plus de Souverains Célestes, et les pertes qui en résulteraient seraient bien plus grandes et dévastatrices. »

« Si c'est vraiment le cas ! » Yun Zhou le coupa violemment, sa voix chargée d'une émotion féroce et juste, ses yeux complètement injectés de sang. « Pourquoi les Immortels réunis ne joind-ils pas leurs efforts et ne coopèrent-ils pas ?! Pourquoi tout ce plan épouvantable dépendrait-il d'une seule jeune fille effrayée ?! Quel genre de Royaume Céleste est-ce qui permet une telle lâcheté ?! »

Ses mots vibrèrent si fort que les lampes dans le couloir tremblèrent légèrement.

Yun Duntang resta silencieux pendant une longue et lourde période, les yeux remplis d'une immense tristesse écrasante. Finalement, il parla lentement : « Parce que par ici... les pertes globales sont minimisées, et le résultat est statistiquement le plus sûr. »

Yun Zhou se figea sur place, sa poitrine haletante comme un tambour. Il finit par serrer les dents, laissa échapper un rire froid et amer, et se retourna brusquement.

« Zhou ! » ordonna Yun Duntang, sa voix grave et tranchante comme un coup de tonnerre. « Où comptez-vous aller exactement ? »

Les pas de Yun Zhou s'arrêtèrent, mais il ne se retourna pas. Ses épaules étaient tendues et raides, et sa voix rauque mais totalement résolue : « Je vais trouver Yun Yara. »

Sur ce, il ne s'arrêta plus. Ses robes volèrent derrière lui, sa silhouette marquée par une pure et désespérée finalité, et il disparut dans la brume nocturne.

Yun Duntang observa la direction de son départ, son expression complexe et rongée de douleur, puis ses doigts agrippèrent sa canne si fort que le bois émit un faible bruit sec et craquelant.

Après un long silence, il murmura doucement : « Zhou, mon fils... que ce soit toi ou Lili, ton père aimerait pouvoir porter ce terrible fardeau pour vous deux en ce moment. »

* * * * *

Au cœur du jardin, la brise tardive soufflait doucement. La main de Yun Lili serrait fermement une tige d'herbe à queue de phénix, son expression devenant de plus en plus effilochée, agitée et profondément irritable.

Trois poules persistantes caquettaient bruyamment, tournoyant perpétuellement et agaçant autour de ses pieds.

L'un d'eux picorait l'herbe avec détermination ; un autre insistait pour sauter sur une pierre voisine pour piailler sans but vers le ciel. Le vacarme combiné et incessant lui donnait un véritable mal de cap monumental.

« Silence, tous autant que vous êtes ! » Yun Lili ne put s'empêcher de taper du pied violemment en criant avec colère.

« Pourquoi dois-tu *caqueter, caqueter, caqueter* toute la journée, sans arrêt ? Ne pouvez-vous pas simplement rester silencieux et arrêter votre terrible agitation ne serait-ce qu'un seul instant ? Mes oreilles vont être définitivement assourdies par votre bruit collectif ! »

Les trois poules s'arrêtèrent ensemble, penchant leurs petites têtes à l'unisson. Leur caquetement, cependant, ne fit que s'amplifier, ressemblant distinctement à une protestation unie et mécontente contre l'injustice de son ordre soudain.

Yun Lili leva les yeux au ciel, exaspérée, puis leva les yeux, pour voir la petite Fira silencieusement perché sur une haute branche. Ses plumes dorées brillaient froidement sous le soleil couchant, et ses yeux étaient fixés d'elle, immobiles, de façon troublante.

Son cœur bondit violemment d'alarme. Elle se redressa instantanément, criant : « Pourquoi restes-tu là si silencieuse ?! Pourquoi tu traînes ?! Tu essaies exprès de faire une frayeur fatale à quelqu'un ! »

Elle se figea alors, réalisant l'absurdité totale de son éclat et ressentant une soudaine vague de culpabilité irrationnelle l'envahir.

Lili baissa les yeux vers les trois poules, puis releva les yeux vers la petite Fira, parla enfin d'un murmure calme et réprimandé : « ... Très bien, très bien, j'ai complètement dépassé les bornes à l'instant. Tu n'es ni assez bruyant ni assez silencieux pour mes sensibilités actuelles, il semble... Oh, je suis tout simplement affreusement préoccupé et mes nerfs sont à vifs. S'il te plaît, ne me reproche pas à mon éclat ridicule, d'accord ? »

Les trois poulets semblaient, d'une certaine façon, comprendre parfaitement.

Ils s'approchèrent lentement de ses pieds, leur caquetement s'adoucissant en un murmure bas et profondément réconfortant. La petite Fira, cependant, ébouriffa soudain son plumage, et ses ailes s'étendirent brusquement, devenant plusieurs fois plus grandes en un instant.

Ses énormes pignons soulevèrent une rafale de vent vive, dispersant les feuilles environnantes dans une pluie bruyante et soudaine.

« Aah— ! » Le visage de Yun Lili devint blanc de terreur absolue. L'herbe à queue de phénix *tomba* au sol, et elle se retourna immédiatement pour s'enfuir.

« Ne me saisit pas avec ton bec ! Je ne souhaite plus voler, je te le dis ! » cria-t-elle frénétiquement en courant, la voix chargée d'une panique résiduelle et accablante. Le souvenir traumatisant de la dernière fragée aérienne de la petite Fira, qui avait failli la jeter des cieux à sa perte, était encore terriblement vif dans son esprit.

La petite Fira, cependant, baissa sa trajectoire, volant près du sol, semblant la taquiner délibérément. Un instant, il passa juste au-dessus du sommet de sa tête, l'instant d'après il descendit bas, menaçant de lui arracher les cheveux.

Les trois poules, quant à elles, ajoutaient à la confusion avec des cris paniqués, dispersés partout.

« Petite Fira ! Je m'excuse ! Je promets de ne plus jamais me plaindre de ton silence ! Ne m'attrape pas avec ton bec ! » Yun Lili pleurait à moitié, riait dans une hystérie pure. Son pied glissa, et elle faillit trébucher, s'accrochant désespérément à un arbre proche, haletante.

La petite Fira atterrit sur son épaule, revenant instantanément à sa petite taille anodine. Il pencha la tête, adoptant une expression parfaitement innocente.

Yun Lili, trempée de sueur froide, tapota sa poitrine et haleta, les dents serrées de fureur frustrée : « Espèce d'oiseau absolument misérable ! Tu vas me faire peur à mort un de ces jours, retiens bien mes paroles... »

Mais à la fin de la phrase, sa voix s'adoucit involontairement. Elle leva la main et gratta doucement le menton de la petite Fira, soupirant : « Oh, tant pis. C'est bon. Aucun d'entre vous n'est vraiment malveillant... c'est simplement mon propre esprit qui est dans un tel désarroi profond. »

Les trois poules caquetèrent doucement à nouveau, se rapprochant de ses pieds, enfouissant leur tête près de ses chevilles. La petite Fira reposait paisiblement, ses plumes rayonnant d'une chaleur subtile et réconfortante.

Yun Lili regardait ces compagnons bizarres et fidèles qui l'avaient suivie à travers tant d'épreuves. Le tumulte dans son cœur s'atténua soudainement, remplacé par une sensation familière et piquante dans son nez.

* * * * *

Les pieds de Yun Lili venaient à peine d'être maintenus par une traînée de lumière azur, et tout son être était encore sous le choc. Elle descendit tremblante sur les marches de pierre, ses jambes cédant instantanément sous elle, la faisant presque tomber à genoux.

« Ouf... J'ai failli mourir cette automne-là... »

Elle haleta, puis leva les yeux, rugissant vers le ciel : « Espèce de petit Fira ! Espèce d'oiseau impitoyable et infidèle ! Tu as failli me tuer en tombant la dernière fois, et maintenant encore—waaah, mes oreilles bourdonnent encore à cause du bruit ! »

Les trois poules caquetaient bruyamment, se précipitant vers elle, sautant et papillonnant en tournant autour d'elle dans une démonstration frénétique d'inquiétude.

Yun Lili en attrapa instinctivement un, le serrant fort dans ses bras, le réprimandant d'un mélange de larmes et de rires : « Vous seuls trois savez me montrer un peu de compassion ! Cet oiseau maudit tente clairement de commettre **un meurtre d'hôte** ! »

Alors qu'elle parlait, la brume autour d'eux s'agita soudainement. Une intention **profonde d'une épée**, froide comme un raz-de-marée, se précipita vers eux.

Yun Lili se figea, se retournant brusquement. Elle vit une silhouette en robes azur émerger lentement de la brume. Son épée longue était rengainée derrière son dos, ses robes claquaient légèrement au vent, et la lumière froide se reflétant sur son armure subtile lui piquait presque les yeux.

«… Yu Sord. »

Yun Lili fut momentanément stupéfaite. Puis, son nez lui piqua soudainement, et ses larmes jaillirent en un flot torrentiel et indéniable. Elle poussa un cri désespéré et étouffé, « *Waaah !*», et se précipita, s'accrochant fermement à sa taille.

« Wuwuwu ! J'étais tellement terrifiée ! » s'écria-t-elle, essoufflée et incohérente, enfouissant tout son visage dans sa poitrine. Sa voix était brisée et rauque : « Moony a disparu, A-Yara a disparu, j'étais terrifiée à mort, toute seule dans l'illusion... Et mon miroir est complètement brisé aussi... wuwuwu... »

Elle pleura hystériquement, ses doigts s'enfonçant violemment dans sa manche, comme si elle craignait qu'il disparaisse lui aussi sans laisser de trace.

Tout le corps de Yu Sord se raidit brusquement. Il baissa les yeux vers la jeune fille dans ses bras, le visage trempé de larmes. Son cœur semblait avoir été violemment frappé par quelque chose d'immense.

Il passa immédiatement un bras autour d'elle, sa paume pressant fermement son dos, ses doigts tremblant légèrement. Sa voix, cependant, était extrêmement basse et totalement posée : « Lili, n'aie pas peur. **Je suis ici** avec toi. »

« Mais c'était vraiment... si horrible et terrifiant... » Yun Lili pleura, le visage strié de larmes, relevant la tête. Ses yeux étaient flous et totalement impuissants. « Je pensais ne jamais pouvoir te revoir dans cette vie... »

Le regard de Yu Sord était profond et intense, comme s'il réprimait rigoureusement une émotion puissante et explosive, mais son étreinte ne fit que se resserrer davantage en réponse.

« Petite idiote, » murmura-t-il, sa voix s'adoucissant. Ses doigts essuyèrent doucement les traces de larmes au coin de ses yeux, son expression portant une chaleur rare et profonde. « Si tu ne pouvais pas me trouver, alors je viendrais simplement te chercher. Peu importe où tu étais, je t'aurais trouvée. »

Yun Lili hoqueta, le fixant. Elle éclata soudain en sanglots encore plus forts : « Mais mon miroir est brisé ! Mon miroir préféré au monde entier ! »

Plus elle y pensait, plus elle se sentait profondément lésée, sa voix chargée d'un véritable pathos blessé : « Tu ne comprends pas, tu vois ! Ce miroir est avec moi depuis si longtemps ; Il m'a accompagné pour vérifier mon visage, pour vérifier les poules, et il m'a même accompagné pour vérifier s'il y **avait des fantômes** terrifiants... »

Yu Sord se figea un instant et fut soudainement et profondément charmé par sa raison totalement absurde de « vérifier la présence de fantômes », et ses traits s'adoucirent instantanément.

Il ne put s'empêcher de lui tapoter doucement le sommet de la tête, son ton mêlé de résignation lassitude et de dévotion totale : « Le miroir est cassé ; Il peut être remplacé. Mais si **tu** étais brisé... où, précisément, irais-je te retrouver ? »

Yun Lili haleta, ses larmes toujours obstinées sur son visage, mais elle ne put s'empêcher d'esquisser un petit sourire en larmes.

« Toi... Tu dis des choses pareilles qui me donnent encore plus envie de pleurer, tu vois... »

Elle enfouit sa tête dans ses bras, ses sanglots désormais teintés de traces indéniables de rires, étalant des larmes et de la morve sur ses robes azur immaculées.

Yu Sord ne montra aucun signe de dégoût. Il la serra simplement fermement, ses longs cils baissés, son expression abandonnant enfin la façade glaciale de rigidité.

Chapitre 52 : Le miroir de remplacement

À l'intérieur du Pavillon de l'Épée Céleste, un profond silence régnait.

Seuls les sanglots doux et persistants de Yun Lili et le rythme bas et régulier du cœur de Yu Sord s'entremêlaient dans l'air froid de la montagne.

Les mains de Yun Lili serraient toujours fermement les trois poules qui caquettaient sans cesse. Des plumes s'accrochaient à elle en désordre, ses cheveux étaient en désordre, et ses orbites étaient d'un rouge vif, témoignant clairement de ses longues crises de larmes. Elle leva discrètement les yeux pour observer Yu Sord, le voyant debout silencieusement, son sourcil en forme d'épée comme une montagne lointaine et immuable, son regard profond et profond, son expression totalement impassible. Un frisson soudain de panique saisit son cœur, comme un enfant pris dans une transgression insensée.

Elle força deux rires maladroits et secs et tenta frénétiquement de lissa ses cheveux en bataille. Sa voix était faible et teintée d'une culpabilité aiguë : « Ça... Je ne sais vraiment pas pourquoi, mais la petite Fira soudainement... soudainement m'a traîné ici... »

En parlant, elle sentit ses joues chauffer de gêne. Elle abandonna finalement, baissant la tête pour donner un coup de pied à une petite pierre à ses pieds, sa voix tombant en un bourdonnement à peine audible comme un moustique bourdonnant : « En fait... en fait, j'essayais d'acheter un nouveau miroir. Mon ancien, quand j'étais dans le monde des miroirs... Je ne sais pas comment, mais ça s'est brisé. »

Quand elle prononça le mot « brisé », sa bouche se pinça hautement haute d'un profond chagrin, ses yeux remplis d'une réticence non dissimulée, comme si un trésor précieux lui avait été brutalement arraché des mains.

Soudain, elle releva la tête, ses yeux brillants d'une pensée soudaine et lumineuse, et son ton changea instantanément : « Tu savais ? J'étais incroyablement puissant dans ce monde-miroir, vraiment ! Je pourrais même voler ! » Elle écarta les bras, gesticulant de façon frénétique, son expression rayonnant d'une excitation fière et triomphante. « Mais dès que je suis sorti, je n'en ai plus pu ! Oh, c'est vraiment la pire chance ? J'ai enfin acquis quelques capacités, et en un clin d'œil, elles ont disparu à nouveau ! »

Le regard de Yu Sord se déplaça subtilement. Son doigt se retourna. Une lumière azur, comme de douces ondulations d'eau qui s'étendent, émanait de sa paume. En un instant, un miroir de clarté cristalline flotta dans sa main. Le corps miroir était lisse et violet comme du jade fin, son cadre délicatement gravé de motifs complexes de bambou violet. Sa lumière spirituelle était contenue et discrète, mais elle portait une aura de raffinement propre et élégant, comme un ruisseau clair traversant une gorge montagneuse — raffinée et profondément résonnante.

Il tendit le miroir d'un ton plat, sa voix faible mais portant un fil à peine perceptible de tendresse : « Si tu ne le trouves pas insuffisant... Cet objet, vous pouvez l'accepter en cadeau de ma part. »

Les yeux de Yun Lili s'écarquillèrent instantanément et brillèrent. Son souffle de surprise faillit faire voler les trois poulets de ses bras : « Waouh—c'est tellement beau ! » Elle laissa tomber immédiatement les poules avec *un bruit* sourd sur le sol de pierre, attrapant le miroir à deux mains. Ses yeux brillaient intensément ; Elle semblait prête à fusionner avec l'objet lui-même.

« Oui, oui, merci beaucoup ! » Elle sourit jusqu'à ce que ses yeux se courbent en croissants, serrant instantanément le miroir contre sa poitrine dans une attitude qui déclarait bruyamment : « Personne ne mettra la main dessus ! » Elle y tenait énormément.

Yu Sord la regardait, et une sensation de chaleur se répandit dans son cœur. La jeune fille devant lui, tenant le miroir avec soin mais un rayonnement radieux, semblait entièrement baignée par la lumière du soleil printanier. Le coin de ses lèvres ne put s'empêcher de se retrousser en un sourire subtil et sincère, et la lumière froide de l'épée qui résidait habituellement dans ses yeux s'évanouit silencieusement.

« … Je suis content que ça te plaise. »

Enfin, pensa-t-il, il avait trouvé une occasion de lui offrir ce miroir.

Yun Lili baissa la tête, ses doigts traçant les motifs complexes sur la surface du miroir, les yeux brillants de fascination. Mais la lumière s'estompa rapidement, et son expression devint soudain sérieuse.

« Avec ce miroir... Je peux enfin commencer à chercher Lunard et A-Yara. » Elle mordit sa lèvre inférieure, la voix basse, comme si elle s'adressait à elle-même, tout en se forçant à faire un serment solennel. « Ils sont toujours portés disparus, et je suis vraiment mort d'inquiétude pour eux... »

Elle leva les yeux, les traces rouges de ses larmes encore visibles autour de ses yeux, mais désormais imprégnées d'une détermination inattendue et farouche.

« Je dois, absolument je dois les trouver. »

Yu Sord observa son apparence résolue. Son cœur s'agita vivement, et son front en forme d'épée se plissa légèrement, comme si mille mots peinaient à s'échapper. Mais au final, il tendit simplement la main, la posant fermement et fermement sur son épaule, sa voix basse mais aussi solide et assurée qu'une montagne :

« Ne t'inquiète pas. Peu importe où ils sont, **je t'aiderai à les chercher**. »

* * * * *

À l'intérieur de la Salle du Pivot Céleste, l'intention de l'épée de Yu Sord descendit avec la force glaciale d'une pluie soudaine, brisant instantanément la lumière du grand astrolabe céleste.

Toute la chambre était rendue glaciale et austère par le reflet de la lumière blanche d'un épée bleu et azur.

Après un moment de silence profond et gelé, un Ancien aux sourcils blancs cria durement :

« Yu Sord ! Tes actions sont intolérablement **présomptueuses** ! Cette affaire concerne la sécurité cruciale des Quatre Royaumes ; Comment osez-vous entraver imprudemment les procédures simplement pour une affection personnelle ? »

Un autre Seigneur Céleste offrit un reniflement froid et sec d'accord : « Précisément ! Puisque tu es un Souverain Immortel, ta priorité doit être le bien-être du peuple. Pour protéger les Quatre Royaumes, quelle conséquence y a-t-il à sacrifier une vie unique ? »

Leurs voix résonnaient dans la salle comme du fer frappant la pierre.

Les yeux de Yu Sord brillèrent d'une froide intention. Il pointa son épée longue directement vers le vide, et la lame chanta d'un bourdonnement furieux comme un tonnerre rugissant : « Si l'un d'entre vous ose projeter ce sentiment sur elle à nouveau — vous devrez d'abord vous adresser à mon épée ! »

De tels mots agressivement autoritaires firent pâlir considérablement les visages de nombreux souverains réunis de choc.

Un ministre fronça les sourcils, murmurant doucement : « Il est vraiment impliqué émotionnellement maintenant... »

D'autres restèrent silencieux, leurs regards complexes et mal à l'aise.

Yun Zane laissa soudain échapper un léger rire fragile, un son qui semblait décontracté, mais qui réprimait efficacement l'agressivité croissante dans la salle : « Pourquoi devons-nous être si agressifs et implacables ? La délibération d'aujourd'hui en est encore au stade de la déduction et de la révision, et non du consensus final. De plus— »

Il balaya la salle du regard, sa voix faible mais teintée d'un sarcasme mordant et corrosif, « Si nous avons vraiment l'intention de sacrifier une seule lignée, lequel d'entre vous assis dans cette Salle du Pivot Céleste peut offrir une garantie absolue que le sacrifice ne retombera pas, finalement, sur vos propres descendants ? »

À cette déclaration, les voix de ceux qui avaient auparavant accepté le sacrifice se turent instantanément.

Certains réfléchissaient à l'implication sombre, leurs teints changeant visiblement. D'autres jetèrent un regard hésitant, choisissant de ne plus parler.

Sang Li s'avança lentement. Il leva la main, recueillant la lumière éparpillée de l'astrolabe brisé, son ton posé mais teinté d'une franchise glaçante : « Il est indéniable que la Pelote du Noyau de Phénix est la stratégie la plus fiable. Mais j'insiste sur le fait que ce n'est en aucun cas la seule option. C'est simplement cela — les méthodes alternatives entraînent un coût bien plus élevé et plus imprévisible, et les pertes qui en résultent sont impossibles à mesurer. »

« Alors raison de plus de discuter d'alternatives, plutôt que d'insister simplement sur une seule et désespérée voie ! » intervint un autre jeune Officiel Céleste, le visage marqué par une profonde lutte.

« Le Clan Phénix a déjà épuisé sa lignée pour le bien des Quatre Royaumes. Aujourd'hui, il ne reste plus qu'un seul orphelin. Si nous continuons à insister sur cette question... si la nouvelle de cette coercition flagrante se répandait, comment le Royaume Immortel continuera-t-il à revendiquer l'impartialité morale ? »

Cette déclaration fit trembler à nouveau l'atmosphère déjà précaire dans la salle.

Yu Sord observait toute l'assemblée avec des yeux froids et inébranlables, sa voix basse et ferme comme le fer : « Je le répète — tant que cette Yu reste dans ce plan un seul jour, aucun de vous ne pourra présumer lui faire du mal. »

Lorsqu'il eut fini, son épée longue bourdonna bruyamment, et la lumière azur fila droit vers le toit de la salle, secouant les tuiles mêmes du Toit du Palais du Pivot Céleste comme si elles allaient s'effondrer catastrophiquement.

Le Seigneur Céleste Su Yuan leva enfin la main, sa manche argentée ondulant. Il réprima le qi d'épée agressif, sa voix claire et froide comme le givre et la neige : « **Assez**. »

Il balaya du regard tous les présents, sa voix ferme mais portant une autorité irrésistible et profonde : « La proposition concernant la Pelote du Noyau de Phénix est temporairement mise en pause. L'Armée Démoniaque n'a pas encore bougé, et les Quatre Royaumes restent stables. Nous chercherons des méthodes alternatives ; Nous nous retrouverons lorsqu'une solution définitive aura été trouvée. Il n'est pas trop tard pour d'autres discussions. »

Les Immortels tombèrent dans un silence tendu, personne n'osant prononcer un mot de plus.

Yu Sord rengaina son épée, mais ne parla plus. Sa silhouette restait froide et rigide, comme un sommet montagneux isolé et redoutable, debout ferme et immobile malgré le chaos qui s'ensuivait.

* * * * *

À l'intérieur du **Pavillon de la Gloire du Phénix**, la lumière de l'après-midi entrait de façon oblique, captant le doux et lent balancement des rideaux. La lumière tombait en taches brisées et dansantes, aussi tachetées et agitées que des reflets d'eau.

Yun Lili était assise en tailleur sur le canapé, serrant fort le nouveau miroir gravé en bambou violet. Ses doigts effleurèrent les bords à plusieurs reprises, et elle marmonna doucement :

« Lunard, Lunard, sors maintenant, s'il te plaît... »

La surface du miroir clignota soudainement. Son cœur se serra, et elle retint son souffle, fixant intensément la vitre.

La lumière et l'ombre se fusionnèrent instantanément, formant une image en volute du palais impérial : carreaux dorés et poutres de cinbar, brume parfumée s'élevant dense.

Dans la scène, Lunard était blottie joyeusement près d'une table basse, les yeux courbés en croissants de pur plaisir. En face d'elle était assis

Du Shao, qui, étonnamment, lui versait personnellement son thé. Son expression était douce, et son attitude dépouillée de sa froideur habituelle, révélant une tendresse délicate, à peine perceptible. Leurs mouvements et interactions montraient une harmonie naturelle et exceptionnelle.

Yun Lili la fixa un instant, incapable de réprimer un léger sourire doux qui releva les coins de ses lèvres. Pourtant, elle murmura pour elle-même : « Cette fille... Elle est vraiment **favorisée par le destin**, n'est-ce pas ? »

Malgré ces mots, un fil d'amertume obscure apparut involontairement dans ses yeux. Elle le cacha rapidement, donnant simplement un léger coup au miroir, et poursuivit sa douce invocation.

Cependant, peu importe à quel point elle appelait désespérément, la surface du miroir restait obstinément vide. La lumière spirituelle bouillonnait sous la vitre, mais refusait de se former à l'image de Yun Yara.

Yun Lili fixa jusqu'à ce que son expression devienne lourde d'anxiété, et un soupir sourd s'échappa de ses lèvres : « A-Yara... où diable es-tu passé... »

À ce moment précis, la porte du couloir s'ouvrit de force. Un souffle clair et glacial d'intention d'épée flotta avec la brise, dissipant instantanément la morosité qui l'enveloppait.

Yu Sord entra vêtu de ses robes azur, ses pas assurés, ses yeux aussi calmement posés que le givre et la neige.

Il la vit serrer fermement le miroir, le visage marqué par une profonde inquiétude. Ses pas s'arrêtèrent légèrement, mais sa voix resta posée : « Ne te précipite pas. Elle finira, par se montrer. »

Le cœur de Yun Lili battit la chamade. Elle répondit doucement par un « Mhm », mais ne put retenir un soupir de détresse.

Elle serra encore plus fort le miroir, puis leva soudain les yeux, sa voix si légère qu'elle semblait craindre d'être emportée par le vent : « En fait... Je crois que je me suis souvenu de quelques choses. »

Les pupilles de Yu Sord se contractèrent brusquement, mais il parvint à garder une façade de calme, ne demandant que d'un ton apparemment décontracté : « De quoi te souviens-tu ? »

Yun Lili baissa la tête, traçant le bord du miroir du bout des doigts. Sa voix était brisée et intermittente : « Juste cet endroit... le **Pavillon de la Gloire du Phénix**... et... la **Falaise des Mille Tribulations**. »

Lorsque les trois mots « **Wan Jie Ya** » sortirent de sa bouche, l'esprit de Yu Sord fut violemment secoué. Ses doigts tremblaient, et sa poitrine semblait cruellement tranchée par une lame tranchante. Enfin, il ne put plus réprimer la vague d'émotions écrasante. Il tendit brusquement la main et la serra dans une étreinte féroce et serrée, sa voix basse et tremblante.

Le mot qui s'échappa de ses lèvres était chargé d'une finalité absolue et d'un désir désespéré—

« Lili ! »

Le cœur de Yun Lili battait la chamade contre ses côtes sous la force soudaine et inattendue de son étreinte. Ses joues s'empourprèrent intensément. Elle se pressa précipitamment contre lui, mais tenta tout de même de garder son calme, marmonnant : « Oh, eh bien... tout ça, c'est du passé maintenant... ce n'est pas comme si je ressentais quelque chose à ce sujet, tu sais. »

En terminant, elle détourna le visage, réfléchissant secrètement dans son esprit : —

C'est en fait assez embarrassant. Penser qu'elle avait eu une relation amoureuse avec un Seigneur Immortel aussi distingué et séduisant dans sa vie antérieure... Heh heh, elle avait clairement touché le gros lot, non ?

Yu Sord ignorait totalement les réflexions absurdes et fantastiques dans son esprit. Il la serra simplement plus fort, toute la froideur dans ses yeux et son front fondant complètement. À l'intérieur du Pavillon de la Gloire du Phénix, seuls le bruit de son cœur affolé et sa respiration étouffée, mais brûlante, s'entremêlaient dans l'air calme de l'après-midi.

Chapitre 53 : L'amour dans les quatre saisons

« Votre Majesté », dit doucement Lunard, sa voix délicatement mêlée d'hésitation et d'un malaise palpable. « Après toutes ces années... Tu ne vas vraiment jamais prendre un autre consort pour partager tes fardeaux ? »

Du Shao leva les yeux vers elle. Son expression était douce, profonde, et totalement inchangée — tout comme le garçon sincère et résolu qu'il avait été lors de leur première rencontre.

« J'ai formellement rédigé le décret », murmura-t-il calmement, bien que son ton portait la gravité d'une résolution profonde et inébranlable. « J'ai l'intention de nommer mon douzième frère héritier héritier du Trône du Dragon. »

Il poursuivit, sa voix posée et mesurée, n'adoptant jamais la hauteur élevée d'un empereur avant elle. « Il n'avait que cinq ans lorsque notre père est décédé. Il a maintenant grandi—un jeune homme courtois et stable, intrinsèquement digne de ce vaste royaume. Je... je peux enfin me permettre de me sentir à l'aise. »

La gorge de Lunard se serra douloureusement, et les coins de ses yeux picotèrent d'une chaleur intense. Elle comprenait le sens plus profond — sa soi-disant « facilité » était à la fois une explication publique à tout l'empire, et une promesse silencieuse, dévastatricement finale, chuchotée à elle seule.

« Mais... » commença-t-elle, sa protestation déjà en forme, mais il leva la main, interrompant doucement ses mots inachevés.

Les yeux de Du Shao ne quittèrent pas son visage un instant. En eux, il n'y avait que le reflet clair de sa forme perpétuelle.

« Lunard, » murmura-t-il, le nom lui-même étant une déclaration profonde, « Une vie mortelle, passée entièrement avec toi, suffit amplement. »

Lunard baissa la tête, ses doigts se crispant fermement et blanchement autour du tissu de sa manche.

Mais au fond de lui, elle connaissait trop bien l'arithmétique cruelle du cosmos—

C'était donc le prix amer du vœu de l'Esprit du Réceptacle. Sa jeunesse resterait intacte avec les années. Son visage ne montrerait jamais la moindre trace de vieillesse.

Mais lui ? Un homme de chair mortelle fragile—même protégé par l'aura redoutable du dragon—ne pouvait pas, par aucune grâce, résister à l'érosion inévitable et écrasante du temps.

Ces dernières années, elle avait appris à dessiner de légères stries argentées sur ses tempes, à adoucir la luminosité de ses yeux avec des ombres subtiles, à peindre délibérément ses traits d'une touche d'âge, juste assez pour donner l'impression qu'elle vieillissait à ses côtés.

Pourtant, chaque fois qu'elle essuyait le maquillage, le miroir en cuivre révélait le même visage jeune qu'avant, des yeux clairs, une peau lisse, des lèvres sans marques d'années.

Pire encore—

Son pouvoir spirituel avait disparu.

Le jour où l'Esprit du Réceptacle exauça son souhait, sa cultivation s'évanouit comme une marée qui se retire.

Maintenant, elle ne pouvait même pas rassembler la technique la plus simple.

Elle était devenue, à tous points de vue, une mortelle ordinaire.

La nuit tomba profondément sur le Palais du Phénix.

Les chambres intérieures étaient silencieuses, la lueur de la lampe oscillant faiblement au gré du vent.

Lunard était assise seule devant son miroir en bronze,

Ses doigts effleurant lentement ses joues juvéniles.

Soudain, une vague de désir—aiguë et déchirante—la traversa dans la poitrine.

— Mademoiselle... dans cette vie, te reverrai-je un jour ?

La pensée lui vint sans qu'elle le veuille.

Elle se souvenait des jours dans la secte Lingxiao, des réprimandes à moitié plaisantantes et de la colère fausse de Lili, se souvenait des trois poules bruyantes qui caquetaient dans la cour.

Des larmes lui montèrent aux yeux, mais elle les reprit.

Elle était impératrice — elle ne pouvait montrer de faiblesse, ne pouvait laisser personne voir sa solitude.

Ce n'est que dans la chambre la plus profonde de son cœur qu'elle laisse échapper un léger soupir :

« Mademoiselle... Tu me manques tellement. »

La nuit s'approfondit.

Lunard finit par s'endormir, sa respiration douce et régulière,

son visage était paisible.

« Même dépouillée des splendides robes de phénix, son essence restait cohérente avec cette silhouette plus jeune, parfois chancelante, observée des années plus tôt à Lingxiao, sa structure faciale conservant une résistance inquiétante et absolue à l'érosion inévitable du temps.

Du Shao resta assis tranquillement au bord du canapé, son regard fixé sur son état de repos. Ses doigts se levèrent légèrement dans un geste minimal vers son front, mais il arrêta le mouvement — comme si toute perturbation physique pouvait compromettre le silence profond de la pièce.

« Moony... » Il articula, le son bas, mesuré et stable. « Deux décennies entières s'étaient écoulées, pourtant sa forme défiait totalement le passage implacable des années ; son apparence restait immuable, reflétant précisément la cohérence visuelle de l'époque précédente... »

Un bref détente d'expression fut observé, rapidement remplacé par une évaluation contemplative.

Il a perçu la situation avec acuité : ce n'était manifestement pas une simple condition favorable accordée par l'ordre naturel.

Elle ne montrait aucun signe de vieillissement, pas dans le moindre détail.

Simultanément, sa propre existence était marquée par l'infiltration lente de mèches blanches dans ses cheveux et la masse physique croissante de son corps impérial chaque année qui passait.

La disparité observée renforçait sa compréhension du coût exact associé à sa stase physiologique soutenue.

Pour raviver un lien rompu depuis longtemps, elle s'était enfermée dans un destin sans retour possible.

Il savait tout cela, mais il ne posait jamais de questions. Il n'insistait jamais, ne découvrait jamais la vérité qu'elle portait seule.

Voici la version lissée et légèrement développée :

« Lunard... Si c'est le destin, alors laisse-moi vieillir seul. Tu restes pour toujours au printemps, sans avoir besoin de partager mes cheveux blancs comme neige. »

« Tout ce que je te demande, c'est que tu danses encore une fois, comme tu as dansé sous la pluie cette année-là, sans une seule goutte. C'était le plus beau spectacle que j'aie jamais vu, et à la fin tu t'es retourné et tu m'as demandé : « C'était beau ? »

Il glissa doucement la couette autour d'elle, le bout des doigts tremblant d'une tendresse qu'il ne pouvait plus cacher. Sous la lumière vacillante des lampes, sa silhouette semblait plus solitaire que jamais, comme un vieil arbre debout obstinément sous le vent et la pluie, usé mais non incliné.

Le sommeil la gagna peu à peu. Lunard se rapprocha de ses bras, glissant dans les rêves avec un petit soupir réconfortant. Dans ce rêve, elle semblait entendre quelque chose ; Ses sourcils se froncèrent légèrement comme pour réagir à un appel lointain, et elle murmura doucement :

«… Mademoiselle… »

Du Shao se figea.

Son expression s'assombrit.

Après un long moment, il laissa échapper un rire doux et amer, un son aigu d'une douleur silencieuse. « Petite idiote… De toute cette vie, ton cœur n'a jamais été le mien. »

* * * * *

Le bambou fraîchement planté dans la cour n'avait pas encore pris racine ; les extrémités de ses feuilles étaient teintées de jaune.

Yun Yara se tenait sous les avant-toits, tournant doucement sa paume, tentant de capter ne serait-ce qu'un faible souffle de lumière spirituelle.

Ses doigts restaient froids—

Rien ne s'est formé.

Elle a essayé à nouveau.

Et encore.

Chaque tentative lui serrait encore plus la poitrine, comme si une main invisible se resserrait lentement autour de ses côtes.

— *Le prix.*

Ces deux mots traversèrent son cœur comme une pierre froide.

« Ne te fais pas mal à la main. »

Une voix douce s'échappa de sous le toit.

Elle se retourna brusquement.

Mo Han se tenait parmi les ombres du bambou, sa robe verte simple et simple, son expression calme — comme si rien de tout cela ne le surprenait le moins du monde.

Yara se mordit la lèvre.

« Je... Je n'arrive plus à utiliser quoi que ce soit. »

Mo Han se tut un instant.

Il baissa les yeux vers elle, sa voix encore douce :

« Tu as subi un choc à l'intérieur de cette faille. Et la barrière dans cette région mortelle est particulière — le travail de sort est facilement réprimé. »

En parlant, il leva la main, comme s'il voulait tester une technique.

Mais ses doigts s'arrêtèrent—à peine perceptibles—dans sa manche, comme si quelque chose le tirait.

Finalement, il pressa simplement ses paumes l'une contre l'autre et retira le mouvement.

« Je suis pareil », ajouta-t-il doucement.

« Pour l'instant, je ne peux pas non plus bouger mon qi. »

Il le murmura lentement et sûrement, presque sereinement.

Mais Yara sentit l'amertume lui monter à la gorge.

Elle *savait* que ce n'était pas la barrière.

Elle avait jeté son pouvoir spirituel dans un endroit qu'elle ne pourrait jamais récupérer—

Lorsque l'esprit-pot exauça son vœu, il emporta sa cultivation avec lui.

Le prix.

Elle n'osa pas le dire à voix haute.

Elle n'osait à peine y penser.

« Je dois rentrer », murmura-t-elle.

« La secte... A-Li... et Lunard. »

Mo Han jeta un coup d'œil au ciel, comme s'il calculait quelque chose d'invisible.

« La faille ne s'est pas refermée. Se déplacer contre lui attire le tonnerre. Même si mes sorts étaient intacts, je n'oserais pas forcer un chemin maintenant. »

Il s'arrêta, la voix douce mais ne laissant aucune place à la discussion :

« Reste ici d'abord. Je trouverai un moyen. »

Yara baissa les yeux, ses jointures pâlissant tant elle serrait les mains.

Elle voulait argumenter—voulait nier tout ce qui l'étranglait de l'intérieur—

Mais au final, elle ne parvint qu'à prononcer un seul mot fragile :

«… D'accord. »

Au moment où le mot « *d'accord* » sortit de ses lèvres, elle eut l'impression que son cœur avait doucement été repris dans sa poitrine—

mais en même temps, fermement cloué dans cet endroit inconnu de carreaux bleus et de murs blancs.

Mo Han se détourna, s'avançant vers un coin de la cour pour ramasser une brindille tombée.

Il rangea le paquet de bois près du poêle d'un geste calme et délibéré.

Le vent passait les avant-toits, soulevant sa manche.

Une courbe fugace d'amusement traversa ses yeux — si légère qu'elle disparut sous les ombres mouvantes du bambou.

« Le royaume des mortels n'est pas si terrible », murmura-t-il doucement.

« Il y a quatre saisons, des repas chauds et des routes à parcourir. Réchauffe d'abord tes mains. »

Yara murmura un doux « *mm.* »

Sa voix était à peine audible.

Elle rapprocha ses paumes vides de sa poitrine, les tenant comme si c'était sa dernière poche de chaleur.

Le poids de ces deux mots — *le prix* — lui faisait encore mal, mais elle n'osait plus les laisser glisser sur ses lèvres.

Dehors, la cour faisait remuer la cloche.

Ding—

Un carillon clair et persistant.

Au moment où le bruit s'estompa, quelqu'un parmi les ombres de bambou relâcha un souffle qu'il retenait—un souffle que lui seul connaissait.

Ce jour-là, l'automne s'approfondit dans le monde des mortels.

Les feuilles d'érable sur les montagnes brillaient comme du feu.

Yara portait un panier en bambou rempli de châtaignes fraîchement cueillies, quelques champignons sauvages et de l'igname de montagne.

Elle marchait le long du chemin de pierre, les manches retroussées, le vent de la montagne caressant ses cheveux et apportant avec lui un parfum frais et vif et frais.

« Fais attention. Le chemin est glissant. »

Une main chaude se tendit soudain, stabilisant son bras.

Elle tourna la tête.

Mo Han marchait à ses côtés, vêtu d'une simple robe vert foncé, son expression aussi calme que toujours.

Dans la lumière inclinée, il paraissait encore plus raffiné, plus discrètement séduisant.

Il tenait une marmite d'eau de source dans une main, tandis que l'autre flottait discrètement près d'elle—la protégeant aussi naturellement que respirant.

« Je ne suis pas une enfant », murmura Yara, feignant une petite moue.

Mo Han ne répondit que par un léger hum, sans protester.

Côte à côte, ils regagnèrent la petite cour au pied de la montagne.

L'endroit n'était pas grand : murs blancs, carreaux bleus, quelques tiges de bambou ondulant doucement au vent.

Un carillon pendait des avant-toits, et chaque brise le faisait vibrer — clair, frais, comme de l'eau courante.

—C'est là qu'ils s'étaient réfugiés temporairement dans le monde des mortels.

Yara posa le panier et se pencha pour allumer la cuisinière.

Bien qu'elle ait grandi en tant que cultivatrice, elle devait maintenant apprendre la manière mortelle de faire les choses—

un pas lent et humble à la fois.

Quand les allumettes ne fonctionnaient pas, elle essayait encore et encore.

Quand la casserole s'assombrit de suie, elle la frotta patiemment.

Mo Han observa longuement avant de s'avancer et de prendre le pistolet de feu de ses mains.

« Je le ferai », répondit-il.

D'un léger mouvement de la main, une étincelle jaillit—

Chut—

Une flamme propre jaillit, s'accrochant au léger bois d'amertumage.

Yara se figea un instant, puis murmura doucement,

« Tu n'es même pas doué pour ça. Tu fais toujours semblant d'avoir l'air calme. »

Mo Han leva légèrement les paupières, répondant d'un ton habituel faible et impénétrable :

« Apprendre ça suffira. »

La lumière du feu se reflétait sur ses sourcils et ses cils, l'adoucissant d'une touche de chaleur terrestre.

Yara le fixa—

Son cœur se serra, juste un peu.

Elle croyait autrefois qu'il était froid comme un sommet solitaire, inaccessible et intact par la chaleur humaine.

Mais maintenant, en voyant ses yeux rougir légèrement sous la lueur de la flamme,

elle se sentit soudain—

lui aussi était quelqu'un qu'on pouvait réchauffer par un petit feu.

* * * * *

Quelques jours plus tard, ils descendirent ensemble la montagne pour la foire du village.

La ville au pied de la montagne était animée.

Des vendeurs criaient des deux côtés de la rue ; un petit garçon courut avec un poteau d'aubépines confites, les clochettes attachées tinter *alors* qu'il se faufilait dans la foule.

Yara avait rarement vu de telles scènes.

Ses yeux brillaient d'une curiosité sans dissimulation.

« Mo Han, je veux celui-ci », dit-elle en pointant avec empressement un nouveau filet brillant d'aubépine confite.

Le sourcil de Mo Han se froissa légèrement.

Il toucha la petite bourse cachée dans sa manche—il n'y avait que quelques pièces de cuivre solitaires à l'intérieur.

Pourtant, il paya une brochette et la lui tendit.

Le sourire de Yara s'épanouit comme la lumière elle-même.

Elle croqua ; Des saveurs sucrées et acides éclatèrent sur sa langue.

« Tu ne manges pas ? » demanda-t-elle.

« Je n'ai pas faim. »

Elle réfléchit un instant — puis brisa une aubépine et la pressa obstinément contre ses lèvres.

Mo Han s'arrêta, visiblement surpris.

Il semblait prêt à refuser,

Mais en voyant ses yeux brillants et pleins d'espoir,

Il baissa la tête et mordit dedans.

La douceur fondit sur sa langue.

Son expression ne changea pas—

Mais le bout de ses oreilles s'empourpra d'un léger rouge.

Une chaleur se répandit dans la poitrine de Yara.

Murmura-t-elle, presque pour elle-même,

« Des jours comme celui-ci... sont vraiment gentilles. »

* * * * *

La nuit s'approfondit, et la cour devint silencieuse.

La lumière de la lune recouvrait les tuiles de pierre, douce et argentée, tandis que le bambou projetait des ombres vacillantes.

Yara était assise sur les marches, un qin serré dans les bras.

Ses doigts pincèrent les cordes, produisant un air simple — rien d'habile, mais doux et paisible.

Mo Han se tenait à ses côtés, écoutant sans interruption.

Quand une brise passa, il parla doucement :

« Si tu aimes y jouer, continue à jouer. »

Yara rit.

« Je suis tellement maladroite. Et tu peux quand même écouter ? »

« Ce n'est pas la chanson. »

Il hésita, sa voix tombant légèrement, plus rauque que d'habitude.

« C'est la personne. »

Yara s'arrêta, levant les yeux.

Dans les yeux calmes de Mo Han, la lumière de la lune scintillait faiblement et se reflétait dans cette pâle lumière

était sa propre ombre.

Son cœur se serra, comme si quelque chose l'avait frappé doucement de l'intérieur.

À cet instant, elle comprit que la vie dans le monde des mortels n'était pas seulement calme et stable.

C'était une époque où deux cœurs, sans s'en rendre compte, se rapprochaient.

* * * * *

La pluie d'automne tombait en rafale.

Yara a été prise sous une pluie torrentielle alors qu'elle était dehors ; À son retour, elle brûlait de fièvre.

Elle se recroquevilla sur le lit, le front brûlant au toucher, sa respiration courte et rapide.

Mo Han était assis à son chevet, un bol de soupe au gingembre réchauffant ses mains.

Pourtant, il ne la réveilla pas.

Il resta simplement la veille, immobile, l'expression impénétrable.

Ce n'est que lorsqu'elle fronça les sourcils en dormant et murmura,

« A-Li... ne pars pas... »

quelque chose en lui a sursauté violemment.

À cet instant, il pensa que, si possible, il préférerait qu'elle reste une fille ordinaire toute sa vie,

plus jamais accombé par autre chose que son petit monde.

Il tendit la main, tirant doucement la couverture plus haut autour de ses épaules.

Doucement, murmura-t-il.

« Je suis là. Je ne partirai pas. »

Sa voix était douce comme le vent flottant—

Pourtant, au cœur de la nuit, les mots tombèrent lourdement.

* * * * *

L'hiver arriva.

La neige s'accumulait haut dans la cour, une épaisse étendue blanche.

Yara construisait joyeusement un bonhomme de neige, les mains rougies par le froid mais totalement indifférente.

Mo Han s'approcha et lui tira les manches jusqu'aux poignets.

Son ton resta doux, bien que teinté d'impuissance.

« Tes mains sont gelées. »

Elle releva le visage, toujours souriante.

« Mais c'est presque fini ! »

Le bonhomme de neige pencha légèrement sur le côté, maladroit et de travers.

Yara planta deux brindilles séchées sur ses côtés, tapotant fièrement ses mains.

« Là ! Fini ! »

Mo Han l'étudia un instant, puis prit un petit chapeau en bambou laissé près de la porte et le posa doucement sur la tête du bonhomme de neige.

« Maintenant, ça a l'air correct. »

Yara regarda le bonhomme de neige, puis l'homme à ses côtés, et soudainement, elle sentit que cette journée d'hiver était plus chaude que n'importe quel sanctuaire céleste qu'elle ait jamais connu.

* * * * *

Le printemps arriva.

De nouvelles pousses de bambou poussaient du sol, et le vent faisait bruisser les feuilles avec un murmure doux et régulier.

Dans la cour, du bois de chauffage était empilé jusqu'à la haute montagne.

Yue Liuchuan travaillait à la hache, la sueur coulant sur ses tempes, chaque coup envoyant des éclats voler.

Yara s'approcha avec un panier en bambou dans les bras.

Elle pencha la tête, perplexe.

« Pourquoi ne parle-t-il pas aujourd'hui ? Il bavardait pas mal avant, non ? »

Mo Han lança à Yue Liuchuan un regard désinvolte et désinvolte.

Son expression restait aussi calme que l'eau calme, et son ton portait la même douceur imperturbable.

« Peut-être que le monde des mortels ne lui convient pas. »

Yara laissa échapper un « oh », à moitié comprenant, à moitié perplexe.

Mais elle n'insista pas davantage.

Elle se retourna et se dirigea vers la cuisine.

Au moment où sa silhouette disparut derrière l'embrasure, le calme dans les yeux de Mo Han s'effaça —

glacé glissant en place comme une lame sortant de son fourreau.

Ses doigts bougèrent légèrement.

Un mince fil de lumière spirituelle glissa de sa manche, rapide et invisible.

Yue Liuchuan leva les yeux à ce moment précis.

Il croisa ces yeux indifférents — des yeux qui portaient une intention meurtrière assez tranchante pour glacer les os.

Un frisson lui parcourut l'échine.

« Coupe le bois. »

La voix de Mo Han était basse—si basse que seul Yue Liuchuan pouvait l'entendre—

« Fais ton travail. Et gardez vos pensées claires.

Si tu oses t'immiscer encore une fois...

Un seul coup suffit à te mettre fin ici. »

Le souffle de Yue Liuchuan se coupa.

La hache faillit lui tomber des mains.

Il baissa précipitamment les yeux et força ses doigts engourdis à continuer de couper, de plus en plus vite.

Des copeaux de bois volaient.

La sueur lui piquait les yeux.

Mais il n'osa pas prononcer un mot.

Non loin de là, le rire de Yara s'échappait de la cuisine — lumineux, clair, intact par l'ombre.

Mo Han se retourna vers le bruit.

Ses sourcils se froncèrent ; son expression reprit une douce sérénité, comme si rien ne s'était jamais passé, comme si ce moment de sang-froid n'avait été qu'une brise passagère.

Yara se tenait maintenant devant la porte de la cuisine, regardant les falaises montagneuses lointaines.

Après un moment, elle parla doucement :

« Mo Han... Si la vie restait ainsi pour toujours, ne serait-ce pas... plutôt merveilleux ? »

Mo Han resta silencieux un instant.

Puis il tourna la tête vers elle, la profondeur silencieuse de ses yeux gardant une immobilité telle de l'eau au clair de lune.

« Oui. »

Un seul mot — prononcé à la légère.

Pourtant, elle portait le poids des montagnes, la stabilité des rivières qui coulent, et quelque chose de plus profond encore.

Yara sourit, les yeux chaleureux, tout son visage s'illuminant.

Elle savait que cette vie paisible dans le monde des mortels ne pouvait pas durer éternellement.

Mais en ce moment, dans cette petite cour sous le changement des saisons, ils s'avaient vraiment, entièrement.

Chapitre 54 : Le Gambit du Miroir Liant l'Âme

Dans les hautes limites de la Salle Principale des Cieux Élevés, la Secte Lingxiao, les lampes projetaient une lumière tremblante et vacillante. Une brume spirituelle palpable et oppressante s'accrochait bas, donnant à l'atmosphère un poids funèbre.

Assis dans toute la vaste salle se trouvaient les Souverains Immortels et les vénérables Anciens réunis, leurs postures rigides et cérémonielles. Au-dessus d'eux, des astrolabes célestes, les *xīngpán*, pulsaient d'une lumière froide et dispersée, suspendus en plein air.

Le jeu de lumière et d'ombre reflétait l'immense fissure béante sous la **Falaise de l'Abîme**. Dans cette énorme rupture, une miasme sombre huileuse et nocive bouillonnait et se tordait, ne ressemblant qu'aux énormes crocs prédateurs de l'Hôte Démoniaque, prêts à déchirer la barrière divine, les *Jie*, en lambeaux à tout moment.

Yun Lili se tenait précisément au centre de la chambre, tenant toujours ce miroir distinctif, gravé du motif complexe du bambou violet. Ses yeux étaient visiblement gonflés et rougeâtres, son nez légèrement brûlé par des larmes résiduelles, mais un lourd et terrible pressentiment s'était installé lourdement sur son cœur.

« —Le noyau de la formation s'est fracturé ; c'est une brèche qui ne peut être guérie que par la **Pellete du Noyau de Phénix**. »

La voix de l'Immortelle Souveraine Sang Li était étrangement calme, mais elle agissait comme une lame de glace, tranchant et éteignant complètement tout bruit superflu dans la salle.

À cette déclaration dévastatrice, toute l'assemblée fut saisie par un intense tremblement collectif.

L'Ancien aux sourcils blancs frappa immédiatement sa main sur son siège et se leva, jetant furieusement ses manches longues. « Quel sens indicible cela a-t-il ? Le **Noyau d'Origine Phénix** est une rareté invisible depuis dix millénaires ; le Clan Phénix a depuis longtemps été totalement éteint, ne laissant que cet orphelin malheureux... Tu suggères donc qu'elle doit sacrifier sa propre vie pour raffiner cet élixir ?! »

Une voix profonde et résonnante parmi les Immortels acquiesça sombrement : « Si c'est vraiment le cas, devons-nous échanger la vie d'une petite fille contre le bien-être collectif de la population des Quatre Royaumes ? »

Une autre voix, cependant, laissa échapper un rire glaçant et détaché : « Si le salut de tous ceux qui sont sous le ciel est assuré, la vie d'une seule personne, aussi poignante soit-elle, est sûrement négligeable. »

L'atmosphère dans la salle devint instantanément intensément chargée et conflictuelle, la tension assez épaisse pour être tranchée avec un couteau émoussé.

Oh, le calcul épouvantable et pragmatique de ces individus élevés ! Ils trouvent toujours un moyen de faire le sacrifice nécessaire pour l'enfant de quelqu'un d'autre.

Yun Lili sentit une serrure aiguë et restrictive au plus profond de sa poitrine. Ses doigts resserrèrent involontairement leur prise désespérée sur le cadre du miroir. Elle se mordit la lèvre, mais sa voix était cassante et tremblante : « Le **Noyau d'Origine Phénix** ... Qu'est-ce que c'est exactement ? »

Le regard de Sang Li se posa lourdement sur elle, un mélange de fardeau profond et de pitié profonde et troublante. Enfin, il parla, lentement et avec un poids mesuré : « Dans la lignée des Phénix, la lignée féminine, chaque fois qu'une Grande Catastrophe approche, un Noyau d'Origine Phénix se ggène en leur être. Cet élixir exige la vie elle-même comme son offrande ; il est capable de réparer la faille céleste et de sécuriser la barrière. »

Yun Lili se figea complètement, un rugissement intérieur assourdissant remplissant ses oreilles. Elle recula inconsciemment d'un pas, son corps chancelant, manquant de tomber sur le sol de pierre.

« Non... »

Le mot lui échappa sous forme d'un murmure désespéré et étranglé, et les larmes affluèrent instantanément, brouillant sa vision.

À cet instant même, une explosion de lumière cyan vive et le violent fracas d'une épée retentirent soudain, le cri de la lame tel un grondement de tonnerre.

Yu Sord entra rapidement par la porte principale, son longue épée désormais en bandoulière dans son dos, son expression sévère et impitoyable. Sa voix, cependant, descendit comme un violent hurlac soudain : « Quiconque ose suggérer de la renvoyer à sa perte devra d'abord répondre à mon épée ! »

Toute la salle fut secouée jusqu'à ses fondations.

L'Ancien aux Sourcils Blancs frappa furieusement son accoudoir et cria :
« Yu Sord ! En tant que l'un des Souverains Immortels, comment peux-tu
faire preuve d'un tel mépris choquant pour le grand schéma des choses ! »

Yu Sord laissa échapper un rire froid et méprisant, pointant la pointe de
son épée directement vers le centre de la salle. « Quel est ce 'grand plan' ?
À mes yeux, c'est la **seule** chose qui compte ! Si ce terrible édit est
finalisé, je me déclarerai irréconciliablement opposé au Royaume
Immortel ! »

Chaque mot, articulé avec précision, faisait frissonner les cœurs et les
esprits des immortels rassemblés.

Yun Lili le fixa, complètement abasourdie, ayant l'impression que son
cœur lui-même était serré par une main invisible. Ses larmes brouillaient
sa vision, mais elle ne put s'empêcher de murmurer, bas et étranglé : « Yu
Sord... »

Soudain, Yun Zhou sortit du côté de la salle, sa voix contenue par une
émotion profonde mais brûlante d'urgence : « Si la formation exige
vraiment un sacrifice, alors je dois être celui qui s'agit ! Même si je ne
possède pas le **Noyau d'Origine Phénix**, je suis tout de même prêt à
combattre le Royaume Démoniaque jusqu'au dernier souffle ! »

Toute l'entreprise fut stupéfaite.

L'expression de Yun Wuntang devint instantanément une profonde
alarme : « Zhou'er, tais-toi ! »

Mais Yun Zhou fixa sans détour les Immortels, serrant les dents en
insistant : « Je possède aussi la lignée du Clan Phénix ! Il n'y a qu'une
seule Boule du Noyau de Phénix, pourtant les armées démoniaques sont
innombrables. Si c'est le terrible choix, alors moi, Yun, je suis tout aussi
prêt à offrir ma propre personne en sacrifice. »

Sang Li secoua lentement la tête, le regard lourd d'une tristesse
indissimulée. « La Pellete du Noyau du Phénix ne se gétate que dans la
forme féminine, au sein de la lignée principale du Seigneur Phénix. Mon
Seigneur Yun Zhou, vous possédez peut-être la lignée, mais vous ne
pourrez jamais produire la Pellet. »

Cette déclaration frappa Yun Zhou comme une lame précisément visée,
s'enfonçant directement dans son cœur. Son visage perdit instantanément
sa couleur, ses yeux se remplissant d'un mélange brut et amer
d'indignation et d'impuissance totale.

Yun Lili fut violemment secouée par ces mots, une sueur froide perlant sur ses paumes, sa vision se brouillant de larmes. Elle aurait voulu parler, mais ne parvint qu'à articuler une seule phrase tremblante : « Je... »

Le reste de la phrase resta douloureusement coincé dans sa gorge, comme retenue par dix mille poids écrasants, refusant de franchir ses lèvres. Son esprit devint un enchevêtrement chaotique, sa poitrine se soulevant et s'abaissant en spasmes rapides et superficiels ; elle était dangereusement proche de s'effondrer complètement.

Yu Sord, cependant, avait déjà comblé la distance d'un pas rapide, la serrant fermement contre lui. Son aura d'épée redoutable montait autour d'eux, et sa voix était si froide qu'elle semblait prête à se briser : « Vous n'osez pas y penser ! Tant que je reste ici, personne ne doit te toucher ! »

Le corps de Yun Lili tremblait violemment dans l'abri de ses bras, mais elle parvint tout de même à murmurer un petit murmure sanglotant : « Mais... C'est mon devoir, sûrement... Si je suis le seul capable de cela, je ne peux pas simplement rester là à regarder tout le monde périr... »

Un silence profond s'abattit sur la salle, seulement brisé par ses sanglots décousus et déchirants.

Après un long intervalle, Sang Li soupira, un son bas et fatigué : « Cette affaire... Il y a une autre voie. Cependant, le prix serait bien plus lourd, et les pertes qui en résulteraient bien plus importantes. »

La voix de l'Ancien aux sourcils blancs était tranchante et impitoyable : « Pour le bien du peuple, adoptez simplement la première solution viable. Pourquoi y a-t-il besoin de poursuivre la discussion ? »

Yun Tim laissa soudain échapper un petit rire discret, son expression impénétrable et pleine de complicité : « Si c'est vraiment ton éthique, je me demande, prononcerais-tu de tels sentiments glacials le jour où l'un de **tes** propres descendants aurait dû réparer le noyau de formation ? »

À cette remarque puissante, toute la salle succomba à nouveau à un silence profond et inquiétant.

Yu Sord serra **Yun Lili** fermement, ses yeux glaciaux et impitoyables comme la rime et la neige, mais il baissa la voix, murmurant farouchement à son oreille : « Souviens-toi de ceci : quoi qu'ils décrètent, je ne te permettrai jamais de mourir. »

Dans la vie précédente, il l'avait déjà perdue une fois sur la Falaise de l'Abîme. Il ne voulait pas, ne pouvait pas, la laisser être anéantie sous ses yeux à nouveau.

Les yeux de Yun Lili baignaient, sa voix chargée de larmes et d'un faible espoir tremblant : « Mais... »

Yu Sord inclina la tête plus près, sa voix intensément basse mais totalement résolue : « Il n'y a pas de 'mais'. »

Dehors, le vent s'intensifia soudainement, et l'appel lointain et plaintif d'un Phénix se fit faiblement entendre.

Le terrible choix entre le décret du destin et la dévotion farouche de l'amour ainsi planait sur le cœur de chaque âme présente. Yu Sord resta absolu dans sa défiance protectrice.

La dispute bruyante dans la salle ne s'était pas vraiment calmée ; le **motif des Grues du Destin** continuait de vibrer nerveusement sur le miroir spirituel. Dans le jeu vacillant de lumière et d'ombre, elle semblait prête à briser toute la secte Lingxiao elle-même.

Sa voix, froide comme le givre et la neige, tomba comme un coup de marteau, faisant même trembler les flammes de la lampe.

Le visage de l'Ancien aux sourcils blancs s'assombrit immédiatement ; il balaya furieusement sa manche et frappa l'accoudoir : « Yu Sord ! En tant que Souveraine Immortelle, tu te déshonores complètement pour une simple fille mortelle ! La vie de toute la population ne pèse-t-elle pas plus lourdement que son existence solitaire ? »

« Ça ne l'est **pas** ! »**répliqua Yu Sord**, syllabe par syllabe, sa voix froide comme du fer trempé, mais un feu à peine contenu brûlait dans ses yeux. « La vie du peuple a d'autres pour la protéger. Si elle est partie, alors **qui** dois-je protéger ? »

Alors que cette dernière question dévastatrice était posée, la salle fut plongée dans un silence mortel.

Yun Lili le regarda, son cœur faisant un bond-saut violent soudain. Elle voulait pleurer ouvertement, mais elle réprima l'envie ; Les larmes tournaient dans ses orbites, mais finalement, elle baissa la tête, craignant de croiser son regard plus longtemps.

Penser qu'elle pouvait entendre de tels mots sortir de ses lèvres — une chaleur soudaine et inattendue fleurissant doucement dans son cœur au milieu de toute cette ruine.

* * * * *

Le conseil fut finalement dispersé. La nuit était tombée lourdement, et un vent glacé balayait les longs couloirs.

Yun Lili fut presque à moitié traînée hors de la Grande Salle par Yu Sord, ses pas instables, sa main serrant désespérément le miroir.

« Yu Sord... » commença-t-elle d'une petite voix tremblante. « Et si c'était vraiment mon destin ? Et si... et si seulement je pouvais réparer le noyau de la formation ? »

Yu Sord s'arrêta brusquement, la regardant droit dans les yeux. La lumière de la lune reflétait les lignes sévères et rigides de son visage, néanmoins tendues par une émotion farouchement refoulée.

« Je t'ai dit : il n'y a pas de 'et si'. »

Il tendit la main et saisit fermement ses épaules, sa voix basse mais tremblante d'intensité. « Lili, écoute bien. Même si c'était un destin divin, je le détruirais quand même. »

Une vive douleur de tristesse saisit **le cœur de Yun Lili**, et son nez se hérissa instantanément de chaleur. Elle se mordit la lèvre, laissant enfin échapper un petit sanglot étranglé. « Mais j'ai vraiment peur... terrifié que vous périez tous, que tout le monde souffre à cause de moi... »

Avant qu'elle ne puisse finir cette phrase affreuse, elle fut soudainement et complètement emportée dans une étreinte serrée.

Yu Sord la tenait fermement contre sa poitrine, une grande paume reposant sur son dos. Sa voix était extrêmement basse et totalement posée : « Avec moi ici, tu n'as aucune raison d'avoir peur. »

Il parlait avec une telle conviction, une conviction aussi solide qu'un rempart défensif, bloquant toute la confusion tremblante en elle.

Les larmes de Yun Lili finirent par couler, coulant sur son visage.

* * * * *

Le lendemain matin se leva, projetant une lumière pâle sur les sommets des montagnes.

Yun Zhou se tenait seul au sommet, le vent violent fouettant ses robes autour de lui. Il gardait les yeux fermés, son esprit encore en écho de la terrible résonance des paroles de Sang Li de la nuit précédente : « La Pellete du Noyau de Phénix ne se produit qu'à l'intérieur de la forme féminine. »

Cette seule phrase était comme une coupure tranchante, laissant sa poitrine à vif et ensanglantée. *L'injustice du mécanisme céleste est véritablement stupéfiante par sa cruauté pure. Posséder le cœur d'un protecteur et l'impuissance d'un spectateur — c'est un destin ignoble.*

« Frère. »

La voix douce de **Yun Lili** lui parvint de derrière.

Il se retourna, observant son approche. Elle portait un petit panier de prunes vertes, son souffle encore un peu troublé par l'ascension, et ses yeux étaient visiblement cernés de rouge.

« La nuit dernière... Je t'ai entendu discuter, désespéré de prendre ma place », sa voix était basse, portant le timbre rauque des pleurs récents. « Mais c'est vain, n'est-ce pas ? Frère, pourquoi dois-tu t'imposer à ça ? »

Le regard de Yun Zhou était profond, chargé d'une émotion contenue. Il finit par parler : « Quand tu étais enfant, tu avais très peur du tonnerre, et tu insistais toujours pour que je te tienne pendant ton sommeil. »

Yun Lili s'arrêta, prise au dépourvu par ce souvenir.

« Même alors, j'ai décidé que, peu importe la tempête ou la calamité qui nous frapperait, je me tiendrais devant elle pour vous. »

Ses yeux brûlaient d'une intensité féroce, mais ils étaient assombris par une misère amère et impuissante. « Et maintenant... dois-je simplement rester là à te regarder marcher vers cette dernière catastrophe mortelle ? »

Le nez de Yun Lili le piqua instantanément d'une émotion écrasante, et le panier dans ses mains faillit glisser.

Elle se précipita vers lui, passant ses bras autour de sa taille, la voix brisée par les sanglots : « Frère, s'il te plaît, ne parle pas comme ça... Je crains vraiment que tu te sacrifies pour moi. Si seulement l'un de nous doit être offert, que ce soit moi. »

Tout le corps de Yun Zhou frissonna à sa supplique. Ses mains tremblaient, mais finalement, elles se soulevèrent et se posèrent sur ses épaules, l'attirant dans une étreinte serrée et désespérée.

« Fille folle... » Sa gorge se serra douloureusement, sa voix tomba en un rauque rauque. « Si ce jour affreux arrive vraiment, je ne te laisserai pas partir seul. »

* * * * *

L'après-midi se déroula calmement dans le Pavillon de la Splendeur du Phénix, le *Fèng Huá Xuān*.

Yun Wuntang avait, l'espace d'un rare instant, renoncé à la dignité lourde du chef de secte, troquant ses robes formelles contre de simples habits en lin.

Il était assis à une table basse, regardant Yun Lili s'approcher avec un bol fumant de *Húntun* (wontons).

« S'il te plaît, goûte-en un peu. Je les ai faits moi-même », proposa Yun Lili , un sourire nerveux étirant ses lèvres, bien que ses yeux portaient un espoir fragile et désespéré.

Yun Wuntang s'arrêta, puis utilisa ses baguettes pour choisir un des wontons. Il la mangea lentement.

La saveur était simple et sans prétention, mais indéniablement réconfortante pour l'estomac. Il posa ses baguettes, ses yeux s'adoucissant et prenant une lueur intérieure légère.

« Lili... » murmura-t-il, sa voix teintée d'un tremblement retenu. « Si ta mère était encore là, elle serait immensément fière de toi. »

Yun Lili sentit ses larmes menacer de remonter à la surface, mais elle lutta pour les retenir. Elle baissa simplement les yeux et murmura : « Père, je ne désire aucune grande mission... Je souhaite seulement que notre famille soit en sécurité et complète. »

Yun Wuntang tendit la main, sa paume rugueuse et calleuse se posant doucement sur le sommet de ses cheveux.

Il resta silencieux un long moment avant de finalement parler : « Enfant idiot. Il y a beaucoup d'affaires dans ce monde qui ne nous appartiennent tout simplement pas. »

* * * * *

Alors que la nuit commençait à tomber, un grondement profond et menaçant éclata soudain en direction de la Falaise de l'Abîme.

La barrière vibrait violemment, et le miasme noir et toxique commençait déjà à se répandre comme une marée montante.

L'astrolabe céleste se matérialisa spontanément au centre de la salle principale, sa lumière vacillant et sautillant rapidement, signalant que le noyau de la formation était dangereusement proche de l'effondrement.

« C'est désastreux ! » s'écria un officier immortel, alarmé. « L'Hôte Démoniaque a lancé une attaque à grande échelle ! Le noyau de formation pourrait se briser à tout moment ! »

Tous les regards dans la salle se tournèrent simultanément vers Yun Lili.

Tout son corps fut secoué par un violent tremblement. Le miroir dans sa main pulsait d'une lumière faible et désespérée, et son cœur était un chaos enchevêtré de peur et d'incertitude.

Mais au milieu de cette terrible confusion, elle entendit soudain l'écho de la voix de Yu Sord, basse mais absolument inébranlable—*Avec moi ici, tu n'as aucune raison d'avoir peur.*

Une chaleur intense et poignante monta jusqu'à ses voies nasales. Elle releva la tête, regardant cette silhouette familière dans la robe cyan.

—*Malgré le désastre qui s'ensuivit, elle comprenait maintenant que dans ce dernier conflit terrifiant, elle n'était plus totalement seule.*

Chapitre 55 : Le point phénix

Avant la **Falaise des Mille Tribulations**, le ciel était baigné d'encre, totalement sombre et menaçant.

La vaste chaîne de montagnes était visiblement divisée en profondes fissures terrifiantes.

Un vent noir puissant et toxique s'échappait sans relâche des fissures, aspirant la pierre brisée et les branches mortes, rugissant et tourbillonnant comme mille bêtes béantes et prédatrices dévoilant leurs mâchoires.

Le cercle lumineux au cœur de la grande formation s'estompait rapidement, et les couches de barrières spirituelles étaient rongées, centimètre par centimètre, par des dents invisibles et implacables.

Le grand astrolabe flottait précairement dans les airs, ses points lumineux se diffusant dans un chaos total, émettant un bourdonnement extrêmement bas et résonnant de profonde détresse.

« Le débordement d'Essence Démoniaque est précisément à trente pour cent », déclara Sang Li, balayant un fil de lumière stellaire de sa manche vers le centre de l'astrolabe. Son expression était froide et sévère, dépourvue de toute faiblesse. « Tout retard supplémentaire, même un seul moment crucial, et le cœur de l'array s'effondrera inévitablement complètement. »

L'Ancien aux Sourcils Blancs poussa un cri lourd et sévère : « Envoyez-la ! Couche Quatre Céleste Profonde, synchronisez et augmentez la puissance — **maintenant !**«

Les Immortels autour répondirent instantanément à l'unisson. Des sceaux de pouvoir arcanique descendirent comme une pluie de météores, des couches de lumière spirituelle s'écrasant lourdement dans le canyon profond.

Le vent noir fut momentanément réprimé, puis recula violemment, reculant trois cents *zhang* (environ 1 km), déchirant la radiance tombante en ruines fragmentées.

Yun Lili se tenait précautionneusement près de la corniche de pierre, serrant fermement le miroir gravé en bambou violet. Ses genoux tremblaient visiblement.

La petite Fira était perché sur son épaule, ses plumes dorées ébouriffées en fines lignes par le vent yin. Les trois poules se blottirent l'une contre l'autre, se recroquevillant près du bord de sa jupe, leurs *caquettes de détresse* tendues et presque des couinements.

Elle avala difficilement, marmonnant doucement : « Mère, protège-moi, Ancêtres protège-moi, tous les Immortels que je connais ou ne connais pas, s'il te plaît, s'il te plaît, préserve-moi... »

Une main chaude et stable enveloppa ses doigts glacés.

Yu Sord se tenait à ses côtés, ses robes azur fouettant férocement. Son épée vibrait profondément dans son dos, telle une montagne vivante attendant d'être libérée.

« Si tu as peur, accroche-toi à moi », dit-il d'une voix basse, son ton si assuré qu'il semblait la clouer fermement au sol. « **Je suis ici avec toi**. »

Yun Lili renifla fort, hochant la tête avec force, mais elle ne put toujours arrêter son flot paniqué de conscience : « Je... Je n'ai pas *forcément* besoin de monter, n'est-ce pas ? Et si, dès que je mets les pieds sur le réseau, je voulais juste— »

« Tu ne vas pas 'juste' », les yeux de Yu Sord étaient plus froids que le vent orageux. « Je l'ai interdit. »

—*Lui interdit de mourir, interdit d'être blessée, interdit de s'éloigner ne serait-ce qu'un centimètre de sa grâce protectrice.*

Yun Zhou mena une escouade de cultivateurs d'épées vers le noyau de la falaise. Il la regarda de nouveau, son regard lourd, comme un couteau et un bouclier : « Petite sœur, si la situation devient critique, **je prendrai ta place.**«

Yun Duntang se tenait sur la haute plateforme. Il déploya sa longue manche, l'ordre de son Maître de Secte résonnant aussi profond qu'une grande cloche : « Activez tous les réseaux ! Protège la Jeune Maîtresse pendant qu'elle avance !—Sang Li, **active l'Astrolabe !**«

L'Astrolabe retentit avec un puissant fracas. Des lignes gravées d'un blanc argenté s'illuminaient aux quatre coins de la Falaise des Myriades des Tribulations, serpentant comme d'innombrables serpents endormis dans les couches rocheuses.

La soufflerie s'effondra instantanément vers l'intérieur, l'essence noire éclata en une vague imposante qui frappa violemment la barrière du réseau argenté.

Yun Lili fut soulevée par une lumière azur, soudain suspendue en plein air. Elle poussa un cri de terreur—

Elle serra désespérément le miroir, ses orteils se débattant sauvagement dans l'air vide : « Non, non, non — je ne peux pas — mes jambes sont faibles ! Ils sont vraiment, physiquement faibles ! »

Les trois poulets furent tirés vers le haut par Petite Fira, qui agrippa leurs plumes de la queue. Leurs *caquettes* se transformèrent en un chœur de cris paniqués.

La petite Fira avait l'air complètement impassible (un oiseau pourrait-il paraître impassible ?). Il secoua son aile, tenant un poulet dans son bec, semblant porter trois petites **boules poilues** agitées.

Dès qu'elle atterrit sur la plateforme de l'array, le vent noir se précipita vers elle comme des loups affamés captant l'odeur du sang frais.

« Waaah, ne me serre pas ! » Yun Lili leva instinctivement le miroir.

La surface du miroir gravée en bambou violet s'embrasa soudainement, et un cercle de lumière pâle violette s'étendit, **brûlant** la plus proche volute d'essence démoniaque, qui siffla *zzzt* et se dissipa en un panache de vapeur gris-blanc.

Les Anciens assis sur les quatre plateformes poussèrent tous un cri de surprise. Sang Li murmura : « L'esprit miroir peut puiser dans le Sang du Phénix. »

Yun Lili elle-même était stupéfaite. Elle marmonna : « Tu vois ? Mon petit miroir a un esprit... Si seulement elle ne s'était pas brisée... »

Sa voix se brisa soudainement, sa gorge se serra, et ses yeux se remplirent de rougeurs douloureuses.

Elle prit une inspiration brusque, avalant de force l'émotion brute : « Ne pleure pas, Yun Lili, ne t'avise pas de pleurer maintenant ! »

La voix de Yu Sord lui parvint de loin : « Regarde mon scellement de main. »

Il joignit ses deux doigts, et un point de lumière azur sur son épée illumina le noyau de l'array, lui signalant : « **Suis-moi.**«

Elle imita sa posture, tapotant légèrement le dos du miroir avec son index et son majeur. La surface du miroir réagit comme si elle s'était réveillée, un motif de phénix extrêmement fin y apparaissant.

Le motif du Phénix était léger, comme un fil tiré du fond de son cœur, provoquant une douleur oppressante dans sa poitrine et un tremblement dans sa respiration.

« Ça fait mal », murmura-t-elle.

« Je sais », répondit Yu Sord par deux mots simples, mais son intention d'épée avait déjà attaqué le noyau de l'array, la protégeant de la première vague de contrecoup.

Le vent noir hurlait de fureur.

La Falaise des Innombrables Tribulations semblait s'animer, tout le corps de la falaise rugissant, et le faible bruit d'os fracturés se faisait entendre au fond du sol.

L'Astrolabe *résonna* vers le bas. L'expression de Sang Li se durcit : « Effondrement du cœur du réseau — vingt pour cent. »

L'Ancien aux Sourcils Blancs frappa sa main sur son bureau : « Sacrifiez immédiatement la Pellet du Noyau de Phénix ! »

Son regard se posa directement sur la petite silhouette sur la plateforme de l'array.

La lumière de l'épée de Yu Sord s'illumina soudainement dans l'air, formant un mur solide et impénétrable, fendant sans pitié ce regard haineux de l'Ancien en deux. Sa voix n'était pas humaine, mais possédait la finalité tranchante de la glace : « **Qui ose.**«

Au moment où la tension agressive se figea, le cœur de l'array plongea encore plus bas.

Yun Lili fut poussée par une puissante rafale de vent, titubant d'un demi-pas, manquant de tomber à genoux. Les trois poules se sont enfuies de terreur. Elle attrapa le plus proche : « Ne cours pas ! Vous êtes mes **précieuses poules gardiennes** de maison ! »

En le disant, elle se souvint soudain de quelque chose, ses yeux brillant d'une clarté désespérée : « Les poulets—les poules trouvent la lumière ! »

Elle attrapa le miroir, pressant rapidement les trois poules contre sa surface, ses mots s'échappant comme un tambour rapide : « Écoutez ! Rouge, Or, Vert, ne demande pas pourquoi je te nomme maintenant—vas-y, **va chercher la lumière !** La lumière à l'intérieur du miroir ! **Attrapez tout et sortez-le !**«

Les trois poulets répondirent : « ... Cluck ? »

La petite Fira pencha la tête avec un mépris aviaire total.

Yun Lili tapa du pied avec une urgence frénétique : « Dépêche-toi ! Récompense du prix — **vers de farine rôtis !**«

Les trois poules échangèrent un regard rapide et significatif. Puis, ils étirèrent tous simultanément leur cou, poussèrent un « **Cluck—** » uni et enfouirent instantanément leur tête dans la surface du miroir.

Le miroir ondula comme si trois pierres avaient touché de l'eau, et trois fils de lumière extrêmement fins furent *soudainement tirés* hors du miroir par les poules — littéralement tenues fermement dans leurs becs !

Yun Lili : « ??? »

Les Anciens : « ??? »

Les yeux de Sang Li s'ouvrirent grand de stupeur : « **Esprit Miroir Split-Guidance**—elle démonte le méridien du phénix en plusieurs filets fins ! »

L'Ancien aux Sourcils Blancs pâlit, complètement horrifié : « N'importe quoi ! L'Origine Phénix, si elle est divisée, se dispersera et se dissipera ! »

« Pas tout à fait correct, » Yun Zane referma brusquement son éventail pliant, sa voix lente et précise, perçant le chaos. « L'Origine Phénix, si **elle est directement inondée**, explosera. Si **elle est finement guidée** et bien dessinée, elle peut encore être tissée pour être réparée... »

C'est comparable à réparer un morceau de brocart déchiré ; on ne lui colle pas un morceau de matière brûlant dessus. Il faut utiliser des fils de soie, plus fins que les cheveux, en cousant la rupture une aiguille à la fois, avec soin.

Yun Lili ne comprenait rien de cette métaphysique céleste complexe. Elle ne comprenait qu'une seule vérité désespérée : « Je refuse de mourir, et je refuse de vous laisser tous mourir ! Je vivrai et réparerai ce trou moi-même ! »

Elle pressa le miroir contre sa poitrine avec force, ses dents grinçant bruyamment : « Allons maintenant ! J'ai peur, mais je sais coudre ! »

Les motifs de phénix sur le miroir s'illuminèrent intensément, comme du feu pur. Un fil, deux fils, trois fils... Sous la douce guidance des trois poules « tirant » sur les filaments brillants, les fils légers s'écoulèrent comme trois ruisseaux obéissants, s'infiltrant lentement vers le bord en effondrement du noyau de l'array.

La petite Fira battit soudain des ailes, secouant ses plumes dorées, qui se transformèrent en minuscules lames de plumes aussi courtes que des rasoirs. Ils tombaient proprement le long du bord brisé—comme presser soigneusement des épingles dans un tissu déchiré avant de les coudre.

Alors que les fils de Phénix s'étendaient, l' **Épée de Vapeur d'Étoile** chantait automatiquement, une lumière azur croisant l'or du phénix — deux forces tissant le ciel ensemble comme une paire d'aiguilles célestes.

Yu Sord comprit instantanément cette méthode extraordinaire.

Il dégaina son épée longue, et la pointe se fendit en neuf fils de radiance bleue. Ils se sont allongés sur le bord extérieur de la rupture, s'entremêlant avec les trois brins de phénix pour former une petite zone délicate—mais incroyablement stable.

« Estimés Immortels », la voix de Sang Li tomba avec la force d'une pierre dans une mare profonde. « Utilise du fil, pas du marteau. Ralentis la pression, dilue l'infusion, cycle ta force. Si quelqu'un ose encore 'briser' leur pouvoir, je détruirai personnellement leurs sceaux de main. »

Les Souverains Immortels autour échangèrent des regards inquiets. Ils finirent par transformer unanimement leur déversement violent de puissance en les plus fins et les plus doux courants d'énergie spirituelle, semblables à de la bruine.

Le rugissement désastreux de la Falaise des Mille Tribulations commença vraiment à ralentir, ne serait-ce qu'un peu.

Yun Lili avait l'impression que la moitié de son âme avait été complètement vidée. Ses jambes tremblaient violemment, une fine sueur coulant de ses tempes. Pourtant, elle poursuivit son monologue frénétique : « Petite Fira, tiens-toi bien — ne joue pas en me tirant les cheveux ! Ah-Hong, ralentis, ne casse pas le fil—aïe aïe, j'ai l'impression qu'on me serre la poitrine—Non, non, je n'ai pas peur, je n'ai pas peur...»

Elle ressentit une envie profonde de pleurer à nouveau. Mais elle ne l'a pas fait. Ses dents mordillaient fort sa lèvre inférieure, ses yeux rouges comme des pêches gercées par le vent, et elle serra encore plus fort le miroir contre sa poitrine : « N'ayez pas peur, vous tous—j'ai encore plus peur que vous. Mais peur, ou pas, je coudrai un point et tu fixeras le suivant... Et puis... Nous survivrons tous à ça. »

Yu Sord entendit son flot de conscience délirant au milieu du vent hurlant. Sa poitrine se serra brusquement, mais sa force d'épée ne fit que se stabiliser et devenir plus résolue.

Il resta exactement à un demi-pas de sa gauche pendant toute l'épreuve, tirant délibérément chaque contre-attaque violente destinée à elle directement dans son propre domaine protecteur de l'épée, forçant l'essence noire malveillante jusqu'à des fils fins comme des cheveux avant de laisser quoi que ce soit effleurer le bord de son miroir.

L'Ancien aux sourcils blancs observa la manœuvre délicate, regarda de nouveau, puis finit par se mordiller fort les dents, réprimant sa fierté. Il baissa la voix : « Je réprimerai le coin nord. »

Il fut le tout premier ancien à céder son autorité et à accepter la méthode. Derrière lui vint le deuxième, le troisième—« Je vais renforcer le bord est. » « Je tiendrai la taille sud. »

La faction qui avait auparavant été la plus rigide, les voix les plus fortes prônant « une vie pour dix mille », cessèrent désormais complètement de hurler.

Au contraire, ils craignaient que leur propre puissance écrasante ne déchire accidentellement l'effort méticuleux d'un fil, un point de couture qui se déroulait dans les mains de la petite fille.

La pression agressive du vent poussait plus bas, centimètre par centimètre. La bouche brisée de l'array se tirait vers l'intérieur, fraction par fraction.

La lumière de l'Astrolabe passa du chaos à l'ordre. Les bords dentelés de la rupture massive étaient lentement liés par les fils du Phénix — comme une profonde blessure mortelle **qui se décroissait** peu à peu.

Soudain, sans avertissement, du cœur le plus profond de la rupture, une colonne noire jaillit, bien plus féroce et puissante que tout ce qui avait été auparavant—filant droit vers le ciel !

« Contrecoup de cœur de l'array ! » Le visage de Sang Li pâlit complètement. « Tout le monde, reculez d'un demi-pas— »

C'était trop tard. Ce pilier d'obscurité frappa comme une lance inversée, pointant précisément au centre de la poitrine de Yun Lili.

Le monde ralentit jusqu'à un rampement douloureux. Yun Lili n'avait le temps que pour une seule pensée : *je suis morte.*

Son épaule fut tirée en arrière avec une force brutale — Yu Sord la serra entièrement dans ses bras, et un écran de lumière azur pure explosa violemment de son dos comme un immense bouclier.

Il encaissa le coup catastrophique dans le dos. L'écran azur se fissura en trois longues fissures. Le tissu le long de sa colonne vertébrale fut fendu par les vents de tempête, et le sang s'infiltra rapidement, sombre et lourd.

« Non ! » Le cri de Yun Lili lui déchira la gorge.

Elle poussa le miroir vers le haut d'une main et poussa violemment contre sa poitrine de l'autre. « Retraite ! Vous devez battre en retraite ! Recule— Yu Sord, **BOUGE !**«

Yu Sord fit comme s'il n'avait pas entendu son ordre désespéré. Il se contenta de chuchoter — si doucement qu'elle entendit à peine le son : « N'aie pas peur. »

Les yeux de Yun Lili se remplirent instantanément de larmes. Puis quelque chose de critique se brisa en elle—un goût dur, métallique, de détermination absolue envahit sa bouche. « J-j'ai un moyen ! »

Elle leva le miroir bien haut au-dessus de sa tête. D'un craquement sec, un fin anneau de fractures délibérées s'étira à l'arrière du miroir — elle ne brisait pas le miroir ; Elle démontait volontairement **l'esprit miroir** , le fendant en des dizaines d'éclats tranchants. Chaque fragment portait un souffle de son souffle de phénix.

Comme de minuscules lutins libérés frénétiquement, les fragments vibrèrent, puis jaillirent vers le pilier noir.

Chaque éclat qui touchait l'obscurité émettait un bruit net, **dépouillant** une couche de miasme.

Les trois poules, chacune tenant encore un éclat, battaient follement au-dessus de sa tête, tournoyant comme trois petits tailleurs furieux, saisissant chaque fil pourri qu'ils pouvaient trouver et le repoussant vers le trou de l'aiguille.

« En dispersant le bord... » murmura Sang Li, et pour une fois sa voix trembla réellement. « Elle a frappé directement dans... des milliers de points résolubles... »

Yu Sord saisit cette ouverture précise et son épée azur se fendit de neuf fils en dix-huit, chacun parfait comme une navette, tissant violemment entre les éclats de miroir et les filaments de phénix, dénouant le pilier noir centimètre par centimètre.

L'Ancien aux Sourcils Blancs renifla froidement, sa manche fouettant alors qu'il lançait un anneau de jade à motif spirale. « Hmph ! Ce vieil homme sait aussi tisser ! » L'anneau de jade tourna, se déployant en un énorme anneau de fil, attrapant les morceaux éparpillés de miasme noir et les tirant vers l'intérieur comme un cordon qui se resserrait.

Le vent rugit une dernière fois — puis se mit à tousser rauquement et mourant. Le pilier noir se désintégra en poussière d'ombre flottante, couche par couche entourée d'éclats de miroirs, de fils d'épée, de cerceaux de jade et de plumes dorées.

Enfin — comme versé dans un puits invisible — il sombra docilement hors de vue.

Le silence s'installa, celui qui pèse lourdement sur la poitrine seulement après qu'une tempête catastrophique ait finalement cédé.

Le dernier fragment de la colonne sombre se brisa, réduit à de pâles fragments que la lumière miroir de Lili et la soie d'épée de Yu Sord repoussèrent dans la fissure, centimètre par centimètre méticuleusement.

La paroi de la falaise gronda, puis s'arrêta brusquement—ne laissant que des échos s'effacer entre les murs de pierre.

Même le vent s'arrêta. Dans la faible lueur qui suivit, tous les cœurs sur le champ de bataille se desserrèrent d'un coup.

Lili serra le miroir si fort que ses doigts étaient devenus engourdis. Elle tenta de parler, ses lèvres s'entrouvrant, mais sa voix se dissolvit dans la brise.

Les lumières devant elle se brouillèrent, le sol vacilla—Ses genoux fléchirent en avant.

Les cils de Yun Lili papillonnèrent. Elle ne répondit pas, se contentant de serrer le miroir contre sa poitrine comme si c'était sa dernière ancre au monde.

Les bras de Yu Sord se resserrèrent instantanément autour d'elle. Il la serra fermement dans ses bras, ignorant complètement le sang qui coulait dans son dos, murmurant son nom encore et encore, bas, posé et désespéré.

La posture ressemblait exactement aux seigneurs immortels épris de lui-même présents dans les livres exagérés de conteurs mortels.

Les trois poulets les entourèrent, inclinant la tête. Leurs caquettes tombaient en unisse étrange, comme des chuchotements conspirateurs :

« Mm. Le seigneur immortel est très beau. »

« Cluck— technique de cour typique. »

« Le maître coopère très bien. »

Le petit Fira baissa à moitié ses yeux dorés, glissa des papillons sur l'épaule de Yu Sord, et ajouta — froid comme toujours —

« Tch. Évidemment, c'est le moment où elle est censée s'évanouir. »

Chapitre 56 : Je suis toujours moi

Les points lumineux du Disque Stellaire revinrent en douceur à leur orbite correcte. Sang Li poussa un long et profond soupir de soulagement : « Le cœur de l'array — il est stable maintenant. »

Le mouvement rugissant de la Falaise de l'Abîme s'estompait centimètre par centimètre pénible. Seul un vent froid et résiduel balayait sans cesse la paroi rocheuse.

Au loin, l'Armée Démoniaque, ayant clairement senti l'échec décisif de leur assaut, la marée noire se retira.

La brume noire résiduelle au pied de la falaise s'agita agitée un instant, puis, enfin, comme dans une défaite totale et réticente, se laissa compresser à nouveau dans la fissure sombre.

Tout l'être de Yun Lili se sentit complètement vidé, ses jambes cédant sous elle.

Elle s'effondra sans ménagement sur la plateforme de l'array, atterrissant sur les fesses et laissa échapper plusieurs souffles profonds et rauques—*ouf*—et la toute première chose qu'elle fit, inclinant la tête sur le côté, fut de chercher frénétiquement ses trois collaborateurs aviaires.

« Ah-Hong—Ah-Qing—Ah-Jin— »

Les trois poules sortirent successivement des cachettes inattendues de ses manches, de ses genoux, et même de son chignon dans les cheveux.

Ils tenaient encore fièrement un minuscule fragment scintillant du petit miroir, ressemblant exactement à des vétérans hautement décorés revenant avec le butin de guerre, caquetant avec une arrogance immense et insupportable.

La petite Fira atterrit sur son épaule, les yeux de phénix à moitié fermés. Il étira la bouche et dégagea doucement un petit baiser de cheveux rebelle qui avait collé à son front. Y

un Lili fit une grimace misérable, puis laissa enfin échapper un rire sincère — un rire qui se dissout rapidement en un flot soudain de larmes fraîches.

Elle pleura et cria à la fois : « Tu m'as terrifiée ! Je pensais que j'allais être écrasé en minuscules morceaux de débris célestes ! Wuwu... et mon miroir... »

Elle leva la main pour regarder le miroir. La surface principale du miroir était intacte, mais son bord manquait visiblement d'un anneau entier de pétales.

Ces fragments brisés tournaient encore docilement dans l'air, comme un vol bien élevé de petits poissons scintillants, fredonnant en revenant vers le corps miroir, tentant diligençadement de se remettre en place — à l'exception d'une minuscule puce, de la taille d'un grain de riz, manquante dans le coin supérieur.

Yun Lili couvrit immédiatement ce petit espace noir du bout du doigt, essuyant ses larmes en annonçant solennellement : « Ce n'est pas laid ! Mon miroir est toujours le plus beau du cosmos, wuwu... »

Mon cœur se serre à cause du prix énorme de cette opération !

Les Officiels Célestes qui les entourent : « ...... »

Même l'Ancien à Sourcils Blancs étouffa un rire silencieux, se tournant le dos pour s'éclaircir la gorge avec une force inutile.

Yu Sord se tenait debout, son épée retirée. Le tissu sur sa poitrine était irrémédiablement déchiré, marqué de traces profondes et superficielles de sang.

Il s'approcha, la regardant de haut. Ses yeux, enfin doux dans le vent rafraîchis, ressemblaient à un couteau pliant lentement rengainé et reposé.

Il s'agenouilla, tendant une main ferme pour essuyer doucement les larmes persistantes sur sa joue. Son toucher était ferme et rassurant : « Vous avez brillamment joué. »

Yun Lili renifla : « Je... J'ai même failli uriner moi-même, tu sais. »

Yu Sord : « ...... »

Yun Zhou, debout à proximité, se couvrit le front, incapable de retenir un rire fort et amusé.

Yun Lili réalisa qu'on se moquait ouvertement d'elle et explosa immédiatement d'indignation : « De quoi riez-vous ! Qu'y a-t-il de mal à avoir peur de la mort ! Je peux craindre la mort, mais j'ai quand même sauvé chacun d'entre vous sans valeur ! »

Elle devint de plus en plus offensée en parlant, finissant par lancer une réplique cinglante et cinglante : « Et j'ai été immensément héroïque à l'instant ! J'ai fendu les fils, j'ai cousu les dégâts, j'ai démonté le pilier ! Mon cerveau fonctionnait à la vitesse d'un voleur ! »

« Mm, » acquiesça Yu Sord, son accord presque étrangement sérieux. « La vitesse d'un voleur, en effet. »

Il s'arrêta, baissant les yeux pour se fixer sur elle, sa voix profondément basse : « Dans le futur... Tu n'as le droit d'être aussi rapide, jamais rapide à chercher ta propre perte. »

Yun Lili se figea pour reprendre son souffle, ses bouts d'oreilles devenant lentement rouges. Elle voulait désespérément enfouir son visage dans ses manches, mais elle voulait aussi gonfler sa poitrine et garder sa posture grandiose et héroïque : « Ça, c'est évident ! Je chéris énormément ma vie ! »

En disant cela, elle ramassa les trois poules : « Venez ! Nous revenons pour des vers de farine rôtis ! Et je vais vous préparer à tous de la soupe au poulet fortifiante ! »

Les trois poulets levèrent collectivement la tête et échangèrent un résonnant « Goo— », comme pour répondre : « La récompense méritoire d'un héros est légitimement méritée ! »

Sur la plateforme haute, Yun Wuntang baissa lentement sa manche, le regard fixé longuement sur le noyau de la falaise.

Il ferma enfin les yeux et ses cils tremblèrent une fois. Il ouvrit les yeux, regardant la petite fille tenant les poules, le nez encore rouge. La froideur et la sévérité de son regard s'effaça, centimètre par centimètre, par un flot d'eau de source.

Il lui fit un signe de tête — non pas l'affirmation formelle d'un Maître de Clan à un subordonné, mais la fierté profonde et l'humble admiration d'un père pour le courage indéniable de sa fille.

Sang Li rangea soigneusement le Disque Étoile, se tournant pour s'incliner formellement : « La méthode a réussi. Le cœur de l'array est temporairement stable. »

Il regarda Yun Lili, sa voix laissant échapper sa froideur habituelle, portant même une pointe d'amusement sincère : « La technique de 'Tissage et Réparation de Fils Fins' sera dorénavant consignée dans le catalogue de l'Array des Dix Mille Falaises. Cette méthode a été créée par vous, et sera appelée le 'Lili Patch'. »

« 'Lili Patch' ? » Yun Lili, les larmes encore collées au visage, leva les yeux, sans expression. « Ça a l'air... terriblement comme un morceau de tissu ordinaire. »

Yun Zhou laissa échapper un petit *rire Pfft*, refermant son éventail : «
Parfaitement adapté. Les cieux sont déchirés comme du tissu ; Tu étais
l'aiguille et le fil. Absolument merveilleux. »

Yun Lili plissa le nez d'un air boudeur, mais parvint quand même à
marmonner : « Hmph, ça sonne tellement immortel et terriblement peu
glamour... »

Yun Lili était maintenant à moitié soutenue, à moitié portée par Yu Sord
depuis la plateforme de l'array. Au moment où ses pieds touchèrent le sol,
ses jambes lui semblaient encore profondément faibles. Elle vacilla
légèrement, levant les yeux vers lui : « Ton dos... »

« De simples coupures superficielles », a-t-il dit.

Elle ouvrit la bouche, voulant dire : « *Mais mon cœur souffre pour toi* »,
mais avant que les mots ne puissent sortir de ses lèvres, Yu Sord tourna
légèrement le visage et déposa le plus léger et le plus bref des baisers sur
son front.

« Une récompense », murmura-t-il.

Yun Lili : « ! »

Son esprit explosa instantanément dans un nuage de confusion rose et
sucrée, comme de la barbe à papa. Elle faillit faire tomber les trois poules.

« Tu—tu—comment peux-tu faire ça en plein jour, avec tout le monde qui
regarde... ? »

Yu Sord répondit calmement : « Avec tout le monde qui regardait, qui,
précisément, a osé regarder ? »

Yun Lili : « ...... »

*Elle frappa violemment la table métaphorique dans son esprit : Bien,
bien, bien ! Cet homme est froid à l'extérieur, à l'intérieur — à l'intérieur,
il sait embrasser !*

Yun Zhou surgit de nulle part, tapotant son éventail de façon espiègle : «
Mes seigneurs, bien que la Falaise de l'Abîme soit stable, ce n'est guère
une salle de mariage adaptée à de telles démonstrations. »

Yun Lili rougit aussitôt jusqu'aux lobes d'oreilles, se recroquevillant
derrière Yu Sord. Yu Sord, sans changer d'expression, la pressa encore
plus contre son dos et lança à Yun Zhou un regard unique et mortel : « Va-
t'en. »

Yun Zhou se retira en souriant, mais en secret, sous sa manche, il scella le papier de jade enregistrant les données de l'array — il était déterminé à compiler la méthode du jour du « Tissage du Fil Fin » en un tome officiel.

Toute cette épreuve avait enseigné à tout le Royaume Immortel — et à lui-même — une leçon cruciale : chaque trou ne doit pas être bouché par une vie. Parfois, il faut utiliser son cœur, sa peur, son ingéniosité rusée, quelques larmes et rires pour préserver la vie et réparer le cosmos.

Le coucher de soleil s'estompa, et une guirlande de lanternes protectrices s'allumait le long du bord de la falaise.

Au loin, l'horizon révéla enfin un mince fil d'or pâle.

Yun Lili s'appuya contre l'épaule de Yu Sord pour une courte sieste. Elle se réveilla quand son nez chatouilla—la petite Fira la poussait doucement avec son bout de plume.

Elle la ramassa, enfouissant son visage dans son plumage chaud : « Merci... et merci à vous tous. » Elle baissa les yeux vers les trois poules, dont les petits yeux brillaient intensément.

« On retourne pour des vers de farine rôtis », annonça-t-elle.

Les trois poulets répondirent en chœur : « Glu ! »

Au pied de la Falaise de l'Abîme, le vent cessa enfin de trancher comme un couteau.

Yun Lili leva les yeux vers la « blessure » réparée sur la falaise. Elle lui murmura soudain doucement : « N'ose pas ouvrir à nouveau. Je t'en supplie. »

Comme consoler un enfant.

Elle se retourna, montrant son miroir à Yu Sord : « Allez, rentrons à la maison. J'ai l'intention de dormir quatre-vingts heures d'affilée. »

Yu Sord « Mm » doucement. Il regarda son reflet dans le miroir — les yeux rouges, le nez rouge, et portant de légères marques dues au vent fouetté.

Il leva la main et toucha doucement la petite croustille de la taille d'un grain de riz manquante à sa tempe : « Ce n'est rien. »

Yun Lili protégea instantanément le miroir : « N'ose pas appeler ça laid ! »

« J'ai dit que ce n'est rien, » précisa-t-il, d'un ton profondément chaleureux. « C'est magnifique. »

— Ce n'est qu'avec un défaut visible qu'on se souvient de l'effort vital nécessaire pour la réparer.

Un souffle de vent s'éleva de nouveau par-dessus la falaise, cette fois comme quelqu'un soupirant doucement de contentement.

Yun Lili regarda le miroir avec son petit coin manquant, et murmura soudain intérieurement : *—Je suis toujours moi, une simple mortelle qui craint la mort et qui manque de racine spirituelle. Mais même un mortel peut réparer les cieux ; cela, je suppose, suffit.*

Yun Lili : « ...... »

Elle frappa violemment la table métaphorique dans son esprit : Bien, bien, bien ! Cet homme est froid à l'extérieur, et à l'intérieur — à l'intérieur, il sait exactement comment embrasser !

Yun Zhou apparut de nulle part, tapotant son éventail de façon espiègle : « Mes seigneurs, bien que la Falaise de l'Abîme soit stabilisée avec succès, ce n'est guère une salle de mariage propice à de telles démonstrations publiques d'affection. »

Yun Lili rougit instantanément jusqu'aux lobes d'oreilles, se recroquevillant d'honte derrière Yu Sord.

Yu Sord, sans changer d'expression, la pressa encore plus contre son dos et lança à Yun Zhou un regard unique et mortel : « **Va-t'en.** »

Yun Zhou se retira avec un sourire profond et complice, mais secrètement, sous sa manche, il scella le papier de jade enregistrant les données cruciales de l'array — il était déterminé à compiler la méthode du « Tissage de Fils fins » d'aujourd'hui en un ouvrage officiel et définitif.

Toute cette épreuve chaotique avait enseigné à tout le Royaume Immortel — et à lui-même — une leçon cruciale et immuable : chaque trou catastrophique ne doit pas être comblé par un sacrifice volontaire.

Parfois, il faut utiliser tout son cœur, sa peur profonde, son esprit vif d'ingéniosité, et quelques larmes et rires livrés avec morve et grâce, pour préserver sa vie intacte et réparer avec succès le cosmos même.

Le coucher de soleil s'estompa complètement, et une guirlande de lanternes protectrices fut rapidement allumée le long du bord de la falaise.

Au loin, l'horizon révéla enfin un mince fil d'or pâle.

Yun Lili s'appuya lourdement contre l'épaule de Yu Sord et s'endormit brièvement.

Elle se réveilla quand son nez chatouilla—la petite Fira la poussait doucement avec son bout de plume.

Elle la ramassa, enfouissant complètement son visage dans son plumage chaud : « Merci... et merci à vous tous. » Elle baissa les yeux vers les trois poules, dont les petits yeux brillaient intensément.

« On retourne pour des vers de farine rôtis », annonça-t-elle fermement.

Les trois poulets répondirent collectivement et triomphalement « Goo ! »

Au pied de la Falaise de l'Abîme, le vent cessa enfin de trancher comme un couteau.

Yun Lili releva la tête, regardant la « blessure » nouvellement soignée sur la falaise. Elle lui murmura soudain, très doucement : « N'ose pas ouvrir à nouveau. Je t'en supplie. »

Comme consoler un enfant effrayé.

Elle se retourna, montrant son miroir à Yu Sord : « Allez, rentrons à la maison. J'ai l'intention de dormir quatre-vingts heures d'affilée sans interruption. »

Yu Sord répondit doucement : « Mm ». Il regarda son reflet dans le miroir — les yeux rouges, le nez rouge, et les joues marquées de légères marques de griffures dues au vent sauvage.

Il leva la main et toucha doucement la petite croustille de la taille d'un grain de riz manquante à sa tempe : « Ce n'est rien. »

Yun Lili protégea instantanément le miroir : « N'ose pas appeler ça laid ! »

« J'ai dit que ce n'est rien, » précisa-t-il, d'un ton profondément chaleureux. « C'est magnifique. »

— Ce n'est qu'avec un défaut visible qu'on se souvient de l'effort vital nécessaire pour la réparer.

— Et ce n'est qu'avec une peur profonde qu'on appelle vraiment courageux.

Un souffle de vent s'éleva de nouveau par-dessus la falaise, cette fois exactement comme quelqu'un soupirant doucement de contentement.

Yun Lili regarda le miroir avec son petit coin manquant, et murmura soudain intérieurement : *—Je suis toujours moi, une simple mortelle qui craint la mort et qui manque de racine spirituelle. Mais même un mortel peut réparer les cieux ; cela, je suppose, suffit.*

* * * * *

Les vents violents au-dessus de la Falaise de l'Abîme s'éteignirent complètement.

Le miasme noir, qui avait fait rage comme une bête, avait été réprimé avec succès dans l'abîme profond, ne laissant qu'un silence profond et étrange.

Seuls quelques éclats de pierre glissaient le long de la falaise, le bruit presque imperceptible.

Yun Lili s'affala sur la rambarde de pierre, haletant profondément.

Les trois poules se regroupaient anxieusement autour d'elle, caquetant sans cesse comme des créanciers exigeants.

Elle en tenait un dans chaque main, et un autre serré entre ses genoux, un air mêlé d'épuisement et d'exaspération : « Très bien, très bien, je sais que vous êtes tous de grands héros ! Arrêtez le bruit ! Je vous donnerai des vers de farine rôtis à notre retour, d'accord ? »

Les trois poules se turent instantanément, secouant soigneusement leurs ailes à l'unisson, comme si elles comprenaient parfaitement le terme « **repas supplémentaire** ».

Yun Lili poussa un soupir de soulagement, mais ressentit soudain une sensation glaciale dans sa poitrine. Elle baissa les yeux.

Le motif de phénix qui brillait faiblement dans le miroir était désormais complètement pâli.

Son énergie spirituelle s'était retirée comme une marée, et peu importe comment elle l'incitait, il n'y avait aucune réaction.

« Hein ? » Elle cligna des yeux, sans comprendre. « Est-ce que c'est... Est-ce que ça vient de casser à nouveau ? »

Elle devint paniquée, les larmes manquant de monter à nouveau : « Pas question ! Je viens de finir de réparer un énorme trou ; Comment mon propre miroir peut-il se briser avant moi ! »

Yu Sord s'approcha, son regard tombant sur sa poitrine.

Son expression se crispa un instant.

Il tendit la main pour couvrir son point de pouls. Un fil d'énergie spirituelle la sonda, et ses traits se détendirent instantanément : « Ça va. Tu es parfaitement entière. »

Sur ce, Yu Sord ne put s'empêcher de laisser un petit sourire étirer ses lèvres, la paix profonde qui suit une grande alarme évidente dans ses yeux.

Yun Lili le fixa d'un air vide, les yeux grands ouverts : « Alors... puis mon miroir... »

« Je vais t'acheter un tout nouveau modèle, le plus récent », conclut Yu Sord pour elle, sa voix profondément basse.

Elle fit une longue pause, puis se plaqua soudain le visage et poussa un cri fort et prolongé de « Waaah ! » « Vraiment ? »

Les Immortels rassemblés pensaient encore qu'elle était submergée par le chagrin. Ils allaient s'avancer pour offrir du réconfort, quand elle entendit l'appeler dans un sanglot étouffé : « Je veux aussi une housse rose et duveteuse pour ça cette fois ! »

Tout le champ se tut.

L'Ancien à Sourcils Blancs faillit s'étouffer avec son souffle, réprimant sa réaction un long moment avant de laisser échapper un froid « Hmph ! Totalement absurde ! » Pourtant, il tourna le dos, s'essuyant discrètement la bouche avec sa manche.

Sang Li, cependant, laissa échapper un petit rire, s'inclinant formellement devant Yun Lili : « Demoiselle, c'est précisément une bonne chose. Tu as réparé le cœur de l'array, et tu en es sorti indemne ; C'est une véritable bénédiction venue du ciel. »

Il s'arrêta, son regard s'approfondissant. Il déclara sérieusement : « La méthode de 'Tissage et Réparation de Fils Fins' sera consignée dans le canon céleste à partir d'aujourd'hui. Cette technique, créée par vous, sera officiellement nommée '**Lili Patch**'. »

« 'Lili Patch' ? » Yun Lili, les larmes encore collées au visage, leva les yeux, sans expression. « Ça a l'air... terriblement comme un morceau de tissu ordinaire. »

Yun Zhou laissa échapper un petit *rire Pfft*, refermant son éventail : « Parfaitement adapté. Les cieux sont déchirés comme du tissu, et tu es l'aiguille et le fil. Absolument merveilleux. »

Yun Lili plissa le nez avec bouderie, mais parvint quand même à marmonner : « Et après ? Ça sonne tellement **immortel** et terriblement peu glamour... »

La nuit s'était approfondie.

Devant la grande salle de la secte Lingxiao, des lignes de torches brûlantes brûlaient silencieusement, leur lumière vacillant au vent et peignant chaque visage de la même lueur las.

La bataille du jour avait vidé même le ciel — les nuages étaient bas, comme s'ils étaient eux aussi épuisés.

Yun Wuntang, pour une fois, avait mis de côté toute la majesté d'un maître de secte.

Il portait une robe simple, le dos légèrement courbé alors qu'il était assis sur les marches d'entrée, ne ressemblant en rien au seigneur intouchable d'une grande secte — juste un père âgé qui avait failli perdre son enfant.

Yun Lili s'approcha en traînant les pieds, les semelles de ses chaussures émettant de petits bruits contre la pierre.

Elle s'installa en tailleur à côté de lui, si près que leurs manches se frôlaient presque.

Le miroir était toujours serré dans ses bras, comme un talisman capable d'empêcher tout de s'effondrer.

« Papa. »

Sa voix était à peine plus forte qu'un murmure, douce et prudente, comme si un seul mot de travers pouvait briser le fragile calme entre eux.

« Est-ce que ça veut dire... Je ne pourrai plus jamais voler ? »

Yun Wuntang se raidit un instant, pris au dépourvu.

La question était enfantine, presque ridicule face à ce qui venait de se passer — mais peut-être était-ce précisément cette enfantilité qu'il avait eu peur de ne jamais revoir.

Il expira lentement, le souffle se dissipant légèrement dans l'air froid.

« Lili, » dit-il enfin, d'un ton bas et fatigué, « savoir voler ou non... est-ce vraiment si important ? »

« Bien sûr que ça l'est ! » Lili répliqua sans réfléchir, la panique montant. « J'avais peur du vide au début ! Il m'a fallu une éternité pour m'habituer à voler. Je n'ai réussi à voler correctement que quelques fois et maintenant—maintenant il a juste disparu ! »

Ses joues se gonflèrent, ses yeux grands ouverts de chagrin.

Elle ressemblait moins à une sauveuse qui venait d'aider à réparer une faille qui avait bouleversé le monde qu'à une petite fille à qui on avait volé son jouet préféré.

Yun Wuntang contempla cette expression familière et boudeuse, et quelque chose se tordit douloureusement dans sa poitrine.

Pourtant, au milieu de cette douleur, un petit rire sourd s'échappa de lui.

Il tendit la main et ébouriffa le sommet de sa tête, ses doigts rugueux mais précautionneux, sa voix plus douce qu'elle ne l'avait été depuis de nombreuses années — si douce qu'elle ne ressemblait presque plus qu'à celle du maître de secte de Lingxiao.

« Le fait que tu sois en vie, » murmura-t-il doucement, « c'est le vrai miracle. »

Lili cligna des yeux, prise au dépourvu. Les mots glissèrent dans son cœur, chauds et lourds, et pendant un instant elle ne sut pas si elle voulait rire ou pleurer. Sa gorge se serra.

«… Mm,» murmura-t-elle, la tête tombante, mais les coins de ses lèvres se courbèrent légèrement.

* * * * *

De l'autre côté de la falaise de la montagne, Zhou se tenait seul là où le vent frappait le plus fort.

Le monde devant lui était sombre—la faille à la base de la Falaise de l'Abîme désormais silencieuse, pourtant dans son esprit elle rugissait encore.

Ses manches étaient rabattables par le vent nocturne, mais il ne bougeait pas, le regard fixé sur l'abîme ombragé en dessous, les sourcils froncés comme sculptés là.

Lili courut sur la pente, haletante un peu, le miroir rebondissant contre sa poitrine. Elle attrapa sa manche d'une main, les doigts encore légèrement tremblants.

« Frère ! »

« Tu n'es pas censé te reposer ? » Zhou fronça les sourcils, la réprimande automatique, mais sa voix manquait de son tranchant habituel.

« Je voulais te trouver », dit-elle. Elle pencha la tête en arrière pour le regarder, les yeux encore rouges de toutes ses pleurs. « Frère... À partir de maintenant, s'il te plaît... N'essaie plus de mourir à ma place, d'accord ? »

La poitrine de Zhou donna un battement aigu, presque douloureux. Pendant longtemps, il ne dit rien.

Le vent soufflait entre eux, tirant sur leurs vêtements et leurs cheveux.

Enfin, il leva la main et la posa doucement sur son épaule, ses doigts se resserrant comme s'il craignait que s'il ne tenait pas, elle disparaisse.

« Petite idiote, » murmura-t-il doucement. « Si tu peux encore rire et survivre... c'est déjà une victoire. »

Le nez de Lili le piqua encore. Ses yeux se brouillèrent, mais elle se força à retenir ses larmes et hocha la tête, fort, comme si elle faisait une promesse.

Zhou détourna le visage, regardant les contours tamisés des montagnes et des nuages brisés.

Le vent caressait ses tempes, portant avec lui la légère odeur de fumée et de sang qui flottait encore dans l'air.

Après un moment, il parla, la voix plus basse qu'avant.

« Je descendrai la montagne. »

« Où ça ? » Le cœur de Lili fit un bond, la panique remontant de nouveau.

« Le royaume des mortels. »

Le regard de Zhou s'aiguisa un instant comme une lame dégainée — puis, enfin, quelque chose en lui se desserra.

Le bord s'adoucit, remplacé par une rare sensation de libération, comme si un vieux nœud venait enfin d'être défait.

« Marcher. Voir », dit-il. « Pour jeter un coup d'œil au monde que nous avons tant essayé de protéger. »

Il s'arrêta, puis baissa de nouveau les yeux vers elle, ressemblant autant à un grand frère qu'à un cultivateur d'épées.

« Toi, » répondit-il, « tu dois bien vivre. »

Lili le regarda, la poitrine serrée, la respiration un peu irrégulière.

Elle sentait la lourdeur derrière ses mots, tout ce qu'il ne disait pas. Avant que les larmes ne coulent, elle leva soudain la main, élevant la voix comme pour chasser la morosité.

« Alors tu ferais mieux de te souvenir de revenir ! » lâcha-t-elle. « Je dois encore te préparer des ailes de poulet rôties ! »

Zhou cligna des yeux, surpris—puis, lentement, le coin de sa bouche se souleva. Il tendit la main et lui donna un coup sur le front avec la facilité d'une longue habitude.

« Très bien, » murmura-t-il, le mot unique portant une promesse plus lourde qu'il ne le laissait paraître.

* * * * *

Pendant trois jours entiers après la bataille, toute la secte Lingxiao fut consumée par les réparations.

Les talismans furent remplacés, les formations brisées redessinées, et les cultivateurs d'épées se déplaçaient d'avant en arrière comme une marée.

Même l'air sentait légèrement la force spirituelle brûlée.

Et Lili — traînant trois poulets en ligne comme une petite procession chaotique — insistait pour « vérifier l'avancement » chaque matin.

Elle n'est jamais allée bien loin.

Yu Sord la rattrapait à chaque fois, une main la soulevant par le col aussi facilement que si elle était une créature plumeuse de plus sous sa garde, et la ramenait directement dans sa chambre.

« Qu'est-ce que tu fais ! » protesta Lili, les joues gonflées d'indignation. « Je suis un héros majeur, d'accord ?! »

Yu Sord ne cligna même pas des yeux.

« Les grands héros se reposent aussi. »

« Mais je n'ai même plus de pouvoir spirituel ! »

« C'est précisément pour cela que les mortels ont besoin de se reposer encore plus. »

Lili ouvrit la bouche—

—puis referma, complètement bloquée par une logique qu'elle ne voulait vraiment, vraiment pas accepter.

Elle le fusilla du regard avec toute la férocité d'un chaton mouillé.

Avant qu'elle ne puisse trouver une réplique, Yu Sord tendit soudain la main et la serra dans ses bras.

Lili se figea.

Son souffle effleura son oreille quand il parla, bas et assuré, une chaleur enveloppée d'acier :

« Tu en as déjà assez fait. À partir de maintenant... C'est à mon tour de te protéger. »

L'esprit de Lili devint complètement vide. Puis son visage devint rouge — lentement, douloureusement, du collier jusqu'au bout de ses oreilles. Son cœur battait si fort qu'elle pouvait l'entendre résonner dans son propre crâne.

Il lui fallut très, très longtemps avant de parvenir à chuchoter :

«… A-Alors tu n'as pas le droit de penser que je suis inutile. »

Yu Sord laissa échapper un rire, un son doux mais amusé.

Il pinça doucement le bout de ses doigts.

« Tu as peur de mourir et tu pleures trop facilement, » déclara-t-il, complètement sérieux, « mais personne n'est plus courageux que toi. »

Lili cligna des yeux. Ses yeux se remplirent instantanément de larmes à nouveau.

Avant qu'il ne puisse réagir, elle enfonça sa tête dans sa poitrine, étalant ses larmes et son morve avec une détermination tragique.

« Uuuugh — ne dis pas des choses comme ça, ça me donne encore plus envie de pleurer ! »

Yu Sord la serra simplement plus fort.

Toute la dureté de son expression — chaque centimètre du cultivateur glacé et inaccessible — fondit complètement.

Seule la chaleur silencieuse restait, aussi stable que la montagne derrière Lingxiao elle-même.

* * * * *

Trois jours plus tard, sous la Falaise de l'Abîme, la dernière lumière barrière scintilla en place — stable, entière, intacte.

Sang Lee scella lui-même les registres de formation, la manche de sa robe balayant les écritures lumineuses avant qu'il ne se tourne et annonce :

« La bataille est terminée. Les Quatre Royaumes... puisse se reposer, pour l'instant. »

Un long souffle parcourut les immortels rassemblés. Le soulagement adoucissait les épaules rigides ; même l'air semblait plus léger.

Au milieu de la foule, Lili serra son miroir contre sa poitrine. Elle pinça les lèvres, hésita—puis marmonna à voix basse :

«… Alors à partir de maintenant, s'il te plaît, ne m'appelle plus pour réparer les cieux. J'ai peur de mourir. Je ne suis vraiment pas fait pour ce poste. »

Pendant un battement de cœur, il y eut un silence.

Puis quelqu'un renifla.

Un autre rit.

Les rires se répandaient comme des ondulations sur un étang calme, d'abord doux puis réchauffant toute la falaise. Même les anciens, habituellement impassibles, ne parvinrent pas à retenir un léger sourire sur leurs lèvres.

Yu Sord la regardait—la regardait s'agiter, la regardait rougir, la regardait insister sur le fait qu'elle était « inapte » alors qu'elle venait de tous les sauver.

Le coin de sa bouche se releva.

Mais dans ses yeux, il y avait quelque chose de plus profond... une chaleur si constante qu'elle semblait l'envelopper comme une promesse silencieuse.

—La tempête était enfin passée.

—Et la petite fille qu'il avait juré de protéger... était encore là.

* * * * *

Les eaux de source montaient le long du sentier de la montagne, et les rhododendrons fleurissaient dans un éclos de couleurs.

Au pied du mont Lingxiao, la petite ville avait rouvert son marché tous les trois jours : vendeurs de vaut confit, étals d'épingles de fleurs, artisans de figurines en pâte, dompteurs de singes — des familles entières débordaient dans la rue, animées d'une chaleur qui semblait chasser la dernière ombre de l'hiver.

Lili retroussa ses manches, tenant un petit panier en bambou dans sa main. À l'intérieur, trois poulets — Rouge, Bleu et Or — passaient fièrement la tête, chacun arborant l'expression inimitable de *« Hum, nous sommes des héros de guerre. »*

La petite Fira reposait sur son épaule, ses plumes dorées captant la lumière du soleil, semblant souffrir terriblement d'avoir été traînée jusqu'à un marché mortel.

« Trois brochettes », déclara Lili au vendeur, levant trois doigts avec une gravité juste. « Choisis la plus grosse à l'extérieur pour moi. Le reste... donne-le-lui. »

Elle fit un geste du menton vers Yu Sord.

Yu Sord se tenait derrière elle, les mains jointes dans le dos, la robe bleue flottant dans la brise, l'épée silencieuse à ses côtés.

Son expression était calme—jusqu'à ce que son regard se pose sur cette minuscule puce de la taille d'un grain sur son miroir, et que ses traits s'adoucissent sans qu'il s'en rende compte.

En entendant son « ordre de distribution », il laissa échapper un petit rire.

« Compris. »

Lili tendit une brochette à Rouge, Bleu et Or chacun, puis prit la quatrième pour elle, la croquant joyeusement, les yeux courbés comme des croissants.

« Tu ne manges pas ? » demanda-t-elle, portant le plus rouge de l'eau confite à ses lèvres.

Yu Sord baissa les yeux et le mordit, le bout de ses oreilles devenant légèrement rouge.

« Je croyais que c'était pour eux. »

« C'est pareil si c'est pour toi », agit-elle généreusement de la main. « Tu es aussi une de mes nanas—ah non, je voulais dire que tu es ma— »

À mi-chemin, elle a compris la crise et a freiné brusquement.

« Tu es mon important... um... très important... personne... »

Yu Sord laissa échapper un rire bas, essuyant un filet fin de sirop au coin de ses lèvres.

« Je sais. »

Son cœur battait comme un tambour. Elle baissa aussitôt la tête, faisant semblant d'inspecter le panier.

« Un pour Rouge, un pour Bleu, un pour Or... Écoute-moi — pas d'étouffement ! »

Le jour où Zhou quitta la montagne, le vent était parfait.

Il ne portait qu'une épée et un simple paquet de tissu — pas le temps pour des adieux — avant de s'incliner profondément devant Yun Wuntang et Lili.

« Le monde des mortels est un long chemin », déclara-t-il. « Plein d'injustice, plein de bon vin. Laisse-moi marcher une fois... alors je reviendrai écouter tes reproches. »

Le nez de Lili brûlait ; Des larmes s'accumulaient au bord de ses cils.

Essayant d'agir avec force, elle traîna ses trois poulets pour bloquer son passage.

« Tu n'oses pas revenir, » prévint-elle, « je vais— je vais manger toutes tes ailes grillées préférées moi-même ! »

Zhou éclata de rire sans défense.

« Alors j'ai encore plus de raisons de revenir. Je ne peux pas te laisser trop manger et avoir mal au ventre. »

Il se pencha et lui donna un léger coup sur le front avant de se détourner, empruntant le sentier qui descendait la montagne.

Sa silhouette rétrécit, attirée par le vent comme une épée rengainée cherchant sa place légitime dans le monde en dessous.

Avant de partir, il glissa quelque chose dans sa main—un peigne en bois.

Ses dents avaient été polies pour les rendre lisses.

« Bon pêcher », expliqua-t-il. « Ça ne va pas s'accorder avec cette petite ébréchature sur ton miroir. »

Lili serra le peigne, reniflant fort.

« Qui a dit qu'un miroir ébréché était laid ! C'est— c'est l'esthétique de cicatrice de bataille ! »

Yun Wuntang se tenait sur les marches au-dessus, les manches repliées dans le dos.

Il observa en silence longtemps, et ce n'est que lorsqu'il se détourna qu'il parla, la voix basse, presque douce.

« Tout va bien. »

On aurait dit un homme qui reposait enfin sa lame sur la table—

Prêt, enfin, à tourner le dos au feu de la cuisine et à l'odeur du riz en train de mijoter.

* * * * *

Capitale, Palais du Phénix.

Le tonnerre printanier résonnait dans le ciel, et des chatons de saule dérivaient au-delà des murs du palais comme de la neige tombante.

Sur le vieux huai de la cour, de tendres bourgeons verts avaient poussé — brillants et déraisonnables dans leur vigueur.

Moony marchait le long du couloir couvert vêtue d'une simple cape de gaze, ses pas n'étant plus aussi légers qu'ils l'avaient été dans sa jeunesse.

Le temps avait effleuré ses sourcils d'un léger gris.

Mais lorsqu'elle tourna la tête, ses yeux étaient toujours aussi clairs et brillants qu'avant.

Du Shao était assis près de la table d'échecs en pierre sur les marches, portant une simple cape sur les épaules. Quelques mèches argentées s'entrelacèrent maintenant dans ses cheveux.

Il tendit la main pour prendre la boîte de nourriture de ses mains, souriant doucement.

« Tu as encore fait des gâteaux au gingembre ? »

« Mm. »

Lunard disposa les gâteaux au gingembre un par un, puis sortit soigneusement une petite tasse en porcelaine.

À l'intérieur se trouvaient trois minuscules vers de farine séchés.

« Pour... offrir, je suppose. »

Du Shao ne put s'empêcher de rire.

« Et à qui offrons-nous *ces photos* ? »

« La jeune demoiselle a trois poules. »

Lunard baissa les yeux. Une légère douleur traversa ses yeux avant qu'elle ne la cache.

« Ils ont atteint un grand mérite. Même s'ils sont loin dans les montagnes, ils méritent une récompense. »

Du Shao couvrit doucement ses doigts de la paume, les réchauffant doucement.

« Alors on doublera la somme. »

Lunard émit un léger hum d'accord et leva la tête, comme si elle regardait un endroit incroyablement lointain.

Au fond de son cœur, elle parlait sans bruit :

Mademoiselle, je suis là. Je vis bien. Tu dois bien vivre aussi.

Ce soir-là, une escouade de cultivateurs d'épées itinérants arriva dans la capitale, apportant des nouvelles de la Falaise de l'Abîme.

La crise était résolue, la réparation du miroir réussie.

Plus tard, Du Shao mit de côté ses commémorations pour la nuit et lui dit doucement :

« Mon esprit... est maintenant à l'aise. »

Lunard baissa les yeux. Ses doigts se resserrèrent subtilement sur le bord de sa robe.

Après un long moment, elle murmura : « Bien. »

Une à une, les lanternes du palais s'allumèrent.

À chaque brise qui passait, leurs flammes montaient et s'éteignaient—

Comme si tout le palais respirait ensemble.

À travers montagnes et mers, deux fils du destin cessèrent enfin de se déchirer dans des directions opposées.

Au lieu de cela, ils restent allongés là où ils doivent être—reposant docilement sur la même vaste trame.

Dans la petite cour sur les pentes de la montagne Lingxiao, le feu de l'âtre s'éleva.

Lili resserra son tablier, enfermée dans un combat avec un pot de bouillon bouillonnant.

La marmite gargouillait ; Les vers de farine reposaient docilement dans une bassine à ses côtés.

Elle regarda à gauche, fixa à droite, puis se pencha vers Yu Sord, chuchotant comme si elle complotait une trahison :

« Je peux leur donner deux d'abord ? Ce sont des héros de guerre. Les héros ont besoin d'avantages. »

Yu Sord était assis sur un tabouret dans l'embrasure de la porte, les longues jambes repliées et la netteté de ses traits adoucies par les jours.

Il cligna des yeux une fois, sans voix.

« Tu as déjà donné des 'avantages'. »

« C'était des heures supplémentaires », expliqua-t-elle, parfaitement juste.

La petite Fira—somnolente paresseusement sur la poutre, ses plumes de queue pendant pour effleurer les pointes des cheveux de Yu Sord.

Les trois poulets s'alignèrent devant le poêle en rangée droite, tels des généraux expérimentés attendant des rations, les yeux rivés à la marmite comme s'ils craignaient que le bonheur ne s'échappe s'ils clignaient.

« D'accord, d'accord. »

Lili sortit des bols de soupe au poulet, donnant à chaque poulet une portion respectueuse avant d'empiler les plus gros morceaux de viande dans le bol de Yu Sord.

Elle garda un demi-bol pour elle, s'assit, prit une gorgée—

« *Sss*— » Elle recula brusquement, les yeux embués. Puis s'est éclairci. « C'est bon ! »

Yu Sord la regarda un instant.

« Trop de sel. »

Elle protégea instantanément son bol comme quelqu'un menaçant de dégainer une épée.

« J'aime beaucoup de sel ! Le sel prolonge la vie ! »

« Qui a dit ça ? »

« C'est moi qui ai dit ça. »

Elle haussa le menton, les bras ouverts — un pur coquin.

Yu Sord ne put s'empêcher de rire doucement. Il utilisa ses baguettes pour soulever le bouillon plus léger de son bol, le transférant dans le sien.

« Alors j'aurai la vie plus courte. »

Lili se figea. Ses oreilles s'écarquillèrent en rouge comme des lanternes.

« Non, tu ne le feras pas ! »

Ils allaient et venaient. Dehors, le vent faisait onduler les ombres de bambou à travers la cour.

C'était une sorte de journée sans épées volantes, sans cartes stellaires explosant — seulement la lueur de l'huile sur la soupe et le caquetement agité des poules.

* * * * *

Après le dîner, Lili prit le peigne en bois de pêcher et s'assit sur le seuil, utilisant son miroir fissuré pour se coiffer.

Le petit coin ébréché reposait tranquillement au bord ; Elle tapota du doigt et marmonna :

« Tu ferais mieux de te tenir bien. Plus de fuite. »

Le miroir restait aussi immobile que l'eau, reflétant son dos — des yeux brillants, un nez légèrement relevé, une pointe de malice sur ses sourcils.

Yu Sord était assis derrière elle, ses longues jambes s'étirant, la tirant nonchalamment dans ses bras.

« Je pensais que tu allais le raconter—'joli'. »

Lili se blottit naturellement contre sa poitrine et secoua le miroir.

« Ça aussi. »

Elle pencha la tête vers son reflet et, lentement et très solennellement, déclara :

« Je suis jolie. Tu es encore plus jolie. Et ensemble, nous sommes les plus jolis. »

Yu Sord : « ... Mm. »

Il baissa la tête et déposa un doux baiser sur le sommet de ses cheveux, sa voix si basse que la brise du soir la gardait presque pour elle-même :

« Tout joli. »

* * * * *

Le crépuscule s'approfondit. De la ville en contrebas venait le lent battement du tambour du soir.

Une lumière chaude de lampe emplissait la pièce, adoucissant les poutres et les encadrements de porte — et leurs ombres.

Lili murmura soudain, « J'ai fait un rêve. »

« Dis-moi. »

« Dans le rêve, Falaise de l'Abîme. Elle s'est ouverte à nouveau, et tout le monde a crié pour que je la répare. J'ai attrapé mon miroir et j'ai couru—couru et pleuré—en criant « J'ai peur ! » Et puis tu m'as attrapé par derrière. »

Yu Sord émit un léger humm.

« Tu as dit : 'Si tu as peur, tiens bon.' »

Lili releva le visage, ses cils projetant de minuscules ombres en éventail à la lumière des lampes.

« Et puis... Je n'avais vraiment plus peur. »

Elle fit une pause, puis ajouta, très sérieusement :

« Eh bien—la moitié pas effrayée. J'ai sauvé l'autre moitié. Au cas où. »

Yu Sord rit vraiment.

« Au cas où quoi ? »

« Au cas où j'oublierais que je suis mortel. »

Elle pressa le miroir contre sa poitrine, sa voix sincère.

« Je chéris beaucoup ma vie. »

Cette fois, il ne rit pas.

Au lieu de cela, il resta silencieux un instant avant de parler :

« Bien. »

La peur—c'était ce qui rendait le courage réel.

Et c'était la vérité qu'il avait apprise d'elle.

* * * * *

Le lendemain matin, la brume de montagne s'éleva de la vallée comme un boulet de soie pâle.

Lili fut réveillée en sursaut par un caquetement frénétique. Elle enfila une robe extérieure et se précipita dehors.

« Qui ose faire du bruit devant ma fenêtre—oh. C'est vous trois. »

Les trois poules levèrent la tête en parfaite synchronisation.

« Goo. »

La petite Fira glissa d'une branche, lissant ses plumes avec un mépris digne.

Yu Sord était dans un coin de la cour, exerçant son épée. Sa lame ne montrait aucune lueur tranchante — seulement le rythme de la respiration et du jeu de jambes, régulier et régulier, comme un battement de cœur fait d'acier.

Lili resta là à le regarder un moment avant de prendre le seau d'eau pour arroser le potager.

L'eau tambourinait sur la terre, douce et stable.

Elle leva la tête vers la petite parcelle de ciel bleu qui perçait à travers la brume.

« Hé—Abyssfall Clif. Ne craque plus, d'accord ? »

Elle jeta un coup d'œil à son miroir, le serra contre elle comme un secret, et ajouta :

« Je dois encore vivre longtemps. J'ai des marchés à visiter, de l'aubépine confite à manger, des vers de farine en heures supplémentaires à donner aux poules. Et je dois encore... »

Sa voix s'adoucit, ses oreilles rougirent.

«… Je dois encore me disputer avec lui. »

Yu Sord termina sa forme et s'avança vers elle, prenant le seau de ses mains.

Ses jointures effleurèrent sa paume—juste légèrement, mais assez pour faire battre son cœur plus fort.

« Descends la montagne aujourd'hui ? » demanda-t-il.

« À terre. » Lili hocha vigoureusement la tête.

« J'achète dix bâtons d'aubépine confite, cinq livres de vers de farine, trois des plus jolies épingles à cheveux, et aussi ce truc qui va sûrement te faire rougir— »

À mi-chemin, elle referma la bouche d'un coup, toussa deux fois de la manière la moins convaincante possible.

« Hum. Bref—beaucoup de choses. *Tu* les portes. »

Yu Sord répondit simplement : « Je porterai tout. »

Elle releva le visage, souriant si largement qu'elle illuminait toute la brume matinale—

À ses yeux, le printemps était déjà arrivé.

* * * * *

Sur le chemin du retour ce soir-là, le vent de la montagne s'éleva à travers la forêt, comme s'il les raccompagnait chez eux.

Le panier dans la main de Lili était lourd de vers de farine ; La moitié de l'aubépine confite avait déjà disparu.

Deux des épingles qu'elle avait achetées brillaient maintenant dans ses cheveux, et la troisième elle la gardait bien rangée dans sa manche—

« Pour quand mon frère reviendra, » dit-elle, comme si c'était un serment.

Lorsqu'ils atteignirent le virage du chemin, Lili s'arrêta soudainement.

Elle se retourna et regarda tout le monde vers Yu Sord, les trois poules rassemblées autour de ses pieds, la petite Fira perchée sur son épaule, et même le miroir dans ses bras avec son petit coin ébréché.

Elle prit une profonde inspiration, gonfla les joues pour avoir du courage, et déclara avec le plus grand sérieux :

« Je ne veux pas être un Seigneur Phénix. »

« Je veux rester en vie. »

« Je veux mon miroir. Je veux mes poules. Et— »

Elle regarda alors Yu Sord, sa voix se rétrécit en quelque chose de doux et tendre :

«… et je te veux. »

Yu Sord se figea un demi-battement de cœur.

Un mince flot de lumière traversa ses yeux — comme le premier bout de ciel après une tempête.

Il la serra dans ses bras, posa légèrement son front contre le sien, et murmura d'un rire discret :

« Très bien. Tout sera à toi. »

Les trois poules caquetèrent trois solennelles « glu ! » s en approbation.

La petite Fira laissa échapper un petit hum méprisant—du genre qui voulait dire :

Je suppose que je suis d'accord aussi.

Au loin, le tambour du soir résonna depuis la ville en contrebas,

Et il avait l'impression que toute la montagne acquiesçait avec lui.

* * * * *

De nombreuses années plus tard, une page supplémentaire est apparue discrètement dans les archives de Lingxiao :

« Celle qui répare la Faille ne la scelle pas de vie, mais la recoud avec le cœur. Non pas par un sacrifice héroïque, mais avec un courage maladroit et obstiné qui tisse la paix dans le monde humain. »

Quand Lili lut finalement cette ligne, elle était allongée sur le lit, serrant son miroir contre elle, se retournant en grognant.

« Hmph. On dirait que j'ai eu la force de réparer la faille seulement parce que j'avais assez mangé avant. »

Yu Sord jeta un coup d'œil.

« Alors prends un autre bol. »

« D'accord ! »

Elle se redressa aussitôt, les yeux brillants comme deux petites lampes.

« Et ajoute du sel ! »

«… Mn. »

La lueur de la lampe s'adoucit ; leurs voix se mêlaient comme un souffle chaud au début du printemps.

Loin, la Falaise de l'Abîme dormait en silence.

À l'horizon s'étendait un fil d'or pâle et fin —comme si quelqu'un avait tracé la dernière couture sur le tissu du ciel.

Chapitre 1 supplémentaire

Bien que les vents autour de la Falaise de l'Abîme se soient enfin tus, bien loin sous le monde — au cœur du Palais Abyssal du Royaume Démoniaque — une nouvelle marée commençait à monter.

De la mer noire des Neuf Enfers, un palais colossal d'obsidienne et d'or émergea lentement, comme tiré vers le haut par mille chaînes invisibles.

Neuf lanternes — lampes nocturnes éternelles forgées dans des os démoniaques — pendaient au plafond voûté. Leurs flammes ne s'éteignirent jamais ; chacun brûlait d'un feu noir d'encre qui projetait couche après couche d'ombres mouvantes sur la vaste salle.

Dehors, une légion d'esprits hurlait. Leurs cris agitaient les courants sous-jacents de l'abîme, rendant les eaux violentes.

Dans la salle, **neuf seigneurs démons** étaient assis en un long arc.

Au siège le plus haut se tenait le Maître du Palais — visage voilé, robes noires comme une nuit sans étoiles, mains jointes dans le dos. Son regard fendit la pénombre comme une lame.

Devant lui, un commandant démoniaque s'agenouillait, tremblant.

« Maître... Rapports. La Falaise de l'Abîme... s'est stabilisé. »

Le silence s'abattit sur la salle comme une pierre qui tombe.

« Stabilisé ? »

La voix du Maître du Palais était comme une pierre qui se fend.

« Depuis mille ans, l'array céleste s'est décomposé, les ancres célestes se sont desserrées. Nous avons attendu — creusés, cachés, endurés — tout cela pour cette seule brèche. Et maintenant tu te tiens devant moi... dire qu'il est stable ? »

Le commandant appuya son front contre le sol, la sueur froide coulant comme la pluie.

« Je l'ai vu de mes propres yeux. Le cœur de la falaise était déjà brisé— pourtant une femme... utilisé un miroir pour faire couler le sang du phénix... et a cousu la brèche. »

« Une femme ? »

Un seigneur adjoint laissa échapper un rire fin et froid.

« Même un haut immortel ne peut réparer cette faille. Une femme mortelle ? Ridicule. »

Le commandant murmura encore plus bas :

« Elle ne semblait pas... un mortel ordinaire. Elle portait un miroir ancien — gravé de motifs violets en bambou. Un blason de phénix émergea du miroir lui-même, et le sang scella la rupture. Une telle méthode... n'a jamais été enregistré. »

Une vague de malaise traversa les seigneurs démons, bien que leurs expressions se durcississent en une malveillance plus tranchante.

« Sang de phénix... » murmura l'un d'eux.

« Si elle l'a vraiment invoqué, elle aurait dû périr sur le coup. Le fait qu'elle survive signifie... Le miroir a subi le contrecoup. »

« Un esprit miroir. »

La voix d'un autre seigneur démon tomba en un sifflement glacial.

« S'il peut faire prélever le sang de phénix, il peut aussi voler le sang de phénix. Saisissez le miroir. Saisissez la femme. La falaise sera à nous de nouveau. »

Le Maître du Palais resta silencieux un long moment oppressant.

Enfin, il parla, la voix rauque comme le tonnerre étouffée par la fumée :

« Envoyez les disciples de l'ombre. Surveille-la. Un corps de chair portant du sang de phénix doit en payer le prix. Quand son essence vitale faiblit, la Falaise de l'Abîme se fendra à nouveau. »

Un autre démon s'agenouilla en avant.

« Mais l'esprit du Monarque Démon a subi de graves blessures lors de cette bataille. Sans lui, le trône pourrait sombrer dans le chaos. Nous devons rappeler immédiatement le Prince Héritier — si le Royaume Céleste attaque alors que nous ne sommes pas préparés — »

« Alors invoquez-le », dit le Maître du Palais.

« Envoyez tous les bataillons de recherche. Trouvez le prince héritier. Ramenez-le immédiatement au Palais des Démons. »

Les neuf lanternes nocturnes tremblaient violemment. Leurs flammes noires jaillirent vers le haut, inondant la salle comme une mer de feu d'ombre.

Dehors, d'innombrables silhouettes s'élevaient de l'abîme — comme un essaim d'ailes d'obsidienne — et se dispersaient vers le monde des mortels.

Le Royaume Céleste croyait que la tempête était passée.

Mais aux yeux du Palais des Démons... La chasse ne faisait que commencer.

Pendant ce temps, ignorant l'obscurité menaçante, les gens du peuple avaient déjà construit de petits sanctuaires au pied de la falaise autrefois fracturée. Ils allumèrent de l'encens, murmurèrent leurs vœux sincères :

« Dame Phénix... s'il te plaît, bénis ma famille... »

« Protégez notre village... »

La fumée d'encens s'élevait doucement, semblable à une étoile dans le crépuscule.

Aucun d'eux ne le savait à cause de leurs prières—

Le nom de cette femme commencerait à changer, à s'enraciner dans la croyance, dans le temple, en divinité.

Dans la jonction entre ombre et lumière, la silhouette du Sanctuaire du Phénix tomba doucement sur le monde pour la première fois.

Chapitre 2 supplémentaire

Non loin de la capitale, près d'une rivière claire, se dressait un sanctuaire nouvellement construit.

Elle était petite—murs blancs, carreaux bleus, taille modeste—mais la fumée de l'encens s'élevait jour et nuit, sans jamais s'éteindre.

Sur la poutre avant pendaient trois caractères fraîchement sculptés :

Sanctuaire de la Dame Phénix.

L'origine de cette légende mortelle remontait à des années auparavant, à des funérailles qui avaient pris une tournure très inattendue.

À l'intérieur, la statue de la déesse n'avait ni visage serein, ni sourire doux comme les divinités auxquelles les mortels étaient habitués. À la place, la silhouette avait une énorme touffe de cheveux sauvages et frisottés—presque explosive—et dans ses bras elle tenait une créature verte à tête ronde, comme si elle serrait une étrange bête-esprit.

Yun Lili se figea sur le seuil du sanctuaire.

Tout son corps se raidit.

«… Qui... est-ce ? » demanda-t-elle, la voix tremblante en pointant la statue.

Le gardien du sanctuaire, sincère et dévot, répondit aussitôt.

« C'est bien sûr la Dame Phénix ! La jeune demoiselle ne connaît peut-être pas l'histoire — il y a des années, notre seigneur est mort jeune. Les funérailles étaient déjà préparées. Mais alors—une horde d'immortels descendit du ciel ! Une déesse est tombée directement sur le cercueil, a fait tomber le couvercle net, puis a utilisé des arts divins pour ramener notre seigneur à la vie ! »

Lili : « ... »

Et puis elle se souvint.

Elle s'en souvenait bien trop bien.

À l'époque, Lunard l'avait portée dans les airs en panique ; Dans ce chaos frénétique, elle était tombée accidentellement — directement sur le cercueil de quelqu'un.

C'est Yu Sord qui avait stabilisé la situation et sauvé l'homme mourant.

Un souffle se coupa douloureusement dans sa poitrine. Elle se tourna vers Yu Sord, lançant un regard noir comme si son âme quittait son corps.

« Tu m'as amené ici exprès ! Juste pour me montrer... ça ?! »

Yu Sord avait l'air parfaitement calme. Sa robe azur flottait légèrement au vent, l'image même de la dignité.

« Je savais seulement que l'homme s'est motivé par la suite, a étudié dur et a obtenu la première place à l'examen impérial. Quant au sanctuaire... J'apprends cela aujourd'hui aussi. »

« Comment est-ce possible ? Cette statue me ressemble exactement ! » Lili faillit exploser. « Et pourquoi Moony est-il gravé en bas ?! »

Effectivement, le piédestal montrait un oiseau rouge-or audacieux et fier, la poitrine gonflée agressivement comme un vétéran aguerri revendiquant tout le mérite.

Le gardien du sanctuaire ajouta d'un ton utile,

« En effet ! On raconte que la Dame du Phénix descendit chevauchant un oiseau divin rouge-doré. Alors notre seigneur l'a fait sculpter là, pour montrer sa gratitude. »

Le visage entier de Lili devint cramoisi.

Murmura-t-elle entre ses dents serrées : « Quelle descente à cheval ? J'ai été largué ! Tombé ! »

De son panier, les trois poules sortirent de la tête et caquetèrent une fois en parfait accord.

Seul Lunard lança un regard en travers et un pépiement sec et offensé.

Une petite foule de villageois s'était déjà rassemblée à l'intérieur du sanctuaire. Ils acquiescèrent avec sincérité.

« La Dame Phénix est très efficace ! Nous la prions tous sincèrement ! »

Lili : « ... »

Elle sentait que même si elle hurlait à pleins poumons, personne ne la croirait.

Alors qu'elle bouillonnait de rage, son regard s'arrêta sur un petit garçon agenouillé devant la table à encens, paumes serrées l'une contre l'autre.

« Dame Phénix... s'il te plaît, laisse ma mère guérir... »

La flamme d'encens bondit vers le haut, comme saisie par une force invisible.

Le cœur de Lili fit un bond.

Elle toucha instinctivement le miroir à motif de bambou à l'intérieur de sa robe.

Elle s'était déjà fissurée une fois, s'était même brisée — mais maintenant, sous ces prières montantes, une faible lumière chaude scintillait à sa surface, comme quelque chose répondant.

Yu Sord l'avait remarqué aussi.

Ses yeux s'approfondirent un bref instant, mais il ne dit rien.

D'un petit geste, il tendit la main et glissa doucement une mèche rebelle de ses cheveux derrière son oreille.

« Si tu n'aimes pas cet endroit, » dit-il doucement, « on peut faire comme si on n'avait jamais été ici. »

Lili serra les lèvres.

Après un long silence, elle murmura : « Je ne veux pas être une déesse. Les dieux doivent travailler chaque jour. »

Et derrière elle, comme si le destin insistait pour s'opposer à ses souhaits, la statue baignait dans le soleil couchant, brillant d'or de la tête aux pieds — majestueuse, solennelle, incroyablement divine.

Loin, dans le Royaume Céleste, un ancien déroula un papier de jade, murmurant,

« Sanctuaire de la Dame Phénix... ? Des mortels qui forment une divinité par le pouvoir des souhaits ? »

Au plus profond du Palais des Démons, une ombre riait doucement,

« Des mortels qui créent leur propre dieu — le Royaume Céleste permettra-t-il une telle insolence ? Cette fille... elle finira par tomber entre nos mains. »

Pendant tout ce temps, une petite fille mortelle—qui craignait la mort plus que tout—n'avait aucune idée qu'elle était transformée en une figure divine par accident.

Lili se porta une main sur le front, son expression s'effondrant dans un désespoir total.

«... C'est fini. Je suis devenu un employé du paradis surmené. »

Les trois poules et Lunard caquetèrent tous en parfaite synchronisation, clairement d'accord.

Après un autre long moment, elle baissa encore plus la voix, vaincue.

« Je ne veux pas être un dieu. Les dieux font des heures supplémentaires...
et ils ne sont même pas payés. »

Les yeux de Yu Sord s'étirèrent légèrement.

Il arborait toujours cette expression froide et distante—

pourtant, le coin de sa bouche trahissait le plus léger sourire impuissant.

Chapitre 3 supplémentaire

À l'intérieur du Palais du Phénix, les lampes nocturnes vacillaient doucement.

Près du canapé, le brûle-encens soulevait de légers rubans de fumée, le parfum des herbes mêlé à la douceur de l'encens du palais.

Du Shao s'appuya à moitié droit contre un coussin en brocart. Son teint était pâle comme le givre ; Chaque toux venait en une vague tremblante, secouant son corps mince comme si le son montait droit de ses os.

« Votre Majesté, veuillez vous reposer. »

Moony posa un bol d'eau tiède, le soulevant doucement pour qu'il puisse lui mouiller la gorge.

Ce n'est qu'après plusieurs respirations que la toux s'est calmée.

Du Shao leva les yeux vers elle — ses yeux ternes reflétant la lumière de la lampe, s'adoucissant en cette tendresse familière qui avait autrefois appartenu à un jeune homme fier.

« Moony... »

Sa voix ne portait plus le tonnerre d'un souverain ; Elle était usée, silencieuse, mais stable.

« Cinquante ans. Et tu es toujours là. »

La gorge de Lunard se serra. Ses yeux le piquaient — mais son sourire restait doux alors qu'elle lissait ses cheveux grisonnants.

« Bien sûr que je suis là. Tu as dit que tu voulais que je sois avec toi toute ta vie. »

Du Shao la fixa, la gratitude bouillonnant chaude et profonde. Lentement—douloureusement—il leva la main. Ses doigts étaient fins, les articulations saillantes, mais il essayait obstinément de saisir les siens.

« Lunard... dans cette vie, tu es ce qui compense tout ce qui me manquait. »

Sa voix était rauque mais chaque mot était clair.

« Tu m'as sauvé. Sans toi, j'aurais été étranglé depuis longtemps dans ces murs du palais... perdue dans des plans et des ambitions. »

Lunard le regarda, hébété, quelque chose serrant sa poitrine.

Cinquante ans.

Le garçon qu'il avait été — désormais marqué par l'âge et les cheveux blancs.

Elle, toujours jeune de visage, inchangée, figée dans l'apparence du jour où elle était tombée dans le monde des mortels.

Lui, déjà au bout de sa vie mortelle.

Elle baissa les yeux, enroula sa main dans la sienne et murmura : « J'ai beaucoup réfléchi, ces cinquante ans. »

Du Shao cligna des yeux, surpris.

« J'ai peut-être perdu mes arts immortels. Je ne sais pas si je reviendrai un jour dans le royaume immortel. »

Sa voix était douce, comme si elle se parlait à elle-même.

« Mais te voir travailler chaque jour... lire des mémoriaux, porter le poids du peuple... et enfin apporter la paix aux terres... »

Elle leva les yeux — brillants, clairs, portant un petit sourire sincère.

« Ça m'a rendu heureux. Vraiment. »

La gorge de Du Shao trembla, l'humidité montant dans ses yeux.

Lunard tira la couverture plus haut autour de lui. Ses mains tremblaient un peu, mais son sourire restait.

« Tout a un prix. Mine... était séparé de ma dame, et restait dans le monde des mortels pendant cinquante ans. »

Sa voix s'abaissa.

« Mais je ne l'ai jamais regretté. Parce que le souhait de mon cœur... était simplement de rester à tes côtés, jusqu'à la toute fin. »

La pièce devint silencieuse—si calme que seul le léger crépitement de la mèche de la lampe subsistait.

Une larme coula enfin sur la joue de Du Shao—pourtant il souriait.

Il essaya de lever la main pour essuyer ses larmes, mais elle attrapa la sienne en premier.

« Bête. »

Les yeux de Lunard étaient rouges, mais son ton tendre.

« Ce n'était pas seulement moi qui t'accompagnais. C'est aussi toi qui me tenais compagnie. »

Il laissa échapper un souffle faible et tremblant—

comme s'il lâchait prise sur tous les fardeaux qu'il avait jamais portés.

« Avec toi, » murmura-t-il,

« Cette vie a déjà été... assez. »

Lunard se pencha jusqu'à ce que son front repose légèrement contre le sien.

Sa voix était douce comme un serment gravé sur le destin lui-même.

« Vas-y sans souci. Je t'attendrai.

Cinquante ans, cent ans — aussi longtemps que cela prendra.

Un jour, nous nous reverrons. »

La dernière lueur dans les yeux de Du Shao se posa sur son visagecomme s'il voulait la graver dans son âme.

Après un moment, il ferma les yeux.

Un léger sourire flottait sur ses lèvres.

Les flammes de la lampe vacillaient doucement.

Lunard le serra doucement.

Ce n'est qu'alors que ses larmes coulèrent — lentement, régulièrement.

Elle ne pleura pas.

Elle murmura simplement :

« Votre Majesté... non—Shao. C'était mon choix. Et je suis déjà comblé. »

Dehors, le vent nocturne soufflait, portant le léger parfum des premières fleurs printanières au-delà des murs du palais.

Le printemps viendrait bientôt.

Le monde était en paix.

Et dans le Palais du Phénix, une jeune femme restait — inchangée par le temps — protégeant cinquante ans d'amour et sa fin silencieuse et complète.

Moony leva le visage vers le ciel nocturne, les yeux brillants à travers ses larmes.

Puis elle sourit doucement.

« Ma dame... quand je te reverrai, j'apporterai ses histoires avec moi.

Et notre... fin heureuse. »

Chapitre supplémentaire 4

Le printemps tardif du Jiangnan s'enveloppait de brume et de pluie.

Près de la falaise de pierre de la petite ville riveraine, l'eau murmurait sous l'arche ; Des branches de saule balayaient le sol, et l'agitation des vendeurs ambulants se mêlait au battement des tambours de fleurs.

Zhou ne portait qu'une simple robe blanche.

Pas de couronne d'argent.

Juste une épingle en bambou tenant ses cheveux, la pluie perlant légèrement sur ses épaules.

Une main balançait une flasque de vin ; L'autre jouait distraitement avec une libellule en bambou qu'il avait achetée à un enfant des rues. Son expression était paresseusement amusée.

« Ce vin mortel... c'est affreux, » marmonna-t-il—bien qu'il prenne une autre gorgée.

« Mais comparé aux combats sans fin dans les royaumes de cultivation, ce petit endroit bruyant a son charme. »

Il se dirigea vers une maison de thé, ayant l'intention de rester sous son auvent jusqu'à ce que la pluie s'apaise.

Puis—il la vit.

Une femme en robes simples était assise près de la fenêtre.

Silhouette élancée, tempérament froid... Pourtant, il y avait quelque chose de discrètement maladroit et d'adorable chez elle.

Elle se pencha sur un plateau de feuilles de thé avec beaucoup de sérieux.

Après avoir hésité, elle prit une feuille tendre, la porta à ses lèvres—

—et commença à la mâcher.

Le pas de Zhou vacilla.

... Elle mange les feuilles de thé ?

Un coin de sa bouche se retroussa, un souvenir renaissant—

une nuit enneigée, un bosquet de pruniers, un petit lapin blanc tremblant qu'il avait effrayé, le regardant avec une défiance pitoyable.

Il plissa légèrement les yeux et s'approcha.

La pluie tapotait les avant-toits ; La vapeur de la maison de thé s'éleva.

Sentant une présence, la femme leva les yeux.

Ses yeux—

clair, teinté d'un rouge doux, brillant comme des étincelles dans la neige.

Aura spirituelle.

Un esprit lapin.

Un frisson traversa Zhou, suivi d'un rire à voix basse.

Il s'installa en face d'elle.

La flasque à vin heurta la table avec un bruit sourd alors qu'il s'adossait, le ton paresseux mais porteur d'une domination indéniable :

« Mademoiselle, manger des feuilles crues n'est pas vraiment un délicatesse mortel. »

Elle se figea une demi-seconde — presque paniquée — puis baissa les yeux et répondit froidement,

« Chacun son truc. »

Zhou tambourinait de ses longs doigts sur la table.

« Mm ? Ce regard... pourquoi cela vous semble-t-il familier ? »

Elle baissa davantage la tête, comme pour se replier dans ses manches. La feuille qu'elle avait mâchée fut discrètement reposée dans le bol à thé— comme si de rien n'était.

Son sourire s'élargit.

Il se pencha en avant, les yeux pétillants.

« On s'est déjà rencontrés ? »

Ses doigts tremblaient ; quelques gouttes de thé s'éclaboussèrent.

Elle n'a rien dit.

Puis Zhou tendit la main—attachant doucement une mèche de cheveux derrière son oreille.

La femme se raidit.

Son regard fuya.

Mais ses oreilles—très clairement—sont devenues rouges.

« Eh bien, eh bien... »

Zhou rit doucement.

« Cette réaction n'est pas ce que j'appellerais une première rencontre. »

Enfin, elle releva la tête.

Ses yeux teintés de rouge croisèrent les siens.

Il y avait de la panique—

Il y eut des luttes—

et une brève lueur d'entêtement que seuls les esprits lapins possèdent.

Après un long moment, elle expira, résignée.

De sa manche, elle sortit une branche de fleur de prunier, préservée mais fanée—

Celui qu'il avait laissé il y a des décennies dans ce bosquet enneigé.

«… Ici. Reprends-le. »

Pendant un battement de cœur, le bruit du marché sembla s'estomper dans le silence.

Zhou cligna des yeux, puis son regard s'assombrit—

Avant qu'un lent sourire ne se dessine sur ses lèvres.

« Alors c'est vraiment toi. »

Sa voix baissa, une nuance rauque, portant une émotion qu'il ne laissait jamais entendre aux autres.

Ses doigts tremblaient, mais elle posa tout de même la branche sur la table avec une froide défiance.

« Oui. C'est la deuxième fois que je te rencontre. »

Zhou fixa, son sourire s'élargissant—presque méchant.

« Je m'en souviens maintenant.

Tu es le petit lapin blanc qui tremblait comme une feuille... mais il a quand même essayé de me lancer un regard noir. »

Elle serra les lèvres, ne sachant pas comment répondre.

Puis Zhou se pencha soudainement vers lui, leurs regards se croisant sur la fleur de prunier, sa voix basse et dangereuse :

« Petit lapin blanc, sais-tu qui je suis ? »

Elle hocha la tête, raide mais honnête.

«… Zhou, fils aîné du clan Yun. Le Seigneur Immortel. »

Le sourire de Zhou s'aiguisa.

« Bien.

Maintenant—comment tu t'appelles ? »

Elle hésita.

«… Petit Blanc. »

Son rire explosa.

« Hahaha — Petit Blanc le lapin s'appelle en fait Petit Blanc ? »

Ses joues devinrent roses.

«……»

Instinctivement, elle essaya de s'enfuir.

Mais Zhou bougeait comme le vent—une foulée, une longue jambe balayant pour bloquer son passage, la piégeant entre lui et la porte.

« La branche de prunier est toujours là », lança-t-il d'un ton traînant.

« Alors pourquoi le lapin essaie-t-il de fuir ? »

Son cœur battait plus vite.

Elle essaya de se lever, mais sa main se referma sur son poignet.

Pas serré — juste assez pour l'empêcher de s'échapper.

Elle leva les yeux.

Droit dans ses yeux de phénix.

Ses pensées se dispersèrent.

Zhou baissa la voix :

« Petit lapin... puisque ce Seigneur Immortel a l'intention de voyager dans le monde des mortels, pourquoi ne viens-tu pas avec moi ?

Sois mon compagnon pour le voyage.

Qu'en dis-tu ? »

« Non— »

Elle paniqua, tirant sa main, mais sa prise resta ferme.

Sa force ne faisait pas le poids face à la sienne ; Sa lutte ne faisait que la faire ressembler encore plus à un lapin effrayé.

« Allez, » encouragea Zhou, se penchant, d'un ton sans honte.

« Voyager avec moi a des avantages. Ta cultivation va s'envoler.

Et je suis très généreux— »

Le soleil descendait plus bas, projetant de longues ombres sur la rue.

Une grande silhouette, une petite silhouette—leurs silhouettes s'étirant ensemble sur la route de pierre, comme le début d'une histoire à laquelle aucun des deux ne s'attendait.

Chapitre 5 supplémentaire

La pâle lueur entourant le mont Lu Yue se dissipa enfin.

Après trente ans de reclusion, les dernières marées d'énergie spirituelle s'estompèrent, et la barrière à l'entrée de la grotte émit une note nette et résonnante—

et dissous.

La porte de pierre s'ouvrit dans un lent gémissement ancien.

Lu Ling en sortit vêtu d'un blanc neigeux.

La lumière de l'épée s'accrochait encore à ses manches ; Les années n'avaient pas touché ses traits, seulement sculpté un calme plus aigu dans ses yeux — une froideur stable forgée à travers d'innombrables nuits silencieuses.

Elle prit sa première bouffée d'air libre—

—et capta immédiatement une odeur étrange.

Elle baissa les yeux.

Quelqu'un s'accroupissait à l'entrée.

Xie Wuchen—Souverain de l'Épée des Neuf Sommets—était assis en tailleur sur les marches de pierre, les jambes visiblement engourdies par la raison de leur raison.

Dans ses bras se trouvait un bouquet chaotique de fleurs sauvages, cueillies on ne sait où, attaché avec ce qui ressemblait à une bande déchirée de sa propre manche. Les couleurs s'entrechoquaient, les pétales tombaient, et l'ensemble penchait pitoyablement sur le côté.

Il le tenait solennellement, comme s'il s'agissait d'un trésor impérial.

Mais ses paupières continuaient de tomber—il était au bord de s'endormir.

Le front de Lu Ling tressaillit.

«… Wuchen. »

Il se réveilla en sursaut comme quelqu'un frappé par la foudre.

Quand ses yeux la trouvèrent, ils s'illuminèrent — brillants comme une lame à peine dégainée.

« Ling ! »

Il bondit sur ses pieds... et trébucha aussitôt, une jambe lâchant. La moitié du bouquet vola de ses mains, dispersant des pétales sur le seuil comme une offrande chaotique à la montagne.

Mais il ne semblait pas s'en rendre compte.

Il sourit—enfantinement, imprudent, stupidement ravi.

« Tu es dehors ! »

Lu Ling fixait le champ de bataille de fleurs brisées à ses pieds.

Sa voix était froide comme le givre :

« Qu'est-ce que c'est que tout ça ? »

« Des fleurs ! »

Wuchen rassembla immédiatement la moitié restante et la tendit vers elle, la poitrine gonflée, l'expression fière.

« J'y ai réfléchi pendant trente ans. La première chose que je vois est : il devrait y avoir un geste.

Je ne peux pas arranger des fleurs, alors... faire semblant que ça va ? »

Lu Ling se figea.

Elle fixa son visage—

cette expression sans honte du genre « regarde comme je suis attentionné » —

et sa tempe battait.

« Trente ans », dit-elle, la voix dangereusement posée.

« Tu n'as rien fait d'autre ? »

« J'en ai fait beaucoup », répondit-il, totalement impassible.

« Je suis venu ici. Tous les jours. Quand les fleurs fanaient, j'en cueillais de nouvelles. Différentes saisons, différentes variétés.

Je me suis dit que si tu ne venais pas, je te tiendrais au courant de la flore de la montagne. »

Il fit une pause, puis ajouta avec une sincérité totale :

« Heureusement que je suis cultivateur d'épées. Mes jambes ont tenu bon. Un mortel les aurait perdus il y a dix ans. »

Lu Ling lui lança un regard glacial et fit volte-face.

Wuchen la suivit aussitôt, sa foulée longue, effleurant son épaule.

« Ling, tu es partie trente ans. Je ne me suis jamais plaint.

Tu sors et tu commences à lancer des regards noirs ? C'est froid. »

« Qui t'a dit d'attendre ? » répliqua-t-elle sèchement.

« Qui t'a dit que tu valais la peine d'être attendu ? » répliqua-t-il.

Elle inspira brusquement—

La réplique lui piqua quelque chose qu'elle ne voulait pas admettre.

«… Présomptueux. »

Ses yeux se courbaient, amusés.

Il s'avança devant elle et lui bloqua le passage, baissant la voix :

« Ling. Il y a trente ans, je me suis agenouillé ici même.

Tu n'as pas parlé. Je croyais que tu m'avais refusé.

Mais maintenant que tu es sorti—alors je prendrai ça comme ta réponse. »

« Toi— ! »

Sa main se referma sur la garde de son épée.

« Vas-y, » invita-t-il joyeusement.

« Coupe-moi. Je ne vais même pas esquiver. Au pire ? Je vais m'agenouiller encore trente ans. »

Lu Ling était furieux — mais inexplicablement sans voix.

Avant qu'elle ne puisse choisir entre le trancher ou l'ignorer, il lui fourra le bouquet mutilé dans les bras.

« Regarde. Moche ou pas, je les ai choisis moi-même.

Lu Ling du mont Lu Yue — veux-tu les prendre ? »

Elle baissa les yeux.

Les fleurs étaient un désordre — tiges inclinées, couleurs dépareillées, pétales qui semblaient avoir perdu espoir depuis longtemps.

Elle avait l'intention de les jeter.

Elle l'a vraiment fait.

Mais ses doigts ne bougèrent pas.

Sa voix était aussi froide que jamais :

« C'est affreux. »

Wuchen rit — ouvertement, triomphant, les yeux brillants comme s'il venait de gagner une guerre.

« Super. Alors demain, j'apprendrai l'arrangement floral.

Trente ans d'attente — que signifient trente jours de leçons de plus ? »

Lu Ling : « ... »

Elle fit demi-tour et descendit la colline d'un pas décidé.

Il suivit sans honte — à moitié chuchotant, à moitié taquinant :

« Ling, qu'as-tu pensé de toutes ces années ? Moi, non ? Tu n'arrivais pas à dormir ?

Tu as rêvé de moi ? Je t'ai terriblement manqué— »

Un sifflement sec d'air—

Son épée scintilla, fendant une branche de pin au-dessus de sa tête en deux.

Elle se retourna, les yeux glacés.

« Encore un mot, et je ne viserai pas la branche. »

Wuchen ne broncha pas.

En fait—son sourire s'élargit, sauvage et éclatant.

« D'accord, d'accord, pas un mot de plus.

Mais ne crois pas que tu peux te débarrasser de moi. »

Lu Ling sentit l'irritation monter—

Pourtant, sous cette chaleur, quelque chose de chaud s'enroulait doucement dans sa poitrine.

Cet homme—

Celle qui s'est agenouillée devant sa grotte il y a trente ans—

était encore là.

J'attends toujours.

Toujours souriant comme un idiot rien que pour elle.

Elle ne pouvait pas l'éviter.

Impossible de l'exclure.

Et peut-être...

Pas besoin.

Les vents de la montagne soufflaient.

Des pétales de fleurs se dispersaient autour d'eux comme de la neige accumulée.

Un froid, un chaud—un pas en avant, un pas en arrière—

Une paire de cultivateurs d'épées descendit la montagne côte à côte, leurs chemins, après trente ans de séparation, enfin fusionnant en un seul.

Au fond du ravin, la brume s'écrasait bas sur la cime des arbres, lourde d'humidité.

À côté d'une auge en pierre, Yue Liuchuan frottait les bols les manches retroussées, de l'eau froide éclaboussant ses jointures. Sa mâchoire était serrée, le ressentiment bouillonnant dans sa barbe.

Derrière lui vint la voix froide et sèche de Mo Han—suivie d'un coup de pied désinvolte dans le mollet.

« Souviens-toi des coins. Lavez-les correctement. Tu m'as entendu ? »

Yue Liuchuan serra les dents si fort que sa mâchoire claqua.

« Pourquoi diable devrais-je laver la vaisselle et les légumes pour le prince héritier du Royaume des Démons— »

Il n'a jamais fini.

En un clin d'œil, la main de Mo Han se posa sur sa gorge, un coup tranchant comme une lame pressé juste assez pour avertir—pas plus loin, pas de pitié.

« Continue de parler, » dit doucement Mo Han, « et je te renverrai directement à la Cour Céleste pour interrogatoire. »

La menace était discrète.

Et terrifiantement réel.

Yue Liuchuan avala sa fierté et son sang.

«... Comme vous l'ordonnez. »

À la table en bois, Yara était assise silencieusement en train de trier des herbes. Son expression était toujours froide, ses cils baissés, indifférente à la misère de Yue Liuchuan.

Mais quand Mo Han parla, elle leva les yeux un instant. Le bref regard était plus froid que la brume autour d'eux.

Mo Han appuya une hanche contre la table, posture détendue et arrogante, les lèvres courbées dans quelque chose qui ressemblait à de l'amusement.

« Viens », dit-il légèrement. « Laisse-le finir la vaisselle. On va regarder des fleurs. »

Il tendit la main pour passer un bras autour de ses épaules—

—mais Yara s'écarta avant même qu'il ne la touche.

Elle le fusilla du regard.

« Ne me touche pas. Je peux marcher tout seul. »

La vallée était paisible—jusqu'à ce qu'un tonnerre soudain de sabots brise le silence.

Au-delà du ravin, un cor militaire retentit.

La terre trembla.

Les ombres s'amassaient comme une tempête d'armures noires ; L'intention meurtrière roulait par vagues comme le givre hivernal.

« Votre Altesse ! »

Le général de tête descendit de cheval et tomba à genoux, sa voix résonnant dans la vallée.

« Pendant le Rituel de Suppression de l'Âme, le Roi Démon a subi un contrecoup du noyau de l'array brisé. Son esprit primordial s'est fracturé — il est tombé dans un sommeil éternel !

Les armées du royaume appellent unanimement Votre Altesse à revenir immédiatement et à monter en tant que notre souverain ! »

Le cri résonna comme le tonnerre.

Yue Liuchuan sursauta ; Le bol dans sa main glissa, se brisant dans l'abreuvoir. L'eau éclaboussait rouge là où des éclats lui entaillaient les doigts.

Les sourcils de Yun Yara se froncèrent, un léger pli entre eux. Elle ne dit rien, mais son regard se fixa sur le général agenouillé.

Le front du général faillit toucher la terre.

« Votre Haut—non... Votre Majesté. Nous rendons hommage au nouveau Roi Démon. Vive notre roi ! »

Mo Han ne regarda pas d'abord l'armée.

Il regarda Yara.

Instinctivement — presque impuissant — sa main se tendit vers elle.

« Yara... »

Elle recula.

« Tu devrais y aller », dit-elle doucement.

« Yara. » Sa voix était basse, lourde, comme une montagne sur le point de céder.

« Viens avec moi. Retourne au palais. »

Yara secoua la tête.

« C'est ta place. Pas à moi. »

« Je veux que tu sois à mes côtés. »

Mo Han leva les yeux — des yeux noirs, vifs, brûlants, sans défense.

« Viens avec moi. »

Elle rit — un son froid et cassant — mais le léger tremblement de ses cils la trahissait.

« Le Palais des Démons est une mer de sang. Une fois que je suis entré, il n'y a plus de retour en arrière. Pourquoi devrais-je porter ton fardeau ? »

Mo Han resta silencieux un long moment.

Puis—avant que quiconque ne puisse réagir—Il se retourna et s'agenouilla devant elle.

Le genou d'un roi démon.

Le genou de dix mille armées.

Des exclamations parcoururent les rangs. Même l'air sembla s'arrêter.

« Lève-toi », siffla Yara. « Qu'est-ce que tu fais ? »

La voix de Mo Han était rauque—mais chaque mot était douloureusement stable.

« Yara... sais-tu quand je t'ai aimé pour la première fois ? »

Ses doigts tressaillirent—mais son ton resta glacial.

« Arrête de dire des bêtises. »

« Il y a des années, » dit-il, les yeux ne quittant jamais les siens,

« Quand toi et les immortels êtes passés dans le royaume des mortels, je chassais une bête renégate. Tu étais à la fin de la procession. Tu t'es retourné — une fois. Ce regard m'a frappé comme une lame. À partir de ce moment, je ne pourrais plus t'oublier. Tu es devenu mon obsession. »

Il baissa encore plus la tête, pressant son front contre le dos de sa main.

« Yara. Je vous ouvre mon cœur ici et maintenant.

Si tu ne viens pas avec moi—alors je ne reviendrai pas. »

Un silence tomba sur la vallée.

Des milliers de soldats démons retenaient leur souffle.

Seule cette confession rugueuse résonnait entre les parois de la montagne.

La poitrine de Yara se soulevait et s'abaissait rapidement.

Sa voix était posée — mais ses yeux vacillaient.

« Tu sais que mon cœur porte encore le Royaume Céleste.

Si un jour... Je choisis de revenir— ? »

Mo Han se leva lentement, croisant son regard de front, ses yeux nocturnes inébranlables.

« Alors tu peux revenir », dit-il doucement. « Je ne t'arrêterai pas.

Mais pour l'instant—je te demande seulement de rester à mes côtés.

Reviens avec moi. »

Yue Liuchuan ouvrit la bouche—

«… Ne te fais pas bouger, tu viens du Céleste— »

Mo Han fit un geste du doigt.

Yue Liuchuan s'étouffa et se tut instantanément.

« Mm— ! »

Les lèvres de Yara tremblaient.

Ses doigts se replièrent vers l'intérieur, se resserrant contre sa propre paume.

« Si je dis non ? »

Mo Han répondit sans hésiter :

« Alors nous resterons ici.

Un jour.

Deux personnes.

Trois repas.

Quatre saisons.

Jusqu'à ce que tu changes ta réponse. »

Yara ferma les yeux un long moment.

Alors:

«… Aide-le à se relever, » murmura-t-elle.

« Un nouveau Roi Démon agenouillé dans la terre — à quoi ça ressemble ? »

Une étincelle s'alluma dans les yeux de Mo Han—

Silencieux, féroce, débordant—

Il se leva, lentement et maîtrisé, et tendit la main vers elle.

* * * * *

La grande salle du Palais des Démons flamboyait de dix mille lanternes, une mer de feu roulant à travers la vaste salle.

Mo Han était assis sur le haut trône, la couronne noire de couronnement drapée sur ses épaules comme un manteau de nuit.

En dessous de lui, les fonctionnaires rassemblés tombaient à genoux par vagues, leurs voix montant comme une marée tonitruante.

« NOUS SALUONS LE ROI DÉMON—

ET LA REINE DÉMON ! »

Le cri traversa les piliers, secouant la montagne jusqu'aux os.

Sur le côté de la salle se tenait Yara, vêtue de blanc, sa silhouette comme le givre sur le cramoisi balayant des bannières du palais. Son regard restait fixé devant elle—silencieux, impassible, austère.

Au premier rugissement de « Reine Démon », son cœur se serra—de justesse.

Elle baissa les cils, laissant la tempête de silhouettes agenouillées se fondre dans un océan sombre.

Ses doigts se replièrent vers l'intérieur, cachés dans ses manches.

Mille lanternes allumaient.

Mille voix s'inclinèrent.

Loin derrière les rangs, Yue Liuchuan se tenait serré parmi des démons et serviteurs inférieurs, le visage pâle comme de la craie.

Génial. Absolument super.

Il avait survécu à la vaisselle dans la vallée pour être entraîné au couronnement d'un roi démon.

Il leva à peine la tête que la voix froide de Mo Han ne traversa la salle :

« Surveille-le. Ramène-le. »

Deux généraux démons saisirent Yue Liuchuan par les bras avant même qu'il ne puisse protester.

« H–hé— ! Je t'ai dit, je préférerais MOURIR que— »

Il n'a pas eu le temps de finir.

Un chiffon sale lui fut fourré directement dans les mains.

« Le Palais des Démons a beaucoup de plats », dit le général d'un ton plat.

« Nous manquons de main-d'œuvre. »

Yue Liuchuan fixa le chiffon.

… …

Pendant un instant, il sentit vraiment le sang lui monter à la gorge.

De tous les destins possibles—exécution, torture, emprisonnement éternel—

être forcé à faire la vaisselle toute sa vie était d'une certaine manière le plus cruel.

Peut-être aurait-il *dû* laisser Mo Han le renvoyer à la Cour Céleste.

Que les immortels l'interrogent, lui arrachent l'âme, dispersent ses cendres—

tout valait mieux que d'être le lave-vaisselle officiel du Palais des Démons.

Au-dessus de lui, la foule rugit de nouveau : « REINE DÉMON—VIVE SA MAJESTÉ ! »

En dessous, Yue Liuchuan vit son avenir défiler devant ses yeux :

Chaudrons sans fin, pots gras, montagnes de bols, restes démoniaques, et une réserve à vie de chiffons.

Sa vision s'assombrit.

Voilà donc son destin.

Alors que la nouvelle Reine Démon recevait la révérence de dix mille personnes—

Il s'apprêtait à commencer son premier service.

L'ère de Yue Liuchuan. Ouvrier de vaisselle du Palais des Démons, avait officiellement commencé.

Chapitre 7 supplémentaire

La nuit dans le jardin du Palais des Démons était étrangement calme.

La lumière de la lune s'accumulait comme du givre sur les tuiles du pavillon, l'étang de lotus en dessous lisse comme du jade poli.

Yara était assise seule sous les avant-toits courbés, le bout des doigts reposant légèrement sur la table de pierre, son souffle régulier alors qu'elle triait les pensées troublées dans sa poitrine—

le couronnement, la salle éclairée par le feu, les masses agenouillées, le regard brûlant de Mo Han.

Juste au moment où le silence s'installait en quelque chose d'à peine paisible—

Plunk.

Une ondulation se répandit à la surface de l'eau, comme si quelqu'un avait lancé un caillou droit au centre.

Le front de Yara se plissa.

Son regard se leva.

L'étang s'éclaircit—

Scintiller, éclater—

Puis toute la surface de l'eau devint plate et brillante, comme un miroir poli par des mains invisibles.

Et de ce miroir est sortie une voix.

« ALLÔ ? ALLÔ ? IL Y A QUELQU'UN ?! »

Yara : « ... »

Avant qu'elle ne puisse décider s'il s'agissait d'une illusion, d'un message spirituel ou d'une nouvelle forme de harcèlement magique, un visage explosa soudainement hors de l'eau.

Un visage si familier qu'elle faillit perdre contenance.

Lili—

cheveux en nid d'oiseau chaotique, les yeux brillants comme si elle venait de vaincre une bête céleste, les joues rougies d'excitation pure.

« Yu Sord ! Est-ce que ça marche ou pas ?! »

« Lili ? »

Yara se leva brusquement, le calme sur son visage se fissurant enfin.

« Lili— ? C'est toi? Lili ?! »

« AH ! CONNEXION RÉUSSIE ! »

Lili tapa les deux paumes sur le miroir à eau comme si elle avait inventé la chose, puis se retourna et cria sur quelqu'un hors champ.

« Yu Sord ! REGARDER! Ça a vraiment connecté !! »

L'image trembla violemment, et la moitié de l'épaule de Yu Sord apparut — son expression froide, élégante, et déjà légèrement jugeante.

«… Pourquoi l'image est-elle déformée ? »

« Attends, attends, je règle le filtre ! »

Lili frappa deux fois l'eau—*PAK* PAK—

L'image s'est déformée.

Sa tête entière s'étira en un flou en forme de melon.

« Quoi—HÉ—pourquoi la photo est-elle ENCORE PARTIE ?! »

Elle se mit à hurler dans l'eau,

« Yara ? Yara ?? Ne raccroche pas ! Ne raccroche pas ! »

Yara : « Je n'ai rien fait. »

Yu Sord s'éclaircit la gorge, la voix calme comme toujours :

«Stop slapping the mirror. »

« Oh. D'accord—d'accord—AH ! C'EST DE RETOUR ! »

Lili rayonna, triomphante.

Elle s'apprêtait à commencer un rapport complet quand—

Ding.

La surface de l'eau tinta comme si un nouvel appel venait de se connecter.

L'image se divisait soigneusement en trois cases.

Dans le nouveau panneau apparut le visage de Lunard.

Lunard se figea une demi-seconde de cœur—

Puis hurla :

« M—MADAME !! »

Elle plongea presque vers le miroir...

et il s'est cogné le front contre avec un BONK douloureux.

« AÏE— ! »

Lili éclata de rire de façon folle.

« HAHAHAHA ! Ce miroir est INCROYABLE !! »

Yara porta une main à son front.

« Lunard... Faites attention, s'il vous plaît. »

« Exactement ! » Lili se gonfla fièrement.

« J'ai amélioré tout le système ! Maintenant, le royaume céleste, le royaume des mortels et le royaume des démons sont tous connectés. Une ligne d'écoute à trois voies complète ! À tout moment en chat vocal ! »

Les yeux de Lunard étaient encore rouges, mais elle souriait à travers eux.

« Mademoiselle... maintenant je peux te voir tous les jours ! »

Les yeux de Lili pétillaient de malice.

« À partir d'aujourd'hui, voici notre salon officiel de discussion des trois royaumes. Réponses instantanées seulement. Si quelqu'un ne se connecte pas, alors... »

Lunard cligna des yeux, frottant le front qu'elle venait de cogner contre le miroir.

« Et alors ? »

Lili croisa les bras avec une autorité dramatique.

« Alors je viendrai personnellement te traîner en ligne ! Hahaha—» Yara : « ... »

Murmura Yu Sord derrière Lili, la voix froide :

«... Qui a approuvé ces règles ? »

« Mes règles ! » annonça Lili, le menton haut.

« Je suis le chef du groupe ! »

« Je vote à deux mains ! » Lunard leva les deux bras si vite qu'elle faillit heurter le miroir à nouveau.

À la surface de l'eau, trois visages remplissaient trois panneaux soignés, un rayonnant d'excitation, un autre larmoyant et souriant, un froid comme le givre hivernal, et dans le quatrième coin, la moitié du visage incroyablement beau de Yu Sord penchée.

Un instant plus tard, une autre ombre s'insinua dans le cadre—

Mo Han, apparaissant derrière Yara avec un mécontentement évident.

« Dépêche-toi », dit-il calmement. « La cérémonie de couronnement va commencer. »

Au moment où les mots « cérémonie de couronnement » sortirent de sa bouche, le miroir éclata en hurlements.

« WAAAH — YARA, TU DEVIENS UNE REINE DÉMON ? Tourne-toi! Alors! La robe de la reine est-elle jolie ? Montre-moi! MONTRE-MOI ! »

Lili attrapa même Yu Sord par le poignet et le tira plus près du miroir.

« Tu dis ! Dis-moi! Yara n'est-elle pas magnifique dans cette tenue ? »

Mo Han renifla.

« Tout ce qu'elle porte est plus beau que tes styles célestes. »

Yu Sord lui lança un regard glacial.

« N'importe quoi. Lili est la fille du Phénix. Plumage rouge-or, radiance divine — elle est la plus resplendissante. »

Yara se retourna et le fusilla du regard.

« Pourquoi vous comparez-vous tous les deux ? Dis encore une chose, et je ne partirai pas. »

« Exactement ! Qu'y a-t-il à comparer ?! »

Lili lança un regard noir à Yu Sord en signe de solidarité.

Et puis—une voix douce, légèrement vieillie, s'infiltra depuis le panneau du royaume mortel.

« Notre Lunard est magnifique dans n'importe quoi. »

C'était Du Shao—ses doigts glissant avec tendresse autour de la main de Lunard.

Il la regarda comme si le monde entier s'était réduit à une seule personne.

« Je suis désolé », dit-il doucement.

« Peu importe à quel point les trésors mortels sont précieux, ils ne peuvent rivaliser avec le royaume céleste. Mais je te donnerais tout ce que j'ai. »

Le visage rougi de Lunard remplit de nouveau le panneau.

« Gongzi... q-qu'est-ce que tu dis devant tout le monde ?! »

Yara sentit sa tempe battre.

Lili poussa un cri de joie.

L'expression de Yu Sord s'assombrit comme une tempête.

Mo Han fixa, offensé par réflexe.

And the mirror—

Heureusement—

Les gardait tous connectés.

Moony rougit, ses joues devenant doucement roses alors qu'elle se blottit timidement dans les bras de Du Shao.

« Tu es tout pour moi », murmura-t-elle avec une douceur qui aurait pu faire fondre le jade.

« HÉ—attends, Lunard, tu es vraiment devenue l'Impératrice douairière ? »

Les yeux de Lili brillaient comme des lanternes de potins. « Cette couronne de phénix est énorme — tu ne te fais pas mal au cou ?! »

Moony gloussa, embarrassé mais rayonnant.

« C'est vrai. Shao a déjà abdiqué. Il m'emmène voyager à travers le monde des mortels pendant quelques années. »

Lili s'illumina instantanément.

« C'est incroyable ! Va t'amuser ! Et quand Du Shao finit par atteindre son... euh, mortel 'date d'expiration', je vais demander à Yu Sord d'en faire un autre de ces—euh—comment était-ce—'Bâtons de Fortune de Rembobinage d'Âme' ? »

Elle claqua fièrement des doigts. « Comme le jeune maître maladif de la dernière fois— »

Yara posa deux doigts sur sa tempe.

« C'est le *Talisman du Destin de l'Âme de Renversement*. Pas « porte-bonheur ». Je t'ai corrigé cent fois. »

« Assez près ! » Lili agita la main, refusant d'être corrigée.

« Avec Sord dans les parages, il n'arrivera rien à Du Shao. Lunard, tu peux te détendre ! »

Elle se gonfla de confiance, puis se pencha sur le côté pour confirmer :

« N'est-ce pas ? J'ai raison, non ? »

Yu Sord lui adressa un sourire doux et indulgent—

Le genre de sourire qui signifiait qu'il accepterait même si elle réarrangeait les règles du ciel.

« Tu as toujours raison. »

Lili applaudit joyeusement.

« Parfait ! À partir d'aujourd'hui, à travers les trois royaumes, nous resterons tous les trois meilleurs amis pour toujours. Une vie, une vie entière, toujours ensemble, toujours à s'aimer— »

Sa voix devenait de plus en plus forte, plus dramatique à chaque seconde — comme si elle déclarait un Traité d'Alliance Éternelle des Trois Royaumes.

Lunard rit jusqu'à ce que ses yeux se courbent en croissants, Du Shao la rapprochant d'un bras doux.

Yara détourna le regard, les lèvres immobiles, mais ses yeux s'adoucirent—juste un peu, discrètement.

Au loin, Mo Han poussa un reniflement froid, mais ne protesta pas vraiment.

Yu Sord tapota le bord du miroir d'eau d'un long doigt, comme s'il approuvait silencieusement ce serment absurde.

Trois visages — liés par un miroir, à travers des royaumes — brillaient ensemble dans la même lumière d'eau ondulante.

Le feu de la lanterne se reflétait comme une promesse douce et fragile se formant dans l'air.

Lili serra le cadre du miroir, les yeux brillants comme si elle allait exploser en feux d'artifice.

« Pour toujours et pour toujours ! Si quelqu'un ose disparaître ou arrête de venir, je frapperai personnellement un bol à ta porte ! »

Lunard : « ...... Haha, Mademoiselle est toujours la même. »

Yara : « ...... Tu oses frapper un bol aux portes du Royaume Démoniaque ? »

L'autre côté du miroir à eau se tut pendant deux secondes entières.

Lili s'éclaircit la gorge.

« Eh bien... ça dépend de mon humeur. »

Trois royaumes reliés —bruyant, chaotique, et incroyablement chaleureux.

Plus éternel que n'importe quel sort céleste.

Chapitre 8 supplémentaire

Les eaux de source clapotaient doucement le talus ; Les branches de saule laissaient le vent les pétrir en fils de soie.

Le bruit du marché montait la rue en couches chaudes, et lorsque la louche en cuivre du sculpteur de sucre heurta le bord de la marmite avec un bruit sec, la douceur s'étendit à la foule.

Les cheveux de Lili étaient en désordre, ébouriffés par la brise.

Elle tenait un miroir dans son bras gauche et un panier en osier dans le droit, tandis que trois poulets à l'intérieur passaient la tête, curieux comme des espions.

« Un, Red. Deux, Blue. Trois, Or. Quiconque s'éloigne de plus de trois pouces de ce panier sera puni par un temps mort ! »

Les trois poules gloussèrent en parfaite synchronisation, comme pour répondre : « Compris. »

Lili releva le miroir, scrutant la minuscule éclat de la taille d'un grain à son bord.

Elle tapota solennellement le bord.

« Sois sage. Tu n'as pas le droit d'être moche aujourd'hui. »

Elle n'avait pas besoin de lui parler—mais le dire à voix haute calma son cœur.

C'était un petit tour qu'elle avait appris dans le monde des mortels, un charme plus efficace que n'importe quelle incantation immortelle.

« Ne te laisse pas emporter. »

Une main se tendit par-dessus son épaule et souleva le panier pour elle.

La voix de Yu Sord était aussi calme qu'une rivière immobile — une présence inébranlable l'ancrant sur place.

Il portait une simple robe azur ; Ses épaules au soleil étaient comme une montagne qui refusait tout simplement de bouger.

Lili lui fit une grimace.

« Tu marches trop vite. J'ai les jambes courtes ! »

« Je vais ralentir. »

« Si tu ralentis vraiment, je penserai que tu es blessé », marmonna-t-elle.

Sa bouche était acérée, mais ses pieds suivaient docilement.

* * * * *

La foule s'épaissit près de l'intersection la plus fréquentée où un conteur réveilla son clapet en bois.

Il narrait Le Péril sur la Falaise de l'Abîme.

Alors que les gens avançaient, Lili se jeta droit devant.

Juste au moment où elle se frayait un chemin au meilleur endroit, le conteur frappa la table et tonna :

« Et le Maître Phénix tenait le miroir divin !

Ses trois poulets-esprits serraient de longs fils de soie dans leur bec, cousant le ciel — une aiguille, une ligne — réparant la grande faille du ciel — »

« FAUX ! »

Lili a presque explosé.

« Il n'existe pas de 'trois poules serrant du fil de soie' ! J'ai d'abord fendu la soie ! Puis Petite Fira appuie sur l'aiguille ! Vous, les mortels, ne comprenez rien— »

Le conteur faillit avaler son claque.

La foule rugissait d'excitation.

Yu Sord tendit la main et la ramena en arrière, baissant la voix.

« Si tu le corriges encore, demain il répandra des rumeurs que tu pourras broder tout seul sans même utiliser tes mains. »

«… Ce n'est pas forcément une mauvaise rumeur », marmonna-t-elle — puis ses yeux s'illuminèrent.

« Attends—regarde ! Ce stand de gâteaux au sucre ! Deux—non, quatre ! Achète-en quatre ! »

Elle fourra les gâteaux dans sa bouche, les joues gonflées comme un petit tamia.

Quand elle vit que Yu Sord n'avait pas touché la sienne, elle pressa la mèche la plus rouge contre ses lèvres.

« Tiens. Souris un peu. »

Il n'avait pas d'autre choix que de mordre.

Le sucre effleura son oreille comme un murmure, teintant les pointes d'une légère teinte rouge.

« Tes oreilles sont rouges. »

«… Il fait chaud. »

Lili plissa les yeux, suspicieux. Puis soudain elle sourit.

Elle agita les morceaux restants devant ses poules.

« Rations spéciales pour nos héros ! »

Les poules caquettèrent d'excitation—

pour qu'elle tire les gâteaux à la dernière seconde.

« —Dans tes rêves ! Trop de sucre et tu perdras des plumes ! »

Elle les réprimandait encore quand quelqu'un au coin de la rue cria :

« THIEF —!! »

Une silhouette sombre se fraya un chemin à travers la foule, sprintant dans une ruelle étroite.

Lili serra son miroir contre elle.

« Oh NON—mes poulets ! »

La silhouette passa près — les doigts tendant —

Lili sursauta instinctivement, faisant tourner le miroir vers l'extérieur.

Un éclair de lumière traversa le visage du voleur comme une gifle divine.

L'appui de l'homme disparut sous lui—

Il recula comme une statue renversée, heurtant le sol face la première avec un bruit sourd.

Elle se surprit aussi, le cœur battant à tout rompre, bien que ses épaules tremblaient encore d'une fausse bravade alors qu'elle lâchait,

« Tu vois ça ?! J'ai peut-être peur de mourir — mais j'ai un miroir ! »

Yu Sord la stabilisa d'un bras, jeta le voleur inconscient vers les agents de l'autre, puis se retourna.

Sa main qui serrait le miroir tremblait encore.

Il serra ses doigts — fermes, réprimandants, et pourtant indéniablement approbateurs.

« La prochaine fois, » dit-il doucement, « ne plonge pas au milieu d'une foule. »

« J'ai vraiment eu un peu peur tout à l'heure... » murmura Lili en se penchant plus près, la voix faible de mécontentement.

« Tu devrais me récompenser. »

Yu Sord réfléchit à cela. « Gâteau au sucre ? »

Elle secoua immédiatement la tête. « Un baiser. Juste ici. » Elle se tapota le front.

Ses oreilles rougirent encore plus, mais il baissa quand même la tête, murmura un faible « Mm » et déposa un baiser sur son front.

Quelqu'un dans la foule siffla.

Lili tapa la main sur l'endroit et éclata de rire si fort que ses yeux s'embuèrent.

« Ahhh—d'accord, d'accord, d'accord, ça suffit. Un peu plus et je deviendrai accro ! »

Elle se couvrit la bouche, ricanant toujours, sentant comme si une guirlande de petites lanternes s'était allumée dans sa poitrine.

La ville bourdonnait autour d'eux, les ombres de saule fondaient dans la lumière, et le goût sucré persistait sur sa langue.

Pendant un instant clair, elle sentit qu'elle avait vraiment pris sa propre vie

—

effrayé ou courageux, troublé ou féroce—

Quoi qu'elle soit, elle voulait vivre bruyamment, vivement, désordonnément, joyeusement.

* * * * *

Capitale, Palais du Phénix

La fin du printemps recouvrait les jardins du palais de fleurs de pommiers sauvages en fleurs—

des pétales d'un rouge pâle comme un coucher de soleil déversé, tombant sur la pierre bleue comme des soupirs adoucis.

À l'intérieur de la salle, l'odeur de la médecine flottait faible et amère.

Du Shao s'appuya contre des oreillers brodés, toussant — sa voix usée comme du jade ayant enduré trop de mains.

Ses doigts, fins et rigides, reposaient toujours fermement sur la main de Lunard.

« Lunard, » murmura-t-il, « j'ai tout examiné... Trente mille soldats se retirèrent de la frontière. Argent de relief distribué. Les greniers civils peuvent tenir deux saisons. »

Moony sourit, bien que ses yeux brillaient.

« Toi... Même maintenant, tu penses au monde. »

« Seulement parce que tu es là », murmura Du Shao.

Son regard — toujours clair, toujours doux comme dans sa jeunesse — soutint le sien.

« Ma vie a été pleine d'épreuves. Te voir... réparer toutes les parties cassées. »

Lunard lissa les cheveux à sa tempe ; Ses doigts s'arrêtèrent derrière son oreille.

Elle paraissait toujours jeune, inchangée par le temps, mais ses sourcils portaient une douceur qui avait mis des décennies à se former.

« J'ai fait la paix avec ça », dit-elle doucement.

« J'ai perdu mes arts immortels. Que je retourne dans les cieux... ça n'a plus d'importance. »

Sa voix devint encore plus douce—comme des feuilles caressant l'eau.

« Pendant cinquante ans, je t'ai vu régner—t'ai vu stabiliser le royaume, protéger le peuple. C'est la voie que j'ai choisie. Tout a un prix. Mon prix a été de perdre mes pouvoirs... et être séparée de ma dame. Mais mon souhait— »

Elle avala sa salive. « —mon souhait était de marcher une vie à tes côtés. Et cela s'est déjà réalisé. »

Des larmes s'accumulèrent dans les yeux de Du Shao, tombant enfin alors qu'il souriait.

« Complet », répéta-t-il, comme s'il accrochait le mot à son cœur.

Ses yeux se fermèrent, tenant toujours sa main.

Lunard se pencha, pressant son front contre sa paume.

Son murmure tremblait comme un vœu porté par le vent :

« Vas-y. Je t'attendrai.

J'attendrai que les fleurs refleurissent... jusqu'à ce que le vent revienne. »

Une brise agita les fleurs dehors, et un doux bruissement balaya sous les pommiers—comme si quelqu'un, quelque part, lui avait répondu par le plus doux oui.

* * * * *

La nuit se répandit sur la Mer Infinie du Royaume Démoniaque comme un rouleau de soie se déployant lentement.

Les lanternes dérivaient une à une sur l'eau sombre, se balançant en une fine ligne dorée tremblante.

Yara guida la petite barque dans les roseaux et, d'un geste du poignet, lança une lanterne au-dessus de l'eau.

Elle ne se précipita pas pour faire un vœu.

Elle se contenta de le regarder s'éloigner — doux, posé, comme si une pensée privée avait enfin trouvé le bon rythme.

À la poupe, Mo Han leva la rame.

Ses manches étaient humides de brume, captant la plus légère lueur de lumière.

« Tu ne parleras plus, » murmura Yara, incapable de se retenir.

« Le ciel et la terre sont aussi calmes, et tu dois l'être encore plus. »

« Que dois-je dire ? » Sa voix était inchangée — froide, calme, absolument lui-même.

« Par exemple... » Elle s'éclaircit la gorge. « Que tu m'aimes bien. »

Mo Han se figea un instant.

Puis — étonnamment sincère — il imita son ton avec une obéissance solennelle :

« Je t'aime bien. »

Yara rit avant de pouvoir se retenir, et le rire lui fit piquer le nez sous les larmes retenues. Elle posa sa tête sur son épaule—un nuage doux reposant sur une montagne immobile.

« Toi, » murmura-t-elle, à moitié taquine, « tu apprends bien trop vite. »

La vie fleurit et s'apaisait dans les plus petits instants. À l'aube, il coupait du bois ; Elle a cuisiné du congee. Elle enseigna la lecture aux enfants du village ; Il aiguisa sa lame sous les avant-toits.

Elle insista pour pouvoir porter les sacs de riz elle-même, il les prit d'une main et brossa nonchalamment les pointes de ses cheveux de l'autre.

Quand la première neige de l'hiver est tombée, Yara a tenté des gâteaux de patate douce mais a ruiné la chaleur.

Elle fronça les sourcils et essaya de les jeter.

Mo Han en prit un, le mangea lentement, puis finit par dire : « …Bon. »

Yara le fusilla du regard, mais son cœur fondit malgré elle en un sirop tiède.

Elle pensa, absurdement :

Si la vie s'arrêtait ici, cet instant serait déjà suffisant.

La rivière qui s'écoule, les lanternes qui dérivent, et quelqu'un à ses côtés —quelqu'un qui parlait peu, parce que la connaître lui suffisait.

* * * * *

Mo Han en prit un, le mangea lentement, puis finit par dire : « …Bon. »

Yara le fusilla du regard, mais son cœur fondit malgré elle, comme en sirop tiède.

Elle pensa, absurdement :

si la vie s'arrêtait ici, cet instant serait déjà suffisant.

La rivière qui s'écoulait, les lanternes qui dérivaient, et quelqu'un à ses côtés —

quelqu'un qui parlait peu, parce que la connaître lui suffisait.

* * * * *

Au pied de la montagne, sous l'arbre ancien du sanctuaire, une aura fétide s'enroulait comme de la fumée.

Un démon-renard portait une peau humaine, tenant un étal de remèdes au bord de la route, s'attaquant aux enfants du bourg, leur volant leurs rêves la nuit et vendant ses « potions » le jour.

Wuchen s'avança, la main sur la garde de son épée.

Les yeux du renard roulèrent au blanc — il détala.

Il allait se lancer à sa poursuite quand son col fut brusquement tiré en arrière.

Lu Ling l'avait attrapé par l'arrière de sa robe, l'avait écarté d'un geste sans effort, et d'un simple revers de lame — la queue du renard tomba au sol.

Wuchen cligna des yeux.

« …Je le laissais courir trois pas exprès. »

Le ton de Lu Ling était de glace.

« Pas moi. »

Le démon-renard poussa un cri et tenta de s'enfuir.

L'épée de Wuchen jaillit vers le haut, tranchant net la poutre au-dessus.

L'espace d'un souffle, toute la rue se figea —

comme si le tumulte du marché avait été saisi à la gorge.

Pris entre deux auras d'épée convergentes,

le pelage du renard se hérissa en un cercle parfait de terreur.

Lu Ling s'avança de trois pas nets et l'acheva d'un coup unique et décisif.

Elle se retourna et lança à Wuchen un regard fulgurant.

« La prochaine fois, tais-toi. »

Wuchen avait l'air inexplicablement satisfait.

« D'accord. La prochaine fois, tu frapperas la première. »

« Je frappe toujours la première. »

« Ça me va aussi. »

Il sourit avec une assurance si mal méritée —

comme si le garçon agenouillé devant sa grotte il y a trente ans

était soudain revenu, deux fois plus effronté.

Lu Ling ne dit plus rien,

se contentant de resserrer son étreinte sur le bouquet laid qu'elle tenait
dans ses bras.

Sa bouche restait acérée, mais son cœur… s'adoucissait, peu à peu.

* * * * *

Ils se chamaillèrent tout le long du chemin jusqu'à la porte du marché.

Les enfants les entourèrent aussitôt, criant :

« Grande sœur fée ! »

« Maître de l'épée ! »

Une petite main audacieuse se tendit vers le bouquet de travers.

Wuchen le protégea comme s'il s'agissait d'un trésor inestimable.

« Hé, hé — celui-là, je viens juste d'apprendre à le nouer ! »

Lu Ling le fusilla du regard.

« Tu es encore en train d'apprendre ? »

« Oui, » répondit-il avec une sincérité absolue.

« Tout ce que tu aimes, je l'apprendrai. »

« J'aime quand tu te tais. »

« …Je vais essayer. »

La foule éclata de rire, et le son s'éleva dans le vent, passant au-dessus des toits — et plus haut encore dans le ciel clair de l'hiver.

* * * * *

Lorsque l'année s'acheva et que la lumière s'amincit, Lili avait enfin visité tous les lieux qu'elle avait toujours voulu voir — même la pente de pierre oblique à l'extérieur de la ville, celle d'où elle était autrefois tombée.

Elle y remonta sans hésiter et sauta deux fois.

Yu Sord se tenait en dessous, les mains levées, impuissant et attentif.

« Doucement. »

« J'ai peur de mourir », lui rappela-t-elle.

« Je sais. »

« Mais je veux quand même sauter. »

« Je le sais aussi. »

Elle rit, et lorsqu'elle retomba, elle tomba tout droit dans ses bras.

Les trois poules caquetèrent triomphalement, tandis que Petite Fira refusait même de regarder, somnolant sous les avant-toits, ses plumes dorées retombant mollement.

Lili serra son miroir contre sa poitrine,

leva les yeux vers la fine ligne d'or à l'horizon,

et déclara solennellement :

« Plus de fissures. »

Un temps.

« S'il te plaît. »

La plupart des choses au monde n'obéissent pas simplement parce qu'on dit "s'il te plaît".

Mais elle le dit quand même, et le dire apaisa son cœur.

Elle avait appris à négocier avec le monde avec douceur, et le monde, d'une manière ou d'une autre, avait appris à lui rendre cette douceur.

* * * * *

Ce même crépuscule —

Au Palais du Phénix,

Moony apposa le dernier sceau sur les mémoriaux du jour

Et leva les yeux vers les pommiers d'ornement en pleine floraison.

Dans son cœur, elle murmura à sa maîtresse lointaine :

Je vais bien.

Au bord de la rivière, Yara replia son tambour à broderie et poussa vers Mo Han un bol fumant de soupe au gingembre.

« Bois-la tant qu'elle est chaude. »

Sur le mont Lu Yue,

Lu Ling portait le bouquet, Wuchen portait son épée, et, côte à côte, ils descendaient la montagne — se disputant encore à haute voix pour savoir « si le bouquet affreux nécessitait une autre technique d'attache ».

Une fine neige se mit à tomber, se posant sur le dos de la lame et sur les fleurs sauvages tordues qu'il avait liées rien que pour elle.

Plus loin, dans le lointain, la Falaise de l'Abîme reposait, silencieuse dans la brume légère, comme une grande bête enfin endormie.

L'ancienne fissure avait été recousue, fil après fil patient, jusqu'à ne plus être qu'une cicatrice fine et douce. Quand le vent la traversait, le son changeait lui aussi ; ce qui avait autrefois été un rugissement violent s'adoucissait en quelque chose de plus discret, presque comme un souffle.

Le miroir dans les bras de Lili émit soudain une douce lueur, sa surface frémissant comme troublée par une eau de source.

Elle le leva, et l'espace d'un instant, le miroir refléta d'innombrables scènes : la lueur des lanternes du Palais du Phénix, une rivière couverte de lumières flottantes, la neige sur les cimes, des rires dans un marché, une main que l'on serre, un bouquet que l'on pousse dans des bras.

Son nez la picota soudain.

Elle leva la main pour l'essuyer et, dans le même geste, attrapa par mégarde les doigts de Yu Sord.

« Tu as vu ça ? » demanda-t-elle.

« Oui. »

« N'est-ce pas beau ? »

« Ça l'est. »

Elle murmura : « J'aime les belles choses plus que tout. »

« Je sais. »

« Alors je t'aime aussi. »

Yu Sord ne répondit pas ; il se contenta de resserrer sa prise sur sa main.

C'était toujours ainsi : peu de mots, une force tranquille.

Il n'avait pas besoin de dire moi aussi.

Elle le savait déjà.

Le vent nocturne glissait entre les lampes à huile du marché, et toutes les flammes s'inclinaient doucement dans la même direction.

Quelqu'un, à l'angle de la rue, chantait un air populaire ; le vers « que chaque année ait une nuit comme celle-ci » résonnait, tandis que des enfants reprenaient en chœur, à contre-temps.

Les rires faisaient chatouiller la poitrine de Lili d'une chaleur douce.

Soudain, elle se tourna — vers le miroir, vers Yu Sord, vers les trois poules, Petite Fira, et vers ses amis lointains qu'on ne pouvait voir — et déclara solennellement :

« Je ne veux pas être quelque Seigneur Phénix. »

« Je veux vivre. »

« Je veux un miroir, et des poules, et — »

Elle regarda Yu Sord, faisant durer la pause exprès.

« — et toi. »

Yu Sord baissa la tête et posa un léger baiser au centre de son front — un sceau doux comme un souffle.

« Tout à toi. »

Elle se pencha contre son épaule, un demi-morceau de gâteau au sucre encore dans la bouche, riant à travers les miettes.

« Tu ferais mieux de bien les donner. En manquer ne serait-ce qu'un seul n'est pas permis. »

« Je n'en manquerai aucun. »

« Bien. Alors je peux me détendre. »

En bas de la montagne, Wuchen recevait un coup sur le dos avec le plat de l'épée —parce qu'il avait, une fois de plus, tenté de se tirer d'une situation par la parole.

Sur la rivière, Mo Han redressa sa rame contre le bastingage et laissa Yara s'endormir contre son épaule.

Au palais, Moony ferma la fenêtre, alluma une petite lampe et la posa près du lit — comme pour éclairer un chemin de retour à quelqu'un de très loin.

* * * * *

De nombreuses années plus tard, les archives de Lingxiao ajoutèrent une nouvelle page :

« La Méthode de Réparation de Liri —

non pas rapiécée avec la vie,

mais cousue avec le cœur ;

avec la prudence des timides,

accomplissant le courage des grands. »

Le scribe chargé de la copier ne put s'empêcher d'ajouter une petite note en marge :

« Elle aime les douceurs, le bruit, les miroirs et le rire. »

Il sentit aussitôt que cela manquait de bienséance et s'empressa de l'effacer.

Mais l'encre ne disparut pas complètement — une trace pâle demeura sur le papier.

Dans les années qui suivirent, des enfants poursuivirent trois poules entre les étals du marché, riant jusqu'à ne plus pouvoir se tenir droits ; un jeune élève de l'académie suivit du doigt un vers du Livre des Odes —

« Celle-là, de l'autre côté de l'eau » —

et pensa en secret à une barque solitaire dérivant sur une rivière paisible.

Sur la montagne, la neige tombait, et les fleurs restaient nouées d'une façon affreusement de travers —mais Lu Ling les prenait à chaque fois.

À l'extérieur des murs du palais, les pommiers d'ornement fleurissaient année après année ;

le vieux garde à la porte disait qu'il y avait, dans le palais, une lampe qui ne s'était jamais éteinte. Peu comprenaient ce que cela signifiait, mais ceux qui le comprenaient étaient suffisants.

Quant à Lili, elle se tenait souvent devant son miroir pour s'exercer à sa « dignité »,

avant de s'effondrer en gloussements trois respirations plus tard lorsque Yu Sord lui tapotait doucement le front.

Elle avait encore peur parfois — peur de l'obscurité, des hauteurs, de perdre ce qu'elle aimait.

Mais elle avait appris à tenir bon —

tenir le miroir,

tenir la main tendue vers elle,

tenir un « s'il te plaît » murmuré.

Elle avait peur avec lucidité, et elle vivait avec fierté.

Au loin, la Falaise de l'Abîme respirait en silence.

Tout près, les quatre royaumes reposaient en paix.

Chacun avait trouvé sa place :

quelqu'un veillait,

quelqu'un attendait,

quelqu'un apprenait à parler moins,

quelqu'un apprenait à parler un peu plus.

Et tout cela, finalement, ressemblait à une broderie réparée : chaîne et trame identiques, mais un motif encore plus riche.

La dernière lanterne fut rangée dans le panier.

Lili passa l'anse à son bras, releva le menton et déclara :

« Rentrons à la maison. »

Yu Sord répondit : « Mm. »

Elle ajouta : « — J'ai faim. »

Il tourna légèrement la tête et, naturellement, prit le panier de ses mains.

« Tout à toi. »

Elle cligna des yeux, puis se pencha en avant en éclatant de rire.

« Ce n'est pas ce que je voulais dire ! Je voulais dire que toute la nourriture est à moi ! »

« Ça aussi. »

« Waouh, tu es vraiment conciliant aujourd'hui ! »

« Tu es très bruyante aujourd'hui. »

« Je suis bruyante tous les jours. »

« Je sais. »

Derrière eux, le vent referma doucement les bruits de la ville, et la lune traça leur chemin comme un ruban d'argent doux.

Les trois poules suivirent d'un pas inégal,

Petite Fira se posant sur son épaule, ses plumes tièdes.

Lili serra le miroir contre son bras, et une pensée calme et ferme s'éleva dans sa poitrine :

— Ainsi, voilà ce qu'est vraiment l'accomplissement. Rien de fracassant, juste marcher sur un chemin de nuit ni trop long ni trop court, avec des rires à ses côtés, la lueur d'une lanterne devant soi, et quelqu'un pour vous répondre d'un simple mot.

« Ici. »